TransferBibliothek CXXI

Die Originalausgabe des vorliegenden Buches ist 2012 unter dem Titel *Romanzo per signora* bei Giangiacomo Feltrinelli editore, Milano, erschienen.

Coverbild © Denise Taylor, Gettyimages
Grafische Gestaltung: Dall'O & Freunde
Druckvorstufe: Typoplus, Frangart
Printed in Europe

ISBN 978-3-85256-641-2

www.folioverlag.com

Sandro Pallavicini

Ausfahrt Nizza

Piersandro Pallavicini

Ausfahrt Nizza

Roman

Aus dem Italienischen von Karin Fleischanderl

TransferBibliothek
FolioVerlag

Alle in diesem Roman geschilderten Handlungen und Personen sind frei erfunden und Ähnlichkeiten mit lebenden oder verstorbenen Personen wären rein zufällig. Schriftsteller, Kritiker, Verleger, Künstler, die es wirklich gibt oder gegeben hat, treten nur zu erzählerischen Zwecken auf, ihre Äußerungen und ihre Handlungen sind frei erfunden.
Alle bio- und bibliographischen Angaben zu Frederic Prokosch, dem amerikanischen Schriftsteller, der 1906 geboren wurde und 1989 gestorben ist, sind hingegen echt. Sie stammen aus Robert M. Greenfields Biografie *Dreamer's Journey. The Life and Writings of Frederic Prokosch* (University of Delaware Press, 2010) – mit Ausnahme des Romans *The Novel of a Lady*, den der Autor erfunden hat.
Das Zitat Pier Vittorio Tondellis im Kapitel „Freitag Vormittag" stammt aus *Viaggio a Grasse,* einem Artikel, der in *„Panta. I nuovi narratori"*, Nr. 1 (1990), erschienen und danach in den Band *L'abbandono* (Pier Vittorio Tondelli, 1993) übernommen worden ist.
Die Beschreibung der Symptome und Behandlungsmethoden der primär progredienten Multiplen Sklerose entspricht nicht dem wissenschaftlichen Standard, sie beruht auf Hinweisen und Informationen allgemeiner Art, die den erzählerischen Notwendigkeiten angepasst wurden.
Der Autor empfiehlt den Lesern die Erzählung *Viaggio a Grasse (un remake),* die in der Zeitschrift *„Satisfaction"* Nr. 14 erschienen ist: eine Nachschrift – ein „Hinter den Kulissen" – zu diesem Roman.

Den Freunden, die vor zwanzig Jahren gleichzeitig mit mir
begonnen haben zu schreiben, die Zeitschriften und
Bücher herausgegeben haben. Denen, die weitergemacht haben,
und denen, die aufgehört haben. Denen, mit denen ich
noch Kontakt habe, und denen, die verschwunden sind.
Ihr seid noch alle bei mir, in meinen Gedanken.

„Was ist der Sinn des Lebens? Mach dich nicht lächerlich. Das Leben hat keinen Sinn. Es hat höchstens ein Gesetz: Geboren werden, sich fortpflanzen, sterben. Und komm mir jetzt ja nicht mit der alten Leier, dass es doch einen Sinn des Lebens gäbe, nämlich Gutes zu tun. Das ist kein Sinn. Das ist nicht einmal ein Zweck. Das ist nur ein Mittel zum Zweck, nämlich dass man ein etwas zufriedeneres Leben führt. Und zwar ein sinnlos zufriedeneres Leben."

Leo Meyer, *Tausendwelten*

Dienstag Vormittag

Wir sind kurz vor Ventimiglia. Wir sind auf der Autobahn unterwegs, schneller als die Polizei erlaubt. Es ist April, fast Mittag, die Sonne steht hoch am Himmel. Ich bin dreiundsiebzig Jahre alt. Die Zahl dreiundsiebzig durchzuckt mich wie ein greller Blitz. Täglich, stündlich übrigens. Aber die Autobahn ist stark befahren, ich befinde mich auf der Überholspur, muss auf die Lastwagen achtgeben, Distanz zur Leitschiene halten, darf mich von den Lichthupen der Raser im Rückspiegel nicht blenden lassen. Und ausnahmsweise gelingt es mir, die andere Zahl zu verdrängen, die Anzahl der Jahre, mit denen ich wahrscheinlich noch zu rechnen habe.

„Strandkiefer, Oleander", sagt Franca, meine Frau. „Oleander. Palme. Pinie."

Sie sitzt neben mir auf dem Beifahrersitz. Sie und Persegàti machen sich einen Spaß daraus, die Zierbäume entlang der Autobahn zu zählen. Ist das nicht zum Totlachen? Aber die beiden sind zufrieden. Sie und Persegàti. Attilio. Er wollte unbedingt hinten sitzen, er würde doch nie einer Dame den Vordersitz streitig machen. Seit Gropello bohrt er uns die Ellbogen in die Rückenlehne. Sein Schrumpfkopf wippt auf und ab. Sein Schildkrötenkopf. Raus aus dem Panzer und wieder rein.

„Agave!", kreischt er.

„Noch eine Agave, Agave, und wieder eine Agave", kreischt er nochmals, triumphierend. Eine mumifizierte Klaue, die entfernt an einen Zeigefinger erinnert, schnellt zwischen den Sitzen hervor. Eine zornig bebende Kobra. Sie zeichnet ein ungefähres Dreieck: eine, zwei, drei Agaven. Fleckige Haut, abgebrochene Fingernägel. Auf den Knöcheln die hässliche Kruste einer schlecht verheilten Schürfwunde.

„Immer siehst du die Agaven", seufzt meine Frau. „Palme. Palme und Oleander. Palme. Oleander. Pinie."

Meine Hände hingegen liegen fest auf dem Lenkrad. Wenn ich fest zudrücke, merkt man das Zittern nicht. Ich habe Altersflecken, aber meine Haut ist nicht so ausgetrocknet wie die Persegàtis. Kein Kratzer. Und meine Nägel sind perfekt. Im Flur eines Hauses auf dem Piazzale Cadorna, im Mezzanin, direkt gegenüber der U-Bahn-Treppe, befindet sich ein Maniküresalon. Seit fünfundzwanzig Jahren gehe ich dorthin. Seitdem ich Verlagsleiter geworden bin, und auch jetzt noch, als Rentner. Ich gehe immer noch zur Maniküre. Aber auch in den Verlag. Und zwar wegen der beschissenen Reihe, die ich „ehrenhalber" herausgebe. Einmal die Woche fahre ich im Zug von Vigevano nach Mailand. Dort drücken sie mir die Fahnen eines Philosophen des 20. Jahrhunderts in die Hand. Camus, Popper, Marcuse. Im letzten Monat war Santayana dran. Meine Aufgabe besteht darin, die Tippfehler der Praktikantin zu korrigieren, die alte Ausgaben, deren Rechte freigeworden sind, auf Word abschreibt. Wir drucken elf Bücher pro Jahr, in einer Auflage von fünfhundert Exemplaren. Wie viele wir verkaufen? Siebzig? Hundert? Jeden Mittwoch Vormittag, von halb elf bis ein Uhr korrigiere ich dreißig Seiten, stecke meine als Konsulentenhonorar getarnte Abfertigung ein, dreitausend Euro im Monat, und dann gehe ich auf eine Stunde zur Maniküre.

„Was machst du dort?", fragt mich Franca, nämlich, was ich in Mailand mache. Sie fragt mich jeden Dienstag Abend, wenn ich Jacke, Hose, Krawatte und Socken auf den stummen Diener im Schlafzimmer hänge wie früher. Und die Unterwäsche für den nächsten Tag.

„Ich lasse mir die Hände machen", antworte ich jeden Dienstag Abend. Die Philosophen des 20. Jahrhunderts? Sie erquicken meinen Geist genauso wie der Anblick einer abbröckelnden Mauer. Bei dem Gedanken an das Prestige, das mir die Reihe verleiht, schwellen mir die Füße an. Die Maniküre hingegen legt meine Hände in Seifenwasser, tupft, massiert, feilt. Stammt der Ausspruch, einen Herrn erkenne man an den Händen, von Vittorini? Oder von Longanesi? Oder heißt es, man erkenne ihn an den Schuhen? Meine Hände und meine Schuhe sind jedenfalls perfekt, danke der Nachfrage. In diesem Augenblick schreit Persegàti auf.

„Cesare!"

Ich hebe den Blick. Kurz, aber nur ganz kurz, sehe ich im Rückspiegel seinen Adamsapfel auf- und abhüpfen. Der riesige schwarze Schatten eines Lastwagens fällt auf die Windschutzscheibe. Ich bremse wie verrückt, klammere mich am Lenkrad fest, gleich werden wir sterben. Franca schreit, Persegàti knallt mit der Stirn gegen meine Kopfstütze, auch ich schreie. Meine Muskeln verkrampfen sich. Ich schließe die Augen. Warte.

Aber der Crash bleibt aus. Die Reifen quietschen auf dem Asphalt, einen Augenblick lang steht die Zeit still, aber nichts passiert. Ich öffne die Augen und denke nur eines:

„Gelobt seien die Bremsen des guten alten Jaguar."

Der Tachometer zeigt nur noch achtzig Stundenkilometer an, der schwarze Schatten entfernt sich, die Windschutzscheibe wird wieder hell. Vielleicht habe ich die Rückseite des Lastwagens touchiert, aber es ist nichts passiert. Wir sind mit dem Schrecken davongekommen. Der Lastwagen fährt langsam davon. Eine schwarze Auspuffwolke. Das ukrainische Kennzeichen hängt schief, eine mehr schlecht als recht befestigte Plane flattert im Wind. Ich lasse ihn fahren. Ich lasse zu, dass er einen portugiesischen Sattelschlepper überholt, der gerade mal einen halben Stundenkilometer langsamer fährt. Ein zum Scheitern verurteiltes, kriminelles Überholmanöver. Ich hupe nicht, ich habe keine Kraft dazu. Ich möchte bloß wieder zu Atem kommen.

„Er hat nicht mal geblinkt, der Trottel."

Im Rückspiegel sehe ich, dass Attilios Brille schief auf der Nase sitzt und er verärgert dreinschaut. Verwirrt. Wie ein Doppelgänger von Enzo Jannacci. Alzheimer-Enzo, wie sie ihn im Rotary Club nennen. Und Franca? Die Augen meiner Frau sind noch immer weit aufgerissen, sie drückt den Nacken an die Kopfstütze. Schnauft wie eine hydraulische Pumpe, mit zusammengekniffenen Lippen. Sie hat Todesangst. Sie ist entrüstet. Als ob sie gerade einen unverschämten, obszönen Dämon gesehen hätte. Ihr Oberlippenbart, den man normalerweise nicht sieht oder den sie vielleicht gar nicht hat, sträubt sich. Sie sieht aus wie eine verärgerte Klosterschwester.

„Franca, es reicht. Relax. Wir sind am Leben."

Sie reagiert nicht. Ich kneife sie oberhalb des Knies ins Bein, normalerweise geht sie dabei an die Decke. Noch immer keine Reaktion. Sie schnauft noch immer mit geschlossenen Augen und gesträubtem Bart.

„Ein Wunder, dass wir davongekommen sind", seufzt Persegàti. „Ein Wunder."

Ich kann nicht einmal nicken, ehe Buttafavas Hupe uns den nächsten Schock versetzt. Im Rückspiegel sehe ich seinen Jaguar. Mit einer Hand hupt er, mit der anderen fordert er mich auf, mich zu verziehen.

Der XKR, weiß und arrogant wie sein Fahrer, ist ein Firmenwagen aus seinem Autohaus; Buttafava fährt mit offenem Verdeck, fünf Minuten davor war es noch geschlossen. Während der Fahrt kann man das Verdeck nicht öffnen. Der Verrückte hat wohl auf dem Pannenstreifen angehalten, es geöffnet und ist weitergerast. Er ist wohl an die hundertachtzig, hundertneunzig gefahren, um mich einzuholen, und das in diesem engen Schlauch. Und bei einer Außentemperatur von achtzehn Grad. Der Trottel hat seine karierte Jackie-Stewart-Kappe tief in die Stirn gezogen, trägt eine dunkle Fliegerbrille und einen Schal. Adriana, seine Frau, mit einem Tuch auf dem Kopf, duckt sich auf dem Beifahrersitz. Mit einer Hand hält sie den Mantelkragen zu, aber offenbar stirbt sie vor Kälte. Im Gegensatz zu Luciano. Er scheißt sich nichts. Mit offenem Verdeck. *Capote* auf Italienisch. Truman Capote, wie er immer wieder sagt, ausschließlich mir zuliebe, und glaubt, er habe nicht nur einen Witz, sondern sogar einen guten Witz gemacht. Natürlich. Er, der zu Hause gerade mal dreißig Bücher hat. Und alle von Wodehouse.

Unser Freund betätigt das Signalhorn. Der ukrainische Lastwagen fährt immer noch vor mir auf der Überholspur, noch ein paar Meter, dann hat er den portugiesischen Sattelschlepper endlich überholt. Luciano hupt, mittlerweile betätigt er auch die Lichthupe. Er hebt die Hand, die in einem Autofahrerhandschuh mit abgeschnittenen Fingerlingen steckt, und winkt mir hysterisch zu, ich solle mich verziehen.

„Er ist verrückt", sagt Persegàti; sein Adamsapfel hüpft auf und ab, sein Kopf wackelt hin und her, keine Ahnung ob er ihn schüttelt oder ob er nickt. Ich reihe mich hinter dem portugiesischen Sattelschlepper ein, damit Buttafava, bitteschön, freie Bahn hat. Wenn seine Aorta zumacht, will ich ihn lieber nicht vor mir haben. Er bricht aus und fährt an mir vorbei, beschleunigt wie eine Rakete, erreicht den ukrainischen Lastwagen, klebt sich an sein Hinterteil. Streckt den Arm aus dem Auto. Mit behandschuhter Hand zeigt er dem Lastwagenfahrer den Stinkefinger. Doch damit nicht genug, beginnt er wieder zu hupen. Arrogant. Das Signalhorn heult.

„Cesare, tu was", fleht Franca. Sie hat endlich wieder die Augen geöffnet, sich allerdings noch nicht erholt. Sie reibt sich die Wangen mit den Händen, ihr Blick ist verstört. Luciano ist nur noch zehn Zentimeter von dem Lastwagen entfernt, die grüne Plane flattert im Wind und weht dem Jaguar um die Schnauze.

„Schau dir Adriana an, die Ärmste." Attilio ist fix und fertig. Adriana Rossanigo, die Ehefrau von Luciano Buttafava, Präsidentin der Frommen Schwestern Vigevano Centro, die achtunddreißig Pilgerreisen nach Lourdes und eine Privataudienz beim Papst vorzuweisen, acht Jahre lang gehbehinderte Witwen im Bezirk Vigevano-Lomellina gepflegt und außerdem – inoffiziell – zahlreichen Krankenpflegern und -trägern mit Mund und Hand das Leben versüßt hat, kurz und gut unsere liebe Adriana kauert auf dem Sitz, hält sich mit der Linken am Armaturenbrett des XKR fest und bekreuzigt sich unablässig mit der rechten, der gesegneten Rechten. Und ich, ich kümmere mich nicht um meine Frau und Persegàti, ich halte mich am Lenkrad fest und aus. Die Zeit steht wieder still, während der Tod uns nun zum zweiten Mal kurz hintereinander angrinst; ich sehe zu, wie Luciano unser Leben aufs Spiel setzt. Ich verspüre nichts. Ich fasse es einfach nicht. Er hupt, zeigt den Stinkefinger, der Motor des Jaguar brüllt auf. Dann klebt er sich an die Rückseite des Lastwagens, als wollte er ihn von der Straße drängen. Adriana, totenblass unter ihrem Kopftuch, bekreuzigt sich noch immer, während sie ein Gebet murmelt, das wir nicht hören.

Der portugiesische Sattelschlepper bricht den Bann. Er bremst, ich bremse auch. Der ukrainische Lastwagen fährt davon, beendet das Überholmanöver, blinkt, reiht sich seelenruhig auf der rechten Fahrspur ein. Tuttafava. So nennen wir Luciano insgeheim im Rotary Club. Oder Sfruttafava. Weil er den zweiten Teil seines Namens, die Bohne, die *fava*, weidlich nutzte und immer gern in alle möglichen Löcher gesteckt hat. Ursprünglich im Vollbesitz seiner Hormone, später unter Zuhilfenahme von Chemie, woraus er nie ein Geheimnis gemacht hat. Zumindest bis zu der Herzkranzkatastrophe vor zwei Jahren. Nun drückt Tuttafava wieder auf seine Hupe, ein Relikt aus den sechziger Jahren, schließt neben dem ukrainischen Lastwagen auf und reckt den Stinkefinger gen Himmel. Dann überholt er, schneidet auf den rechten Fahrstreifen rein. Ich fahre auf den linken Fahrstreifen raus, überhole den Sattelschlepper, lege fünfzig Meter zurück. Gott sei uns gnädig. Luciano zeigt dem Ukrainer nach wie vor den Stinkefinger, er bewegt ihn hin und her wie einen Scheibenwischer, ein obszöner Gruß.

Dann bremst er ab.

Der Lastwagen macht eine Vollbremsung, der portugiesische Sattelschlepper dahinter auch. Ein Hupkonzert, die Lichthupen

gehen an und aus. Der ukrainische Lastwagenfahrer kurbelt das Fenster herunter, streckt den Kopf raus. Ich sehe ihn im Rückspiegel und danke dem Himmel, dass gerade wenig Verkehr ist, erst in dreihundert Meter Entfernung das nächste Abblendlicht. Der Ukrainer hat eine blonde Mähne. Ein rotes, breites, dumpfes Gesicht. Einen Stiernacken wie ein Arbeiter. Er beschimpft unseren Freund in einer slawischen Sprache. Luciano bricht plötzlich wieder auf die Überholspur aus, schimpft ebenfalls, wartet, bis der Lastwagen auf gleicher Höhe ist, und dann – Adriana ist mittlerweile verschwunden, hockt wahrscheinlich am Boden des Jaguar – reißt er sich die Mütze vom Kopf und schleudert sie elegant aus dem Handgelenk dem Ukrainer mitten ins Gesicht.

Luciano beschleunigt mit erhobenem Arm, ausgestrecktem Stinkefinger, überholt uns geschwind und fährt davon, die Autobahn gehört nun ihm. Ich bleibe, wo ich bin, fahre ihm nicht nach. Ich lasse ihn fahren. Als ob wir nicht zusammengehörten. Als ob ich ihn im ganzen Leben noch nie gesehen hätte. Buttafava ist vierundsiebzig Jahre alt. Vor zwei Jahren hatte er ein verengtes Herzkranzgefäß und eine siebenstündige Bypassoperation: drei Wochen Intensivstation, zwei Monate Krankenhaus, nosokomiale Lungenentzündung, Venenkathetersepsis. Als er entlassen wurde, wog er sechsundvierzig Kilo. Mittlerweile ist er wieder auf fünfundachtzig. Und strotzt vor Gesundheit, wie er sagt. Kein Wunder. Er ernährt sich ja ausschließlich von *foie gras* und Gänsewurst, obwohl er sich davon fernhalten sollte wie ein Muslim von Schweinefleisch.

Luciano ist vierundsiebzig, ein Jahr älter als ich. Deshalb werfe ich keinen Blick auf den ukrainischen Lastwagen, nicht einmal im Rückspiegel. Ich geniere mich nämlich. Beziehungsweise ich schäme mich. Oder ich habe Mitleid. Ich geniere mich dafür, dass der Verrückte am Steuer des XKR mein Freund ist und ich habe Mitleid mit ihm, weil er so ein Trottel und offenbar völlig fertig ist.

„Agave!“, schreit Persegàti, und sein mumifizierter Zeigefinger schnellt in Richtung Windschutzscheibe. Sein Mund steht halb offen, die Brille sitzt schief auf der Nase, seine Augen glühen. Er ist Enzo Jannacci im Derby, 1967, sein Doppelgänger. Er ist Alzheimer-Enzo.

„Ich auch, da, eine Agave“, kreischt Franca und zeigt nach rechts, hinter die Leitschiene. Dann klingelt das Handy, es ist Luciano. Er äußert sich nicht zu dem, was eben vorgefallen ist, sagt nur:

„Adriana muss scheißen. Bei der nächsten Raststätte bleiben wir stehen.“

Ich suche ein Tankstellenschild. Aber der Grenzübergang Ventimiglia ist nur noch zwei Kilometer entfernt. Adriana muss ihre Notdurft in Frankreich verrichten.

Dienstag Abend

Wir sind beim Abendessen, bis jetzt läuft alles bestens. Ein Sternelokal. Meine Tischgenossen warten auf den Nachtisch, auch ich habe einen bestellt. Aber ich kann nicht anders, ich muss immer wieder an heute Nachmittag denken. Deshalb stehe ich auf und flüchte aufs Klo.

„*Il n'est pas facile de vivre si tu sais que tu dois mourir.*"

Ich sitze am Klo im Restaurant La Coquille und atme den Rauch ein, halte ihn lange in der Lunge, dann atme ich aus und wiederhole den Satz. Wenn ich rauche, wird meine Stimme ganz tief. Ich bin mir nicht ganz sicher, ob der Satz grammatikalisch richtig ist, mein Französisch ist das eines Schülers. Auf jeden Fall ist meine Stimme tief und klingt gelangweilt. Wie die von Houellebecq. Dem Inbegriff des zynischen und skeptischen französischen Schriftstellers. Bei Interviews raucht er, kaut auf dem Filter der Zigarette rum, antwortet mit heiserer Stimme kurz angebunden auf endlos lange Fragen zum Sinn des Lebens. Seine Literatur reißt mich ja nicht vom Hocker, halb Konsumware, halb langweilig wie Rosenkranzbeten. Aber seine Stimme ist großartig.

„*Il n'est pas facile de vivre si tu sais que tu dois mourir*", wiederhole ich, als wäre ich der Autor der *Elementarteilchen.* Ich lache grundlos, während ich mir den Klang der Banalität auf der Zunge zergehen lasse. Auch ich weiß, dass ich sterben werde. Na und? Habe ich das nicht auch schon vor vierzig Jahren gewusst? Spielt es eine Rolle, dass die Anzahl der Jahre, die noch vor mir liegen, viel geringer ist als die derer, die bereits hinter mir liegen?

Scheiß drauf. Im Augenblick fühle ich mich gut, mein Kopf ist leicht. Wenn ich Haschisch rauche, verschwinden die Krämpfe in den Händen und in den Beinen tatsächlich für Stunden. Wenn ich Haschisch rauche, rückt der Tod tatsächlich in weite Ferne.

Vorübergehend kann ich das Essen, Nizza, den Abend genießen. Aber ich bin kein ausschweifender Mensch. Das möchte ich betonen. Ich habe mit gut siebzig Jahren zu rauchen begonnen. Davor nicht einmal eine Zigarette. Und jetzt diese Haschischdinger. Joints. Wie dem auch sei, ich bin kein ausschweifender Mensch. Nicht einmal ein lasterhafter. Ich bin nur alt und krank.

Nach dem Stopp an der Tankstelle, wo Adriana ihre Notdurft verrichtete, hielten wir in Menton an, um zu Mittag zu essen. Ein beliebiges Restaurant an der Uferpromenade. In der Nähe des Hafens. Wind war aufgekommen, und wir sahen zu, wie draußen die Wellen gegen die Wellenbrecher schlugen, Wasser- und Salzfontänen aufspritzten. Bei Tisch wagte niemand, über Lucianos Wahnsinnstat zu sprechen. Franca setzte sich auf einen Stuhl weit weg von Adriana. Während des Essens wich sie ihrem Blick aus. Dabei suchte Buttafavas Frau geradezu ihren Blick. Wie früher, bei anderen Gelegenheiten. Im Restaurant. Im Kaffeehaus nach dem Theater. Im Rotary Club. Adriana ködert ihre Opfer, nagelt sie fest und zwinkert ihnen zu, mit dem zerknirschten Blick eines Pekinesen. Dann, ohne auf Fragen zu warten oder zuzuhören, beginnt sie zu reden wie ein Wasserfall. Immer wenn Luciano Blödsinn gemacht hat wie heute, redet sie. Sie redet mit dünnem Stimmchen, zuerst beschimpft sie ihren Mann als Trottel, dann bezeichnet sie ihn als Arschloch. Wenn sie einen als Opfer auserkoren hat, muss man ihr zuhören, ob man will oder nicht. Entweder vergeht man vor Scham oder man hört Adriana zu, die Dinge erfindet, fantasiert, schimpft. Als ob Luciano gar nicht da wäre. Aber er ist da. Unser Freund ignoriert sie zuerst einmal, sobald sie jedoch eklatante Lügen von sich gibt, macht seine Aorta zu und es folgt ein mörderischer Streit.

Nein, bitte nicht! Das hat Franca gut gemacht, heute Mittag im Restaurant in Menton, sie ließ sich nicht ködern. Wir aßen in Ruhe zu Mittag. Wir bewunderten das Schauspiel der spritzenden Wasserfontänen am Strand und betrachteten den sich verdunkelnden Himmel, ein Gewitter zog auf. Wir tranken einen grauenhaften französischen Kaffee und danach waren wir ausreichend gut gelaunt, um unser Programm zu ändern. Wir holten die Touring-Club-Karte raus und suchten die Küstenstraße von Menton nach Nizza. Als wir aufbrachen, regnete es bereits heftig, dicke Tropfen fielen. Nördlich von Monte Carlo fuhren wir nach Cap Martin hinauf. Dann über Cap d'Ail, Beaulieu, Villefranche wieder hinunter. Ein Wolkenbruch, dazwischen hagelte es. Die Außentemperatur betrug nur noch zehn Grad, aus dem Ventilator der Heizung drang der Jodgeruch des Meeres und der von nassem Asphalt.

Über Villefranche fuhren wir nach Nizza, über derart enge Kurven, dass man glaubte, man flöge in den Himmel hinein. Ganz hinten, im Westen, lag der Flughafen Nizza, es war schon dunkel, und die Lichter der Landebahnen waren an. Noch weiter hinten, über der Kurve von Cap d'Antibes, wurde der Himmel ganz weit und hell.

Widerwärtig schön.

Franca und Attilio: offener Mund, hingerissener Blick. Ich beobachtete sie und lachte insgeheim. Was sonst hätte ich tun sollen? Wenn ich etwas Schönes bewundere, denke ich mittlerweile immer, dass ich es bald verlieren werde. Dass ich es vielleicht nie mehr sehen werde. Und dann, mitten in diesem unseligen Panorama, nach der Kurve, am Rande der Küstenstraße, der Gnadenstoß. Vor dem Hintergrund des stahlblauen Himmels zwei Jugendliche, kaum achtzehn Jahre alt, mit klatschnassen Sweatshirts in der Hand und triefenden Haaren. Sie liefen durch den Regen. Sie im T-Shirt, er mit nacktem Oberkörper. Lucianos XKR vor mir fuhr durch eine Pfütze und spritzte sie an. Ich fünfzig Meter dahinter. Sie ließen sich anspritzen, lachten, warfen sich in Pose, warteten mit rausgestreckter Brust und ausgebreiteten Armen auf mich. Ich bremste nicht. Ich versuchte gar nicht, der Pfütze auszuweichen. Für sie war es ein lustiges Spiel. Als ich sie von oben bis unten einweichte, lachten sie wie verrückt, sie waren noch schöner als das Panorama. Zum Teufel mit ihnen. Am Abend haben meine Hände gar nicht so sehr gezittert. Ich habe die Krämpfe ignoriert und aus. Erst später, bei Tisch, als ich mich an den Augenblick erinnerte, in dem ich aus der Kurve rausgefahren war und die beiden Arschlöcher sich küssten, bevor sie im Rückspiegel verschwanden, bekam ich Lust auf einen Joint.

Ich habe primär progrediente Multiple Sklerose. PP-MS, wie mein Neurologe, Erminio Scanavino, sagt, in dem Glauben, die Abkürzung mache mir weniger Angst. Im Augenblick beschränken sich die Symptome auf Zittern und gelegentliche Krämpfe. Nichts Besonderes, aber da die Sklerose primär und progredient ist, wird es schlimmer werden. Cannabis hilft, Scanavino hat mir das Rauchen empfohlen, obwohl es ihm sehr peinlich war. Er hat die PP-MS vor drei Jahren diagnostiziert, kurz bevor ich in Rente gegangen bin. Ich hatte ständig Schmerzen hinter und über den Augen, ich dachte, die Halswirbelarthrose spiele verrückt. Aber nein. Ich hatte Augenzittern. Und dann auch noch Krämpfe in den Händen und den unteren Gliedmaßen.

„Das Babinski-Zeichen ist positiv, Cesare. Und auch das Lhermitte-Zeichen." Das sagte er gleich bei der zweiten Untersuchung. Scanavino ist übrigens ein hervorragender Arzt, dreihundert Euro pro Diagnose, er irrt sich nie. In gewisser Weise sind wir sogar befreundet. Sein Sohn hat einen Roman bei uns veröffentlicht. Sergio Scanavino. Guter Autor, Konsumware, hatte jedoch so gut wie keinen Erfolg. Achthundert verkaufte Exemplare, obwohl sich die Presseabteilung ordentlich ins Zeug gelegt hatte.

„*Das Babinski-Zeichen.* Ist das ein Horrorfilm?", versuchte ich zu scherzen. Scanavino senior lachte höflich.

„Babinski und Lhermitte sind zwei physiologische Reflexe. Spontane und pathologische Reflexe bei Stimulierung der Fußsohle. Nichts Besonderes. Das Unangenehme ist nur, dass bei dir beide eindeutig positiv sind. Und du hast wiederkehrende Schmerzen hinter und über den Augen. Und Sehstörungen auch, nicht wahr?"

„Zum Beispiel?"

„Einen schwarzen Fleck mitten im Gesichtsfeld. Er bleibt ein paar Minuten, höchstens eine Stunde, dann verschwindet er. Du hast mir selbst davon erzählt. Und außerdem bist du vergesslich. Dein Kurzzeitgedächtnis verschlechtert sich, du hast Verwirrungszustände. Einmal hast du die TV-Fernbedienung in den Kühlschrank gelegt, ein anderes Mal bist du in Rogoredo aus dem Zug gestiegen und hattest eine Panikattacke, weil du nicht wusstest, wie du dort hingekommen warst."

Scanavino war sich ganz sicher: altersbedingte primär progrediente Multiple Sklerose. Genauso sicher, wie sich der neue Verlagsleiter, mein Nachfolger, bezüglich des zweiten Romans von Scanavino junior war. Vor einem halben Jahr hat er ihn abgelehnt. Scanavino senior rief mich an, fragte mich nach dem Grund und bat mich, etwas für ihn zu tun. Ich rief Rosmini an, sehr zu dessen Ärger.

„Beim Schwanz des Buddha, warum glaubst du mir nicht, willst du den Roman lesen? Er spielt im bürgerlichen Milieu, in der Stadt. Ehebruch. Der Sohn bringt sich um, die Mutter kommt auf die Psychiatrie. Ganz gut geschrieben, aber nichts Neues. Unbekannter Autor, gute, aber spärliche Rezensionen des Erstlingswerkes. Komm schon, Cesare, du weißt selbst sehr gut, dass wir nicht mehr als fünfhundert Exemplare verkaufen würden."

Ein Autor für die Backlist, nicht für die Bestsellerlisten, sagte er über den jungen Scanavino. Um auf Nummer sicher zu gehen, las ich den Roman. Rosmini verwendet zwar Ausdrücke wie „Beim Schwanz des Buddha", hatte aber auf der ganzen Linie recht. Der neue Scanavino war nicht mal Konsumware. Er war ein Schlafmittel.

„Den Statistiken zufolge geht es von nun an bergab, allerdings rasanter als bisher", warnte mich Scanavino senior am Ende des Telefongesprächs. Damit meinte er die PP-MS, nicht das Verlagswesen. Er wollte es mir nicht heimzahlen, dass ich ihm eine endgültige Absage erteilt hatte. Es ist ihm ein Gräuel, dass sein Sohn schreibt. Er informierte mich bloß aufrichtig über den Stand meiner Krankheit. Aber bevor er auflegte, tröstete er mich: Auf Medikamente zur Bekämpfung der Symptome konnte ich gut und gern verzichten. Tatsächlich.

„Rauch weiter Cannabis", sagte er bei der CT-Kontrolle vor drei Wochen. „Es wirkt. In Italien werden die Trotteln im Ministerium nie den Verkauf von Sativex zulassen, also lass dir hin und wieder einen guten Joint schmecken."

Er lachte. Ich nicht, immerhin muss ich mir den Stoff erst mal beschaffen. Aber ich lasse ihn mir schmecken, und wie. Im Augenblick. Ganz entspannt im Hier und Jetzt im kleinen Klo der Coquille. Zumindest bis vor wenigen Minuten. Da ist nämlich jemand ins Vorzimmer des Klos gekommen. Wäscht sich die Hände. Schließt den Wasserhahn. Schnuppert wie ein Setter, der die Fährte eines Fasans aufgenommen hat.

„Merde!"

Der Setter stürzt sich auf die Tür des Klos und kratzt wie verrückt daran.

„Pas de hashish dans mon restaurant! Oh, mec: vous comprenez? Pas-de-hashish!"

Kein Haschisch, Junge. Natürlich nicht. Ich lasse mich nicht einschüchtern und genieße meinen Joint. Ich habe noch ein paar Züge, der Arzt hat ihn mir verschrieben, sollte ich mich ihm widersetzen? Der Stimme nach ist es der Typ, der uns bedient hat. Der Geschäftsführer? Der Lokalbesitzer? Mein Sohn Alessandro hat uns La Coquille empfohlen. Genauso wie auch das Hotel Atlantique, vier Sterne, neunundachtzig Euro pro Nase, mitten im Zentrum, Parkplatz gleich ums Eck. Angeblich findet Alex Hotels und Restaurants im Internet. Keine Ahnung, ob er dort auch meine alternative Arznei findet.

Hier in der Coquille isst man jedenfalls gut; in Nizza ein Restaurant zu finden, ist nämlich ein Abenteuer. Fünfundneunzig Restaurants von hundert sind Touristenfallen, düster und sauteuer, und sie servieren dir tiefgekühlten Fisch und Gemüse aus der Dose. „Fusionsküche" hieße es in den Nutzerbewertungen der Coquille, hatte mein Sohn gesagt. Wer auch immer die Nutzer und ihre Bewertungen sein mögen. Auf jeden Fall läuft alles bestens. Im Lokal ist es warm, die Stühle sind bequem, die Tische stehen weit genug auseinander, die Musik ist nicht zu laut. Bis auf den *mec,* den *Jungen.*

„*T'inquiète pas …*“ sage ich, wie auch Houellebecq sagen würde. Ich bleibe sitzen, während der Typ vor der Tür randaliert. Er klopft, schnuppert, sagt *merde, putain,* und andere landestypische Ausdrücke. Ich scheiße darauf. Als ich fertig bin, stehe ich auf, werfe die Kippe ins Klo, wringe zur Sicherheit noch einmal kräftig den Putzlappen aus, den ich anstelle des Pimmels habe. Ich ziehe die Spülung, mache die Hose zu. Gehe hinaus, ganz ruhig.

Nein, ich bin keiner der vielen Jungs, die mit ihrer Freundin im Lokal sitzen, das Gesicht des Typen ist unbezahlbar. Er weiß nicht, ob er lachen oder mich um Entschuldigung bitten soll. Er weiß nicht, ob er sagen soll, er habe sich geirrt, oder *bon, c'est pas grave.* Wenn man dreiundsiebzig ist, einen guten Haarschnitt hat und frisch rasiert ist, eine blaue Weste und eine Hose aus Vikunjawolle trägt, und die Hände vielleicht ein wenig zittern, kann man absolut machen, was man will. Einem älteren Herrn wie mir macht niemand Vorschriften. Ich zucke mit den Schultern, spreche Italienisch. Wie ein enttäuschter Lehrer, der einen Sitzenbleiber tadelt.

„Was ist los? Darf man nicht in Ruhe scheißen?“

Er weiß nicht, wo er hinschauen soll.

„Nicht einmal auf dem Klo hat man seine Ruhe, nicht einmal als älterer Mensch“, doziere ich und schüttle enttäuscht den Kopf.

„Kein Respekt mehr vor dem Alter“, doziere ich weiter und greife ganz tief in die Kiste mit den Gemeinplätzen, während ich mir die Hände wasche.

„*Excusez-moi, monsieur. Je suis désolé.*“

Mehr als untröstlich. Am Boden zerstört. Vielleicht versteht er ein wenig Italienisch, vielleicht reicht ihm aber auch mein Tonfall. Ich lege ihm eine Hand auf die Schulter. Ich schaue ihm direkt in die Augen. Ich lache grundlos. Nebenwirkung des Cannabis. Ich nähere mich seinem Ohr, als wollte ich ihm eine vertrauliche Mitteilung machen.

„*Mon petit enfant … vive la France! Vive la liberté*“, flüstere ich, wie auch Houellebecq flüstern würde.

„Hast du am Klo gewichst?“

Mit diesen Worten empfängt mich Buttafava, als ich zum Tisch zurückkomme. Ein schlechter Witz, ich lache trotzdem schallend. Nebenwirkung Nummer zwei.

„Endlich bist du da. Ich langweile mich wie ein Pornodarsteller nach der sechsten Klappe bei einem Blowjob.“

Der war ein wenig besser. Ich lache noch mehr.

„Luciano!“, kreischt Adriana mit der Miene eines beleidigten Pekinesen. Meine Frau wirft Tuttafava einen vernichtenden Blick zu, wie immer mit zusammengekniffenen Lippen. Persegàti macht eine verächtliche Geste. Aber sie gelingt ihm nicht. Sie gerät etwas zu sanft, unentschlossen. Wie sein Kopf, der weder ja noch nein sagt.

„Morgen früh um acht ist die Messe“, sagt meine Frau in einem Ton, der keinen Widerspruch duldet. Vor ihr liegt aufgeschlagen die lokale Gratiszeitung mit Kinoprogramm, den Öffnungszeiten der öffentlichen Einrichtungen, kurzen Berichten. Franca zeigt auf eine Tabelle mit einem Kreuz darüber.

„Was für eine Messe?“, stammle ich. Schau sie dir an, die vier. Wie die vier Mailänder bei den Pyramiden, in Luraghis Roman. Messe, na so was. Meine Frau, wieder ganz verärgerte Klosterschwester, duldet noch immer keinen Widerspruch.

„Die Gnadenmesse.“

„Und um welche Gnade willst du bitten? Dass der Schnurrbart verschwindet, obwohl du so böse dreinschaust?“

Wieder schallendes Gelächter. Aber nur ich lache. Nebenwirkung Nummer drei. Luciano bedeutet mir, ich solle aufhören, aber ich schaffe es nicht. Ganz im Gegenteil. Bei dem Anblick, wie er unter dem Tisch fuchtelt und mir insgeheim Zeichen macht, ich solle aufhören, muss ich noch mehr lachen. Die Luft in der Coquille besteht aus Lachgas.

„Die Seelenmesse für Grazia, du Trottel. Attilios Frau.“

Alzheimer-Enzo zuckt mit den Achseln, als wolle er sich entschuldigen. Verzweifelt, peinlich berührt. Komisch. Ich brülle vor Lachen. Nebenwirkung Nummer vier.

Seine Frau ist vor einem Monat gestorben. Hahaha! An einer Art Leukämie, ebenfalls altersbedingt, jedoch akut. Drei Wochen nach der Diagnose war sie tot. Berufsrisiko. Sie war nämlich ein altes Weib von Beruf.

Grazia Persegàti, Adriana Buttafava und meine Frau hatten sich in Vigevano zu einer Art Laienschwesterntrio zusammengefunden. Einem Club, der Messen, Pilgerreisen und Gebete organisierte. Anstatt sich ein Konzert von zum Beispiel Dorelli anzuhören, gingen sie in den Dom zur Novene. Natürlich haben die beiden noch lebenden Laienschwestern ein Messprogramm samt Ablasshandel zusammengestellt. Franca teilt uns pikiert mit, sie und Adriana würden morgen früh wie eben beschlossen in die Kirche gehen. Eine halbe Stunde vor der Messe, um halb acht. Um dem Priester *brevi manu* hundert Euro zuzustecken und ihn freundlich zu bitten, Fürbitten zu lesen. Franca teilt uns mit, dass auch wir hingehen sollten.

„Einen Scheiß werde ich", sage ich. Und mache eine Geste, als würde ich einen Schirm aufhängen. Ich bitte dich. Immer wenn Adriana von Messen und Wallfahrten nach Loreto spricht, würde ich sie am liebsten an ihre freundlichen Handreichungen erinnern, aber abgesehen davon ist die arme Grazia seit einem Monat tot, und wir sind hier in Frankreich, um Persegàti ein wenig aufzuheitern. Um ihn die Trauer vergessen zu lassen, damit er wieder der Alte wird. Das ist der Zweck unserer Reise. Nicht Fürbitten.

Beim Begräbnis in der Kirche von Pompei – die Persegàti besitzen dort ein Ferienhaus, gleich neben dem Firmenlager im Piazzale-Fiera-Viertel – war nicht zu übersehen, dass Attilio ein gebrochener Mann war. Der Pfarrer hielt die übliche Predigt, Gottes unerforschlicher Wille, der unserem Leiden einen Sinn verleiht, und ähnlichen Quatsch. Persegàti wetzte auf dem Stuhl hin und her. Auch ich war früher in der Kirche öfters ungeduldig geworden, hatte mich geärgert. Wie konnte man sich bloß so einen Schwachsinn anhören? Wieso ließ man sich was von einem höheren Wesen vorschwafeln, das angeblich irgendwo saß, alles wusste und lenkte, und dessen höchstes Ziel nichts Geringeres als das Wohl der Menschheit war? Jetzt jedoch nicht mehr. Scheiß drauf, dachte ich mir mittlerweile. Und außerdem las Don Cazzani, der alte Pfarrer aus Pompei, die Messe. Dreiundachtzig Jahre, buckliger als Andreotti. Bei Einladungen im Rotary Club verschlang er Vorspeise, Hauptspeise, Nachspeise und verlangte sogar noch einen Nachschlag. Ein Experte für Fußball, Jagd und Blauschimmelkäse. Im Club hatte er immer mit allen gescherzt und gelacht, auch mit Persegàti. Attilio konnte jedoch nicht ruhig sitzen.

Er saß in der ersten Reihe, zwischen Schwester, Sohn und Schwiegertochter, die beiden Enkelinnen dahinter; seit Beginn der Messe gab er Unmutszeichen von sich. Er schüttelte verärgert den Kopf. Murmelte leise was vor sich hin. Machte immer wieder kurze, zornige Geräusche. Knurrte. Seine Schwester versuchte ihn zu beruhigen, legte ihm den Arm um die Schulter, flüsterte ihm etwas ins Ohr. Sein Sohn machte ununterbrochen *psst!* Bei der Predigt, als Don Cazzani den üblichen Sermon von sich gab, wie sehr wir uns darüber freuen sollten, dass eine gottesfürchtige Frau wie Grazia nun ins Himmelreich einginge, sprang Persegàti auf.

„Nein!“, schrie er, „Worüber soll ich mich freuen? Einen Scheiß freue ich mich!“

Er machte eine ungebührliche Geste in Richtung Priester, legte die Fingerkuppen aneinander und schüttelte die Hände, als wolle er sagen: *Was willst du?* In der Kirche war es ganz still. Auch Don Cazzani schwieg peinlich berührt. Die Enkelinnen grinsten doof. Persegàti junior hielt seinem Vater den Mund zu und drückte ihn auf den Stuhl nieder.

Don Cazzani las weiter die Messe, er hatte die Predigt unter den Tisch fallen lassen und war direkt zum „Lasset uns beten“

übergegangen. Aber Attilio hatte sich aus dem Griff seines Sohnes befreit und einen eleganten Kopfsprung über das Betpult gemacht. Beim Hinfallen schepperten die Knochen, doch er stand sofort wieder auf. Mit schief sitzender Brille, zerzaustem Haar, aufgestelltem Sakkokragen. Die Seinen, sogar die Enkelinnen, waren zu Salzsäulen erstarrt. Attilio war furchteinflößend. Er knurrte wie ein Besessener, riss sich die Krawatte vom Hals und warf sie vor Don Cazzani zu Boden.

„Und jetzt?", schrie er ihn an und machte dieselbe Geste wie davor. „Sag mir, was soll ich jetzt tun?"

Plötzlich ließ er vom Priester ab, trat wie eine mechanische Puppe den Rückzug an, streichelte im Vorbeigehen Grazias Sarg und torkelte durch das Hauptschiff zum Ausgang. In der Kirche totales Schweigen, niemand wagte zu atmen. Persegàtis Schuhe klapperten auf den Marmorfliesen, dann sagte er:

„Im Namen des Vaters und des Sohnes und den Rest hab ich vergessen", tauchte die Hand bis zum Handgelenk ins Weihwasserbecken und bekreuzigte sich. Er wollte schon hinausgehen, doch plötzlich überlegte er es sich anders und blieb stehen. Alle verrenkten sich den Hals und starrten ihn an, als er am Kirchentor den Gürtel abnahm und ihn ebenfalls zu Boden schleuderte. In diesem Augenblick kam sein Sohn zu sich. Er sprang auf, hob die Krawatte seines Vaters auf und lief zu ihm hin. Als Attilio ihn kommen sah, machte er die Hose wieder zu und huschte hinaus. Don Cazzani murmelte beiläufig ein paar Floskeln, und im Nu war man bei der Kommunion angelangt.

Ein paar Tage später, als ich nach einem Konzert im Cagnonitheater nach Hause ging, stand ich auf der Piazza plötzlich meinem Freund gegenüber. Es regnete, es war fast Mitternacht. Es war wirklich kalt. Er saß zusammengekauert auf dem Sockel einer Straßenlaterne. Es ginge ihm nicht schlecht, sagte er, er hätte sich nur hingesetzt, um einen Augenblick lang nachzudenken. Er hatte die Hände in der Tasche, sein Lodenmantel war klatschnass. Seine Schultern bebten, beim Nachdenken musste er nämlich weinen.

„Woran denkst du, Attilio?", fragte ich ihn.

„Keine Ahnung, Cesare. Ich erinnere mich nicht."

Ich brachte ihn nach Hause. Merkwürdigerweise entschuldigte er sich ohne Unterlass.

Schließlich einigten wir uns: Die beiden Damen würden morgen um halb sieben aufstehen, Frühstück im Hotel, und dann ab in die Kirche, um mit dem Priester zu verhandeln. Wir drei Herren jedoch nicht. Sie hatten uns volle Freiheit zugestanden. Wir würden aufstehen, wann uns danach war, und dann würde ein jeder von uns machen, was er wollte. Vielleicht unternehme ich was mit Attilio, vielleicht aber auch nicht. Jetzt, wo wir Vigevano hinter uns gelassen haben, ist er schon beinahe wieder der Alte. Keine Ahnung, was Luciano vorhat. Er schwafelt herum, spielt den Geheimnisvollen. Scheiß drauf, sage ich mir. Jeder soll machen, was er will, können wir uns wenigstens nicht blamieren.

Um elf brechen wir auf, nachdem wir zwei Flaschen Pouilly-Fumé geleert haben, ohne Mitarbeit der Damen. Der Besitzer, der Setter, steht an der Tür und drückt uns die Hand, sagt lächelnd *au revoir.*

„*Mon ami! Vive la France, vive la liberté*", flüstere ich ihm beim Hinausgehen ins Ohr. Mir ist schwindlig. Es ist saukalt. Wo sind die Jugendlichen mit nacktem Oberkörper, vor dem Hintergrund des Himmels? Wo sind die fernen Lichter des Flughafens und die verdammten Sonnenstrahlen zwischen den Wolken? Lachend mache ich eine Pirouette. Franca wirft mir einen vernichtenden Blick zu.

„Pass auf, dass du nicht hinfällst."

Ich hebe zuerst einen Finger, um auf mich aufmerksam zu machen, dann greife ich mir abergläubisch in den Schritt. Und da ist auch schon die Schnute, der Damenbart. So eine Liebe.

„Ich hasse Fischlokale", grölt Luciano, einen Schritt vor uns. Offenbar spricht er mit der Stadt, nicht mit uns. Ich würde gern ein passendes Zitat irgendeines Schriftstellers von mir geben, einen Spruch über Freunde, Essen, Wein. Das wäre der ideale

Augenblick. Aber es fällt mir keines ein, mein Gedächtnis ist wie ausradiert. Vor uns liegt die Avenue Félix Faure mit dem Park und dem Riesenrad. Geschlossen, die Lichter sind aus, obwohl es noch früh am Abend ist. Ein riesiger, zersplitterter Schatten im Licht des Mondes.

„Vor allem sollte man keine Linguine mit Hummersugo essen", grölt Luciano weiter. Er bereitet einen Witz vor, der Wind vom Meer schlägt uns ins Gesicht, während wir auf den riesigen Platz beim Park hinausgehen. Der Geruch des Salzwassers. Auch der Geruch von Gebratenem und Pizza aus der Touristenfalle der Altstadt, aber sei's drum. Es ist trotzdem wunderschön hier. Kaum Leute. Das gelbe Licht der Straßenlaternen, der Schatten des Riesenrads, wir.

„Linguine mit Hummersugo zu essen, ohne sich zu bekleckern, ist, als würde man einen Flugzeugabsturz überleben."

Na endlich. Ein schwacher Witz. Ich lache trotzdem, ich habe einen Joint geraucht, ich bin betrunken. Ich versuche mich an ein Zitat von Fante zu erinnern. Von Bukowski. Von Cocteau, von Prévert. Von mir aus sogar von Drieu la Rochelle, immerhin sind wir in Frankreich, oder? Aber mir fällt keines ein. Nicht einmal eine sarkastische Bemerkung von Gianni Brera. Mein Gedächtnis ist wie ausgelöscht. Das kommt von der primär progredienten Multiplen Sklerose. Scanavino sagt, sie lösche mein Gedächtnis aus. Noch vor einigen Jahren, es ist gar nicht so lange her, brauchte ich ein Buch nur zu lesen und die Sätze waren in meinem Hirn gespeichert wie in einer Kartei. Ich erinnerte mich an alle, die ich brauchte, wusste, von wem sie stammten und wo ich sie gelesen hatte. Ich brillierte. Ich war der König des schlüpfrigen Witzes, der Kaiser des Bonmots, der rechtmäßige Nachfolger von Gian Antonio Cibotto. Jetzt hingegen ist Tabula rasa und meine Beine beginnen einen Veitstanz aufzuführen. Franca sieht mich an. Sie ist besorgt, keine Spur mehr von der verärgerten Klosterschwester. Ich zwinkere ihr zu. Alles in Ordnung. Diesmal ist es nicht die PP-MS. Es ist der Pouilly-Fumé. Oder vielleicht auch das Cannabis, ein Flashback.

„Der Lastwagen."

Persegàti zupft an meinem Jackenärmel.

„Cesare, schau. Der Lastwagen von der Autobahn."

Er zeigt mit dem Finger darauf. Neben dem Gehsteig steht tatsächlich der Lastwagen, der heute Vormittag auf kriminelle Weise überholt hat; der Lastwagen mit der schwarzen, rußigen Hinterseite, dem schief hängenden Kennzeichen und der zerrissenen grünen Plane steht merkwürdigerweise vor der hell erleuchteten Auslage einer Chanel-Boutique. Alle vier Blinker sind eingeschaltet, die Tür steht offen. Der Lastwagenfahrer steht daneben, er lehnt an dem schwarzen Ungeheuer. Blonde Mähne und rotes, breites, dumpfes Gesicht, darunter ein Stiernacken. Die Schultern, die ich auf der Autobahn leider nicht sehen habe können, sind dementsprechend breit. Ein vierschrötiger Schrank, er trägt einen Wollpullover und nicht ganz saubere Shorts. Seine Schenkel erinnern mich an Karl-Heinz Rummenigge. Zwei schnelle Schritte und wir sind auf dem Gehsteig, zwischen dem Lastwagen und Chanel.

Der Ukrainer hat eine Straßenkarte vor sich ausgebreitet wie eine Zeitung. Er studiert sie, hält sie dicht vor die Nase. Ich, Persegàti, Franca und Adriana haben ihn erkannt und sind verstummt. Wir blicken starr auf das rote Neonschild des Casino Ruhl weiter hinten. Wir gehen und versuchen ihn so gut wie möglich zu ignorieren, so zu tun, als ob nichts wäre, wie wenn einen auf der Straße ein Hund anknurrt.

Nur Buttafava, Luciano, der Trottel, merkt nichts. Er faselt von französischen und italienischen Restaurants, genau in diesem Augenblick geht er an dem Lastwagenfahrer vorbei.

Er bleibt stehen, dreht sich um. Quietschvergnügt sagt er:

„Cesare, wir müssen deinen Sohn anrufen und ihm zu dem Lokal gratulieren. Es war ein guter Tipp."

Er nimmt das Handy, macht es an.

„Wie lautet Alessandros Nummer? Oder meinst du, es ist zu spät und wir stören ihn?"

Der Lastwagenfahrer lässt die Karte sinken. Instinktiv dreht sich Luciano zu ihm hin. Einen Augenblick lang sehen sie sich einfach an. Dann fällt es den beiden wie Schuppen von den Augen. Sie erkennen sich wieder. Luciano reißt den Mund auf wie eine Comicfigur, der Lastwagenfahrer faltet langsam die Karte und lächelt.

Buttafava ist untersetzt. Oder besser gesagt fett. Schmerbauch, eins dreiundsechzig groß. Kurze, schlohweiße Haare, buschige Augenbrauen. Gegerbtes, glänzendes Gesicht, das Ergebnis von Höhensonne und Antifaltencreme. Eine nicht sehr lange zurückliegende Herz-Kreislauf-Erkrankung mit kompliziertem Verlauf. Der Lastwagenfahrer ist ungefähr dreißig Jahre alt, in Topform, wie es so schön heißt, und reißt wahrscheinlich mit bloßen Armen Baumstämme aus. Er überragt Luciano um einen Kopf. Er wirft die Karte auf den Fahrersitz, überkreuzt die Arme, blickt unseren Freund an.

„*Bonsoir*“, sagt er. Es ist, als würde Wotans Stimme aus dem Himmel donnern.

„*Fuck you*“, antwortet Luciano, der Wahnsinnige. Und zeigt ihm den Stinkefinger.

„Was hat er gesagt?“, fragt mich Persegàti verwirrt.

„Ich glaube, er hat leck mich am Arsch gesagt …“, antworte ich leise. Die drei drängen sich an mich wie Synchronschwimmer: Attilio, meine Frau, Adriana. Sie haken sich bei mir unter. Ich habe die Hände in der Tasche und starre auf Lucianos Mittelfinger, der aus seiner geschlossenen Faust ragt und auf die Nasenspitze des ukrainischen Johnny Weissmüller zeigt.

Der Lastwagenfahrer schüttelt ungläubig den Kopf und lacht.

„*Ce n'est pas gentil*“, sagt er. Und Luciano, der kein Französisch spricht, stürzt sich auf ihn.

„*Kaffer*“, schreit er. Das ist völlig daneben, aber er schreit trotzdem:

„*Kaffer! Scheißausländer*!“

Und dann packt er ihn. Tatsächlich. Luciano packt *tatsächlich* den Kragen des Wollpullovers und zerreißt ihn. Und damit nicht genug, brüllt er ihn an, mit hochrotem Gesicht und geschwollenen

Adern auf dem faltigen Hals, blind vor Wut. So habe ich ihn noch nie gesehen, nicht einmal in seinen verrücktesten Momenten. Er geifert, die Speichelbläschen glänzen im warmen Licht der Chanel-Auslage. Die Speichelbläschen fliegen dem Ukrainer ins Gesicht, und unser Freund, der Wahnsinnige, brüllt noch immer, noch verrückter als zuvor:

„Ich bring dich um, du Neger!"

Neger? Der blonde ukrainische Lastwagenfahrer packt ihn am Mantelkragen und hebt ihn hoch. Ich spüre, wie Adrianas Altweiberfinger über meinen Arm schaben, während ihr Gatte in der Luft schwebt und seine Füße, die in Mokassins Größe 39 stecken, zehn Zentimeter über dem Gehsteig strampeln. Der Lastwagenfahrer bräuchte ihn nur fallen zu lassen und Luciano würde sich alle Knochen brechen.

Ich mache einen Schritt nach vor. Die Damen lassen mich los, Persegàti tritt zur Seite. Ein würdiges Ende unserer Synchronschwimmernummer. Ich spüre einen Krampf in den Beinen, bleibe aber aufrecht stehen. Sobald der Krampf vorbei ist, gehe ich zu dem Lastwagenfahrer hin, Luciano schwebt noch immer in der Luft, von übermenschlichen Kräften gehalten. Ich habe Angst und der Pouilly ist mir zu Kopf gestiegen, deshalb fällt mir nichts Besseres ein, als mit den Achseln zu zucken und mir mit dem Finger auf die Schläfe zu klopfen: eine Geste, die weltweit „verrückt" bedeutet. Der Blick des Lastwagenfahrers verändert sich. Die Wut verschwindet. Sein Blick wandert hektisch zwischen mir und Luciano hin und her. Sein Blick wird zweifelnd. Dann müde. Und schließlich mitleidig.

Ich falte die Hände wie zum Gebet. Obwohl ich sie mit ganzer Kraft zusammenpresse, zittern sie wie die eines Kranken.

„Je vous prie, monsieur …", sage ich. *„Cet homme a soixante-quatorze ans."*

Und angesichts des alten Mannes, der ein Gebet für seinen gleichaltrigen Freund spricht, setzt der Ukrainer Luciano ab. Einen Augenblick lang sieht er mich an, als ob wir von einem anderen

Stern wären. Als ob ein geheimes Einverständnis zwischen uns bestünde. Als ob ich der liebe alte Opa und er der Enkel wäre. Dann schüttelt er den Kopf, steigt in den Lastwagen, lässt den Motor an, stellt die vier Blinker ab, und noch bevor wir registrieren, dass wir gerade noch mal die Kurve gekratzt haben, ist er weg.

Er fährt in Richtung Kreuzung, die auf die Promenade des Anglais führt. Ein grässlicher schwarzer Lastwagen auf der Luxusmeile. Dann wird das Schwarz zwischen seinen Bremslichtern immer schwärzer. Ich zwinkere. Wo ist die grüne Plane?

„Was ist mit dir los?“, fragt Franca.

„Ich glaube, die Sehstörung …“ Der schwarze Fleck bleibt in der Mitte meines Blickfeldes. Meine Frau seufzt. Adriana hingegen schreit:

„Luciano, du Trottel.“

Adriana schreit auch noch, als wir auf der Promenade ins Hotel Atlantique gehen und ich mich von Franca führen lasse, mit halb geschlossenen Augen, um mich vor dem Licht zu schützen.

„Glaube ja nicht, ich hätte dich nicht mit ihr gesehen. Dieser armseligen, dreckigen Hure.“

Buttafava schweigt kleinlaut.

„Ich habe gesehen, wie sie dich angeschaut hat. An der Rezeption. Die will mit dir ficken, und du forderst sie dazu auf. Du provozierst sie!“

Sie ist verrückt. An der Rezeption des Hotels saß heute eine höfliche und professionelle, äußerst freundliche junge Frau. Und wie sollte Luciano mit seinen kaputten Herzkranzgefäßen überhaupt ficken? Die übliche Szene.

Und Persegàti? Er geht hinter uns, die Hände im Rücken und die Nase in der Luft. Offenbar ist er zufrieden. Jetzt pfeift er sogar. Die Melodie, wenn ich mich nicht irre, eines uralten Jannacci-Schlagers.

Mittwoch Vormittag

Um halb neun, während Adriana und Franca noch in eucharistischer Mission unterwegs sind, verlasse ich das Atlantique. Heute Nacht habe ich kein Auge zugetan. Zu Hause haben wir getrennte Schlafzimmer, hier haben wir ein Zimmer mit zwei Betten genommen, nie und nimmer würde ich mit meiner Frau in einem Bett schlafen. Eingesperrt wie in einem Käfig wälzte ich mich von Mitternacht bis drei im Bett. Es dauerte eine Weile, bis die Sehstörung verschwunden war. Als der schwarze Fleck endlich nur noch ein Pünktchen vor dem Hintergrund des schwachen Lichts war, das durch die Ritzen der Fensterläden drang, und die Angst und die Wut vergangen waren, die ich angesichts des schwarzen Lochs in meinem Blickfeld verspüre, begann Franca zu schnarchen. Wie eine abgestochene Sau, ohne Übertreibung. Ein obszönes Grunzen, das ich zu Hause nur deshalb ignorieren kann, weil zwei geschlossene Türen zwischen uns liegen. Heute Nacht versuchte ich sie aufzuwecken. Ich pfiff, trällerte, schnalzte mit der Zunge. Kein Erfolg. Einen Augenblick lang herrschte Ruhe, dann ging es wieder von vorne los.

Um drei stand ich wütend auf. Ich packte sie an den Schultern und rüttelte sie, bis sie aufwachte.

„Du scharchst!“, schrie ich sie an. Ihre Stimme war die einer Schlafwandlerin.

„Ist Alessandro schon im Bett?“

Dann legte sie den Kopf wieder aufs Kissen, drehte sich um, schlief wieder ein. Begann allerdings nicht wieder zu grunzen. Ich nutzte die Gunst der Stunde und schlief ein. Doch um sechs begannen Luciano und Adriana zu streiten. Leider wohnen sie im Nebenzimmer, an Schlaf war nicht mehr zu denken. Es ging um das weltbewegende Problem, dass er heiser war. Kein Wunder, schrie Adriana, immerhin sind wir auf der Autobahn hundertachtzig gefahren, ohne Verdeck. Beschimpfte ihn als Trottel. Wünschte sich, dass er noch einmal dem Lastwagenfahrer begegnete und dieser ihm gäbe, was ihm gebührte. Sie, ausgerechnet sie, bestand darauf, dass er sich einen albernen Wickel auflegte, und wollte schon in der Küche anrufen und bitten, ihm einen zuzubereiten. Hirsebrei und Senf, Wodehouse pur. Und er? Er kreischte heiser und beschimpfte sie als Luder. Und der Abwechslung halber räusperte er sich hin und wieder und sagte, sie solle scheißen gehen.

Keine Ahnung, wo Persegàti ist. Sein Zimmer befindet sich in einem anderen Stockwerk. Das Atlantique ist ein tristes Hotel, und selbst das ist noch untertrieben. Kaum waren Franca und Adriana weg, ging ich hinunter ins Foyer. Geblümte Fauteuils, Raumspray mit Lavendelgeruch, an den Wänden grauenhafte Keramikfliesen mit sonnenbeschienenen provenzalischen Landschaften. Das *petit déjeuner*, achtzehn Euro pro Kopf, verlieh mir denselben Schwung wie eine Entwässerungstablette. Im Frühstücksraum eine lange Bank an der Wand und daneben sechs Sechsertische, wie in einem österreichischen Bierlokal. Sie servieren einem ein Croissant, mit Betonunug auf *ein,* in einem Weidekörbchen mit einer Serviette darauf, wie eine Reliquie. Und dazu einen grauenhaften Espresso. Am Buffet Nestlé-Müsli, Zwieback aus dem Supermarkt, Butterwürfel, Marmelade. Kein Toast. Farblose Wurst und Käse. Wie in einer Pension in Cesenatico, nicht wie in einem Viersternehotel in Nizza. Auch das Hotel hat mein Sohn im Internet gefunden, aber ich bin mir sicher, niemand wird ihn anrufen und ihm dafür danken. Ich ließ das Croissant und den Kaffee zur Hälfte übrig. Ich stand von der österreichischen Bank auf und ließ mich in eines der geblümten Fauteuils fallen, wartete eine Zeitlang auf Attilio und blätterte in „Le Monde". Als Moustaki aus dem Volksempfänger dröhnte und die Rezeptionistin lauter drehte, legte ich die Zeitung weg. Da bin ich nun.

Ich atme ein, atme aus, gehe. Mühelos. Keine Sehstörung. Das Zittern der Hände und Beine kaum zu merken. Die Luft ist kühl.

Sagen wir, sie versetzt mir aufmunternde Ohrfeigen. In den Straßen der Geruch des Putzmittels, mit dem hier die Gehsteige gereinigt werden. Um diese Zeit, an einem Mittwoch Vormittag im April, sind in Nizza nur wenige Leute unterwegs. Auf jeden Fall keine italienischen Touristen, und auch keine Engländer. Hin und wieder eine Französin in meinem Alter, wahrscheinlich eine Pariserin oder eine Lyonäserin, die den Winter an der Riviera verbringt. Azurblaues Haar, dürr, mit dem üblichen Schnauzer an der Leine. Und ein paar Nizzaer, trotz der Kälte bereits im Hemd. Sie gehen fröhlich ins Café, reichen dem Kellner die Hand, beginnen sich laut zu unterhalten, als ob heute der beste Tag ihres Lebens wäre. Es mag ein Klischee sein, aber der Duft der Baguettes, der aus den *boulangeries* dringt, ist wie aus dem Buche. Ich gehe die Rue du Congrès hinunter. Ich gehe über den Boulevard Victor Hugo, über die Rue du Maréchal Joffre, die Rue de la Buffa. Die Rollläden der Restaurants sind noch heruntergelassen, ihr Tag beginnt erst später. Die Geschäfte öffnen allmählich: ein Versicherungsbüro, eine Krankenkasse, ein Installateur. Ein Schnickschnackladen. Im Hintergrund das Meer. Ich rieche es, ich spüre es. Die Luft am Ende der Rue du Congrès ist kristallklar, wie aus Glas. Die Sonne ist eine warme, tief hängende, liebevolle Lampe. Ich lächle. Ich muss damit aufhören.

Bei der Ampel gehe ich über die Promenade des Anglais. Auf dem Gehsteig gegenüber, der so breit wie eine Sportbahn ist, wimmelt es bereits von fanatischen Joggern, und das so früh am Morgen. Noch immer keine Spaziergänger, bloß ein paar Tattergreise wie ich. Ich gehe in Richtung Strand. Guter Gott, ist es hier *schön.* Die Sonne, die so tief steht, dass die Kieselsteine Schatten werfen, die blendenden Reflexe des Meeres …

Ich schüttle den Kopf, ich muss damit aufhören. Ich drehe mich um und lehne mich an die Brüstung oberhalb des Strandes. Lieber der Autoverkehr auf der Promenade als diese verdammte Schönheit! Lieber das Taxi, das vor der gelb blinkenden Ampel des

Fußgängerübergangs abbremst. Ein großer weißer Peugeot mit herabgekurbelten Rückfenstern.

Ich schaue in den Fahrgastraum. Mein Herz macht einen Sprung.

Das Taxi ist vor der roten Ampel stehengeblieben. Einen Augenblick lang schwanke ich, muss mich an der Brüstung festhalten. Dann setze ich mich in Bewegung. Ich erreiche den Zebrastreifen. Die Ampel wird grün, aber das Taxi fährt nicht los. Der Fahrer gibt mir ein Zeichen, ich solle gehen. Aber ich darf nicht über die Straße gehen. Ich mache noch einen unsicheren Schritt in Richtung Taxi. Mir ist schwindlig, die Beine sind wackelig, mit einer Hand halte ich mich instinktiv am Dach über der Tür fest, und jetzt sehe ich ihn gut, niemand anderer als er sitzt hinten im Auto. Leo kauert auf dem Sitz, mit der Wange an der Rückenlehne, weit aufgerissenem Mund, als ob er nach Atem ränge, den Blick auf mich und dennoch ins Leere gerichtet.

Der Taxifahrer schickt mich zum Teufel, der Peugeot fährt los. Ich verliere den Halt, mache einen unbeholfenen Sprung nach hinten, schwanke, verliere das Gleichgewicht, der Himmel kippt. Glücklicherweise kommt ein junger Mann, ein fanatischer Jogger, gelaufen, stützt mich, richtet mich wieder auf.

„Soyez prudent, monsieur.“

Trippelnd läuft er davon, mit Kopfhörern in den Ohren. Ich weiß nicht, was ich ihm nachrufen soll, ob ich mich bedanken oder ihn verwünschen soll. Hat er mich davor bewahrt, dass ich mir alle Knochen breche? Scheiß drauf. Er soll hinfallen und sterben. Mich interessiert nur, dass Leo im Taxi saß. *Leo Meyer.* Mit hohlen Wangen, stumpfem Blick, spärlichen Haaren. Aber es war Leo. Nur das zählt. Leo, der mich sehr wohl erkannt hat. Leo, der mich nicht sehen hat wollen.

Dann klingelt das Handy. Ich starre auf den Rettungsring zwischen den beiden Fahrbahnen, keuche, höre, wie meine Frau sagt:

„Die Messe ist aus.“

„Gehet hin in Frieden“, antworte ich.

Palandri, Tondelli, Piersanti, De Carlo, Leo. Diese Autoren haben der italienischen Literatur einen neuen Impuls gegeben. Davor, in den siebziger Jahren, hatte absolute Flaute geherrscht, wie mein Chef Bosetti immer sagte. *Boccalone, Altri libertini, Casa di nessuno, Creamtrain.* Und dann *Der Klang der Welt.*

Ich lernte Leo Meyer genau in dem Jahr kennen, in dem Palandri sein erstes Buch bei den Verrückten von *L'Erba voglio* veröffentlichte. 1979, wenn ich mich nicht irre, ein Sensationserfolg. Leo Meyers Roman erschien erst zwei Jahre später bei uns, danach wurde er mein bester Freund.

Er stammt aus Thiene. Zwanzig Kilometer von Vicenza, fünf von Malo entfernt. Unglaublicherweise konnte er *Boccalone* auswendig aufsagen, hatte jedoch kein einziges Buch von Meneghello gelesen. Von Rigoni Stern übrigens auch nicht. Und die beiden waren ihm auch völlig egal. Unglaublich? Noch unglaublicher war, dass er noch nie in Mailand gewesen war. Unser erstes Treffen fand im Verlag statt, im alten Verlagshaus in der Via Cuneo, gleich neben dem Teatro Nazionale. Drei Minuten von der U-Bahn-Station entfernt.

„Herr Doktor Corsico-Piccolini, hier spricht Meyer, ich rufe vom Bahnhof an, weil ich nicht weiter kann."

Das waren die ersten Worte, die ich aus Leos Mund hörte, er rief aus einer Telefonzelle am Hauptbahnhof an. Der venetische Akzent klang wie eine Parodie, der Reim war unsäglich komisch. Ich musste lachen. Er am anderen Ende der Leitung schwieg peinlich berührt.

„Doktor Corsico-Piccolini, ich schaffe es nicht, die U-Bahn zu nehmen. Was ist, wenn ich mich verirre?"

Ich lachte wieder. Als ich aufhörte, erklärte er mir, er litte „ein wenig" unter Klaustrophobie. In Tunnels bekäme er Platzangst. Die Züge, die vielen Richtungen, die Anschlüsse. All das machte ihm Angst, und dann bestünde Gefahr, dass er sich verirrte. In dem Brief, in dem ich ihn aufgefordert hatte, in den Verlag zu kommen, hatte ich nach den Höflichkeitsfloskeln, den Grüßen und der Unterschrift ein Postskriptum mit einer ausführlichen Beschreibung des Weges hinzugefügt: wo er Fahrkarten kaufen musste, dass er zuerst die grüne U-Bahn nehmen und dann in die rote umsteigen sollte. Ich hatte sogar eine Fotokopie des Stadtplans beigelegt. Aber er stand wie gelähmt in einer Telefonzelle am Bahnhof.

„Dann nehmen Sie ein Taxi. Bezahlen Sie, wir ersetzen Ihnen die Kosten."

Diesmal lachte nur er.

„Hören Sie zu, Corsico, ich habe gerademal fünfhundert Lire in der Tasche. Mein Geld ist für die Fahrkarte draufgegangen."

Damit war der „Herr Doktor" endgültig beigelegt. Gemeinsam mit meinem Doppelnamen und den schüchternen Höflichkeitsfloskeln in seinen Briefen.

Die erste Fassung von *Der Klang der Welt* schrieb Leo zwischen Mai und November 1977, als er in Trient im sechsten Semester Architektur studierte. Sein Vater besaß ein Hotel nördlich von Thiene, auf der Hochebene von Asiago, er konnte es sich leisten, für Leo eine Wohnung in der Stadt zu mieten. Außerdem gab er ihm Geld für Bücher und Essen. Für Leo lief es bestens. In Trient machte er das, was jeder brave Student von auswärts auch gemacht hätte. *Autonomia Operaia,* Toni Negri, Subversion. Leo studierte nicht, er war mitten im Zentrum des Geschehens. Er hatte das Gefühl, dort zu sein, wo was los war. Ja, ausgerechnet in Trient, hier geschahen die interessanten Dinge. Wie übrigens auch in Bologna, aber auf andere Weise. Ohne den Dadaismus, die Spottkultur der Bologneser. Vielmehr mit dem Pragmatismus und der etwas düsteren Art der Nordländer. Der Art derer, die glauben, die Welt verändern zu können, ohne dafür lächeln zu müssen.

Leo besuchte Kollektive und Versammlungen. Er ergriff nie das Wort. Er begnügte sich damit zu schauen.

„*I am a camera,* wie der gute Chris sagte", sagte er im Taxi lachend zu mir. Er trug ein kariertes Hemd. Immer wieder blies er sich die blonden Stirnfransen, die ihm bis zu den Ohren reichten, aus dem Gesicht, eine Art Tick. Wir unterhielten uns über das Manuskript, das er auf meine Bitte hin überarbeitet hatte, und über die neue Fassung, die wir im Verlag gemeinsam durchgehen wollten.

„Isherwood?", fragte ich. Er blies sich die Stirnfransen aus dem Gesicht, nickte, freute sich wie ein kleines Kind, dass das *name-dropping* funktioniert hatte. Er war eine Fotokamera. Er schaute, registrierte. Im Grunde fischte er die interessantesten Dinge heraus und nahm sie mit nach Hause.

„Im Kollektiv spreche ich nie. Eigentlich höre ich nicht einmal zu. Ich schaue nur. Ich suche Genossen für meine persönliche Revolution."

Im Taxi runzelte ich die Stirn und hörte zu. Nun ja, mit Anfängern musste man Geduld haben. Sie waren ahnungslos, kamen niemals auf die Idee, ihre Ergüsse realistisch zu bewerten. Ja, später änderte sich Leo *ein wenig,* aber im Augenblick war er auch so. Er strotzte vor Selbstvertrauen.

„Meinst Du, die Revolutionierung von Moral und Anstand?", sagte ich und biss mir dabei auf die Lippen, um nicht zu lachen. Seine Revolution fand im Augenblick ganz pragmatisch vor Ort statt. Beziehungsweise auf dem Boden. In seinem Schlafzimmer, dem eines Studenten von auswärts, hatte er vier Doppelmatratzen aufgelegt. Eine neben der anderen. Das erzählte er, ohne rot zu werden, während das Taxi auf der Piazza Piemonte ankam. Genau darum ging es in *Der Klang der Welt.*

„Um eine Revolution und eine anthropologische Faktensuche", sagte der junge, arrogante Leo, während wir ins Büro hinaufgingen.

„Um Schwänze in rauen Mengen", sage ich heute, wenn mich jemand fragt. Aber das ist nur ein Bonmot, um von einer schmerzhaften Erinnerung abzulenken. Als ich die erste Fassung las, war ich entsetzt, geschockt. Dann war ich gerührt. Und während mich der Roman allmählich in seinen Bann zog und nicht mehr losließ, verspürte ich eine verzweifelte Zärtlichkeit. Großartig, nicht wahr? Genau so eine Wirkung muss ein Buch haben, damit es in Erinnerung bleibt. Das sagte ich zu mir, als ich die letzte Seite las.

Wie alt war ich 1979? Zweiundvierzig, dreiundvierzig? Offiziell war ich Lektor einer Reihe, in der italienische Erzählungen und Romane erschienen. Aber nur zum Schein. Ich unterstand dem Giganten Mauro Bosetti. Ich war nur ein Angestellter in seinem Schatten, ich machte den Papierkram. Ich verbrachte meine Zeit damit, die Manuskripte zu prüfen, die uns per Post zugesandt wurden. Damals war das noch üblich, wir erhielten aber auch zehnmal weniger als die Verlage heutzutage. Ich sah sie mir alle an. Ich las Anfang und Ende, überflog die ersten zwei, drei Seiten. Neunzig von hundert schmiss ich weg, ohne einen weiteren Gedanken an sie zu verschwenden. Die anderen zehn las ich von vorne bis hinten, legte eine Karteikarte an, stellte fest, was im Falle einer Veröffentlichung korrigiert werden müsste. Aber meistens passierte gar nichts. Erstens, weil nichts Außergewöhnliches dabei war. Und zweitens, weil Ende der siebziger Jahre in Italien pro Jahr gerade mal zwei oder drei Debütromane erschienen, die von Anfängern, von absoluten Newcomern stammten. Im Alleingang schaffte es damals keiner. Es gab eine beinharte Selektion, eine Art Kaste. Man musste die Leiter hinaufklettern. Man musste studieren, Bekanntschaften schließen, jahrelang schuften, darum betteln, dass man von diesem gelesen oder jenem vorgestellt oder empfohlen wurde. Wer von außerhalb kam und einfach so ein Buch veröffentlichen wollte, musste zur Kenntnis nehmen: null Chancen. Das war natürlich vor Palandri, Tondelli, Piersanti, De Carlo gewesen. Vor Leo.

Der Klang der Welt war anders als alle Romane, die ich jemals gelesen hatte. Das war der Duft des Neuen. Das war die Stimme einer Generation, ich war hingerissen. Ist es übertrieben, wenn ich sage, das heilige Feuer der Begeisterung brannte in mir? Auf jeden Fall bereitete ich eine schwärmerische Karteikarte für Bosetti vor. Kaum lag sie auf seinem Schreibtisch, rief er mich zu sich.

Am Anfang unserer Zusammenarbeit hatte mir Bosetti sein Bewertungssystem erläutert. Es gab vier Kategorien. Siebzig Prozent aller Bücher gehörten der Kategorie „langweilig wie Rosenkranzbeten“ an. Beziehungsweise der Kategorie „Schlafmittel“. Was nicht so langweilig wie eine Litanei oder so effektiv wie ein Schlafmittel war, gehörte zur Kategorie „Konsumware". Die machte ungefähr zwanzig Prozent aller Bücher aus. Blieben schreckliche zehn Prozent. Das waren die „Agonieromane". Das Allerschlimmste, schrecklich und tödlich.

Eigentlich gefiel ihm so gut wie gar nichts. Und er hatte recht. Ich stimmte ihm zu. Und zwar in allen Punkten. Selbst die Romane, die in meiner Reihe erschienen, waren unerträglich: Agonieromane, Schlafmittel, langweilig wie Rosenkranzbeten. Höchstens Konsumware. Nur ein Roman alle fünf, zehn Jahre, ein lächerlich geringer Prozentsatz, war wirklich gut.

Bosetti verehrte Piero Chiara. In dem Band *Das Zyankaliei* gibt es eine Erzählung, *Der Trüffelpilz*, eine Art Fetisch für Bosetti. Der Trüffelpilz, der darin vorkommt, ist etwas ganz Seltenes, Flüchtiges, Wunderbares. Er schmeckt und duftet hervorragend. Vielleicht existierte er nur in der Fantasie eines misanthropischen Vogelfängers vom Lago Maggiore, vielleicht war er nur eine Legende. Die ganz seltenen, außergewöhnlichen Romane, die ihn begeisterten, bezeichnete Bosetti als *Trüffelpilz.*

„Das ist ein Trüffelpilz", sagte ich über *Der Klang der Welt.* „Authentisch und wahrhaftig."

Die erste Trüffel, die ich fand. Die erste von sechs oder sieben, die ich veröffentlichte, bevor man mich vor nicht allzu langer Zeit bedauernswerterweise in Rente schickte.

„Du hast recht, es ist eine Trüffel", bestätigte er am Morgen darauf. Er hatte den Roman mit nach Hause genommen und in einer Nacht ausgelesen.

„Aber ich kann ihn nicht bearbeiten. Ich könnte Meyers Vater sein. Oder sogar sein Großvater. Cesare, am liebsten würde ich sein Buch nicht korrigieren, sondern ihn ohrfeigen. Könntest nicht du ihn redigieren?"

Leo war Anfänger und blutjung. Leo hatte keinen Mentor, war von niemandem empfohlen worden. Sein Roman war ein Schlag ins Gesicht der sogenannten Kritikerliteratur, der zahllosen Agonieromane – lauter unlesbare Bücher, die am tragischen Ende der siebziger Jahre die Regale der Buchhandlungen verstopften. Ein Buch zu veröffentlichen, in dem keine Botschaft verkündet und keine Theorie dargelegt, sondern eine Geschichte erzählt wurde, war damals schon ein Skandal. Und erst *dieses* Buch. Bosetti war achtundsechzig Jahre alt. Er mochte Chiara, Ottieri, Cassola und Parise. Moravia fand er tödlich langweilig, er nannte ihn *Mortavia*. Butor und Robbe-Grillet bezeichnete er öffentlich als Trottel. Er verabscheute Sanguineti. Er hatte sich vorgenommen, Barilli und Balestrini bei der ersten Gelegenheit zum Teufel zu schicken. In *Der Klang der Welt* hingegen wurde in der dritten Zeile Heroin gedrückt und auf Seite zwei an die Decke ejakuliert. Es war ein nihilistischer und vitalistischer Roman, sehr explizit, ein wenig visionär, und gewiss Pop. Wie ein Roman von Arbasino in einer Version von Patty Pravo, wie später die Rezensenten schrieben. Allerdings wie ein Roman von Arbasino in der Feltrinelli-Erstausgabe, würde ich hinzufügen, nicht in der langatmigen Neubearbeitung, die später bei Einaudi und dann bei Adelphi erschien. Bosetti stammte noch aus einer anderen Welt. Ich hingegen hätte Leos älterer Bruder sein können. Das war der erste Roman in meiner Laufbahn, den ich ganz allein betreute.

Andere Freiheiten wurde konfisziert, *Der Klang der Welt* nicht. Es dauerte noch zwei Jahre, bis der Roman endlich erschien. Nachdem wir erfahren hatten, was ein Richter in l'Aquila mit dem Buch des armen Tondelli angestellt hatte, strich ich beim letzten Durchgang noch schnell die Schimpfworte. Wir verkauften zweihundertdreißigtausend Exemplare. Die achtziger Jahre hatten gerade mit einem Knall begonnen und Leo war mit vierundzwanzig ein Star. Allen Prognosen zum Trotz wurde er dadurch reifer und nicht zur Karikatur eines selbstgefälligen Trottels.

Es ist halb elf und wir sind wieder vereint. Ich, Luciano und Attilio sind im Hemd und haben den Pullover über die Schultern gelegt. Franca trägt stur ihre Fay-Jacke, trotz der Hitze hat sie sie nur ein wenig aufgeknöpft. Adrianas dürre ledertaschenfarbige Glieder stecken in einem Kostüm von Luisa-„machs-mir-Französisch"-Spagnoli (die Meldung stammt von Buttafava). Mit den entwerteten Eintrittskarten in der Hand betreten wir das obere Stockwerk des MAMAC. Es gibt eine Einzelausstellung von Fernandez Arman. Ein mittelmäßiger Künstler, aber er ist in Nizza geboren, kein Wunder, dass sie ihm zuliebe ein Feuerwerk abbrennen. Aber wir haben ja auch nichts Besseres zu tun. Es war Buttafavas Idee, er freut sich wie ein Kind …

Als Adriana und Franca aus der Kirche zurückkamen, trafen wir uns im Foyer des Atlantique. Der Priester hatte die Gabe von hundert Euro angenommen und Fürbitten für die arme Grazia gelesen. Die beiden Betschwestern waren noch ganz erleuchtet, schwebten einen Meter über der Erde. Sie hatten ihre Mission erfüllt und keine weiteren Pläne. Wir auch nicht. Dann entdeckte Luciano den Folder des MAMAC auf einer Konsole, neben den Werbeprospekten des Tourismusverbandes. Arman und Schifano sind die einzigen Künstler, die er kennt. Allerdings nur, weil er sich Teleshoppingsendungen auf *Elefante TV* ansieht. Er hat ein paar potthässliche Kunstwerke erstanden und sie bei sich zu Hause aufgehängt in der Hoffnung, sie würden im Wert steigen. Als er feststellte, dass einer „seiner Künstler" – ich schwöre, so nannte er sie – eine Einzelausstellung im Museum hatte, ging er vor Freude an die Decke. Wir gehen sofort alle hin, los, keinen Widerspruch, kreischte er heiser. Also riefen wir ein Taxi, liefen die Treppe hinauf, schnell, schnell, als ob das Museum in einer Stunde zumachte und jetzt die letzte Gelegenheit wäre. Nun sind wir drinnen und er geht mit unsicheren Schritten durch das riesengroße weiße Vorzimmer mit den hohen Fenstern, die auf die verkehrsreichen Straßen der Stadt blicken und durch die grelles Licht fällt. Verständnislos betrachtet er den langen Schaukasten an der Wand mit den Exponaten „seines" drittklassigen Vertreters des *Nouveau Réalisme*. Von dem er keinen blassen Schimmer hat. Yves Klein? Wer ist das? Pierre Restany? Vielleicht ein Mittelstürmer von Paris Saint-Germain?

Ich? Mir geht es gut. Sehr gut sogar, danke der Nachfrage. Nur das zählt. Ich habe Leo gesehen, es war keine Halluzination. Ich habe mich nicht geirrt. Er war's.

„Du bist *verrückt.* Du bist von ihm *besessen.*"

Franca schnauzt mich an. Erst jetzt am Kartenschalter habe ich ihr von Leo erzählt, erst jetzt habe ich den Mut dazu gefunden. Nein, bitte nicht. Ihr Klosterschwesternbart sträubt sich augenblicklich. Sie hasst Leo. In den achtziger Jahren, gleich nachdem sein zweiter Roman erschienen war, hatte ein erstes und letztes Abendessen bei uns stattgefunden, mit einem katastrophalen Ende und einem unglücklichen Gespräch zwischen Leo und Alex. Dann wachsender Argwohn, Paranoia, Franca wäre fast wahnsinnig geworden. Der Höhepunkt? Eines Abends, als wir noch in Mailand wohnten und ich ihr am Telefon mitteilte, ich käme zum Abendessen nicht nach Hause, ich müsse im Büro bleiben und bis spät in die Nacht mit Leo arbeiten, die Fahnen seines dritten Romans müssten nämlich dringend in die Druckerei, drehte sie durch. Sie knurrte in den Hörer:

„Ich weiß, ihr seid zwei *Schwüchteln.*"

Die Ärmste. Das war ihre schlimmste Zeit. Als hätte sie einen Nervenzusammenbruch erlitten oder sei völlig verrückt geworden. Zum ersten Mal in ihrem Leben war sie über ihren Schatten gesprungen und hatte das bewusste Wort ausgesprochen, das etwas Unsägliches bezeichnete, für sie der Gipfel an Obszönität. Sie kannte sich bei solchen Dingen nicht aus, deshalb hatte sie aus dem U ein Ü gemacht. Als ich mit ihr telefonierte, bog ich mich vor Lachen. Aber als ich nachts nach Hause kam, war der Badezimmerspiegel mit Lippenstift vollgeschmiert. Ein einziger Satz, unzählige Male wiederholt.

„Entweder er oder ich."

Wie in *Shining.* Meine Nackenhaare sträubten sich. Ich schloss mich in Alessandros Zimmer ein, er war unterwegs, übernachtete wie immer bei seiner schrecklichen Freundin. Ich schlief in seinem Zimmer. Franca ging es in dieser Zeit wirklich nicht gut, man konnte nicht wissen. Und am Morgen darauf? Die Schrift war verschwunden, weggewischt von einem Handtuch, das nun am Rand der Badewanne hing. Voller Lippenstift, blutrot. Meine Frau stand in der Küche, als ob nichts wäre, und kochte mir Kaffee. Wir sprachen nicht über den Spiegel und die aberwitzige Idee, Leo und ich könnten etwas miteinander haben. Weder an diesem Morgen noch an den Tagen darauf. Sie traute sich nicht. Es waren nur vage Fantasien, quälende Worte. Doch später explodierte der Zweifel aufs Neue, und wie. Franca hasst Leo. Ich sehe den Hass an ihren bebenden Nüstern und am Klosterschwesternbart, der sich allein bei der Erwähnung seines Namens sträubt.

Wir betrachten ein erstes Werk Armans, eine drei Meter lange safrangelbe Leinwand. Teller, Gabeln, ein in der Mitte entzwei gesägtes Fahrrad. Auf die Leinwand geklebt und mit Lack überpinselt.

„Von wem bist du besessen?"

Persegàtis Schildkrötenköpfchen wackelt. Er scheißt auf Arman, er hebt nicht einmal den Blick. Er will bloß wissen, über wen Franca und ich sprechen. Nur das. Er starrt mich an, mit riesigen Augen hinter der schief sitzenden Brille, neugierig wie ein Affe.

„Einer meiner … Autoren", sage ich. Einen Augenblick lang frage ich mich, ob ich ihn zu Recht noch als Freund bezeichnen könnte.

„Wie lange hast du ihn schon nicht mehr gesehen?", Franca, mit gesträubtem Klosterschwesternbart, kennt kein Erbarmen. „Immer dasselbe. Er braucht nur den Fernseher aufzudrehen, eine Talkshow, eine Büchersendung zu sehen, und schon springt er auf: ‚Das ist doch Leo!' Bei jedem x-beliebigen Tänzer. Oder Designer. Oder sonst einer Schwüchtel. Du bist verrückt. Leo ist tot. Oder nach Timbuktu ausgewandert. Wie lange hat er kein Buch mehr veröffentlicht? Wie lange ist er schon von der Bildfläche verschwunden?"

„Schwuchtel, nicht Schwüchtel." Ich richte mich auf und sehe Attilio an, als ob ich keine Ahnung hätte, warum meine Frau sich so aufregt.

„Wie viele Jahre hast du nichts mehr von ihm gehört? Wie oft hast du Leo am Handy angerufen? Wie oft hast du es probiert, obwohl er sich totgestellt hat?"

Die richtige Antwort wäre: Seitdem *er* mich abserviert hat, ungefähr 2000, und zwar ein paarmal pro Tag, ein Jahr lang, bis eine Stimme vom Band sagte: „Die von ihnen gewählte Nummer ist uns nicht bekannt." Aber das weiß Franca nicht.

„Es reicht, psst!"

Luciano bringt uns mit einem grotesken heiseren Kreischen zum Schweigen. Mit Lesebrille und gerunzelter Stirn studiert er den Folder, den man uns am Eingang gegeben hat. Er hat sich die französische Version genommen. Obwohl er kein Wort Französisch versteht. Dennoch schaut er drein, als würde er die Bibel studieren.

„Wie viele Briefe hast du ihm geschrieben? Abwechselnd einen nach Mailand, einen seinen Eltern nach Hause, einen in die Wohnung in Trient. Und dann wieder von vorne."

Einen pro Monat, um die Wahrheit zu sagen, in Kopie an alle drei Adressen, und das fast zehn Jahre lang. Ich habe erst vor kurzem damit aufgehört, als ich in Rente ging. Aber das werde ich ihr jetzt nicht erzählen. Ich verdrehe die Augen, drehe mich um. Drehe Franca den Rücken zu.

„Wer zum Teufel ist dieser Leo?"

Ich gebe Persegàti keine Antwort.

„Sieht deine auch so aus?"

Das frage ich Luciano. Wir stehen vor einer Mannequinbüste aus transparentem Kunststoff, die mit einem Haufen Kosmetikartikeln, Lippenstiften und Lidschatten gefüllt ist. Das Kunstwerk stammt aus dem Jahr 1966. Buttafava besitzt eine wertlose Assemblage aus dem Vorjahr.

„Geh scheißen, Cesare", schnauzt er mich wütend an. Hat er vielleicht bemerkt, dass ich mich über ihn lustig mache?

„Also Cesare, wer ist dieser Leo?" Persegàti lässt nicht locker. Zupft mich am Ärmel. Sein Gesicht ist zwanzig Zentimeter von meinem entfernt, sein Atem stinkt.

„Was gibt dir das Recht, Cesare anzubrüllen?“ Adriana schreit ihren Mann an.

„Leo ist ein Trottel“, schreit Franca ihrerseits, wendet sich jedoch nicht an Persegàti, sondern an mich, gegen mich. „Ein Penner. Einer, der, wenn Cesare recht hat, in Frührente gegangen ist.“

Bang. Mein Kopf. Als ob man mir einen Schlag versetzt hätte. Als ob ich einen Ball mitten ins Gesicht, einen Handkantenschlag ins Genick bekommen hätte. Ich schwanke. Scanavino hat mich ja gewarnt. Heftige Gefühle sollte ich lieber vermeiden. Sie können die Symptome verstärken, eine Krise auslösen. Gelassenheit, wann immer möglich, hat mir der weltweit beste Neurologe empfohlen. Jetzt würde ich gern ein wenig Cannabis rauchen. Ich würde gern dem Wortschwall ausweichen, mit dem mich meine Frau überschüttet. Ich würde am liebsten alle wegstoßen, sie beschimpfen, meiner Frau die dummen Lügen ins Maul zurückstopfen. Ich würde gern Attilio loswerden, der an meinem Hemdärmel zupft und unbedingt was wissen möchte, als wäre er der einzige auf der Welt, um den man sich kümmern müsse. Und ich würde gern Adriana zum Schweigen bringen, die ihrem Mann geschmacklose und dumme Vorwürfe an den Kopf wirft. Und Buttafava. Auch er soll bitte schweigen. Während Franca einen Kübel voller Vorwürfe über mir ausleert, fragt er mich gehässig, mit gerötetem Gesicht, ob die Bemerkungen meiner Frau vielleicht so ätzend wären, dass ich das Gefühl hätte, man würde mir die Schädeldecke wegbrennen – ein Wodehousezitat, arrogant und völlig fehl am Platz.

All das würde ich gern tun. Ich schaffe es jedoch nur, mich in einen Winkel zurückzuziehen, Entschuldigungen zu stottern und Zeigefinger und Mittelfinger so hochzuhalten, dass sie ein „V“ bilden, und mich aufs Klo zu flüchten. Ich schließe die Tür, setze mich auf die Klobrille, nehme mein Gesicht zwischen die Hände, reibe mir die Augen, die Wangen, ächze, pisse. Und dann beginne ich zu weinen. Ich habe nämlich vergessen, die Hose runterzulassen.

Endlich. Endlich sitze ich mit Franca im Taxi und fahre ins Hotel. Sie hat mir ihre Fay-Jacke geliehen. „Es ist heiß, lass sie im Zimmer", hatte ich sie beschworen, als sie im vollen Ornat das Atlantique verließ. Gott sei Dank ist sie ein Sturschädel. Und krankhaft geizig. Die Fay-Jacke hat sie gekauft, als sie noch zwanzig Kilo Übergewicht hatte. Eine Jacke um fünfhundert Euro wirft man nicht weg, auch wenn man dünner geworden ist und sie an einem schlottert, nicht wahr? Meine Frau ist eine Heilige. Ihre Jacke ist zwar andersherum geknöpft und leider Gottes beige, aber zumindest so weit und lang, dass sie mir passt und der Fleck auf meinem Hintern und im Schritt nicht zu sehen ist.

Ich habe die Klotür im Museum einen Spaltbreit geöffnet und sie gerufen. Sie kam gelaufen, bereit zum Kampf. Ich war getürmt, vielleicht wollte sie weiterstreiten. Aber sobald sie sah, dass ich einen nassen Fleck auf der Hose hatte und mir Tränen über die Wangen liefen, verschwand ihr Klosterschwesternbart. Sie zog ihre Jacke aus und mir an. Ich wusste nicht, wie ich mich drehen und wenden sollte. Sie half mir: zuerst den einen, dann den anderen Ärmel.

„Mach den Reißverschluss nicht zu, er klemmt. Mach nur die Knöpfe zu."

Diesen Rat gab sie mir. Leise. Als ob sie mit einem alten, kranken, senilen Verwandten spräche. Gott, wie dumm. Als ich trotz des Nebels in meinem Hirn kapierte, dass ich mittlerweile nichts anderes für sie war, begann ich wie ein kleines Kind zu schluchzen.

„Cesare, reiß dich zusammen. Lass dich nicht gehen."

Das sagte sie auf dem kleinen Gang vor den Toiletten zu mir. Hinten im großen Saal standen die anderen drei. Sie kamen nicht näher. Sie starrten uns an, neugierig wie hinterhältige Portiersfrauen.

„Du ekelst dich vor mir, stimmts?" fragte ich sie vor dem Klo, schluchzend, heulend. Merkwürdigerweise umarmte sie mich. Wie auch jetzt, im Taxi. Sie beugt sich zu mir, so weit es ihr die

Arthritis und die von der Osteoporose verformten Knochen erlauben. Sie beugt sich vor und umarmt mich.

Seit wann haben wir uns nicht mehr umarmt?

Seit wann ist sie so leicht?

In ihren Kleidern hängt der Geruch unseres Schranks. Ihre Haare riechen nach dem Chanel-Parfüm, das ich ihr seit vierzig Jahren schenke. Es übertönt nicht wirklich den Geruch von ungewaschener Kopfhaut. Sie legt ihren Kopf an meine Brust. Langsam, als würde ich ein Fossil bewegen, lege ich zwei Finger einer Hand auf ihren gesenkten Kopf.

Es ist Vormittag, wir fahren über die Avenue Verdun. Viel Verkehr, eine Menge Leute, die Sonne scheint. Das Taxi biegt auf die Promenade ein. Hinter den getönten Fensterscheiben lärmt die Welt, das Leben.

„Leo ist heute Morgen hier vorbeigefahren. In die andere Richtung. Vielleicht kam er vom Flughafen und fuhr ins Zentrum."

„Das schwöre ich dir", hätte ich beinahe hinzugefügt, doch es ist nicht nötig. Francas Kopf nickt unter meinen Fingern. Dann sagt sie:

„Ich weiß. Ich habe ihn auch gesehen. In einem weißen Taxi. Er ist an mir vorbeigefahren, als ich in die Kirche ging. Heute morgen. Mit dem Kopf an der Rückenlehne, dünn wie ein Gespenst. Er war es. Du bist besessen. Aber diesmal hast du recht."

Sie wartet einen Augenblick, dann fügt sie hinzu:

„Tut mir leid."

Ich seufze.

„Vielleicht suche ich ihn."

Francas grauhaariger Kopf unter meinen Fingern nickt aufs Neue.

Mittwoch, noch immer Vormittag

Ich kann mich auf mein Gedächtnis nicht mehr verlassen. Ich erinnere mich zum Beispiel nicht mehr, wie und wann ich Franca kennengelernt habe. Ich erinnere mich nicht einmal an unser erstes gemeinsames Schuljahr. Ich weiß zwar, dass wir uns in der vierten Klasse des humanistischen Gymnasiums Benedetto Cairoli in Vigevano kennengelernt haben, aber ich könnte keine einzige Anekdote aus unserem ersten gemeinsamen Schuljahr erzählen. Die älteste gemeinsame Erinnerung stammt aus dem Jahr darauf.

Es war Sommer, Schulschluss. 1951, wenn ich mich nicht irre. Wir gingen noch nicht miteinander, sie war für mich nur eine Schulfreundin, und ich glaube, dasselbe galt auch für sie. Zu Ferienbeginn machten wir mit unseren Klassenkameraden eine Radpartie. Entlang der Kanäle radelten wir nach Parona, auf einem Gewirr nicht asphaltierter kleiner Straßen, im Schatten der Pappelreihen. Es war drückend heiß, aber sie trug eine blaue Angorajacke; sie zog sie keine Minute lang aus. Ich und Berselli, ein Schulkamerad, der später nach Argentinien ging und Industrieller wurde, machten uns leise über sie lustig.

„Das Mädel hat Angst, dass wir sie ihr mopsen. Deshalb zieht sie sie nicht aus."

So redete Berselli. Kleinbürgerlicher Jargon, Lombardei in den fünfziger Jahren. Mädel, mopsen. Was soviel bedeutete wie klauen, fladern. Francas Eltern, die Spirolazzi, waren ursprünglich Bauern gewesen. Nach dem Krieg waren sie nach Vigevano gekommen, davor hatten sie in einem Bauernhaus auf dem Land in der Nähe von Dorno gelebt. Ihr Vater war Installateur, ihre Mutter Hausfrau, sie kümmerte sich um Franca und die jüngeren Geschwister. Berselli behauptete bösartigerweise, sie sei ein Geizkragen wie alle

Bauern. Und die blaue Angoraweste sei die gute Weste ihrer Mutter, sie habe sie sich ausgeborgt, um ihre Kameraden bei dieser mondänen Gelegenheit zu beeindrucken, und müsse sie unversehrt wieder nach Hause bringen. Wir machten ein Picknick am Damm eines Bewässerungskanals, sie in der Weste, wir in Hemdsärmeln. Franca saß auf einem Plaid, aus einer Ledertasche hatte sie eine Flade und eine Tüte gezogen. In der Tüte befand sich ein riesengroßes Stück Gorgonzola, der Käse roch außergewöhnlich intensiv. Ich schwöre, daran erinnere ich mich noch immer. Was dem einen die Madeleine, ist dem anderen der Gorgonzola, komisch, nicht? Franca zog jedenfalls ein Messer heraus, das einem Wursthändler zur Ehre gereicht hätte, und schnitt damit eine Scheibe Brot ab. Mit demselben Messer spießte sie dann eine große Portion des sämigen, halbflüssigen Proustschen Käses auf und schmierte ihn aufs Brot. Ich erinnere mich an ihren gierigen Blick. Ich erinnere mich an ihren begehrlichen Ausdruck, wie hätte ich ihn vergessen sollen? Ich erinnere mich daran, dass sie sich argwöhnisch umblickte wie ein Marder und schnell die Zunge über die Klinge gleiten ließ, den üppigen Rest des Blauschimmelkäses ableckte.

Merkwürdig, ich habe sie letzten Herbst darauf angesprochen, zufällig, an einem Nachmittag, der so endlos lang war, wie er nur für einen frischgebackenen Rentner sein konnte; wir fuhren mit dem Auto über eben dieses Gewirr an Straßen, die jetzt allerdings breiter und asphaltiert waren, um die Zeit im Cineplex in Parona totzuschlagen. Ich sprach sie darauf an, ich nahm fest an, dass sie sich an die Weste aus blauer Angorawolle erinnerte, die sie getragen hatte wie eine zweite Haut, und an den Gorgonzola, den sie vom Messer geleckt hatte.

„Ich hatte nie eine Weste aus blauer Angorawolle." Und schon sträubte sich ihr Klosterschwesternbart. Auch gut. Habe ja ich mir altersbedingte Multiple Sklerose aufgerissen, nicht sie. Vielleicht habe ich alles vergessen und die Radpartie mit Zebio Còtal an der Spitze erfunden. Allerdings kann sie nicht abstreiten, dass sie Weichkäse noch immer auf eben diese widerwärtige Weise ableckt.

Meine Klassenkameraden im Gymnasium mochten Franca nicht. Niemand, weder Berselli, das Arschloch, noch die anderen, auch ich nicht. Das lag gewiss an ihrem Geiz und ihrer Vorliebe für Käse. Aber mehr noch an Francas Vater, dem ehemaligen Bauern und nunmehrigen Installateur, der gerade mal fünf Klassen Volksschule hinter sich hatte, und ihrer Mutter, die nur drei Klassen Volksschule absolviert hatte und eine halbe Analphabetin war. Für die Spirolazzi hatte es einen großen Aufstieg bedeutet, Franca aufs Gymnasium zu schicken. Aber es fiel ihnen schwer, ihren Schulbesuch zu finanzieren. Mein Vater war Direktor bei der Banca d'Italia, ich bekam jedes Jahr einen neuen Mantel. Franca trug die alten Mäntel einer fetten und aus ihrer Sicht reichen Cousine auf, deren Eltern eine Drogerie besaßen, ihre Mutter wendete und nähte sie für sie um. Wir alle sahen den Unterschied. Außerhalb der Schule wollten wir nichts mit ihr zu tun haben.

Zwei Jahre später, mit siebzehn, bereits in der Oberstufe, war ich mit der Tochter eines Industriellen, Emiangelo Frigerio, befreundet. Frigerio ging ein paar Jahre später in Konkurs, ganz gegen den Trend, denn zur Zeit des Wirtschaftsbooms entstanden viele kleine Firmen. Davor war seine Familie eine der reichsten in Vigevano gewesen. Die Frigerio, Besitzer der *Tessitura Frige.* Sie hieß Antonietta oder Nicoletta oder auch Elisabetta, was weiß ich. Dünn wie eine Bohnenstange, atemberaubender Mundgeruch. Ich ging mit ihr ins Kino und hin und wieder machten wir einen Spaziergang, den wir pompös als Literaturspaziergang bezeichneten. Wir lasen und sprachen nämlich, ziemlich befangen, über gewisse pseudofreizügige Bücher, die wir uns im Gymnasium heimlich zusteckten: *Kokain* von Pitigrilli, *Die Asiaten* von Prokosch, *Die Haut* von Malaparte, *Gegen den Strom* von Huysmans …

Ich versuchte sie nicht einmal zu küssen. Dünne Mädchen haben mir nie gefallen, aber das war nicht der einzige Grund. Ehrlich gesagt hätte mich damals sogar eine Frau mit zwei Köpfen angemacht, Hauptsache, sie war nackt. Doch der widerliche Mundgeruch der kleinen Frigerio schreckte mich ab.

Bei aller Bescheidenheit, ich war ein hübscher Junge. Ich war schon ausgewachsen, über eins achtzig groß. Ich ruderte. Alle sagten, ich sähe ein wenig Marcello Mastroianni ähnlich. Ob das nun stimmte oder nicht, die kleine Frigerio konnte jedenfalls ihre Hände nicht im Zaum halten.

Ich reagierte nicht. Ich war stocksteif.

„Geh direkt auf die Möse los", riet mir mein Freund Berselli pragmatisch. „Umgeh das Hindernis, geh auf das wirkliche Ziel zu. Oder nütz aus, dass sie dich begrabscht, und bitte sie, dir einen runterzuholen."

Nein, ich doch nicht. Ich schüttelte vornehm den Kopf und schob sie weg, ich dachte nämlich, man müsse unbedingt mit einem Kuss anfangen, ich hielt den Kuss für den ersten Schritt, den Ausgangspunkt für alle weiteren sexuellen Praktiken. Das war eine unumstößliche Regel. Wahre Herren benahmen sich so, das hatte ich gelernt. Und zwar im Sonzogno, einem Aufklärungsbuch, das ich heimlich aus dem Giftschrank meines Vaters genommen hatte, in dem auch Malaparte und Pitigrilli standen. Der Kuss auf dem Weg zum Sex war unumgänglich, deshalb waren wir aufgrund des Mundgeruchs der kleinen Frigerio zu absoluter Keuschheit verurteilt. Aber was hatte Franca mit dem Ganzen zu tun?

Am Ende der siebten Klasse machten wir wieder mal eine Radpartie, diesmal den Ticino entlang, über die Brücke unterhalb von Vigevano, Richtung Mailand. An gewissen Stellen fließt der Fluss dort so langsam, dass sich kleine Seen und Tümpel bilden. Als Kinder gingen wir dorthin zum Schwimmen, denn der Fluss war seicht, sauber und sicher, und im Schatten der dichten Vegetation war es auch im Sommer kühl.

Wir brachen früh am Morgen auf, wie immer mit einem Lunchpaket im Rucksack. Wir waren romantische und arrogante Gymnasiasten und wir befanden uns in den fünfziger Jahren. Wir hatten nicht nur Brote mit Wurst und harten Eiern, sondern auch Bücher mitgenommen; im Schatten der Robinien wollten wir ausgewählte Textstellen lesen. Vor dem Mittagessen zogen sich die Pärchen mit ihren Büchern zurück. Keine Ahnung, was sie machten. Vielleicht schmusten sie nur. Ich und die kleine Frigerio hingegen lasen tatsächlich *Die Asiaten* und machten sonst nichts. Ich deklamierte, auf der Seite liegend, den Kopf auf die Hand und den Ellbogen auf den Boden gestützt, mit dem Rücken zu ihr, in dem Wissen, dass das eine typisch dannunzianische Pose war, und das erfüllte mich mit Stolz. In Wirklichkeit hatte ich mich nur deshalb so hingelegt, damit ich ihren giftigen Hauch nicht einatmen musste. Sie kauerte hinter mir, lauschte und legte mir absichtsvoll die Hand auf die Hüfte.

Die Mädchen, die keinen Freund hatten, hatten sich zusammengetan und sich einen kleinen Tümpel gesucht, ein paar Meter von der Lichtung entfernt, wo die kleine Frigerio und ich lagen. *Die Asiaten* sind so langweilig wie Rosenkranzbeten. Ein paar Jahre später himmelte Leo das Buch an, trotzdem ist es langweilig. Ich erinnere mich nicht an die Stelle, die ich las. Sicher kam ein harmloser, scheuer Inder vor, der die Ich-Erzählerin heftig begehrte und ihr seine amberfarbenen Intimzonen zeigte, etwa die Achsel oder die Fußsohle. Ich las und gähnte. Die kleine Frigerio war jedoch in Fahrt gekommen. Sie presste ihre Hüften und ihren Schamhügel an meinen Hintern und bewegte das Becken vor und zurück. Ihre Hand war auf meinen Bauch gerutscht.

Hin und wieder hob ich kurz den Blick vom Prokosch und spähte in Richtung des kleinen Tümpels hinter dem Laub. Ich konnte nichts sehen, das Laub war zu dicht. Aber da dahinter etwas Weißes schimmerte und die Mädchen laut schrien, ahnte ich, dass sie sich halb ausgezogen hatten. In Unterhose und BH planschten sie im Wasser. Als das Schreien in Kreischen überging, hielt ich etwas länger inne. Da raschelte es plötzlich im Unterholz, als ob ein Wildvogel aufflöge, und ein Mädchen tauchte auf unserer Seite auf. Franca.

„Was ist?“, flüsterte die kleine Frigerio erschrocken.

„Ein Fasan“, antwortete ich, ebenfalls flüsternd.

Franca war nur zehn Schritte von uns entfernt, aber aufgrund einer besonderen Anordnung der Äste und des Laubs konnte sie uns nicht sehen. Ihre Freundinnen im Tümpel kreischten und deshalb konnte sie uns auch nicht hören. Aufgrund eben dieser besonderen Anordnung der Äste und der Blätter hatte ich jedoch freie Sicht auf ihren Körper von der Brust abwärts. Einen Augenblick lang sah ich sie von hinten. Sie war bereits eine erwachsene Frau, üppig, füllig. Mit einem runden Hintern und wohlgeformten Schenkeln, die schneeweiße Haut schimmerte zart bläulich.

„Warum liest du nicht weiter?", flüsterte die kleine Frigerio, die ihren Kopf zwischen meinen Schulterblättern vergraben hatte und nichts sehen konnte. Diesmal hörte uns Franca. Erschrocken drehte sie sich zu uns um. Die Unterhose, klatschnass infolge der Planscherei, war ihr ein wenig heruntergerutscht. Vorne, ein paar Zentimeter oberhalb des Gummis, quollen die Schamhaare hervor. Schwarz, gekräuselt, ungewöhnlich üppig. Wie eine Speerspitze verjüngten sie sich auf dem Oberbauch, der hervorstehende Nabel war von ein paar Härchen umgeben.

Ich räusperte mich laut. Sie lief davon, und im Laub raschelte es tatsächlich, als ob ein Fasan aufflöge. Die kleine Frigerio schrie erschrocken auf. Aus Zufall oder weil sie erschrak und eine reflexartige Bewegung machte, rutschte ihre Hand in meinen Schritt, doch da war Franca bereits zum Ufer gelaufen, und ich hatte einen ordentlichen Steifen. Natürlich spürte sie ihn. Und ließ ihn nicht mehr los. Sie packte ihn vielmehr durch den Hosenstoff hindurch und quetschte ihn, drückte ihn wie einen Schwimmreifen, wenn man überprüfen will, ob er genug aufgeblasen ist. Das genügte. Ich kam.

Gleich darauf schob ich die Hand der kleinen Frigerio weg und sprang auf.

„Entschuldige, das hätte nicht passieren dürfen", stotterte ich. „Entschuldige. Entschuldige wirklich. Das hätte nicht passieren dürfen."

„Was? Was hätte nicht passieren dürfen?", quiekte sie. Aber da lief ich schon davon, hörte nicht auf die Rufe der irritierten kleinen

Frigerio, die nicht bemerkt hatte, was passiert war. Ich krümmte mich vor Scham und auch, damit man die Beule in meiner Hose und den nassen Fleck nicht sah, ich lief in Richtung der Büsche und der Stimmen weiter hinten, in Richtung Tümpel, in Richtung des harmlosen und ahnungslosen Kreischens meiner Kameraden, die noch keine Freundin hatten.

Während des ganzen endlosen Sommers dachte ich an den üppigen Körper Franca Spirolazzis und an den dichten Haarbuschen, der wie eine Speerspitze auf den Nabel zeigte. Am stillen Örtchen im Hotelzimmer in Riccione erneuerte ich täglich die Erinnerung daran. Als die Schule wieder begann, drittes und viertes Jahr Gymnasium, forderte ich sie auf, mit mir auszugehen. Nach einem Kinobesuch und zwei Tanzabenden im Sportclub waren wir ein Paar. Die offizielle Verlobung fand aber erst drei Jahre später statt, als ich bereits studierte. Ich hatte den Widerstand meiner Familie besiegen müssen.

„Spirolazzi", sagte mein Vater kopfschüttelnd, „eine Familie von Landpächtern."

Ein Pluspunkt war, dass sie auf das Studium verzichtet und gleich als Sekretärin in der Schuhfabrik Morelli zu arbeiten begonnen hatte. Ingenieur Augusto Morelli war ein guter Freund meines Vaters, die beiden spielten Bridge und Scala Quaranta im Sport Club. Er war voll des Lobes für meine zukünftige Frau.

„Ein höfliches, eifriges, aufgewecktes Mädchen", wiederholte Morelli refrainartig. „Eine Angestellte wie aus dem Buche. Eine charakterfeste, anständige Person."

Ja, anständig war sie, viel zu anständig. Erst 1959, als ich in Pavia in moderner Philologie *cum laude* promovierte, gestattete Franca mir einen sexuellen Kontakt, der über das Küssen hinausging. Als Belohnung sozusagen. Sie holte mir einen runter. Wahrscheinlich für das *cum laude.*

Sie ging täglich in die San-Dionigi-Kirche, verehrte den Schutzpatron der Bauern. Wenn sie bei mir zu Hause zum Mittag- oder

Abendessen eingeladen war, konnte sie nicht umhin, vor der Vorspeise dem Herrn zu danken und ein Vaterunser zu beten. Sie ging zur Novene in den Dom und notierte sorgfältig in ihrem Kalender, an welchen Abenden sie in die Kirche gehen musste. Mit einer Gruppe gleichgesinnter Freundinnen traf sie sich im Oratorium von San Dionigi, um den Rosenkranz zu beten oder Bibelstellen zu lesen, die ihnen der Pfarrer empfohlen hatte. Ich begrabschte sie von oben bis unten, weshalb sie mich als *Krake* bezeichnete. Aber sie parierte meine Angriffe so gut, dass ich sie im Gegenzug *Torhüter* nannte.

Dann fand ich eine Anstellung in Mailand, bei den *Edizioni Paoline.* Wir heirateten. Im Dezember 1960, auf Hochzeitsreise im trüben, nebeligen Venedig, im Zimmer einer Dreisternepension, die an das *House of Usher* erinnerte, durfte ich endlich meiner Leidenschaft frönen. Franca, die mittlerweile noch üppiger war als im Gymnasium, bot mir ihren Buschen dar. Er war so weich und dicht, dass er meine kühnsten Erwartungen übertraf, denn abgesehen von den Beinen hatte sie noch nie einen Quadratzentimeter ihres Körpers enthaart.

Wir übersiedelten nach Mailand, in eine Hundertfünfzig-Quadratmeter-Wohnung, die uns mein Vater gekauft hatte, in die Via Foppa. Die sechziger Jahre lösten eine Art interplanetarisches Feuerwerk aus. Ich las Bianciardi, Volponi und Testori zum Privatvergnügen. Quintavalle und Simonetta, Celletti. Ich las die Romane des unsympathischen Volksschullehrers aus Vigevano, Mastronardi, die mir überhaupt nicht gefielen, obwohl er in Bezug auf unsere Stadt und ihre Einwohner natürlich völlig recht hatte. Ich las die Zeitschrift „Il menabò". Bei einem Stand gebrauchter Bücher auf dem Piazzale Cordusio kaufte ich die „Gettoni"-Reihe, obwohl ich sie für meine Arbeit nicht brauchen konnte. Ich las, studierte, lernte. Italienische und ausländische Neuerscheinungen. Malerba und Arbasino. Morante und Cialente. Die Leduc. Maurice Sachs. Die Duras. Ollier, Pinget im Original, so gut es ging. Robbe-Grillet und Butor in Übersetzung. Und ja, auch Sagan. Ein paar Engländer, Isherwood, Forster, ein paar Amerikaner, Hemingway, Callaghan. Miller, der endlich bei Feltrinelli erschienen war. Und ja, wie alle anderen auch las ich Vittorinis Anthologie *Americana*, und außerdem Faulkner und Dos Passos. Konsumware. Von den Beatautoren las ich nur zwei, drei Seiten, sonst wäre ich in Agonie gefallen. Ich studierte, ich lernte, die Welt veränderte sich, ich las. Wenn wir auf Urlaub nach Riccione fuhren, trug Franca jedoch nie einen Bikini, immer nur Badeanzug. Nie einen Minirock. Nie machten wir einen Sprung an die Côte d'Azur, nicht einmal nach Alassio oder Santa Margherita. Nie gingen wir in eine Kneipe an den Navigli. Nie gingen wir zu einem Konzert von Gaber, I Gufi oder Jannacci. Nicht einmal zu Don Backy oder Celentano. Sie ging weder ins Kino, noch ließ sie sich eine Dauerwelle oder eine Pediküre machen.

Als wir nach Mailand übersiedelt waren, hatte sie die Arbeit in der Schuhfabrik Morelli aufgegeben. Ein Jahr lang war sie Buchhalterin gewesen, danach arbeitete sie nie mehr. 1964 kam Alessandro zur Welt und sie beschloss, sich um ihn und um den Haushalt zu kümmern. Fernsehen? Ja, mein Vater hatte uns auch einen Fernseher geschenkt. Fernsehspiele, Quizsendungen. Hin und wieder ein Theaterstück. Sie las „Grand Hotel", die TV-Zeitung. Ging zur Sonntagsmesse. Keine Novenen mehr, wegen des Kindes. Stattdessen einsames Rosenkranzbeten in Alex' Zimmer, sobald er schlief. Oder sie betete zum seligen Domenico Savio, betete ein Heiligenbildchen an, auf dem er rosig und mit gerunzelter Stirn unter der Decke in der Babywiege lag. Und private Stoßgebete zum Heiligen Dionigi oder zum Seligen Matthäus, dem Schutzpatron von Vigevano. Und als wir schließlich ein Telefon bekamen, ertappte ich sie immer wieder dabei, wie sie Ferngespräche mit ihren Betschwestern aus Vigevano führte und den Rosenkranz betete.

Ob wir fickten? Aber ja doch. Ob es mir Spaß machte? Natürlich. Im Alter von dreißig war sie eine wunderschöne Frau, infolge der Schwangerschaft war sie noch üppiger geworden, hatte noch mehr Kurven bekommen. Einen noch größeren Buschen. Sie gestattete mir nur die allergewöhnlichsten Praktiken, aber mir reichte es. Ich hatte nie ausgefallene Gelüste. Ich nicht. Ich hatte nie eine andere Frau. Kaum zu glauben, aber wahr. Obwohl in meinem Büro immer wieder talentlose Schriftstellerinnen auftauchten, die zu allem bereit gewesen wären, allein dafür, dass ich ihr Werk las.

Eine Zeitlang lief es gut zwischen Franca und mir. 1968 kündigte ich bei den *Edizioni Paoline* und begann im Verlag zu arbeiten. Die Mondlandung und mein Büro auf demselben Stockwerk wie das des legendären Bosetti: In meinen Augen passte das gut zusammen. Am Anfang korrigierte ich nur die Fahnen von Essays und Reiseführern. Erst Mitte der siebziger Jahre begann ich Manuskripte zu lesen, Karteikarten anzulegen, zu lektorieren. Trotzdem verdiente ich schon das Doppelte als davor bei den *Edizioni Paoline.* Eignete mir ein profundes Wissen an. Etwa nicht? Ich las die Zeitschrift „Quaderni piacentini“ und rümpfte die Nase. Ich las die Zeitschrift „Malebolge“ und rümpfte sie noch mehr. Ich las Vonnegut, Vidal, Singer, Cheever, Updike. Guter Gott, ich las sogar Cronin und Solschenizyn. In der Zwischenzeit waren Francas Mutter und ihr Vater gestorben, dann mein Vater. Meine Frau ging jahrelang in Trauer. In Schwarz. Mit hängenden Mundwinkeln. Zusammengekniffenen Lippen. Bereits einem Anflug des Klosterschwesternbartes. Sie ging nicht aus, nur in die Kirche und zum Einkaufen. Sie hatte keine einzige Freundin in Mailand. Die einzigen Zeitschriften, die sie las, waren „Grazia“, „Intimità“, „Famiglia Cristiana“, ihr Fixpunkt war und blieb jedoch die TV-Zeitung.

Sie las die *Italienische Geschichte* von Montanelli und Gervaso, einen Band nach dem anderen. Hin und wieder, fast widerwillig, einen Roman von Nantas Salvalaggio oder ein Buch von Luca Goldoni. Im Fernsehen sah sie sich Komödien mit Calindri und

Govi an. Tragödien mit Albertazzi und der Proclemer. Fernsehspiele mit Ugo Pagliai und Alberto Lupo. Wenn wir am Sonntag einen Sprung nach Vigevano machten, um meine Mutter zu besuchen, die jetzt ganz allein in der Villa am Corso Cavour wohnte, begleitete Franca mich nur widerwillig, als ob sie dazu verpflichtet wäre. Sie flüsterte meiner Mutter tröstende Worte ins Ohr, aber sie war schon so taub, dass sie nicht einmal antwortete. Sie setzte sich an den Tisch, betete, aß. Dann setzte sie sich im Wohnzimmer in einen Stuhl am Fenster und betrachtete den sich allmählich verdunkelnden Himmel. Bis wir um fünf wieder fuhren. Zum Abendessen ausgehen? Hin und wieder schlug ich es vor, sie nie. Theater, Kino?

„Ich habe keine Lust, draußen ist es gefährlich", sagte sie. „Geh du allein. Ich bleibe zu Hause und bete zu Gott, er möge dich beschützen."

Abergläubisch griff ich mir in den Schritt. Ich ging.

Die Trauer legte sie erst 1978 ab, als Alessandro die dritte Klasse Unterstufe mit Bestnoten abschloss. Ob wir damals noch fickten? Aber ja doch. Viel weniger als früher, wir waren ja schon über vierzig. Aber wir fickten. Einmal alle zehn Tage, ja. Selten, aber so ist nun mal das Leben, und ich war zufrieden. Ich arbeitete, hin und wieder ging ich mit Kollegen aus, hin und wieder führte ich einen Schriftsteller aus, der zu Besuch im Verlag war, hin und wieder lud Bosetti mich zum Abendessen ein. Ich ging nach Hause, im Großen und Ganzen ging es mir gut. Konsumware, so hätte ich unser Leben beschrieben. Dann schrieb sich Alessandro in der Oberstufe des Realgymnasiums ein.

Er war eine Kanone. Fast nur Bestnoten. Aber er war kein Streber. Er war intelligent und lernte. Er hatte Freunde, eine Freundin. Er trennte sich von ihr, fand eine neue. Für Politik und Versammlungen interessierte er sich nicht, weder für die der einen noch für die der anderen Seite. Er lernte, er war eine Kanone, aus Politik hielt er sich raus. Es war ein dummer Zufall, dass ihm eine Kugel die

Lunge durchschlug. Der Polizei zufolge stammte sie aus der Pistole eines Autonomen, der in die Luft geschossen hatte; sie war an einer Dachrinne abgeprallt und hatte Alessandro getroffen. Mein Sohn wusste nicht einmal, weshalb an diesem Morgen gestreikt wurde. Es gab einen Streikwächter, und die Schüler durften die Schule nicht betreten. Das war im April 1981, einen Monat davor war *Der Klang der Welt* erschienen. Schon nach zwei Wochen war der Roman auf Platz zehn der Bestsellerlisten gelandet, nach drei bereits auf Platz zwei. Nach vier Wochen, an einem Freitag, rief mich Alberto Sinigaglia aus der Redaktion von „Tuttolibri" an und teilte mir mit, dass Leo Meyer triumphal auf Platz eins der Bestsellerlisten gelandet war, die am Tag darauf erscheinen würden. Kaum hatte ich aufgelegt, rief mich meine Frau aus dem Krankenhaus an. Alex lag im Koma.

Er war notoperiert worden. Nach der Operation lag er zwölf Tage im San Carlo. Dann wachte er aus dem Koma auf und im Nu war alles wieder wie eh und je. Er, seine Lunge, die guten Noten in der Schule, seine Freundin, das Leben. Alles, nur nicht die Haare meiner Frau. Und der berühmte Buschen. Sie hatte zwölf Tage und Nächte lang gewacht, gebetet, Stoßgebete ausgestoßen, Rosenkränze gebetet. Ihr Keratinspiegel spielte verrückt. Über Nacht wurde sie weiß. Ihre Haare waren wie von einer Staubschicht bedeckt.

Sie beschloss, sie nicht zu färben. Hatte sie vielleicht ein Gelübde abgelegt, während sie um Alex' Heilung gebetet hatte? Jedenfalls beschloss sie, sich nicht die Haare zu färben, geschweige denn die Schamhaare. Aber wer färbt sich auch die Schamhaare, außer vielleicht ein durchgeknallter Pornostar? Eine Zeitlang versuchte ich es. Es war ja meine eheliche Pflicht, entsprach der natürlichen Ordnung der Dinge, war von der Natur so vorgesehen. Ich zwang mich. Dann, mit fünfzig, hörte ich auf. Ich meine, ich hatte keinen Sex mehr mit meiner Frau. Haben Sie schon mal versucht, das Toupet Ihrer Großmutter zu ficken? Das geht einfach nicht. Ab vierzig rollt das Begehren ohnehin den Berg hinunter, mit fünfzig stürzt es in den Abgrund. 1983 ging Bosetti in Rente. Nach Leo veröffentlichte ich noch zwei Bücher, die ganz oben auf den Bestsellerlisten landeten. Mittlerweile war das für mich ganz selbstverständlich. Als Verlagsleiter hatte ich nicht einmal Zeit, an einen heimlichen Fick zu denken, geschweige denn einen zu organisieren. Zum Glück florierte die Pornoindustrie und ich tröstete mich hin und wieder mit einer Masturbation. Natürlich ganz allein, auf altmodische Art. Ja, damals begann ich, zur Maniküre auf die Piazza Cadorna zu gehen. Aber die Maniküre hatte nichts mit dem sprichwörtlichen Schönheitssalon zu tun, wo sich die Kosmetikerin zuerst mit den Händen und dann mit anderen Körperteilen beschäftigte. Das war mein einziges Zugeständnis an den Luxus, ein Regelbruch, den ich mir in meiner Position leisten konnte. Eine Stunde pro Woche verschwand ich aus dem Büro, so lange dauerte es, mir die Nägel machen zu lassen, danach kehrte ich zurück. Aus.

Leo? Er war nicht nur ein Autor, der in meinem Verlag publizierte und mir aus gutem Grund sympathisch war. Doch anders als meine Frau später argwöhnte, ließ ich mich nicht von ihm in den Arsch ficken. Und er sich auch nicht von mir. Allen Erwartungen zum Trotz hatte Leo in diesen Jahren so viel gesehen und erlebt, dass er den Debütantendünkel aufgab und der einzig wahre Freund wurde, den ich in meinem Leben je hatte.

Der Blick meiner Frau verschleiert sich. In ihrem Blick liegen Mitleid und Distanz. Wir sind im Zimmer des Atlantique, sie zieht mich aus. Sie hat mir bereits die Fay-Jacke ausgezogen. Jetzt streift sie mir das Hemd ab.

„Leg dich aufs Bett“, sagt sie.

„Aufs Bett?“

„Wegen der Schuhe. Ich kann mich nicht bücken.“

Stimmt. Die Osteoporose, der krumme Rücken. Die Kniearthrose. Auch mit den Füßen hat sie Probleme. Enge Schuhe trägt sie schon seit Jahren nicht mehr, nur bequeme Mokassins, die nach einer Woche ausgelatscht sind. Ist gut, ich lege mich hin, obwohl es mich fröstelt, als ich den klatschnassen Hosenstoff auf der Haut spüre. Franca schnürt einen Schuh auf, zieht ihn mir mühsam aus. Sie hält inne, atmet tief ein. Dann zieht sie mir den anderen aus.

„Steh auf", befiehlt sie.

Sie gibt mir die Hand, hilft mir, die Beine auf den Boden zu stellen, das Gleichgewicht zu halten und aufzustehen. Ihr verschleierter Blick bestätigt die Distanz zwischen Krankenschwester und Patient. Ich versuche den Gürtel abzunehmen, aber meine Hände zittern, ich kann die Schnalle nicht öffnen.

Auf dem Bett liegt schon ein Handtuch bereit. Sie nimmt es, wischt mir damit über den Bauch. Dann über die Genitalien. Meine schlaffen, verschrumpelten Genitalien. Über den alten Putzlappen, auf dem ein paar spärliche weiße Härchen sprießen. Müde, fleckige Haut, dunkel, als würde sie bald faulen. Die Stutzen. Ich habe noch die Stutzen an. Einer ist bis zum Knöchel hinuntergerutscht, der andere hält auf der Höhe des Knies. Der Kopf meiner Frau ist nur eine Handbreit von meinem Nabel entfernt. Sie bückt sich so weit wie möglich, reibt mir mit dem Handtuch über die schlaffen Hinterbacken, den knochigen Rücken. Wie zuvor im Taxi atme ich den Geruch ihrer ungewaschenen Haare ein. Ich betrachte die Vorhangschienen. Ich betrachte die glänzenden Messinghäkchen, die Ösen des dunkelgrünen Stoffes mit den provenzalischen Motiven. Die Haare meiner Frau kitzeln mich am Bauch.

Ich hoffe, dass sie mich nicht berührt. Wenn ich an Gott glaubte, würde ich beten. Ich würde beten, dass Franca nichts macht, dass sie mich abtrocknet und aus. Dass sie keine unüberlegten, überspannten Gesten macht.

„Ich gehe duschen", flüstere ich.

„Schaffst du es allein?"

Ich nicke. Sie zieht sich zurück. Nein, sie küsst mich nicht. Sie legt nicht die Stirn an meine Haut. Sie legt nicht ihre Wange, die so faltig und schlaff ist wie die einer Bulldogge, auf meine Brust. Sie umarmt mich nicht, streichelt mich nicht einmal. Mit unsicheren Schritten gehe ich ins Bad; wenn ich an Gott glaubte, würde ich ihm danken.

„Die Stutzen." Ach ja. Darauf habe ich vergessen.

„Leg dich aufs Bett, ich ziehe sie dir aus."

Folgsam tripple ich zurück, mit ihrer Hilfe setze ich mich wieder hin und lege mich aufs Bett, lasse sie dieselben Gesten ausführen wie eben zuvor. Dieselben Bewegungen. Dieselben Tempi. Mein Magen zieht sich zusammen. Ich denke: Wie das Ritual einer untergegangenen Kultur, wie eine pietätvolle Sterbebegleitung. Als ich endlich ins Bad gehe, muss ich sogar lächeln. Wäre ich mein eigener Lektor, würde ich über den Satz bezüglich der untergegangenen Kultur sagen: Wie aus einem Agonieroman.

Als ich aus der Dusche komme, hat sie eine Überraschung für mich bereit. Im Zimmer der süßliche Geruch von angewärmtem Haschisch. Auf dem Nachtkästchen neben meinem Bett eine perfekt geformte Zigarette. Im Aschenbecher eine zerfledderte Muratti und der übriggebliebene Tabak. Meine Frau sitzt auf der Bettkante und starrt auf den Fernseher, wo gerade eine französische Nachrichtensendung läuft. Mir geht es besser, ich fühle mich beinahe gut. Der Bademantel ist weich, meine Haut duftet nach Blüten wie das Duschgel. Die Szene ist eindeutig komisch. Meine Frau dreht dem Joint, den sie gerade gebaut hat, demonstrativ den Rücken zu, wie immer mit zusammengekniffenen Lippen und dem zarten Oberlippenbart einer verärgerten Klosterschwester. Gewiss hat sie ihn widerwillig fabriziert. Wahrscheinlich hat sie sich dabei bekreuzigt. Vielleicht sogar ein Bußgebet gesprochen.

„Wie hast du das geschafft?"

Sie zuckt mit den Achseln. Schweigt einen Augenblick lang. Dann sagt sie, ohne sich umzudrehen, während sie nach wie vor auf den Fernseher starrt:

„Ich habe Alessandro angerufen."

„Was heißt das?“

„Nicht mehr und nicht weniger, als dass ich ihn angerufen habe. Jetzt, während du geduscht hast. Du warst eine halbe Stunde im Bad.“

„Was hat Alessandro damit zu tun?“

Sie zuckt wieder mit den Achseln. Ich stehe neben dem Nachtkästchen, neben der Zigarette, die sie sorgfältig mit Haschisch gefüllt hat. Sie sieht weder die Zigarette noch mich an. Sie dreht sich noch immer nicht um. Sie starrt auf die Nachrichtensendung, mit dem Rücken zu mir.

„Er ist ein Junge. Ich dachte, er wüsste, wie man so was macht, und er hat es mir tatsächlich erklärt.“

Ich lache. Alex ist achtundvierzig, nicht wirklich mehr ein Junge, und außerdem ist mein Sohn kein bisschen leger. Ich musste ihm das Original des Briefes von Doktor Scanavino zeigen, der berühmte Neurologe musste ihn höchstpersönlich anrufen. Die Koryphäe musste ihm wissenschaftliche Artikel vorlegen, zum Beweis, dass Cannabis die Symptome der primär progredienten Multiplen Sklerose tatsächlich lindert. Erst als er sie gelesen hatte und sein Vater ihn verlegen und mit bebenden, gefalteten Händen anflehte, ließ er sich umstimmen.

Bei Franca war es einfacher. Sie hat ja einen angeborenen tiefen Respekt vor Ärzten. Ausnahmsweise war ich für ihre bäuerliche Herkunft dankbar. Sie bekreuzigt sich, wenn ich rauche, betet an meiner Statt Bußgebete, aber sie fügt sich den Anweisungen des Arztes. Und jetzt hat sie sogar einen Haschischbrocken aus dem Koffer genommen, Alessandro angerufen, sich erklären lassen, wie man es macht, und wartet.

Ich nehme die Zigarette, stecke sie in den Mund. Ich nehme das Feuerzeug, mache es an. Ich halte die Rechte mit der Linken, damit sie nicht so sehr zittert und ich die Zigarette anzünden kann. Schließlich fängt sie Feuer und ich atme ein. Das Sonnenlicht hinter den Vorhängen wird augenblicklich heller. Die Hände hören zu zittern auf. Ich spüre plötzlich wieder Muskeln in den

Beinen, die ich schon ganz vergessen hatte. Ich atme aus. Ich gehe zu meiner Frau, bücke mich, küsse sie auf die Haare. Sie starrt nach wie vor auf die Nachrichtensendung, obwohl sie kein Wort Französisch versteht. Ich küsse sie noch einmal. Ich atme ein, behalte den Rauch in der Lunge, atme aus. Sie hustet. Alessandro kauft mir Haschisch. Er erledigt das für mich. Er kauft es irgendwo in Mailand. Genau darum habe ich ihn mit gefalteten Händen gebeten. Keine Ahnung, ob Franca es weiß. Keine Ahnung, ob er es ihr gesagt hat. Vielleicht jetzt am Telefon, während er ihr Anweisungen gab:

„Du darfst die Flamme nicht allzu nahe dran halten. Das Haschisch soll nicht brutzeln, sondern nur weich werden. Dann blase darauf. Wenn es abgekühlt ist und du es mit den Fingern halten kannst, zerbrösle es. Ja, ich weiß sehr gut, was Papa für einen Brocken mitgenommen hat. Ich habe ihn in Mailand gekauft und die Qualität geprüft."

Geprüft. So spricht jemand, der ein Doktorat in Physik hat und mit achtundvierzig Jahren noch immer Universitätsassistent ist. Ich hoffe, der Herr Wissenschaftler hat ein gewisses Detail verschwiegen. Ich habe meiner Frau nämlich erzählt, Scanavino gäbe mir alle zwei Wochen eine gewisse Menge und ich nähme an einer Studie der neurologischen Abteilung des San-Matteo-Krankenhauses in Pavia teil.

Warum auch nicht.

Ich lege ihr eine Hand auf die Schultern. Auf ihre gebeugten, mageren Schultern, auf die Haut, die auf ihrem Skelett zu hängen scheint, das aus dünnen porösen Knochen besteht. Ich wollte sie gerade loben. Mich bei ihr bedanken. Und ihr endlich in fröhlichem Tonfall erzählen, dass Alessandro mein Dealer ist. Aber da hämmert jemand an die Tür, als ob er sie eintreten wolle.

„Cesare, was ist? Bist du tot?"

Es ist Luciano.

„Hör auf! Man kann dich im ganzen Hotel hören."

Das ist Adriana.

„Cesare hat sich angemacht! Wirst du gerade gewickelt?“

Buttafava lacht. Ausnahmsweise kein Humor à la Wodehouse. Ich sehe, wie Franca die Zähne zusammenbeißt. Ich sehe, wie sie die Fäuste ballt, wie ihr Blick stechend wird. Ich inhaliere. Ich atme den schweren aromatischen Rauch aus und überlege mir, mit welchem Witz ich ihn am Boden zerstören könnte. Aber Franca kommt mir zuvor. Wie eine Furie springt sie auf, läuft zur Tür, reißt sie auf. Sie schreit nicht, aber ihre Stimme ist schneidend wie eine Stahlklinge.

„Warum machst du nicht einen schönen Spaziergang, Luciano? Hier ist jemand, dem es nicht gut geht. Aber auch dein Hirn ist nicht ganz in Hochform, oder?“

Sie schlägt die Tür zu, schnaubt wie ein Drache. Ihr Schnurrbart sieht aus wie der von Lenin. Ich atme ein. Halte den Rauch in der Lunge. Atme aus. Ich denke, ich werde noch hundert Jahre leben. Und stelle fest, dass dies der letzte Brocken war, dass ich mit dieser Zigarette meinen Haschischvorrat aufgebraucht habe.

Ich sage zu mir: Aber ich habe den Joint dringend gebraucht, oder?

Mittwoch Abend

Es ist acht Uhr abends und mir geht es bestens, danke der Nachfrage. Der Spuk ist vorbei. Dank der magischen psychotropen Substanzen.

Wir essen im Le Chantecler zu Abend, dem Restaurant im Negresco. Unser Tisch steht auf der Veranda, wir blicken auf die verkehrsreiche Promenade des Anglais. Dahinter, hinter dem Gehsteig, auf dem die Touristen in Richtung der Restaurants eilen, das Meer. Das Wasser ist ein dunkelblauer Spiegel. Der violette Himmel ist von hellen Streifen durchzogen; die Flugzeuge, von denen sie stammen, sinken langsam in Richtung Flughafen. Wir sind die einzigen Gäste in dem mit Stuck, Kapitellen und Kristalllustern ausgestatteten Restaurant, abgesehen von einem hundert-und-darüberjährigen Paar, einem Relikt der Belle Époque, er in weißem Sakko, sie in altrosa Kostüm. Dieses Nizza ist todlangweilig.

„Und er wollte mich beim Tennis schlagen. Mich! Dabei hat er keinen einzigen Satz gewonnen. Ganz zu schweigen von einem Match. Keinen Satz. Keinen!"

Buttafava hat ein winziges, mit provenzalischen Kräutern aromatisiertes Brötchen in der Hand. Er hat es aus dem üppig gefüllten Brotkörbchen herausgefischt. Er reißt kleine Stücke davon ab. Dann schiebt er sie sich in den Mund wie ein Elefant Erdnüsse. Während wir auf das *plat* warten, kaut er und brüllt herum. Keine Ahnung, von wem er spricht, ich höre nur mit einem Ohr zu. Von einem Typ aus dem Lionsclub offenbar, den unser Freund letzte Woche zu einem Vortrag in den Rotary Club eingeladen hat. Zum Entree hat Luciano bereits zwei Gläser Châteauneuf du Pape hinuntergestürzt. Eine Minute lang verharrt er auf der Abschussrampe, dann zischt er los. Persegàti am oberen Ende des Tisches lacht. Franca und Adriana am anderen Ende des Tisches flüstern leicht pikiert. Die beiden Hundert-und-darüber-Jährigen schweigen, sie kauen sorgfältig und werfen neugierige, um nicht zu sagen gierige Blicke auf den Tisch mit den älteren italienischen Herrschaften, die sich lautstark unterhalten.

„Ein Defensivspieler wie Wilander, er holte Bälle aus mir raus, die eine Handbreit vor der Linie landeten. Ein Defensivspieler und Räuber. Mit Spitznamen Mats Ciulànder. Wenn ich einen Lob spielte, wurde sein Ärmchen so schlaff, dass kein Schmetterball zurückkam, sondern ein Schmetterling."

Persegàti lacht wie verrückt. Mit seinen Händen, die aussehen wie Raubtierklauen, schlägt er auf den Tisch, er trampelt sogar mit den Füßen auf den Boden.

„Und wenn man ihm einen Ball mitten auf den Platz spielte, track! Da war gleich eine Schaufel voll Erde weg. Er grub ein Loch. Halb volé, halb Loch."

Persegàti krümmt sich vor Lachen. Brille schief auf der Nase, weit aufgerissener Mund.

„Eines Abends, nach einem Match, bei dem er gleich in der ersten Runde ausgeschieden war, gab es ein Abendessen. Im Restaurant auf dem Tennisplatz. Mats Ciulànder brüstete sich, wo er bereits überall gespielt hatte. Auf einem Platz in Wimbledon und auf einem Platz in Queens. Und sogar im Tennisclub von Monte Carlo. Von Beruf ist er Sanitärhersteller. Im Klartext, er verkauft Scheißhäuser! Klos, Duschtassen. Also habe ich ihn ganz ernst gefragt: ‚Entschuldige, ich würde gern etwas wissen. Du bist ja ein internationaler Bidetfachmann: Wie wäscht man sich im Fürstentum Monaco den Arsch?'"

Wir brüllen vor Lachen. Ich auch. Attilio wirft sogar seinen Kopf in den Nacken. Sehr gut. So soll es sein. Lucianos Witze sind letztklassig, aber scheiß drauf. Wir sind wegen Persegàti hier, nicht wahr? Damit er Spaß hat und die familiären Tragödien vergisst. Absichtsvoll unterbreche ich Buttafava.

„Wie nennst du deine Schwägerin?" Das ist seine Paradenummer. Ich liefere ihm das Stichwort. „Deine Schwägerin, die mit dem vorstehenden Kiefer ..."

„Meine Vorsteherin?"

Wir lachen wieder. Sogar Franca. Auch die beiden Hundert-und-darüber-Jährigen am Nebentisch, aber nur aus Höflichkeit, sie unterhalten sich auf Deutsch, nicht auf Italienisch. Nur Adriana meckert.

„Luciano, sie ist meine Schwester."

„Ein schreckliches Weib *und* deine Schwester. Mit einem vorstehenden Kinn. Wie die weibliche Ausgabe von Schumacher."

Jetzt lacht sogar Adriana. Und als Adriana aufhört zu lachen und wieder zu meckern beginnt, sagt ihr Mann zu ihr:

„Scheiß dich nicht an."

Ich explodiere. Der Châteauneuf, den ich gerade runterschlucken wollte, spritzt aus meinem Mund. *Scheißdichnichtan* ist Lucianos Paradenummer. Wenn sein Hirn infolge des vielen Lachens zu wenig Sauerstoff bekommt und er alle Hemmungen verliert, gibt er die *Scheißdichnichtan*-Nummer. Sie ist wahrscheinlich schrecklich ordinär, aber zum Schreien komisch. Hin und wieder singt er sogar *scheißdichnichtan* und tanzt dazu einen Twist zur Melodie von *Saint Tropez*. Genau das hat er jetzt vor. Er steht auf. Er singt seiner Frau vor, während er ein paar Tanzschritte in der Art von Don Lurio macht. Ich lache wie verrückt. Scheiß drauf, dass ich im Museumsklo vergessen habe, die Hose runterzulassen. Scheiß auf Lucianos bösartige Witze. Ich habe nicht mehr lange zu leben, ich habe Cannabis geraucht, ich habe einen großartigen französischen Weißwein getrunken. Scheiß auf die Welt.

Ach, *verdammt*. Ich habe die Rechnung ohne den Wirt gemacht. Ohne Leo.

Heute, nachdem ich die vom Arzt verschriebene Zigarette geraucht hatte, schlief ich ein. Um fünf wachte ich auf. Niemand war da, Franca hatte mir ein Zettelchen hingelegt.

„Vertrete mir mit Adriana, Luciano und Attilio ein wenig die Beine. Bin vor dem Abendessen wieder da."

Verärgert zerriss ich den Zettel. Nicht, weil sie nicht da war, sondern weil ich die Formulierung „Beine vertreten" unerträglich finde. Spazieren gehen, eine Runde machen? Gibt es nicht weniger peinliche Formulierungen? Trotzdem ging es mir gut. Es ging mir gut und ich hatte Hunger. Ich öffnete die Minibar, aß die salzigen Erdnüsse, trank einen Multivitaminsaft. Es ging mir gut, und wie. Die berühmten Nebeneffekte des Cannabis. Es war mir egal, dass ich mich angepisst hatte. Alles war mir egal. Wie viele Jahre würde ich noch leben? Zwei, fünf? Zehn? Ich dachte in aller Ruhe darüber nach, wie jetzt im Chantecler. Und in diesen elenden zwei, fünf oder zehn Jahren, die mir noch blieben, sollte ich Zeit vergeuden und mir Gedanken darüber machen, was die Leute von mir dachten? Mir Gedanken darüber machen, ob ich wie ein seniler Trottel wirkte? *Ich bin* ein seniler Trottel, leider, ich *bin einer!*

Und ich war ganz klar im Kopf. So klar, wie ich seit Monaten nicht mehr gewesen war. Also schnappte ich mir das Telefonbuch und begann Anrufe zu machen. Nur in Vier- oder Fünfsternehotels, billiger hätte Leo es nicht gegeben. Ich brauchte Eindreiviertelstunden. Als meine Frau zurückkam, war ich noch immer nicht fertig. Ich dachte: Ich will keine Heimlichtuerei.

„Ich rufe in den Hotels an, ich suche Leo."

Sie legte eine Handvoll Prospekte und Zeitungen auf den Tisch neben dem Fernseher, ohne mich anzusehen.

„Draußen hat es abgekühlt. Die Sonne scheint, aber es hat abgekühlt. Es ist windig." Sie zog sich die Fay-Jacke aus. Vor dem Einschlafen hatte ich gerade noch gesehen, wie sie sie mit dem Fön trocknete. Sie hatte sie getrocknet und an den Stellen geschnuppert, die ich nass gemacht hatte. „Und hast du ihn gefunden?"

Ich schüttelte den Kopf.

„Drei Hotels sind allerdings noch ausständig."

Sie zuckte mit den Achseln. Sie sah mich noch immer nicht an.

„Ich gehe duschen", kündigte sie an. Flach, ausdruckslos. Ich saß auf der Bettkante. Bevor sie ins Bad ging, machte Franca Folgendes: Sie kam zu mir, nahm meinen Kopf zwischen die Hände, drückte ihn an ihre Brust, streichelte meine Haare.

Anders als befürchtet empfand ich keinen Ekel. Es war mir nicht einmal peinlich. Mir war vielmehr, als würde ich ein altes verrostetes Gerät wieder in Betrieb nehmen, und ich wunderte mich darüber, wie einfach es sich wieder in Gang setzen ließ. Franca ging bereits in die Dusche, da rutschte es mir heraus: „Ich hatte nie was mit Leo. Glaubst du mir das endlich, du alte Karyatide?"

Bevor Leo mich abservierte, hatte ich mit Franca jahrelang wegen dieser aberwitzigen Idee gestritten. Ich sagte zu mir: Das kommt von ihrer beschränkten Weltsicht, sie kann ihre bäuerliche Herkunft nun mal nicht verleugnen. Ich sagte zu mir: Weihrauch und Kerzenrauch, entfacht von der kirchlichen Homophobie, sind ihr zu Kopf gestiegen. Ich sagte mir auch: Was für eine blöde Idee, Leo dieses eine Mal zum Abendessen einzuladen, und was für eine unselige Idee von ihm, mit Alex darüber zu sprechen. Aber das reichte mir nicht, ich konnte mich einfach nicht damit abfinden, dass sie so etwas Dummes glaubte. Schließlich gab ich es auf, sie vom Gegenteil zu überzeugen. Ich erwähnte meinen Freund nicht mehr. Ich leugnete, dass ich ihn sah oder von ihm hörte. Ich log. Ich verschwieg Treffen und Telefongespräche. Absurd, als ob wir tatsächlich ein Liebespaar gewesen wären.

„Es ist mir egal und aus."

So schnauzte sie mich heute Nachmittag an, an der Schwelle zum Badezimmer. Die Lippen mehr als zusammengekniffen: ein Mund wie ein Hühnerarsch.

„Du willst ihn suchen? Mach nur. Ich sage nichts. Reiß ihn dir auf und lass mich in Ruhe."

„Könntest du ...", sagte ich. Aber sie kam mir zuvor und schloss sich im Bad ein. Was für eine Neurotikerin. Dabei hatte ich nur sagen wollen: Könntest du bitte Ausdrücke wie „reiß ihn dir auf" vermeiden? Neurotisch oder nicht, so heftig hatte sie sich in den letzten zwanzig Jahren nicht mehr über Leo geäußert. Ich schluckte das „reiß ihn dir auf" runter und rief in den letzten drei Hotels an. Keine Spur von meinem Freund. Zuversichtlich pfeifend, vielleicht wegen der berühmten Nebeneffekte des Cannabis, stand ich auf. Ich warf einen Blick auf den Haufen Papier, den Franca mitgebracht hatte. Unter anderem auch die Abendausgabe von „Metro Nice". Ich blätterte drin. Im Blattinneren war ein Bericht über den Fall Nathalie Guimard. Die unbarmherzigen Fotos zeigten das von einem Tumor entstellte Gesicht der armen Frau.

Ich hebe das halbvolle Glas Châteauneuf. Ich betrachte es gegen das Licht der Straßenlaternen, die die Veranda des Chantecler säumen. Die strohfarbene Flüssigkeit zittert kaum merklich. Gut. Ein Schluck.

Die *plats* sind vor einer Minute serviert worden. Sterneküche, ein herrlichter Anblick. Adriana kostet ein Stück von ihrem *filet de pageot à la plancha*. Sie seufzt. Sie deklamiert:

„Meine Herrschaften, ein Meisterwerk."

Scheißdichnichtan, fordern wir sie im Chor auf, im Dialekt, ganz im Stil ihres Gatten. Aber ich stimme ihr zu, auch mein *plat* ist ausgezeichnet. Wir trinken bereits die zweite Flasche Châteauneuf du Pape. Persegàti strahlt wie ein kleines Kind. Tuttafava erzählt ihm aufgekratzt einen Witz nach dem anderen. Ich nehme noch einen Bissen von meiner *cuisse de pintade*, hole tief Luft, lächle, sage: „Ich habe keine Ahnung, ob Euthanasie in Frankreich legal ist oder nicht. Wisst ihr es?"

Die Gabeln, die Gläser, die Servietten. Alles an unserem Tisch hält auf halber Höhe inne. Sogar das freundliche Lächeln auf den Gesichtern der Hundert-und-darüber-Jährigen am anderen Ende des Saals gefriert. Scheiß drauf.

„Nathalie Guimard. Die Zeitungen haben heute über sie berichtet. Auch ‚Metro Nice', das Franca mit aufs Zimmer genommen hat."

Alle vier sehen mich sprachlos an. Ich muss lachen.

„‚Metro Nice‘, die Gratiszeitung. Ihr habt sie doch gelesen, oder? Im Foyer des Atlantique gibt es jede Menge davon. Die Frau mit dem entstellenden Tumor im Gesicht. Im Blattinneren waren Fotos von ihr. Grauenhaft. Ihr habt sie doch gesehen, oder?“

Buttafava schaut drein, als ob er an einer Maus röche, die seit Wochen tot ist. Die beiden Damen nicken. Persegàti macht irgendwas Undefinierbares.

„Sie ist vor ein paar Tagen hingeschieden. Gestorben. *Décédée.* In einer Privatklinik hier in Nizza. In der Clinique de la Côte, der Klinik eines gewissen Doktor Doinel, oben im Cimiez-Viertel.“

Niemand sagt ein Wort.

„Doinel wie Antoine Doinel. Der von Truffaut. Dem Regisseur. Klingelt es? Nun gut, wenigstens das Cimiez-Viertel? Das Wohnviertel oben am Hügel? Wo wir morgen hingehen, oder? Jetzt kommt schon: Wo das Matissemuseum ist.“

„Ach ja, Matisse. Also?“

„Also, Attilio: Heute wurde dieser Doktor Doinel verhört. Man wirft ihm vor, die Guimard umgebracht zu haben. ‚Umgebracht‘, je nachdem. Sagen wir ‚erlöst‘, auf Bitten der Frau. Ein Fall von Sterbehilfe, genau. Von Euthanasie *on demand*.“

Luciano schnauft. Ich grinse. Die beiden Damen sehen mich mitleidig an. Keine Ahnung, was Persegàti macht. Er betrachtet den Kristallluster, während sein Adamsapfel auf- und abhüpft. Die Hundert-und-darüber-Jährigen? Sie unterschreiben die Rechnung, die die Restaurantleiterin ihnen gebracht hat, stehen auf, gehen. Gebückt, mit versteinerten Bewegungen. Sie nicken uns zum Abschied zu. Ich erwidere den Gruß, schwenke fröhlich die Serviette. Dann wende ich mich wieder an meine Tischgenossen.

„Die arme Guimard hat vor einem Jahr das Gericht in Nizza um die Erlaubnis gebeten, einen Antrag auf Euthanasie stellen zu dürfen. Die Bitte ist abgelehnt worden. Was bedeutet, ein Gericht ‚um Erlaubnis zu bitten‘? Keine Ahnung. Aber so steht es in ‚Metro Nice‘. Die französischen Journalisten sind offenbar genauso blöd wie die italienischen.“

Ich lache freudlos. Ein letztklassiger Witz. Die Temperatur am Tisch ist mittlerweile so tief, dass sich die Luft beinahe verflüssigt.

„Kurz und gut, es besteht der Verdacht, dass der diabolische Doktor Doinel in der Klinik im Cimiez-Viertel der armen Guimard beim Sterben geholfen hat. In ‚Metro Nice' steht, in dieser Klinik habe es bereits mehrere verdächtige Fälle gegeben. Da kann ich nur sagen: Na so was! Wo hat es nicht verdächtige Fälle gegeben? Krankenschwestern als Todesengel, höhere Morphiumdosen als erlaubt, mit dem Einverständnis der Patienten und der Angehörigen. In der Schundliteratur gibt es jede Menge Beispiele dafür. Vor einigen Monaten, als die Guimard um ihre berühmte Erlaubnis gebeten hat, war sie allerdings im Fernsehen. Das hat natürlich für beträchtliches Aufsehen gesorgt, obwohl es in Frankreich keinen Vatikan gibt."

Ich lächle. Franca legt demonstrativ die Gabel auf den Tisch.

„Lass den Papst in Ruhe."

„Der Papst hat nichts damit zu tun, keiner will ihm am Zeug flicken. Es geht darum, dass die Guimard noch zwei oder drei Jahre zu leben hatte. Der Tumor wäre jedoch gewachsen. So stand es in ‚Metro Nice'. Nicht operierbar, nicht behandelbar. Widerwärtig. Innerhalb einiger Monate wäre sie so dick und fett geworden, dass sie nicht mehr gehen, vielleicht nicht einmal mehr im Rollstuhl hätte fahren können. Er hätte die Augen befallen, sie wäre erblindet. Den Mund, sie hätte nicht mehr sprechen können. Vielleicht auch die Atemwege, man hätte sie künstlich beatmen müssen."

Auch Persegàti rührt sein Essen nicht mehr an. Genauso wenig wie Adriana. Und Luciano? Er isst schon seit geraumer Zeit nicht mehr, hat beide Hände demonstrativ auf die Kronjuwelen gelegt. Aberglaube.

„Esst, sonst wird es kalt", sage ich.

Niemand rührt das Essen an.

„Wenn ihr wollt, könnte ich noch ein Schäufelchen drauflegen und einen Aphorismus von Cioran zitieren."

Gar kein schlechter Witz. Doch keiner lacht, Scheißanalphabeten. Mittlerweile sind wir auch der Restaurantleiterin aufgefallen. Beziehungsweise sie hat bemerkt, dass unsere Messer und Gabeln auf dem Tisch liegen und dass wir unser Essen zur Hälfte übriggelassen haben. Sie hat gesehen, dass an unserem Tisch absolut keine Fröhlichkeit herrscht. Sie kommt zu uns, mit gerunzelter Stirn und bedauerndem Lächeln.

„Quelque chose ne va pas avec vos plats?"

Anstatt zu antworten, frage ich sie:

„Vous connaissez la position juridique sur l'euthanasie en France?"

Sie sieht mich verwirrt an. Eine elegante, freundliche Frau. Um die dreißig. Schwarzes Kostüm, die blonden Haare im Nacken zu einem Knoten gebunden. Sie macht den Mund auf und wieder zu, legt den Kopf schief, deutet ein halbherziges Lächeln an. Ich schüttle den Kopf, mache eine Handbewegung, die so viel wie *laissez tomber* bedeutet.

„Par contre, ma cuisse de pintade est superbe. Merci."

Ich entlasse sie mit einem Lächeln. Gierig schiebe ich mir einen Bissen in den Mund und spreche angestrengt, während ich kaue.

„Entschuldigt, aber sollte man dem armseligen Doktor Doinel nicht lieber ein Denkmal errichten, anstatt ihn ins Gefängnis zu werfen? Verzeiht meine Wortwahl, aber warum sollte ich mich zwingen lassen, noch zwei Jahre zu leben, wenn ich weiß, dass es Scheißjahre sein werden? Dass mich die Leute in diesen zwei Jahren nur aus Mitleid und voller Ekel ansehen werden? Dass ich nicht mehr lesen, ins Kino gehen, mit meinen Freunden plaudern kann, ganz zu schweigen von komplexeren Genüssen, wie kühlen Regen auf dem Gesicht, warme Sonnenstrahlen auf der Haut, Wind in den Haaren zu spüren oder zu hören, wie es klingt, wenn einem jemand einen freundschaftlichen Klaps auf den Hintern gibt?"

„Das Leben ist heilig."

Atemlos stößt Adriana den Satz hervor, ihre Stimme klingt wie die Synchronstimme von Bette Davis, wenn sie sich ärgert.

„Wem, bitteschön, ist es heilig, Adriana? Deinem berühmten imaginären Wesen, das sich irgendwo oberhalb der Wolken versteckt? Das nur das Beste für uns alle will und trotzdem nichts gegen Doktor Mengele, Mao Tse-tung, Genossen Stalin und Millionenauflagen von Paolo Coelho unternommen hat?"

Erst jetzt fällt mir auf, dass Franca mich anblickt. Ihre Lippen sind natürlich zusammengekniffen und ihr Klosterschwesternbart sträubt sich, doch damit nicht genug. Ihr Blick ist derselbe wie damals, als sie bei Alessandro im San Carlo wachte, während er zwölf Tage im Koma lag.

„Schlag dir das aus dem Kopf, Cesare. Auch wenn du nicht an Gott glaubst, kannst du *mir* das nicht antun. Und auch nicht *deinem Sohn*."

Ich lächle sanft. Sie ist eine unverbesserliche Pessimistin. Lange Zeit habe ich mich gefragt: Liegt das ebenfalls an ihrem begrenzten Erfahrungshorizont infolge ihrer bäuerlichen Herkunft? Anders gesagt, liegt es an ihrer naiven Demut, an dem Gefühl der Bedeutungslosigkeit des Menschen angesichts eines ihm unverständlichen Plans? Angesichts einer bedrohlichen, feindlichen Welt, die der Bauer weder verstehen noch beeinflussen kann?

„Meine liebe Franca", sage ich zu ihr, „Du solltest dich ein wenig hinlegen."

Ich esse mein großartiges *plat* auf, tunke auch noch den letzten Rest der französischen Buttersauce auf.

„Ich spreche doch in keiner Weise von mir, ihr Dummköpfe. Mir geht es ausgezeichnet, abgesehen davon, dass ich mich hin und wieder anpisse, aber sei's drum. Ich zittere ein wenig, hin und wieder sehe ich schwarz, einmal im Monat verliere ich das Gedächtnis. Kinkerlitzchen. Und außerdem gibt es doch Doktor Scanavinos bewährte Arznei, oder? Ich habe noch zwei oder drei anständige Jahre vor mir, oder? Also was solls. Auch einfache Genüsse wie eine Maniküre machen mir noch Spaß, und du glaubst, ich denke an Euthanasie?"

Ich rufe die Restaurantleiterin.

„Ich entschuldige mich für die frostige Stimmung, ich zahle", sage ich zu meinen Tischgenossen und bestelle bei der höflichen Dame einen Jahrgangschampagner.

„Cesare, *scheißdichnichtan*."

Ich lache. Ich nicke. Luciano hat recht.

„Erinnerst du dich an Leo, wegen dem mich meine Alte heute im Museum so angeschrien hat?"

„Worauf du dich – apropos – angepisst hast?"

Ich lache trotzdem.

„Worauf ich mir in die Hose gemacht habe, genau. Ja, Herr Leo Meyer ist hier in Nizza. Ich habe ihn heute Vormittag im Taxi vorbeifahren sehen. Er wirkte gealtert, wie ein Wrack. Eine Leiche. Du hast ihn ja auch gesehen, Franca, nicht wahr?"

Meine Frau ist zur Salzsäule erstarrt und starrt mich an. Gesträubter Klosterschwesternbart.

„Gut. Ich habe den Artikel über die Guimard in ‚Metro Nice' gelesen. Erkenntnis, Erleuchtung, Satori: Wetten, dass er dort ist? Die Nummer der Clinique de la Côte steht im Telefonbuch. Während Franca duschte, habe ich angerufen."

Ich seufze.

„Nun, er ist tatsächlich dort. Leo ist wirklich in der Klinik von Doktor Doinel."

„Bingo!", schreit Persegàti und klatscht in die Hände. Sieh mal einer an. Er schien in Gedanken versunken, dabei war er ganz bei der Sache.

„Und was für eine schreckliche Krankheit hat er deiner Meinung nach?"

Luciano schaut mich fragend an, die Hände wieder demonstrativ im Schritt.

„Woher soll ich das wissen? Ich habe seit zehn Jahren nicht mit ihm gesprochen."

„Bingo", wiederholt Persegàti leise, „ein Lottodreier, ein Vierer, ein Fünfer …"

Dann schaut er mich mit seiner schief sitzenden Brille und riesigen Augen hinter den Brillengläsern an, mit halb offenem Mund, während sein Kopf eine Bewegung macht, von der man nicht weiß, ob sie ja oder nein bedeutet.

„Als Grazia in der Klinik in Vigevano im Sterben lag, dachte ich …"

Er hält inne. Knirscht mit den Zähnen. Hebt die Klauen, als wollte er jemanden an die Gurgel gehen. Aufgrund einer glücklichen Fügung erfahren wir jedoch nicht, was er dachte, als seine Frau in der Klinik im Sterben lag. Die Champagnerflasche kommt und Persegàtis Grimasse weicht einem lüsternen Grinsen.

Mittwoch Nacht

Nebensaison in Nizza. Wir sind in der Altstadt, es ist Mittwoch Abend, elf Uhr, die Straßen sind leer. Nur ich, Attilio, Luciano. Wir gehen spazieren. Ich habe die Hände in den Taschen der Barbour-Jacke, es hat um die zehn Grad, zum Glück habe ich mir einen Schal umgebunden. Auch Persegàtis Jacke ist bis oben zugeknöpft, er hat den Kragen aufgestellt. Wir plaudern, er und ich. Luciano trägt einen Mantel, der ihm nicht steht. Er hat zuviel Brot gegessen, sein Bauch ist gebläht wie ein Ballon. Er hat zwei Brotkörbe aufgefressen und danach die ganze *petite pâtisserie.* Er geht ein paar Schritte vor uns, pfeift einen Twist. Er blickt sich um, etwas vornüber gebeugt, die Hände im Rücken verschränkt.

Die beiden Damen sind im Atlantique geblieben. Um die Wahrheit zu sagen, haben wir uns zufällig getroffen, oder vielleicht, weil wir davor einen Kaffee getrunken hatten. Die Damen haben darauf verzichtet und schlafen jetzt selig. Kaum lag Franca fünf Minuten im Bett, schnarchte sie und gab ihr obszönes Grunzen von sich. Bei mir war an Schlaf nicht zu denken, also zog ich mich wieder an und ging hinunter. Ich hatte vor, einen kleinen Spaziergang zu machen, das Hirn freizubekommen, zu entscheiden, wie ich mich in Bezug auf Leo verhalten sollte. Sollte ich den Zufall ignorieren? Leo ausgerechnet hier, zehn Jahre danach, nur wenige Kilometer von dem Ort entfernt, wo wir uns das letzte Mal gesehen hatten. Leo total gebrechlich, *délabré,* als Patient in einer Klinik, von der ich nicht wusste, worauf sie spezialisiert war und welche Leistungen sie anbot, von der hypothetischen Sterbehilfe einmal abgesehen. Machte er eine Entziehungskur? Musste er seine Leber sanieren, weil er zuviel trank? Wollte er sich liften lassen oder eine Hepatitis auskurieren? Oder fühlte er sich noch zu jung, um einfach friedlich zu sterben?

Attilio stand unten im Foyer. Er las das Programm des Cineplex Pathé, mit im Rücken verschränkten Armen, die Brille auf der traurig hängenden Nase. Fast hätte ich ihm den Arm um die Schulter gelegt. Zwei Minuten später tauchte Buttafava auf und kreischte:

„Ich habe gehört, wie du aus dem Zimmer gegangen bist. Eine strategische Flucht vor der singenden Säge?"

Wahrscheinlich ein Wodehousezitat. Franca als Tante Agathe. Die böse Schwester Bertram Woosters, bei deren Anblick Pferde vor Angst wiehern. Ach, Luciano. Wie immer schlagfertig und höflich.

Wir gehen. Im Schneckentempo. Wir gehen an einer Kunstgalerie vorbei, mit fußgemalten Seestücken in der Auslage. Wir gehen an einem Kebablokal vorbei, vor dem drohend dreinblickende Araber in Pantoffeln stehen. Wir gehen an einer Eisdiele vorbei. An einem Laden mit Seifen und Parfüms aus der Provence. Einem winzigen Geschäft mit einem Haufen Paschminas, Holzschmuck, Lederstiefeln.

Dann kommt die Auslage eines Orthopäden. Leibstühle, Rollatoren, Rollstühle. Im Stil der Côte d'Azur. Sehr makaber.

„Gehen wir da hinein? Schaut doch gut aus!"

Ich starre Buttafava an, glaube, er wolle wie immer einen Witz machen. Aber er meint nicht den Orthopäden. Er steht vor einem Eckcafé, mit einer Tür und zwei Fenstern, die auf die Straße blicken. Geräumig, an hiesigen Verhältnissen gemessen. Mit einem Wort, nicht so ein Loch wie andere Lokale. Auf dem Schild steht *Le Drastique*. Niedrige, modernistische Tische, ebensolche Stühle, breit und viereckig, mit himmelblauem Samt bezogen. Der Barmann trägt ein eng anliegendes T-Shirt, ist um die zwanzig, spindeldürr. Drinnen nur ein paar Jungs mit glattrasierten Köpfen, sie trinken Bier aus der Flasche. Und ein ungefähr sechzigjähriger Mann mit weißen Stiefeln und, ich schwöre, einem Pudel an der Leine. Der Mann betrachtet lüstern die Jungs. Der Pudel langweilt sich.

„Luciano, das ist eine Schwulenbar!"

„Komm, red keinen Unsinn!"

„Glaub mir, das ist hundertprozentig eine Schwulenbar!"

Er wirft einen Blick ins Innere, dann zuckt er mit den Achseln. Er macht die Tür auf, sagt: „Im schlimmsten Fall reiß ich mir einen auf und lass mir einen blasen."

Persegàti kichert.

„Das hätte er wohl gern. Aber er müsste sich den Schwanz schienen lassen, damit er ihm steht."

Ich lache laut. Am liebsten würde ich ihm wieder den Arm um die Schultern legen. Dann tue ich es doch nicht. Ich schubse ihn hinein, ohne ihn zu umarmen. Ich weiß nämlich nicht, ob wir Freunde sind. Mit sechzig, siebzig Jahren schließt man keine Freundschaften mehr. Freundschaft bedeutet, jemand kennenzulernen und sich vorzustellen, man würde eine lange Reise miteinander unternehmen, im selben Auto und mit gemeinsamer Kasse. Wohin soll man mit siebzig Jahren noch fahren? Man erzählt sich höchstens ein paar Witze. Man geht höchstens in ein Restaurant, wo es beiden schmeckt, man geht ins Theater, in klassische Konzerte. Oder setzt sich höchstens nebeneinander aufs Sofa und schaut sich im Fernsehen ein Match seiner Lieblingsmannschaft an.

Ich habe die beiden jämmerlichen Gestalten im Rotary Club Gran Vigevano kennengelernt. Eine Ironie des Schicksals, ich habe nämlich immer alle verachtet, die auch nur im Entferntesten daran dachten, Mitglied in einem Club zu werden. Franca war daran schuld. Nämlich dass ich dem Rotary Club beigetreten bin.

Mittlerweile war ich Verlagsleiter. Wir hatten gerade Leos zweiten Roman veröffentlicht, er erschien im selben Jahr, in dem Alex Abitur machte und das berühmte katastrophale Abendessen bei mir stattfand. 1983? *Ein wertloses Diplom*, so lautete jedenfalls der Titel. Unterhaltsame Konsumware, er spielte im Ambiente der Werbeagenturen, eine Fortsetzung von *Der Klang der Welt.* Wir verkauften siebzigtausend Stück. Ich erinnere mich jedoch nicht, wann der dritte Roman, der eigentliche Bestseller, erschien. Es war nach Tondellis *Rimini,* nach Busis *Seminario sulla gioventù* und *Vita standard*, nach De Carlos *Yucatan.* Aber ja doch: Palandri veröffentlichte damals *Le pietre e il sale,* Piersanti war zu Transeuropa gewechselt, Van Straten debütierte bei Garzanti, Lodoli bei Theoria. Meine Mutter war gerade gestorben, und Leos dritter Roman war vor einem Monat oder zwei erschienen. War das 1986? Oder bereits 1987? *Der Schöne von Rodi.* Ein schrecklicher Titel, aber er hatte darauf bestanden. Ein Glück, dass Arbasino uns nicht verklagte. Aber Leo hatte sich vertraglich abgesichert, bei den Titeln hatte er das letzte Wort. Ebenfalls gute Konsumware, voller Schwuchteln wie in den anderen Romanen, aber es gab nicht mehr so viele Jungs, die bereit waren, sich aufreißen zu lassen. Etwas intimistischer. Der Autor war ja mittlerweile dreißig und hatte seine Hausaufgaben gemacht, Bachmann und Barthes gelesen. Fünfhunderttausend Stück. Innerlichkeit war gefragt. Die Postmoderne hingegen ging schon allen auf die Nerven.

Meine Mutter war also gestorben. Friedlich eingeschlafen, mit einundachtzig, einfach so. Ein schöner Tod. Leo hingegen war quicklebendig und wohnte bereits in Mailand, in der schäbigen Wohnung in der Via Sammartini. Ich erinnere mich noch gut an die Kiste Champagner. Er brachte sie mir höchstpersönlich, nachdem *Der Schöne von Rodi* zehn Wochen lang ganz oben auf den Bestsellerlisten gestanden hatte. Meine Wohnung durfte er nicht mehr betreten, nach dem berühmten Abendessen und dem Vorfall mit Franca und Alex. Er klingelte an der Gegensprechanlage und gab sich als Laufbursche aus, fragte nach mir. Ich erkannte seine Stimme und ging hinunter, wobei ich mich argwöhnisch umblickte, als wäre ich zu einem Freimaurertreffen unterwegs. *Bruno Paillard* immerhin, ein Jahrgangschampagner. Meine Mutter war seit ein, zwei Monaten tot, und ich ging mit der Kiste die Treppe hinauf und fragte mich, ob ich eine Flasche entkorken durfte oder ob ich noch immer in Trauer war.

Dann sagte ich zu mir: Was hat meine Mutter damit zu tun? Sicher war ich traurig, untröstlich. Jeder liebt seine Mutter, ich mehr als alle anderen, ich hielt ihr Andenken in Ehren und trauerte um sie. Aber sie war bereits ein Fraß der Würmer, sie hatte nichts davon, wenn ich mich wegen ihr vor Kummer verzehrte. Ich stellte den *Bruno Paillard* in den Kühlschrank und öffnete noch in derselben Nacht eine Flasche.

Ich erinnere mich gut: Während ich am Küchentisch saß und eine Flöte nach der anderen leerte, traf ich eine historische Entscheidung. Der ausziehbare Tisch aus Kirschenholz. Nie hatten wir die seitlichen Platten ausgezogen, sodass man zu acht daran sitzen konnte. Nie hatten wir jemanden zum Abendessen eingeladen. Hin und wieder einen Bürokollegen, aber nie Schriftsteller, die auf Besuch im Verlag waren. Mit ihnen ging ich ins Restaurant. Zu welchen überspannten Gesten hätte sich Franca angesichts ihres aufgeblasenen Egos und ihrer Angeberei hinreißen lassen können, außer Weichkäse vom Messer zu lecken? Meine Frau hatte damals keine gute Zeit. Im Gegenteil, es waren ihre schlimmsten Jahre. Alex studierte Physik an der Statale. Wie im Gymnasium war er eine Kanone, immer nur Bestnoten, manchmal sogar Auszeichnung. Er war mit der Cambiaghi zusammen. Einem schrecklichen Mädchen. Geizig, larmoyant. Linkisch und krumm. Mittlerweile ist sie meine Schwiegertochter, aber ich kann sie noch immer nicht beim Namen nennen. Auch Franca hasste die Cambiaghi, auch sie konnte nur ihren Nachnamen aussprechen. Alessandro und die Cambiaghi waren Studienkollegen, sie war die Tochter eines Bankdirektors aus Varese, besaß eine Studentenwohnung in der Nähe von Lambrate. Alex war verliebt, hatte genug von mir und seiner Mutter und war so gut wie zu ihr gezogen. Er kam nicht zum Essen und auch nicht zum Schlafen. Donnerstags oder freitags kam er auf einen Sprung in die Via Foppa, um die Schmutzwäsche abzuliefern und sich saubere Wäsche zu holen, die seine Mutter für ihn wusch und bügelte. Was für eine historische Entscheidung traf ich am Küchentisch in

Gesellschaft von *Bruno Paillard*? Ich beschloss, aus der Wohnung in der Via Foppa aus und wieder nach Vigevano zu ziehen, in die Familienvilla, die jetzt, wo meine Mutter tot war, leer stand. Luftveränderung.

Ich betone, dass uns mein Sohn so gut wie verlassen hatte und dass es Franca überhaupt nicht gut ging.

Ich betone, dass sie sich damals fix einbildete, ich und Leo wären ein Liebespaar. Außerdem bildete sie sich ein, die Cambiaghi habe es auf das Geld unserer Familie abgesehen und habe irgendein schreckliches Geheimnis, wie Unfruchtbarkeit oder eine Gebärmutterfehlbildung. Es ging ihr *wirklich schlecht.*

Sie ging nicht aus dem Haus, außer wochtentags am Vormittag zum Einkaufen und am Sonntag Abend zur Messe. Sie wusch sich kaum, nur samstags. Die grauen Haare waren immer ungekämmt. Mehrmals ertappte ich sie dabei, wie sie im Schlafmantel auf dem Balkon stand, der auf die Via Foppa blickte, wo vor allem in Sommernächten immer viel los war, dissonante Melodien vor sich hin summte und wie eine Bacchantin tanzte, in Zeitlupe. Sie kaufte sich kein einziges hübsches Kleid. Sie sah nicht mehr fern. Sie verbrachte Stunden mit der „Settimana Enigmistica", verbiss sich in Kreuzworträtsel, die nicht aufgingen. Ja, genau damals rief sie mich im Büro an und bezeichnete Leo und mich als „Schwüchteln". Schrieb mit Lippenstift „entweder er oder ich" auf den Badezimmerspiegel. Errichtete auf der Küchenanrichte einen kleinen Altar mit Kerzen, die sie brennen ließ, bis das Furnier von Kerzenwachs überzogen war. Es ging ihr wirklich *sehr schlecht.*

Alex hatte sein Studium mit Auszeichnung abgeschlossen und machte nun am Imperial College in London sein Doktorat, und die Cambiaghi war mit ihm gegangen. Ich beeilte mich. Bevor Franca endgültig den Verstand verlor, übersiedelten wir nach Vigevano und vermieteten die Wohnung in der Via Foppa. Mit dem Erlös bezahlten wir den Kredit für die Dreizimmerwohnung in der Via Piola, die Alex nach seiner Rückkehr aus London beziehen sollte. Aber als wir nach Vigevano in die mittlerweile renovierte

Villa übersiedelten, stellten wir fest, dass es mit Luftveränderung allein nicht getan war. Wir kannten niemanden mehr in Vigevano. Francas Bruder und ihre Schwester waren vor zwanzig Jahren weggezogen, die Schulfreundschaften hatten sich erschöpft. In den letzten Jahren in Mailand hatte sie sogar aufgehört mit ihren Freundinnen am Telefon den Rosenkranz zu beten.

Wir waren sechsundfünfzig, siebenundfünfzig, vielleicht sechzig Jahre alt. Sie hatte zugenommen und war behäbig geworden, die Knochen waren bereits brüchig geworden. Bewegungen fielen ihr schwer. Vielleicht war es deshalb. Oder vielleicht ging das Klimakterium in die Menopause über, oder vielleicht war es diese Sache in ihrem Kopf, die ich einfach nicht verstand. Als wir wieder in Vigevano lebten, ging sie Sonntag nachmittags zur Messe und in die Markthalle einkaufen wie in Mailand. In Bezug auf das Ausgehen machte sie jedoch keine großen Fortschritte: jeden Vormittag einen Sprung in die San-Dionigi-Kirche, auf den Friedhof und zu Doktor Rimediotti, ihrem alten Hausarzt. Der alte Arzt verschrieb ihr orthodoxere Medikamente als Scanavino später mir: hin und wieder Tavor, und als Zusatztherapie riet er mir, mit ihr auszugehen. Wenn das bloß so einfach gewesen wäre!

Ich fuhr mit dem Zug nach Mailand. Nicht einmal im Traum wäre mir eingefallen, das Auto zu nehmen und dann auf der obszönen doppelten Fahrbahn der Via Lorentaggio kurz vor Mailand im Stau zu stehen. Ich fuhr mit dem Zug, stieg an der Porta Genova aus, nahm die U-Bahn, stieg auf der Piazza Cadorna um, nahm die rote Linie bis Porta Venezia, dann ein paar Schritte, und schon war ich im neuen Verlagsgebäude.

Ich war doch der Verlagsleiter, oder? Es war doch egal, wenn der Zug Verspätung hatte, ich musste ja nicht die Stechuhr bedienen, und einmal die Woche, wenn ich zur Maniküre ging, mussten sie eine Stunde länger auf mich warten. Ich war der Verlagsleiter, ich arbeitete wie verrückt. Ich hatte mir ein kleines Zimmer einrichten lassen, für den Fall, dass es spät wurde, was gar nicht so selten vorkam. Ich blieb in Mailand, arbeitete bis ein Uhr nachts und schlief auf einem Sofa. Es war nicht unbequem. Ja, ja, ich gebe es ja zu. Hin und wieder benutzte ich die Arbeit als Vorwand, um ins Restaurant oder ins Kino zu gehen, ins Anteo, ins Palestrina, ins De Amicis. Ja, mit Leo. Oder ins Theater, ins CRT, ins Elfo, oder ins Outoff. Immer mit ihm. Und oft war ich mit ihm oder den vielen anderen Autoren tagelang in der großen weiten Welt unterwegs, bei Lesungen, Werbeveranstaltungen, Buchmessen, Festivals, Preisverleihungen.

Was machte Franca inzwischen allein zu Hause?

„Betest du? Meditierst du? Vergnügst du dich mit einem Vibrator?"

Das schrie ich ihr eines Abends ins Gesicht; sie hatte eine Schnute gezogen, weil ich nach Frankfurt zur Buchmesse fahren musste. Ich bekam einen Wutanfall.

„Verdammte Idiotin", dachte ich bei mir, „elende Idiotin."

Ich biss mir auf die Lippen, um ihr nicht auch das noch ins Gesicht zu schleudern. Natürlich hatte ich sie aufgefordert, verdammt noch mal, hundertmal hatte ich sie aufgefordert, mich zu begleiten! Drei Tage lang als Ehrengast in Frankfurt, Flug in der Businessclass, Viersternehotel, Stadtbesichtigung, Restaurants und Feste nach Belieben. Wie so oft davor hatte ich sie auch diesmal aufgefordert, ja angefleht, mich zu begleiten. Auszugehen. Zu tun, was ihr der alte Rimediotti geraten hatte. Sie war mir überhaupt nicht egal. Vielleicht liebte ich sie nicht mehr. Aber ich hatte sie gern. Ich hatte mein ganzes bisheriges Leben mit ihr verbracht, wir hatten einen gemeinsamen Sohn, wir waren eine Familie, und ich war gern bei meiner Familie. Ich hatte sie sogar sehr gern, mindestens so sehr wie jetzt. Aber sie machte keine Anstalten. Nie. Sie war immer allein zu Hause, immer mit gelangweilter, leidender Miene, als ob sie sich damit abgefunden hätte, Opfer eines blinden und grausamen Tyrannen zu sein.

„Was zum Teufel machst du allein? Und was willst du von mir? Dass ich still und leise hier neben dir auf dem Sofa sitze und die Wand anstarre?"

Auch das schrie ich ihr ins Gesicht. Ich packte sie an den Schultern und schüttelte sie, hob sie aus dem Fauteuil hoch und ließ sie fallen. Aus ihrem verdammten orthopädischen Stuhl. In dem sie stundenlang regungslos, unbeweglich saß, vor dem ausgeschaltenen Fernseher. Mit einem Schal auf den Schultern. Die Fernbedienung, mit der sie die Neigung der Rückenlehne einstellen konnte, fest in der Hand. Arme Franca, man hatte schon Osteoporose bei ihr festgestellt. In der Nacht hatte ich schreckliche Gewissensbisse, ich starb vor Angst, sie könnte sich was gebrochen haben. Ihr zuliebe erklärte ich mich bereit, dem Rotary Club beizutreten, damit sie, wenn schon nicht einen Lebensinhalt, so wenigstens ein bisschen Zerstreuung fand.

Ich und die beiden Rotarier aus Vigevano versuchen im Drastique Konversation zu machen, aber es will uns nicht so recht gelingen. Es fällt uns nichts ein, worüber wir uns unterhalten sollten, die Musik ist laut, die Stühle sind unbequem. Wir sitzen auf der Kante, mit den Knien im Gesicht, und beugen uns weit über den Tisch, um einander zu verstehen. Luciano hat darauf bestanden, eine Flasche Cognac zu bestellen, jetzt warten wir auf sie. Ich erzähle von einer Bar in Mailand, in der es ähnliche Stühle gibt. Ich würde gern erzählen, dass ich einmal mit Umberto Eco in diese Bar gegangen bin, als wir vorhatten, ein Buch von ihm zu machen. Er saß auf der Kante wie wir jetzt. Er fiel um und landete auf dem Boden, rief „Heiliger Bimbam“. Er war so komisch, dass ich ihm ins Gesicht lachte. Der Vertrag kam natürlich nicht zustande. Aber Luciano unterbricht mich und knurrt mich an, einfach so:

„In so ein Restaurant wie heute Abend gehe ich nicht mehr mit euch. Aus. Schluss. Mir reicht's.“

Persegàti schaut ihn verwirrt an.

„Und warum? Was ist passiert?“

„Ihr habt ja keine Ahnung von gutem Essen. Ich bitte euch! Hat euch die Hauptspeise wirklich geschmeckt?“

Wir drei haben im Chantecler dasselbe gegessen. *La cuisse de pintade.* Perlhuhnkeule mit Zucchinigratin auf Buttersauce mit schwarzen Oliven.

„Meine war ausgezeichnet. Deine nicht? War ein Schamhaar drin?“

Nein, bitte nicht! Luciano springt auf und zeigt mit dem Finger anklagend auf mich.

„Was heißt hier Schamhaar! Was heißt hier ausgezeichnet! Ihr habt ja einen Gaumen aus Stahl, eine Zunge aus Filz. So ein Gericht in so einem Restaurant hätte man in die Küche zurückschicken müssen. In einem Restaurant mit zwei Michelinsternen! Ein Gericht für sechzig Euro!“

Attilio starrt ihn mit offenem Mund an. Er rückt die Brille auf der Nase zurecht. Ausnahmsweise ist es klar, dass er den Kopf schüttelt.

„Nun komm, Luciano, was fällt dir ein? Ich kenne mich bei Restaurants aus. Das Gericht war ausgezeichnet. Ein Kunstwerk nahezu.“

Nun richtet Luciano den Finger anklagend auf ihn.

„Du …“

Er hält inne. Hält den Atem an. Sein Finger zittert, als ob er gleich einen Blitz losschleudern würde. Luciano scheint Kraft zu sammeln. Um Persegàti mit einer niederschmetternden Bemerkung zu vernichten. Der arme Attilio. Der Mann, dem zuliebe wir hier sind. Der vor ein paar Wochen seine Frau verloren hat und den ich allein, weinend und zitternd im Regen auf der Piazza Ducale getroffen habe.

„Du …“, stößt Buttafava wieder hervor.

„Luciano …“

Ich nenne ihn sanft beim Vornamen. Ich rede gerade so laut, dass ich die Musik übertöne.

„Luciano, beruhige dich, sonst platzt dir die Arterie.“

Er schaut mich nicht einmal an. Aber wenigstens holt er Atem. Er setzt sich, schüttelt den Kopf. Lacht bitter.

„Attilio, du behauptest, dich bei Restaurants auszukennen? Du kannst ja nicht mal eine Crêpe von einer beigen Serviette unterscheiden."

Ich lache ebenfalls. Ausnahmsweise ein ziemlich guter Witz.

„Wodehouse?"

„Nein, von mir."

„Stimmt. Wodehouse würde nicht *crêpe* sagen. Das klingt eher nach Woody Allen. Vielleicht Palatschinke?"

„Was ist eine Palatschinke?", fragt Attilio. Er kennt Wodehouse nicht. Und wahrscheinlich nicht einmal Woody Allen.

„Er gehört zu den Männern, die eine Palatschinke nicht von einer beigen Serviette unterscheiden können", sage ich.

Luciano lacht.

„Wodehouse in Reinform. Bertram Wooster hätte das über Gussi Fink-Nottle sagen können", füge ich erleichtert hinzu. Und dann bringt der Barmann im eng anliegenden T-Shirt unsere Flasche Martell und das Verhängnis nimmt seinen Lauf.

Seit einem knappen Jahr ging ich nun zu den Treffen des Rotary Clubs. Worin genau bestehen diese Treffen? Aus Abendessen. Schlicht und einfach aus Abendessen mit den Clubmitgliedern, wobei am Ende jedoch immer ein Gast auftritt und einen sogenannten Vortrag hält. Der Gast ist eine mehr oder weniger wichtige Person. Meine Strategie war: Schauen wir mal, wer kommt. Wenn ein Radioliebhaber aus der Gegend über Aufstieg und Fall des Detektorenempfängers referierte, blieb ich lieber zu Hause. Wenn jedoch ein Journalist des „Corriere della Sera" oder der Rektor von Pavia eingeladen waren, warum nicht? Im Durchschnitt ging ich dreimal pro Monat hin, und Franca begleitete mich fast immer. Im Gegensatz zu mir übte der Rotary Club eine krankhafte Anziehung auf sie aus. Für ein Abendesssen mit Industriellen, Versicherungsmaklern, Chirurgen und Schuldirektoren erhob sie sich gern aus ihrem ferngesteuerten Stuhl. Lag das ebenfalls an ihrer bäuerlichen Herkunft? War sie vielleicht schwer beeindruckt, dass sie mit den Honoratioren ihrer alten Heimatstadt an ein und demselben Tisch sitzen durfte? Dass sie die Halbgötter dabei beobachten durfte, wie sie sich herabließen zu essen, zu plaudern, heimlich zu rülpsen? Es war ihr egal, dass sie zu gut Dreiviertel keine Ahnung hatten, wer Norman Mailer, Truman Capote oder Gore Vidal waren, ganz zu schweigen von Bret Easton Ellis, Jay McInerney und Tama Janowitz.

Zu Beginn hielten wir uns zurück. Wir plauderten freundlich mit den Tischnachbarn, nicht mehr. Ich war zwar im Verlagsgeschäft, machte Bücher, kannte Bestsellerautoren, ausländische Verleger, Nobelpreisträger und Autoren aus aller Herren Länder, doch ich wusste kaum oder nichts über Inter und Milan, verachtete die italienischen Politiker so sehr, dass ich in keiner Weise über sie sprechen wollte, und die Preise, die die Ölschinken der Maler aus Vigevano aktuell erzielten, waren auch nicht gerade ein Thema, bei dem ich brillierte.

Deshalb war die Bekanntschaft mit Persegàti und Buttafava am Anfang nur oberflächlich gewesen. Attilio war in der Schuhbranche tätig, er war Einzelhändler, verkaufte hochwertiges Leder an die Schuhmacher in Vigevano. Anfang der sechziger Jahre hatte er ein Vermögen gemacht, da war die Nachfrage so hoch gewesen, dass er sie nicht einmal befriedigen hatte können, in Zeiten der Flaute hatte er sich gut gehalten, und noch besser war es für ihn in den siebziger und achtziger Jahren gelaufen; da hatte er die Nische der Luxusmaterialien entdeckt, er überlebte, während die Hälfte der heimischen Betriebe in Konkurs ging. 1995 war er über sechzig und stocktaub. Seine Haut war noch nicht so ausgetrocknet wie heute, aber sein Mund stand auch damals schon fast immer halb offen, seine Brille saß schief auf der Nase und sein Krawattenknoten war ständig verrutscht. Schon damals ähnelte er Jannacci, einem verwirrten Jannacci, der nicht wusste, wo er war. Schon damals nannte man ihn Alzheimer-Enzo. Doch es machte Spaß, beim Abendessen neben ihm zu sitzen, denn Persegàti war unterhaltsam. Er erzählte witzige Anekdoten über die geldgierigen Gerber im Dichromatdreieck, Varese, Busto Arsizio, Gallarate. Und da er viel unterwegs war, hatte er immer einen Restauranttipp parat, falls man einmal in Richtung Lago Maggiore fuhr. Zwischen Grazia, seiner Frau, und Franca bestand offenbar eine Art Seelenverwandtschaft. Als sie einmal nebeneinander saßen, rekonstruierten sie den Stammbaum der San-Dionigi-Pfarre samt aller Pfarrer und Messdiener.

Luciano Buttafava hingegen war ein breitspuriger und derber Angeber. Als ich ihn das erste Mal sah, dachte ich: Der hat das Furzen erfunden. Aber alle mochten ihn, sogar ich. Er zitierte Wodehouse auswendig, machte äußerst ordinäre Witze, erzählte schmutzige Geschichten mit sich selbst als Helden, und seine spontanen Aktionen waren zum Schreien komisch. Luciano war einer der ehemaligen Golden Boys des Vigevaner Bürgertums. Damals ging er noch in den Fitnessclub und war in Topform. Er trug Zegna-Anzüge und eng anliegende Hemden, er widersetzte sich den Rotarierregeln und kam ohne Krawatte, ließ die Hemden vorne offen stehen. Er und Adriana Rossanigo waren immer mit dabei, immer braungebrannt, immer geschniegelt und gestriegelt. Immer mit einem anderen Jaguar unterwegs, einem Firmenauto.

Luciano, Attilio und ich freundeten uns an dem Abend an, als der malaiische Konsul zu einem Vortrag eingeladen war. Der Konsul war ein ungefähr sechzigjähriger kleiner Mann, kaum größer als eins fünfzig, fett. Wenn Prokosch ihn gekannt hätte, hätte er ihm mindestens ein Kapitel in *Die Asiaten* gewidmet, er hätte gut in seine Galerie der exzentrischen und jähzornigen Regierungsbeamten gepasst. Er hatte einen Schnurrbart, dichte Augenbrauen, olivgelbe Haut. Er war eitel wie ein Gockelhahn, trug einen schwarzen Nadelstreifanzug und eine apfelgrüne Krawatte. Seine Frau war blutjung, *charmante,* und trug ein enganliegendes, tief dekolletiertes Kleid, das farblich zu seiner Krawatte passte, und mitten auf der Stirn hatte sie einen roten Punkt wie von einem Stempel. Sie sprachen nur Englisch, kein Wort Italienisch. Wegen der Sprachschwierigkeiten hatte man mich und Franca an den Tisch der Gäste und der Honoratioren gesetzt, ich sollte den Konsul und seine Gattin unterhalten. Aber ich verstand ihn nicht, er hatte einen schweren Akzent und einen massiven Sprachfehler. Sie beschränkte sich wenigstens darauf, feierlich dreinzuschauen und zustimmend zu nicken.

Das Konsulenehepaar hatte außerdem eine Überraschung – vier dunkelhäutige Menschen – mitgebracht, was die Situation noch rätselhafter machte. Die vier hatten sich an einen Achtertisch gesetzt, aber niemand leistete ihnen Gesellschaft, die vier Stühle blieben leer. Wer hätte es auch gewagt, sich ihnen zu nähern? Sie trugen Brokatgilets auf nackter Haut, goldene Pluderhosen, Pantoffeln. Auf dem Kopf hatten sie tatsächlich einen Turban. Traditionelle Bodyguards? Mörderische Leibwächter, die einen mit bloßen Händen erwürgen konnten? So hatten wir bei Tisch gemutmaßt, wir hatten uns leise Vermutungen zugeraunt. Aber niemand hatte es gewagt, den Konsul direkt zu fragen, er war ein hochrangiger Diplomat und durfte keinesfalls beleidigt werden.

Es war Herbst. Der Koch wollte den Gast beeindrucken und hatte nur lokale, saisonale Produkte auf den Tisch gebracht. Deshalb gab es Steinpilzrisotto als Vorspeise und *caranine* mit Lendenstück und Wurst als Hauptspeise. Eine Tragödie.

Kaum stand der Risotto auf dem Tisch, röteten sich die Wangen der Konsulin. Konsterniert flüsterte sie ihrem Gatten etwas ins Ohr. Er schob den Teller weg, als ob er radioaktiv wäre. Verärgert wandte er sich an mich und sagte etwas, das ich nicht verstand. Einmal, zweimal, dreimal forderte ich ihn auf, zu wiederholen, aber ich verstand ihn noch immer nicht.

Der Konsul wurde immer nervöser, die Konsulin sah angewidert drein. Der Präsident und der Sekretär, die am Tisch saßen, gerieten in Panik. Francas Klosterschwesternbart sträubte sich. Ich schwitzte. Schließlich zog der Konsul mit flammendem Blick einen Kugelschreiber aus seiner Innentasche, der so groß wie eine Bombe war, und schrieb auf die Rückseite der Speisekarte: *She is allergic to mushrooms.*

„Heiliger Bimbam", entschlüpfte es mir. Ja, genau wie Umberto Eco. Dann übersetzte ich und der Präsident rannte in die Küche. Im Saal waren alle wie gelähmt. Der Risotto stand schon auf dem Tisch, aber niemand wagte es, einen Bissen zu machen. Alle warteten darauf, dass der Frau des Konsuls, die allergisch auf Pilze war, ein anderes Gericht serviert wurde. Es dauerte eine halbe Stunde, bis die *Trenette al pesto* fertig waren, der Risotto war inzwischen eiskalt. Und dann dauerte es noch einmal eine Stunde – tatsächlich eine Stunde – bis man der Dame ersatzweise ein mit Senf gewürztes Filetstück brachte. Das Abendessen dauerte bis um halb zwölf, normalerweise waren um diese Zeit schon alle im Bett. An diesem Abend hatte noch nicht einmal der Vortrag des Konsuls begonnen, die Rotarier schnauften verärgert.

Während einige Kaffee tranken, forderte der Präsident uns auf, in den Konferenzsaal zu gehen. Wir standen gerade auf, doch da nahm mich der Konsul, der plötzlich wieder guter Dinge war, beiseite und bat mich zu übersetzen. Ich forderte ihn mehrmals auf zu wiederholen, was er gesagt hatte, nicht weil ich ihn nicht verstanden hatte, sondern weil ich es kaum glauben konnte. Vor dem Vortrag gab es ein Überraschungskonzert. Die vier im Gilet und goldener Pluderhose waren keine Leibwächter, sondern Musiker. Auf leisen Sohlen wie Sikh-Meuchelmörder hatten sie in der Zwischenzeit das Restaurant verlassen, denn draußen, im Kofferraum der Konsulenlimousine befanden sich die Instrumente. Und jetzt kamen sie wieder herein, mit zwei riesigen Sitars und Dutzenden Trommeln und Pfeifen.

„*Malesian traditional music*", frohlockte der Konsul. Während alle, auch Franca, in den Vortragssaal liefen, hielt ich mich zurück. Ich war müde. Ich war wütend. Auf dem Programm standen zuerst ein Sitarkonzert, von dem niemand wusste, wie lange es dauern würde, und dann ein Vortrag des malaiischen Riesenpygmäen, in seinem unverständlichen *Asian English.* Mein Entschluss war schnell gefasst. Scheiß auf das Konzert und den Vortrag. Ich verzog mich aufs Klo. Dort standen schon Persegàti und Buttafava.

„Prostataprobleme, oder hast auch du dich verdrückt?"

So empfing mich Luciano. Attilio nuschelte etwas über die *vier Kabir Bedi mit den Aladinschlappen*. Es war spät, wir waren müde, wir hatten während des Abendessens ein paar Gläschen geleert, wir standen im blau gekachelten Klo des Restaurants wie drei Gymnasiasten, die heimlich eine Zigarette rauchten, und darum begannen wir lauthals zu lachen. Während im Saal bereits die dissonanten Akkorde der Sitar zu hören waren, gingen wir, das Lachen unterdrückend, hinaus und warteten in der Bar gegenüber, in Gesellschaft eines Cognac, zufrieden auf das Ende des Vortrags und auf unsere Gattinnen.

So hatte es begonnen. Dann luden wir uns gegenseitig zum Abendessen ein, gingen hin und wieder miteinander ins Kino. Fuhren übers Wochenende nach Mantua, Florenz, Rom. Einmal fuhren wir nach Paris, ein andermal nach London, ein paar Mal sogar an die Riviera. Franca ging am Vormittag nicht mehr in die San-Dionigi-Kirche, sondern in den Dom. Dort betete sie gemeinsam mit Grazia und Adriana. Sie schleppten sie wieder zu Novenen und zum gemeinsamen Rosenkranzbeten anlässlich von Überschwemmungen, Erdbeben und sonstigen Katastrophen, die sich das grenzenlos gute Höhere Wesen so einfallen ließ. Sie war bei den Frommen Schwestern aufgenommen worden. Zehn- oder elfmal hatten sie sie sogar überredet, Kranke nach Lourdes zu begleiten. Ich freute mich für sie, endlich hatte sie wieder ein eigenes Leben. Meiner Meinung nach war es zwar noch langweiliger als das zuvor, doch Franca hockte nicht mehr in ihrem orthopädischen Stuhl und starrte ins Leere, wenn sie abends allein zu Hause war. Nur das zählte. Wenn sie nicht zur Novene ging, schloss sie sich in ihrem Zimmer ein oder betete am Telefon mit Grazia oder Adriana einen Rosenkranz. Wenigstens ersparten wir uns die enormen Kosten für die Ferngespräche.

Ich und Persegàti laufen so schnell wir können. Wenn ich mich recht erinnere, liegt hinter dem Gebäude der Präfektur die Uferpromenade, am Quai des États-Unis ist ein Taxistandplatz. Buttafava läuft in die andere Richtung. Soll er ausnahmsweise selbst sehen, wie er zurechtkommt. So ein verrückter Trottel. Es ist ganz allein seine Schuld.

Zuerst war der Barmann mit trägem Blick an unseren Tisch gekommen. Mit einem Kaugummi im Mund. Er brachte uns eine Flasche Cognac und Gläser. Hohe, schmale. Unpassende.

„Napoléon, Napoléon", kreischte Luciano und beschrieb mit den Händen ein bauchiges Glas. Der Junge sah ihn einfach an. Er kaute weiter seinen Kaugummi und kehrte wortlos an die Theke zurück. Buttafavas Blick verdüsterte sich.

„Los, Arschficker …", schrie er ihm nach. Er stand auf. Vielleicht wollte er zu dem Jungen hingehen, krakeelen. Einen Streit anfangen wie mit dem ukrainischen Lastwagenfahrer.

„Komm schon, Luciano, bleib da, lass ihn in Ruhe."

Persegàti flehte ihn an. Seinem Gesicht war die Verzweiflung darüber abzulesen, dass Buttafava schon wieder drauf und dran war, seine neu gewonnene Heiterkeit, das zarte Pflänzchen, zu gefährden.

„Attilio hat recht. Komm, Luciano, lass den armen Jungen in Ruhe." Auch ich flehte ihn an. „Die Leute hier trinken wahrscheinlich nur Bier und Coca-Cola, sie haben keine Ahnung von Cognac."

Aber nichts zu machen. Wie in einem Horrorfilm. Wir hatten gewagt zu sprechen, das Ungeheuer hatte Notiz von uns genommen, jetzt ließ es von seinem Opfer ab und knöpfte sich uns vor.

„Ihr *beiden!*"

Er knurrte. Mit gebleckten Schneidezähnen. Heiser vor Wut. Er richtete beide Zeigefinger auf uns, bebte vor Empörung.

„Ihr zwei Arschficker, ihr habt mich hier hergeschleppt."

Attilio und ich sahen uns entsetzt an. Was redete er? Warum nannte er uns Arschficker? Er hatte doch in der Bar was trinken wollen, wir wären nicht einmal auf die Idee gekommen. Aber warum führte er sich überhaupt so auf? Warum war er so wütend, nur wegen der drei unpassenden Gläser?

„Luciano …“, versuchte ich es noch einmal.

Er sah mich mit glasigem, leeren Blick an, als ob er den Verstand verloren hätte.

„Cesare, du Schwuchtel. *Pissdichnichtan.*“

Genau das sagte er. Mit erstickter Stimme. Er presste die Kiefer so fest aufeinander, dass sie zitterten.

Wir hatten schon viele seiner Auftritte miterlebt, wenn die Aorta zumachte. Sie waren übertrieben und vielleicht auch peinlich, aber so etwas hatte er noch nie gemacht. Für gewöhnlich wollte er Spaß machen. Sich über jemanden lustig machen. Nicht aber in diesem Augenblick. Im Augenblick nur blanker Hass.

„Luciano, hör auf. Zahlen wir die Flasche und gehen wir.“

So Attilio. Er zückte seine Geldbörse.

„Nein! Keiner zahlt und geht. Du bleibst und trinkst die Flasche mit mir aus. Das ist Napoléon. Gemeinsam mit deinem Freund da, der Schwuchtel.“

Damit war wieder ich gemeint. Aber warum war er plötzlich von der Idee besessen, ich wäre homosexuell? Mir reichte es jedenfalls. Ich stand auf. Ich hatte vor, Persegàti am Ärmel zu packen und mit ihm wegzugehen, gemessenen Schritts, wie es sich für zwei ältere und mehr oder weniger kranke Herren gehörte. Ich hatte nicht vor, die Flucht zu ergreifen, mit zittrigen Beinen und Seitenstechen unter den Arkaden des Fischmarkts davonzurennen, in Richtung der Taxis auf der halb leeren Uferpromenade.

Der ältere Herr mit den weißen Stiefelchen und dem Pudel an der Leine war an unseren Tisch getreten. Er packte Luciano an der Schulter, drehte ihn zu sich herum.

„Halten Sie den Mund“, sagte er, mit Turiner Akzent. „Verwenden Sie dieses Wort ja nicht wieder. Zum Glück verstehen die Jungs hier nicht Italienisch.“

Buttafava sah ihn an. Ein paar Sekunden lang schwieg er. Ich glaubte zu sehen, wie elektrische Blitze in seinen Augenhöhlen zuckten. Dann explodierte er.

„Arschficker!“, schrie er, „Perverser, Schwuchtel, Schwuler, Warmer …“

Der andere gab ihm eine Ohrfeige. Der weiße Pudel begann zu bellen, versuchte unseren Freund in die Wade zu beißen. Der nahm einen niedrigen, mit blauem Samt bezogenen Stuhl und warf ihn auf ihn.

„Himmel, er hat ihn umgebracht“, stotterte Attilio.

Keine Ahnung. Vielleicht hat Luciano den Hund tatsächlich umgebracht, vielleicht aber auch nicht. Im besten Fall war der Hund ohnmächtig geworden. Panik brach aus. Sein Herrchen mit den farblich passenden Stiefelchen beugte sich über das Tier, um seinen Herzschlag abzuhören, die glatzköpfigen Jungs drängten sich um ihn. Der Barmann im eng anliegenden T-Shirt machte die Musik aus und lief zu ihnen hin, kniete sich ebenfalls auf den Boden. Ein sterbender Pudel, was für ein Drama.

Wir drei alten Knacker? Wir liefen davon. Ich und Attilio in die eine, der Trottel in die andere Richtung.

„Der spinnt, der spinnt total.“

Das sagt Persegàti zu mir, keuchend, als wir endlich in einem großen, weißen, gut geheizten Renault sitzen. Ich nenne dem Taxifahrer den Namen unseres Hotels, wir fahren los. Meine Lunge platzt beinahe, meine Brust brennt, die Beinmuskeln verkrampfen sich wie verrückt. Aber der Himmel über uns ist klar, schwarz. Beinahe Vollmond. Wortlos lächle ich Attilio an. Lege ihm endlich einen Arm um die Schultern. Einen Augenblick lang drücke ich ihn an mich.

Er rückt die Brille auf der Nase gerade, schaut aus dem Fenster, in die andere Richtung. Kichert.

„Hör auf, Cesare! Oder bist du wirklich eine Schwuchtel?“

Vielleicht ist es nur der Widerschein der Stopplichter des Autos, das vor uns bremst, aber ich glaube, er wird dabei rot.

Donnerstag Vormittag

Am Morgen danach tragen wir alle unsere Touristenuniform. Wir Männer Cool-Wool-Hosen, Hemden, Pullover über den Schultern. Die Damen Flanellröcke, Westen, Blusen. Wir sind auf Urlaub, die Sonne scheint. Wir lächeln freundlich, liebenswürdig, wir sind Freunde. Wir sind aus Vigevano, wir sind Rotarier. Wir sind Mitglieder von Selva Alta, Mitglieder des Tennis Clubs, wir haben eine Stadtvilla, eine Villa im Aostatal, Ferienwohnungen in Laigueglia, in Rapallo, in Stresa. Wir fahren einen Jaguar. Unseren Kindern haben wir eine Wohnung gekauft. Wir haben sechsstellige Summen auf unseren Bankkonten. Wir scheißen auf die Welt. Auf gestern Abend. Auf die Jährchen, die noch vor uns liegen.

Wir machen uns über das Frühstücksbuffet im Atlantique lustig. Wir frühstücken in einem *petit café* am Boulevard, Espresso und Croissants. Wir machen einen kleinen Spaziergang. Wir machen uns auch über die Rue Massena lustig, in der es jede Menge Lokale, Kebabstuben, Pizzerien gibt, wo es nachts hoch hergeht und wo es jetzt menschenleer ist und nach abgestandenem Rauch, Lysoform, Abfall stinkt. Ein armseliger Ort für vertrottelte italienische Touristen. Wir überqueren die Avenue Jean Médecin vor dem Etoile-Kaufhaus und machen uns auch über das Einkaufszentrum lustig. Wir bewundern die neuen Straßenbahnen: futuristisch, leise, französisch. Auf der Karte, die man uns im Hotel gegeben hat, suchen wir die Rue Gustave Deloye. Da ist sie. So leicht zu finden. Die Croissants eben waren köstlich, nicht wahr? Atmet tief ein, Jod ist gesund. Hier fährt der Bus ins Cimiez-Viertel ab. Karten bekommt man am Münzautomaten. Was für eine Kultur, kein Vergleich zu Vigevano. *Vive la France. Vive les baguettes. Vive les moules-frites.* Wir scherzen. Wir lachen. Die Welt ist schön, spürt ihr, wie die Luft prickelt? Seht ihr, wie hell und klar der Himmel ist? Nice, Côte d'Azur. Wir lachen, wir scherzen, wir sind Italiener aus Vigevano, Rotarier, wir haben Kinder, Bankkonten, und ich denke, während wir auf den Autobus warten, darüber nach, ich schwöre, ich konzentriere mich: Was soll ich tun, dass sich das leere, kalte Loch, das ich anstelle des Herzens habe, wieder füllt?

Wir fahren mit dem Bus ins Cimiez-Viertel und dann lasse ich die anderen am Eingang des Museums stehen. Ich scheiße auf Matisse. Ich habe genug von Matisse. Von Dalì, Picasso, Hopper und Van Gogh. Von den beiden Nervensägen. Geht ruhig hinein. Ja, ja: kauft mir den Katalog, danke. Und zum Mittagessen treffen wir uns unten im Zentrum. Ich gehe. *Au revoir.*

Ich gehe durch den Park davon. Steine, Sandwege, welke Blätter, die unter den Sohlen rascheln. Mütter mit Kinderwagen. Schnatternde Kinder, rauschende Bäume. Duft von Gras und Blumen. Riviera, Frühling, Salzluft vom Meer. Die Stadt liegt zu meinen Füßen, man sieht sie nicht einmal. Wie auf einer Postkarte. Ich gehe aus dem Park hinaus, und die Postkarte zerknittert in meiner Hand.

Einen Augenblick lang bleibe ich vor der Kirche *Nôtre-Dame de l'Assomption* stehen. Rechts hinten der schmale Torbogen aus grauem Stein, durch den man in den Klostergarten tritt. Ich will ihn nicht sehen. Ich erinnere mich nur zu gut. Immer wenn man nach Nizza kommt, muss man einen Obolus entrichten und den Garten besichtigen. Die leuchtenden, üppigen rechteckigen Beete. Die geometrisch angeordneten Alleen. Die perfekt angelegten Kieswege, die Rasenteppiche, die beschnittenen Bäume. Wie klar hier alles ist. Als ob das Leben einen Sinn hätte. Ach, ich bitte dich.

Ich gehe nach links und mache mich auf den Weg nach unten, ich gehe den Weg, den wir mit dem Autobus gefahren sind, in entgegengesetzter Richtung zurück. Ich gehe über den Gehsteig. Ich gehe ganz knapp an einem Gebäude vorbei, das aussieht wie ein heruntergekommenes Hotel im maurischen Stil, doch auf dem Schild unter der Nummer steht, dass es sich um ein Altersheim handelt. Ich gehe ganz knapp an Zäunen vorbei, hinter denen dichte, hohe, undurchdringliche Hecken stehen. Wenn ich den Blick hebe, sehe ich nur die Balkons der Villen aus dem späten 19. Jahrhundert, die in Reih und Glied stehen, die Fenster im zweiten Stockwerk. Ich gehe die Avenue Reine Victoria hinunter, und die Straßennummern werden immer niedriger. Die Klinik von Doktor Doinel befindet sich auf Nummer neunundsiebzig. Blitzartig durchzuckt mich der Gedanke, dass ich im Alter von neunundsiebzig sterben könnte.

Ich sage zu mir, ich sei verrückt. Dann sage ich jedoch zu mir, ich sei vernünftig. Noch sechs Jahre, das wäre durchaus vorstellbar. Es wäre bloß normal. Oder handelt es sich doch um magisches Denken, Zahlenmystik? Aberglaube, Schicksal …

Aus. Ich muss aufhören, darüber nachzudenken. Meine Beine fühlen sich ein wenig weich an, konzentrieren wir uns lieber darauf. Ich brauche eine Bank, ich muss mich kurz hinsetzen und warten, dass sie wieder zu Kraft kommen. Da ist die Bushaltestelle, sehr gut. Ich setze mich hin. Meine Beine erwärmen sich in der Sonne. Die Muskeln gewinnen allmählich wieder Kraft.

Der Autobus kommt, bremst, hält an. Der Chauffeur öffnet genau vor mir die vordere Falttür. Er sieht mich wartend an. Er lächelt kaum merklich, immerhin bin ich alt. Ich schlage mit der Kante der Rechten auf die Handfläche der Linken, tack tack, bedeute ihm, er solle sich verziehen. Er starrt mich an und flucht leise. Er hat gewellte Haare, eine Brille auf der Nase, ist leicht untersetzt. Er sieht aus wie Pivot, der Moderator von *Apostrophes*.

„Hau ab, Bernard“, sage ich zu ihm und wiederhole die Geste.

Der Autobus fährt ab. Ich bin wieder guter Dinge.

Mittlerweile keine Villen mehr, sondern moderne Bauten. Luxuriöse, rationale Gebäude aus den achtziger Jahren. Das da ist übrigens Nr. 87. Und was soll ich tun, wenn ich dann davor stehe?

Klingeln und mich vorstellen? Hineingehen und ihn suchen? Im Augenblick überquere ich vorsichtig eine Sackgasse, die auf die Avenue mündet. Auf Nr. 85 eine ausnahmsweise einstöckige rosa Villa, keine Hecke wuchert über den Zaun. Ein Mann meines Alters in Weste und Pantoffeln schiebt einen Rasenmäher über einen äußerst gepflegten Rasen. Perfekte Hortensien, schöne Kresse, Kompliment. Auf Nr. 83 eine hohe Hecke. Hinter dem Gartentor, auf dem Kiesweg, ein Jaguar XJ. *British Racing Green* wie meiner. Ein Kompliment auch dem, der hier wohnt. Dann noch eine schattige Gasse neben einer Villa, sie mündet ebenfalls auf die Avenue. Ich werfe nur einen ganz kurzen Blick in den Garten von Nr. 81, die Zweige der Strandkiefern bilden einen Tunnel. Nr. 81! Ein Lebkuchenhäuschen. Hänsel und Gretel liegen auf Liegestühlen hinter der ausnahmsweise niedrigen Ligusterhecke. Weißhaarig, zart, alt und gebrechlich. Vielleicht nicht einmal Mann und Frau, sondern Brüderchen und Schwesterchen. Ich beobachte sie eine Weile, die Liegestühle stehen parallel nebeneinander, Hänsel und Gretel lesen oder vielleicht schlafen sie hinter den dunklen Sonnenbrillen. Im Gras neben den Liegestühlen ein Stapel Zeitungen, ein Bücherkorb, ein Eimer mit Eis, aus dem eine Flasche Evian herausragt. Ein schöner ruhiger Lebensabend an der Riviera. An der Grenze zu Nr. 79 befindet sich eine hohe Ziegelmauer, das Paar aus dem Lebkuchenhäuschen hat sie mit einem Spalier von Kletterrosen kaschiert. Die Schattenseite der Côte d'Azur: Schon im April sind sie verwelkt.

Hinter der Mauer lugt das zweite Stockwerk von Nr. 79 hervor. Ein moderner Bau, hellbeige, kaum zehn Jahre alt. Schlichte, rechteckige Fenster, eines steht offen. Jemand putzt das Fensterglas. Die Haut des Unterarms, der in einem roten Gummihandschuh steckt, ist schwarz, der Arbeitsmantel mit den halblangen Ärmeln ist blau, der Eimer dunkelgelb. Einen Augenblick lang beugt sich die Person vor, zeigt ihr Gesicht. Es ist eine alte Frau. Über einem Auge trägt sie eine graue Binde.

„Bonjour monsieur, vous cherchez quelqu'un?"

Das war Hänsel. Er hat die Brille abgenommen, lächelt. Er hat gelbe Katzenaugen, lange, spärliche, blonde Haare, zerzaust von einem Windstoß, den ich gar nicht wahrgenommen habe. Gretel sucht tastend etwas unter dem Liegestuhl, findet es, hält es ans Ohr. Es ist tatsächlich ein Hörrohr.

„*Vous cherchez quelqu'un?*", wiederholt Hänsel. Er spricht nun lauter.

„*Qu'est-ce qui se passe? Hein?*" Das ist Gretel. Luciano würde sagen: Genau wie Tante Agatha. Eine Stimme, bei der Fensterscheiben springen und Pferde scheuen. Ich sollte es auf Englisch versuchen. Stattdessen sage ich:

„*La clinique du docteur Doinel?*"

Hänsel und Gretel springen gewissermaßen auf. Er mit gelben, Flammen speienden Augen, sie auf wackeligen Beinen, sie richtet das Hörrohr drohend auf mich.

„*Les curieux! Les journalistes imbéciles. Les mauvais!*"

Sofern ich meinem armseligen Französisch trauen kann, beschimpfen sie mich. Zornig, schrill. Wie böse Harpyien. Was geht mich das an? Ich gehe, sollen sie doch verrecken. Das würde ihnen gewiss nicht schwerfallen. Ich gehe zehn Meter weiter hinunter, und endlich stehe ich vor der fatalen Nr. 79.

Eine niedrige Hecke, eine anonyme, kühle Fassade. Hänsel und Gretel haben sich wohl erschöpft in ihren Lebkuchengarten zurückgezogen, um auf ihren Liegestühlen wieder zu Atem zu kommen. Auf der Straße ist nicht einmal ein Autobus zu sehen. Die Fenster im Erdgeschoss von Nr. 79 sind verspiegelt, die Rollos im oberen Stockwerk sind herabgelassen. Der Eingang besteht aus einem Gartentor, überragt von einem gemauerten Torbogen, der beige ist wie die Klinik, eine Bougainvillea verleiht ihm ein etwas freundlicheres Aussehen. Unterhalb des Torbogens, auf dem Pfosten, eine Gegensprechanlage. Kein Namensschild, kein Hinweis. Über der Gegensprechanlage befindet sich allerdings ein Messingschild mit dem Logo der französischen Krankenhäuser.

Ich strecke den Finger aus. Er zittert. Ich halte die Hand mit der anderen Hand fest. Jetzt zittert sie nicht mehr, trotzdem klingele ich nicht. Ich hatte allerdings auch nicht vor zu klingeln. Es war nur eine Finte, um meinen Mut auf die Probe zu stellen, um mich über mich selbst lustig zu machen. Bin ich nun guter Dinge oder nicht? Ich klingele also nicht und schleiche stattdessen um das Haus, mit einem Gang wie der rosarote Panther.

An der kurzen Seite der Villa verläuft eine leicht ansteigende Gasse. Sie schlängelt sich die Hausmauer entlang. Am Boden liegen Piniennadeln und -zapfen. Sie knirschen unter meinen festen Schuhen, die ein Schuster aus Vigevano gefertigt hat. Salzgeruch, der Duft der Riviera. Attilio würde der Reihe nach auf sie zeigen:

„Strandkiefer, Strandkiefer, Pinie, noch eine Pinie."

„Agave", würde er jetzt sagen. Hinter der Ecke geht die Mauer in einen niedrigen Zaun über, der sich auf der Höhe meiner Hüften befindet. Die Ligusterhecke reicht mir nicht einmal bis zu den Schultern. Hinter der Hecke stehen wie gesagt Agaven, dann Palmen und eine Magnolie. Auf der Rückseite der Villa steigt die Gasse immer steiler an, parallel zur Avenue. Ganz oben stehen weitere Villen, ein kleines Haus mit Eigentumswohnungen, hohe Bäume. Auf der anderen Seite der Straße ein identischer Zaun und ein leerer Swimmingpool.

Die Rückseite der Villa ist also gut einsehbar. Nichts wird verborgen, jeder kann alles sehen. Dennoch: An der Vorderseite verspiegelte Fenster und heruntergelassene Rollos, hier nur eine niedrige Hecke. Pinien, Agaven, Palmen, Magnolien stehen dicht in einem kleinen, schattigen, gepflegten Garten. Wie der Garten der Villa von Persegàti am Lago Maggiore: weiße Kieswege, blühende Blumenbeete, üppige Rabatten, Zierpflanzen. Englischer Rasen mit Tischen und Stühlen aus lackiertem Metall. An den Tischen sitzen ältere Herren und Damen in Schlafmänteln, die aussehen wie von Dior oder Hermès. Daneben eine Krankenschwester mit verschränkten Armen, unbeweglich. Weiße Haut und weiße Uniform. Ein Häubchen auf dem Kopf. Ein Gesicht, bei dem man Lust bekommt, sich hinter der Hecke zu verstecken, „Fräulein!“ zu schreien und einen Maulfurz zu machen.

Nicht weit von der Straße entfernt im Schatten einer Strandkiefer eine Hollywoodschaukel. Ja, genau, eine überdachte Gartensitzbank. So was gab es doch vor vierzig Jahren in Hotels in Riccione, oder? Darauf sitzt Leo, im Bademantel. Tatsächlich Leo. Abgemagert, mit spärlichen blonden dünnen Haaren, die hellen Augen tief in den Augenhöhlen, die von hier aus gesehen schwarz wie die Nacht sind. Seine Beine sind übereinandergeschlagen, der Bademantel verdeckt nur die Oberschenkel. Die Unterschenkel sind skelettartig. Der gute alte Leo. Niemals in Schlappen. Jetzt trägt er Tennisschuhe, während alle anderen Pantoffeln anhaben. Ich lächle. Nein, er erwidert das Lächeln nicht. Er sieht mich nicht, liest. Warum sollte er den Blick heben? Es gibt keine Telepathie. Finden wir uns damit ab, dass es keine außersinnliche Wahrnehmung, keine paranormalen Kräfte gibt. Er liest, und zwar den Roman *Die metaphysische Piazza,* dessen bin ich mir ganz sicher. Edizioni Adelphi, ungefähr 1985 erschienen. Frederic Prokosch, wie es sich gehört.

Bosetti hatte mich zur Präsentation von *Der Klang der Welt* nach Mailand geschickt. Die Lesung fand in der Casa della Cultura statt, es war Frühsommer, wahrscheinlich 1981. Sofern mir die MS nicht völlig das Hirn vernebelt, hatte man gerade auf den Papst geschossen. Oder Calvi war gerade festgenommen worden wegen dem Crash des Banco Ambrosiano. Auf jeden Fall war mein Sohn schon aus dem Krankenhaus entlassen worden und ging wieder zur Schule. 1981, egal ob Winter oder Sommer, fanden nicht sehr viele Lesungen statt. Damals gab es noch keine Inflation von Plappermäulern, die Schriftsteller blieben lieber unter sich. Keine Ahnung, ob das gut oder schlecht war, die bekannten Autoren sagten sich jedenfalls: Wer hat schon Lust, einem ahnungslosen Leser zu begegnen? Warum sollte ich meinem Buch schaden und es jemandem erklären, der so dumm ist, dass er es nicht versteht?

Auch Bosetti wäre niemals zu einer Lesung gegangen. Nicht einmal, wenn einer seiner Autoren den Nobelpreis erhalten hätte, und schon gar nicht zu einer Buchpräsentation. Und so schickte er mich mit dem Autor unseres Trüffelpilzes, Leo Meyer, in die Casa della Cultura. Wir zierten uns ein wenig, aber wir waren beide keine Snobs. Weder er noch ich waren Bewohner des Elfenbeinturms. Allenfalls Bewohner einer schönen Eigentumswohnung im zweiten oder dritten Stockwerk.

Der Klang der Welt hatte ein paar Wochen lang ganz oben auf den Bestsellerlisten gestanden, Zeitungsartikel und Rezensionen waren erschienen, „Il Corriere“, „Il Giornale“, „Famiglia Cristiana“ hatten darüber geschrieben. In den Fernsehnachrichten hatte es einen abschätzigen Bericht gegeben. Und eine Idiotin, angeblich eine empörte Mutter, hatte das Buch vor einer Buchhandlung in Treviso verbrannt. Wir gingen widerwillig hin, und zwar, weil wir Angst hatten.

Die Präsentation fand um sechs Uhr abends statt. Leo und ich verließen um fünf den Verlag, nahmen die U-Bahn, stiegen bei San Babila aus. In einer kleinen Bar tranken wir ein paar Gläser roten Wermut mit Eis, vorgeblich als Aperitif, in Wirklichkeit, um uns Mut zu machen. Ich erinnere mich, dass es heiß war und dass ich aufgrund des Alkohols zu schwitzen begann. Ich erinnere mich, dass Leo noch mehr schwitzte als ich. Er trug ein klassisches blaues Hemd und eine schmale, sehr bunte Krawatte. Unter den Achseln hatte er zwei riesige Flecken. Die blonden, langen Haare, die ihm fast bis zu den Schultern reichten, waren klatschnass, klebten am Schädel. Er versuchte sich die Stirnfransen aus der Stirn zu blasen, doch sie bewegten sich nicht mal. Um zehn vor sechs, nach drei Gläsern Wermut, torkelten wir in die Casa della Cultura.

Leo war nicht eindeutig als Homosexueller zu erkennen. Ich meine, er entsprach nicht dem Klischee. Er sprach nicht mit nasaler Stimme, war kein ephebischer Typ, fuhr sich nicht mit affektierter Handbewegung durch die Haare. Ihm gefielen einfach Jungs und aus. *Der Klang der Welt* war jedoch militant schwul. Unter den Arkaden, vor der Tür der Casa della Cultura wartete ein Haufen Verrückter auf uns. Die Trottel beschimpften uns als Schwule. Sieben, acht, vielleicht sogar zwanzig Typen. Sie bildeten ein Spalier, folgten uns bis zur Tür.

„Schwule, Arschficker, Schwanzlutscher."

Dunkle Fliegerbrillen, Lacoste-T-Shirts mit aufgestelltem Kragen, Glatzköpfe. Brüllend kamen sie auf uns zu, so nahe, als wollten sie uns Kopfstöße geben. Ich spürte ihren feuchten, säuerlichen Atem.

„Päderast. Perverser. Uranist."

Leo brach in Lachen aus. So hatte ihn noch niemand genannt. Und als wir hineingingen, stellten wir fassungslos fest, dass drinnen noch eine Gruppe Verrückter auf uns wartete. Sie hatten Gitarren, sangen *Gelobt seiest du, o Herr,* rissen Seiten aus dem Buch und bewarfen uns damit. Auch ich musste lachen. Der Alkohol, wieder eine Gruppe von Idioten, das Adrenalin. Das Ganze war zum Schreien komisch. Marino und Comini, die Jungs von der Presseabteilung, warteten weiter hinten auf uns und schnappten nach Luft. Sie hakten sich bei uns ein und gingen schnell mit uns in den Keller hinunter.

„Ganz ruhig, die Scheißreaktionäre trauen sich nicht in den Saal."

Das schrien sie uns beim Hinuntergehen aufgeregt zu, um die Gitarren und die Gesänge zu übertönen.

„Der Saal ist vollbesetzt, seit einer halben Stunde ist er voll. Selbst wenn sie wollten, würden die Faschistenschweine da unten nicht reinkommen."

Die Faschistenschweine. Ich lachte wie verrückt, mir war schwindlig vom Alkohol. Doch sobald wir den Saal betraten, waren wir augenblicklich nüchtern. Ein beeindruckendes Schauspiel: Die Stühle waren alle besetzt, Leute hockten auf dem Boden, standen dicht gedrängt. Kaum tauchte Leo auf, erhob sich Applaus. Keine Schreie, keine Pfiffe, nur ruhiger, majestätischer Applaus. Der Applaus ebbte nicht einmal ab, als wir ängstlich zum Rednerpult schlichen. Als wir Platz nahmen, herrschte im Saal plötzlich andächtiges Schweigen. Auch die Schlagersänger oben waren verstummt. Wie von Marino und Comini vorhergesehen, hatten sich weder die Gitarristen noch die bedrohlichen Typen mit den schwarzen Brillen getraut, in den Saal herunterzukommen.

Ich probierte das Mikrofon aus, tippte mit dem Zeigefinger darauf, räusperte mich. Der Restalkohol vom Wermut bescherte mir noch einen Schweißausbruch, während ich einfach ein paar beiläufige Worte sprach. Dann gab ich das Mikrofon an Leo weiter. Bei dieser Geste erhob sich wieder tosender Applaus. Im Publikum waren kaum Parkas zu sehen, sondern vor allem Pelzjacken, Mädchen mit Wespentaille, die Jacken mit gepolsterten Schultern trugen, Frauen mit sorgfältig toupierten Haaren. Grüne und orange Ohrringe. Schmale Krawatten. Wie die Leos. Er trug übrigens Jeans und Hemd, wie der sprichwörtliche Junge von nebenan. Für dieses Publikum war er jedoch ein Star.

Mit fester Stimme ergriff er das Wort. Er erzählte, wie und warum der Roman entstanden war, was für einen Sinn er hatte. Er krempelte sich die Hemdsärmel auf, erzählte, wie sehr er Klischees hasste, sowohl die der „normalen" Leute – wie er sagte –, als auch die der Schwulen. Er lockerte den Krawattenknoten, knöpfte den Kragen auf und wies darauf hin, dass draußen Verrückte mit dunklen Brillen und andere Verrückte mit Gitarren und Liedern auf uns gewartet hatten. Er sprach über das, was „Il Giornale", „Il Corriere", „Famiglia Cristiana" über ihn geschrieben hatten. Er erhob nicht die Stimme, nicht einmal, als er emotional wurde. Er sprach und es klang wie ein Psalm, eine Predigt, ein Gesangsstück ohne Noten. Wie ein Fluss, eine Welle. Direkt aus seinem Herzen zum Publikum.

Andrea De Carlo war da. Aldo Tagliaferri und Franca Rame waren da, Ferdinando Bruni, Piero Scaramucci von *Radio Popolare.*

Panseca, der sozialistische Architekt, war da und Corradino Levi. Und Primo Moroni, er saß auf dem Boden, direkt vor uns. Aber vor allem waren zweihundert Jugendliche da, die Leo atemlos zuhörten, die den Worten meines Freundes ehrfürchtig lauschten, mit gesenktem Kopf, er sprach direkt zu ihren Herzen. Tränen flossen, als er die Stelle las, wo Sandro und Mauro sich nach Jahren wiedersehen, während eines Konzertes, und sich endlich zum ersten Mal küssen. So mancher Handrücken, so mancher Hemdsärmel wurde verstohlen an die Augen geführt. Leo weinte mit ihnen. Heute muss ich darüber lachen. Aber damals, glaube ich, habe auch ich geweint.

Nach der Lesung musste er Dutzende Bücher signieren. Eine lange Reihe von Lesern stellte sich an, ruhig, friedlich, mit dem Buch in der Hand. Einige Mädchen, aber hauptsächlich Burschen. Dreißigjährige, zwanzigjährige. Manche waren auch erst sechzehn, fünfzehn, einige sogar noch jünger. Doch sie beschränkten sich nicht darauf, sich ein Buch signieren zu lassen, sie hatten auch ein Geschenk für Leo mitgebracht. Kleine kitschige Dinge, doch gewiss hatten sie wochenlang darüber nachgedacht, was sie ihm schenken sollten. Kassetten, die sie mit den Lieblingsstücken aus ihrer Schallplattensammlung bespielt und auf deren Cover sie Songtitel, Sängernamen, Zeichnungen, Anmerkungen gekritzelt hatten. Spiralbücher mit handgeschriebenen Erzählungen. Hefte mit Gedichten. Tatsächlich zwei Stofftiere. Und ein riesiges Ölbild; der Maler, der ein kariertes Sakko und eine schwarze Plastikfliege trug, überreichte es Leo zusammengerollt und mit einer Schnur gebunden; er nahm ihm das Versprechen ab, es erst später, an einem anderen Ort, anzusehen. Aber vor allem bekam Leo Bücher. Eine Widmung in *Der Klang der Welt* im Tausch gegen eine Widmung in Pasolinis *Ali mit den blauen Augen*. In einer Ausgabe von Isherwoods *Leb wohl, Berlin* aus den sechziger Jahren. In einer Taschenbuchausgabe von Baldwins *Giovannis Zimmer*. Oder in einer brandneuen Ausgabe von Barthes' *Fragmente eines Diskurses der Liebe*.

Der letzte Junge in der Reihe stellte sich vor und drückte ihm die Hand. Walter. Daran erinnere ich mich gut. Wie hätte ich Walter vergessen sollen? Er trug ein gelbes T-Shirt und eine Krawatte voller kurzer, asymmetrischer, grüner und oranger Linien, die leuchteten, als stammten sie von einem Textmarker. Er war in Trance, in mystischer Ekstase. Er reichte Leo die Hand und umarmte ihn lange, dann überreichte er ihm das Buch zum Signieren und ein Geschenk. Er umarmte ihn und legte ihm den Kopf an die Brust. Mein Freund stand mit ausgebreiteten Armen da, wusste nicht wohin mit den Händen. Er schaute abwechselnd mich und den Kopf des Jungen an, vielleicht gerührt, vielleicht aber auch nur ratlos. Der Junge, Walter, ließ ihn nicht los. Er umarmte ihn, mit dem Kopf an seiner Brust, und schließlich flüsterte er ihm zu:

„Ich möchte deinen Herzschlag hören. Ich möchte, dass dein Herzschlag zu meinem wird."

Ich biss mir auf die Zunge, um nicht zu lachen. Leo streichelte seinen Kopf und küsste ihn flüchtig auf die Haare. Walters Geschenk? Eine alte Ausgabe der *Asiaten,* die ungefähr 1937 bei Bompiani erschienen war. Merkwürdig, nicht? Dasselbe Buch in derselben Ausgabe hatte ich der kleinen Frigerio vorgelesen, am Ticino, als sich Francas Haarpracht offenbarte. Walter hatte eine Widmung hineingeschrieben – Leo weigerte sich, sie mir zu zeigen –, und eine Telefonnummer.

„Rufst du ihn dann an? Nimmst du ihn mit in dein Hotel?"

Das war nur eine rhetorische Frage, ich scherzte. Aber er sagte:

„Vielleicht. Schauen wir mal."

Ein paar Monate später erzählte er mir, dass er ihn tatsächlich mit aufs Zimmer genommen hatte. Und dass er ihn, bevor er nach Mailand zog und sich endgültig von ihm verabschiedete, immer wieder angerufen und mit ihm geschlafen hatte, immer wenn er in der Stadt war …

Egal. Schließlich hatte Leo seine Geschenke und die anderen hatten ihre signierten Bücher eingesammelt und alle waren gegangen, auch Walter. Schließlich warfen Leo und ich einen neugierigen Blick auf das geheimnisvolle Gemälde. Zwei Jungs, die einander einen bliesen, was sonst? Ein surrealistischer Neunundsechziger, zwei symmetrisch angeordnete Körper, vor dem Hintergrund des blauen Himmels. Öl auf Leinwand, gut gemalt, ich würde sagen im Stil Tanguys. Als Leo später in die Stadt zog, hängte er das Bild über dem Sofa auf. So lief es damals für meinen Freund. An diesem Abend in der Casa della Cultura verdrehte ich vor dem Gemälde die Augen. Später fielen mir die zwei steifen Schwänze, die gerade abspritzten, gar nicht mehr auf.

Ich mache einen Schritt zurück, in Richtung der Straßenecke. Leo hat das Buch zugeschlagen und den Blick gehoben, schaut in Richtung Gasse. Ein Mann kommt aus der Villa, er ist ungefähr fünfzig, klein. Er hat einen Haarschnitt wie Riccardo Muti, aber wahrscheinlich ist er kein Dirigent. Er trägt einen vorne offenen Kittel. Meine Altersgenossen im Hermès-Schlafmantel grüßen ihn respektvoll und etwas ängstlich. Wahrscheinlich ist das Doktor Doinel.

Er drückt Leo die Hand, bückt sich, um etwas zu ihm zu sagen. Er hätte auch aufrecht stehen bleiben können, denn er ist nicht größer als ein Nachttisch. Leo steht mühsam auf, der Doktor reicht ihm nicht einmal bis zur Brust. Mein Freund schwankt, der Prokosch fällt ihm aus der Hand. Doinel packt Leo an den Hüften, stützt ihn, bedeutet ihm, er solle sich wieder setzen. Leo lässt sich schwer auf die Sitzschaukel fallen. Ich kann das Knirschen der Federn bis hierher hören. Zuerst bückt sich Doinel, um *Die metaphysische Piazza* aufzuheben, dann ruft er jemanden, der in der Nähe der Villa steht und den ich nicht sehe. Die Krankenschwester mit dem Häubchen auf dem Kopf kommt mit einem Rollstuhl. Sie hilft Leo sich hineinzusetzen. Doktor Doinel legt ihm ein Plaid auf die Beine, den Prokosch in den Schoß. Die Krankenschwester schiebt meinen alten Freund im Rollstuhl in die Klinik. Sein Kopf fällt auf die rechte Seite, als ob er nicht Kraft genug besäße, ihn aufrecht zu halten. Doinel folgt ihnen: Die Hände im Rücken verschränkt, den Kopf auf dieselbe Seite gelegt. Aus Sympathie? Aus Liebe zur Symmetrie? Die Krankenschwester ebenfalls. Was für ein Trio. Sie gehen auf die Klinik zu, immer wenn die Räder über einen größeren Kieselstein fahren, bebt Leos Kopf. Ich ziehe den Rotz hoch. Wieder dieses seltsame Gefühl der Leere zwischen Brustbein und Rachen. Ach. Als ob man mir das Herz herausgerissen hätte. Ich brauche dringend Doktor Scanavinos bewährtes Mittel. Meine Hände zittern nicht, ich habe keine Sehstörungen, ich brauche es einfach und aus. Ja, genau, einen kleinen Joint. Keine Ahnung, ob der gute Neurologe weiß, dass er auch düstere Gedanken vertreibt. In diesem Augenblick klingelt mein Handy.

„Papa!"

„Sohn!"

Alex lacht über den üblichen alten Gag. Ich lache auch. Wir sprechen so selten miteinander. Wenn er anruft, ist mir, als würde die Temperatur in meinem Magen um ein oder zwei Grad steigen.

„Es geht dir also gut. Mama hat mich eben angerufen und mir gesagt, du hättest sie sitzengelassen. Sie macht sich Sorgen."

Ich schnaube.

„Große Sorgen?"

„Ich würde sagen, sehr große Sorgen."

Ich schnaube wieder. Ich hoffe, sie hat ihm nichts von dem kleinen Zwischenfall bei der Arman-Ausstellung erzählt.

„Deine Mutter dreht jedenfalls gut."

Alessandro kichert.

„Bist du jetzt zum Kenner geworden, Papa?"

Dann macht er eine Pause. Ich höre ein Ticken. Wahrscheinlich schlägt er wie immer mit dem Bleistift an die Brillenfassung. Ich sehe ihn vor mir: er ist größer als ich und lungert mit seinen über hundert Kilo in dem Drehstuhl mit dem abgewetzten Kunststoffbezug, in seinem grindigen Arbeitszimmer mit den Bücherstößen auf dem Schreibtisch und der weißen Tafel, auf der seit

Jahren immer dieselben, verblichenen, mit blauem Stift geschriebenen Gleichungen stehen. Er denkt nach. Dann fragt er:

„Papa, wie viel hast du noch?"

Auch ich denke einen Augenblick nach, dann sage ich mir: Warum sollte ich lügen?

„Nichts mehr."

„Nichts mehr?"

Bei der ersten Silbe ist seine Stimme laut geworden, bei der zweiten zwingt er sich, wieder normal zu sprechen.

„Genau. Ich habe es verbraucht. Ich hatte es notwendig und ich habe es verbraucht."

„Aber Papa. Scanavino ..."

Seine Stimme ist wieder laut geworden. Er macht eine Pause. Ich unterdrücke die plötzliche Versuchung, das Gespräch zu beenden. Er reißt sich ebenfalls zusammen und unterdrückt die Versuchung zu schreien.

„Papa, entschuldige: Laut Scanavino hätte die Menge ausgereicht, um die Symptome zwei Wochen lang zu lindern. Zwei Wochen, nicht drei Tage."

Ich lege nicht auf. Ich pfeife. Keine Melodie, einfach ein paar zufällige Töne. Ich pfeife ein wenig vor mich hin, damit ich nicht in Versuchung gerate, meinen Sohn zu beschimpfen.

„Verschone mich bitte mit der Formulierung, die Menge hätte gereicht, um die Symptome zu lindern. Der letzte Joint war jedenfalls ein Geschenk deiner Mutter. Habt ihr nicht miteinander gesprochen? Die gute Frau hat begriffen, dass ich ihn brauchte, und ja, sie hatte recht. Ich habe meinen Vorrat verbraucht. Aus."

„Ja, aus. Du hast ihn verbraucht, sehr gut. Jetzt stehen wir schön da."

Wieder Schweigen. Wieder das Ticken des Bleistifts auf der Brille. Ich warte schweigend. Und derweil denke ich, dass er in seinem Alter noch immer Assistent ist. Nicht, weil er nicht tüchtig wäre, sondern weil er mit dem falschen Professor zusammengearbeitet hat und es eben so gelaufen ist. Ich denke, dass er ein höheres Gehalt verdient hätte. Ich denke, dass ich ihm jeden Monat tausend Euro von dem Honorar abtrete, das ich mit meiner sinnlosen Konsulententätigkeit verdiene. Dass ich ihm keine Vorwürfe mache. Dass ich keine Dankbarkeit erwarte. Dass mir einfach weh wird ums Herz, wenn ich mir vorstelle, wie es ihm bei dem Gedanken geht, dass er noch immer von seinem Vater abhängig ist.

„Mama macht sich auch wegen gestern Abend Sorgen."

„Was hat gestern Abend damit zu tun? Weswegen macht sie sich Sorgen?"

„Wegen Buttafavas Auftritt in der Bar, worauf ihr drei davongelaufen seid. Was wäre … wenn du gestolpert wärst? Wenn die Beine eingeknickt wären und du hingefallen wärst? Aber nicht nur du, auch Persegàti. Und dein Freund Luciano. Papa, immerhin seid ihr über siebzig!"

Nichts davon habe ich Franca erzählt. Weder gestern, noch heute früh.

„Und woher weißt du das alles?"

„Dass du über siebzig bist?"

Nur er lacht. Ich schweige. Verlegen beginnt er wieder zu sprechen.

„Von Mama", sagt er. „Auch deshalb hat sie mich angerufen. Sie ist so aufgeregt, dass sie sich nicht einmal auf Matisses Bilder konzentrieren kann."

„Dann soll sie ein Beruhigungsmittel schlucken."

Alessandro kichert, ich nicht. Nennen wir es Sarkasmus. Sagen wir, ich sei wirklich verärgert. Sagen wir, ich versuche nicht, meinen Sohn zu beruhigen.

„Adriana hat sie zur Seite genommen und ihr einen Haufen Lügen …"

„Einen Haufen Lügen über Luciano erzählt?"

„Lügen? Ich weiß nicht. Sag du es mir. Mama sagt, Adriana mache sich große Sorgen um ihren Mann."

„Auch sie macht sich große Sorgen. Das ist wohl eine Epidemie."

„Schon gut, Papa, ich erzähle es dir der Reihe nach. Adriana hat Mama erzählt, ihr Mann sei gestern Nacht um drei Uhr nach Hause gekommen. Er habe dahergefaselt, ihr zwei hättet ihn in eine Schwulenbar geführt. Ihr hättet eine Rauferei angefangen. Ihr hättet ihn stehengelassen und wärt davongelaufen."

Ich schnaufe wie ein Blasebalg.

„Na so was, Alex! Und das glaubst du?"

„Adriana sagte ja, ihr Mann hätte dahergefaselt. Genau deshalb ist sie besorgt."

„Wir schlafen im Nebenzimmer und ich habe nichts gehört."

„Er hat wahrscheinlich leise gefaselt, Papa, was zum Teufel willst du damit sagen?"

Ich antworte nicht. Ich hätte eine gute Antwort parat, aber Doktor Doinel kommt gerade aus der Klinik. Er kommt auf mich zu, geht zum Tor. Instinktiv ziehe ich mich zurück, hinter die Straßenecke.

„Papa?"

Ich antworte noch immer nicht. Ich spähe ums Eck, beobachte Doktor Doinel. Nein, überhaupt keine Ähnlichkeit mit Muti. Und auch nicht mit seinem Alter Ego Jean-Pierre Léaud. Jetzt weiß ich, an wen er mich erinnert: an Daniel Auteuil. Ich habe *Ein Herz im Winter* gemeinsam mit Leo gesehen, im Cinema Excelsior. Zu Franca sagte ich damals, ich bliebe an diesem Abend in Mailand, weil ich dringend einen Text fertigmachen musste.

„Papa!"

Doktor Doinel bleibt am Tor stehen, mit im Rücken verschränkten Armen.

„Weißt du, dass Leo in Nizza ist?"

Mein Sohn lacht.

„Sicher, Mama hat es mir gesagt. Was macht er dort? Was für eine Versammlung von Verrückten hast du um dich geschart?"

Ich sage nichts. Doktor Doinel betrachtet den leeren Pool. Dann senkt er den Kopf. Mein Sohn lacht wieder rau.

„Und? Hast du ihn schon zum Abendessen eingeladen?"

Jetzt lache ich auch. Ein einziges tragisches Mal war Leo zu uns zum Abendessen gekommen. Kurz bevor sein zweiter Roman erschienen war. In dem Sommer, als Alex sein Abitur machte. Ja, wir korrigierten gerade eine Textstelle, die mir nicht gefiel, obwohl sie schon in Druck gegangen war, Leo war im Hotel abgestiegen, der berühmte Walter war auf Urlaub in Griechenland, Leo konnte nicht bei ihm wohnen.

Wie war ich nur auf die dumme Idee gekommen? Glaubte ich, dass einem Jungen wie ihm in Mailand die Familie fehlte? Oder dass ausgerechnet ich Vaterstelle an ihm vertreten sollte, da sein eigener Vater, der Hotelier, wie in einem Schundroman die Beziehung zu ihm abgebrochen hatte, nachdem sein erster Roman erschienen war? Kaum hatte er die Wohnung betreten, fühlte er sich unwohl. Lederfauteuils Marke *Frau,* eine klassizistische Kommode, eine antike Pendeluhr, ein schwedisches Bücherregal, furnierte Möbel im Speisezimmer, die „Rätselwoche“ und der „Radiocorriere“ auf dem Tischchen im Wohnzimmer. Landschaftsbilder eines Malers aus Vigevano, mit dem Ticino darauf. Figuren aus Meissner Porzellan. Und ein beiger Teppichboden. Guter Gott, ein beiger Teppichboden und gelbe Tapeten. Franca hatte sie ausgewählt, für die Neureichen des Vigevaner Bürgertums waren sie der letzte Schrei. Mir gefielen sie nicht, aber mir reichte, dass sie zufrieden war. Ich hatte mich daran gewöhnt. Ich sah sie nicht einmal mehr. Leo hatte sich die Wohnung seines Verlegers wahrscheinlich anders vorgestellt. Vielleicht mit Möbeln von Archizoom, Teppichen von Memphis, Porzellan von Mendini. Er rümpfte die Nase. Er trug ein getüpfeltes Hemd und eine Krawatte, wie die Musiker auf dem Cover der Platten, die er kiloweise kaufte. Seine Haare waren jetzt kürzer, sie waren an den Schläfen rasiert und auf dem Kopf toupiert.

Ich hatte Franca erzählt, er habe in Trient studiert, und sie hatte ein Rezept aus *Il cucchiaio d'argento* herausgesucht und Suppe mit Knödeln gekocht. Als Vorspeise zwanzig Deka Speck. So etwas rührte er nicht einmal an. Er sagte, er mache gerade eine vegetarische Diät. Meine Frau zog eine Schnute und verdrehte die Augen, er blickte sie giftig an. Es war Abneigung auf den ersten Blick. Er blieb zwar höflich, ich war ja sein Verleger, aber immerhin war er ein berühmter Schriftsteller, ein Künstler, ein Star, und meine Frau war, wie *ich* ihm gesagt hatte, eine Bäuerin.

„Stellen Sie sich vor, ich habe für Sie gebetet", sagte Franca nach einer peinlich langen Pause, während der er an einer Karotte knabberte. Er sah sie entgeistert an. Ich bekam eine Gänsehaut. Alex, doof wie jeder Achtzehnjährige, kicherte unter seinem Schnurrbart.

„Für Sie, jetzt gerade. Ich habe gebetet. Cesare hat mir von Ihrem Problem erzählt."

„Welchem Problem?", fragte Leo eisig. Er fragte es mich. Ich versuchte, meine Frau mit einem giftigen Blick zum Schweigen zu bringen. Ich versuchte, sie mit einer Geste zum Schweigen zu bringen; Leo blickte sie perplex an, doch sie fuhr fort.

„Von Ihrem Problem mit den Frauen. Ich bin mir sicher, Sie könnten es überwinden, wenn sie ebenfalls beteten. Ich kann ein Gespräch mit meinem alten Pfarrer organisieren, dem aus Vigevano, in San Dionigi. Dem Sohn einer Freundin hat er auch bei seinem Problem geholfen. Er …"

„Wovon redest du, von welcher Freundin?", unterbrach ich sie. Aber niemand achtete auf mich. Leo hörte meiner Frau nicht mehr zu, er knabberte auch nicht mehr an seiner Karotte. Sie faselte etwas von spirituellem Beistand, er war fassungslos und sah sie nicht einmal an. Leider saß ihm mein Sohn gegenüber.

Alessandro war mucksmäuschenstill, hatte den Kopf gesenkt, löffelte seine Suppe und versuchte das Lachen zu unterdrücken. Ach, die Spleens seiner Mutter. Er schämte sich dafür, er verabscheute sie. Und platzte fast vor Lachen.

Plötzlich wandte sich Leo direkt an ihn. Franca schwieg überrumpelt. „Erzählt euch der Priester in der Religionsstunde, Masturbation sei eine Sünde, nämlich eine Art von Homosexualität? Sex mit sich selbst, also einem Mann?"

Alex hob den Kopf. Überrascht, als hätte man seine Gedanken gelesen, nickte er. Leo grinste ihn breit an.

„So ein Blödsinn, was? Du wichst wie alle anderen auch? Auch gemeinsam mit deinen Freunden, nicht wahr?"

Keine Ahnung, was in Alessandro vorging, aber der Trottel antwortete:

„Ja, natürlich."

Nein, bitte nicht! Meine Frau wurde kreidebleich, der Löffel fiel ihr in den Suppenteller. Der Klosterschwesternbart sträubte sich augenblicklich.

„Dein Vater hat mir erzählt, dass du Mädchen fickst. Masturbation gleich Homosexualität? So ein Blödsinn. Von mir aus sollen sie Homosexualität als Sünde bezeichnen, aber das ist wirklich Blödsinn, nicht wahr?"

„Natürlich …" antwortete Alessandro, während meine Frau aufstand und ging. In der Küche warf sie Teller auf den Boden, methodisch, einen nach dem anderen, ich lief zu ihr. Als ich sie endlich beruhigt hatte und ins Speisezimmer zurückging, verkündete mir Alessandro seelenruhig, Leo habe leider gehen müssen.

Doktor Doinel macht auf den Absätzen kehrt. Er läuft in die Klinik zurück.

„Läuft er noch immer mit gepunkteten Hemden und einer Frisur wie die Bandmitglieder von *Flock of Seagulls* herum?"

Keine Ahnung, wovon er spricht. Was haben die Möwen damit zu tun? Ich gehe nicht darauf ein. Ich möchte nicht länger telefonieren. Ich möchte nur zurück zu meiner Frau, zu meinen Freunden. Essen, mich ausruhen. Eine halbe Stunde, eine Stunde lang an nichts denken.

Vergessen.

Donnerstag Nachmittag

Ich bin mit Persegàti in Grasse. Frederic Prokosch hat hier seinen Lebensabend verbracht und ist hier gestorben, oder besser gesagt, in einem kleinen Ortsteil in Richtung der Küste. In Plan de Grasse, vier Kilometer vom Zentrum entfernt. Er besaß eine Villa namens *Ma Trouvaille.* Leo und ich hatten uns vor zehn Jahren auf die Suche nach ihr gemacht, wir wollten zumindest einen Blick auf den Landsitz erhaschen, auf dem sein Idol die letzten zwanzig Jahre verbracht hatte. Doch unser Vorhaben scheiterte. Wir hatten keinen Reiseführer dabei, sondern nur einen alten Artikel unseres Freundes Tondelli. Der gute Pier Vittorio erzählt darin, wie er 1988 oder 1989 der Villa einen Besuch abstattete. Er war ein paar Tage nach Prokoschs plötzlichem Tod nach Grasse gekommen, wegen eines geplanten Interviews, das dann natürlich nicht mehr stattfand. In dem Artikel gab es ein paar vage Hinweise, ein Viadukt über einer Straße, die von den Hügeln herunter führte, mehr nicht. Leider gab es in Plan de Grasse überhaupt keine Viadukte. Ich und Leo waren in dem *quartier* herumgeirrt, hatten jedoch nichts gefunden. Nur alte Männer, die *pétanque* spielten, und Jungs, die im Freizeitzentrum Basketball spielten. Und natürlich Villen hinter Hecken, mit geschlossenen Fensterläden, alle gleichermaßen abweisend. Niemand kannte Prokosch. Wir hatten uns auf den Ämtern des *quartiers* erkundigt, in der Bücherei, nichts. Sie wussten nicht einmal, wer Frederic Prokosch, *l'ecrivain americain*, war. Dabei war er erst vor einigen Jahren gestorben. Dabei waren *Die Asiaten*, die mindestens so langweilig wie Rosenkranzbeten sind, bei ihrem Erscheinen ein Welterfolg gewesen. Dabei hatte Prokosch ein gutes Dutzend Romane und auch ein paar Lyrikbände veröffentlicht. Dabei war *Der Ring der Verschworenen* in den vierziger Jahren von Negulesco verfilmt worden, mit Hedy Lamarr in der Hauptrolle. Der alte Prokosch hatte Joyce gekannt, Gertrude Stein, Auden, Malraux, Mann. Kurz vor seinem Tod war sein letztes Buch, seine Memoiren, erschienen: *Die metaphysische Piazza*. Porträts der literarischen Ikonen der Zwischenkriegszeit, die er kennengelernt hatte und mit denen er mehr oder weniger lange befreundet gewesen war. Wieder ein Welterfolg, fünfzig Jahre nach dem ersten und bislang einzigen. Leo war verrückt nach diesem Buch, als junger Schriftsteller Mitte der achtziger Jahre war er auf der Suche nach imaginären Vätern, Lehrmeistern und Traditionen. Doch in Plan de Grasse gab es keine Spur von ihm.

Ich erinnere mich, dass Rauch in der Luft lag und dass von der Küste her leichter Nebel aufzog. Leo hatte scherzhaft gesagt, Rauch und Nebel seien der Geist des amerikanischen Schriftstellers, der hier noch immer herumirrte. Ein halb materieller, gutmütiger *Genius loci*, der über die vom Pastis gezeichneten Dorfbewohner wachte, die den ganzen Tag *pétanque* spielten. Und dann waren wir nach Grasse *ville* hinaufgefahren. Ich erinnere mich jedoch nicht mehr, warum. Totale Erinnerungslücke. Mattscheibe. Ich erinnere mich nur noch daran, dass Leo ein grauenhaftes unveröffentlichtes Werk von Prokosch in der Hand hielt wie eine Reliquie. Das grässliche Manuskript, das das Ende unserer Freundschaft bedeuten sollte. Ich erinnere mich auch nicht mehr, wie und wo er es aufgetrieben hatte, tut mir leid.

Danach fuhr Leo nach Heidelberg, wo er eine Art Stipendium erhalten hatte. Von dort wollte er mir die Übersetzung schicken. Es gab Telefonate und die besagten Faxe. Und dann ging es auf die sattsam bekannte Weise zu Ende. Wir sahen uns nie wieder. Hier in Grasse hatte unser letztes Treffen stattgefunden.

Die Busse. An die Busse erinnere ich mich noch. Damals wie heute karren sie Touristen zu Führungen in die Fabriken, Fragonard und Galimard. Schwere provenzalische Düfte. Überall dieser süßliche, überwältigende Geruch. Keine Ahnung, ob ich damals mit

Leo plauderte, hier in Grasse. Über welche Straßen wir gingen. Was wir sagten. Ich welcher Konditorei wir einen Kuchen aßen. Ich und Persegàti schweigen jedenfalls schon seit einigen Minuten. Es ist mir jedoch nicht unangenehm. Zwischen ihm und mir wird es niemals ein stillschweigendes Einverständnis geben wie damals zwischen Leo und mir, dennoch verspüre ich nicht das Bedürfnis, die Stille mit Worten zu füllen. Scheiß drauf. Das Schweigen lässt die Dinge deutlicher hervortreten. Unter anderem die Tatsache, dass dieser Ort und diese Situation deprimierend sind.

Attilio knabbert unverdrossen an einem Nusskuchen. Er hält ihn mit den krummen Klauen seiner Hand. Mit der anderen Hand hält er das Handgelenk fest, damit es nicht gefährlich ausschlägt. Beim Abbeißen bleckt er die Zähne und schürzt die Lippen wie eine alte Bracke, die den Knochen eines Koteletts abknabbern will. Es ist fünf Uhr nachmittags, Wolken sind aufgezogen, draußen ist es bereits dunkel. Wir befinden uns mitten im Zentrum von Grasse, am Ende der Rue Marcel Journet, wir sitzen in der trostlosen Konditorei Trois Pêcheuses. Der Besuch mit Leo liegt zehn Jahre zurück, ich erinnere mich vage an eine von provenzalischen Parfüms durchzogene, heruntergekommene Stadt, heute habe ich das Gefühl, dass Grasse buchstäblich desolat ist. Das Pflaster in den engen Gassen ist von Löchern übersät wie in der Altstadt von Genua. Modriger Geruch steigt aus den Kellergewölben der düsteren alten, unbewohnten Häuser, von denen der Verputz abbröckelt. Überall Bauarbeiten. Schon seit Jahren. Verrostete Gerüste, provisorische Dächer aus Glasfaserkunststoff. Mysteriöse Rinnsale auf den abschüssigen Straßen, obwohl es heute gar nicht geregnet hat. Überall die Gratisexemplare von „Nice Matin", mit den Schlagzeilen über den sanften Tod und mit den umbarmherzigen Fotos der Guimard. Mit dem Tumor im Vordergrund.

„Cesare!"

Was …? Vor Schreck fällt mir ein Stück Quiche von der Gabel. Attilio hat plötzlich das Schweigen gebrochen, so laut, als wären wir beide schwerhörig.

„Attilio. Ich sitze vor dir. Ich kann dich gut hören. Du musst nicht schreien, als ob du mich aus dem Jenseits heraufbeschwören müsstest."

Er sieht mich entgeistert an. Ironische Bemerkungen versteht er nicht, ganz zu schweigen von sarkastischen. Er rückt die Brille zurecht, sein Kopf beginnt wieder zu wackeln wie der eines neurotischen Tieres im Käfig.

„Cesare, hattest du jemals ein Geheimnis?"

Ich senke den Kopf. Dann verneine ich. Dann sehe ich Attilio an. Ich strecke die Hand aus, wische einen Kuchenkrümel von seinem Revers. Die Damen *dans la pâtisserie* tragen beige Staubmäntel und haben auftoupiertes, leicht blaustichiges Haar. Unzählige Tassen Tee sättigen die Luft mit ihrem eisigen Aroma, dem puren Aroma der Vergänglichkeit, des späten Nachmittags, des Todes. Verdammte anonyme *Pâtisserie Tristesse.* Warum sind wir hier gelandet, irrtümlicherweise oder aus Verzweiflung? Aber soll ich Ihnen was sagen? Ich scheiße drauf. Denn jetzt, wo mir Attilio diese unpassende und sinnlose Frage gestellt hat, ist die Atmosphäre nicht mehr deprimierend, sondern prickelnd.

„Nur eines?", frage ich meinen Freund. Ich lächle ihn gewinnend an. Wären wir nicht zwei Greise, könnte man als Außenstehender glauben, ich würde mit ihm flirten.

„Geheimnisse in Bezug auf Leo?"

Er reißt den Mund auf, wirft den Kopf lautlos nach hinten. Das soll wohl ein Lachen sein.

Heute Morgen, nach dem Telefongespräch mit Alex, bin ich von der Klinik weggegangen. Ich traf mich mit den anderen im Zentrum und sagte kein Wort. Zu viele düstere Gedanken im Kopf, zu viele Fragen ohne Antwort. Die Ausgabe der *Metaphysischen Piazza* in Leos Händen, in der Klinik oben im Cimiez-Viertel. Die letzte fatale Begegnung zwischen mir und meinem einzigen wahren Freund ausgerechnet hier in Grasse, vierzig Kilometer von Nizza entfernt. Ich, Leo und Prokoschs dummes Manuskript auf dem Tisch der trostlosen Konditorei Trois Pêcheuses. Wir aßen zu Mittag, tranken einen Kaffee, machten einen Spaziergang. Als ob nichts wäre, es war ganz einfach. Ich meine, es war ganz einfach, nicht an den Abend davor und an den Vormittag zu denken. Dann wartete ich, bis Franca in ihren tiefen Nachmittagsschlaf fiel, ging ins Foyer hinunter und rief Persegàti an.

„Attilio, mein Junge. Nehmen wir den Jaguar und machen wir einen Sprung nach Grasse?"

Persegàti hatte ja keine Ahnung, wo, wie und was Grasse war.

„Cesare, mein hübscher Junge. Nehmen wir den Jaguar und machen wir einen Sprung nach Grasse."

Er äffte mich nach. Kam sofort herunter. Um halb fünf waren wir schon dort.

Sybarit! Genau das war das Wort, *Sybarit.* Als wir im Jaguar nach Grasse *ville* hinauffuhren und Persegàti mir von Lucianos unüberlegten Handlungen am Vormittag im Musée Matisse erzählte, wollte es mir nicht um die Burg einfallen. Luciano hat angeblich ein Ölgemälde berührt. Aber nicht mit der Fingerspitze, er hat es betatscht wie den Hintern einer seiner Geliebten. Jedenfalls ist der Alarm angegangen und die Wachtruppe ist aufmarschiert. *Sybarit* ist aus der oberen Etage meines Vokabulars verschwunden. Es gibt auch noch eine untere Etage. In die muss ich mich hinabbegeben und geduldig suchen. Da unten ist es stockdunkel, ich muss mich vorwärtstasten wie in einer zähen Flüssigkeit. Manchmal dauert es einen ganzen Nachmittag, bis ich das bewusste Wort finde. Fast jedes Wort, das ich nicht mindestens einmal pro Woche benutze, landet mittlerweile in der unteren Etage; immerhin bezeichnet man jemanden öfter als Trottel denn als Sybarit. Oder nicht? Leo war jedenfalls immer ein *viveur* gewesen. Ein Epikuräer. Oder eben ein Sybarit. So hatte er sich selbst bezeichnet. Und zwar an diesem Abend, als wir im Teatro Litta in Mailand die *Socìetas Raffaello Sanzio* gesehen hatten. Grauenhaft, meiner Meinung nach. Ein Schlafmittel. Während des ganzen Stücks lag eine Person krank im Bett und faselte vor sich hin. Vielleicht war sie Mao Tse Tung. Pol Pot. Keine Ahnung, vielleicht war sie auch ein Fernsehclown. Am Ende waren wir völlig fertig und konnten nicht einfach so, ohne alkoholischen Beistand, ins Bett gehen.

Wir landeten bei Leo, in seiner Wohnung in der Via Sammartini. Der Mailänder Schwulenstraße. Einer grässlichen Gegend mit ein paar Sexshops und drei Tanzlokalen, wo Männer hingingen, um sich abschleppen zu lassen. Zumindest sagte er das, während er das Haustor aufsperrte, genau neben einem dieser Lokale. Er sagte, wahrscheinlich hielte man ihn für einen Stricher und mich für einen widerlichen alten Geldsack.

„Geh scheißen", sagte ich zu ihm und betrat den Hausflur, der mit Fahrrädern und Geranien vollgeräumt war. Ich war gute fünfzig, keine Spur von „alt"! Er hingegen war um die dreißig, und die Vorstellung, er sei ein Stricher, war nicht ganz von der Hand zu weisen. Sein Körper war durchtrainiert. Er ging ins Fitnessstudio, wie übrigens alle damals in Mailand. Er hantierte mit dem Schlüssel und bückte sich, reckte mir den knackigen Hintern entgegen, der in einer engen Jeans steckte. Die Typen in den Schwulenlokalen betrachteten uns amüsiert.

„Dieser Arsch. Er ist dein …"

Ich schubste ihn die Treppe hinauf, während die Tür ins Schloss fiel. Ich gab ihm leichte Schläge in den Nacken, auf den Hinterkopf, wie Bosetti immer sagte.

„Komm herein und wag ja nicht, mich anzufassen", sagte er oben keuchend, während er aufsperrte. Eine Wohnung in einem alten, heruntergekommenen Haus. Einem nicht renovierten Außenganghaus. Seine Zweizimmerwohnung war jedoch gut in Schuss. Halogenlampen, Kentiapalmen, eine Stereoanlage mit zwei riesigen Lautsprechern auf einem Regal aus verchromten Stahlrohren, voller Kassetten, Langspielplatten, Comics, Taschenbücher. Auf dem Boden noch mehr Zeitschriftenstapel. An der Wand gegenüber dem Bücherregal stand ein riesiges rotes, mit Goldfaden abgestepptes Samtsofa im Rokokostil. Darüber hing das Gemälde des surrealistischen Neunundsechzigers, das er nach der Präsentation von *Der Klang der Welt* bekommen hatte.

Wir nahmen auf dem Sofa, einer Ausgeburt der Postmoderne, Platz. Das Theaterstück, das wir eben gesehen hatten, hatte einen schalen Nachgeschmack hinterlassen. Leo zauberte eine Flasche *Rhum agricole* aus Martinique hervor. Er betonte mehrmals: aus landwirtschaftlicher Erzeugung, Martinique. Auf dem Tisch standen zwei Gläser und daneben lagen eine Orange, Kaffeepulver, Rohrzucker. Er schnitt die Orange sorgfältig in Scheiben. Dann nahm er eine Scheibe, tunkte sie auf der einen Seite in Kaffeepulver und auf der anderen in Zucker.

„Beiß ab und dann nimm einen Schluck Rum", sagte er zu mir und überreichte sie mir feierlich. Der Geschmack der Orange, des Kaffees und des Zuckers gemeinsam mit dem des Rums: köstlich. Innerhalb einer halben Stunde hatten wir drei Gläser geleert und waren völlig betrunken, und er erzählte mir, wen alles er schon auf dem Sofa gefickt hatte. Die siebziger Jahre und die Revolution wären vorbei, sagte er, aber hinsichtlich der Entwicklung der Menschheit sei er immer noch Demokrat. So plapperte er vor sich hin. Freiberufler in seinem Alter waren auf seinem Sofa gelandet, Anwälte, Broker und jüngere Burschen, Studenten, Arbeiter. Das waren die Italiener. Dann jede Menge Araber, die er gleich ums Eck, vor dem Hauptbahnhof abschleppte. Hin und wieder ein Chinese, ein Kellner, den er in einem Restaurant des Viertels kennengelernt hatte. Albaner. Kaum Senegalesen, aber auch das war schon vorgekommen.

„El-Hadji", begann er, wie überwältigt von der Erinnerung an märchenhafte Länder und Menschen. Wir waren ja betrunken.

„El-Hadji, El-Hadji, El-Hadji ...", seufzte er, mit dem Handrücken auf der Stirn und verzücktem Blick. So ein Trottel. Dann kippte er noch einen Rum hinunter, nahm eine Orangenscheibe und kicherte.

„Ein Pferd. Stell dir ein Pferd vor. Ich blies ihm einen, denn ihn in den Arsch zu bekommen, kam nicht in Frage. Er kam. Ich blies ihm noch einen und er kam wieder. Eine Fontäne, er spritzte ab, kam immer wieder. Und sein Schwanz blieb einfach steif. Ein Vieh, eine Laune der Natur. Irgendwann habe ich ihm drei Orangenscheiben auf den Schwanz gelegt. Kannst du dir vorstellen, wie lang er war?"

Ich lachte. Seite an Seite mit Leo, auf dem Sofa, hörte ich zu und lachte, sein warmer Körper an meinem. Nein, es war mir nicht peinlich. Nein, ich glaubte nicht, dass es Missverständnisse geben hätte können. Wir hatten uns gemeinsam eine Aufführung der *Socìetas Raffaello Sanzio* angesehen, eine Woche davor waren wir bei einer Performance in Corrado Levis Galerie gewesen, noch eine Woche davor hatte er mich ins Leoncavallo geschleppt, jetzt betranken wir uns gemeinsam. Leo erzählte mir von seinem Leben, öffnete die Türen zu seinen Geheimkammern. Absolut keine Peinlichkeit. Im Gegenteil, so etwas Ähnliches wie warme Zärtlichkeit erfüllte mein Herz.

„Hast du auch Kaffee daraufgelegt? Rohrzucker?"

Leo nickte, verschluckte sich, während er noch ein Glas zur Hälfte hinunterkippte.

„Danach trank ich Rum aus Martinique."

Er hustete und lachte gleichzeitig.

„Ich war stockbesoffen. Stell dir den vor. Ein Senegalese. Ein waschechter Moslem. Er war entsetzt. Schockiert."

Er machte eine Pause, schüttelte den Kopf, trank das Glas aus, um den Husten zu besänftigen.

„Aber stell dir vor, er blieb einfach steif."

„Ein wahrer Epikuräer. Du natürlich. Nicht der Senegalese."

„Ein Epikuräer, ein *viveur*. Ein Dandy."

Leo blickte zur Decke und zählte die Attribute auf, die man ihm in der Presse gegeben hatte. Dann sagte er in vicentinischem Dialekt, den er beinahe schon abgelegt hatte:

„Sybarit gefällt mir besser als Epikuräer."

„Aber warum interessiert dich mein Freund Leo?"

Ich suche Attilios Blick. Argwöhnisch blickt er auf den letzten Nusskern in seinem Kuchen. Wie ein gebrechliches Eichhörnchen, das sich auf die Hinterbeine stellt.

„Leo war eine Schwuchtel, nicht wahr?"

Ich lache. Sobald ich aufhören kann, seufze ich.

„Er war keine Schwuchtel, allenfalls ist er eine Schwuchtel. Er ist nicht gerade in Hochform, aber zum Glück noch am Leben. Ich habe ihn heute gesehen. Vorhin. Ich habe ihn heute Vormittag gesehen, während Luciano die Matissegemälde abtatschte."

„Tatsächlich? Bist du in die Klinik gegangen?"

„Nicht hinein. Ich bin hingegangen, aber nicht hinein. Ich habe ihn von draußen gesehen, im Park."

„Ist er schon so ein Gemüse, dass man ihn in einen Blumentopf gesteckt hat?"

Ich lache wieder. Der beste Witz, den ich seit Wochen gehört habe. Buttafava sollte sich ein Beispiel nehmen.

„Nicht gerade in einen Blumentopf. Er saß im Park auf einer Schaukel. Er ist noch nicht wirklich ein Gemüse. Obwohl man ihn danach im Rollstuhl in die Klinik geschoben hat."

Attilio schüttelt den Kopf. Zieht eine Schnute. Täusche ich mich oder will er mir sagen: Armer Leo, armer Cesare, ich fühle mit euch.

„Aber Franca hat doch recht, oder? Ihr wart ein Paar, nicht wahr?"

Ich sehe ihn entgeistert an. Und stelle fest, dass mein Freund Persegàti nicht scherzt, mir nicht einmal einen Vorwurf macht. Er erwidert meinen entgeisterten Blick, und in seinem Blick liegt keine Anklage, sondern etwas anderes. Vielleicht Zärtlichkeit. Mitleid?

Persegàti?

„Ich und Leo Meyer waren nur Freunde. Attilio, reiß dich zusammen. Du schaffst es. Mir gefallen Frauen. Mir haben immer nur Frauen gefallen. Wir waren Freunde und aus. Allerdings war er mein einziger, wirklicher, großer Freund. Er ist der einzige, bei dem es mir leid tut, dass ich ihn aus den Augen verloren habe. Ihm gilt mein erster Gedanke am Morgen. Auch heute, sogar heute Morgen, im Bett im Atlantique. Aber ich und Leo waren kein Paar. Ich bitte dich. Wir haben uns nicht einmal umarmt. Franca war von dem Gedanken besessen, ich hätte Sex mit ihm. Aber wenigstens du, Attilio, komm, ich bitte dich!"

Persegàti nickt. Als ob er Bescheid wüsste. Über Francas Obsessionen oder über mich?

„Trotzdem habt ihr ein Geheimnis, stimmt's?"

Ich nicke langsam, als würde ich einem Psychopathen mit eindeutigen mörderischen Absichten recht geben, jemandem, der mit der Axt in der Hand auf mich einredet. Ja, Attilio, ich habe ein Geheimnis. Ich habe eines und jetzt werde ich dir davon erzählen. Denn auf diese Weise legst du mir gewissermaßen den Arm um die Schulter, nicht wahr, Attilio? Ich meine, indem du mich danach fragst. Indem du mich fragst und mir zuhörst. Wie ich damals Leo den Arm um die Schulter legte, an dem Abend, als wir uns mit Rum betranken.

Er hatte die Geschichte mit dem Senegalesen zu Ende erzählt, und auch die Flasche Rum hatten wir ausgetrunken. Ich lag stockbesoffen auf dem Sofa und richtete hin und wieder den glasigen Blick auf das Gemälde des surrealistischen Neunundsechzigers. Da fielen mir die Jungs ein, die Stofftiere, die Kassetten. Und Walter. Ja, was war eigentlich aus Walter geworden? Was war aus dem Mann geworden, der Leo unendlich lange umarmt hatte, der seinen Herzschlag mit dem Leos in Gleichklang bringen hatte wollen?

Lallend und grundlos lachend erkundigte ich mich nach ihm. Leo stellte das Glas ab. Mit dem Hemdsärmel wischte er sich die Schweißtropfen von der Stirn. Dann wischte er sich über die Augen, als ob sie plötzlich nass geworden wären. Dann brach es aus ihm heraus. Walter war verrückt, Walter war fanatisch, Walter hatte ihn immer, wenn er in Mailand war, bei sich wohnen lassen.

Walter hatte einen fünfzehnjährigen Bruder. Einmal hatte er diesen Bruder zu sich und Leo ins Zimmer geholt.

„Er war wunderschön …", flüsterte Leo an diesem Abend, beim letzten Tropfen Rum aus Martinique. Mit tränenerstickter Stimme.

„Walter hat ihn mir dargeboten, seinen bartlosen Bruder."

Genau diese Worte verwendete er: *dargeboten, bartlos.*

Walter war völlig durchgeknallt, fuhr er fort, während ihm die Tränen über die Wangen liefen und im Licht der Halogenlampen glänzten. Er war völlig verrückt. In jener Nacht hatte er gesagt, sein Bruder sei eine Opfergabe für seine, Leos, Muse, und seinen willfährigen Bruder vor dem Schriftsteller Leo Meyer entkleidet. Einen Jungen, der vielleicht einen Joint geraucht hatte oder sich einfach von seinem psychopathischen Bruder ins Bockshorn jagen ließ. Einem Dummkopf, der sich von der sexgeschwängerten Stimmung in *Der Klang der Welt* beeindrucken hatte lassen. Der so schwachsinnig war zu glauben, dass man einem Schriftsteller huldigen musste wie einem Halbgott, dass man ihm schmeicheln und ihm Opfergaben darbieten musste, damit ihm die Inspiration nicht ausging.

„Was für ein Trottel", sagte Leo und kuschelte sich an mich.

„Was für Trotteln waren Walter und ich", fügte er hinzu.

Er hatte die Opfergabe nämlich angenommen. Leo bezeichnete sich als armseliges Arschloch. Er hatte den kleinen Bruder nämlich gefickt, zum Dank hatte er ihm ein paar unveröffentlichte Seiten aus *Ein wertloses Diplom* vorgelesen, dem Roman, den er damals gerade fertigstellte.

Jetzt würde ich am liebsten zu Attilio sagen: Ich habe Leo sehr wohl umarmt. Und zwar an diesem Abend, als er mein Sakko und meinen Rollkragenpullover voll heulte. Seine Worte schockierten mich, ich war entsetzt. Vor nicht einmal fünf Jahren war mein Sohn fünfzehn geworden, ich erinnerte mich, wie naiv er damals noch gewesen war. Während Leo mir von seiner kriminellen Tat erzählte, wehrte ich mich gegen die Vorstellung, dass Alessandro es mit einem wie ihm trieb. Doch im Grunde ging es um etwas anderes. Vielleicht war der Rum daran schuld, doch wen kümmerte es, dass Leo etwas Schockierendes, Kriminelles getan hatte? Viel wichtiger war, dass er mir davon erzählte. Dass er mir ein Geheimnis anvertraute, das auch ihm zur schrecklichen Last geworden war, und zwar mir als Einzigem.

Freundschaft schließt man in dem Augenblick, in dem man den Panzerschrank der Geheimnisse öffnet. Und deshalb bin ich jetzt in Grasse, in der Pâtisserie Trois Pêcheuses so fröhlich und aufgekratzt, trotz des Teearomas. Ich sprudle über, ich würde wahnsinnig gern alles erzählen. Was? Bestimmt nicht die Sünden, die Leo mit kleinen Jungs begangen hat, wirklich nicht. Die sind sein Geheimnis, nicht meines. Sondern die Episode, aufgrund derer Leo und ich nicht nur Freunde, sondern unzertrennliche Freunde wurden. Lächerlich, nicht wahr? Unzertrennlich wie ein Papageienpärchen.

„Sein dritter Roman war gerade erschienen."

Hinter der Brille, die schief auf seiner Nase sitzt, schaut Attilio ins Leere. Er schnappt nach Luft. Ein Karpfen, der nicht genug Sauerstoff bekommt.

„Attilio, mein Freund Leo ist Schriftsteller. Reiß dich zusammen. *Der Schöne von Rodi,* erinnerst du dich?"

Er schüttelt den Kopf. Das bedeutet doch ja, oder?

„Zweite Hälfte der achtziger Jahre, mehr als fünfhunderttausend Exemplare. Der Roman wurde sogar von Salvatores verfilmt. Mit Abatantuono, eine völlige Fehlbesetzung übrigens, aber ihn wirst du wohl kennen ..."

Persegàti schüttelt wieder den Kopf.

„Die Valeri. Franca Valeri hat auch mitgespielt."

Jetzt leuchten seine Augen. Aber nur, weil er einen bekannten Namen gehört hat.

„So hieß jedenfalls das Buch. Leos dritter Roman. Ein Riesenbestseller. Als es passierte, stand er seit Wochen ganz oben auf den

Bestsellerlisten. Der Roman handelt von einem Jungen aus Rodi Garganico, der in den Norden zieht und sich aushalten lässt. Er lebt mit einem Mann zusammen, der um einige Jährchen älter ist als er, einem ..."

„Einem Mann?" Persegàti unterbricht mich mit einem Grinsen, so breit wie ein Scheunentor. Als ob er endlich kapierte. „Aber dann sind es zwei Perverse ..."

„Ja, Attilio. Sehr gut. Genau. Es sind zwei Homosexuelle. Leo ist homosexuell. Er ist der berühmteste homosexuelle Schriftsteller Italiens. In den achtziger Jahren waren seine Romane das Manifest, der Bezugspunkt der Homosexuellen in Italien. Wenn nicht gar ihre Bibel. Also, in diesem Roman geht es um einen schönen Jungen aus dem Süden, der sich aushalten lässt und mit einem reichen älteren Mann im Hotel lebt. Vor allem in Motels. Im Besonderen in einem Agip-Motel in Autobahn-Nähe, außerhalb von Mailand. Er möchte eine Garage aufmachen, eine Autowerkstätte. Das ist eine Anspielung."

Persegàti blickt mich mit glasigen Augen an. Ein verwirrter Jannacci. Aber warum sollte er auch Leos Anspielungen verstehen?

„Aber das hat wenig damit zu tun, eigentlich gar nichts. Nur insofern, als man Leo gebeten hatte, ein Interview für die Fernsehnachrichten zu geben. Er hatte ja wochenlang auf den Bestsellerlisten gestanden, es hatte Polemiken, Fotos in ‚Novella 2000' gegeben, ‚l'Espresso' und ‚Panorama' hatten Umfragen zur Schwulenszene in Mailand veröffentlicht. Das Interview fand auf einer Tankstelle am Beginn der Mailand-Venedig-Autobahn statt. Es war Abend, die Scheinwerfer und die Mikrofone waren an, der Bus der RAI stand da. Auf der Tangente fuhren die Leute von der Arbeit nach Hause. Sie hielten an, um zu tanken, und dann schauten sie sich neugierig um. Ich hatte ihn hingefahren, er wusste ja nicht einmal, wo die Tankstelle war. Damals war ich ein wenig sein Chauffeur. Damals telefonierten wir täglich miteinander. Einmal am Morgen, sobald ich ins Büro kam, und einmal am Abend, bevor ich nach Hause ging. Wir waren Freunde, wirkliche Freunde."

Einen Augenblick lang steigen mir Tränen in die Augen.

Ruhig. Tief durchatmen.

„Und nach dem Interview waren wir noch bessere Freunde. Noch einmal, wir waren Freunde, ich und Leo. Ach ja, Paolo Frajese, der Nachrichtensprecher, machte das Interview. Der, der auch *Domenica Sportiva* moderierte. Seine Frau drehte Pornos mit Pferden und Hunden. Ich stand jedenfalls etwas abseits, bei den Zaungästen. Sie unterhielten sich über Leo."

„Nicht über Marina Frajese mit ihren Pferden und Hunden?"

Schau dir Alzheimer-Enzo an! Ein ausgezeichneter Witz, kein bisschen verwirrt.

„Doch, ein paar unterhielten sich auch darüber. Aber die meisten unterhielten sich über Leo. *Der Schöne von Rodi* ging ja wie die warmen Semmeln. Alle hatten ihn rezensiert, wenn auch ziemlich schlecht, nur unter dem Aspekt, dass es sich um einen Schwulenroman handelte. Aber da er sich kein Blatt vor den Mund nahm, gab es wie immer ratlose Artikel im „Corriere" und schockierte in „Avvenire" und „Famiglia Cristiana". Montanelli hatte im „Giornale" einen düsteren Leitartikel geschrieben, er ging so weit, einen Zusammenhang zwischen dem Buch, dem Sittenverfall und der Wirtschaftskrise zu sehen. Dabei war es ein intimistischer, ein herzzerreißender Roman. Er handelte vom Abschied von der Familie, von der Entwurzelung. Auch die Aids-Thematik kam darin vor, und in dieser Hinsicht war er avantgardistisch, denn damals wurde man erst langsam auf das Phänomen aufmerksam. Damals sagte noch niemand Aids, es gab andere Kürzel … ich erinnere mich nicht an sie, für die meisten war es einfach die Schwulenseuche, und Leo …"

Persegàti unterbricht mich mit einer zittrigen Geste der rechten Hand. Er schließt die klauenartigen Finger zu einer Faust und öffnet sie wieder. Fass dich kurz, will er mir damit sagen, fass dich kurz. Aber, Alzheimer-Enzo, hast du mich überhaupt verstanden?

„Gut, ich fasse mich kurz. Ich fasse mich kurz. Aber lass mich zum Punkt kommen. Ich sagte gerade, dass Leo damals sehr bekannt war. Er war allgegenwärtig. Und außerdem hatte Primo Levi sich gerade umgebracht, und Leo hatte sich auf seine typische Weise dazu geäußert, und stell dir vor, in den Zeitungen war eine Riesenpolemik entstanden."

Attilio: undurchdringlicher Blick, ausdrucksloses Gesicht. Er kennt also nicht einmal Primo Levi.

„Die Zaungäste gaben also ihren Senf dazu ab. Hinter mir standen drei Typen. Drei Typen, die vulgäre Sachen über Leo sagten, ihn beschimpften. Er unterhielt sich mit Frajese, er war gut, sogar diplomatisch. Der Journalist stellte hartnäckig Fragen zur Schwulenseuche und zur sexuellen Promiskuität der Schwulen, und Leo bemühte sich, sachlich zu bleiben, auf keinen Fall zu provozieren. Ich drehte mich zu den drei Trotteln hinter mir um. Es waren Typen mit schwarzen Fliegerbrillen. Kahlgeschorenen Schädeln. Lacoste-Polos mit aufgestelltem Kragen."

Genau wie die damals bei der Lesung von *Der Klang der Welt*. Aber an der Tankstelle in der Nähe der Autobahn gab es kein wohlmeinendes Publikum wie in der Casa della Cultura. In der Nähe der Tangente ging die Sache anders aus. Mir wird schlecht, wenn ich daran denke. Sogar jetzt noch, hier in Grasse, in der Pâtisserie Trois Pêcheuses, wird mir schlecht, und die Nackenhaare sträuben sich. Wie lange ist es her? Zwanzig Jahre, dreißig? Nur ich und Leo wissen, wie es weitergegangen ist. Wir haben uns unzählige Male darüber unterhalten, am Abend beim Ausgehen, wir haben uns auf jede erdenkliche Weise darüber lustig gemacht. Wir haben unsere Bildung, unseren Wohlstand, unsere Kultur ins Treffen geführt, von der die drei kahlgeschorenen Steinzeitmenschen nur träumen konnten. Wir haben uns gegenseitig aufgezogen, um die Demütigung zu vergessen.

„Wann kommt nun das berühmte Geheimnis?"

„Ich erzähle es dir gerade, du bist der erste, der es erfährt, mein lieber Persegàti."

„Sprich mich nicht mit Nachnamen an, das mag ich nicht. Nenn mich Tilio und aus. Und beeil dich, wir sind spät dran. Beeil dich, denn um sieben sollen wir im Restaurant unten in Nizza sein.“

Um sieben im Restaurant in Nizza. Das habe ich längst vergessen. Und auch, wie viel Geduld man aufbringen muss, um eine neue Freundschaft zu schließen, wenn man bereits über siebzig ist.

„Ist gut. Hör zu, Attilio. Ich sagte etwas zu den Typen mit den dunklen Sonnenbrillen. Ich stritt mit ihnen. Als wir nach dem Interview nach Mailand zurückfuhren, folgten sie uns. Sie blendeten uns mit den Scheinwerfern. Sie fuhren ganz dicht auf mein Auto auf, touchierten meinen Kotflügel. Und das auf der Tangente. Bei hundertzehn, hundertzwanzig Stundenkilometern. Ich fuhr auf einen Parkplatz und hielt an. Leo wollte es so. Ich hatte Todesangst, ich wollte nur weg. Aber er war durchtrainiert, er dachte, er würde allein mit den dreien fertig werden. Leider stiegen wir aus, und sie zogen eine Pistole. Vielleicht war es eine Spielzeugpistole, aber wer kennt sich schon bei Pistolen aus? Wir hielten sie für echt, was sonst hätten wir tun sollen? Sie schubsten uns hinter die Autos, sodass man uns von der Tangente aus nicht sehen konnte. Sie zwangen uns, uns hinzuknien. Die Arschlöcher zogen uns an den Haaren zu Boden. Dann holten sie das Starterkabel aus dem Kofferraum. Attilio, ich hatte eine Pistole im Nacken, eine echte oder eine Spielzeugpistole. Wie hätte ich mich wehren sollen? Sie fesselten mich mit dem Kabel, mit den Händen im Rücken, banden meine Handgelenke mit den Fußgelenken zusammen. Dann fesselten sie auch Leo.“

Ich erinnere mich an das Dröhnen der Autos, die in einer Entfernung von nur ein paar Metern vorbeifuhren, an den Luftzug, den die Lastwagen verursachten, an die Lichter der Scheinwerfer. Ich erinnere mich an den Geruch meiner Autoreifen, des Asphalts, an den Auspuff ihres Motors, den sie laufen hatten lassen. Ich erinnere mich, dass ich dachte, ich würde sterben, und derweil betrachtete ich ein Neonschild hinter dem Gestrüpp, das Neonschild einer Firma, die Klimaanlagen erzeugte. Eine schlichte kobaltblaue Neonschrift, die Firma hieß Convisa. Das „n“ war ausgegangen, durchgebrannt. Leo trug ein weißorange kariertes Hemd. Eine schwarze Lederjacke. Enge Jeans, Stiefel. Sie drückten mein Gesicht auf seine Stiefel. Ich räuspere mich. Ich bemühe mich, dass meine Stimme nicht kippt. Ich schlucke.

Noch einmal tief durchatmen.

„Und dann? Haben sie euch verdroschen?"

Sieh mal an, auch Persegàtis Stimme zittert.

„Nein, sie haben uns nicht geschlagen. Oder doch, ein paar Fußtritte in den Hintern, ein paar Ohrfeigen. Aber sie wollten uns nicht verletzen. Das hatten sie nicht vor. Sie wollten uns nur umwerfen. Mit einem Tritt ins Gesicht warfen sie mich um. Ich kniete, und sie warfen mich um. So dass ich mit dem Gesicht neben Leos Stiefeln zu liegen kam. Dann warfen sie auch ihn um. Wir kamen nebeneinander zu liegen. Wir mussten uns ansehen, während sie ihr Vorhaben ausführten."

„Und was für eines?"

„Sie pissten uns an, Attilio. Alle drei. Sie pissten uns ins Gesicht."

Ich erinnere mich an den widerwärtigen Geruch. Die warme Flüssigkeit sickerte mir in die Nasenlöcher, brannte mir in den Augen. Ich erinnere mich, wie ich die Lippen krampfhaft aufeinander presste. Ich erinnere mich an Leos Blick: verzweifelt, betrübt. Gedemütigt. Als der trübe Schauer endlich vorbei war, blickte er mich fragend an. Und die drei Tiere, die drei glatzköpfigen Gehirnamöben, lachten, beschimpften uns, während wir klatschnass am Boden lagen. Leo sah mich an, mit einer stummen Frage im Blick: Was hat das zu bedeuten? Warum?

Und ich? Ich grinste. Ich zog eine Grimasse und verdrehte die Augen. Unendlich geduldig und resigniert. Als ob ich zu ihm sagte: Nur ein lächerlicher Jux, mein Freund. Dem Genuss des Bücherschreibens zuliebe müssen wir auch diesen dummen Streich ertragen, den die Trottel ausgeheckt haben.

„Und dann?"

Persegàtis Stimme ist belegt. Ich richte mich auf, lächle ihn an. Ich drücke einen Augenblick lang seine Hand, die auf dem Tisch liegt. Sie zittert. Nein, sie bebt. Als ob unter seiner Haut Starkstrom liefe.

„Dann war es vorüber. Dann banden sie mich los, ich war ja der weniger Gefährliche, ich befreite Leo und wir gingen ebenfalls."

Ich zwinge mich zu lachen. Attilio schaut weg, blickt zu Boden. Er schnappt nach Luft. Dann schaut er mich verzweifelt an. Das tut mir leid. Das tut mir aufrichtig leid. Das habe ich nicht beabsichtigt.

„Attilio, möchtest du was Süßes? Ich bestelle dir eine Zabaione."

Meine Stimme ist ironisch, spöttisch. Aber das versteht er nicht. Er nimmt den Kopf in die Hände, stößt den Stuhl zurück, steht auf. Er presst die Hände an die Schläfen, schüttelt den Kopf.

Was um Himmels willen tut er?

„I…i…", sagt er. Keine Ahnung, was das heißen soll. Es muss wohl Dialekt sein. Vielleicht sagt er, ich, ich.

„Was ist los, Attilio? Geht es dir nicht gut?"

Er macht eine Kopfbewegung, die weder ja noch nein bedeutet. Er zieht seine Jacke aus und gibt dabei ein Geräusch von sich, als würde er ersticken, sein Adamsapfel fährt auf und ab wie ein Lift. Ich muss lachen.

„Attilio, verwandelst du dich gerade?" Er sieht aus wie Jekyll, der gerade zu Hyde wird. Oder besser gesagt wie Cordelier, der zu Opale wird.

„Komm mit aufs Klo. Ich zeig dir was."

Seine Stimme zittert. Ich kneife die Augen zusammen, versuche zu verstehen. Ich soll mit aufs Klo kommen.

„Wozu aufs Klo?"

Ich zeig dir was.

„Ich verrate dir auch ein Geheimnis."

„Aber das kannst du mir auch hier verraten, wo wir bequem sitzen."

Persegàti schüttelt den Kopf; er steht da wie ein Tanzbär, mit aufgerissenem Rachen gibt er einen stummen Schrei von sich, die

Handflächen wieder an den Schläfen. Die ganze *pâtisserie* starrt ihn an. Irgendwie ist das Ganze auch komisch. Aber vor allem tut er mir leid. Er ist bloß ein alter Narr, wie viele andere auch, ein Spielball des Lebens, ein Wrack. Und dann klingelt zum Glück sein Handy. Derselbe Effekt wie früher im Büro, wenn mein Computer verrückt spielte und ich die Reset-Taste drückte. Das ganze Chaos ist augenblicklich vorbei. Attilio nimmt wieder Haltung an, fährt sich mit der Hand durch die spärlichen Haare, schlüpft in die Jacke, nimmt das Handy.

„Es ist Luciano. Was er wohl will?"

„Heb ab. Dann erfährst du es."

Er drückt auf die Taste. Sein Handy ist auf maximale Lautstärke gestellt, es ist, als wäre Luciano hier. Luciano gibt unartikulierte Schreie von sich.

„Hallo!", schreit Attilio. Nicht einfach ins Mikrofon seines Handys, sondern gegen sein Handy. „Hallo! Hallo! Hallo!"

Ja, die alten Weiber im Staubmantel und mit blauem Haar stellen ihre Tassen ab und starren uns an, die einen erschrocken, die anderen missbilligend. Sogar die Konditorin, Madame Pêcheuse, beugt sich über die Theke und versucht Persegàti zur Ordnung zu rufen; und ja, sogar ich fuchtle mit den Händen, damit er leiser redet. Dann stößt Buttafava einen Fluch aus. Dann ganz deutlich ein Schluchzen, als würde er weinen. Dann nur noch Piepen, die Verbindung ist abgebrochen.

„Hallo?", sagt Attilio noch einmal, verdutzt. Er zuckt mit den Achseln, doch da klingelt schon mein Handy. Ich erkenne die Nummer nicht. Trotzdem hebe ich ab. Sieh mal an, Adriana. Ich antworte, und Herrgott, auch sie weint.

Donnerstag, später Nachmittag

Wir fahren über die Autobahn, die von Grasse hinunter nach Cannes und zum Zubringer der A8 führt. Ich fahre hundertfünfzig Stundenkilometer. Es ist halb sechs und bereits stockdunkel. Ich muss mich am Lenkrad festhalten, damit man nicht sieht, dass ich zittere. Ich bin dreiundsiebzig Jahre alt, fühle mich aber wie hundert. Mir gehen nur deshalb keine Zahlen bezüglich der Jahre durch den Kopf, die ich wahrscheinlich noch zu leben habe, weil die Zahlen keinen Jahren entsprechen. So wie ich mich fühle, habe ich höchstens noch einen Monat zu leben. Zwei Wochen. Eine Viertelstunde.

Die Autobahn ist leer. Ich fahre auf zwei Fahrbahnen gleichzeitig, niemand ist vor mir, auch im Rückspiegel ist niemand zu sehen. Persegàtis Köpfchen verschwindet beinahe hinter dem aufgestellten Jackenkragen. Es wippt auf und ab, wie der Kopf eines Wackeldackels im Fond eines Autos, auf ewig unentschieden zwischen ja und nein. Hin und wieder seufzt er und nuschelt irgendetwas, in einem Ton, als stünde der Weltuntergang bevor. Vor zwanzig Minuten hat Adriana am Telefon geheult:

„Cesare, Luciano!"

Ich: „Ja, den kenne ich. Er ist dein Mann."

Ich versuchte zu scherzen. Nur so kann man jemanden, der in Panik ist, beruhigen, egal welche Katastrophe sich gerade ereignet hat. Das hat Steinbeck gesagt. Oder vielleicht Nantas Salvalaggio? Ich erinnere mich nicht genau. Auf jeden Fall habe ich es zu meiner Maxime gemacht.

„Luciano hat eine Szene gemacht. Er hat versucht mich umzubringen und ist verschwunden."

Ich musste lachen.

„Rufst du mich aus dem Jenseits an, mithilfe des Telekom-Mediums?“

Aber der Witz funktionierte nicht, egal ob er von Steinbeck oder von Salvalaggio war. Adriana kapierte ihn nicht und hörte auch nicht auf zu heulen. Gerade eben war nämlich Folgendes passiert: Luciano war im Bad unter der Dusche gewesen und sie hatte im Zimmer die Dinge aufgeräumt, die er herumliegen hatte lassen, unter anderem auch seinen Kulturbeutel. Der sogenannte Kulturbeutel war ihr aus der Hand gerutscht, und sein Inhalt hatte sich über den Boden ergossen. Unter anderem ein sorgfältig gefaltetes Blatt Papier. Sie hatte es geöffnet: den Ausdruck einer Internetseite mit den Fotos einer „nackten Negerin“, wie sie wortwörtlich am Telefon sagte. Adriana sagte, die Seite habe *Madame Ségolène Négresse Royale* geheißen. Am Rand eine handgeschriebene Adresse in Lucianos Schrift, die Notiz *Nizza-Cimiez.* Wie eine Furie war sie ins Bad gelaufen. Buttafava war aus der Dusche gekommen, hatte gesehen, dass sie mit der Seite fuchtelte. Er war noch wütender geworden als sie. Er hatte gebrüllt, sie solle ihre Nase nicht in seine Angelegenheiten stecken. Immer lauter brüllend hatte er ihr die Seite aus der Hand gerissen, sie zerfetzt, ins Klo geworfen, gespült. Dann hatte er die Klobürste genommen und ihr damit auf den Kopf, die Schultern, ins Gesicht geschlagen.

„Wie in einer Slapstickkomödie“, sagte ich am Telefon. Aber Adriana machte keine Anstalten, die humoristische Seite der Situation zu sehen. Das war der ganze Mordversuch gewesen. Außerdem hatte er eine Mineralwasserflasche (aus Plastik) und eine Gratispackung (gesalzener) Erdnüsse auf sie geworfen. Dann hatte Luciano klatschnass ein Kleiderbündel und sein Herrentäschchen zusammengerafft.

„Das Herrentäschchen? Dein Mann benutzt ein Herrentäschchen?“, rief ich aus, aufrichtig bestürzt. Adriana sagte nichts. Sie schluchzte einfach weiter. Nackt war er aus dem Zimmer gelaufen, mit den Kleidern unter dem Arm und dem Herrentäschchen in der Hand. Sie war ihm nachgelaufen. Auf dem Gang hatte Luciano die Hose, das Hemd, die Schuhe angezogen. Auf dem Spannteppich herumhüpfend hatte er sie und die ganze Welt beschimpft.

Auch mich. Auch Persegàti. Auch andere, darunter, wie Adriana aufzählte, den Rotary Club aus Ferrara Erbognone, Giovanni Omodeo Zorini – seinen Geschäftspartner –, die Kommunisten, den nationalen Automobilclub, seine Chemieprofessorin aus der Zeit, als er Ingenieurwesen studierte, und schließlich mysteriöserweise Gussie Fink-Nottle und einen gewissen Swordfish, seines Zeichens Majordomus. Adriana hatte versucht ihn zu beruhigen, doch er hatte sie weggestoßen, sie war wie ein Käfer auf dem Boden gelandet, er war die Treppe hinuntergelaufen. Sie war weinend aufgestanden und hatte hilfesuchend an unsere Zimmertür geklopft. Doch niemand hatte ihr aufgemacht. Da hatte sie Franca am Handy angerufen. Wiederum keine Antwort. Da hatte sie ihren Mann angerufen; er hatte zwar abgehoben, sie jedoch nur angeschnauzt und wieder aufgelegt. Da hatte es Adriana wieder bei Franca probiert, doch die hob noch immer nicht ab. Schließlich hatte sie mich angerufen. Da hatten ich und Persegàti gerade in der Pâtisserie Trois Pêcheuses gesessen und sie hatte meinen Freund unterbrochen, der mir gerade irgendein Geheimnis offenbaren wollte. Ich hatte noch ein wenig gewitzelt, um sie zu trösten:

„Ich klaube Attilios Knochen zusammen und dann kommen wir."

Aber sie reagierte noch immer nicht, lachte nicht einmal höflichkeitshalber. Sobald sie aufgelegt hatte, rief ich Franca an. Ich dachte, sie hätte die Szene am Gang gehört und wollte sich die Jammerei ihrer Rosenkranzfreundin ersparen, doch sie ging auch bei mir nicht ran. Besorgt rief ich im Hotel an. Man bestätigte mir, meine Frau habe das Hotel nicht verlassen. Ich ließ mich ins Zimmer verbinden, es klingelte zwanzig Mal, keine Antwort. Deshalb schlägt mein Herz jetzt bis zum Hals, deshalb zittern meine Hände und deshalb drücke ich das Gaspedal durch. Erst als Persegàti mich an der Schulter berührt, bemerke ich, dass er schon seit einer Weile meinen Namen ruft.

„Cesare!"

„Ja? Was ist jetzt schon wieder?"

„Du fährst hundertachtzig! Willst du uns umbringen?"

Ach, verdammt. Er hat recht. Der Tachometer zeigt beinahe hundertneunzig. Der Asphalt rast uns wütend entgegen, Scheinwerfer fliegen auf uns zu wie strahlende Meteore. Ich hebe den Fuß.

„Gibt es hier keine Raststätte? Halten wir an, Cesare, ich muss aufs Klo."

Natürlich, jetzt müssen wir auch noch Halt machen. Zum Pissen. Ich gebe eine Art Bellen von mir, nicke jedoch. Und pendle mich bei hundertfünfzig ein, armer Attilio. Vor zehn Minuten, als wir auf die Tangente eingebogen sind, habe ich Franca noch einmal angerufen. Ich habe es zwanzig Mal klingeln lassen, dann ist die Verbindung abgebrochen. Und jetzt habe ich ein unangenehmes summendes Geräusch in den Ohren, einen Stein im Magen. Ein Gefühl, dass ich bald sterben werde.

„Da ist eine Raststätte!"

Mit der mumifizierten Klaue zeigt Attilio auf ein grünes Schild. Noch zwei Kilometer bis zur nächsten Tankstelle. Ich mache eine Geste, ist gut. Er seufzt.

„Kannst du dich erinnern, als es Grazia so schlecht ging? Als sie in der Klinik in Vigevano lag?"

Schon wieder? Die Geschichte, die er gestern Abend im Chantecler erzählen wollte? Ich fahre langsamer, die Raststätte ist nur noch einen Kilometer entfernt, ich blinke. Persegàti reibt sich das Gesicht mit den Händen wie zuvor in der Patisserie.

„Was war mit Grazia? Komm, Attilio, sprich endlich."

Das sage ich, obwohl ich in diesem Augenblick keine Lust auf Geschichten habe. Ich sage es nur, weil er mir ein Geheimnis anvertrauen will und ich ihm dafür dankbar bin. Versteht er das? Er drückt mir einen Augenblick lang den Arm und stößt dann hervor:

„Sie brüllte. Sie brüllte vor Schmerzen. Sie brüllte wie ein Tier, wie ein Schwein, das im Hof abgestochen wird."

Er sieht mich an, als wüsste ich, wie es ist, wenn ein Schwein im Hof abgestochen wird. Doch ich habe allenfalls der Hinrichtung eines Hummers in einem Topf mit kochend heißem Wasser beigewohnt. Und Schalentiere schreien nicht. Dann kommt die Ausfahrt zur Tankstelle, und während ich von der Autobahn abfahre, erzählt er weiter.

Ein großer, leerer Parkplatz mit einer Unmenge von Stellplätzen, umgeben von Strandkiefern, es duftet nach Macchia. Perfekt beleuchtet, die Straßenlaternen spenden warmes, helles Licht. Hinter den Zapfsäulen leuchten die Fenster des Café Provençal in der Dunkelheit. Fast keine Gäste, nur weißgekleidete Kellnerinnen mit grasgrünen Schürzchen und gelben Häubchen. Wir gehen hinein, Attilio erzählt noch immer. Links die halbleeren Regale des Self-Service-Restaurants, rechts die Theke der Bar, mit gelbem Kunststoff bezogene Tische, ordentlich aufgestellte Kirschholzstühle. Sie strahlen wie die Kassiererin, wie der Barmann. Auch sie sind weiß gekleidet, auch sie tragen eine Schürze.

Ja, natürlich höre ich Persegàti zu.

Ich würde zwar lieber nach Nizza fahren, um meine Frau zu suchen. Ich habe ein summendes Geräusch in den Ohren, als würde gleich eine Sicherung durchbrennen. Ich habe einen Stein im Magen. Doch ich gehöre zu der Sorte Mensch, die einem Freund zuhört. Der Freund nagelt mich auf dem Gang zum Klo fest. Wir stehen reglos da, während Attilio weitererzählt.

Offenbar hat die arme Grazia in den letzten Tagen ihrer Krankheit zu brüllen begonnen. Es war ein unmenschliches, unkontrollierbares Brüllen, sie schrie vor Schmerz. Und da sie derart brüllte, beschloss man, dass sie nicht länger zu Hause bleiben konnte.

Warum nicht? Weil im oberen Stockwerk von Persegàtis Villa sein Sohn mit den beiden Enkelinnen wohnte und man jedes Geräusch von unten hören konnte. Die Schwiegertochter hatte es gleich gehört, an dem Tag, an dem Grazia zum ersten Mal wie am Spieß brüllte. Erschrocken war sie hinuntergelaufen und hatte

Attilio vorgefunden, der mit dem Kopf in den Händen auf dem Diwan saß, voller Panik, und nicht wusste, was er tun sollte, im Meer der unartikulierten Schreie unterging.

Gemeinsam beschlossen sie, den Hausarzt zu rufen. Der begriff sofort, wie es um sie stand. In einer halben Stunde war er da und gab der armen Grazia eine Morphiumspritze, und sie beruhigte sich augenblicklich. Er erklärte Attilio und der Schwiegertochter, dass es schlimmer werden würde. Bald würde sie alle acht Stunden eine Spritze brauchen, bald alle sechs, und dann alle vier. Dann würden auch die Spritzen nichts mehr nützen und man würde ihr beim Schreien zuhören müssen und aus, ohne dass man etwas dagegen tun könnte.

Die Schwiegertochter brach in Tränen aus: Sie dachte, die armen Mädchen. Ich kann doch nicht zulassen, dass sie diese Qual mit anhören. Die Klage einer sterbenden Seele, die Symphonie des Todes. Ja, genau diese Worte gebrauchte sie. Klage einer sterbenden Seele, Symphonie des Todes. Und ja, Attilio wusste sehr gut, dass sein Sohn eine Idiotin geheiratet hatte.

Aber Symphonie oder nicht, die Idiotin hatte recht. Sie beschlossen, Grazia in die Klinik einliefern zu lassen, in die Privatklinik, sie kostete dreihundert Euro pro Tag, aber sei's drum. Sie musste sofort abgeholt werden, noch bevor die Mädchen aus der Schule kamen.

Die arme Grazia wurde augenblicklich in die Beato-Matteo-Klinik gebracht, am Stadtrand von Vigevano, am Ende des Corso Pavia. In die Klinik, in der alle Kinder des Vigevaner Bürgertums meiner Generation geboren worden sind, in der unsere Eltern gestorben und unsere Enkel zur Welt gekommen sind. Wo auch wir angefangen haben zu sterben. Dorthin hatte sie der Arzt einweisen lassen, allerdings unerwartet rasch. Nach einer Woche brauchte die arme Grazia schon alle vier Stunden eine Morphiuminfusion, und nicht einmal die reichte. Sie beruhigte sich eine Stunde lang, und dann begannen die Schmerzen von neuem. Und mit den Schmerzen das Brüllen.

„Sie konnten die Dosis nicht erhöhen“, sagt Attilio. Mit einer höheren Dosis hätten sie sie umgebracht.

„Sie schrie, sie schrie wie ein armes Tier“, sagte er. Dann seufzte er: „Am liebsten hätte ich sie umgebracht.“

Am liebsten hätte er ihr eine tödliche Morphiumdosis gegeben. Hätte sie fortgeschickt, irgendwohin, wo sie ihren Frieden hatte, am liebsten hätte er dieses sinnlose, unmenschliche Leiden verkürzt, wenn auch nur um einen oder zwei Tage.

Bei diesem Punkt der Erzählung sind wir angelangt. Wir stehen noch immer auf dem Gang vor den Klos. Wir rühren uns nicht. Attilio schöpft Atem, eine Hand auf meiner Schulter, während er sich mit der anderen die ständig schief sitzende Brille gerade rückt. Dann erzählt er weiter. Und nun tritt das Böse in Erscheinung.

In der Klinik. Der Sohn besucht wie jeden Tag seine Mutter, die im Sterben liegt. Attilio sitzt wie immer neben dem Bett. Aber er macht etwas, was er bis jetzt noch nie gemacht hat. Er legt ihr eine Hand auf die Stirn und die andere auf die Hüfte, die Berührung schenkt ihm die Illusion, er könne etwas für sie tun. Ja doch, ihr das Gefühl zu geben, er sei bei ihr, oder – so kommt es ihm vor – ihre Schmerzen tatsächlich zu lindern. Sein Sohn kommt herein und bleibt starr mitten im Zimmer stehen. Er schaut die beiden entsetzt an: Seine Mutter brüllt wie am Spieß und sein Vater steht unbeweglich und angespannt neben ihr, zitternd und vornübergebeugt, wie ein Magier, der drauf und dran ist, seine Assistentin über dem Bett schweben zu lassen.

In diesem Augenblick klingelt das Handy des Sohnes. Er hebt ab, ohne darüber nachzudenken, wo er gerade ist und ohne einen Blick auf das Display zu werfen. Es ist eines der beiden Mädchen, es ruft vom Handy seiner Frau an. Ein fünfjähriges Mädchen und Grazia brüllt wie ein armes leidendes Tier. Kurz darauf brüllt auch Persegàtis Enkelin.

„Was ist? Wo bist du?“

Sie brüllt so laut, dass sogar Attilio die Stimme des Mädchens durch das Telefon hört. Seine Enkelin ist zu Tode erschrocken, sein Sohn steht wie gelähmt mitten im Zimmer. Mein gebrechlicher Freund hingegen tut etwas. Er gibt die Magierhaltung auf, springt auf. Er hört gerade noch rechtzeitig, wie das Mädchen in Panik kreischt:

„Ist da eine Hexe? Papa, lauf weg, schnell. Lauf weg! Lauf weg, bevor die Hexe dich verzaubert!"

Er reißt seinem Sohn das Handy aus der Hand und macht es aus. Wütend schickt er ihn fort. Kaum ist sein Sohn draußen, nimmt er das Kissen, auf dem die arme Grazia liegt und noch immer brüllt. Blind vor Wut versucht er sie zu ersticken. Mit ganzer Kraft drückt er ihr das Kissen aufs Gesicht. Sie soll aufhören. Sie soll nicht mehr schreien. Die Besessenheit, das Erdbeben, die Apokalypse sollen ein Ende haben.

Aber dann gibt er auf. Es gelingt ihm einfach nicht. Die Kraft geht ihm aus, denn mittlerweile hustet sie auch noch. Sie brüllt und hustet auf derart erbärmliche, kranke, panische Weise – das Rasseln des Todes –, dass Persegàti das Kissen fallen lässt und davonläuft.

Aus. Die Erzählung ist aus. Er sieht mich hinter seiner schief sitzenden Brille an, mit etwas abgespreizten Armen, gespannten Lippen.

„Attilio", flüstere ich, in meinen Ohren pfeift es, als würde ein Zug näherkommen.

Was soll ich sagen? Welche Worte soll ich gebrauchen?

Ich umarme ihn einfach und aus. Ich umfasse seine mageren Schultern und drücke ihn an mich. Er ist klein, reicht mir gerade bis zur Brust. Sein Kopf riecht ungewaschen. Seine Brille drückt gegen mein Brustbein und tut mir weh. Er ist nur Haut und Knochen, sein Atem stinkt wie bei allen alten Menschen mit schlechter Verdauung und jetzt schluchzt er auch noch und macht mein Hemd nass. Aber ich umarme ihn trotzdem.

„Arme Grazia. Meine Grazietta. Sie hat mir Unterwäsche am Markt gekauft."

Ich nicke. Aber ja doch. Soll er mir doch erzählen, dass ihm seine Frau Unterwäsche gekauft hat. Wenn es ihm hilft. Wenn er dadurch auf andere Gedanken kommt. Ich will nichts mehr hören von Tod und Krankheit, von unmenschlichen Schreien und den Traumata der Enkelinnen. Verdammt, ich will eine Minute lang nichts vom Tod hören.

„Sie hat mir auch das Korsett gekauft."

Ach, der arme Attilio trägt ein Korsett. Leistenbruch?

„Sie hat mir auch den Body gekauft und das ganze Zeug."

Er löst sich aus der Umarmung. Er weint nicht mehr. Wenn ich mich nicht irre, lächelt er sogar. Er schubst mich durch die Schwingtür in den Vorraum der Klos, eine weiße Schachtel mit Halogenlampen, blendend weißen, polierten Kacheln, Pinienduft.

„Schau ...", sagt er und nimmt den Gürtel ab.

„Schau", wiederholt er. Dann lässt er die Hose bis zu den Knöcheln runter und schiebt das Sakko, das Hemd, das Wollunterhemd bis zum Kinn hoch.

Ich schwanke. Entweder wegen dem Anblick oder wegen eines MS-Schubs. Es verschlägt mir die Sprache, mehr noch als zuvor, was sollte ich auch sagen? Ich räuspere mich, zum Beweis, dass ich noch da bin. Persegàti trägt Frauenunterwäsche. Büstenhalter, Slip, Strumpfhalter, Nylonstrümpfe. Aber keine Spitze, keine Seide, keine grellen Farben. Einfache Sachen wie eine alte Hausfrau. Unterwäsche. Wie Franca sie trägt.

„Hat dir deine Frau auch das gekauft? Auf dem Markt?"

Endlich bringe ich wieder was raus. Die einzige mögliche, die einzige vernünftige Frage. Er nickt.

„Auf dem Markt. Auf dem Piazzale Fiera."

„Sicher. Dienstag und Samstag. Piazzale Fiera ist ja gleich bei euch ums Eck."

„Es ist Damenunterwäsche, Cesare."

Ich nicke. Was soll ich sagen? Gewiss, Damenunterwäsche bei meinem Freund Persegàti, das ist verrückt, wer hätte sich das gedacht? Aber wir sind alt. Wir sind fast tot. Seit zwanzig Jahren gehen wir gemeinsam in den Rotary Club. Was soll ich tun? Schreien, lachen, an die Decke gehen?

„Das ist mein Geheimnis. Nur Grazia kannte es. Und jetzt du."

„Dann … danke." Verrückten soll man zuhören. Ein Ratschlag von Brunella Gasperini. Oder von Lina Sotis? Oder gar von meiner Maniküre? „Danke, Attilio. Aber jetzt zieh dich wieder an. Vielleicht kommt jemand herein. Das wäre eine … seltsame Situation, nicht wahr? Ich meine, wenn man dich so sähe."

Er stößt den Kopf zurück und lacht lautlos, als ob er plötzlich wieder unter Strom stünde. Alzheimer-Enzo, Jannacci in Reinkultur. Und während er sich wieder anzieht, versuche ich mir in aller Eile vorzustellen, wie es sich wohl auf sein Leben ausgewirkt hat, dass er Damenunterwäsche trug. Seine Frau, die es immer wusste. Die arme Grazia, die am Markt Unterwäsche für ihn aussuchte und kaufte. Ihn fragte, welche Größe er brauchte. Ob sie bequem sei. Die fragte, ob er Baumwolle oder Wolle bevorzugte, Büstenhalter mit Metallbügeln oder ohne, blickdichte Strümpfe oder transparente? Zehn, zwanzig oder dreißig den? Ein gewaltiger Stoff. Eine Riesensache. Leo hätte darüber einen Roman schreiben können. Oder Paolo Poli ein Theaterstück. So, jetzt hat er sich wieder angezogen. Man sieht die Unterwäsche nicht mehr. Ich sehe die Barbour-Jacke, die graue Piccadilly-Hose, die Moreschi-Mokkassins, den Lazzaroni-Pullover. Es ist wieder Attilio, Persegàti. Alt wie Methusalem, gebrechlich, ein Doppelgänger von Enzo Jannacci. Wie aus dem Gesicht geschnitten. Er sagt:

„Und jetzt geh ich schön pischen."

Und lacht, ist das die Möglichkeit? Er lacht, während ich einen Anruf bekomme, Francas Name erscheint auf dem Display, und ich antworte mit klopfendem Herzen und Sirenengeheul in den Ohren, während meine Finger so sehr zittern, dass sie das Telefon kaum halten können.

„Hast du mich angerufen?", sagt meine Frau mit schläfriger Stimme. „Ich habe geschlafen, ich hatte Oropax in den Ohren. Wo warst du?"

Donnerstag Abend

Mir fällt ein, was Gilbert Degand einmal zu mir sagte. Es war in Paris, ungefähr 1996 oder 1997. Eine Übersetzung von Leos Roman war gerade bei Gallimard erschienen und es gab eine Riesenparty, zu der wir alle eingeladen waren. Degand sprach mich auf der Party an, er bildete sich wohl ein, ich wolle ihn unbedingt kennenlernen. Und zwar, weil ich ihn seit geraumer Zeit anstarrte, obwohl ich ihn gar nicht erkannt hatte. Ich starrte ihn nur deshalb fasziniert an, weil er eine Glatze hatte, von deren Rand graue, ungepflegte Haare herunterhingen. Er kam auf mich zu, ohne zu lächeln. Im Tonfall einer wichtigen vertraulichen Mitteilung sagte er zu mir:

„Je vous conseille d'éviter les restaurants provençaux, en Côte d'Azur.“

Dann hob er seine Champagnerflöte und entschwand. Leo schwärmte für den Typen, er bewunderte sein Machogehabe und seine dekadente Art. Leo musste mir erklären, um wen es sich handelte. Ach, Gilbert Degand, der Autor von *La Joie et la Revolution*. Ach, der Roman, der unter dem Titel *Radiation Area* verfilmt worden war. Ach, der Autor, der Gallimard gerade einen Millionengewinn beschert hatte.

Jetzt stelle ich fest, dass ich auf den unvermittelten Rat des Franzosen hätte hören sollen. Luciano hat einen Tisch im Tradition Provence reserviert. Vor der Szene im Bad hatte er einen Folder im Zimmer gefunden und das Restaurant ins Visier genommen. Wahrscheinlich gefielen ihm die Fotos der mit Maschen verzierten Tür, des Pults aus pseudoantikem Holz im Stil Grazzano Viscontis mit der Speisekarte darauf, der Vitrinen mit den zinnoberroten eingeschweißten Steaks. Jammerschade, dass er Adriana eine Szene gemacht hat und verschwunden ist, während wir nun hier sitzen und das Tradition Provence über uns ergehen lassen müssen. Ich wollte ja absagen, doch Adriana bestand darauf:

„Vielleicht kommt Luciano zurück und sucht uns im Restaurant. Er hat ja reserviert."

Das sagte sie mit tränenerstickter Stimme. Mittlerweile ist es neun, Luciano ist nicht aufgetaucht und antwortet auch nicht am Handy. Wir haben bereits das Entree und die Vorspeise gegessen. Ich eine *terrine campagnarde* und ein *filet de bœuf* mit provenzalischen Kräutern. Die *terrine* sah aus wie ein vakuumverpacktes Fertiggericht aus dem *VeGè,* sie war mit Kresse garniert, die schon teilweise verfault war. Das Filet war innen noch gefroren. Als Beilage gab es Pommes frites, eine berühmte provenzalische Spezialität.

Außer uns ist niemand im Lokal, kein Wunder. An den Wänden pseudo-antike *boiseries,* die Heizung ist aus, nur jeder dritte Lampenschirm an. Licht wie in einer Krypta. Die große, dünne Chefin trägt mehrere Schichten aus beigem Kaschmir, unter anderem einen Schal, offenbar weiß sie, wie kalt es in ihrem Lokal ist. Der spindeldürre Kellner, eine Mischung aus Giuseppe Berto und Christopher Lee, hustet wie ein Lungenkranker. Die Preise? Unverhältnismäßig. Das tiefgefrorene Filet zweiundvierzig Euro, die Terrine achtundzwanzig. Vielleicht bezahlen sie damit das Mädchen, das die Gäste an der Tür empfängt. Zerknirscht steht es da, nutzlos, steigt von einem Fuß auf den anderen. Ein Mädchen, ungefähr zwanzig Jahre alt, vielleicht von den Antillen, dunkle Haut und tiefliegende Augen, zierlich, von einer Anmut, deren Anblick weh tut. Ein grelles Licht in der dunklen Bruchbude, wo die Chefin und der Kellner Blicke und kurze Sätze wechseln, in denen Unausgesprochenes mitschwingt wie in einer Szene von Ivy Compton-Burnett.

Ich? Ich versuche das Mädchen an der Tür nicht anzusehen, das Thema Luciano nicht anzuschneiden, mich über das Ganze lustig zu machen. Was sollte ich sonst tun? Jammerschade, dass Adriana demonstrativ das Besteck nicht anrührt und ihr Gesicht in den Händen vergräbt. Persegàti verdreht die Augen und summt. Meine Frau sieht mich an und schnaubt. Die Dienerschaft? Starrt uns an und grinst.

„Adriana, ich bitte dich."

Franca geht aufs Klo. Persegàti nimmt die Brille ab und putzt sie hingebungsvoll mit der Serviette.

„Ich bitte dich, es gibt keinen Grund zur Verzweiflung."

Aber Buttafavas Frau hört nicht auf mit dem Theater.

„Er ist doch schon öfters nach einem Streit verschwunden, oder?"

Das war ein Schuss ins Blaue, doch sie nickt.

„Also, siehst du? Und er ist doch immer wieder zurückgekommen, oder?"

Adriana nimmt die Hände vom Gesicht, als würde sie sich eine Maske herunterreißen. Ihr Gesicht ist verschwollen, bläulich, ähnelt mehr denn je der Schnauze eines traurigen Pekinesen.

„Es geht ihm nicht gut. Ich weiß, dass es ihm nicht gut geht."

„Das Herz? Ist es wieder schlimmer geworden?"

„Aber was heißt hier Herz!" Adriana knurrt und ich weiche instinktiv zurück. „Er weiß nicht einmal, wo sein Herz ist. Es geht ihm schlecht und aus."

„In welcher Weise geht es ihm schlecht?"

„Er ist einfach nicht mehr der Alte. Was ist ihm heute Vormittag im Museum eingefallen, ha? Und gestern Abend mit euch in der Bar? Hältst du das für normal?"

„Er war doch immer so."

Sagt Persegàti apodiktisch. Als wüsste er Bescheid über Luciano und die Welt. Er setzt die Brille wieder auf. Ich frage mich: Schaffe ich es, Franca nichts davon zu erzählen? Ich meine, von Attilios Unterhosen. Vom Büstenhalter, dem Korsett.

„Er war nicht immer so, Attilio! Er führte sich auf, machte unanständige Witze. Er suchte Streit, er sagte *scheißdichnichtan* und tanzte dazu Twist. Aber immer mit einer bestimmten Absicht. Er machte es, um zu lachen. Um die anderen zum Lachen zu bringen.

Vielleicht machte er es auch, um sich über jemand lustig zu machen und zu provozieren, aber jetzt macht er es einfach aus Bösartigkeit. Aus reinem Groll. Heute im Hotel hat er nicht geschrien, er hat geknurrt."

„Wie ein Pekinese?"

Das ist mir so herausgerutscht. Zum Glück schaut sie mich verdutzt und verständnislos an.

„Und wohin fährt Luciano, wenn er abhaut?"

„Woher soll ich das wissen? Er nimmt das Auto und bleibt tagelang weg. Er ruft mich an und sagt, er müsse auswärts arbeiten. Er sagt, er sei in Isernia, in Perugia. In Cesena. Früher hat er so was nie gemacht. Was hat das zu bedeuten? Wozu fährt der Besitzer eines Jaguar-Autohauses nach Isernia?"

„Isernia? Wo ist Isernia?"

Adriana ignoriert Persegàti. Sie spricht mit mir. Bei mir sind die schmutzigen Geheimnisse meiner beiden Freunde, die ich bis jetzt für harmlos hielt, offenbar gut aufgehoben.

„Außerdem schneidet er sich nicht mehr die Zehennägel."

Ich starre sie entsetzt an.

„Seit Monaten nicht mehr. Er schneidet sie sich seit Monaten nicht mehr. Sie sind so lang."

Sie macht eine Geste, spreizt Daumen und Zeigefinger so weit wie möglich. Nein. Bitte nicht. Ich schaue weg, so was will ich mir nicht einmal vorstellen. Persegàti in Hausfrauenunterhosen ist schon schlimm genug. Aber Luciano mit Zehennägeln wie ein Ameisenbär, das ist wirklich zu viel.

„Er spült seine Augen mit Borwasser, wie man es bei kleinen Kindern macht. Er hat sich einen Magnethelm gekauft und am Abend, sobald ich im Bett bin, setzt er sich damit auf das Sofa. Um drei, vier Uhr morgen sitzt er noch immer da. Wach, in der Dunkelheit, ohne was zu tun. Mit dem eingeschalteten Helm."

„Das ist für die Haare", sagt Persegàti. Luciano bekommt eine Platte, um einen Ausdruck zu verwenden, der ihm gefallen würde. Adriana hört ihn nicht einmal.

„Eine Mixtur, die ihm Cagnòla in der Apotheke zubereitet, verwendet er als Deodorant. Er rasiert sich die Achseln, im Bricorama hat er sich einen Pinsel gekauft. Damit schmiert er sich jeden Morgen das fettige Zeug in die Achseln. Er führt Selbstgespräche. Oder besser gesagt, er knurrt sich an. Er knirscht mit den Zähnen, stößt die Worte hervor. Ein paarmal habe ich ihn heimlich beobachtet. Ich habe mich zu Hause hinter dem Sofa versteckt und gelauscht, während er mit dem Magnethelm auf dem Sofa saß. Er zählte alle seine Bekannten auf. Mit Namen und Nachnamen. Und dann beschimpfte er sie als Arschlöcher, Trotteln, Scheißköpfe. Auch Rovegno, den Past-Präsidenten des Rotary Clubs. Auch unseren Hausarzt, Raviola. Omodeo Zorini, seinen Geschäftspartner. Lauter Leute, mit denen wir uns immer sehr gut verstanden haben. Cesare, auch dich und Attilio. Auch Franca. Auch …“

Sie schaut Persegàti an. Dann senkt sie wortlos den Blick.

„Er ist nicht der alte. Es geht ihm nicht gut. Er ist krank.“

„Wer ist krank?“

Sagt meine Frau. Wie der Geist aus der Flasche taucht sie hinter Adriana auf, mit Basiliskenblick und zusammengekniffenen Lippen.

„Gehen wir. Auf dem Klo sind Küchenschaben.“

„Vielleicht echt provenzalische.“

Ich versuche zu scherzen, aber Franca schenkt mir einen vernichtenden Blick, an Lachen gar nicht zu denken. Also stehe ich auf, verlange *l'addition,* bezahle für alle. Ich weigere mich, der Chefin die Hand zu drücken. Ich weigere mich, mir von Attilio und Adriana das Geld zurückgeben zu lassen. Das herzzerreißende Mädchen, das vielleicht von den Antillen stammt, hält uns die Tür auf.

„Au revoir“, sagt sie.

Ich schüttle den Kopf. Wirklich nicht. Auf Nimmerwiedersehen. Doch dann schaue ich sie einen Augenblick lang an, und das reicht. Die anderen gehen hinaus, ich bleibe stehen. Mit gesenktem

Blick zücke ich meine Brieftasche, krame darin, gebe ihr Trinkgeld. Fünfzig Euro. Ich werde bald sterben, ich kann es mir doch leisten, oder? Fünfzig Euro, soll sie damit machen, was sie will. Auch auf diese Weise kann man Schönheit vernichten, oder? Sie mit etwas Geld demütigen, damit sie mir nicht länger Unbehagen und Schmerz verursacht. Adriana draußen weint wieder, Franca schnaubt, und Persegàti pfeift. Die Luft ist eisig kalt, der Himmel ist bedeckt, und die Restaurants hier in der Fußgängerzone, in der Touristenfalle, wo gar keine Touristen sind, schließen bereits. Dabei ist es erst halb elf, und das in Nizza. Spürt ihr nicht die salzige Luft? Seht ihr nicht die Palmen, das Pflaster, die Neonschilder?

„Ich bitte dich, Adriana. Reiß dich zusammen."

Und während ich das sage, denke ich: Bin ich nicht ein außergewöhnlich guter Mensch? Ich füge nämlich hinzu:

„Wir nehmen das Auto und machen Folgendes. Wir nehmen das Auto und fahren ins Cimiez-Viertel hinauf. Die Adresse auf der Seite war im Cimiez-Viertel oder nicht?"

Auf dem Boulevard Carabacel ist kein Verkehr, aber ich fahre trotzdem nur dreißig. Gerade eben, als ich mit dem Jaguar aus der Kellergarage hinausgefahren bin, die Wendelstraße hinauf, spürte ich eine Art Biss in den Schenkelmuskeln. Vielleicht wegen der Anspannung, vielleicht wegen einer falschen Bewegung beim Anfahren der Kurve. Vielleicht wegen der Multiplen Sklerose. Ich bewege mich jedenfalls langsam, vorsichtig, auch beim Autofahren, als ob Gefahr bestünde, dass ich mir bei hoher Geschwindigkeit etwas ausrenke.

Heute Abend ist Nizza desolat. Wind weht, Papierfetzen wirbeln herum. Ich weiche einem dreieckigen Gefahrenzeichen und einem eingezäunten Kanaldeckel aus, ich sehe ihn im letzten Augenblick. Der Boulevard ist fast dunkel, die Straßenlaternen werden von den skelettartigen Zweigen der dichten, schwarzen Bäume verdeckt. Wir fahren zum Boulevard de Cimiez hinauf, die Straße wird von einer Reihe zweistöckiger Häuser gesäumt, gerade mal ein Fenster von hundert ist beleuchtet. Die Auslagen auf dem Gehsteig sind alle finster, als ob die Läden in Konkurs gegangen, aufgelassen, verlassen worden wären. Die Villen auf der rechten, der eleganten Seite, hinter den Palmen und den Gartenzäunen, sind verriegelt und finster. Die Bewohner: eine untergegangene Kultur, ausgelöscht von einer plötzlichen Katastrophe, die jedoch die Landschaft unversehrt gelassen hat – von einer Neutronenbombe. Nizza, Boulevard Carabacel. War nicht in der Presse die Rede davon?

In Abständen, die so gleichmäßig sind, als wären sie mit wissenschaftlicher Genauigkeit berechnet, kommen uns große weiße Peugeots entgegen, sie sind mit halsbrecherischer Geschwindigkeit unterwegs. Meteoriten, die einen Schweif lauter arabischer Musik hinter sich herziehen. Sie kommen von Villermont herunter, vom Bahnhof, von den Sozialbauten im Vernier-Viertel. Fahren sie zum Hafen? Zur Promenade? Zu den Diskotheken, Cafés, privaten Lokalen, von denen ich nicht einmal weiß, dass es sie gibt? Zu Vorposten einer Welt, zu der mir der Zugang verwehrt ist? Ich blinke, biege auf den Boulevard de Cimiez ein, ich hasse sie. Ich hasse die lauten Araber, die sich ins Abenteuer der Nacht stürzen, ich hasse Adriana, die heult. Ich hasse Luciano. Ich möchte im Bett liegen. Ich möchte ins Leere schauen. Ich möchte rauchen.

Als wir aus der Parkgarage draußen waren, hatte das Handy wieder Empfang, und ich bekam eine Nachricht. Sie war von Scanavino. Die Koryphäe schrieb:

„Wie geht es mit dem alternativen Medikament? Bringt es dir was? Halte dich jedenfalls zurück. Beschränke dich lieber auf die positiven Effekte."

Offensichtlich hat Alex ihn angerufen. Oder Franca. Halten sie mich für ein Kind? Einen Verbrecher? Einen Trottel?

„Hier beginnt das Cimiez-Viertel. Sollen wir die Straße suchen?"

„Ich erinnere mich nicht an den Namen, er fällt mir nicht ein." Adriana schnäuzt sich. „Das Foto, Lucianos Notiz …"

Sie schüttelt den Pekinesenkopf. Ich erwarte, dass sie leise zu winseln beginnt. Stattdessen sagt sie: „Sofort darauf habe ich nur mehr rot gesehen."

Gut. Und jetzt fahren wir mit dreißig Stundenkilometern zum Kloster hinauf. Wenigstens sind die Fahrbedingungen nun besser. Keine herumwirbelnden Papierfetzen, perfekter Asphaltbelag, anständige Beleuchtung. Die Villen sind jedoch noch immer dunkel und verriegelt. Auch im Cimiez-Viertel ist eine Neutronenbombe gefallen.

„*Victoria!*", schreit Adriana.

„*Victoria.* Die Adresse der Negerin. *Madame Ségolène Négresse Royale.* Victoria war ein Teil des Straßennamens."

„Avenue Reine Victoria vielleicht?"

Adriana zuckt mit den Achseln, mehr ist nicht drin. Wir fahren jedenfalls am Park des Musée Matisse entlang, der buckelige Monsieur Opale hüpft in der Dunkelheit zwischen den Platanen, während der Mond in einem Spalt zwischen den Wolken hervorlugt. Ich nehme die langgestreckte Kurve um das Kloster herum, fahre zur Avenue de Flirey empor, bemühe mich, die leuchtenden Gespenster in den dunklen Auslagen des Monoprix-Supermarktes zu ignorieren, fahre ganz knapp an den Hexen vorbei. Beim Kreisverkehr drehe ich um, fahre die Straße hinunter, die ich heute zu Fuß hinuntergelaufen bin. Avenue Reine Victoria, genau.

Ich weiß nicht, was wir suchen, ich weiß nicht, was wir erwarten. Dass wir Lucianos XKR schräg geparkt auf dem Gehsteig finden? Dass er zerzaust und verwirrt über die Straße läuft? Oder dass die *Négresse Royale* hinter der Hecke von Hänsel und Gretels Villa hervorhüpft? Oder dass sie gar die schielende Schwarze ist, die heute die Fenster in Doktor Doinels Klinik geputzt hat?

Da steht jedenfalls das Lebkuchenhäuschen. Und da ist auch das niedrige, beige Mäuerchen, der überdachte Torbogen, die Gegensprechanlage, das Logo der französischen Krankenhausgesellschaft. Nummer 79. Das Alter, in dem ich vielleicht sterbe, wenn alles gut, aber wirklich sehr gut geht. Ich fahre langsamer, halte an. Ich ziehe die Handbremse.

„Die Klinik, in der sie die Guimard sterben haben lassen. Die Klinik, in der Leo eingeliefert ist. Heute habe ich ihn von draußen gesehen. Auf der Rückseite. Er saß im Garten."

Persegàti auf dem Hintersitz schnauft und macht eine Geste, die soviel bedeutet wie: Puh, nicht schon wieder die langweilige Geschichte. Ich lächle ihn im Rückspiegel an. Er mich auch. Dann erzähle ich von der Hollywoodschaukel. Von Prokoschs Buch. Vom Rollstuhl, von der Gestapo-Krankenschwester, von Doktor Doinel, der nicht Jean-Pierre Léaud, sondern Daniel Auteuil ähnlich sieht. Ich erzähle, wie laut mein Herz geklopft hat, als ich Leo Meyer nach den vielen Jahren wiedergesehen habe. Wie er aussah, was mir durch den Kopf ging, und dass ich danach mit Attilio unbedingt einen Ausflug – fast eine Pilgerfahrt – nach Grasse machen wollte.

„Fahren wir ins Hotel zurück?"

Meine Frau unterbricht mich. Mit schläfriger und gehässiger Stimme.

„Ich bin müde, Adriana, lassen wir es. Du wirst sehen, dein Luciano kommt zurück. Er wird noch heute Nacht zurückkommen, ganz sicher. Hier finden wir ihn jedenfalls nicht, oder?"

Nein. So gut wie keine Spur von unserem guten Tuttafava oder von dunkelhäutigen Frauen mit einladendem Blick. Ich stelle die Automatik auf *drive,* fahre an.

„Zurück, zurück ...", sagt Persegàti. Und legt eine Hand auf Adrianas Schulter. Und die andere auf meine. Dann, beim Hinunterfahren, zwischen dem Hôpital de Cimiez und dem Boulevard, in einer Querstraße auf der linken Seite, sehe ich aus den Augenwinkeln heraus die Hinterseite eines schwarzen, rußigen Lastwagens. Er parkt neben dem Gartentor eines mehrgeschossigen Wohnhauses. Zerrissene grüne Plane. Ukrainisches Kennzeichen? Ich habe nicht genug Zeit, um genau hinzusehen. Mein Fuß auf dem Gaspedal verkrampft sich, der Jaguar macht einen Satz, und eine Minute später sind wir bereits im Foyer des Atlantique.

Freitag Vormittag

Ich bin allein unterwegs, gehe nach Belieben über Straßen und Gassen, mit hoch erhobenem Kopf und kräftigen Beinen, wie immer am frühen Vormittag. Was für ein Tag. Was für eine Sonne. Herrlich, sie ist weiß und steht tief am Himmel, kristallklar wie die Luft. Eine freundliche und widerwärtige Sonne, genauso wie das Lächeln der unbekannten Personen, denen ich auf der Straße begegne. Ich erwidere es mit einem freundlichen Nicken, man lächelt mich an, weil ich ein eleganter, gut gekleideter älterer Herr mit verlorenem Blick bin. Ich flehe Sie an: Lächeln Sie niemals einen Herrn an, bloß weil er silberweiße Haare hat und gut gekleidet ist. Niemals. Nicht einmal, wenn er einen gebrechlichen, mumifizierten Eindruck erweckt. Nicht einmal, wenn er wackelige Beine hat. Lassen Sie ihn in Ruhe, vielen Dank. Vor allem, wenn es sich dabei um mich handelt. Dann, an der Kreuzung mit der Rue Mortier, das Déjà-vu.

Die Rue Mortier ist eine enge, kaum befahrene Straße, die vom schattigen Park an der Rue de l'Hôtel Des Postes zur Avenue Saint-Baptiste und zum Meer hinunterführt. Die Straße ist links und rechts zugeparkt, die Autos stehen mit den Vorderreifen auf dem Gehsteig; wenn sich zwei Fußgänger begegneten, hätten sie kaum Platz, um aneinander vorbeizugehen. An den Fensterscheiben des üblichen *petit café* des Viertels klebt der Teer der Gauloises, die hier in den letzten dreißig Jahren geraucht worden sind. Ein Laden mit Haushaltsgegenständen. Ein Friseur mit ausgebleichten Frisurenfotos in der Auslage. Ein Obst- und Gemüsehändler, eine *boucherie,* ein Bäcker. Wir sind in Nizza, es sieht aus wie überall in Frankreich, eine x-beliebige Straße. Jetzt, um halb neun werden die Rollläden hochgezogen. Ich habe ein Déjà-vu, wie damals vor einem

Jahr in Mailand, nach dem Woody-Allen-Film im Eliseo. Wir hatten die „Seniorenvorstellung" um halb sechs besucht. Danach hatte Franca vorgeschlagen, zum Abendessen in eine gewisse Pizzeria zu gehen. Sie beschrieb sie mir: die neben der Hoepli-Buchhandlung, hinter dem Kaufhaus La Rinascente.

„Welche Pizzeria?", fragte ich.

„Cesare, wir waren doch erst vor kurzem dort!" Sie lachte mir ins Gesicht. Ach, ihr alter vergesslicher Ehemann. „Vor drei Monaten, nach dem Kino. Wir haben im oberen Stockwerk gegessen, du hast gesagt, nicht mal so schlecht für eine Pizzeria im Zentrum."

Absolute Leere, Mattscheibe. Ich war noch nie in dieser Pizzeria gewesen. Wir gingen hin, sie führte mich. Wir nahmen Platz, bestellten. Aber keine Erinnerung tauchte auf. Nur dieses ungewisse und unangenehme Gefühl, als ich mich umblickte, ein Gefühl der Entfremdung. Ein Déjà-vu.

Ein altes Fahrradgestell ohne Räder, das am Pfosten eines Halteverbotsschildes angekettet ist, übt eine Art magische Anziehung auf mich aus, das Gefühl wird dabei immer stärker. Ich bleibe stehen. Mein Blick schweift auf die andere Straßenseite, zur Librairie Mortier. Sollte ich sie kennen?

Ich überquere die Straße, muss mich am Gitter vor der Tür anhalten. Das Gefühl, schon einmal hier gewesen zu sein und diesen Augenblick schon einmal erlebt zu haben, ist so stark, dass mir ist, als würde ich von einem Windstoß erfasst, als würde sich der Boden unter mir auftun. Als würde ich von einer Druckwelle infolge eines Erdbebens oder einer fernen Explosion erfasst. Ich halte mich mit den Händen am Maschennetz des Gitters fest, halte mich aufrecht, senke den Kopf. Atme ganz langsam.

Heute Nacht habe ich kein Auge zugetan. Nicht einmal ein Auge mit Eis, wie ich und Bertelli im Gymnasium zu sagen pflegten. Franca und ich gingen aufs Zimmer, wuschen uns, zogen uns schweigend aus. Ich betrachtete Franca in Unterhose und Unterhemd, und ich schwöre, Persegàti trug genau dieselben. Ich musste lachen. Warum lachst du, fragte meine Frau. Aber es war nur eine rhetorische Frage, es interessierte sie nicht wirklich. Sie war natürlich müde. Ich spürte kurz die Versuchung, ihr von Persegàtis Spleen zu erzählen, doch sie saß schon mit dem Rücken zu mir auf dem Bett und stopfte sich sorgfältig Wachsstöpsel in die Ohren. Noch fünf Minuten „Rätselwoche", dann machte sie das Licht aus. Zehn Minuten Ruhe und Dunkelheit, dann legte Adriana im Nebenzimmer los.

Persegàti hat Glück, dass er und sein Zimmer in einem anderen Stockwerk sind. Ob er ein Nachthemd trägt? Ein rosa Winternachthemd aus Flanell, mit färbigen Seidenbordüren, wie Franca sie trägt? Im Seidenpyjama kann ich ihn mir nicht vorstellen. Außer er gönnt sich im Bett einen Hauch Glamour. War es Bukowski, der den Rüpel spielte und im Bett nur maßgeschneiderte Pyjamas trug, die er bei Brooks Brothers bestellte? Oder war Mailer der mit den Pyjamas? Oder verwechsle ich ihn mit Romano Battaglia? Auf jeden Fall ersparte sich Attilio eine weitere leidvolle Nacht. Franca war gnädig, sie feuerte nur zwei oder drei Salven ab, die wie das Grunzen einer abgestochenen Sau klangen, doch Adriana fand keine Ruhe. Ich glaube, sie ging nicht mal ins Bett. Ich hörte, wie sie im Zimmer auf- und abging, schimpfte, vor Ärger kreischte. Exakt jede Viertelstunde wählte sie am Festnetztelefon eine Nummer, wartete ein paar Sekunden, dann stieß sie einen wütenden Schrei aus und legte wieder auf. Ich konnte den Knall hören, wie von einer Explosion. *Bang!* Hörer auf die Gabel. *Bang!* Merkwürdigerweise schlief ich gegen drei oder vier dennoch ein. Vielleicht gönnte sie sich gerade eine Pause im Bad. Vielleicht musste sie scheißen, wie ihr Gatte vornehm festgestellt hätte. Jedenfalls schlief ich ein. Ich träumte von Leo. Oben in Cimiez, in der Gasse, wo ich die grüne Plane und die rußige Hinterseite gesehen hatte, unterhielt er sich mit dem ukrainischen Lastwagenfahrer. In meinem Traum sah Leo schrecklich aus, krank, abgemagert, er kniete vor dem Lastwagenfahrer und bot ihm an, ihm einen zu blasen, wenn er Buttafava freiließ, doch da weckte mich das Geräusch des Hörers, der auf die Gabel geschmissen wurde.

Ich sah auf die Uhr, es war halb sieben. Adriana ging auf der anderen Seite noch immer auf und ab, knurrte, schimpfte. In den letzten drei Stunden hatte sich nichts verändert. Franca im Bett neben mir schnarchte selig. Ich stand auf, nahm eine lange heiße Dusche, zog mich an. Bevor ich ging, schrieb ich meiner Frau ein paar Zeilen, teilte ihr mit, dass ich einen Spaziergang machte, damit sie und die anderen beiden nicht glaubten, wir seien in ein Spiel à la *Zehn kleine Negerlein* geraten. Und da stehe ich nun. Ich weiß nicht, was diese Erschütterung wie von einem Erdbeben zu bedeuten hat, was es zu bedeuten hat, dass der Gehsteig unter mir rutschig ist und bebt. Sogar der Geruch von Staub, Eisen und Schmiermittel ist mir vertraut. Ich spähe hinein, lehne die Stirn an den Lattenzaun. Vornüber geneigte Bücherregale, die aussehen, als würden sie gleich umfallen. Bücherstöße am Boden. Mit dunklem Leder bezogene Jugendstilfauteuils, auf denen sich ebenfalls Bücher stapeln. Ein kleiner Tisch mit einem antiken Teleskop, Porzellan, Silberwaren. Wahrscheinlich steht Ezra Winston im Hinterzimmer und staubt mit Miniaturen verzierte alte Bände ab. Ich taste mich von der Tür bis zur Auslage, wie ein Pantomime, der eine unsichtbare Wand vor sich hat. Mit den Handflächen am Rollladen, Schritt für Schritt, damit ich nicht hinfalle. In der Vitrine, neben einigen wunderschönen alten Bildbänden über die Côte d'Azur, liegt Prokosch.

Jede Menge Prokosch.

The Asiatics selbstverständlich, aber auch *The Seven Who Fled, The Skies of Europe, The Conspirators.* Lauter Originalausgaben, Chatto & Windus, Harpers & Brothers, in ausgezeichnetem Zustand. Fünfunddreißig Euro pro Band, zwanzig, vierzig und dreißig Euro. Überhaupt nicht teuer. Und siehe da, auch eine Ausgabe von *The Night of the Poor,* das Frontispiz liegt offen da, mit Widmung und Signatur. Achtzig Euro. Leo besitzt sie alle: die Gesamtausgabe im Original, siebzehn Romane, vier Gedichtbände, wirklich alle. Er hat auch die italienische Ausgabe, die allerdings zu wünschen übrig lässt. Nicht einmal die Hälfte der Romane ist übersetzt worden, und gar keine Gedichte. Vor zehn Jahren hat Leo begonnen, weitere signierte Ausgaben zu kaufen. Er besaß vier oder fünf, außerdem einen signierten Brief und eine Postkarte. Ich glaube, die signierte Ausgabe von *The Night of the Poor* fehlt in seiner Sammlung. Ich könnte hineingehen, sie kaufen, dann mit dem Buch in der Hand in der Klinik des Doktor Doinel auftauchen. Das wäre eine schöne Geste, nicht wahr? Sie würde mir den Weg in sein Herz bahnen, nicht wahr? Ich meine, ausgerechnet Prokosch. Leider liegt zwischen dem Gitter und der Tür ein Haufen ungeöffneter Post, der sich wohl im Laufe der letzten Wochen angesammelt hat. Was ist aus den Besitzern der Librairie Mortier geworden? In der Auslage liegt außerdem ein winziger Schaukasten mit einer kleinen Schmetterlingssammlung, na so was. Fünfzig oder hundert Jahre alt. Die Etiketten mit der wissenschaftlichen Bezeichnung unterhalb der Insekten sind vergilbt, die Tinte der Kursivschrift ist fast verblichen. Auch die Schmetterlinge sind ausgebleicht wie ein alter Teppich. Sieh mal an, was ist das? Oberhalb des Schaukastens auf einem Pult drei *Butterfly Books.* Ich habe noch nie eines gesehen, aber kein Zweifel, es sind welche. Mit Buchdeckeln aus marmoriertem italienischem Karton. In leuchtenden Farben, sie sehen tatsächlich aus wie die Flügel eines eben gefangenen Schmetterlings.

Leo hat nie ein *Butterfly Book* besessen. Er war auf der Suche nach ihnen wie nach dem Heiligen Gral.

In den dreißiger Jahren hatte Prokosch begonnen, die schmalen Bücher im Eigenverlag herauszugeben. Nach dem Erfolg der *Asiaten,* als er ein bisschen Geld hatte, ließ er sie in einer Druckerei herstellen. Aber das Konzept blieb dasselbe. Bei Buchbindern in Florenz oder Fabriano kaufte er elegante, bunte Kartons, die er für die Buchdeckel verwendete. Er bevorzugte prächtige Motive mit leuchtend hellem Muster, wie das der Schmetterlinge, die er sammelte. Auf den wenigen Seiten im Inneren ein Gedicht von ihm, von Auden, Joyce, Pound oder von einem anderen der Dutzend Dichter, mit denen er befreundet war und die er liebte. Auf den Buchdeckel klebte Prokosch ein Etikett mit Autorenname und Titel, er signierte das Frontispiz und schrieb eine Widmung hinein. Manchmal fügte er eine kleine Zeichnung hinzu, und die Druckschrift war fertig. Er verschenkte sie als Weihnachtsgabe, und zwar bis in die sechziger Jahre. Der literarische Wert war gleich null, lauter Neuauflagen, abgesehen von ein paar eigenen Gedichten. Aber da er mittlerweile ein halbwegs berühmter Autor war, wurden diese kleinen privaten Bücher, die niemals in den Handel kamen, Sammlerstücke. Vor allem die frühen aus den dreißiger Jahren, die ältesten und seltensten. Und nun folgt der Geniestreich. Zumindest laut Leo.

Daran erinnere ich mich gut. Er hat es mir in Grasse erzählt, in einer trostlosen Konditorei, vielleicht ausgerechnet in den Trois Pêcheuses. Vor zehn Jahren. Es war ein grauer Tag und draußen ging gerade ein Wolkenbruch nieder. An den Regen kann ich mich noch gut erinnern. An den Stühlen hingen Schirme. Zwei heiße Tees. Erdbeer-*tartiflettes.* Auf dem Tisch, in einem doppelten Schutzeinband aus Zellophan, *The Novel of a Lady.* Leo behandelte das Manuskript so ehrfurchtsvoll wie eine Reliquie. Prokoschs unveröffentlichtes Manuskript, das er einige Monate später in Heidelberg übersetzen und dem er den unpassenden Titel *Roman für eine Dame* geben würde. Einen sehr unpassenden Titel. Tja, nicht einmal auf den Titel konnten wir uns einigen.

Sind es gefälschte oder echte? Ich meine die *Butterfly Books* in der Auslage, in der Buchhandlung Mortier. Genau darin bestand nämlich der Geniestreich, von dem Leo so begeistert war. Er hatte gerade die Sache mit den falschen *Butterfly Books* herausgefunden. Tondelli hatte nichts davon gewusst. Nicht einmal Umberto Eco, ein überzeugter Prokosch-Anhänger, hatte jemals davon gesprochen. Und nicht einmal der Adelphi-Verlag, der in den neunziger Jahren den ganzen in Italien bereits erschienenen Prokosch neu auflegte. Aber Leo hatte in London, bei einem Abendessen mit dem italienischen Kulturattaché, einen Buchhändler kennengelernt, einen schwulen Antiquar, der genauso ein leidenschaftlicher Prokosch-Fan war wie er. Der bibliophile Uranist hatte ihm davon erzählt.

Ende der sechziger Jahre war ein Angestellter von Sotheby's zu Prokosch gekommen und hatte ihn gebeten, sein Bücherarchiv und seine Briefsammlung zur Versteigerung freizugeben. Ein bedeutendes Archiv. Prokosch hatte mit Auden, Spender, T. S. Eliot korrespondiert. Ja, mit einem Großteil der heiligen Kühe der europäischen Literatur, die er gut kannte und die er Jahre später in *Die metaphysische Piazza* porträtierte. Der Autor der *Asiaten* veröffentlichte damals ja nur Agonieromane, von denen er kein einziges Stück verkaufte. Mit einem Wort, kein Hahn krähte mehr nach ihm, aber er liebte das gute Leben und reiste gern und deshalb hatte er Geldsorgen. Er zögerte keinen Augenblick, er nahm das Angebot von Sotheby's an. Er überreichte dem Londoner Auktionshaus ein Paket mit einer gewissen Anzahl von *Butterfly Books* darin. Bei der Versteigerung gingen sie weg wie die warmen Semmeln, der Zuschlag fiel bei mehreren Hundert Dollar. Eine antiquarische Buchhandlung in London kaufte gleich mehrere davon. Nach einigen Monaten wurden die Mitarbeiter der Buchhandlung jedoch stutzig. Waren die Bücher nicht in einem verdächtig guten Zustand? Sahen manche von ihnen nicht aus wie frisch aus der Druckerpresse? Obwohl sie angeblich 1935 in Venedig, 1932 in Paris gedruckt worden waren?

Die Londoner gaben das ganze Paket einem Spezialisten für alte Bücher, einem amerikanischen Bibliophilen, der dafür bekannt war, die Echtheit von wertvollen Büchern zu prüfen. Keine Chance, ich erinnere mich nicht an seinen Namen, obwohl Leo mir von ihm erzählt und ihn als unerbittlichen Spürhund bezeichnet hatte.

Nun, der unerbittliche Spezialist stellte fest, dass das Paket, das die Buchhandlung in London gekauft hatte, voller Fälschungen war. Prokosch höchstpersönlich hatte sie in den sechziger Jahren gedruckt, im Alleingang, vielleicht extra für die Versteigerung bei Sotheby's, und da die *Butterfly Books* aus den frühen dreißiger Jahren die seltensten, kostbarsten und gefragtesten waren, hatte er sie rückdatiert. Er hatte sich selbst gefälscht.

„Auf rührende Weise genial und verzweifelt", sagte Leo vor einer Ewigkeit in der *pâtisserie* in Grasse und streichelte dabei die Zellophanhülle von *The Novel of a Lady*. „Weißt du eigentlich, dass es in seinen Büchern keine einzige Person gibt, die eindeutig schwul ist? Weißt du eigentlich, dass Prokosch öffentlich nie zugegeben hat, ein Schwuler zu sein?"

„Ein Uranist, meinst du wohl ..."

Leo lachte, küsste seine Fingerspitzen und hauchte mir ein Küsschen zu. Er wusste, wie sehr mir so etwas zuwider war. Er wusste, dass es mir zuwider war, wenn er in meiner Gegenwart die Tunte spielte. Er machte es zum Scherz. Aber damals waren wir ja noch dicke Freunde. In diesem Jahr hatten wir schon mehrere Reisen miteinander unternommen, dabei war es erst Mai 2002. Er befand sich auf seiner letzten *grand tour*, auf den Spuren seines Schriftstelleridols. Wer sonst hätte ihn begleiten sollen, wenn nicht ich?

Ob die Schmetterlinge in der Auslage aus Prokoschs Sammlung stammen? Und die *Butterfly Books?* Sind es Originale oder rückdatierte Fälschungen? Tausendzweihundert Euro pro Stück jedenfalls. Wäre die Librairie Mortier nicht geschlossen, würde ich jetzt auf jeden Fall mit der Kreditkarte in der Hand hineingehen und eines für meinen Freund kaufen. Während ich ins Café ums Eck gehe, um etwas über die Buchhandlung in Erfahrung zu bringen, geht mir ein Licht auf. *Barker.* Nicolas Barker. So hieß der Büchereexperte, der Prokosch auffliegen hatte lassen. Und jetzt wird auch Leo von demselben Licht erhellt. Er sitzt am Tisch, streichelt *The Novel of a Lady* und zitiert Tondelli. Und zwar die Stelle, wo er über seine Reise nach Grasse erzählt, bei der er Prokosch um einige Tage verpasste. Ich erinnere mich ganz deutlich an jedes einzelne Wort.

„Und vielleicht hätte ich mir einen Ruck gegeben und ihm eine etwas intimere Frage gestellt, hätte ihn nach dem gefragt, was er nie preisgegeben hat, was er im Verborgenen gelassen, verdrängt hat, worauf er ganz selten und nur zweideutig angespielt hat. Wie war das Leben damals, wie waren die Gefühle und die Beziehungen beschaffen, wie erkannte man Gleichgesinnte, wohin ging man, damals, als es das bewusste Wort noch nicht gab?"

Dann trommelt Leo mit den Fingern auf das Manuskript. Mit seinen dicken, plumpen Holzhackerfingern.

„Darin spricht er davon. Darin erzählt er davon."

Er meint das Manuskript, das in der Übersetzung *Roman für eine Dame* heißen sollte.

„Hier spricht er in erster Person. Der Erzähler heißt Fritz. So nannte sich auch Prokosch. Nicht Frederic, sondern Fritz. Und Fritz ist schwul. Mit einem Wort warm, pervers, ein Uranist, wie du willst. Er ist die Dame im Titel, nicht wahr? Im Roman hat er österreichische Eltern, ist in Amerika geboren, hat Anfang der dreißiger Jahre einen internationalen Bestseller mit dem Titel *The Africans* geschrieben und sich Mitte der siebziger Jahre hierher zurückgezogen. Nach Grasse."

Ich nicke, gieße uns eine Tasse Tee ein. Ein Tropfen landet eine Handbreit neben dem Manuskript auf dem Tisch. Leo reißt es an sich und drückt es an die Brust, wirft mir einen giftigen Blick zu.

„Pass doch auf. Willst du ihn einweichen? Wäre dir das lieber?"

„Der Roman deines Freundes Fritz muss ein Schlafmittel sein. Sonst wäre er wohl schon erschienen."

„Das glaube ich nicht. Beziehungsweise ich weiß es nicht. Ich fange jedenfalls heute Abend an zu lesen."

Ach. Ich fange heute Abend an zu lesen. Woher wusste er also, was darin stand? Scanavino hat es mir ja gesagt: Hin und wieder eine Erleuchtung. Das Gedächtnis kehrt einen Augenblick lang zurück und gewisse Details tauchen ganz klar und deutlich auf. So wie Alzheimer-Patienten am Ende ihrer Krankheit plötzlich eine Minute lang ganz klar denken können. Scanavino hatte gescherzt:

„Wenn dir das passiert und du den Safecode vergessen hast, dann versuch dich als erstes daran zu erinnern."

In unserer Villa in Vigevano haben wir keinen Safe. Als ich die Tür des Cafés in der Rue Mortier öffne, ist das Licht jedenfalls schon wieder aus und auf Wiedersehen.

Apropos Déjà-vu: Der Barmann sieht aus wie Baldwin. Viereckige Brille, pockennarbige kaffeebraune Haut, Krötenaugen, Lücke zwischen den Vorderzähnen. Weißes zwei Zentimeter hohes Kraushaar, zwei tiefe Geheimratsecken. Genau wie James Baldwin, den ich vor einer Ewigkeit einmal gesehen habe, er thronte am Tisch eines *petit café* oben in Saint-Paul de Vence. Arrogant, gelangweilt. Ein Wrack mit tiefen Falten, wie der Barmann, der *b'jour m'sier* zu mir sagt, ohne den Blick von „Nice Matin" zu heben. Niemand ist im Lokal, nur ein Gast hockt auf einem Stuhl, mit „Le Monde" aufgeschlagen vor sich auf dem Tisch, ebenfalls ein Wrack, aber weißhäutig, mit spärlichen, langen, blonden Haaren, ein Methusalem.

„*Je voudrais vous demander ... La librairie Mortier ...*"

Ich richte den Zeigefinger ungefähr auf die andere Straßenseite. Der Baldwin-Doppelgänger wirft mir einen Blick über den Brillenrand zu.

„*Fermée. La librairie est fermée.*"

Ich nicke, verziehe das Gesicht zu einer Grimasse. Das habe ich auch bemerkt, würde ich gern sagen, wenn mein Französisch gut genug wäre, um eine sarkastische Bemerkung zu formulieren.

„*Oui ... mais ... Elle es fermée pendant combien de temps?*"

Der Nizzaer Baldwin verzieht einen Mundwinkel. Das soll wohl ein Grinsen sein. Ach, vielleicht habe ich mich falsch ausgedrückt? Ich wollte nur wissen, wie lange die Buchhandlung schon geschlossen ist, verzeihen Sie bitte die fehlerhafte Grammatik, Eure Hoheit. Oder habe ich unabsichtlich was Dummes gesagt?

„Depuis des semaines …" seufzt *monsieur le barman.*

„Mais … pourquoi?"

Er zuckt nur leicht mit den Schultern und lächelt wieder, noch lakonischer als davor.

„Das wissen Sie nicht? Es ist da vis-à-vis. Sie kennen sich doch!"

Ich merke, dass ich Italienisch spreche. Und die Stimme erhoben habe. Der Nizzaer James Baldwin sieht mich verblüfft an. Der Methusalem am Tisch hebt den Kopf von „Le Monde" und schaut mich anklagend an. Ach, verdammt. Beim Blick seiner gelben Augen bekomme ich eine Gänsehaut. Aber ich senke nicht die Stimme. Bin ich in einer Zombiebar gelandet?

Bei Schwachköpfen mit einem IQ von null?

„Vous ne savez pas ce qui s'est passé?", kreische ich. *„La librairie est en face de votre café. Où sont les propriétaires?"*

Die Kiefermuskeln des Schwarzen verspannen sich, der Alte mit den langen blonden Haaren und dem dämonischen Blick steht auf. Was erlauben Sie sich? Sehen Sie nicht, dass ich genauso alt bin wie Sie? Sehen Sie nicht die silberweißen Haare, die Barbour-Jacke, wie ältere Herren sie zu tragen pflegen, das wässrige Auge?

„Vous ne savez pas ce qui s'est passé avec les propriétaires?", frage ich noch einmal, beinahe flehend. Der Mann mit den gelben Augen schreit mich an.

„Les curieux! Les journalistes imbéciles! Les mauvais!"

Ich laufe davon, ohne dem Verrückten zu antworten. Nicht weil er mir Angst macht. Sondern weil das Gefühl des Déjà-vu mittlerweile so stark ist, dass der Boden unter mir schwankt wie auf einer Hochschaubahn.

Noch immer Freitag Vormittag

Mit weggeätzter Schädeldecke wanke ich nach Hause, im Gewirr der engen Gässchen, die an die Rue Mortier angrenzen. Ich versuche den Rhythmus des Atems wiederzufinden. Ich versuche zu verstehen, was ich tun, wohin ich gehen soll. Nein, nicht wohin ich im Leben gehen soll. Ich bin hundertdrei, wohin sollte ich noch gehen? Ich meine jetzt, im Augenblick. Soll ich umkehren und andere, weniger renitente Lokalbesitzer fragen, was mit der Librairie Mortier geschehen ist? Ins Atlantique zurückgehen und nachsehen, ob Luciano wieder zur Vernunft gekommen und erreichbar ist? Oder soll ich ins Cimiez-Viertel hinauf fahren und Leo besuchen?

Ich habe kein *Butterfly Book,* das ich ihm als Geschenk mitbringen könnte. Ich habe nicht einmal einen Blumenstrauß als Krankentrost. Reichen die Dinge, die wir gemeinsam unternommen haben? Die Reisen, die Bücher, die Geständnisse, die Telefongespräche, meine noch immer aufrechte Freundschaft? Die Zuneigung, aufgrund derer ich jahrelang versucht habe, ihn zu erreichen, trotz seines Schweigens? Mein Mitleid, jetzt, wo ich gesehen habe, wie mitgenommen er ist?

Hinter dem Museum für zeitgenössische Kunst trete ich auf die Avenue Saint-Baptiste hinaus. Eine riesige Skulptur steht da, sie sieht aus wie ein hinter einem Würfel versteckter Kopf. Sie wirft einen kantigen Schatten auf die vorbeifahrenden Autos, die die Sonnenstrahlen kreuz und quer reflektieren, auf so vielfache, verworrene und komplizierte Weise, wie diese Tage, diese Stunden es sind. Es ist erst zehn. Da ist ein Taxistandplatz. Was solls, ich fahre.

Leo hatte das vermaledeite Manuskript nach Heidelberg mitgenommen. Er hatte ein einjähriges, sehr hoch dotiertes Stipendium erhalten. Er musste nur ein paar Seminare abhalten, ansonsten sollte er schreiben, schreiben, schreiben. Er durfte schreiben, was er wollte. Ein Jahr finanzieller und geistiger Unabhängigkeit, um die Kreativität von anspruchsvollen Schriftstellern zu fördern, das war die Idee dahinter. Eine lobenswerte Initiative der EU anlässlich der Einführung des Euro. Damals glaubte man, man müsse einander die Hände reichen, die Kultur der europäischen Staaten würde ineinander übergehen und etwas Neues hervorbringen, und alle würden davon profitieren.

Aber ja doch!

Ich irre mich ganz bestimmt nicht. Ich aß gerade im Wintergarten eines widerwärtigen Restaurants im Zentrum von Mailand zu Mittag, auf dem Tisch lag der Umschlag mit der Übersetzung des *Romans für eine Dame*; es war der erste Sommer des neuen Jahrtausends. Aber ja doch, ich erinnere mich auch noch, dass ich damals das Manuskript einer Newcomerin bearbeitete: Pèpita Scintilla. Ich bin mir nicht ganz sicher, ob sie tatsächlich Pèpita hieß, bei Scintilla hingegen schon, es war kein Pseudonym, sie hieß tatsächlich „Funke" im Nachnamen. Eine Verrückte aus Bergamo. Fast noch ein Teenager mit schweren Verhaltensauffälligkeiten, sie hatte einen schrecklichen Roman im Jugendjargon geschrieben, über ein lesbisches Mädchen, das seine Freundinnen in einer Bäckerei in Seriate per Skype aufriss. Dem Mädchen gefielen Afrikanerinnen – in Seriate gab es damals allerdings nur wenige, ganz zu schweigen von lesbischen Afrikanerinnen – und deshalb musste sie sich entweder mit Weißen einlassen oder bis zur Erschöpfung masturbieren. Bei dem Zeug fielen einem nach zehn Zeilen die Eier ab, die Definition der Kategorie „Agonieroman" erweiterte sich auf ungeahnte Weise. Doch ich musste ihn bearbeiten. Die Typen von der Marketingabteilung meinten, der öde Text der Scintilla „habe was". Sie sagten, die Autorin ließe sich vermarkten. Der Roman sollte im September erscheinen, wir waren drauf und dran, in Druck zu gehen, mich kotzte das Ganze an. Die Scintilla hatte mir beim

Redigieren alle Freiheiten zugestanden und ich arbeitete wie verrückt an dem Manuskript, ich versuchte wenigstens die verschlungenen Sätze in den Griff zu bekommen, die knirschten wie Kreide auf einer Schultafel.

Ich hatte also wenig Zeit. Ich zog den *Roman für eine Dame* bloß aus dem Umschlag, blätterte ihn auf der Veranda des Restaurants kurz durch und gab ihn ungelesen der Bourguignon weiter. Teresa Bourguignon. Der Lektorin für fremdsprachige Literatur. Immerhin hatte Leo Meyer den Roman übersetzt, eines unserer Flaggschiffe, ein international bekannter Autor. Ein anspruchsvoller Autor, oder? Und was kostete es schon, ein dünnes Buch mehr oder weniger zu machen? Die italienischen Kritiker, die eine Vorliebe für antiquarisches Zeug hatten, würden begeistert sein! Ein unveröffentlichtes Manuskript aus den fünfziger Jahren, von Frederic Prokosch! Die Typen von „Alias" würden ausflippen. Das sagten wir im Scherz, meinten es aber insgeheim ernst.

Ein paar Tage später klopfte die Bourguignon an die Tür meines Büros. Ich las mir gerade einen verschlungenen Satz von Pèpita Scintilla laut vor. Die Lektorin sah mich scheel an.

„Dieses Zeug können wir wirklich nicht veröffentlichen."

„Du hast recht. Sie hat höchstens ein paar Autoren von Pier Vittorios Anthologie *Under 25* gelesen und glaubt, sie wüsste, wie man schreibt. Aber stell dir vor, die Monatsraten sind schon ausgehandelt."

„Aber nein, ich spreche doch von Meyers Übersetzung."

Ich sah sie verdutzt an. Ich versuchte zu lächeln, aber sie meinte es ernst. Die Bourguignon täuschte sich nie, ich sah ihre gerunzelte Stirn, den in die Ferne schweifenden Blick. Sie überlegte sich gerade, was der Verlag für Probleme bekommen würde, wenn sie den Text ablehnte.

„Cesare, dieser Roman ist eindeutig ein Fake. Alle würden es bemerken."

Eine Woche später war ich endlich mit dem Debütroman der Scintilla fertig und machte mich an Leos Übersetzung. Die

Bourguignon hatte völlig recht. Die Übersetzung war ein Fake, und noch dazu langweilig, schlecht gemacht. Ein einziger Irrtum. Angefangen beim Titel *Roman für eine Dame.*

Ich frage mich, ob mich der Taxifahrer, ein ganz junger Schwarzer, verstanden hat. Vielleicht hat er erst vorgestern den Dienst angetreten und kennt sich in der Stadt noch nicht aus. Oder vielleicht liegt es an meiner Aussprache. Als ich zu ihm sagte, „Cimiez, in die Klinik des Doktor Doinel", nickte er, als ob er den Ort gut kannte. Aber als wir losfahren und über die Avenue Saint-Jean Baptiste rollen, schlängelt er sich zerstreut durch den Verkehr, mit der Linken auf dem Lenkrad und mit der Rechten gibt er den Namen Doinel ins Navi ein. Natürlich kennt ihn die Höllenmaschine nicht.

„Putain! Puuuutaaaaain!", flucht er, als er ein letztes Mal auf den Bildschirm des Navis drückt und dieses ein akustisches Signal von sich gibt, das soviel wie Nein bedeutet. Rücksichtslos fährt er rechts ran. Die Autofahrer hupen verärgert. Wir sind schon in der Avenue Félix Faure, am Rande des Parks, auf den der lange Schatten des Riesenrads fällt, nur wenige Schritte von dem Gehsteig entfernt, auf dem Luciano vor drei Tagen einen heftigen Streit mit dem ukrainischen Lastwagenfahrer hatte. Aber ja doch. Jetzt fällt es mir wie Schuppen von den Augen. Ist ja klar. Wahrscheinlich ist Buttafava ins Cimiez-Viertel gefahren, um die Frau von der Internetseite zu suchen. Dann hat er wahrscheinlich den Lastwagenfahrer mit dem Stiernacken getroffen. Wahrscheinlich hat er ihn auf verächtliche, sinnlose Weise angequatscht und der hat ihn verdroschen und umgebracht. Dann hat er seinen dreckigen Lastwagen in dem Gässchen abgestellt, wo ich ihn gesehen habe, und das Land verlassen. Bald werden die Bewohner der eleganten, exklusiven Querstraße die Gendarmerie anrufen und das geparkte Fahrzeug anzeigen, das so fehl am Platze ist wie Erbrochenes auf einem weißen Smoking. Bald werden die Gendarmen kommen und Buttafavas Leiche im Kofferraum des Lastwagens

finden. Vielleicht laufen die Ermittlungen schon, es ist zehn Uhr morgens. Zu Mittag werden sie wohl schon herausgefunden haben, in welchem Hotel das Opfer abgestiegen ist. Im Atlantique. Sie werden anrufen und mit Adriana sprechen. Gut, sie kann kein Französisch, sie wird in Tränen ausbrechen, es wird nicht ganz einfach sein. Aber macht nichts: das Fräulein an der Rezeption ist freundlich und hilfsbereit, obwohl Adriana sie hasst und sie aus irgendeinem Grund für eine Hure hält. Sie wird dolmetschen. Wahrscheinlich werde ich um halb eins einen Anruf Francas mit der dramatischen Nachricht erhalten.

Gut.

Ich habe also mehr als eine Stunde Zeit.

„Monsieur: Avenue Doinel n'existe pas."

Ich knurre. Geduldig wiederhole ich, dass es sich um die Klinik des Doktor Doinel handelt. Im Cimiez-Viertel. Dann versuche ich etwas ganz Selbstverständliches zu tun, nämlich ihm den Namen der Straße zu sagen. Aber da ist nur ein Loch. Mein Gedächtnis ist wie ausradiert. Der Straßenname ist in der unteren Etage gelandet, in der zähflüssigen Dunkelheit.

„*Attends …*", sage ich zum Taxifahrer. „*Attends* e *tàas*."

Tàas ist nicht Französisch. Es ist Vigevaner Dialekt. Aber vielleicht reicht die Geste, der Finger an den Lippen. Oder dass ich die andere zitternde Hand auf die Schläfe presse, um mich zu konzentrieren. Der Taxifahrer schweigt tatsächlich. Dann setzt sich das Riesenrad mit einem quietschenden Geräusch in Bewegung. Nur eine der Gondeln ist besetzt. Zwei Kinder in rotem Mantel sitzen darin, ein Mann, vielleicht der Vater, in einer dunkelblauen Windjacke, steht. Sie winken jemandem unten am Boden zu, während die Gondel in die Höhe steigt, sich vor dem mittlerweile stahlgrauen Himmel abhebt und den Höhepunkt erreicht. Das Riesenrad in den Giardini fällt mir ein.

„*Putain*", seufzt der Taxifahrer.

Viale dei Giardini, fällt mir ein. Monopoly. Parco delle Vittorie. Adriana, die gestern Abend in meinem Jaguar „Victoria!" schrie.

„Avenue Reine Victoria“, sage ich triumphierend zum Taxifahrer. Er lächelt so herzlich, als wolle er den Adamello-Gletscher zum Schmelzen bringen. Dann legt er den Gang ein und fährt los.

„Ah bon“, sagt er. Im Rückspiegel wirft er mir einen aufgekratzten Blick zu, fuchtelt mit den Händen, als wolle er sich entschuldigen. *„Avenue Reine Victoria, monsieur. Maintenant je comprends. La clinique où madame Guimard a été assassinée, n'est-ce pas? Vous êtes un journaliste, monsieur?“*

Umgebracht? Die Guimard? Das Riesenrad dreht sich weiter, es ist nicht stehengeblieben. Doch die Gondeln sind jetzt alle leer. Aber das kann mir egal sein, jetzt, wo ich zu Leo fahre.

Leo hatte – wie er in seinem ersten Fax schrieb – den Text leicht abgeändert. Genau, das Fax. Leicht abgeändert, warum nicht.

Ich musste ihm die Nachricht überbringen. Ich rief ihn an. Unter der üblichen Handynummer, unter der ich ihn immer angerufen hatte, um über Belangloses zu plaudern: über die Zeitungsnachrichten, die Scharmützel zwischen Berlusconi und dem farblosen Premierminister, wie hieß er doch gleich? Dem von der Mitte-Links-Koalition, einem ehemaligen Sozialisten, einem Knirps mit unverhältnismäßig großem Kopf.

Puh. Keine Ahnung. Ist auch egal. Ich erinnere mich nur, dass wir uns in unserem letzten Telefongespräch über die Scharmützel zwischen dem Premierminister mit dem Riesenschädel und Berlusconi und dann über die italienische Fußballnationalmannschaft unterhalten haben. Ja doch, Frankreich hatte in den letzten dreißig Sekunden der Europameisterschaft einen Sieg gegen Italien erzielt. Leo jubilierte am Telefon. Ihm gefiel nämlich der französische Kicker, ein Schwarzer, der in der Verlängerung ein Tor geschossen und uns fertiggemacht hatte. Der Name des Franzosen ist in Etage drei abgerutscht, in den untersten Keller, ist unter einer fest verschlossenen Betontür begraben. Also auf Wiedersehen. Aber daran, dass ihm der untersetzte, brutale Typ gefiel, erinnere ich mich noch gut. Das war 2000. Leo war über vierzig.

Richtig, er hatte eine Art fixen Freund, einen libanesischen Bildhauer, der zwanzig Jahre jünger war als er, sie waren gemeinsam in Heidelberg. Ja, vor zehn Jahren war Leo noch ein gesunder, durchaus gutaussehender Mann, auf jeden Fall war er durchtrainiert, hatte noch breite Schultern und alle seine Holzfällermuskeln. Aber er befand sich schon in jener Phase des Verfalls, in der Sex nur noch eine Sammlung von Anekdoten und Bildern ist und man unablässig davon sprechen muss, um sie nicht zu vergessen, um die Erinnerung an sie aufrecht zu halten. Um sich selbst davon zu überzeugen, dass sie noch Teil des Lebens sind, wie früher.

Gut, ich wartete also, bis er mit seinen erotischen Fantasien in Bezug auf den stämmigen schwarzen Franzosen fertig war. Er war eine Art urbane Legende, um die sich jede Menge Gerüchte rankten, und Leo wollte sie unbedingt für wahr halten: Ein Pariser Schriftsteller, ein Freund von Freunden, ein Bisexueller (wie übrigens alle in Paris, laut Leo), der Sexorgien veranstaltete, auch bei Pornos mitspielte und gerade einen Roman über dieses halbseidene Milieu geschrieben hatte, kannte offenbar den Fußballspieler. Hatte ihn offenbar bei diversen Sexorgien getroffen. Bei denen sich der Fußballspieler offenbar zu einigen unüblichen Sexpraktiken hatte hinreißen lassen. Ja, zu verschiedenen, auch homosexuellen Kontakten.

Wiltord!

Wieso erinnere ich mich plötzlich an seinen Namen? Wiltord, genau so hieß er.

Ich lache, schüttle den Kopf, nehme ihn ungläubig in die Hände.

Guter alter Kopf. Ein unerwarteter Triumph über die MS. Na so was. Wiltord.

Der Taxifahrer wirft mir im Rückspiegel einen argwöhnischen Blick zu.

Ich wartete jedenfalls, bis Leo sich die imaginäre, überbordende Polysexualität Wiltords in leuchtenden Farben ausgemalt hatte, dann sagte ich zu ihm, dass seine Übersetzung nichts taugte. Klipp und klar. Ohne Umschweife. Von Freund zu Freund.

In *Roman für eine Dame* erzählt Frederic Prokosch nämlich die Geschichte seines Alter Ego Fritz. Der Ich-Erzähler beschreibt langatmig den Alltag eines Homosexuellen mittleren Alters im Paris der fünfziger Jahre. Die ersten beiden Kapitel waren natürlich autobiographisch. Fritz war Amerikaner österreichischer Abstammung, Schmetterlingssammler, ehemaliger Tennischampion, während des Zweiten Weltkriegs hatte man ihn verdächtigt, ein Spion zu sein, er war Autor eines einzigen Bestsellers, der vor dreißig Jahren erschienen war, und hatte mittlerweile Mühe, einen Verleger für seine neuen Romane zu finden. Ein Selbstporträt. Eines Morgens wacht Fritz auf, bewegt mühsam seine Gelenke, geht ins Bad, und während er mit heruntergelassener Hose auf dem Klo sitzt, erhält er den Anruf einer amerikanischen Freundin. Seiner Busenfreundin. Einer einsamen und verzweifelten Ex-Ballerina mit einem Faible für Pastis. Einer abgewrackten *fag hag.* Ohne es zu wollen, erinnert sie ihn an den Tod seines Freundes, ruft ihm seine Trauer ins Gedächtnis. Vor ein paar Monaten war er nämlich vom Eiffelturm gefallen, ein Unfall.

Dann folgte eine Aufzählung von Alltagsritualen: ein Baguette in der *boulangerie,* ein Croissant im *petit café,* „Le Monde" durchblättern, ein bisschen beim *bouquiniste* stöbern, zum Sacré-Cœur hinaufsteigen. Langweilig wie Rosenkranzbeten, das war Leo nicht entgangen. Und er musste auch zugeben, dass er sich von seinem Idol etwas ganz anderes erwartet hatte.

The Novel of a Lady sollte also der Roman sein, in dem Prokosch ein- für allemal der Welt verkündete, dass er schwul war? Nun, Leo hatte gehofft, dass aufgrund dieser Enthüllung die Sinnlichkeit ans Licht kam, von der in *Die Asiaten* nur andeutungsweise die Rede war. Er hatte gehofft, dass nicht länger von schattigen Achselhöhlen, schneeweißen Wölbungen und trüben Blicken die Rede war, sondern dass Prokosch von Muskeln, Gliedern, Ejakulationen und Schweißgeruch sprach. Aber der Autor von *Sieben auf der Flucht* hatte ihn enttäuscht, er hatte seine widerstrebende, würdevolle Haltung beibehalten. Also? Also war Leo Meyer eingeschritten.

Im dritten Kapitel hatte Leo offensichtlich nicht nur ein anderes Stilregister gezogen, sondern eine Hardcoreszene eingefügt. Fritz aß in einer Kneipe in der Rue des Abbesses zu Mittag und erblickte einen Tellerwäscher karibischer Herkunft. In der Durchreiche zwischen Küche und Speisesaal tauchte immer wieder sein muskulöser Körper in dem eng anliegenden Ruderleibchen auf. Ein schneller Blickwechsel und Fritz suchte das Klo im Hof auf. Dann folgte die ausführliche Beschreibung einer akrobatischen Paarung mit dem Küchenjungen aus Martinique.

„Ich bitte dich, Leo!", sagte ich zu meinem Freund am Telefon, in der kühlen klimatisierten Luft in meinem Büro, die Füße auf dem Schreibtisch, den Hörer zwischen Schulter und Ohr eingeklemmt, in diesem glühend heißen Sommer 2000. Grabesstille am anderen Ende der Leitung in Heidelberg. Also redete ich weiter.

Im vierten Kapitel trieb sich Fritz im türkischen Bad im *Neuvième* herum, in der Nähe der Rue de Clichy. Dort traf er niemand Geringeren als Wystan Auden. In Leos leicht abgeändertem Text trat der Dichter mit Namen und Nachnamen auf, er wurde genauso beschrieben wie in einem Kapitel der *Metaphysischen Piazza*, Prokosch hatte ihn ja 1939 in einer Sauna in New York kennengelernt. Nun, in den dichten Dampfschwaden trug Fritz wieder einmal einen Riesensteifen zur Schau, was den grünstichigen, gallertartigen Auden erregte. Es folgte eine gruselige Paarung mit dem schwabbeligen Fleisch des Letztgenannten.

„Leo, ich bitte dich. Ich lese dir die Stelle mit Punkt und Komma vor: ‚Fritz' Schwanz versenkte sich zwischen den Schulterblättern des großen Dichters, wo sich das schlaffe Fleisch zu einer geschwollenen, schneeweißen, klebrigen Masse auftürmte wie die haarlosen Arschbacken eines irischen Jünglings.' *Haarlose Arschbacken. Klebrige Masse.* Spinnst du, Leo?"

Das durfte ich mir doch erlauben, oder nicht? Ich durfte ihm doch ins Gesicht sagen, dass er das alles erfunden hatte und dass wir niemals so dumm sein würden, es zu veröffentlichen? Ich meine: Wir waren doch Freunde, oder nicht?

„Und außerdem, Leo, der Titel. *The Novel of a Lady* bedeutet *Roman einer Dame.* Allenfalls *Die Geschichte einer Dame.* Wie kommst du auf *Roman für eine Dame*? Ich verstehe, das ist ironisch gemeint, du willst die vorwiegend weibliche Leserschaft verarschen, die sich von diesem Titel angesprochen fühlt. Aber er führt völlig in die Irre. Komm, allein das ist ein Fake."

Er schwieg noch immer.

„Leo? Leee-ooo?"

So rief ich ihn, in demselben scherzhaften Ton, mit dem wir uns unzählige Male geneckt hatten. Irgendwann dachte ich, die Verbindung sei abgebrochen und ich spräche wie ein Trottel ins Leere. Doch Leo hörte schweigend zu, wie ich flehte und bettelte. Ganz kurz hörte ich ihn seufzen. Dann legte er auf.

„Telefongespräche sind in diesem Fall nicht zufriedenstellend", schrieb er lakonisch in dem Fax, das am Tag darauf im Verlag ankam.

„Die Verwendung des Telefons kompliziert und stört die Kreativität, für die mich die EU bezahlt", schrieb er weiter.

„ICH SCHLAGE VOR, VOM FAX GEBRAUCH ZU MACHEN, DAMIT SICH KEINE FEHLER BEI DER DEUTUNG EINSCHLEICHEN", schrieb er, in Großbuchstaben, ein theatralisches Dacapo.

„ROMAN FÜR EINE DAME IST DER UNVERÄNDERBARE UND ENDGÜLTIGE TITEL DER ÜBERSETZUNG", fügte er hinzu, noch immer in Großbuchstaben, die wie ein Schrei klangen.

„Die leichten Abänderungen des Textes sind als künstlerische Freiheit und als Zugeständnis an den modernen Wortschatz zu betrachten, eine notwendige Änderung, um den Geschmack des zeitgenössischen Publikums zu treffen."

Wieder in Kleinbuchstaben fügte er hinzu, ich solle mich an seine Agentur wenden, an die Agenzia letteraria Milanese di

Mascherpa e De Leonibus, kurz AM&D, ihr so bald wie möglich ein angemessenes finanzielles Angebot unterbreiten, einen Vertrag unterzeichnen und das Erscheinungsdatum festlegen. Verärgert zeigte ich der Bourguignon das Fax. Sie bat mich, die Sache persönlich zu erledigen. Ich antwortete Leo ebenfalls per Fax:

„Hör auf, die menstruierende Primadonna zu spielen. Greif zum Telefon, ruf mich an, und schauen wir, wie wir die Sache in Ordnung bringen."

Wieder in einem Fax, das allerdings an die Vertragsabteilung des Verlags und nicht an mich adressiert war, erklärte er sich außerstande, weiter zu verhandeln, bevor wir Mascherpa e De Leonibus kontaktiert hätten. Ja genau, die beiden Blutsauger, die aus der *Comédie humaine* zu stammen schienen, die beiden Rastignac des Mailänder Verlagswesens, die verdammten Agenten. Früher hatte niemand einen Agenten gehabt. Jetzt begann ein neues Jahrtausend, und wer keinen Agenten hatte, galt als Penner. Einfach jeder hatte einen Agenten. Sogar Pèpita Scintilla, die noch keine Zeile veröffentlicht hatte. Mittlerweile bekam man Manuskripte von den Agenten. Die Agenten organisierten Versteigerungen, bei denen jener Verlag den Zuschlag erhielt, der das höchste Angebot machte. Sie behandelten dich nicht wie einen Verleger, sondern wie einen Käufer, wie einen x-beliebigen Kunden, der ihre Ware so dringend benötigte wie eine Hausfrau den Kabeljau, der am Freitag an den Ständen der Fischhändler feilgeboten wurde.

Der große Leo Meyer war Mitte der neunziger Jahre bei Mascherpa e De Leonibus gelandet. In den achtziger Jahren und der ersten Hälfte des darauffolgenden Jahrzehnts war er ein Paradeschriftsteller gewesen, der die Welt der Jugend repräsentierte, der Zeugnis davon ablegte, wie die Jugendlichen lebten und wie sich ihre Welt veränderte. Es hatte auch ein paar Newcomer gegeben: Veronese, Baricco. Pino Cacucci, Giulio Mozzi. Paola Capriolo und Laura Pariani. Und der gute Pier Vittorio hatte die Anthologie *Under 25* herausgegeben. Camarca, Canobbio und vor allem

Culicchia hatten sich bewährt, *Tutti giù per terra* hatte beträchtlichen Erfolg gehabt. Aber wenn der *Espresso,* der *Corriere* oder *Panorama* ein Interview über die neuesten Jugendtrends machen wollten, riefen sie Leo an.

Was die Verkaufszahlen anbelangte, hatte mein Freund jedoch einen Totalabsturz erlitten. Nach *Der Schöne von Rodi* hatte es Jahre gedauert, bis er wieder ein Buch veröffentlichte. Ich erinnere mich ganz genau an das Erscheinungsdatum des vierten Buches, das ist einfach. Der Verlag hatte es als Haupttitel des Herbstprogramms zu Beginn des letzten Jahrzehnts des 20. Jahrhunderts angekündigt, Leos Roman *Nachruf auf ein altes Jahrtausend* erschien also 1990. Das war ein kluger Schachzug gewesen, allerdings beschränkte sich das Nachdenken über das Ende des Jahrtausends mehr oder weniger auf den Titel. Eine Sammlung von Erzählungen, halb Konsumware und halb echtes Schlafmittel, in dem er einen nachdenklichen und deprimierten Tonfall anschlug. Damals wütete Aids, die Homosexuellencommunity war dezimiert worden, Leo hatte Glück gehabt und sich nicht angesteckt, aber Dutzende seiner Freunde waren gestorben. Worüber sonst hätte er schreiben sollen? Die neun Erzählungen waren neun Porträts, jedes war einem verstorbenen Freund gewidmet. Geschichten von zerstörten Familien, von Kindern, die von zu Hause fortgingen, vom Streit mit Müttern und Wiederversöhnungen mit Vätern. Von homosexuellen Paaren, die unter dem Druck der Krankheit zerbrachen.

Die Kritiker sahen darin eine zweifelhafte Hommage an zeitgenössische amerikanische Erzähler und rümpften pikiert die Nase. Dem Publikum gefiel es jedoch. Mehr oder weniger. Fünfzigtausend Exemplare. Mit einem Wort, nicht schlecht. Jedoch zehnmal weniger als *Der Schöne von Rodi.* Es dauerte wieder fünf Jahre, bis er das nächste Buch veröffentlichte. Wieder einen Roman. Ein episches, monumentales Werk. Achthundertdreißig Seiten.

Er wollte nicht auf uns hören und nannte ihn *Tausendwelten.* Das war ein Wortspiel, ein Zitat zu Ehren von Guattari und

Deleuze, von denen er in der Zwischenzeit ein paar Seiten gelesen, wahrscheinlich jedoch kein Wort verstanden hatte. Auf jeden Fall war er wie verzaubert von den beiden, damals waren alle wie verzaubert von den beiden, und er hatte auf die Widmung und auf das Wortspiel bestanden. Aber es war keine gute Idee gewesen. *Tausendwelten* hatte wenig mit den *Tausend Plateaus* der beiden Franzosen zu tun, außerdem erinnerte der Titel an einen Volkshochschulkurs. Allenfalls hätte man eine gewisse Ähnlichkeit mit Gaddis ins Treffen führen können. Leo hatte *Die Fälschung der Welt* in einem Sommer ausgelesen. Für mich waren die beiden Bände wie ein Betonblock, bei dem man in Agonie fiel, aber er hatte das Buch zweimal hintereinander gelesen, er hatte beide Bände in einem Monat ausgelesen. Die rhizomatische Handlung, das Ineinandergreifen der Handlungsebenen, das subtile, metaphorische und intellektuelle Spiel mit dem Begriff der Fälschung: So schwärmte Leo mir davon vor, die Wangen gerötet vor Aufregung.

Tatsächlich erinnerte *Tausendwelten* entfernt an *Die Fälschung der Welt*. Leo erzählte darin dreißig Jahre italienischer Geschichte, und zwar aus der Sicht eines Jungen aus dem Veneto, Franco Sinisterra, eines Rechten, der der fanatischen außerparlamentarischen, wahrhaft faschistischen Bewegung angehörte. Sinisterra studierte in den siebziger Jahren in Trient Chemie, gab sich absichtlich als extremer Linker aus, um Zugang zu den geheimen Organisationen der linken Terrorgruppen zu erhalten, sie zu studieren, zu verstehen. Dann trat Sinisterra in eine para-politische, para-freimaurerische Organisation ein, wo man die Geheimhaltung auf die Spitze trieb, immerhin hatte man kein geringeres Ziel als die ganze Nation vor einer eventuellen Machtübernahme durch die Roten zu schützen. In einer komplizierten Nebenhandlung brachte Sinisterra Renato Curcio mithilfe einer tibetanischen Hypnosetechnik um, Toni Negri wurde auf hinterhältige Weise in den Wahnsinn getrieben, und Morucci und Faranda bekamen ein Stipendium in La Jolla, wo sie eine wichtige Rolle bei der Vermarktung des Applecomputers spielten. Die para-freimaurerische Organisation zerbrach infolge eines Skandals, bei dem Sexorgien mit Minderjährigen eine Rolle spielten, Leo hatte sich dabei vom Fall der sogenannten *balletti verdi* inspirieren lassen. Im Finale schlug Leo groteske Töne an: 1994 gewann die Kommunistische Partei die Wahlen mit 78 Prozent und setzte einen Ausländer, Johan Brønsted, einen brillanten dänischen Kommunisten, als Premierminister ein, während die *Figiccì,* der italienische Fußballverband, einen brasilianischen Trainer, den ehemaligen Inter-Spieler Jair da Costa, als Trainer des Nationalteams engagierte. In Leos Roman gewann die Nationalmannschaft außerdem in diesem Jahr die Weltmeisterschaft, dank eines Elfmeters von Roberto Baggio.

Ohne Übertreibung: *Tausendwelten* war ein Meisterwerk. Ein kolossaler Trüffelpilz. Ein Roman, der die italienischen Krankheiten ans Tageslicht zerrte, die Gründe dafür in der unverbesserlichen Korruptheit der Italiener sah, auf luzide Weise einen Zusammenhang zwischen den großen Traumata stiftete, die Faschismus, Wirtschaftsboom und Terrorismus dem kollektiven Imaginären zugefügt hatten. Große Literatur. Ich erinnere mich, dass meine Kollegen im Verlag in mein Zimmer gelaufen kamen, weil ich beim Lesen des Manuskripts vor Freude, vor reinem intellektuellen Genuss schrie. Doch noch während mein Freund den Roman zu Ende schrieb, wurde der Fall Mario Chiesa aufgedeckt, Antonio Di Pietro leitete die Ermittlungen, mit dem allseits bekannten Resultat – aber ja doch, *tangentopoli*, die ganzen Schmiergeldaffären, was zum Untergang Forlanis, Craxis, der Christdemokraten und der Sozialisten führte. Schade, dass während ich die Druckfahnen korrigierte, Berlusconis Forza Italia gegründet wurde, die Kommunistische Partei 1994 nicht annähernd die Wahlen gewann und wir ausgerechnet aufgrund von Elfmetern die Weltmeisterschaft verloren. War der Roman gewissermaßen rechts von der Zeit überholt worden? Von den Ereignissen karikiert worden? War er vielleicht sogar ein Unglücksbote?

Die Kritiken waren allerdings ausgezeichnet. Ein Lobgesang in „Il manifesto“. Eine Hymne von Natalia Aspesi in „La Repubblica“. Ein Essay in epischer Breite von Renato Barilli in „Tuttolibri“; er bezeichnete *Tausendwelten* als prächtig geschmückten Grabstein, als das Wort Ende auf der letzten Seite des zu Grabe getragenen italienischen Romans.

Dreitausendfünfhundert verkaufte Exemplare, fünfzehntausend hatten wir gedruckt. Ein totaler Flop.

Außerdem war Leo nicht länger die Stimme der Jugendlichen. *Tausendwelten* erschien 1995. In der Zwischenzeit waren andere auf der Bildfläche aufgetaucht, Leo war mittlerweile ein reifer, um nicht zu sagen, ein alter Schriftsteller. Ein Nischenprodukt. Anspruchsvoll, gewiss. Aber er war kein Vorreiter mehr. Wie sehr litt er darunter?

„Monsieur!“

„Ja? Was?“

Es ist, als ob ich aus einer Vollnarkose erwachte. Ich sitze in einem Auto. Auf dem Rücksitz. Der Mann am Steuer dreht sich um, sieht mich an, lächelt mich auf eine Weise an, als wolle er einen Gletscher schmelzen.

„Nous sommes arrivés à la clinique.“

Ich sehe ihn verständnislos an. Wo sind wir angekommen? Bei welcher *clinique?* Warum spricht mich der Mann, ein Schwarzer, auf Französisch an? Mein Kopf ist ein Ball voller Wattebauschen und Dornen. Ich reiße den Mund auf, keuche. Auf meiner Stirn steht eiskalter Schweiß. Meine Hände beginnen zu zittern, zu beben, auch der Rumpf bebt, auch die Beine beben. Ich bin ein Glockenturm, der infolge eines Erdbebens einstürzt. Wer wurde 1994 gewählt? Wie ist die Weltmeisterschaft ausgegangen? In welcher Mannschaft spielte Sinisterra? Wie heißt der *augenblickliche* Premierminister?

„Monsieur, vous êtes bien?“

Das thermonukleare Lächeln im Gesicht des Schwarzen erlischt. Ich nehme den Kopf zwischen die Hände und kauere mich auf dem Rücksitz zusammen.

„Monsieur! Voulez-vous que j'appelle un médecin de la clinique?"

„Quelle clinique?"

Der Schwarze zeigt auf irgendetwas hinter dem Fenster. Ein beiges, von einem beigen Mäuerchen umgebenes Gebäude. Ein metallenes Gittertor unter einem Torbogen. Die Gegensprechanlage, das Bougainvillespalier. Aber ja doch. Ja doch, verdammte Scheiße, verdammt noch mal.

Ich atme, versuche das Zittern einzudämmen, die Dornen werden allmählich weniger spitz, die Watte löst sich auf. Ich armer Hund. Ich armer Hund mit meiner widerwärtigen Krankheit. Aber das Blut beginnt wieder zu zirkulieren. Scanavino hat mich ja gewarnt.

„Du hast es schon erlebt und du wirst es immer öfter erleben. Aber hab' keine Angst. Bereite dich darauf vor. Du wirst ganz plötzlich nicht wissen, warum du wo bist, was du dort machst, wo du bist, sogar wer du bist. Es dauert nur ein paar Sekunden. Hin und wieder, hoffentlich nicht, ein paar Minuten. Aber sobald du irgendein vertrautes Detail wiedererkennst, wird das Bild augenblicklich wieder scharf."

Der Taxifahrer sagt fünfzehn Euro, ich drücke ihm einen 20-Euro-Schein in die Hand, behalten Sie den Rest. Er stürzt hinaus, hält mir die Tür auf, reicht mir die Hand, um mir beim Aussteigen zu helfen. Ich nehme sie an. Ich nehme noch ein weiteres herzerwärmendes Lächeln an. Ich nehme die Sonnenstrahlen im Gesicht an, die prickelnde Luft, in der der Geruch von Holz, von nasser Erde und Meer liegt.

„Ça va?", fragt er noch einmal. Ich zeige ihm den aufgerichteten Daumen. Er antwortet mit zwei aufgerichteten Daumen, steigt wieder ins Auto, fährt weg, hupt noch einmal kurz zum Abschied. Danke, Taxifahrer, stoße ich zwischen den Zähnen hervor, während ich mich an das beige Mäuerchen unter dem Torbogen lehne und darauf warte, dass ich wieder regelmäßig atme. Und während ich das tue, gönne ich mir kein weiteres Zögern. Ich klingele.

Das Schloss des Gittertors springt auf, ohne dass jemand durch die Gegensprechanlage geantwortet hätte. Ich gehe hinein, mache ein paar Schritte durch den Park, über den gepflasterten Weg. Auf den getönten Scheiben der automatischen Schiebetür steht in kleinen Goldbuchstaben: *Clinique de la Côte.* Ich hatte ganz vergessen, dass die Klinik des Doktor Doinel einen Namen hat. Kein Kniefall vor Heiligen, Seligen oder sonstigen hochrangigen Himmelsfiguren. Nur vor der gesegneten Côte d'Azur.

Ich zeige der Tür den aufgerichteten Daumen.

Die Flügel öffnen sich mit einem leisen Zischen. Fotozellen. Eine Wolke warmer, nach Zitrusfrüchten duftender Luft empfängt mich. Ich gehe hinein, elastisch wie ein junger Mann.

Wie war mein Freund an die beiden Rastignac, an Mascherpa und De Leonibus geraten? *Tausendwelten* war ein paar Wochen zuvor erschienen, als mich Leo anrief. Es war Mitternacht. Er sah sich gerade *l'Altra edicola* im Fernsehen an. Ich war zu Hause, Franca schlief bereits. Ich lümmelte auf dem Sofa herum und sah mir ebenfalls die Sendung an. In der Reihe *Stile Libero* war gerade die Anthologie *Gioventù cannibale* erschienen. Tiziano Scarpa war ebenfalls gerade bei Einaudi erschienen, Aldo Nove bei Castelvecchi, der Roman *Destroy* von Santacroce bei Feltrinelli. Im Verlag bekamen wir Dutzende Romane von Neulingen, die ähnlich gestrickt waren. Lag etwas in der Luft? Tod, Blut, Verfall. Lag es daran, dass das Jahrtausend zu Ende ging? Eine Revolution war im Gange, Leo hatte es nicht einmal bemerkt.

Mein armer Freund. Er und sein maximalistischer Roman, der mit spitzer Tastatur die schmutzige Seele der Italiener aufs Korn nahm. Ronchey und Scaraffia hatten alle jungen Autoren in die Sendung *l'Altra edicola* eingeladen. Tiziano Scarpa kam gerade ins Bild, warf sein Buch auf den Boden trampelte darauf herum, als spiele er Tempelhüpfen. Aldo Nove, Santacroce und Ammaniti waren da. Der ganze Schuppen war voller junger Autoren und Autorinnen mit ihren Büchern in der Hand.

„Und wer zum Teufel sind die?", schrie Leo am anderen Ende der Leitung. Ich antwortete leise:

„Scarpa, Nove, Ammaniti ..."

Ich flüsterte die Namen und die Titel der Bücher. Franca hustete nämlich schon im Bett und drehte sich um. Das Klingeln des Telefons hatte sie wohl aufgeweckt.

„Ist mir doch scheißegal, wie sie heißen, Cesare! Aber wer sind sie, woher kommen sie? Das möchte ich wissen, ich habe nämlich nichts bemerkt!"

„Du hast nichts bemerkt, weil du inzwischen ein Meisterwerk geschrieben hast", flüsterte ich in den Hörer. Im Schlafzimmer ging das Licht an.

„Meine Frau", sagte ich knapp. Er protestierte, aber ich legte auf. So hatten wir es abgemacht. Wenn er mich zu Hause anrief und meine Frau auftauchte, legte ich einfach auf. Wenn er anrief und sie da war, sagte ich, jemand hätte sich verwählt. Wenn er anrief und meine Frau sich am Telefon meldete, legte er wortlos auf. Ja, wie ein mit allen Wassern gewaschenes Liebespaar.

Wie ausgemacht rief Leo in dieser Naht nicht mehr an. Binnen weniger Tage landete *Gioventù cannibale* auf den Bestsellerlisten. Die sogenannte Pulp-Literatur wurde bald ein Riesengeschäft. Mithilfe ihrer Agenten verließen die Debütanten die kleinen Verleger und gingen zu den riesigen Verlagshäusern, schlossen Spitzenverträge ab. Obwohl *Tausendwelten* nur in einer Auflage von ein paar Tausend Exemplaren erschienen war, lief Leo zu Mascherpa und De Leonibus. 2000, fünf Jahre später, hatten wir noch immer kein neues Manuskript von ihm bekommen. Er schrieb, schrieb und schrieb, wurde aber nie fertig, war nie zufrieden. *Roman für eine Dame* war das erste Werk, für das wir einen Vertrag mit AM&D abschließen hätten sollen.

Wir haben die Übersetzung nicht veröffentlicht. Er sprach nicht mehr mit mir. Er verließ den Verlag. Ging zu Mondadori. Bei dem Verlag aus Segrate hatte er entsprechenden Erfolg, zwischen 2000 und dem Zeitpunkt, als er endgültig aus dem Literaturbetrieb verschwand. Aber *Roman für eine Dame* erschien auch nicht bei Mondadori.

Doinel? Aus der Nähe gesehen wirkt er noch kleiner. Er reicht mir gerade mal bis zur Brust. Und er ist freundlich, verständnisvoll. Er hört mir zu, während ich ihm in meinem langsamen und mühsamen Französisch erkläre, mich und Herrn Meyer habe einmal eine spezielle Freundschaft verbunden. Und dass ich den Zufall, ihn in diesem Zustand, krank und schwach, hier gesehen zu haben, für so außergewöhnlich hielte, dass ich ihn nicht einfach ignorieren könne.

Er nickt. Aus der Nähe fallen mir seine trockene Haut, seine trockenen Haare auf, und dass er spindeldürr ist. Der Kittel schlottert an ihm. Er spricht mit ganz leiser Stimme. Ich glaube nicht, dass er aus Rücksicht auf die Patienten so leise spricht, immerhin sind wir im Foyer. Ich glaube, er ist müde. Erschöpft. Leo sei zwar hier gewesen, sei aber heute Morgen abgereist.

„*Mais pourquoi?*"

Ich frage hartnäckig nach, zum x-ten Mal. Warum war Leo hier, warum ist er abgereist? Wenn Doinel mit den Schultern zuckt, sieht er wirklich aus wie Daniel Auteuil. Identisch, sogar die große Nase. Auf so lächerliche Weise identisch, dass ich lachen muss, trotz der Enttäuschung. Doinel-Auteuil kann mir nichts vormachen. Mit einem weiteren Schulterzucken gibt er gewissermaßen zu:

„*Nous ne pouvions rien faire pour lui.*"

Ach.

Sie konnten nichts mehr für ihn tun.

„Was soll das heißen?"

Das frage ich auf Italienisch, es rutscht mir so heraus. Keine Ahnung, ob er verstanden hat, jedenfalls zuckt Doinel ein letztes Mal mit den Schultern, schüttelt den Kopf. Dann sieht er auf die Uhr, entschuldigt sich, reicht mir die Hand, geht.

Mein Handy klingelt. Die Nummer des Hotels. Es ist fast Mittag. Ach ja. Der ukrainische Lastwagen, Luciano. Der Tod klopft an die Tür, ich hebe ab. Wie erwartet ist es meine Frau. Aber, was für eine Überraschung, ihr Tonfall ist überhaupt nicht beunruhigt.

„Kommst du nicht zum Mittagessen?“

„Zum Mittagessen? Wohin?“

„Hierher natürlich, wohin sonst? Ins Hotel. Wir wollten doch gemeinsam ausgehen, oder?“

Noch kein Mord, kein Drama. Wie ist das möglich? Verläuft das Leben von uns Vigevanern tatsächlich auf geschützten Bahnen und ereignen sich die Katastrophen woanders? Oder schützt uns der Zauber unseres Rotarierdaseins?

„Ich komme. In einer halben Stunde bin ich da.“

„Und …“

„Was, Franca?“

„Attilio …“

Es macht mich rasend, wenn sie in Rätseln spricht:

„Ja, Attilio. Persegàti. Unser Freund, der Enzo Jannacci ähnlich sieht, ich weiß. Was ist mit Attilio?“

Entgeistert sagt meine Frau:

„Wusstest du, dass er in Transvestitenunterwäsche rumläuft?“

Freitag Mittag

Ich und Franca haben uns in der Brasserie du Soleil auf der Promenade verabredet. Nur wir beide. Wir wissen nicht, was die anderen tun, sollen sie ausnahmsweise sehen, wie sie allein zurechtkommen. Sie werden es überleben, oder nicht?

Wir nehmen auf der Veranda Platz. Mit einem Wort, im Wintergarten, der in der kalten Jahreszeit mit Glastüren verschlossen ist. Wir nehmen einen Tisch nicht allzu nahe an den Glastüren, typisch französischen, provisorischen Vorrichtungen. Kälte und Zugluft dringen herein. Aber die Franzosen haben keine Angst vor Kälte. Genausowenig wie vor Butter, Knoblauch, Rotwein, fettem Käse, Hirn, Schweinsrüssel, Zigaretten, hemmungslosem Sex. Wir hingegen schon, vor Kälte nämlich. Wir wollen ja nicht nach dem Mittagessen mit einer Dickdarmentzündung aufs Klo rennen müssen, das fehlte gerade noch.

Wir setzen uns an einen Tisch mitten auf der Veranda, unter einem Heizstrahler, wir lassen auf jeden Fall die Jacken an. Wir bestellen zwei *salades niçoises*, zwei Perrier. Wir nehmen nicht einander gegenüber, sondern Seite an Seite Platz. Wie die beiden anderen schweigenden, traurigen alten Paare, die verloren auf der Veranda sitzen, die offenbar immer halbleer ist. Seite an Seite, denn so haben wir, wie die anderen Alten, Blick auf die Promenade und das Meer.

Da kommt der Kellner. Ein höflicher, effizienter junger Mann. Ein großer, gesunder Nizzaer, mit weißem Hemd und einer schwarzen, enganliegenden Schürze auf den Hüften. Er bedient uns mit herablassendem Lächeln, wie es einem alten, gut gekleideten Paar gebührt. Geh scheißen. Aber wenigstens der Salat, den er vor uns hinstellt, ist frisch und anständig. Ein Wunder, in einer Brasserie auf der Promenade.

Wir haben uns noch nicht über Attilio unterhalten. Aber ich und Franca kennen uns mittlerweile seit fast sechzig Jahren. Wir wissen, dass zuerst alles geordnet werden muss. Wir wissen, dass wir uns setzen und alles vorbereiten müssen. Dass die Dinge rundherum ordentlich auf ihrem Platz liegen müssen, dass der Tisch gedeckt sein muss, bevor wir ein klärendes Gespräch, eine Diskussion führen können. Im Durcheinander kann man nämlich nichts klären. Ich fülle Wasser in mein und Francas Glas. Ich öffne den Reißverschluss der Jacke bis auf die Höhe des Magens. Ich mache den Salat an, warte, bis auch Franca ihren angemacht hat. Wir nehmen einen ersten Bissen, und ja, jetzt sind wir bereit.

„Was also ist mit Persegàti?"

Meine Frau holt tief Luft, kaut, schüttelt ein wenig den Kopf. Sie nimmt ein Stück Baguette und richtet sich auf. Einen Augenblick lang taucht auf der Oberlippe der Schatten des Klosterschwesternbartes auf. Aber nur einen Augenblick lang. Sie schluckt, der Bart ist schon wieder weg.

„Als ich im Hotel gefrühstückt habe, ist er heruntergekommen."

„Frühstück im Hotel? Bist du verrückt geworden? Das Buffet ist widerwärtig, die Croissants ..."

„Cesare, das ist mir doch egal!"

So, der Bart ist wieder da. Meine Schuld. Ich hebe zwei Finger, zum Zeichen der Entschuldigung.

„Lässt du mich vielleicht ausreden? Also, ich war gerade beim Frühstück, da kam er herunter. Er schien nicht ganz bei sich zu sein. Er gestikulierte und führte Selbstgespräche."

„Laut?"

„Aber nein, überhaupt nicht laut. Lässt du mich jetzt endlich weiterreden, Cesare? Er bewegte die Lippen, ja. Wie wenn man ein schlechtes Gewissen hat. Wie wenn man etwas bereut und sich selbst die Absolution erteilt."

Ich sehe sie an. Wie wenn man etwas bereut und sich selbst die Absolution erteilt. Ich runzele die Stirn. Sie wirft mir einen Basiliskenblick zu, ich verbanne den Sarkasmus aus meinem Blick.

„Er hat mich gesehen, sein Blick begann zu leuchten. Er sagte zu mir: ‚Da bist du ja, Franca, ich habe dich im Zimmer gesucht, aber du warst nicht da.' Somit hat er mich oben gesucht. Somit wollte er mit mir sprechen. Somit hat er sich an meinen Tisch gesetzt und ..."

„Spar dir die Wortwiederholungen am Satzanfang, du bist nicht Carver."

„Cesare!"

Franca schnaubt Rauchwolken aus, ich grinse. Vielleicht liegt es an der *niçoise,* vielleicht an dem Heizstrahler, ich strotze plötzlich vor guter Laune. Meine Frau nimmt grimmig einen Bissen von ihrem Salat. Ein Tropfen Öl rinnt ihr übers Kinn. Sie redet weiter, mit vollem Mund.

„Er hat sich gesetzt und gesagt, nun könne er es auch mir sagen, denn nun gäbe es auf der ganzen Welt nur noch mich und dich, wir wären die einzigen, die es verstünden. Gewisse Dinge könne er nämlich von seinem Sohn und seiner Schwiegertochter nicht verlangen. Ich habe ihn verständnislos angeschaut. ‚Was für Dinge, Attilio?'"

Der Öltropfen hängt nun an der Kinnspitze. Ich halte den Anblick nicht aus. Ich kann sie aber auch nicht darauf aufmerksam machen. Mit einer schnellen Bewegung nehme ich meine Serviette und tupfe ihn weg. Franca sieht mich unsicher an. Dann registriert sie, dass es eine zärtliche, aufmerksame Geste war.

„Noch was?", fragt sie. Ich bedeute ihr: rund um den Mund. Und sie nimmt noch eine Baguette, bricht ein Stück ab, wischt sich mit dem Brotinneren ab, dann steckt sie es in den Mund, kaut, schluckt.

Mir graust; ich versuche es mir nicht anmerken zu lassen.

„Attilio hat mir also erzählt, dass er Frauenunterwäsche trägt und dass du es auch weißt. Dass er sie seit seiner Kindheit trägt. Dass er sie in Vigevano aus den Schubladen seiner Mutter genommen hat, dass er damit herumgelaufen, damit zur Schule gegangen ist. Als er mit Grazia verlobt war, hat er eine Zeitlang damit aufgehört. ‚Weil', sagte er zu mir, ‚die arme Grazia schlecht darüber denken hätte können.' Arme Grazia, nicht wahr?"

Ich ziehe eine Grimasse. Wie zur Bejahung.

„Doch leider konnte er sich später, als sie verheiratet waren, nicht länger zurückhalten und hat wieder damit angefangen. Zuerst nahm er Büstenhalter, Strumpfhalter, Unterhosen, das ganze Zeug, heimlich aus ihrer Lade im Schlafzimmer. Und vor zwanzig Jahren hat er Grazia endlich davon erzählt. Es gab ja nichts mehr zu verbergen, immerhin waren sie Mann und Frau."

Sie hält inne, sieht mich an, als warte sie auf eine Bestätigung. Ich zucke mit den Schultern. Was sollte ich noch hinzufügen? So war es, also ist es in Ordnung. Sie waren verheiratet. Nach vierzig Ehejahren brauchen Mann und Frau keine Geheimnisse mehr voreinander zu haben. Man resigniert. Die Grenzen des Erlaubten, des Geheimnisses verschwimmen, brechen ein. Warum noch etwas verbergen? Wozu, wenn man die Hosen der Würde herabgelassen hat und man öfter über den bevorstehenden Besuch beim Facharzt spricht als über den nächsten Fick?

„Irgendwann hatten sie nicht mehr dieselbe Größe: Grazia wurde fett und er war nach wie vor spindeldürr. Und da bat er sie, Sachen für ihn zu kaufen. Sie ging auf den Markt und kaufte ihm passende, bequeme Wäsche. Ohne Metallbügel, denn die tun ihm weh. Nur Baumwolle, denn Schurwolle verträgt er nicht. Und nur Nylonstrümpfe, denn von Mischfasern bekommt er Juckreiz."

„Eine kleine Zicke, was?"

Meine Frau lacht halbherzig. Ein Wunder. Das liegt wahrscheinlich an der Sonne, an der Meerluft. An den Perlen des Perrier.

„Kannst du dir das vorstellen? Immer wenn wir gemeinsam ausgingen. Mit Rotary. Im Kino. Bei der Surrealistenausstellung in Venedig, bei unserem Ausflug ins Castello di Rivoli. An den Wochenenden in Mantua, in Verona, hier an der Côte d'Azur. Zu Silvester oben in Courmayeur bei den Buttafava. Zu Ferragosto am See, bei den Persegàti ..."

„Du meinst, ob Attilio bei all diesen Gelegenheiten Strumpfhalter und Büstenhalter getragen hat? Wahrscheinlich. Jedoch nie Strumpfhosen. Ich glaube, Strumpfhosen verursachen ihm Juckreiz. Oder nicht? Gestern zum Beispiel. Gestern, auf dem Heimweg von Grasse, hat er mir auf dem Klo der Autobahnraststätte seine Wäsche gezeigt. Er hat das Hemd hochgeschoben und die Hose runtergelassen. Er trug Strumpfhalter und Unterhosen wie du. Keine Strumpfhosen. Obwohl sie eigentlich bequemer wären. Oder irre ich mich? Sind Strumpfhosen nun bequemer oder nicht? Hat er dir eigentlich auch gezeigt, was für Zeug er trägt?"

Meine Frau erstickt fast an einem Bissen. Sie hustet. Ich gebe ihr die sprichwörtlichen Schläge auf den Rücken, sie spuckt einen Brocken in die Papierserviette. Ich würde mir den Anblick lieber ersparen, aber sie sitzt nun mal neben mir. Sie röchelt noch immer, hustet, räuspert sich, als ob sie Schleim abhusten wolle. Dann spuckt sie endlich die Faser einer Fisole aus, die ihr hinten am Gaumen hängengeblieben ist. Gnädigerweise knüllt sie die Serviette zusammen und versteckt sie. Sie trinkt einen Schluck Wasser. Sie hat nie gelernt, den Mund beim Trinken halb zu schließen. Sie reißt ihn auf wie ein Tier. Wie eine Kuh. Das Halbrund der schlechten Zähne wird vom Boden des Glases vergrößert.

„Du wusstest es also."

Gut. Daran ist sie also halb erstickt.

„Franca, was soll ich gewusst haben? Er hat es mir gestern gesagt."

„Du erzählst mir also nicht alles. Du hast also Geheimnisse, in die du mich nicht einweihst. Was hast du mit Attilio gemacht, ha?"

Achtung!

Trommelwirbel. Er steckt zwischen Zunge und Gaumen und will ausgespien werden wie der *niçoise*-Bissen.

Sie knirscht tatsächlich mit den Zähnen. Sie sagt es tatsächlich.

„Du hast dir wohl was mit Persegàti angefangen, nachdem Leo Meyer abgehauen ist, was?"

Ich springe verärgert auf. Sie legt ein Schäufelchen nach.

„Und weißt du, was ich denke? Vor Leo hattest du was mit Berselli. Wie? Im Gymnasium. Du warst damals schon pervers und Berselli war dein kleiner Freund. Du hast dich mit ihm vergnügt, anstatt dich um die Frigerio zu bemühen. Sie hat allen erzählt, dass du sie nicht einmal angefasst hast, wusstest du das?"

Ich brülle, meine Hände zittern. Aber es ist nicht die MS. Ich habe vielmehr Lust, sie zu würgen. Oder sie zu ohrfeigen. Oder den Tisch auf sie zu werfen. Wie kann man nur so blind und dumm sein? Jetzt auch noch Berselli. Wie kann man nur ernsthaft so etwas Dummes glauben?

„Franca, wir sind mehr als fünfzig Jahre zusammen."

Das sage ich mit zusammengepressten Zähnen, knurrend.

Dann setze ich mich wieder.

Dann schlage ich mit der Faust auf den Tisch.

Die beiden älteren Paare auf der Veranda springen auf.

„Wir sind seit mehr als fünfzig Jahren zusammen, du kennst mich besser als jeden anderen auf der Welt. Wie kommst du nur auf derartig blöde Gedanken?"

„Ach, blöde Gedanken? Und warum gehen wir seit zwanzig Jahren nicht mehr miteinander ins Bett?"

Und meine Frau macht diese unendlich vulgäre Geste, bei der Daumen und Zeigefinger einen rechten Winkel bilden und das Handgelenk um die eigene Achse kreist. Vulgär, ja vulgär. Sie stammt nun mal aus einer Familie von Bauern und Hirten. Genauso vulgär sieht es aus, wenn sie Gorgonzola vom Messer leckt, ihr ein Öltropfen übers Kinn läuft, sie trinkt. Sie sieht mich herausfordernd an, mit zusammengekniffenen Lippen, dichtem Bart wie Sandro Mazzola, Maurizio Costanzo, wie Stalin.

Blöde Gedanken. Nur blöde Gedanken.

Ich weiß, es klingt unglaublich, aber vor zwanzig Jahren haben wir aufgehört miteinander zu schlafen. Aus. Ohne Diskussionen, ohne Klagen meinerseits und ihrerseits. Meine Libido hatte sich nämlich schlichtweg verabschiedet. Nach Alessandros Unfall war ihr berühmter, erregender Buschen ja traurig und grau geworden. Ich habe es schon gesagt: Bei den letzten Malen hatte ich das Gefühl, das staubige Toupet meiner Großmutter zu ficken.

„Das hat nichts damit zu tun …", flüstere ich und schaue nicht sie, sondern die aufsteigenden Perlen des Perrier an.

Nein, ich sage nichts. Ich sage nicht, wie absurd es war, dass sie es schweigend hingenommen hat, dass sie in zwanzig Jahren nie ein Wort darüber verloren hat, dass sie mich in dem Glauben hat lassen, für sie wäre es genauso wie für mich die normale darwinsche Evolution unserer Ehe. Wie absurd es ist, dass sie jetzt in dieser Situation auf einmal davon zu sprechen beginnt. Hier in Nizza, in einer ungeheizten Brasserie, die auf die Promenade blickt.

Und ich spreche auch nicht von ihrem Buschen, der traurigerweise einem alten Toupet ähnelt. Ich spreche nicht von ihren depressiven Stimmungen, von ihrem leeren Blick, wenn sie auf ihrem Thron, dem orthopädischen Stuhl saß, ich spreche nicht von der „Rätselwoche", von den Schals, ihrer hartnäckigen Weigerung, mich auf Reisen und zu Abendessen zu begleiten, den widerlichen Spaghetti, die zusammenklebten und innen noch hart waren, den falsch gefüllten Waschtrommeln, in denen sie die Wäsche blau, grün, rosa färbte, ich spreche nicht von der Leidenschaft für den Rotary Club und das Rosenkranzbeten, für Lourdes, Oropa, Loreto, *Le Bozzole,* um Himmels willen, *Le Bozzole*! Von Vigevano aus war sie in den Wallfahrtsort Le Bozzole gegangen, fünfzehn Kilometer, zu Fuß, barfüßig, mitten im Winter, um eine kleine Opfergabe zu entrichten, über die sie mir nie etwas Genaueres erzählen wollte. Dort angekommen rief sie mich schluchzend aus einer Telefonkabine an, ich musste ihr aus Mailand den Chaffeur des Verlages schicken, damit er sie abholte. Damit er sie aufklaubte, denn sie konnte keinen Schritt mehr gehen. Der Fahrer musste den schrecklichen Anblick der gebeugten, übergewichtigen Frau ertragen, mit zerrissenen Strümpfen an den blutigen Füßen, die wie die Füße einer Flagellantin bluteten und den cremefarbenen Spannteppich des Firmenmercedes versauten. Nein, darüber spreche ich nicht. Ich spreche auch nicht darüber, dass ich mich im Büro des Verlags einschloss, mir Pornos ansah und mir einsam und allein einen runterholte. Ich sage nur:

„Man wird älter. Das Begehren schwindet. Wenn man zuviel arbeitet, wenn man sich auf was anderes konzentrieren muss, denkt man nicht einmal mehr daran. Und irgendwann ist das Begehren einfach weg. Noch dazu jetzt, bei meiner Krankheit ..."

Ich lasse es bleiben. Ich verstumme einfach, während sie isst, und aus. Sie hat eine ordinäre, widerliche Art, die Lippen zu schürzen, das Kinn vorzuschieben, zu große Bissen zu nehmen. Sie kaut wie eine Kuh. Und dann trinkt sie. Auf ihre altbekannte Weise, ohne sich zuerst mit der Serviette abzuwischen, sie hinterlässt den Abdruck ihrer fettigen Lippen auf dem Glas.

Ich weiß. Sie macht es absichtlich, damit es mir graust, sie will mich vor den Kopf stoßen, mich ärgern. Verdammte Alte. Verdammte arme Alte, arme, arme Franca. Gebeugt, eingerostet, mit Knochen, die infolge der Osteoporose wie dünne Halme sind.

Ich schaue hinaus. Ich seufze.

„Und was hat er dann zu dir gesagt? Wie ist es mit Persegàti ausgegangen?"

„Ach, das weißt du nicht?"

„Natürlich weiß ich es nicht. Woher sollte ich es wissen?"

„Dann habt ihr euch also nicht abgesprochen."

Sie will ironisch sein. Zynisch. Aber soll ich Ihnen etwas sagen? Sie glaubt selbst nicht, was sie sagt. Das erkenne ich daran, dass ihr Bart verschwunden ist. Das erkenne ich an ihrem Blick, der jetzt nicht mehr so tödlich ist wie ein Basiliskenblick, sondern in dem vielmehr der Schimmer eines Zweifels liegt.

Ich zwinge mich, ein wenig zu lachen.

„Vielleicht enttäuscht es dich, aber wir haben uns nicht abgesprochen. Gestern, als wir von Grasse zurückfuhren, hat er mir von der Wäsche erzählt. Das habe ich dir ja schon gesagt. Ich habe es gestern Nachmittag erfahren, nicht früher und nicht später. Ich weiß nicht mehr als du. Er hat mir die Damenunterwäsche im Klo der Autobahnraststätte gezeigt. Vielleicht hätte ich es dir erzählt. Oder nein, wahrscheinlich nicht. Aber nicht, weil ich etwas zu verbergen hätte. Das möchte ich betonen. Es gibt nichts zu verbergen. Ich hätte es dir deshalb nicht erzählt, weil es sich um die vertrauliche Mitteilung eines Freundes handelte. Drücke ich mich deutlich genug aus? Einen Freund verrät man nicht."

Was für eine Rede. Ich schöpfe Atem und nehme einen Schluck Perrier. Meine Frau:

„Er hat mich gebeten, ihm von nun an Wäsche am Markt zu kaufen."

Der Lachreiz ist so heftig, dass ich die Hälfte des Wassers auf den Tisch spucke und die andere Hälfte durch die Nase aufziehe. Ich huste, verstecke das Gesicht in der Serviette. Aber Franca scherzt nicht. Wie sollte sie auch? Sie hat in ihrem Leben noch keinen einzigen Witz gemacht. Sie reicht mir noch eine Serviette, und jetzt versetzt sie mir die sprichwörtlichen Schläge auf den Rücken.

„Und", frage ich, sobald ich wieder bei Atem bin, „Was hast du ihm geantwortet?"

„Dass ich zuerst dich fragen müsse. Ich wusste nicht, was ich sagen sollte. Was sagt man zu einem Mann, der einen bittet, ihm Damenunterwäsche am Markt zu kaufen?"

Ich beginne aufs Neue zu lachen. Auch meine Frau lacht jetzt. Wir krümmen uns beide vor Lachen, wie zwei besoffene Jugendliche. Sie, die sich nie gehen lässt, die immer lacht, als würde sie eine Rolle spielen, lacht jetzt wirklich. Wahrscheinlich weil sie sich Attilio in Riesenunterhosen Marke Franca vorstellt, mit elastischen Strumpfbändern, blickdichten Strümpfen mit dreißig den. Wahrscheinlich weil sie sich vorstellt, wie er sich im Spiegel betrachtet, den Büstenhalter zurechtrückt, mühsam die verschrumpelten Eier in der schlecht sitzenden Ausbuchtung des Slips verstaut. Wir lachen, wie damals, als wir verlobt waren. Wir lachen, bis wir uns gegenseitig zum Schweigen bringen. Draußen steht nämlich Persegàti.

Gebeugt geht er an der Veranda entlang, er kommt von der Straße, die zum Hotel führt. Er biegt auf die Promenade ein. Sein vertrocknetes Schildkrötenköpfchen wippt auf und ab. Er bleibt stehen. Rückt sich die schief sitzende Brille auf der Nase zurecht. Legt die Hände ans Glas, um sich vor dem Widerschein der Sonne zu schützen. Schaut herein, drückt sein Amphibiengesicht an die Scheibe des Aquariums.

Er sieht uns, begrüßt uns, kommt herein.

„Adriana ist dort."

Und er macht eine Geste mit dem Daumen, zeigt auf das Meer hinter sich.

„Hat sie sich nach Korsika eingeschifft?"

„Was heißt hier Korsika. Zur Polizei ist sie gegangen. Zur Gendarmerie. Wegen Luciano. Er ist noch immer nicht da. Und am Telefon ist er unauffindbar."

„Was ist er am Telefon?", frage ich und beiße mir auf die Zunge.

„Unauffindbar."

Pardon, während sein Köpfchen auf und abwippt, kann ich mich nicht länger zurückhalten und krümme mich noch mehr vor Lachen als zuvor.

Freitag Nachmittag

Adriana ist außer sich. Sie saust herum wie eine Flipperkugel. Sie ist ein strombetriebener Pekinese, den man irrtümlicherweise mit 220-Volt-Batterien aufgeladen hat. Sie hüpft von einem Gendarmen zum anderen, fuchtelt mit den Händen, bellt.

Die Ordnungskräfte bewahren Ruhe. Im Übrigen gehört das zur Ausbildung, meine Dame. In ihren enganliegenden dunkelblauen Jacken inspizieren sie das Zimmer der Buttafava. Offensichtlich machen sie es aus Freundlichkeit oder weil es ihre Pflicht ist, denn anders als bei uns in Italien kommen die Polizisten hier ihrer Pflicht nach. Sie öffnen Lucianos Koffer, die Schränke, schauen unter die Betten. Inspizieren aufmerksam die Rechnungen, die sie in den Hosentaschen unseres Freundes finden.

Adriana überschüttet sie mit einem Schwall sinnloser Informationen auf Italienisch, den die beiden athletischen jungen Männer mit unerbittlicher Freundlichkeit ignorieren. Während Franca und ich uns auf der Veranda der Brasserie du Soleil gestritten haben, hat Adriana in heller Panik ein Taxi genommen und ist in die Rue Roquebillière zur Gendarmerie gefahren. Schade, dass wir nicht dabei waren. Ein Anblick für Götter, Adriana außer sich und des Französischen nicht mächtig. Später im Hotel erzählte sie uns atemlos, sie hätte dort herumgebrüllt, bis endlich jemand auftauchte, der ein wenig Italienisch verstand und ihr zuhörte. Ein Anblick für Götter, der strombetriebene Pekinese. Schließlich tauchten zwei in olympischer Gelassenheit diplomierte Polizisten auf und begleiteten sie zurück ins Hotel. Die beiden.

„*Madame, n'avez-vous pas la brochure de cette … Négresse Royale? Êtes-vous sûre?*“

Diese Frage stellt der ältere Gendarm mit dem gelangweilten Blick, der Lino Ventura ähnlich sieht.

„Die *Négresse Royale*? Der Prospekt?"

Adriana schaut zuerst sie, dann mich an.

„Ja, genau den."

„Den hat er doch zerrissen. Das habe ich Ihnen ja schon gesagt. Zerrissen. Mein Gatte. Zerrissen, weggeschmissen."

Sie gestikuliert beim Reden. Tut, als würde sie etwas zerreißen. Sie läuft ins Bad, zeigt auf die Kloschüssel, tut wieder so, als würde sie etwas zerreißen, hebt den Deckel, tut, als würde sie etwas in die Kloschüssel werfen. Betätigt die Spülung. Der jüngere Gendarm kann nicht mehr an sich halten, dreht sich um. Als er bemerkt, dass ich ihn beobachte, reißt er sich zusammen. Ich blinzle ihm zu. Obwohl Adriana mir leid tut.

Obwohl Luciano mir leid tut.

Ich frage mich, was ihm wohl zugestoßen ist. Das ist mehr als eine Laune, mehr als die dummen, geschmacklosen Streiche, die der hysterische Buttafava immer gern gespielt hat. Unser Wodehouse-Epigone ist mittlerweile seit vierundzwanzig Stunden verschwunden.

Wie der englische Schriftsteller sagen würde, ziehe ich die Aufmerksamkeit des jüngeren Gendarmen auf mich, indem ich einen Ton von mir gebe, als würde sich ein Schaf am anderen Ende des Tals räuspern. In meinem Schulfranzösisch erzähle ich ihm von der Autobahn, von dem ukrainischen Lastwagen, davon, dass Buttafava und der Lastwagenfahrer vor der Chanel-Boutique beinahe zu raufen begonnen hätten. Der Gendarm schreibt alles ganz genau auf. Dann, während ich ihm leise, damit Adriana nicht wieder außer sich gerät, zuflüstere, was ich gestern Nacht aus den Augenwinkeln gesehen habe – den ukrainischen Lastwagen in einer Seitenstraße ausgerechnet oben im Cimiez-Viertel –, runzelt er die Stirn.

Adriana spitzt die Ohren und versteht das letzte Wort.

„Cimiez! Genau dort! *Madame Ségolène Négresse Royale* wohnt im Cimiez-Viertel. Avenue Reine Victoria!"

„Oui Madame. Vous l'avez déjà dit vingt fois."

Der junge Gendarm muss wiederholen, dass Adriana es schon zwanzig Mal gesagt hat, denn unten fährt gerade ein Polizeiauto mit heulender Sirene vorbei. Seit dem Mittagessen geht das nun schon so. Seitdem wir die Brasserie du Soleil verlassen haben und ins Atlantique zurückgekehrt sind, heulen die Sirenen. Die Sirenen überschneiden sich in den Parallelstraßen der Promenade und verlieren sich in der Ferne, oben, in Richtung des Bahnhofs und dahinter, in den dunklen Wohnvierteln der armen Leute.

Adriana lächelt vor Dankbarkeit. Sie hängt sich an den Arm des älteren Gendarmen, des Lino-Ventura-Doppelgängers.

„Danke. Sie haben ihn gleich zu suchen begonnen, schon als wir die Gendarmerie verlassen haben. Aufrichtig danke. Das nennt man Effizienz. Aber wir sind ja hier nicht in Italien. Hier sind die Gendarmen kein Haufen Kaffer, Nichtstuer, die sich vom Staat durchfüttern lassen, Protegés, Tagediebe, die …"

Ich stoppe sie. Sie befindet sich kurz vor der Explosion, hat schon einen gläsernen Blick und Schaum vor dem Mund.

„Langsam, Adriana. Sonst komme ich mit dem Übersetzen nicht nach."

Und kaum beginne ich zu übersetzen, gebietet mir der Lino-Ventura-Lookalike Einhalt und erklärt freundlich, es handle sich um einen Irrtum, die Suche beginne erst achtundvierzig Stunden nach dem Verschwinden der betreffenden Person. Er erklärt, sie würden unsere Angaben überprüfen, und falls Luciano bis morgen nicht auftauchte, würden sie ihn auf die Liste der abgängigen Personen setzen. Er erklärt, sie würden seine Personenbeschreibung und ein Foto in Umlauf bringen. An der Rezeption gäbe es ja eine Fotokopie von Lucianos Personalausweis.

„Pour nous çela suffit", sagt er abschließend, plötzlich etwas müde, vielleicht sogar ein wenig bitter. Als ob er genau in diesem Augenblick begriffen hätte, dass das alles nichts nützte.

Ich begleite die beiden Gendarmen ins Foyer. Ich muss diese Aufgabe übernehmen, denn Adriana sagt, sie sei einer Ohnmacht nahe. Nein, bitte nicht. Ich habe jedenfalls zu Franca gesagt, sie solle bei ihr bleiben und ihr Gesellschaft leisten. Persegàti? Ist in der Stadt unterwegs, unternimmt einen Spaziergang ins Zentrum, um die Nerven zu beruhigen.

„Zuviel Spannung", sagte er, als ich aus der Brasserie zurückkam und das sich überschneidende Heulen der Sirenen bereits in der ganzen Stadt zu hören war.

„Ich krieg keine Luft."

Aber ja, den Gendarmen ist es egal, dass nicht alle von uns da sind. Wir werden ja nicht verhört. Wir sind nicht in einem französischen Kriminalfilm, wir sind auf Urlaub an der Côte d'Azur, im Hotel Atlantique, einem Viersternehotel, das seine Sterne jedoch nicht verdient hat. Die beiden steigen in den Lift, der jüngere Gendarm spricht am Handy. Leise, gereizt. Während sich die Aufzugkabine rumpelnd in Bewegung setzt, erklärt mir der andere resigniert und geduldig, dass ältere Herrschaften des Öfteren auf ein paar Tage verschwänden und sich diese Fälle für gewöhnlich von selbst lösten. Wie wenn Jugendliche von zu Hause davonlaufen. Dieselbe dumme Idee.

„*Les gens régressent un peu quand ils vieillissent.*"

Er lacht. Dann stellt er fest, dass er ins Fettnäpfchen getreten ist, reißt sich zusammen, und als wir unten ankommen, öffnet er mir mit übertriebener Höflichkeit die Aufzugstür. Sein Kollege flüstert noch immer ins Handy, mittlerweile aufgeregt. Der andere sieht ihn kurz verdutzt an, dann wendet er sich wieder an mich.

Das Verschwinden von älteren Herrschaften sei zwar mit der dummen Idee eines Jugendlichen zu vergleichen, der Unterschied bestünde allerdings in der Kreditkarte. Wenn ältere Menschen von zu Hause davonliefen, seien sie länger unterwegs, kämen weiter und der Fluchtweg sei komplizierter. Blieben sie allerdings zu lange weg, seien sie aufgrund der Kreditkartennummer leichter aufzuspüren. Das erklärt mir der Gendarm, wobei er mir eine Hand auf die Schulter legt. Tröstend.

„*Ne vous inquiétez pas, monsieur. Nous allons trouver vôtre ami.*"

Natürlich. Sein Gesichtsausdruck überzeugt mich vollkommen.

„*Attendez. Écoutez*", sage ich zu ihm. Vielleicht ist es nebensächlich, aber sie sollen es trotzdem wissen. Vielleicht hilft es. Vielleicht ist es im Sinne der Ermittlungen, wenn ich ihnen sage, dass in den letzten Tagen mit unserem Freund etwas nicht stimmte. Seine Wutanfälle, die Zornesausbrüche, die grundlose Bösartigkeit. Der Wunsch, handgreiflich zu werden. Der Gendarm lacht, macht eine kreisförmige Bewegung in der Nähe des Kopfes.

„Alzheimer."

Und bevor ich ihn fragen kann, was mir wirklich auf der Seele liegt – was in der Klinik des Doktor Doinel vor sich geht –, heult auf der Straße wieder eine Sirene und wie ein Echo gleich darauf noch eine.

„*Les attaques de ces terroristes de merde.*"

Ich sehe ihn verwirrt an. Was für Terroristen? Sein Kollege brüllt mehrmals hintereinander „*putain!*" ins Telefon, während wieder eine heulende Sirene vorbeifährt.

„*Les bombes à Paris, à Lyon et à Lille, monsieur. Ce matin.*" Das sagt der Gendarm zu mir und starrt dabei seinen jüngeren Kollegen an. Der hat aufgehört zu reden, presst das Handy ans Ohr und schaut drein, als sähe er einen Geist. Dutzende Tote, vielleicht Hunderte. Ein konzertierter Terrorakt in ganz Frankreich. Haben wir denn nichts davon gehört?

„*Non. Rien …*", stottere ich, mit erstickter Stimme. Wir sind ja völlig mit unseren Sorgen und Problemen beschäftigt. Mit Leo und seiner Klinik, Attilios Unterhosen, Lucianos Launen. Meinen zitternden Beinen, meinem Gedächtnis, das allmählich flöten geht. Wirklich Nebensächlichkeiten angesichts der explodierenden Welt.

„*Je m'en fous des terroristes*", sage ich, mit bitterem Geschmack im Mund.

„*Les arabes …*" sagt der ältere Gendarm mit einem tiefen Seufzen. Der andere hinter ihm macht das Handy aus und sieht mich an, wie man eine Giftspinne ansehen würde.

„*Je m'en fous des arabes*", schnauze ich. Müssen wir uns jetzt auch noch um die Hungerleider im Nachthemd kümmern? Das fehlte gerade noch, die Twin Towers, die lächerlichen Bärte, die spitzen Aladinschlappen!

„*Il y a eu une explosion a Super Cannes*", sagt der jüngere Gendarm frostig. Bin ich in einem Roman oder geschieht das wirklich? Der ältere Gendarm verdreht die Augen.

„*Où? Quel quartier?*"

Sein Kollege flüstert ihm etwas ins Ohr. Der Lino-Ventura-Doppelgänger stößt einen unartikulierten Schrei aus, schwankt, hält sich am anderen fest.

„*Ma famille*", heult er. Die beiden laufen grußlos davon. Ich, Luciano, Adriana, existieren nicht mehr für sie.

Aber das ist auch richtig so, oder nicht? Ich verstehe ihn, ich habe ja kein Herz aus Stein. Ich bin nicht der typische grantige Alte, dem alles egal ist. Und wie ich den Gendarmen verstehe. Soll er nur gehen, davonlaufen! Soll er doch auf uns scheißen! Die Familie, die Ehefrau, die Kinder, das ist doch alles, was wir haben. Was sonst? Freunde vielleicht? Aber ja doch, schaut mich an. Mit etwas Glück die Person, die wir geheiratet haben. Und mit noch etwas mehr Glück haben wir vielleicht Kinder und es gelingt uns, eine Verbindung zu ihnen aufrecht zu halten, die über ein Telefongespräch pro Woche und großzügige Geschenke für die Enkel hinausgeht. Ich habe absolut Verständnis für den Gendarmen und dafür, dass er den Kopf verloren hat. Auch ich habe ihn verloren. Vor dreißig Jahren, als Alessandro im San Carlo im Koma lag, habe auch ich geheult. Franca weiß es nicht, sie war im Krankenhaus und betete, wachte und betete, wie in einer Endlosschleife aus Gläubigkeit und Angst, ich habe es ihr nicht erzählt, weder damals noch heute. Wozu ihr auch noch meine Angst aufbürden? Beten, wachen, beten, das war schon genug. Sie hat nie erfahren, dass ich den Kopf verloren habe. Ich lief kreuz und quer durch Mailand. Meine Hände zitterten. Ich schaffte es nicht einmal zur

Haltestelle der Linie Acht vor unserem Haus. In diesen Tagen ging ich nicht in den Verlag. Bosetti hatte Verständnis. Bosetti hatte immer Verständnis. Bosetti gab mir Zeit, wartete auf mich. In diesen zwölf Tagen lief ich allein wie ein Verrückter durch die Straßen. Und an jeder Straßenecke musste ich mir Tränen aus den Augen wischen.

Und habe ich vielleicht nicht geheult, als Alessandro auf die Universität ging und allmählich zur Cambiaghi zog? Habe ich Franca vielleicht nicht vorgemacht, ich litte an Schlaflosigkeit und wolle gewisse ausgefallene Filme sehen, die spätnachts auf Rai 3 liefen, während ich in Wirklichkeit nur wach bleiben wollte und hoffte, Alex würde nach Hause kommen? Aber nein, ich machte mir keine Sorgen, er war über zwanzig. Ich hoffte einfach, er würde wieder *zu uns* nach Hause kommen. Und habe ich um zwei, drei Uhr nachts, als es sonnenklar war, dass er nicht mehr kam, etwa nicht das Licht ausgemacht und bin auf dem Sofa sitzengeblieben und habe in der Dunkelheit Tränen darüber vergossen, dass wir die Liebe unseres Sohnes verloren hatten? Dass ich und Franca ihm immer gleichgültiger wurden. Dass wir dieses plötzliche Gefühl nicht verdient hatten, wo wir ihn doch immer geliebt und umsorgt und verwöhnt hatten, dieses Gefühl, das offenbar immer bitterer wurde und sich allmählich in Verachtung verwandelte.

Ich steige in den Aufzug und lache, um die Verlegenheit nicht spüren zu müssen. Die Scham. Ich erinnere mich nämlich auch daran, wie ich mich im Bad in der Via Foppa einsperrte und weinte, an dem Abend, als ich von den Edizioni Paoline nach Hause kam und Alessandro plötzlich mit einer Brille vor mir stand. Er ging in die dritte Klasse Grundschule. Oder in die zweite, in die vierte, ist ja egal. Nicht egal war, dass er am Nachmittag beim Augenarzt gewesen und so nach Hause gekommen war, mit dieser traurigen, viereckigen Brille, wie man sie damals trug, mein armes Kind sah aus wie eine Eule. Und ich erinnere mich, dass ich auch noch vor zwei Jahren vor Wut geheult habe, ja, vor zwei Jahren, als ich siebzig und er über vierzig war und an der Universität die Professorenstelle vergeben wurde. Und er übergangen wurde. Als der vertrottelte Sohn eines Ordinarius aus Palermo befördert wurde, dessen akademische Laufbahn in keiner Weise an die Alessandros heranreichte. Und ich erinnere mich, dass ich es nicht länger übers Herz brachte, ihm den Scheck mit den tausend Euro von meinem Beraterhonorar persönlich zu geben, ich erinnere mich, dass ich einen Dauerauftrag beantragte, weil meine Augen feucht wurden und ich nicht mitansehen konnte, wie er eher beschämt als dankbar dreinblickte, wenn ich ihm den unterzeichneten Scheck überreichte.

Ja, ich lache, ich bin im Erdgeschoss angelangt. Ich muss meine Jacke holen. Ich will ausgehen. Ein wenig Luft schöpfen, wieder zu Mut kommen, mich lebendig fühlen. Da klingelt das Handy. Sieh mal an, Alex' Nummer am Display. Sogar jetzt habe ich einen Knödel im Hals, unglaublich, das liegt am Alter. Daran, dass meine Neuronen glorios den Bach hinuntergehen.

„Glaubst du an Telepathie?", beginne ich. Tja, das ist ebenfalls ein Symptom. So sind nun mal die Alten. Sie spüren, dass ihnen die Zeit davonläuft. Sie ersparen sich sogar das „Hallo" und die Begrüßung am Telefon und beginnen gleich zu reden.

„Gerade habe ich gedacht: mein liebes Söhnchen hat sich schon seit geraumer Zeit nicht mehr gemeldet. Und da ist es. Hast du eine Beschwerde? Oder einen Ratschlag? Oder hast du ein Stück Haschisch gekauft und schickst es mir freundlicherweise per Paketdienst? Nein, entschuldige. Kein Stück, einen Brocken. Zumindest Leo drückte sich so aus. Und du?"

Er? Er kichert.

„Wie wärs mit *hallo* und *ciao,* Papa? Ich habe dich angerufen, weil ich mir Sorgen machte. Aber offenbar war das gar nicht notwendig."

„Sorgen wegen was?"

„Wegen der Attentate. Der Terroristen. In Paris, Lyon, Lille. Dutzende Tote, hast du das nicht mitbekommen?"

„Natürlich, vielleicht sogar Hunderte, ich zittere vor Angst. Aber leider ist hier nichts los. Oder vielleicht nur etwas außerhalb. Ich gebe dir eine Insiderinformation: In der Nähe von Cannes ist offenbar ein Knallkörper explodiert."

Das sage ich in einem Ton, als würde ich mich mit einem Unbekannten auf einer Cocktailparty unterhalten, als würde ich ihm erzählen, dass wir im Verlag eine komplette Neuauflage von Paolo Uberto Quintavalle planen, die Neuübersetzung eines Romans von Colette, oder die Autobiografie eines französischen Kochs.

„Warte einen Augenblick", sagt mein Sohn.

Ich höre, dass Sessel hin und her geschoben werden, der Fernseher aufgedreht wird, Musik, eine heftige Diskussion, den affektierten Singsang eines Zeichentrickfilms. Dann die beunruhigte Stimme eines Nachrichtensprechers. Alessandro dreht leiser.

„Papa, bist du noch da?"

„Ja, aber warum bist du zu Hause? Arbeitest du nicht?"

Er schnauft.

„Es ist Freitag Nachmittag. Außer mir war niemand mehr in der Fakultät, es hat mir gereicht. Warum muss ausgerechnet ich mich so behandeln lassen? Jetzt reden sie jedenfalls darüber."

„Worüber? Über die Fakultät?"

„Sehr lustig, Papa. Über Cannes. Warte bitte noch einen Augenblick."

Ich höre, dass er schneller atmet. Ich höre die Stimme des Nachrichtensprechers, der einen Augenblick lang ungläubig zögert und dann rasch ein paar Fakten von sich gibt.

„Es ist oberhalb von Cannes passiert. In einem Wohnhaus des Technologieparks."

„Eine Neutronenbombe?"

Noch immer in diesem Tonfall, als würde ich mich mit einer Person unterhalten, die ein Tweedsakko trägt und einen Martini in der Hand hält.

„Hör jetzt auf. Und warte. Im französischen Fernsehen läuft ein Bericht."

Ich betrete das Zimmer. Franca ist nicht da, gut. Wahrscheinlich ist sie bei dem betrübten Pekinesen. Wahrscheinlich beten sie *Pater Ave Gloria* am laufenden Band. Sehr gut. Ich würde ihren sorgenvollen Blick nicht aushalten. Ich gehe zum Fenster. Auf der Straße gehen wie immer Leute auf und ab, betreten und verlassen die Geschäfte, ein Taxi bleibt vor dem Eingang des Hotels stehen. Oberhalb von mir das Blau des Himmels und die Sonne. Genau die Art von sinnloser Schönheit, die ich hasse. Und als Draufgabe jetzt auch noch die Araber, diese Nervensägen.

„Eine Bombe, Papa. In einer Bücherei des Technologieparks oberhalb von Cannes. Zwei Feuerwehrmänner sind beim Einsturz eines Gebäudes nach der Explosion gestorben. Dreißig Personen werden noch vermisst … Eine Schulklasse … Warte … Eine Schulklasse aus Bordeaux auf Exkursion."

„Was? Was ist in Bordeaux passiert?"

„In Cannes. Papa, bist du schon völlig verkalkt?"

Alessandro ist verärgert, bemerkt jedoch sofort, dass er ins Fettnäpfchen getreten ist. Wie der Gendarm, der eine entfernte Ähnlichkeit mit Lino Ventura hat. Armer Mann. Aber vielleicht ist *sa famille* heil davongekommen, wo es doch eine Klasse aus Bordeaux erwischt hat?

„Geht es euch gut?"

Ich atme ein. Zähle bis zehn. Dann sage ich:

„Alex? Hallo? Bist du's?"

„Papa, ich bitte dich!"

„Nein, so habe ich es nicht gemeint. Ich wollte nur auf Nummer sicher gehen: Bist du mein Sohn, bist du noch bei Verstand? Was meinst du mit, geht es euch gut? Was glaubst du? Erstens sprichst du gerade mit mir. Zweites sind Cannes und Nizza fünfzig Kilometer entfernt. Das ist, als ob in Bergamo eine Bombe explodierte und ich dich fragte, ob du verletzt bist."

„Aber Papa, die Bombe hat doch nichts damit zu tun! Ich wollte wissen, wie es dir und Mama geht? Seid ihr besorgt? Seid ihr nervös? Und außerdem, wie geht es den anderen?"

„Ach, denen geht es ganz hervorragend. Luciano ist verschwunden, Adriana saust herum wie eine Flipperkugel, deine Mutter löst Kreuzworträtsel, von Persegàti reden wir lieber nicht."

„Was heißt, Luciano ist verschwunden?"

„Verschwunden. Buchstäblich. Spurlos verschwunden. Gestern Nachmittag ist er gegangen und bis heute nicht wieder aufgetaucht. Kein Zettel, keine Nachricht. Am Telefon nicht erreichbar. Ein absolutes Geheimnis, die Polizei tappt im Dunkeln."

Schon wieder mein Cocktailpartytonfall. In der Gegend von Mailand Lambrate absolutes Schweigen.

„Hallo, Alex, bist du noch da?"

Noch immer Schweigen. Dann explodiert mein Sohn.

„Und das sagst du mir einfach so? Luciano ist verschwunden, und du sagst es mir einfach so, als ob du eine Polka pfeifen würdest?"

„Eine Polka pfeifen? Alessandro, ehrlich gesagt, fällt mir das Pfeifen …"

„Hältst du Ironie für angebracht? Die kannst du dir sonst wohin schieben, Papa!"

Er spricht jetzt lauter, ich auch.

„Und du hältst es für angebracht, einen Ausdruck wie ‚dir sonst wohin schieben' zu verwenden? Wie du weißt, habe ich dir den immer verboten. Und zwar nicht, weil er, Gott bewahre, so ordinär ist, sondern weil er, wie du weißt …"

„Papa! Hörst du jetzt endlich auf? Die Situation ist ernst, fällt dir das nicht auf? Habt ihr die Polizei verständigt? Habt ihr in den Krankenhäusern angerufen? Habt ihr im Hotel gefragt, ob er eine Nachricht hinterlassen hat? Ich meine, seid ihr verrückt? Du rufst mich nicht einmal an, wenn so was passiert? Habt ihr die Söhne der Buttafava benachrichtigt? Und habt ihr im Autohaus nachgefragt, ob er sich gemeldet hat?"

Ich schweige. Ich warte, bis er sich beruhigt. Mein Magen verkrampft sich wie immer, wenn er mit mir schimpft wie mit einem kleinen Kind. Als ob ich ein Trottel wäre, der keinen klaren Gedanken mehr fassen kann. Obwohl ich, einverstanden, tatsächlich ein Trottel bin, der keinen klaren Gedanken mehr fassen kann. Oder fast keinen. Die Klarheit ist seit Monaten verschwunden. Mein Gedächtnis hat schreckliche Lücken, Dutzende Episoden, Namen, Gesichter und Erlebnisse sind wie ausgelöscht. Mein Wortschatz ist auf zwei oder drei Etagen aufgeteilt, und jeden Tag rutscht ein Haufen Worte in das zweifache Untergeschoß ab. Am liebsten würde ich Alex anschreien, dass ich sein Vater bin. Dass er, egal ob ich nun verkalkt bin oder nicht, in einem gewissen Tonfall nicht mit mir reden darf. Am liebsten würde ich mich auf ihn stürzen. Am liebsten würde ich ihm mit meinen ätzenden Worten die Schädeldecke wegbrennen, wie Luciano im Stil Wodehouses sagen würde. Aber er ist mein Sohn. Mein Sohn, der in der Via Foppa wie eine kleine Eule vor mir gestanden ist. Jetzt schreit er mich an:

„Was soll ich tun? Soll ich ins Auto steigen und zu euch kommen, Papa?"

Ich biege mich vor Lachen, was sonst?

„Warum nicht, wenn du mir einen schönen Brocken Haschisch mitnimmst. Ansonsten kannst du dir die Mühe sparen. Die Gendarmerie ist gerade gegangen und hat versprochen, alles zu tun, um den Fall zu lösen. Sei guten Mutes: Einer der Gendarmen sieht aus wie Lino Ventura."

Freitag Abend

Adriana hat kurz vor dem Abendessen im Fernsehen von den Attentaten erfahren und ist völlig durchgedreht. Sofort hat sie einen Zusammenhang mit Lucianos Verschwinden hergestellt, übrigens völlig unbegründet. Übergangslos folgte eine hysterische Krise. Ich und Franca waren auf dem Zimmer, wir bereiteten uns zum Ausgehen vor. Sie klopfte wie verrückt an unsere Tür und heulte, wie nur ein Pekinese in heller Panik heulen kann. Wir wappneten uns mit Geduld, führten sie auf ihr Zimmer, holten auch Persegàti herunter, um im Augenblick der Not die Reihen fest zu schließen. Wir flankierten sie, sie lag ohne Schuhe im Bett, mit zerknittertem Kostüm, zerzausten Haaren wie eine Hexe, von Krämpfen geschüttelt wie nicht einmal Linda Blair im *Exorzisten.* Wir redeten leise auf sie ein und streichelten ihr die Stirn, aber es nützte nichts, deshalb gab Franca ihr eines ihrer Tavor. Mit einem Schluck Alkohol eingenommen wirkt das Wunder. Das habe ich bei Hanif Kureishi gelernt. Oder bei Salman Rushdie, die beiden verwechsle ich immer. Ich entkorkte einen Babysekt aus der Minibar und flößte ihn ihr ein.

Eine Zeitlang jammerte Adriana einfach weiter, mit dem Handrücken auf der Stirn wie die Proclemer. Meine Frau betete einen Rosenkranz. Persegàti hielt Frau Buttafava die Hand, er schnappte nach Luft und beschimpfte irgendjemanden, lautlos. Ich stand einfach mit den Händen in den Hosentaschen da und schaute zu. Ein grauenhafter Anblick. Der Anfang vom Ende. Draußen ging die Sonne unter und wir hatten im Zimmer gerade mal die Nachttischlampe angemacht. Ein düsteres flämisches Gemälde, eine Allegorie mit dem Titel *Der Tod auf der Lauer.* Zum Glück wurde das Gejammer Adrianas nach zehn Minuten allmählich leiser und sie sackte weg. Tavor, Sekt, sie schlief ein. Fing sogar an zu schnarchen wie eine Säge, die sich an einem Baumstumpf zu schaffen macht.

Wir? Wir ließen sie schlafen und gingen zu Abend essen.

Auf dem Programm stand Plan Langouste, ein Restaurant mit Schalentierspezialitäten, das beste der zehn Fischlokale auf der Place Garibaldi, zumindest den Internetempfehlungen nach zu schließen, die Alex vor unserer Abreise zusammengestellt hatte. Es war zu. Auf einer A-4-Seite, die mit Klebeband an der Tür befestigt war, stand:

„*Fermé pour deuil en solidarité avec les victimes des attentats.*"

„Geht doch scheißen", entschlüpfte es mir und Attilio gleichzeitig. Wir sahen uns an. Wir wandten den Blick ab. Dann sahen wir uns kurz noch einmal an, als ob wir einander insgeheim verstünden. Ich und Tilio. Ich hakte mich bei ihm und meiner Frau ein, erzählte ihnen von der Szene mit dem Gendarmen im Foyer, der Lino Ventura ähnlich sah, und führte sie einfach hierher. In La Coquille. Das Lokal war offen und halb leer. Hat jetzt ganz Frankreich Angst vor Attentaten? Sieht der nationale Sicherheitsplan, den Sarkozys Team ausgearbeitet hat, auch Hungern vor?

Der Restaurantbesitzer stand am Eingang und erkannte uns wieder, erkannte zumindest mich wieder. Ich sah, wie sich sein Standardlächeln in augenzwinkerndes Einverständnis verwandelte.

„*Bienvenue à nouveau*", sagte er zu uns und führte uns zum besten Tisch mitten im Saal, er war groß und gut beleuchtet. Als er uns die Speisekarte überreichte, beugte er sich an mein Ohr.

„*Bien évidemment … ‚Vive la France et vive la liberté', monsieur*", flüsterte er. „*Mais pas de hashish, ce soir, s'il vous plait.*"

Ich nickte kaum merklich, was sonst? Doch dann, als wir bestellt hatten, sagte ich zu meiner Frau und zu Attilio, ich ginge mir kurz die Hände waschen, und machte einen kleinen Abstecher in die Küche. Der Lokalbesitzer war da.

„*Monsieur?*", fragte er mich. Respektvoll, würde ich sagen. Leicht vornüber geneigt, als würde er sich ein wenig verbeugen.

Das ist wieder einmal das Charisma der Hundertjährigen. Das Charisma der weißen Haare, der Hose aus Vikunjawolle, des maßgeschneiderten Blazers. Was wünschte ich? Nur einen kleinen Rat: Wo fände ich hier in Nizza *un tout petit morceau d'hashish?*

Er krümmte sich vor Lachen. Aber jetzt, als er die *entrées* bringt, sieht er mich an, als begreife er, dass meine Frage durchaus nicht als Witz gedacht war.

Der Saal ist halbleer, aber nicht nur daran merkt man, dass es ein ungewöhnlicher Abend, dass die Situation angespannt ist. Man merkt es auch daran, dass an den wenigen besetzten Tischen nicht gelacht wird. Man merkt es am Tonfall der Stimmen, der leise und nervös ist, in dem Groll und Angst mitschwingen. Franca verhält sich der Situation entsprechend. Seitdem sie im Fernsehen die Bilder des Attentats in Super Cannes gesehen hat, steht dichter Bart auf ihrer Oberlippe, und ihr Mund ist ein zusammengekniffener Hühnerarsch. Ich und Tilio hingegen scheißen darauf. Liegt es am Châteauneuf du Pape? Oder ist der Hang zur Gleichgültigkeit einer der wenigen Vorteile des Alters? Wir unterhalten uns jedenfalls laut, stürzen uns gierig auf die Auswahl an Miniquiches, die man uns auf den Tisch gestellt hat, und wenn uns danach ist, lachen wir. Zuerst sehen uns die Gäste an den anderen Tischen vorwurfsvoll an. Dann stellen sie fest, dass wir schon so verkalkt sind, dass man uns mit Fug und Recht ignorieren kann. Sehr gut. Sollen sie ebenfalls scheißen gehen.

„Fragi. Fragi ist meine Marke. Fragi ist in Ordnung. Und das Korsett von Omsa."

„Das trage ich auch", bestätigt Franca.

Vigevaner. Ein- und derselbe Dialekt, ein- und derselbe Charakter. Sie unterhalten sich über Unterwäschemarken. Meine Frau, das habe ich immer gewusst, ist eine gute Seele. Um sie zu gewinnen, hat ihr Persegàti nur erklären müssen, warum er ausgerechnet sie gebeten hat, Wäsche für ihn zu kaufen: Weil er sich nicht getraut, auf den Markt zu gehen. Weil man ihn dort kennt. Weil alle wissen, dass die arme Grazia gestorben ist. Es gibt keinen einzigen Grund, warum er dort Damenunterwäsche kaufen sollte. Man würde ihn für verrückt halten und glauben, er bilde sich ein, seine Frau sei noch am Leben. Oder schlimmer noch, man würde glauben, er habe eine andere Frau. Bei diesen Worten lacht Attilio bitter, wissend, wie absurd diese Annahme ist. Aber so ist Vigevano nun mal. Und nein, die zweite Hypothese, man könne glauben, die Unterwäsche sei für ihn, zieht er nicht einmal in Betracht. In der Gewissheit, dass niemand auf der Welt, nicht einmal in Vigevano, auf so eine Idee käme. Beim Reden hält er den Blick gesenkt. Die Brille mit den verschmierten Gläsern schief auf der Nase, ein jämmerlicher Anblick. Das eingetrocknete Schildkrötenköpfchen sagt weder ja noch nein.

„Wir sind doch Freunde, oder? Ich kann es doch nicht meiner Schwiegertochter oder meiner Putzfrau erzählen? Ihr seid die einzigen Freunde, die ich noch hab."

Ja, wir sind die einzigen Freunde, die er noch hat. Franca zieht den Notizblock aus der Tasche.

„So, Attilio, was ist deine Größe und deine Lieblingsmarke?"

Und ohne mit der Wimper zu zucken, schreibt sie alles nieder.

Und nun stoßen wir an. Attilio füllt unsere Gläser, hebt seines, um uns zuzuprosten, wir treffen uns auf halber Höhe und lassen die Gläser klirren. Was kümmern uns die dreißig Toten in Super Cannes? Die Hunderten Toten in Paris, Lille, Lyon? Was kümmert uns, dass Luciano verschwunden ist? Dass Adriana ihren Sekt- und Tavor-Rausch ausschläft? *C'est la vie, mes amis.* Hier ist der Rotary Club Gran Vigevano, auf Côte-d'Azur-Mission. Hier sind wir, die Freunde. Strahlend nimmt Attilio den Notizblock meiner Frau und setzt seine Unterschrift unter Francas Notizen, als ob er einen Vertrag unterzeichnete. Wir lachen. Doch Franca macht wie immer alles zunichte.

„Attilio, ich kaufe dir gern Unterwäsche. Das möchte ich betonen. Ich mache es gern, es macht mir ja keine Mühe. Du sagst mir, wann du welche brauchst, und ich gehe hin. Doch vielleicht solltest du dich auch einmal mit Don Cazzani unterhalten."

Ich starre sie entgeistert an. Persegàti ebenfalls. Was hat Don Cazzani damit zu tun?

„Das ist der Pfarrer, der früher in San Dionigi war", fährt Franca fort und schaut mich an.

„Wer? Der Don Cazzani, der bei Grazias Begräbnis die Messe gelesen hat?"

„Genau, Cesare. Der. Jetzt ist er im Dom, aber früher war er in San Dionigi."

Ich spüre einen leisen Argwohn, wage es jedoch nicht, ihn ernstzunehmen.

„Der Don Cazzani, den wir manchmal in den Rotary Club einladen? Der sich so gut bei Fußball und Jagd auskennt und eine Leidenschaft für Gorgonzola aus der Gegend von Novara hat?"

„Das mit dem Gorgonzola weiß ich nicht, Cesare! Aber ja, der, der in den Rotary Club kommt. Ich habe ihn auch schon öfters gesehen. Don Cazzani. Attilio, der vom Begräbnis."

Persegàti starrt sie mit ausgerenktem Unterkiefer an.

„Franca ...", versuche ich einzuwenden. Sie ignoriert mich. Den Blick starr auf Attilio geheftet. Mit gesträubtem Klosterschwesternbart. Wie eine Dampfwalze rollt sie vorwärts.

„Als Don Cazzani noch in San Dionigi war, hat er mithilfe von Gebeten dem Sohn einer Freundin geholfen, der ein Problem hatte."

Ich senke den Kopf, nehme ihn zwischen die Hände, schüttle ihn, nein, nein, nein ... nicht schon wieder. Sie ist fixiert. Sie will mich umbringen.

„Franca ...", quake ich.

„Sei still, Cesare. Entschuldige, Attilio, wenn ich das jetzt sage, aber durch das Begräbnis ist Don Cazzani doch so etwas wie ein Familienmitglied geworden, oder?"

Zwischen den Fingern der Hand, die ich auf meine Augen gelegt habe, um mir dieses absurde Theater zu ersparen, blinzele ich hervor und betrachte Persegàti. Alzheimer-Enzo hingegen starrt meine Frau aus blicklosen Augen an.

„Jetzt hör mir einmal zu, Attilio. Mithilfe des Gebets und des Gesprächs kannst du einen Weg aus dem Graben der Sünde heraus finden, in den dich dein Problem gestürzt hat."

„Franca", quake ich wieder, im Falsett. „Graben der Sünde, bitte nicht!"

„Was für ein Problem?", fragt hingegen mein Freund Persegàti. Mit schiefem Blick, perplex.

„Du bist doch homosexuell, oder nicht?"

So Franca.

Und er:

„Ich? Eine Schwuchtel? Bist du verrückt geworden? Ich mit einem Mann, ich einen Mann bumsen? Nie!"

„Ach, wirklich nicht?"

„Nein!"

Attilio ist beleidigt. Sein Schildkrötenköpfchen sagt ausnahmsweise eindeutig nein, während Franca ihn verblüfft ansieht.

„Und deinem Scheiß Don Cazzani hau ich eine in die Fresse, damit ihm das Grinsen vergeht", knurrt Attilio. Steht auf. Und imitiert einen Boxhieb. Ein, zwei Schläge ins Leere, linker Haken, rechter Haken, genau ins Schwarze, wo sich seiner Meinung nach die Fresse beziehungsweise das Gesicht des sanften Don Cazzani befindet.

Grazia war seit zwei oder drei Tagen in der Klinik, und es gab noch immer lange Phasen, in denen sie ganz klar bei Verstand war. Man gab ihr Morphium, und ein, zwei Stunden lang hatte sie keine Schmerzen und lag wenigstens ruhig da, ohne unmenschlich zu brüllen. Nun, in so einem Augenblick bat sie ihren Mann, einen Priester zu rufen. Das erzählt uns Attilio, als bereits die *magret de canard* vor uns stehen. Er schäumt vor Wut. Aber seine Wut gilt nicht meiner verrückten Frau, sondern Don Cazzani. Der Kurie. Dem Vatikan, den Kardinälen, den Bischöfen, allen

Priestern, den unzähligen absurden Religionen, die es auf dieser chaotischen Welt gibt.

In den Tagen in der Klinik, in denen es noch immer Phasen der Ruhe gab, rief mein Freund tatsächlich einen Priester. Don Cazzani. Er war Grazias Beichtvater im Dom gewesen. Sie wollte unbedingt ihn. Sie kannte ihn seit dreißig Jahren, seit dreißig Jahren hatte sie nur bei ihm gebeichtet. Don Cazzani kam. Im Taxi. Und verlangte von Attilio die Taxispesen, sowohl Hin- als auch Rückfahrt. Natürlich, das stand ihm ja zu. Mein Freund wollte sich das Gejammer ersparen, wie schlecht es ihm ginge und dass er am Hungertuch nage, er wollte keine Zahlen hören und keine armseligen Rechnungen sehen. Er sagte, schon gut, Hauptsache, er war da, und drückte dem alten Priester zwei Hundert-Euro-Scheine in die Hand. Zwei. Zwei mal hundert.

Geschwind wie ein Langfinger und mit versonnenem Blick steckte sie der dünne, buckelige Priester mit der Vorliebe für Schimmelkäse in die Tasche seiner Kutte. Vielleicht habe er nachgerechnet, wie viele Kilo pikanten Käses er sich damit kaufen konnte, mutmaßt Attilio gehässig, am Tisch in der Coquille, während er gezielt ein Stück *canard* mit der Gabel aufspießt.

Dann trat Cazzani ans Bett der armen Grazia. Er ergriff ihre Hand und beugte sich zu ihr, um ihr etwas ins Ohr zu flüstern. Dann beteten sie gemeinsam ein *Pater Noster* und ein *Ave Maria*, und dabei hielt er noch immer ihre Hand in seinen welken, altersschwachen Händen, mit halb geschlossenen Augen, während sie mit weit aufgerissenen Augen an die Decke starrte. Dann segnete Don Cazzani sie, sah mit Nachdruck auf die Uhr und murmelte irgendetwas Bedeutendes wie „Es ist schon spät". Er verabschiedete sich und ging zur Tür. Grazia rief ihn ganz leise zurück und bat ihn um etwas genauso Bedeutendes.

„Pater, Sie müssen mir noch die Kommunion geben."

Attilio legt die Gabel auf den Tisch und knurrt. Er knurrt wie ein tollwütiger Hund und legt die Hände um einen imaginären Hals, soweit es ihm seine zittrigen Glieder erlauben. Don Cazzani schüttelte nämlich den Kopf, sah erneut auf die Uhr und sagte, das ginge nicht, denn bevor er ihr die Kommunion geben könne, müsse sie beichten.

„Ich liege seit einem Monat im Bett, ich sterbe, welche Sünden soll ich denn begangen haben?"

So Grazia. Persegàti schäumt vor Wut, er fuchtelt herum wie Jannacci im Kampf gegen imaginäre Geister. Doch Don Cazzani sagte von oben herab, um nicht zu sagen *arrogant,* wie Attilio betont:

„Nun, eine Sünde, *signora,* haben Sie eben begangen: die Sünde des Hochmuts."

Allein im Gedanken daran bebt Attilio vor Wut.

„Dieses Arschloch", bellt er, im Stehen, nachdem er den Stuhl umgestoßen hat, und teilt noch mehr Jabs, Gerade, Haken, Tritte gegen imaginäre Hintern aus.

„Attilio, sprich nicht so, das darf man nicht. Er ist ein Priester."

So Franca. Beleidigt. Mit gesträubtem Bart. Einem Blick, der töten könnte.

„*Messieurs, s'il-vous-plait.*"

So hingegen mein Freund, der Lokalbesitzer, er ist an den Tisch getreten und fleht Attilio mit beschwichtigenden Gesten an, sich zu beruhigen, wieder Platz zu nehmen.

Attilio regt sich tatsächlich ab. Wird plötzlich wieder ganz sanft, ist gar nicht peinlich berührt, sondern fügt sich einfach dem Befehl. Er setzt sich, nimmt die Gabel, spießt ein Stück *canard* auf und kaut genüsslich, als ob nichts gewesen wäre. Ich? Ich mache mich wieder an mein *magret,* es ist noch immer zart, noch immer warm und köstlich, aber ich kann mich nicht zurückhalten, ich muss zu Franca sagen:

„*Du* solltest dich behandeln lassen. In deinem Kopf stimmt was nicht."

Sofort darauf beiße ich mir auf die Zunge.

Meine Frau reagiert nicht. Sie lehnt sich nur ein wenig zurück, als ob sie einen Schlag mitten auf die Brust bekommen hätte.

Arme Franca. Und ich armer Trottel. Wie lange hat die Behandlung gedauert, um diese jahrelange, namenlose Krankheit zu besiegen? Das wissen nur ich, sie, und der alte Doktor Rimediotti. Wie hoch war der Stapel der Rezepte, auf denen er ihr Tavor verschrieb? Wie lange war die Liste ihrer Leiden, ihrer Spleens, ihrer unbesonnenen Handlungen, wie Alessandro sie nannte, frech und zynisch, wie nur ein Teenager sein konnte?

„Ich weiß, wer sich hier behandeln lassen müsste. Ja, *ich* …“, sagt Franca jetzt. Plötzlich ohne Bart, ohne zusammengekniffene Lippen. Entwaffnet. Zerbrechlich wie ihre von der Osteoporose durchlöcherten Knochen.

„Mir geht es doch gut“, sagt jetzt Attilio, der nichts mitbekommen hat. Er frisst gierig und heiter, wie bei einem Abendessen des Rotary Clubs, in Erwartung eines Vortrags von der Art: „Versicherungen gestern, heute und morgen“. Ganz und gar nicht in Erwartung der neuesten Nachrichten über die Opfer eines Attentats oder über das Schicksal eines alten Freundes, der geheimnsivollerweise von der Bildfläche verschwunden ist.

Schon gut. Es ist meine Schuld. Ich habe mich daneben benommen. Ich bilde mir zwar was darauf ein, ein Gentleman zu sein, doch hin und wieder spritzt auch mir die Galle des Ressentiments aus dem Mund. Ich nehme die Hand meiner Frau. Drücke sie, streichle sie. Attilio kaut und hebt die Augenbrauen, als wolle er Zustimmung zum Ausdruck bringen.

„Garçon, champagne“, sage ich, hebe die Hand und schnalze mit den Fingern wie ein italienischer Buchhalter auf Urlaub, während uns die Gäste an den anderen Tischen giftig anschauen. Halten sie uns für verlotterte Lebemänner? Für vertrottelte Greise? Für Italiener, die nur Mama, Mafia und Spaghetti im Hirn haben? Schon gut, schon gut, sie haben ja in allem recht. Ich beziehungsweise wir scheißen tatsächlich auf alles, klar? Wichtig ist nur der *canard.* Wichtig sind die Telefongespräche mit meinem Sohn. Wichtig ist ein gutes Schläfchen, Champagner, *île flottante* als

Nachspeise. Wichtig ist, sich nicht darüber zu ärgern, dass Jüngere noch ein längeres Leben vor sich haben als wir, dass der Körper derer, die um dreißig Jahre jünger sind, leistungsfähiger ist als unserer, dass ihre Aussichten rosiger sind, ihr Glück ungetrübter und ihr Schwanz steifer ist.

Wichtig ist, dass ich keine Löcher im Gesichtsfeld habe, dass meine Hände nicht zittern, dass meine Oberschenkelmuskeln nicht zucken.

„Nous avons le Veuve Cliquot, le Bruno Paillard ou, si vous voulez quelque chose de vraiment supérieur, le Billecart-Salmon, brut ou rosé, que je vous recommende fortement. Il est délicieux.“

Der Besitzer ist respektvoll. Es ist ihm egal, dass ich mit den Fingern geschnalzt habe. Es ist ihm egal, dass Sarkò morgen Staatstrauer verhängen wird. Ein guter Kaufmann. Ein hervorragender Psychologe. Angesichts der wohlhabenden, verrückten, halb betrunkenen Italiener denkt er nur daran, heute Abend so viel wie möglich herauszuschlagen, denn morgen wird er sein Lokal schließen müssen.

„Billecart-Salmon, rosé“, sage ich wie aus der Pistole geschossen.

„Betrachten Sie das Leben durch die rosa Brille von Radio Gamma“, sage ich ebenfalls wie aus der Pistole geschossen, einfach so, aufgrund einer Assoziation. Immer wenn ich an die Farbe Rosa denke, fällt mir nämlich dieser Slogan ein. Meine Frau und Attilio sehen mich verständnislos an, ich mache eine Geste, als wolle ich sagen, schon gut, vergesst es. Radio Gamma habe ich in den siebziger Jahren im Verlag gehört, als ich bis spätnachts im Büro blieb, um Manuskripte zu lesen und Karteikärtchen zu schreiben. Ich erinnere mich, dass es ein reiner Musiksender war. Ich erinnere mich, dass es keine Sprecher, keine gesprochenen Texte gab. Nicht einmal Werbung. Nur Unterhaltungsmusik, der Uhrzeit entsprechend, und hin und wieder diesen Werbeslogan. Ob es die rosa Brille von Radio Gamma noch gibt?

„Cesare, sag mir: Hältst du mich wirklich für einen Warmen?“

Ich biege mich vor Lachen. Dachte er, rosa gelte ihm? Seiner Wäsche? Ich huste, werde rot, verstecke das Gesicht in der Serviette. Jetzt muss auch Attilio lachen. Und sogar Franca. Lachen ist ansteckend. Vor allem, wenn man nicht lachen darf. Wie in der Kirche, bei einem Vortrag, der Rede eines Bürgermeisters. Wie bei dieser Art nationaler Totenwache. Und tatsächlich kommt auch schon der Besitzer gelaufen, mit allem, was notwendig ist, um uns so bald wie möglich rauszuschmeißen: den *îles flottantes*, dem Billecart-Salmon, der Rechnung.

Aber als er den Silberteller mit der *addition* vor mich hinstellt, blinzelt er mir zu.

Nein, nicht wegen dem Rabatt. Es gibt keinen Rabatt. Zweihundertzehn Euro, neunzig allein für den Champagner. Ganz unten auf der Rechnung steht, mit Bleistift geschrieben und in großen, sauberen Großbuchstaben, dass sie auch ein debiler Greis lesen kann:

Le Macadàm, 34 boulevard François Suarez – demandez de Jean-René ou Menelik.

Der Restaurantbesitzer klopft mir auf die Schulter, geht in die Küche zurück. Ich lege meine American-Express-Karte auf den Teller. Wissen Sie eigentlich, dass die Unterschrift eine reine Formsache ist? Dass niemand kontrolliert, was Sie unter die Rechnung hinkritzeln? Nur der Magnetstreifen, der durch das Gerät gezogen wird, zählt und aus. Das hat mir einer unser Autoren erklärt, einer aus Bologna. Er hat in einem Callcenter von Mastercard gearbeitet und dann aufgrund seiner Erfahrungen einen Roman über das Prekariat geschrieben. Ja doch, vor ein paar Jahren, als Unmengen von Büchern zum selben Thema erschienen und Mondadori dreihunderttausend Exemplare von Leos Roman *Arbeit tötet* verkaufte. Jedenfalls schreibe ich jetzt unter die Rechnung:

„Vive la France! Vive la liberté!“

Freitag Nacht

L*e Macadàm, 34 boulevard François Suarez*. Als ich dem Taxifahrer die Adresse nenne, schaut er mich verblüfft an. Er bittet mich, sie zu wiederholen. Ich zeige ihm die Rechnung mit der Notiz des Chefs von La Coquille.

„Menelik", murmelt er, schüttelt den Kopf, legt den Gang ein. Er ist um die fünfzig. Übergewichtig, mit aufgedunsenem, rundem Gesicht. Und er trägt tatsächlich einen weißen Kaftan. Und über dem Kaftan eine weinrote Windjacke, die abgetragen und fleckig ist. Außerdem hat er einen typischen langen Bart, der nicht dicht, sondern schütter ist. Und er trägt eine traditionelle Kopfbedeckung. Ein Taxifahrer wie geschaffen für diese Nacht, in der es keinen Verkehr gibt, die Stadt menschenleer ist. Und das am Freitag um zehn Uhr abends. Und das in Nizza an der Côte d'Azur. Ganz eindeutig ist es eine verkrüppelte, armselige Nacht. Alle hören das leise Wummern, den kurzen Atem dieser Nacht. Aber ja doch: den kurzen Atem dieser Nacht, genauso hätten meine zahlreichen Autoren gesagt, deren Bücher so fad wie Rosenkranzbeten waren.

Wir biegen auf den Boulevard Victor Hugo ein. Und Persegàti streckt das eingetrocknete Köpfchen zwischen den Sitzen nach vorne, wie ein alter neugieriger Affe. Der Taxifahrer wirft ihm im Rückspiegel einen zornigen Blick zu, er setzt sich wieder brav neben mich hin.

„Ich wollte sehen, ob er auch Aladinschlappen trägt."

Um Himmels willen, Persegàti. Ich versuche mich zu beherrschen …

„Er trägt spitze Schlappen."

Spitze Schlappen. Ich täusche einen Hustenanfall vor.

„Er trägt einen Unterrock, hat spitze Schlappen und eine Suppenschüssel auf dem Kopf. Und ich soll ein Problem haben, weil ich Damenunterhosen trage?"

Der arabische Taxifahrer mit den spitzen Schlappen und der Suppenschüssel auf dem Kopf wirft uns im Rückspiegel einen scheelen Blick zu. Er stößt etwas zwischen den Zähnen hervor, ich verstehe nur „taliener". Dann biegt er mit einer scharfen Wendung in den Minitunnel ein, er macht es absichtlich, damit es uns gegen die Autotür schleudert. Er hat begriffen, dass wir uns über ihn lustig machen. Er hat begriffen, dass wir zwei alte Herren aus einer anderen Zeit, einer anderen Welt sind. Genau aus der Welt, die er hasst, wie ich zu wissen glaube.

Wie lange rauche ich nun schon Haschisch? Seit sechs Monaten, seit acht? Ein völlig neues Leben für jemanden, der davor nicht einmal eine Zigarette angerührt hatte. Ich erinnere mich gut, als ich das sogenannte alternative Medikament zum ersten Mal ausprobierte, in Scanavinos Praxis. Ich und Franca waren gerade aus Laigueglia zurückgekommen, es war wahrscheinlich September, höchstens Oktober des vergangenen Jahres. Ich erinnere mich, dass mir sogar die medizinische Koryphäe ein Kompliment wegen der Bräune machte, und genau in diesem Augenblick kam Alessandro herein. Er hatte nämlich den Auftrag erhalten, mir von nun an Stoff zu besorgen. Scanavino höchstpersönlich hatte mir dazu geraten.

„Wie alt ist dein Sohn? Fünfunddreißig? Vierzig? Wenn er in diesem Alter ist, ist der Umgang mit Cannabis für ihn wahrscheinlich keine große Sache. Wenn er in diesem Alter ist, hat er wahrscheinlich auch geraucht. Cesare, schau nicht so drein: Viele rauchen mit vierzig immer noch. Mein Sohn zum Beispiel. Und der Trottel macht es nicht unbedingt wegen der Inspiration. Ich hätte ihn ja gebeten, dir zu helfen, er macht es auch für einen anderen Patienten in deinem Alter. Aber du weißt ja: der abgelehnte Roman, der Verlag. Mit einem Wort, es bietet sich nicht gerade an, oder? Aber ich spreche mit deinem Sohn. Ich werde es ihm ganz ruhig erklären, du wirst sehen, ich kriege es hin."

Er hat es tatsächlich hingekriegt. Mit einem kleinen Telefongespräch. Das gab mir etwas zu denken. Ich glaubte nämlich zu wissen, dass sich Alessandro höchstens mal ein paar Gläser Bier gönnte, donnerstags, in einem Pub auf der Viale Porpora, mit einer kleinen Gruppe von Kollegen, die ebenfalls durch den Rost der universitären Hierarchie gefallen waren. Alex ist Assistent auf der Physikfakultät. Er hat mit Bestnoten promoviert, ein Doktorat am Imperial College in London, England, gemacht. Er ist ja nicht gerade ein Penner, der den ganzen Tag über Haschisch raucht. Und hatte nicht ausgerechnet er einen Monat davor eine Art offiziellen Brief von Scanavino verlangt? Wissenschaftliche Artikel, in denen der Nachweis erbracht wurde, dass Cannabis in Fällen wie dem meinen therapeutischen Nutzen hatte? Aber ein kleines Telefongespräch hatte genügt und schon tauchte er ganz kregel in der Praxis auf, mit dem Gesicht von jemandem, der gerade pfeifend eine Runde auf dem Rad gedreht hat, mit einem braunen Brocken, der halb so groß wie ein kleiner Finger war und die Konsistenz eines Suppenwürfels hatte.

Unter Scanavinos Blick und so konzentriert, als ob er seinen Studenten Formeln erklärte, die die halbe Tafel einnahmen, zeigte er mir, dass man ein kleines Stückchen abschneiden musste. Es mit einer Nadel aufspießen, es vorsichtig über der Flamme eines Feuerzeugs erwärmen, es zerbröseln, mit einer entsprechenden Menge Tabak vermischen und das Gemisch auf Zigarettenpapier streuen musste. Dass man den Rand des Papiers ablecken musste. Es zukleben musste. Anzünden. Einen Zug machen.

Ich saß auf dem Stuhl vor dem Schreibtisch des Neurologen. Scanavino hatte einen Hocker neben mich gezogen, sich darauf gesetzt, hatte mir das Stethoskop unter das Hemd geschoben und hörte mich ab. Mein Sohn sagte zu mir, ich solle langsam ziehen, wenig, und den Rauch so lange wie möglich in der Lunge halten. Ich hustete. Alessandro hielt mir mit einer Hand die Stirn, die andere hatte er mir auf die Schulter gelegt. Ich zog, ich hustete. Alex drückte meine Schulter, als hätte ich gerade einen schweren Verlust erlitten, und sagte ganz leise:

„Los, Papa, mach weiter so."

Nur das. Wie ein Mantra, wie ein Gebet.

Und wie, glauben Sie, fühlt man sich, wenn man ein wenig über siebzig ist, einen blauen Blazer, ein Hemd von Piccadilly und Schuhe von Moreschi trägt, seine Nägel gerade von einer exzellenten Maniküre feilen hat lassen, wie, glauben Sie, fühlt man sich, wenn man zum ersten Mal etwas macht, das als Inbegriff jugendlicher Rebellion gilt? Noch dazu in Gesellschaft eines Arztes und eines Sohnes, der idiotische Ratschläge herunterbetet wie ein düsteres Mantra? *Mach weiter so,* ich bitte dich, Alex, *wie*?

Man fühlt sich, als ob man kapitulieren würde. Man fühlt sich, als ob man die Waffen strecken würde. Zumindest die ersten zwanzig, dreißig Sekunden lang. Dann waren die Tränen des Selbstmitleids wie von selbst getrocknet, Scanavino sagte, mein Herzschlag habe sich auf zufriedenstellende Weise verlangsamt, mein Sohn hörte auf, dumme Floskeln von sich zu geben, und der Himmel außerhalb der Praxis leuchtete plötzlich in den hellsten Farben. Ich sprang auf. Ich lachte grundlos. Alessandro umarmte mich und ich drückte ihn an mich, als wäre er nicht mein Sohn, sondern mein Partner bei einem Tennisdoppel, am Ende eines siegreichen Matches. Den ganzen Tag lang und während der ganzen folgenden Woche war die MS wie weggeblasen.

Sicher schämte ich mich. Sicher, eine Zeitlang fühlte ich mich, als ob ich kapituliert und die Waffen gestreckt hätte. Aber bald dachte ich mir: Was kümmert es mich? Ich machte eine Therapie. Es ging mir besser. Ich hatte plötzlich gute Laune. Schadete es, wenn ich den Konsum ein wenig intensivierte? Und wie hätte es mir überhaupt schaden sollen, ich hatte ja ohnehin nur noch kurze Zeit zu leben. Im Augenblick sitze ich allerdings nicht im Taxi des bärtigen Arabers, um die verheerenden Symptome der MS zu lindern. Vorgestern habe ich die letzte Zigarette geraucht, meine Frau hat sie mir freundlicherweise gedreht. Ich habe keine Symptome. Meine Beine sind kräftig, die Hände zittern, aber nicht mehr als sonst, und so sollte es auch eine Zeitlang bleiben. Trotzdem sitze ich hier, neben Persegàti, und fahre ins Macadàm, auf der Suche nach ein paar Gramm alternativer Medizin.

Staunte der alte Alzheimer-Enzo, als ich ihm im Hotel von meinem Vorhaben erzählte? Staunen ist gar kein Wort, er fiel aus allen Wolken. Aber nicht vor Entrüstung; Attilio wusste nicht einmal, was Cannabis ist. Genausowenig wie Haschisch. Kaum zu glauben, aber er behauptete, er hätte noch nie davon gehört. Erst als Franca es mit dem Ausdruck Marihuana versuchte, begannen seine Augen zu leuchten.

„Ach, Marihuana. Gras, nicht wahr? Dann bist du also süchtig …"

Das sollte ein Scherz sein. Meine Frau hatte auf einmal einen Bart wie ein Wildschwein, fast hätte sie sich auf ihn gestürzt. Es folgte ein medizinischer Vortrag Francas über MS. Sie aufrecht wie eine strenge Lehrerin, er wie ein kleiner vorlauter Schüler mit gesenktem Kopf. Wir standen schon im Foyer des Atlantique und warteten auf den Lift, um kurz aufs Zimmer zu gehen. Er war zerknirscht, und als der Aufzug kam, legte ich ihm einen Arm um die Schulter und stützte ihn. Ich sagte zu meiner Frau:

„Fahr allein hinauf, wir sind ohnehin fertig, wir warten auf dich."

Natürlich habe ich Franca aufgefordert, uns zu begleiten. Ich wusste ja, was sie darauf antworten würde. Sie fährt weder nach Frankfurt noch nach New York, wie sollte sie da ins Macadàm fahren!

„Fahrt ruhig. Ich lege mich ins Bett und bete zu Gott, er möge euch beschützen."

Gut. In dem tröstlichen Wissen, dass man auch im Himmel ein wachsames Auge auf uns hatte, ließen Attilio und ich uns von der Concierge ein Taxi rufen und fuhren los.

Der Boulevard François Suarez befindet sich im hochgelegenen Teil der Stadt, hinter der Eisenbahn, direkt am Flussbett der Ariane, einen Kilometer oberhalb der Autobahn. In Paris würden sie das Viertel als *banlieue* bezeichnen, hier ist es einfach ein Viertel, in dem die armen Leute wohnen. Müsste ich es mit Mailand vergleichen, würde ich Viale Monza sagen, in Richtung Greco, wo es viele Unterführungen unter den Bahngleisen gibt, die in einem großen Bogen Richtung Hauptbahnhof verlaufen. Touristisch sind hier nur die Straßenschilder, die die Richtung zur Promenade des Anglais und den Hotels anzeigen. Ansonsten viele herumwirbelnde Papierfetzen. Spärliche schwache Straßenlaternen. Und kaum Autos, billige, verbeulte Modelle.

„*Vingt euros*", sagt der Taxifahrer. Der Taxameter zeigt vierzehn. Attilio rümpft die Nase und öffnet den Mund, um zu streiten.

„Steig aus, ich zahle." Ich lasse ihn nicht zu Wort kommen. „Das ist der Nachtzuschlag."

Zufrieden steckt der Araber den Geldschein ein. Dann schaut er aus dem Fenster, in Richtung Lokal, in das wir gehen wollen, während Attilio aussteigt und sich auf dem Gehsteig dehnt und streckt, unter einem rosa Neonschild, auf dem Macadàm steht. Das „c" ist durchgebrannt. Das „d" ebenfalls.

„*Vous faites attention, messieurs*", sagt der Taxifahrer, plötzlich nicht mehr so feindselig. Als ob er sich tatsächlich Sorgen um uns machte. Dann steckt er mir die Visitenkarte von Taxi Blue mit der Telefonnummer zu. Na also. Auch in ihm setzt sich also der Geschäftsmann durch.

„*Appelez-nous si vous avez des problèmes. Une voiture viendra en quelques minutes. Ce n'es pas une nuit très drôle, celle-ci …*"

Ach, keine sehr lustige Nacht? Vielleicht nicht für die anderen. Für mich und meinen Freund Tilio jedoch schon, wie ich hoffe. Sofern der Taxifahrer mit den spitzen Schlappen damit einverstanden ist. Ich steige aus, das Taxi fährt davon. Kein Hupen als fröhlicher Abschiedsgruß. Aber es ist auch Nacht und die Leute schlafen. Die Riviera ist hier zu Ende. Die Welt liegt hier auf der Lauer und ist voller Groll, und das Macadàm ist eines der wenigen hellen Fenster an der Straße, das einzige, aus dem Lebenszeichen dringen.

Neben der Tür eine leere Blumenkiste und eine einen Meter hohe Eistüte aus Plastik, schmutzig vom Smog. Dahinter ein enges, langes Lokal, mit einer genauso langen Theke, die weder alt noch neu, weder hässlich noch schön ist. Bierzapfhähne, eine winzige Filtermaschine und ein Haufen Exemplare von „Metro Nice". Ganz hinten im Raum, oben an der Wand, ein eingeschalteter Fernseher.

„Fast wie bei Biffi Scala", sagt Attilio. Nach Francas Standpauke war er etwas geknickt, aber im Taxi hat er sich wieder gefasst.

„Ist es dazu gut, dass das Vögelchen wieder steht?", hat er mich gefragt und mir einen Stoß mit dem Ellbogen gegeben, während der Taxifahrer mit uns über die holprigen Straßen gefahren ist. Er hat das Haschisch gemeint, der alte Idiot.

„Tja, ich müsste ihn eingipsen, damit er mir wieder steht", habe ich geantwortet … Mit der verdorrten Kralle des Zeigefingers hat er eine verneinende Geste gemacht.

„Meiner nicht", sagte er, „meiner ist noch steif wie eine Spindel."

Ehrlich gesagt eine Horrorvorstellung, Attilios Penis, steif wie eine Spindel. Ich gab mich geschlagen. Er war jedoch wie aufgezogen. Wie ein nervöser Affe. Ich lege ihm eine Hand auf die Schulter.

„Gehen wir, Attilio."

Selbst durch das Wachstuch der Jacke hindurch glaube ich auf der Handfläche zu spüren, dass er unter Strom steht.

Der Barmann beobachtet uns, seitdem wir ausgestiegen sind, was mich nicht wirklich verwundert. Niemand ist unterwegs, Papierfetzen wirbeln herum, Westwind weht. Man glaubt Rauch zu riechen, der von den Hügeln oberhalb von Cannes herunterweht. Der Barmann denkt wohl: Was wollen diese beiden Greise in Barbour-Jacke und Mokassins? Tatsächlich schüttelt er den Kopf. Er ist weiß, jung, hat kurze Haare. Gesund und energisch, wie jeder Nizzaer, der etwas auf sich hält. Er schüttelt den Kopf und sagt:

„Keschlossen."

Mit „k“, aber auf Italienisch. Ach, hat er erkannt, dass wir Italiener sind? Sehr gut. Schon bist du uns unsympathisch.

„Mais nous sommes entrés, et …“, sage ich. Der Barmann wirft mir einen vernichtenden Blick zu. Ach, der alte Idiot aus Italien möchte Französisch sprechen? Gut, das kann er haben.

„Mais, désolé, nous sommes maintenant fermés.“

„Was sagt er?“

Attilio piekst mich mit dem Zeigefinger in die Schulter.

„Die Bar ist zu.“

Persegàti schnellt los, als hätte er einen Stromschlag erhalten. Er läuft zur Tür der Bar, öffnet sie, schließt sie, öffnet und schließt sie noch einmal.

„Welche Tür ist geschlossen? Sie ist doch offen!“

Das sagt er zum Barmann, unverschämt wie ein Vigevaner, der seinen Ferrari Sonntag vormittags ausführt und gerade auf der Piazza vorgefahren ist. Während Bilder von Rettungsautos, vom Kongresszentrum, von weinenden Eltern über den TV-Bildschirm flimmern.

„Und schalten Sie bitte den Fernseher aus“, sagt er ebenfalls zum Barmann.

Der kommt hinter der Theke hervor, pflanzt sich zwischen mir und Attilio auf, legt uns die Arme auf die Schultern. Behutsam, aber entschieden schiebt er uns zum Ausgang.

„Chers grands-pères, s'il vous plait.“

„Schieb dir den *grand-père* in den Arsch“, sage ich und stelle mich auf die Hinterfüße.

Da pflanzt sich der Barmann vor mir auf, den Kopf kaum eine Handbreit von meinem entfernt. Ich bin etwas größer als er. Die Nizzaer sind zwar in Form, aber klein und untersetzt. Der da ist trotzdem bedrohlich. Mit zusammengepressten Zähnen stößt er hervor, dass er gerade schließt. Er teilt mir mit, dass heute nicht der richtige Abend sei. Er habe keine Ahnung, warum wir mit dem Taxi ausgerechnet hierher gefahren seien, wir hätten uns sicher geirrt. *Les grands-pères italiens.*

Und während er das sagt, hüpft Persegàti hinter ihm gestikulierend auf und ab, wild und hektisch wie ein altes Eichhörnchen, dem man die Haselnüsse geklaut hat, das es ein ganzes Leben lang gesammelt hat. Der Barmann stellt fest, dass ich auf einen Punkt hinter ihm blicke. Und wie in einem schlechten Krimi erstarrt er. Nimmt eine Bedrohung wahr. Die Gefahr ist hinter ihm. Unbeweglich, mit starren Gesichtszügen, die um Nonchalance bemüht sind, wendet er den Blick zum Spiegel hinter der Theke. Und sieht das Spiegelbild meines Freundes, der Folgendes macht: mit gespreizten Beinen und in leichter Hockstellung, mit nach vor geschobenem Becken mimt er eine groteske Masturbation, er hat zwei Hände um einen riesigen imaginären Penis gelegt und zielt damit auf den Hintern des Barmanns.

Scheiße.

Der Barmann dreht sich zu Attilio um und knurrt. Mit zusammengelegten Fingerspitzen sagt der zu ihm:

„Was willst?"

Keine Ahnung, was passieren hätte können, ich werde es nie erfahren. Es gibt nämlich eine Überraschung. Ein Peugeot. Alt, weiß, verbeult. Kommt wie eine Rakete dahergeschossen, bremst, parkt vor dem Macadàm. Die Autotüren gehen auf und ein Schwall ohrenbetäubender arabischer Musik dringt heraus. Zwei Typen in weinrotem Trainingsanzug und goldenen Tenisschuhen steigen aus. Araber. Betreten die Bar mit einer Miene, als gehörte ihnen die Welt.

„Bonsoir Tin Tin." Sie begrüßen den Barmann. Uns werfen sie einen Blick zu, nicht mehr. Persegàti stellt sich schief und krumm vor sie hin, mit überkreuzten Unterarmen.

„Nein", sagt er. „Wirklich nicht. *C'est fermé.* Geschlossen."

Dann dreht er sich zum Barmann um. „Stimmts, Tin Tin?"

Nein, Attilio und ich landen nicht gefesselt in einer Pannenbucht auf der A8 und Tin Tin und die beiden entleeren auch nicht ihre Blase auf uns. Und wir prügeln uns auch nicht. Im Gegenteil, es läuft alles ganz gut. Keine Ahnung, vielleicht dank

Francas Gebeten, vielleicht weil jemand im Himmel ein wachsames Auge auf uns hat. Die beiden Araber im Trainingsanzug heißen jedenfalls Jean-René und Menelik. Als der Barmann ihnen erklärt, er wisse nicht, wer wir – beziehungsweise die beiden *vieux emmerdeurs italiens* – seien beziehungsweise was wir wollten, hat er sie beim Namen genannt. Verdammter Tin Tin. Ich drücke jedenfalls die gekreuzten Arme Attilios, dieses Idioten, nach unten und rette ihn und mich:

„*Désolé, mais nous sommes à la recherche exactement des messieurs Menelik et Jean-René.*"

Im Nu war alles klar. Ich zeigte den beiden Herren die Rechnung der Coquille, sie sahen die Notiz des Lokalbesitzers, verstanden augenblicklich, worum es ging. Außerdem war außer uns niemand auf dem Boulevard François Suarez unterwegs. Zwei naive alte Herren. Ganz eindeutig harmlos. Keine Gefahr, keine Falle. Nur Geschäfte.

Sie stellten sich vor, drückten uns die Hand, sagten zu Tin Tin, er solle uns allen Pernod eingießen, fragten mich:

„*Vous avez besoin d'un peu de hashish, c'est ca? C'est pour un glaucome?*"

Liegt es an der französischen Kultur? Sind selbst Underdogs wie Drogendealer von ihr durchdrungen? Ich gieße Wasser zu der trüben Flüssigkeit, das Glas füllt sich mit einer gelblichen Wolke, die nach Anis und Lakritze duftet. Ich schüttle bewundernd den Kopf, koste. *Vive la France.*

„*Non. Pas pour le glaucome, mais pour …*"

Wie sagt man Multiple Sklerose auf Französisch?

„*Pour la sclérose en plaques?*", schlägt Jean-René vor.

„*Oui, sclérose. Mais pas en plaques. Sclérose …*"

„*Multiple!*"

Sagt Persegàti. Wie aus der Pistole geschossen, er schnalzt mit den Fingern, wie ein Kandidat bei einem Fernsehquiz. Alle lachen. Aber Menelik reißt sich sofort zusammen.

„*Je suis desolé*", sagt er.

„Ce n'est pas drôle", sagt sein Freund. Respektvoll. Wie es sich für einen jungen Mann angesichts eines älteren kranken Herrn gehört. Dann kippt er den restlichen Pernod runter. Jean-René wechselt einen Blick mit Menelik und noch einen mit Tin Tin. Der Barmann nickt.

„Prego, meine Herren", sagt er zu uns, in einer Art Italienisch. Und einen Augenblick später sind ich und Attilio ganz hinten im Lokal, im Vorraum zum Klo, in Gesellschaft dieses gesunden, fröhlichen Arabers, der aussieht, als wäre er gerade zu einem Basketballtraining unterwegs, und der mit Gesten und Blicken sein Möglichstes tut, damit wir uns wohlfühlen.

„J'ai plusieurs typologies d'hashish", sagt er und kramt unter seinem Trainingsanzug. Dann zieht er drei, vier, fünf Haschischbrocken hervor, die so groß wie eine Zündholzschachtel und in Frischhaltefolie eingewickelt sind und legt sie mit dem Gestus eines Magiers auf den Rand des Waschbeckens.

„Vous les connaissez bien?"

Ich schüttle den Kopf.

„Pas du tout …"

Jean-René lächelt geduldig. Er zeigt der Reihe nach auf sie.

„Chocolàt, Moroccan Ice, Libanesè, Black Bombay …"

Keine Ahnung. Alex kauft mir immer ein Stück, das aussieht wie ein Suppenwürfel und entfernt dem Brocken ähnelt, den Jean-René als *chocolàt* bezeichnet hat. Ich zucke mit den Achseln.

„C'est la première fois que vous achetez du hashish personellement, peut-être?"

Ich nicke und zucke wieder mit den Schultern. Persegàti wird langsam ungeduldig. Fühlt er sich übergangen?

„Was ist das? Und wie raucht man diese Steine?"

Ich lache.

„Attilio, man raucht sie nicht einfach so. Man nimmt ein kleines Stück und vermischt es mit …"

Aber ich kann es ihm nicht fertig erklären. Jean-René unterbricht mich nämlich:

„Regarde … Voilà!"

Und mit rätselhaftem Lächeln und gewandten Gesten wie ein Zauberer zieht er aus seiner Innentasche ein rundes, schwarzes, glänzendes Ding, das so groß wie ein Golfball ist.

„Charas, messieurs. Le vrai charas."

„Wirklich schön", sagt Attilio.

„Je le recommande, parmi tous les autres", flüstert Jean-René begeistert. *„Nous avons beaucoup de clients qui souffrent de sclérose et tout le monde choisit le charas. Disons que pour votre maladie c'est ce qu'il y a de meilleur."*

„Wirklich schön", wiederholt Attilio und starrt wie hypnotisiert auf die Kugel. Plötzlich schnellt seine Klaue nach vor und nimmt sie dem Araber aus der Hand. Dessen Herz beginnt wahrscheinlich schneller zu klopfen, aber Persegàti hebt nur die Kugel in die Höhe und betrachtet den Widerschein der Neonlampe auf der glänzenden Oberfläche.

„Wunderschön. Ein Juwel. Komm, Cesare, kauf sie."

Ich sehe ihn entsetzt an. Er hat doch keine Ahnung! Was mischt er sich ein? Ich bin drauf und dran nein zu sagen und auf den Suppenwürfel zu zeigen.

Aber dann sehe ich Persegàti: die Brille schief auf der Nase, das Schildkrötenköpfchen versucht zu nicken. Er schraubt sich gewissermaßen um die magische Kugel, als ob sein gebrechlicher Körper sich auf einer Kurve bewegte, mit dem Opalauge, das aus dem All auf die Erde gefallen ist, als Mittelpunkt. Die Pupillen meines Freundes leuchten: genauso verzaubert wie ein Kind vor einer Schneekugel.

„Et combien ça coûte?", frage ich Jean-René.

„Deux cent cinquante euros", sagt er mit engelsgleicher Miene. Ich sehe ihn entsetzt an. Meinem Sohn gebe ich immer dreißig oder vierzig Euro für die Brocken, die aussehen wie ein doppelter Suppenwürfel.

„Scheiße!", schreit Persegàti und gibt Jean-René den Opal zurück.

Und ich? Ich kaufe ihn, keine Ahnung, ob das eine gute oder eine schlechte Idee ist. Zwei Hunderterscheine und ein Fünfzigerschein, mehr habe ich ohnehin nicht in der Geldbörse.

„Das Taxi bezahlst du", sage ich zu Attilio. Er nimmt die Kugel entgegen, wickelt sie aus, riecht daran. Neugierig wie ein Affe, glücklich wie ein Kind.

Jean-René drückt mir die Hand. Bedankt sich liebenswürdig, beglückwünscht mich zu der hervorragenden Wahl. Und dann besteht er darauf, dass ich das Kügelchen wegstecke, es gut in der Innentasche der Barbour-Jacke verstecke. Man kann gar nicht vorsichtig genug sein, sagt er. Eine schlimme Nacht, fügt er hinzu. *Les gendarmes* sind unterwegs, und sie sind wütend.

Auch Menelik grinst über das ganze Gesicht, als wir mit Jean-René zurückkommen. Sein Geschäftspartner macht eine Geste, wie zum Beweis, dass er ein gutes Geschäft abgeschlossen hat und der Vorgang auf übliche Weise beendet werden kann. Und mit jahrelang eingeübten Gesten schenkt er uns tasächlich ein Päckchen Zigarettenpapier und ein Päckchen Tabak. Was soll ich sagen? *Vive la France, vive la liberté!*

Wir gehen hinaus. Wir gehen. Wir wissen nicht wohin, wichtig ist nur, dass wir gehen. Wie Jannacci, das Alter Ego meines Freundes, vor einer Ewigkeit einmal gesagt hat: Wenn man gehen muss, geht man. Aufgezogen und wie unter Strom. Mir ist nämlich, als trüge ich eine Atombombe am Herzen.

„Und jetzt?"

„Jetzt machen wir einen kleinen Spaziergang, um uns zu entspannen, und dann rufen wir unsere Freunde von Taxi Blue."

Der Mond zwinkert zwischen Haufen von schwarzen Wolken hervor, während wir den Boulevard François Suarez hinuntergehen. Kalte Windböen wirbeln Staubwolken auf und rütteln leicht an den Straßenlaternen. Aber die Kälte macht mir nichts aus, ich habe trotzdem Lust spazierenzugehen. Vielleicht waren Jean-René und Menelik tatsächlich höfliche Herren, aber ich bin auch nur ein Mensch. Ein bisschen nervös war ich schon. Und jetzt brauche ich ein wenig Nachtluft. Bevor wir uns im Zimmer einsperren. Vielleicht in Attilios Zimmer, damit Franca uns nicht stört. Bevor wir uns von den Molekülen der magischen Kugel verarzten lassen. Soll ich auch meinen Freund kosten lassen? Aber ja doch, warum nicht, wenn er Lust hat.

„Cesare …“

„Ja?“

„Cesare, ich hab’ vergessen …“

Er bleibt stehen, ich bleibe stehen.

„Was vergessen, Tilio?“

„Heute morgen. Ich hab’ vergessen, zum Bankomat zu gehen.“

Mein Freund hält den Blick auf die Mokassins gesenkt.

„Mir ist gerade eingefallen, dass ich keinen Cent in der Tasche habe.“

Und er macht eine merkwürdige Geste mit der Hand, die eigentlich kreisförmig sein sollte, aufgrund des Zitterns jedoch eliptisch ausfällt. Eine Geste, als ob er einerseits um Entschuldigung bäte und andererseits sagte, ich hab’ mich geirrt, aber sei’s drum, jetzt ist es nun mal geschehen, es liegt am Alter, meine Neuronen gehen nun mal katastrophal den Bach hinunter.

Mein Freund Tilio. Ungebremster Alzheimer.

Ich lege ihm eine Hand auf die Schulter. Drücke ihn an mich. Langsam, um ihm nicht weh zu tun. Und ich dränge ihn mit leichtem Druck in Richtung der Straße, die nach unten führt, setze mich wieder in Bewegung.

„Macht nichts. Scheiß drauf. Unterwegs werden wir doch einen Bankomaten finden, oder?“

Er bleibt wieder stehen, schaut mich an. Mit Augen, die von den dicken Linsen riesig vergrößert werden. Mit seinem auf- und ab wippenden Köpfchen. Einem ganz dünnen Stimmchen.

„Tut mir leid. Ich bin wirklich schon jenseitig ...“

„Um Himmels willen, Tilio! Wir machen ein paar Schritte, und dann finden wir einen! Wir ziehen Geld, und dann rufen wir ein Taxi. Ist das ein Problem?“

„Dann gehen wir", sagt er augenblicklich, aufgemuntert. Und während mir ebenfalls warm wird ums Herz, setze ich mich in Bewegung.

Ein großartiges Bild, nicht wahr? Der Triumph des *surplace,* des Understatement. Der Freundschaft und der Höflichkeit. Doch leider wird mir schon nach hundert Metern klar, dass mein Optimismus verfrüht war. Nicht die Spur von einer Bank. Es ist erst kurz nach elf und hier oben ist schon alles finster. Obendrein drängt sich Attilio an mich. Kommt immer näher. Wie Alex damals in Laigueglia, als er sechs oder sieben Jahre alt war und wir nach dem Abendessen von der Uferpromenade ins Haus hinaufgingen und eine Abkürzung durch den finsteren Pinienhain nahmen, wo die Äste knisterten und die Frösche quakten ...

„Cesare, weißt du, was für eine Straße wir nehmen müssen?"

„Was für eine Straße? Natürlich. Nein. Wir gehen einfach weiter hinunter. Da unten müsste die Autobahn sein. Auf dem Hinweg sind wir darunter durchgefahren. Aber wir müssen ja nicht zu Fuß nach Hause gehen. Ein Bankomat, und alles ist in Ordnung, oder?"

„Und wo finden wir einen?'"

Tatsächlich gibt es hier nur zehnstöckige Wohnblocks. Versperrte Lagerräume ohne Schilder. Risse im Asphalt des Gehsteigs. Keine Läden, keine Bars. Eine heftige Windbö treibt mir eine Staubwolke in die Augen, ich muss stehenbleiben, mich mit dem Taschentuch abwischen. Oben, schon so weit entfernt, dass es mir unmöglich erscheint zurückzugehen, verlassen Menelik und Jean-René das Macadàm und steigen ins Auto. Einen Augenblick lang hoffe ich, sie würden herunterfahren und wir könnten sie aufhalten und bitten, uns ins Atlantique mitzunehmen. Gewiss würden sie uns den Wunsch nicht abschlagen. Es sind zwei brave Burschen, und ich bin ein hervorragender Kunde. Doch der Peugeot dreht um und fährt in Richtung der Hügel davon.

Der laute Musikschweif entfernt sich, verschwindet. Im Macadàm geht das Licht aus. Der Rollladen wird heruntergelassen.

Tin Tin, eine kleine, untersetzte Gestalt, biegt mit den Händen in der Tasche in eine Seitenstraße ein.

In der Zwischenzeit kein einziges Auto, kein Widerschein eines Fernsehers. Nur der Wind, das Quietschen einer hin- und her schwankenden Ampel, unsere Schatten, die im grünen Licht tanzen, ein sinnloses Go.

„Cesare …"

„Ja?"

„Cesare, das ist zum Anscheißen."

Ich biege mich vor Lachen. Einem unbeherrschbaren Lachen. Scanavino würde sagen, ein plötzlicher Adrenalinstoß, er würde sagen, die von der MS und häufigem Cannabiskonsum unterdrückte Emotionalität. Ein nervöses Lachen, würde Franca sagen. Trotzdem lache ich, bis ich keine Luft mehr bekomme, ich lache trotz der Angst, ein Fenster könne aufgehen und der Inhalt eines Wasserkübels oder eines Nachttopfes könne sich über uns ergießen, doch da stößt Persegàti mich plötzlich in höchster Erregung in die Einbuchtung einer Garage.

Was ist los, will er mich küssen?

Ganz kurz habe ich diesen verrückten Gedanken. Aber er gibt mir zu verstehen, ich solle ruhig sein, er drückt mich in die Ecke, und hinter ihm sehe ich das Blaulicht der *police,* die langsam heraufgefahren kommt, wie eine auffliegende Fleischfliege.

„Wir sind die einzigen auf der Straße. Und wenn sie uns kontrollieren? Du hast dieses Zeug in der Tasche …"

„Was für eine Kontrolle, Attilio? Und selbst wenn sie uns kontrollieren, durchsuchen sie uns nicht. Wir beide sind tausend Jahre alt, wir sind so verdächtig wie ein Fossil aus dem Paläozoikum."

„Dann schau mal dorthin."

Ich schaue hin. Die *voiture* der *police* ist direkt vor dem Macadàm stehengeblieben. Die Gendarmen steigen aus. Sie gehen zum Fenster, spähen hinein. Mir ist, als ob die Charas-Kugel zu ticken begänne. Nicht nur eine Atombombe, auch eine Zeitbombe. Was wäre, wenn die Gendarmen fünf Minuten früher gekommen wären? Meine Nackenhaare sträuben sich. Und gleich darauf beschimpfe ich mich selbst als Trottel. Scheiß doch drauf! Was hätten sie mir anhaben können? Und was wäre passiert, wenn sie mich, puh!, festgenommen hätten? Ich, mit dreiundsiebzig Jahren, unbescholten, krank, im Gefängnis? Selbst der Ruf: welcher Ruf? Was hätte ich zu verteidigen? Vor allem, was hätte ich zu verlieren?

Im Augenblick treffen die beiden Gendarmen jedoch niemanden an, die Tür ist geschlossen. Sie spähen durch die Glasscheibe, legen die Hände schützend an die Augen, um besser zu sehen. Sie versuchen die Tür aufzudrücken, klopfen. Dann, als sie wieder ins Auto steigen und umdrehen, stelle ich fest, dass ich sie kenne.

Wir stehen noch immer da, quetschen uns in die Einbuchtung der Garage, lugen mit unseren weißhaarigen Köpfen gerade so weit um die Ecke, dass wir etwas sehen. Einer ganz dicht am anderen. Persegàtis stinkender Atem verpestet die Luft. Der Geruch seiner Kleider, die wieder einmal gewaschen werden sollten. Das Polizeiauto fährt an uns vorbei. Sieh mal an: Am Steuer sitzt der Gendarm, der Lino Ventura ähnlich sieht.

Eine Minute später gehen wir weiter. In der Zwischenzeit sind nur ein Renault Station mit ausgemachten Scheinwerfern und ein Motorroller vorbeigefahren, der zwischen imaginären Stangen Slalom fuhr. Ich und Attilio sprechen nicht mehr. Wir halten den Atem an, um den Klang der Nacht zu hören, hinter dem Geräusch unserer Schritte, um eventuelle Gefahren zu erkennen.

Wir gehen durch eine Unterführung, einen von gelben Laternen erhellten Tunnel.

Dahinter ist nichts mehr, die nächsten Wohnblöcke sind dreihundert Meter entfernt. Dann eine im Bau befindliche Rotunde, und die Straße. Zweispurig. Sie führt an der Ariane entlang, auf der anderen Seite wird sie von einem Maschendrahtzaun und den rotweißen Bändern einer Baustelle gesäumt.

Wir gehen wortlos, und meine Beine – aber gewiss auch die Attilios – werden immer schwerer. Das hat nichts mit MS zu tun, nur mit dem Alter. Und der Uhrzeit – es ist fast Mitternacht – und der Tatsache, dass wir fast schon einen Kilometer zurückgelegt haben. Unerschrocken gehen wir weiter nach unten, wir gehen ganz dicht neben dem Maschendraht der Baustelle, unsere Mokassins rutschen auf dem schmutzigen Asphalt, hier gibt es nicht einmal mehr einen Gehsteig. Hintereinander. Weiter. Bis Attilio eine Art Schrei ausstößt.

„Cesare!"

Mit dem krallenartigen Zeigefinger zeigt er nach unten auf die Rotunde hinter den Wohnblöcken. Das Polizeiauto steht quer auf der Straße. Das Blaulicht fällt auf die Stelzen der erhöhten Autobahn.

„Die Polizei. Ich habe sie gesehen. Na und? Möchtest du vielleicht umkehren?"

Er bleibt stehen und sieht mich hoffnungsvoll an. Es reicht, er ist hinüber.

Alzheimer triumphiert, Persegàti hat den Kampf verloren.

„Nein, wir gehen weiter hinunter. Und wenn sie uns aufhalten, sagen wir, wir hätten uns verirrt. Sie kennen uns ohnehin. Hast du nicht begriffen, dass sie es sind? Die von heute, im Atlantique. Die, die Adriana von der Gendarmerie zurückgebracht haben, nachdem sie ihnen wegen Luciano auf die Eier gegangen ist."

Er schüttelt den Kopf, panisch vor Angst. Ein alter, schwacher Affe im Labor eines sadistischen Wissenschaftlers.

„Ich war nicht dabei. Ich hab' einen Spaziergang gemacht ..."

„Ach ja, du warst ja nicht dabei." Jetzt erinnere ich mich. „Wo warst du eigentlich?"

Aber Attilio zittert und aus, schweigt.

„Komm, Attilio, beruhige dich. Atme. Ein und aus. Los!"

Aber er hört nicht auf, er zittert wie ein verletztes Eichhörnchen vor einem Wolf mit weit aufgerissenem Rachen. Ich schubse ihn. Wir gehen zwanzig Meter. Wir erreichen den Gehsteig, auf dem Straßenschild steht *Boulevard du Général de Gaulle.* Ich lege wieder den Arm um seine Schultern, während wir wie zwei

Betrunkene an einer Reihe von niedrigen Wohnhäusern vorbeitorkeln. Die beiden Gendarmen unten können uns genauso gut sehen wie wir sie sehen.

„Und wenn sie mich durchsuchen? Wenn sie mir unter das Hemd schauen?"

Einen Augenblick lang verstehe ich nicht. Warum sollten sie ihn durchsuchen? Warum sollten sie ihm unter das Hemd schauen? Und vor allem, warum ist Attilio das nicht egal?

Dann wird es mir allmählich klar.

„Gehen wir dorthin", sagt er und schubst mich in Richtung der Ariane, er will, dass ich die Straße überquere. Er schubst mich in Richtung einer Brücke, die über die Ariane auf einen Platz führt, der vom gelben Licht der Straßenlaternen beleuchtet und von einem Kranz dunkler Wohnblöcke umrahmt wird.

„Wohin? Was ist dort? Wo zum Teufel geraten wir da hin?"

Aber es hilft nichts. Er hört mir nicht zu. Er rennt, als ob ihm der Tod auf den Fersen wäre.

Ich? Ja, einen Augenblick lang spüre ich die Versuchung einfach weiter hinunterzugehen, Attilio seinem Schicksal zu überlassen, den Lino-Ventura-Doppelgänger und seinen Partner zu begrüßen, mich zu erkundigen, wo sich der nächste Bankomat befindet, Geld zu ziehen und das berühmte Taxi Blue zu rufen.

Aber da ist die Atombombe. Die ich jetzt tatsächlich wieder an meinem Herzen ticken höre.

Und außerdem ist Persegàti mein Freund. Freunde lässt man doch nicht im Stich, oder?

„Attilioooh …", rufe ich ganz leise, „Wart' auf mich …"

Samstag, die Nacht und der Morgen

Es ist Viertel nach zwei und wir haben uns verirrt. Es ist Attilios Schuld. Als wir vor zwei Stunden die kleine Brücke über die Ariane überquert hatten, drehte er durch. Er sah das Polizeiauto, das tatsächlich losgefahren war und den Boulevard du Général de Gaulle heraufkam, in unsere Richtung. Er dachte, sie hätten uns gesehen und würden uns festnehmen. Also nahm er die Beine unter den Arm und lief davon. Sozusagen. Er lief, so schnell er konnte. Ja, er legte einen Arthritikergalopp hin.

Und mit diesem Arthritikergalopp überquerte er den von Wohnblocks gesäumten Platz, den neu errichteten Platz, wo die Seite zum Hügel hin noch unverbaut war, und bog in eine Seitenstraße ein. Eine mehr schlecht als recht asphaltierte Straße, kaum breiter als ein Auto, mit zwei Prellsteinen am Anfang, sodass nur Radfahrer und Fußgänger Zugang hatten. Ein geschicktes Manöver von Alzheimer-Enzo; im Falle einer tatsächlichen Verfolgung hätten uns die Gendarmen im Auto nicht nachfahren können.

Ich folgte ihm in einigen Metern Abstand, keuchte über die Straße, die auf einmal steil nach oben führte. Ich rief ihn, versuchte ihn zu beruhigen. Aber meine Stimme wurde vom Wind verweht und er hatte eine Geschwindigkeit drauf wie seinerzeit nicht einmal Eddy Merckx. Wie lange würden wir es in diesem Tempo schaffen? Zehn Minuten, eine halbe Stunde? Es war dunkel, die unbeleuchtete Straße führte steil nach oben, das Mondlicht, das zwischen den Wolkentürmen hervorschien, war die einzige Lichtquelle, die Piniennadeln unter unseren Schuhen knirschten und die Zweige der Bäume streckten behaarte Finger nach uns aus.

Dann endlich mündete die Gasse auf eine andere, breitere Straße. Sie war befahrbar, frisch asphaltiert, und hin und wieder spendete eine alte Straßenlaterne ein wenig Licht. Sie führte in

Richtung Tal. Ja, tatsächlich, in Richtung Nizza: Unten sah man die Lichter der Stadt. Vom Wind umtost blieben wir stehen und starrten auf die hell erleuchteten Boulevards, die Scheinwerfer der wenigen Autos, die Neonschilder. Ich glaubte, das rote Schild des Casino Ruhl zu erkennen, an der Ecke zur Promenade. Winzig klein in der Ferne.

„Wo zum Teufel sind wir da?", stieß ich hervor.

„Wir sind noch mal davongekommen, Cesare", antwortete Persegàti stattdessen. Er keuchte infolge des Aufstiegs, ein Hemdzipfel hing ihm aus der Hose, seine Brille saß so schief auf der Nase, als hätte er sie umgedreht.

„Was heißt hier davongekommen? Wir stehen mitten auf dem Hügel und Nizza ist da unten. Drehen wir um, dann sind wir schneller."

„Bist du verrückt? Dort ist die Polizei."

Er war noch ganz im Bann der verrückten Vorstellung, wir würden verfolgt und seien auf der Flucht. Ohne zu zögern und wild entschlossen stürzte er sich in die Tiefe. Ich betone, da war es noch nicht mal eins.

Erst jetzt, um Viertel nach zwei, nach unzähligen Kilometern und zehn Serpentinen zwischen verriegelten und dunklen Jugendstilvillen, erreichen wir das untere Ende des Hügels. Eine schwache Genugtuung, denn meine Beine tragen mich kaum noch und ich habe überhaupt keine Ahnung, wo wir sind. Wir sind in einer Stadtrandsiedlung gelandet, niedrige Wohnhäuser, kleine Villen und eine von Strandkiefern gesäumte Straße. Zweifellos sind wir in Nizza, aber wo in Nizza? Ich bleibe stehen, um meine armen Rückenmuskeln zu dehnen, mit in die Seiten gestemmten Armen. Es duftet nach Harz, Erde, Meer. Mir wird schlecht davon.

„Ich muss mal schön pischen."

Attilio pflanzt sich neben mir auf, mitten auf dem Gehsteig. Ohne zu zögern knöpft er den Hosenlatz auf, lässt die Hose runter, dreht sich so, dass er den Wind im Rücken hat, schiebt seine Hausfrauenunterhose Marke Fragi zur Seite. Nein, bitte nicht. Bevor er ihn rauszieht, drehe ich mich weg. Beziehungsweise ich gehe. Allein das Prasseln des Urins auf dem Gehsteig lässt mich schaudern. Was heißt hier Prasseln: Tröpfeln infolge vergrößerter Prostata. Ja, Palazzeschis kranke Fontäne. Reiner Horror.

Ich gehe dreißig Meter weiter nach unten.

Eine niedrige Ligusterhecke. Und hinter der Hecke ein kleiner gepflegter Garten. Mit vielen Magnolien, Eukalyptusbäumen, Agaven. Im Garten weiße Kieswege und ein englischer Rasen, der feucht im Mondlicht schimmert. Und ist das nicht eine alte zweisitzige Hollywoodschaukel? Von der Art, wie sie vor fünfzig Jahren in den Gärten der Pensionen an der Adriaküste üblich waren?

Ich hebe den Blick und sehe die beiden beigen Stockwerke der Clinique de la Côte.

„Attilio. Die Klinik von Doktor Doinel!", schreie ich atemlos. Ohne nachzudenken drehe ich mich um. Zu meinem größten Entsetzen wringt er ihn immer noch aus.

Ungläubig stehen wir da und betrachten die Rückseite der Klinik, in der Leo bis gestern Insasse war. Endlich wissen wir, wo wir sind. Ich bin erleichtert. Persegàti hingegen ist euphorisch, weil er endlich wieder bekannten Boden unter den Füßen hat.

„Die nächste Bank ist einen Kilometer entfernt", sage ich und zeige auf eine Stelle weiter unten. „Ich erinnere mich gut. Gestern, als wir im Auto nach Hause gefahren sind, haben wir sie gesehen."

Er hört mir gar nicht zu.

„Was für ein schöner Ort", sagt er.

Mit den Armen im Rücken verschränkt trippelt er den Park der Klinik entlang, als dächte er darüber nach, ob er hier demnächst Urlaub machen sollte. Dann überquert er die Straße und während sein Köpfchen überzeugt nickt, steckt er auch hier die Nase rein: ein gepflegter Garten, ein leerer Pool.

„Hier ist es auch hübsch."

Ein Gartentor. Attilio probiert es, die Klinke gibt nach. Er geht hinein.

„Cesare …“, kreischt er.

„Psst, leise.“

„Cesare, komm her, hier sind Liegestühle. Machen wir eine Pause.“

Aber ja doch, obwohl ich nicht müde bin. Meine Beine sind allerdings schwer, die Füße tun mir weh, und ich habe Seitenstechen. Es ist kühl und windig, kein Wunder, es ist ja erst April, Frühling, Côte d'Azur. Nicht so nebelig wie in der Po-Ebene.

Er ist bereits im Garten und liegt auf einem der Liegestühle, die nebeneinander hinter dem Pool stehen; im Schutz der niedrigen Umkleidekabinen ist es windstill. Ausgestreckt, die Arme im Nacken verschränkt, die Beine übereinandergeschlagen. Ein Pascha.

„Schau dir den Mond an“, sagt er mit einer Geste in Richtung Himmel. Es hat völlig aufgerissen, am Himmel steht eine leuchtende stolze Mondsichel.

„Setz dich“, wiederholt er und klopft mit der Hand auf den Liegestuhl neben sich. Vorsichtig setze ich mich auf die weißen Plastiksprossen. Ganz langsam, als ob ich die Turbine eines Atomreaktors bedienen müsste. Endlich finde ich eine bequeme Haltung. Mir gegenüber die Clinique de la Côte mit ihren dunklen Fenstern. Die Schornsteine und die Satellitenschüsseln leuchten im Mondlicht.

„Jetzt ist es Zeit für die Bombe, nicht wahr?“

Sagt mein Freund. Ich sehe ihn verwirrt an. Ich weiß nicht, ob in seinem Blick mehr Hoffnung oder mehr Neugier liegt.

„Bombe?“

Er klopft sich auf die Brust, auf der Höhe des Herzens.

„Die schwarze Kugel.“

Aber ja doch, genau deshalb sind wir ja in diese missliche Lage geraten. Wegen Jean-Renés Zauberkugel. Wegen der Atombombe aus dem Macadàm. Wie hat der Araber sie zuvor genannt? Cachemire? Chivas? Ich schüttle jedenfalls den Kopf.

„Tilio …“, sage ich. „Nicht unterwegs, auf offener Straße.“

Aber dann richtet er sich auf, sieht mich mit hängendem Unterkiefer an, und wie beim Begräbnis, bei der von Don Cazzani gelesenen Messe, macht er mit zusammengelegten Fingerspitzen eine Geste, als wolle er sagen: „Na und? Wen kümmerts?“

Und während sich der Mond in seinen Brillengläsern spiegelt, die voller Fingerabdrücke sind, begreife auch ich.

Wen kümmerts?

Mit meinen kurzen gepflegten Fingernägeln, die auf dem Piazzale Cadorna gefeilt werden, schaffe ich es nicht, ein Stück von der schwarzen Billardkugel abzubrechen. Meine Finger rutschen ab. Mein Freund Persegàti hingegen nimmt das Kügelchen in seine Klauen, gräbt seine Nägel, die Krallen eines alten Affen, in die Oberfläche und bricht ein großes Stück ab. Ich nehme es zwischen zwei Finger und erwärme es vorsichtig mit dem Feuerzeug. Es sondert einen intensiven, harzigen Geruch ab. Es brutzelt, als würde man eine Orangenschale zu nahe an eine Flamme halten. Persegàti leckt sich inzwischen die Finger ab.

„Sehr gut. Schmeckt nach Lakritze. Und ein bisschen nach Rosmarin …“

Er bricht noch ein Stückchen ab, steckt es in den Mund, zerdrückt es langsam zwischen den Zähnen. Er lässt den Geschmack auf der Zunge zergehen wie ein Sommelier, der einen Schluck von einer Probierschale genommen hat.

„Attilio, halt dich zurück. Das ist zum Rauchen, nicht zum Essen.“

Er richtet sich auf.

„Wenn man es rauchen kann, kann man es auch essen.“

Zwingende Logik, Vigevaner Logik. Er nimmt noch ein Stückchen, steckt es sich gierig in den Mund, bleckt die Zähne, wie oben in Grasse in der Pâtisserie Trois Pêcheuses angesichts der Nusstorte. Ich halte es für keine gute Idee. Haschisch im Rohzustand ist vielleicht nicht sehr bekömmlich. Wie eine Kartoffel, oder?

Ich nehme ihm das Stück weg, stecke es wieder in die Tasche, stelle die kleine medizinische Zigarette fertig. Klein, na ja … ich habe einen Riesenjoint gebaut. Eine Ananas. Ich halte ihn triumphierend zwischen den Fingern, recke ihn gen Himmel. Attilio schaut neugierig. Sein verhutzeltes Köpfchen wippt in alle Richtungen. Er untersucht den Joint aus allen Perspektiven, nickt. Als ob er sagte: So sieht also Rauschgift aus. Das also ist die lange Straße ins Verderben.

„Ich zünde ihn jetzt an, Attilio …"

Der Trottel bekreuzigt sich.

Ich mache den ersten Zug. Wie Alex mir empfohlen hat, halte ich den Rauch lange in der Lunge. Es ist, als ob die Welt explodierte. Die Lider schließen sich wie Rollläden, die Beinmuskeln werden augenblicklich … wie? Fest und gleichzeitig flüssig. Gelatinös?

„Wie *panna cotta*!", rufe ich aus, erstaunt über den Einfall. Cesare Corsico-Piccolini, der Meister des Bonmots, ist wieder da! Einen Augenblick lang denke ich darüber nach, warum Alex' Suppenwürfel nie so eine Wirkung hatten, dann lasse ich es bleiben. Ist mir doch egal, jetzt wo meine Barbour-Jacke sich in eine Hülle aus Kaschmir und Seide verwandelt hat! Jetzt, wo meine Lider aus Gusseisen, meine Beine aus *panna cotta,* meine Laune aus Schokolade ist?

„Ach, Schokoladenlaune", sage ich zu Persegàti, der mich entsetzt ansieht. Ich mache noch einen Zug. Ein breites Grinsen auf dem Gesicht, das freut mich. Der Rauch bleibt in der Lunge und das Grinsen wird immer breiter. Ich reiche meinem Freund das Öfchen, strecke mich aus, lache. Es ist völlig in Ordnung, dreiundsiebzig Jahre alt zu sein. Der Tod ist mir egal. Ja, genau das ist die grundlegende Erkenntnis: Der Tod ist egal! Und wenn ich jetzt stürbe? Ein Heidenspaß! Und wenn ich in einem Monat stürbe, im Krankenhaus, mit Schläuchen in den Nasenlöchern, den Ohren, dem Arsch! Zum Totlachen! Das blüht ja euch allen, ihr Trottel!

„Eine entschleierte Dame, die Wahrheit! Die Wahrheit über das Leben und die Welt!"

„Cesare, schrei nicht so!"

Ich sehe ihn verständnislos an, völlig durcheinander. Und freue mich darüber.

„Rauch!“, belle ich ihn an. „Ich sage es dir nochmal, damit du es verstehst: rauch, probier's.“

„Schrei mich nicht an, ich rauch nicht. Ich habe Angst davor.“

„Wieso Angst, du Depp? Gib her.“

Ich belle ihn an, während ich ihm die Zigarette aus den Fingern reiße und noch einen Zug mache.

„Jetzt reicht's“, sagt er. Alzheimer-Enzo. Der Dorftrottel. Harlekin, Diener sechser Herren, keiner, hunderttausend, einer. Ich lache: Weil mir der aufgezogene Affe die Zigarette aus der Hand gerissen hat. Ich liebe überspannte Gesten. Voraussehbarkeit ist doch langweilig. Er wirft die Zigarette weg, und die Glut, die auf den Boden des Pools fällt, beschreibt einen Lichtbogen von absoluter, kosmischer Perfektion, völlig im Einklang mit der Bahn der Planeten.

„Weißt du, was Arbasino sagen würde? *Werch ein Einfarr …*“

Das stoße ich zwischen zwei Lachkrämpfen hervor. Mit rollendem R, nasalem Tonfall, sarkastisch. Ich verstehe die Welt, also strecke ich mich aus. Nämlich auf dem Liegestuhl. Über mir der Himmel. Total schön, total nutzlos, auf obszöne Weise von Sternen übersät.

„Wolken, Wolken!“, schreie ich mit dem Rest meiner Kräfte, während ich die Arme zu den Sternen hebe und gestikuliere. „Zudecken, zudecken!“

„Cesare …“, röchelt der alte Persegàti. Er krümmt sich wie ein sterbender Jannacci, grün, die Arme über dem Bauch gekreuzt. „Ich hab' Bauchweh …“

Ich biege mich vor Lachen.

„Du Depp. Das kommt davon, wenn man den Charas frisst.“

Das war ein Geistesblitz. Eine Erleuchtung. Mein ganzes Vokabular steht mir plötzlich wieder zur Verfügung. Etage zwei ist leer, die Türen von Etage drei sind weit offen. Alle Worte sind wieder lieferbar. Charas.

„Cesare …“, sagt Alzheimer-Enzo in flehendem Tonfall.

„Die metaphysische Piazza. Die Nacht der Armen. Neun Tage nach Mukalla. Sieben auf der Flucht. Sturm und Echo. Und kalt glänzt der Marmor. Die Asiaten.“

„Cesare, was faselst du da? Mir geht es nicht gut …“

„Alle Bücher Prokoschs, die auf Italienisch erschienen sind, in umgekehrter Reihenfolge. Hör dir das an: Leo Meyer, in umgekehrter Reihenfolge, mit Erscheinungsdatum. Und als Draufgabe auch noch die Anzahl der verkauften Exemplare. *Die Disziplin der Entlassung,* Mondadori 2008, hundertneunzigtausend Exemplare. *Arbeit tötet,* Mondadori 2004, dreihunderttausend Exemplare. *Tausendwelten,* bei uns, 1995, dreihundertfünfzigtausend Exemplare. *Nachruf auf ein altes Jahrtausend,* Erzählungen, 1994. Keine Ahnung … wie viele …“

Ich höre gerade noch, wie Attilio in silberhelles Lachen ausbricht, wie es nicht einmal Paolo Poli kann. Dann mache ich die Augen zu und trete ab.

Und dann wache ich wieder auf. Der Mond ist in die Mitte des Himmels gewandert, wahrscheinlich sind Stunden vergangen. Trotzdem ist mir, als hätte ich nicht einmal eine Minute geschlafen, als würde ich nach einer Vollnarkose aufwachen. Attilio sitzt nicht mehr neben mir, der Liegestuhl ist leer. Ist mir egal. Wir müssen doch alle sterben, oder?

Eine entschleierte Dame, wie ich eben sagte.

Also kein großes Drama, mein Freund ist bestimmt irgendwo in der Nähe. Ich höre ihn *Giovanni telegrafista* singen, laut, aber ziemlich heiser. Einen Jannacci-Schlager. Die Rückseite der Single *Vengo anch'io.* Ich stelle mich auf meine *Panna-cotta*-Beine und sehe ihn. Er ist im leeren Pool. Alzheimer-Enzo singt *piri-piri-piri pirippippiri,* genauso rührend wie der echte Enzo. Er läuft. Er springt von einem Ende zum anderen, mit wehenden Rockschößen, als ob er die Wände hochkletterte. Auf und nieder, hierhin, dorthin. Er gleitet. Als ob er Rollschuhe an den Füßen hätte. *Piri-piri-piri.*

„Das letzte Feuerwerk“, belle ich. „Das letzte Feuerwerk vor dem Tod, Attilio. Brenne es zur Gänze ab. Zur Gänze!“

Ich hebe den Blick und ich und Leo Meyer sind in Grasse; eine Frau überreicht meinem Freund das Manuskript *The Novel of a Lady* und er blättert ihr ein paar große Scheine hin, auf die Platte eines antiken Tisches. Francs. Damals gab es noch Francs.

„Les dernières années du franc français.“

Das sagt Leo scherzhaft. Dann gibt sie uns eine Visitenkarte, jedem eine. Bevor ich sie einstecke, werfe ich einen Blick darauf. Es ist ein Antiquariat.

„J'ai quelques belles vieilles choses de M. Prokosch.“

Die Adresse lautet Rue Mortier Nr. 33. Wir geben uns zum Abschied die Hand.

Ich lege den Kopf einen Augenblick lang an die Lehne des Liegestuhls.

Nicht, weil mir schwindlig ist.

Sondern weil ich glücklich bin, und das macht mir ernsthaft Sorgen.

„Giovanni, telegrafista e nulla più.“

So singt der liebe Attilio, während er im Pool Rollschuh fährt.

Als ich zum zweiten Mal aus der Vollnarkose aufwache, verdunkeln die Wolken wieder den Himmel. Keine Sterne mehr, kein Mond. Ich huste. Ich bin todmüde. Aber ich fühle mich gut, unbeschwert. Befreit von düsteren Gedanken und Krankheiten. Noch immer in Schokoladenlaune und mit einem weichen Vanillecremebewusstsein.

„Cesare …“

Das ist Persegàti. Er klingt allerdings wie der Geist von Hamlets Vater. Aber gewiss ist er nicht zu mir gekommen, um grünlich zu leuchten.

Ich recke den Kopf, und sieh mal an, er ist noch immer im Pool. Sein Schildkrötenköpfchen ragt über den Rand wie der Kopf eines Springteufels. Sein Körper ist drinnen, in den Tiefen der

Unterwelt. Ob er noch immer die Rollschuhe anhat? Seine Haarlocken sind jedenfalls zerzaust. Aufgrund der hohen Geschwindikgeit, wie ich annehme.

„Cesare …“, ruft das Gespenst aufs Neue.

„Sag mir, Vater …“

Er begreift nicht und sieht mich verdutzt an. Dann zieht er einen Rollladen hoch und ein unaufhaltsamer Wortschwall ergießt sich.

„Meiner Meinung nach ist Luciano in die Schweiz abgehauen. Meiner Meinung nach lässt er sich in der Nähe von Zürich umbringen. Meiner Meinung nach ist er in einer dieser Kliniken, die Sterbehilfe anbieten, weißt du, wovon ich spreche? Meiner Meinung nach hat er Medikamente genommen, er hatte Probleme beim Autofahren, auch beim Tennisspielen war er nicht mehr gut, ist dir das aufgefallen? Meiner Meinung nach hat er einen Tumor im Hirn, der ihm die Synapsen aufgefressen hat, er ist am Ende. Meiner Meinung nach war der Magnethelm auf dem Kopf überhaupt nicht für die Haare. Meiner Meinung nach war das ein letzter verzweifelter Versuch, so was Ähnliches wie Magnettherapie, Palliativbehandlung, Alternativmedizin, Schamanismus, Zauberei, Gurus …“

Ich senke den Kopf.

„Letztes Feuerwerk“, flüstere ich. „Brenne es ab …“

„Meiner Meinung nach“, sagt Persegàti noch einmal. „Meiner Meinung nach, meiner Meinung nach, meiner Meinung nach …“

Mein Freund Attilio.

Diesmal nicht im Dialekt, sondern in Hochsprache.

Als ich zum dritten Mal aus der Vollnarkose aufwache, beugt sich Attilio über mich und piepst mir etwas ins Ohr. Ich verstehe kein Wort. Er hat eine Stimme wie ein Insekt. Außerdem ist er dünn, fadenförmig, knochig. Grün wie ein Grashüpfer. Die erhobenen Beinchen strampeln in Zeitlupe.

Ich lächle. Ich segne ihn. Mit der Hand forme ich eine Muschel hinter dem Ohr. Das Insekt spricht noch immer auf Italienisch.

„Im Oratorium von San Dionigi. Die Langspielplatte mit den gregorianischen Gesängen. Die Hände von Don Cazzani."

Er schluchzt. Er summt. Er zirpt.

„Die Hände waren krumm. Auch die Lippen waren krumm."

„Es war jedenfalls das erste und einzige Mal."

Er richtet sich auf. Sein Köpfchen wippt auf die bekannte Weise auf und ab.

„Ich hab es ihm gesagt, damals in der Klinik. Als er Grazia die Kommunion verweigert hat. Ich hab ihm gesagt, es sei das erste und einzige Mal gewesen und eine Sünde. Und es habe mir wirklich Spaß gemacht."

„Das letzte Feuerwerk, Attilio. Komm, umarme mich. Brenne es ab."

Als ich zum vierten Mal aus der Vollnarkose aufwache, läuft mein Freund Persegàti über die Wiese rund um den Pool. Er trägt nur seine Frauenunterwäsche. Und Mokassins. Er läuft, in leichter Hockstellung, wie ein Faun auf Hufen. Er krächzt, er gurgelt. Mit heruntergelassenen Fragi-Unterhosen.

Oberhalb des Gumminbands steht etwas vor. Ein knorriger Stock. Eine teuflische Klaue.

Attilio, *mon dieu,* hat einen Steifen.

„Genau so!", sporne ich ihn an. „Brenne es ab, mein Freund. Scheiß auf die Welt. Überwinde sie, töte sie."

Und mit seinem schrecklich steifen, warzigen, arthritischen Glied mimt er eine Paarung mit der Luft, den Büschen, den Baumstämmen. Dann legt er sich rücklings auf den Boden. Wie ein Besessener, als würde er einen Veitstanz aufführen, fickt er mit der krummen Kralle den Mond.

Als ich zum fünften Mal aus der Vollnarkose aufwache, spitze ich die Ohren und halte sie mir augenblicklich wieder zu. Ein grelles Licht ist auf mich gerichtet.

„Monsieur."

Das sagen die Gestalten hinter dem Licht. Es sind zwei, drei. Ich verjage sie mit den Händen. Als ich die Augen wieder öffne, sind die Taschenlampen auf den Boden gerichtet. Im hellen Licht erkenne ich sie: sie tragen weiße Kittel, darunter eine Krankenschwester mit weißem Häubchen und ein Krankenträger. Der dritte ist Doktor Doinel.

„Monsieur, bien trouvé", sagt er scherzhaft. *„Êtes-vous bien?"*

Sicher geht es mir gut. Sicher bin ich bei klarem Verstand. Ich bin Dr. Cesare Corsico-Piccolini. Ex-Verlagsleiter, nunmehriger Rotarier, augenblicklicher Leiter der Reihe *Philosophen des 20. Jahrhunderts*. Besitzer eines Jaguar XJ. Einer zweistöckigen Villa in Laigueglia. Verheiratet mit Franca Spirolazzi.

Ach ja, meine arme Frau.

Ich denke kurz an sie. Wie an etwas Süßes, wie an ein Bignet aus der Pasticceria Manzoni auf der Piazza Ducale in Vigevano, in den Jahren unserer Jugend.

Ich werfe einen Blick auf das Handy, nein, kein versäumter Anruf in Abwesenheit. Fünf Uhr zwanzig steht auf dem Display. Meine liebe Frau liegt wahrscheinlich noch im Tiefschlaf. Mit Ohrstöpseln. Träumt von Engeln und Cherubinen. Ich stehe auf, es reicht.

Der Krankenträger gibt mir die Hand, aber ich schaffe es allein. Meine Beine sind wieder normal. Müde also, beziehungsweise erschöpft, die Füße tun mir weh, das Kreuz schmerzt, die Wirbelsäule fühlt sich an wie durchlöchert. Ich huste und mein Hals brennt, die Brust schmerzt. Aber ich kenne die Wahrheit über die Welt, also was soll's?

„Vous voulez une tasse de thé?"

Ich nicke und blicke mich um. Persegàti ist nicht da. Er liegt weder auf dem Liegestuhl, noch ist er im Pool. Unter der Wolkendecke geht die Sonne auf, es dämmert beinahe, aber noch ist es dunkel, nur ein ganz zarter Lichtschein. Die Rückseite der Clinique de la Côte ist eine dunkle Fassade, kein Licht hinter den Rollläden.

„*Allez-y*“, sagt der Krankenträger. Dann, als wir gehen, geht im ersten Stockwerk ein Fenster auf, der Rollladen wird hochgezogen. In dem erleuchteten Viereck steht Leo Meyer.

Samstag Morgen

Doinel, was für ein Sir. Zuerst, im Morgengrauen, eine Tasse Tee. Dann, als er sah, wie erschöpft ich war, machte er mir sogar den Vorschlag, ich solle mich in einem freien Zimmer im Erdgeschoß schlafen legen. Er sagte zu mir: Duschen Sie, wenn Sie sich ausgeruht haben, im Bad finden Sie ein Handtuch und einen Bademantel. Und danach rufen Sie mich, ich lasse Ihnen Kaffee und ein paar Croissants bringen. Ich hielt ihn an den Kittelschößen fest, zeigte an die Decke, sagte, aber da oben ist Leo. Er tat so, als hätte er gar nicht gehört, nickte, sagte zu mir: Ruhen Sie sich aus. Er sagte zu mir: Sie machen vielleicht Sachen, Monsieur. In Ihrem Alter, sagte er zu mir, na ja …

Ich schlief wie ein Murmeltier. Um Viertel nach acht weckte mich das Handy. Franca war gerade aufgestanden und wollte wissen, wo ich war. Ich, ganz klar bei Verstand, log.

„Ich bin früh aufgewacht, konnte nicht mehr einschlafen, und da habe ich einen kleinen Spaziergang gemacht."

„Und gestern Abend hast du gefunden, was du gesucht hast?"

Ich log wieder.

„Nein, keine Chance. Das Lokal war zu. Dann sind wir ins Zentrum spaziert und ins Hotel gegangen. Ich hab dich doch nicht aufgeweckt?"

Und während ich mich mit ihr für später verabredete, allerdings ohne Uhrzeit und Ort auszumachen, fragte ich mich, ob ihr nicht aufgefallen war, dass das Bett unberührt war. Ob ihr nicht Zweifel gekommen waren. Ob sie nicht die Lippen zusammengekniffen hatte wie einen Hühnerarsch und ob ihr nicht der Klosterschwesternbart auf der Oberlippe stand. Scheiß drauf, sagte ich zu mir und legte auf.

Dann duschte ich, wie mir Doinel, dieser widerwärtige Sir, geraten hatte. Bevor ich Kaffee und Croissants bestellte, machte ich noch zweierlei: Zuerst befreite ich mich von der schwarzen Atombombe und warf sie ins Klo. Dann machte ich eine kleine Expedition über den Gang im ersten Stockwerk, auf der Suche nach Leo.

Und was soll ich schon gefunden haben? Nichts, keine Menschenseele. Leere Zimmer und geschlossene Türen. Nicht einmal eine Krankenschwester. Eine Geisterklinik.

Aber vielleicht versteckte sich mein Freund in einem leeren Zimmer, hinter einer verschlossenen Tür. Vielleicht stand er gebückt hinter der Tür und legte das Ohr an die Kunststoffplatte, um zu lauschen, wie sich meine Schritte entfernten, während er den Atem anhielt.

2008, vor zwei Jahren, war Leos letztes Buch bei Mondadori erschienen. Es hieß *Disziplin der Entlassung,* und er wollte darin unbedingt eine verrückte Privattheorie beweisen, nämlich dass die zwanzigjährige Herrschaft der Faschisten in Italien und ihre Gesellschaftspolitik im Grunde daran Schuld seien, dass es nun den verheerenden Missstand des Prekariats gab. Puh. Ein unerbittliches Schlafmittel, voller unpassender Zitate, von Céline bis Brasillach. Dennoch, fast zweihunderttausend verkaufte Exemplare.

Im Verlag hatte man mir gewissermaßen nicht verziehen, dass ich mir „den Roman *Arbeit tötet* durch die Lappen gehen hatte lassen", wie der kaufmännische Direktor vor einigen Jahren bei einem Abendessen verärgert feststellte, während er mir Lambrusco einschenkte und ein paar Tropfen verschüttete. Ja, der große Chef war verärgert, denn damals, 2004, hatten wir schon seit Jahren keinen Bestseller mit gut dreihunderttausend verkauften Exemplaren gehabt. Die Tatsache, dass sich *Die Disziplin der Entlassung* fast zweihunderttausendmal verkaufte, hatte also meine Entlassung zur Folge. Meine schon lange geplante Pensionierung, wie meine Entlassung euphemistisch genannt wurde, versüßt mit einer

Abfindung, die sich als Herausgeberschaft einer renommierten Reihe tarnte. Trotzdem eine eindeutige Entlassung.

Als ich Franca erzählte, dass ich von nun an freigestellt war, ging sie mir fast an die Gurgel. Ich erinnere mich, es war März oder April, wie jetzt. Ich erinnere mich, dass ich vom Bahnhof zu Fuß nach Hause ging, dass ich ein paar Schritte in der Abenddämmerung machte, während es schon kühl wurde, durch die Allee, unter den Kastanienbäumen, und dass ich dachte: Heute Abend führe ich meine Frau zum Essen aus. Ich dachte: Vielleicht zu Castagni oder ins Guallina. Fünfzig Euro pro Gericht, eine Flasche Champagner und „Scheiß drauf" als Motto des Abends. Dabei kam die Pensionierung nicht wie ein Blitz aus heiterem Himmel. Ich hatte meine Frau sehr wohl darauf vorbereitet. An diesem Nachmittag hatte ich ein Gespräch mit dem Personalchef gehabt, und das, was bislang wie ein Damoklesschwert über mir geschwebt hatte, war tatsächlich eingetreten. Sie explodierte erst, als es endgültig war. Urplötzlich hatte sie einen Bart wie nicht einmal Tonino Zugarelli, und dann legte sie los:

„Siehst du? Das kommt davon, weil du diesem armseligen Perversen Gehör geschenkt hast!"

Ich hob den Blick gen Himmel, zuckte mit den Schultern. Natürlich war Leo mit dem armseligen Perversen gemeint. Dabei war ich doch entlassen worden, eben weil ich ihm nicht Gehör geschenkt hatte, oder? Eine unsägliche Melancholie ergriff von mir Besitz. So, dachte ich, heute Abend beende ich mein Lebenswerk, und kein Restaurant, kein Champagner. Sie hingegen schimpfte weiter:

„So ein Gauner. Er hat dich ausgenutzt. Ein ungehobelter Flegel. Er lebt in Sünde, im Dreck."

Im Dreck? Ich begann zu lachen. Der Schnurrbart meiner Frau war gewissermaßen explodiert.

„Und schreiben kann er auch nicht!

Und schreiben kann er auch nicht, das war die Höhe! War sie verrückt geworden? Sie, die niemals über Nantas Salvalaggio, Luca

Goldoni, Romano Battaglia hinausgekommen war! Sie, die von Leo Meyer keine einzige Zeile gelesen hatte! Sie wollte mir etwas über literarische Qualität erzählen? Sie war außer sich. Und ich ebenfalls. Ich ließ sie einfach stehen, trat den Rückzug an, ging. Im Taxi fuhr ich allein zum Abendessen, ins Guallina. Gänsebrust und *foie gras,* und dazu je eine Flasche Sauternes und Champagner, während ich versuchte, weder an Franca noch an Leo zu denken, und auch nicht an die lange geplante Entlassung. Stattdessen kreisten meine Gedanken wie eine düstere Endlosschleife um die Diagnose, die mir Scanavino vor einigen Monaten freundlicherweise gestellt hatte: primär progrediente Multiple Sklerose.

Nach Mitternacht kam ich halb betrunken nach Hause. Franca schlief.

Ich setzte mich ins Wohnzimer, machte den Fernseher an, und wartete darauf, dass die Wirkung des Alkohols nachließ. Und als ich durch die Programme zappte, tauchte ausgerechnet er im Satellitensender auf. Mein Freund. Der verdammte Leo. Er hockte auf einem Schemel vor Daria Bignardi oder vielleicht vor Michiko Kakutani und gab Banalitäten von sich. Abgeschmackte, pseudotiefsinnige Banalitäten, so schmerzhaft wie ein Magengeschwür, die dem einfältigen Publikum gefallen, das nach billigen Gefühlen und dem Leiden anderer giert. Banalitäten, an die er selbst – das wusste ich, ich kannte ihn ja – niemals glaubte.

Mein ehemaliger Freund, der sich gerade mit Kakutani oder mit der Bignardi oder mit Franca Valeri unterhielt, war widerwärtig. Verlogen, heuchlerisch, opportunistisch. Aber was kümmerte mich das? Was kümmerten mich seine beiden hingeschmierten Bücher, halb Essay, halb Roman, die einer Vorstellung von Literatur entsprachen, wie sie in den USA seit zehn und in Italien seit mindestens fünf Jahren grassierte? Was kümmerte mich, dass er davon dreihunderttausend beziehungsweise zweihunderttausend Exemplare verkauft hatte, was kümmerte mich die Entlassung, die Reihe, die ich herausgeben sollte und die mich mit Stolz erfüllte wie ein harntreibendes Medikament?

Da war Leo, eindeutig war er nicht mehr der alte. Er war fünfzig Jahre alt, sah jedoch aus wie sechzig oder noch älter. Abgemagert, die Wangen waren schon etwas eingefallen, die Augen lagen schon tief in den schwarzen Höhlen. Spärliche, farblose Haare, nur noch ein Abglanz des ehemaligen Schopfes, eine Glatze mit ein paar quergelegten Strähnen. Zwei Haare klebten auf der Stirn, und mein Freund versuchte sie noch immer wegzublasen, wie damals, als er ein junger Mann gewesen war.

Glauben Sie mir, wenn ich sage, dass ich aufsprang und zum Fernseher lief, als ob ich ihn an die Brust drücken und trösten wollte? Es war egal, dass er abgeschmackte Bücher schrieb, es war egal, dass er mich auf brutale Weise abserviert hatte. Er war mein Freund. Mein Freund, mit dem es abwärts ging.

Ich blieb einen Schritt vor dem Fernseher stehen. Und als mir klar wurde, was ich tat, nämlich nichts, beziehungsweise soviel wie den Mond anzubellen, brach ich in Tränen aus. Sofort ging die Gangtür auf. Franca im Schlafrock, im bläulichen Licht des Fernsehers sah sie aus wie ein Gespenst mit einer Aureole von Irrlichtern. Als sie mich heulen sah, dachte sie, ich weinte wegen ihr, wegen der Szene am Abend, wegen der Entlassung. Sie bat mich um Entschuldigung. Sie umarmte mich, die Ärmste. Das war seit Jahren nicht mehr vorgekommen, und deshalb schob ich sie weg. Ich war nicht mehr an Wärme, an Körpergerüche gewöhnt. Ich schob sie weg und aus den Augenwinklen sah sie im Fernseher Leos Brustbild.

Nein, es folgte keine Szene, Franca verstummte. Sie ging augenblicklich ins Bett, wortlos. Die folgenden zwei Wochen schwiegen wir uns an.

Leo? Er verabschiedete sich von den Zusehern, die Sendung ging weiter. Danach wurde er nie wieder gesehen. Keine Auftritte in Talkshows mehr. Keine Artikel in „Espresso“ oder „Panorama“. Kein neues Buch, keine Neuigkeiten mehr über ihn. Wenn ich mich bei den wenigen Freunden erkundigte, die ich bei den Zeitungen noch hatte, oder bei den Kollegen von Mondadori, erhielt ich immer dieselbe Antwort: verschwunden. Keine Ahnung wohin und warum. Verschwunden. Von mir und der Welt abgeschnitten.

Und ich? Ich hatte fast dasselbe Schicksal erlitten. Aber es war mir egal, dass ich nicht mehr entscheiden durfte, ob ein Autor veröffentlicht wurde oder nicht. Es war mir egal, dass ich von den Newcomern nicht mehr angehimmelt wurde. Dass das Bild des großen alten Herrn des italienischen Verlagswesens verblasste, das sich auf mir abgelagert hatte wie Staub auf Möbeln in einer unbewohnten Wohnung. Ich hatte den Tod vor Augen, was kümmerten mich da die armseligen Trugbilder der Macht?

Ich lese keine Bücher mehr. Ich lese nur noch die Schlagzeilen der Zeitungen. Der Politikteil verursacht mir Koliken, bei der Lokalberichterstattung verspüre ich den Wunsch nach einem thermonuklearen Schlag, bei den Kulturseiten bekomme ich Durchfall. Ja, hin und wieder lese ich einen Artikel im Sportteil.

Aber ich habe festgestellt, dass ich sehr gut bei klassischen Rätseln bin. Franca löst nur Kreuzworträtsel, die *Pagina della Sfinge* und *Vetrina di rebus* gehören ganz allein mir. Und es macht mir Spaß, morgens so oft wie möglich ins Fitnessstudio zu gehen und etwas zu radeln. Am Nachmittag sehe ich mir gern ein paar Krimis auf Sky an. Außerdem gehen Franca und ich hin und wieder ins Kino. Nach Parona ins Cineplex oder nach Mailand ins Anteo. Oft essen wir mit den Persegàtis oder den Buttafavas zu Abend. Und manchmal fahren wir am Wochenende alle miteinander weg. Und außerdem gibt es ja noch den Rotary Club, oder? Die Essen. Die Interclub-Abendessen. Die Rotary-Ausflüge im Frühling. Und unsere privaten Ausflüge in die Villa Panza in Biumo, ins Castello di Rivoli, ins Museum für moderne Kunst in Lugano. Und die Abendessen mit Alessandro in Mailand, nur ich und Franca, in einer Pizzeria unterhalb seiner Wohnung, in der Nähe von Lambrate, die Cambiaghi kommt Gott sei Dank nie mit, von Pizza bekommt sie Sodbrennen, weshalb sie zu Hause lieber einen kleinen Salat isst.

Aber auch die Fußballspiele im Fernsehen sind nicht zu verachten. Samstag und Sonntag die Meisterschaften, Champions und englischer Fußball unter der Woche. Und außerdem Flushing Meadows, Roland Garros, Wimbledon. Und Golf. Und Rugby. Und die renommierte Reihe, nicht wahr? Die Fahrten nach Mailand am Mittwoch, und als Draufgabe die paradiesischen Momente bei der Maniküre auf der Piazza Cadorna. Und ja, hin und wieder, vor allem Mittwoch nachmittags in meinem alten Büro im Verlag, schreibe ich immer wieder einen Brief an Leo. Zehn Zeilen, zwanzig. Dann zerreiße ich ihn.

Was habe ich ihm schon zu sagen? Was habe ich ihm nicht schon geschrieben? Was, außer, dass ich ihn gerne wieder als Freund hätte und ich ihn schrecklich vermisse?

Ich gehe die Avenue Reine Victoria hinunter. Der Himmel ist grau, der Wind hat sich endgültig gelegt, es nieselt ganz fein. Mir geht es gut, das ist die Neuigkeit des Tages. Die Muskeln tun mir zwar weh und mein Rücken ist ein Schlachtfeld, aber die MS ist gerade Schnee von gestern. *Vive Jean-René et Menelik. Merci les gars!*

Auf der Straße herrscht wieder rege Geschäftigkeit. Gestern Explosionen, Trostlosigkeit, Sirenengeheul. Heute ein nahezu gewöhnlicher Samstag an der Riviera, Kombiwagen und Citycars sind unterwegs, mit Achtzigjährigen am Steuer, seit den frühen Morgenstunden sausen sie ins Carrefour und ins Monoprix, gerade noch rechtzeitig, bevor Sarkozy Staatstrauer verhängt und alle Einkaufszentren schließen.

Ich trällere ein Chanson von Aznavour und frage mich, was ich gestern Nacht tatsächlich gesehen habe. Leo oder ein Gespenst? Oder war es eine psychedelische Erscheinung, ausgelöst von Jean-Renés schwarzem Zeug? Als ich Doinel-Auteuil heute Morgen erneut nach meinem Freund fragte, lachte er. Er lachte. Er sagte weder, ich hätte mich geirrt, noch, ich hätte recht.

Aber angenommen, Leo wäre tatsächlich in der Klinik, wäre es da nicht konsequent, dass er mir aus dem Weg ging? Genau das hat er ja in den letzten zehn Jahren getan. Das frage ich mich und ich antworte mir selbst mit einem Achselzucken, während ich von Charles Aznavour zu Gilbert Bécaud übergehe. So, da ist endlich ein Bankomat. So, zweihundertfünfzig Euro in neuen, knisternden Zwanziger- und Fünfzigerscheinen. Vielleicht bin ich alt und nahezu tot, aber zumindest darauf kann ich mich verlassen. Auf mein sechsstelliges Bankkonto, meine ausgezeichnete Pension. Schon gut, sie machen mich überhaupt nicht glücklich. Für einen Todgeweihten ist es allerdings ein großer Trost, zumindest in dieser Hinsicht keine Sorgen und keine Angst haben zu müssen.

„*Monsieur, s'il vous plaît?*"

Jemand hinter mir bellt. Ich drehe mich um, und auf der anderen Straßenseite steht der Gendarm, der Lino Ventura ähnlich sieht.

Er grüßt. Er bedeutet mir mit einer Geste, ich solle auf die andere Seite zu ihm kommen. Und als ich fast bei ihm angelangt bin, macht er eine Geste, ich solle einen Blick hinunter werfen, dorthin, wo die Straße eine Kurve macht. Aus der Seitenstraße taucht gerade die rußige Hinterseite eines Lastwagens auf. Grüne Plane, ukrainisches Kennzeichen. Zumindest das war keine Halluzination.

Ich und der Gendarm drücken einander die Hand, wie alte Bekannte. Er hat ein paar frische Kratzer im Gesicht. In einem bildet sich gerade ein Tropfen Blut.

„*Et votre famille? Tout le monde va bien?*"

Er zuckt mit den Schultern. Er macht ein Gesicht, als wolle er sagen, nein, nichts ist passiert. Doch er hält meine Hand eine Sekunde länger als notwendig in der seinen, mitfühlend. Mit einem Taschentuch tupft er die Wunde ab, und dann sagt er, als spräche er zu einem Kind:

„*Monsieur, maintenant, ne vous mettez pas en alarme. Il ne s'est rien passé. Et surtout, le conducteur du camion n'a rien fait de mal.*"

Ich habe keine Zeit, ihn zu fragen, warum ich mir keine Sorgen machen solle, denn vor meinen Augen spielt sich folgende Szene ab: Adriana sitzt zerzaust und entgeistert auf dem Gehsteig, und Persegàti ist schlichtwegs außer sich. Sie hält ihr Gesichtchen in den Händen und starrt ins Leere. Er steht unter dem wachsamen Blick des jüngeren und nervöseren Gendarmen zwischen zwei geparkten Autos und trällert einen alten Schlager von Enzo Jannacci und Massimo Boldi.

„*Zan-zan-zan, zan le belle rane*", singt mein armer Freund. Er krächzt. Er schleudert die Arme in die eine und den Hintern in die andere Richtung, wie ein Krüppel, der Mambo tanzt. Als er mich sieht, schreit er:

„Cesare!"

Er schlägt die Hacken zusammen. Hebt den Arm zum Hitlergruß. Er, der immer die Christdemokraten gewählt hat. Ich fürchte, der Stoffwechsel mit der schwarzen Zauberkugel ist eine lange und mühsame Angelegenheit.

Adriana erklärt mir, was passiert ist. Dabei schaut sie mich nicht an, sondern starrt ins Leere, ungefähr in Richtung des Rasens vor dem Wohnhaus gegenüber.

„Vor einer halben Stunde hat man mich angerufen. Man habe das Auto gefunden. Da unten, in der Garage des Wohnhauses."

„Na so was, ihr besitzt also auch hier ein Apartment?"

Ich versuche zu scherzen. Meine erprobte Technik. Doch wie immer geht Adriana nicht darauf ein. Sie erzählt weiter, mit Roboterstimme.

„Luciano hat oft so was gemacht. Einer seiner üblichen Streiche. Wir besuchten Freunde zu Hause, sagen wir, die Ottone in der Via dei Mille, und anstatt auf der Straße zu parken, fuhr er mit dem Jaguar in die Garage des Wohnhauses. In irgendeine Garage, in die erstbeste, die er fand, die offen stand, und stellte den Jaguar hinein. Wenn dann der Besitzer am Abend nach Hause kam, hörten wir Hupen. Luciano sagte zu unseren Gastgebern: ‚Entschuldigt mich einen Augenblick, ich glaube, da hat wer sein Auto falsch geparkt.' Und ging hinunter. Mit Unschuldsmiene. So sagt man doch, nicht wahr, Cesare?"

Ich nicke.

„Luciano ging also mit Unschuldsmiene hinunter und sagte: ‚Entschuldigen Sie, ist hier nicht Via dei Mille Nr. 162?‘ Der andere, entgeistert: ‚Aber nein, das ist Via dei Mille Nr. 164.‘ Und Luciano zückte langsam und umständlich seine Geldbörse, während der andere schon vor Wut kochte. Er tat so, als suchte er einen Zettel, eine Notiz. Langsam wie eine Schnecke, nervtötend. Dann zog er irgendein Kärtchen heraus, tat so, als würde er lesen, sagte: ‚Sieh mal an, offenbar hab ich mich in der Nummer geirrt. Macht es Ihnen was aus, wenn ich mein Auto noch ein Stündchen hier stehen lasse, wir sind bei den Ottone eingeladen und gerade bei der Nachspeise angelangt?‘ … So ein Trottel, nicht wahr, Cesare?“

Sie lacht freudlos, in bester Proust-Manier. Die Ottone von der Via dei Mille sind seit zwanzig Jahren tot. Im Übrigen sind sie gleichzeitig gestorben, bei einer Explosion des Durchlauferhitzers in ihrem Wochenendhaus in Arenzano. Der Verdacht, es handle sich um einen fehlgeschlagenen Gattenmord, konnte übrigens nie ganz aus der Welt geschafft werden, sie war nämlich eine Nervensäge sondergleichen. Die arme Adriana. Ich bücke mich, um ihr tröstend auf die Schulter zu klopfen. Es ist doch nichts passiert, oder? Der Gendarm hat es mir bestätigt.

„Dann erklär' mir eines. Wohin ist Luciano gegangen, nachdem er hier geparkt hat? Wollte er sich mit dem Lastwagenfahrer prügeln?“

Sie seufzt, winselt. Klammert sich an meine Hand.

„Ich versteh' das nicht, Cesare. Luciano ist nicht hier. Die Besitzer der Garage haben die Gendarmerie gerufen. Leute aus Gropello Cairoli übrigens, stell' dir vor. Sie sind heute Morgen angekommen, die Garage war besetzt, sie haben bei allen Türen geklingelt. Sie sind da oben.“

Ich hebe den Blick. Am Fenster stehen ein alter Mann und eine alte Frau. Mit drohendem Blick, typische Leute aus der Lomellina, mit verschränkten Armen. Obwohl er zu Hause ist, trägt er einen Filzhut auf dem Kopf.

„Was heißt, Luciano ist nicht hier? Und was macht der Lastwagen da?“

Sie knurrt. Ich ziehe schnell die Hand zurück.

„Cesare, woher soll ich das wissen? Wenn ich versuche, mit dem Polizisten über den Lastwagen zu sprechen, schreit er: ‚Unschuldig, unschuldig.‘ Er hat mir keine andere Erklärung gegeben.“

Ich habe etwas ausgelöst. Sie springt nämlich auf und erhebt die Stimme.

„Keine einzige! Verstehst du? Keine einzige Erklärung, obwohl ich die Gattin des Vermissten bin!“

„Monsieur …“

Der Lino-Ventura-Doppelgänger hat sich bis jetzt etwas abseits gehalten. Jetzt macht er einen Schritt in unsere Richtung, aber nur einen. Ich habe einen Verdacht, wie er zu den Kratzern gekommen ist.

„La sœur du camionneur est l'épouse d'un citoyen français. Un homme très recommandable. Ils vivent ici.“

Er zeigt auf das Wohnhaus auf der anderen Seite der Straße.

„Le chauffeur du camion ukrainien était chez eux les deux derniers jours. Il n'est pas impliqué, il n'en est pas question.“

„Was sagt er?“ Adriana ist außer sich vor Wut. „Warum spricht er Französisch?“

„Weil er Franzose ist, Adriana. Er hat gesagt, dass der Lastwagenfahrer nichts damit zu tun hat. Hat er dir das nicht erklärt? Das ist nicht schwer zu verstehen, nicht einmal auf Französisch …“

Adriana kläfft. Der Polizist macht einen Satz rückwärts. Jetzt bin ich mir ganz sicher, wie er zu den Kratzern gekommen ist.

„Beruhige dich, Adriana. Du kannst von Glück reden, dass sie dich nicht schon verhaftet haben. Sei brav, die Schwester des Lastwagenfahrers ist mit einem Franzosen verheiratet. Sie wohnt hier, in dem Haus gegenüber. Und, wie der Polizist gerade sagte, ist dieser französische Herr ein ehrbarer Bürger …“

„Ja, ein Minister!“, unterbricht sie mich. „Ein Industriekapitän. Und mit einer Ukrainerin verheiratet. Ein Zuhälter!“

„Adriana“, sage ich leise und beschwörend zu ihr. „Setz dich. Atme.“

Ich drücke sie sanft zu Boden. Sie hockt sich wieder auf den Gehsteig. Der Gendarm tritt auf mich zu. Auf seinem Gesicht nur Mitleid.

„Und warum hat er dann hier geparkt, ha?“

„Um Himmels Willen, Adriana: Weil seine Schwester hier wohnt!“

„Cesare, der Lastwagenfahrer ist mir doch egal!“, kreischt sie. „Ich will wissen, warum Luciano hier geparkt hat. Das will ich wissen. Und wo ist mein Mann hingeraten? Habt ihr denn beide überhaupt keine Idee, du und der andere Idiot da?“

Ach, der Pekinese hat uns als Idioten bezeichnet. Mich und Lino Ventura. Ich und der Gendarm sehen einander an. Keine Ahnung, ob der Idiot Italienisch versteht. Auch der Gendarm hat eine gute Seele. Wir atmen tief durch. Wir zählen bis hundert. Norman Mailer sagte oft zu mir: Nur von einem Mann, der größer ist als man selbst, darf man sich zu Schlägen provozieren lassen. Eine Frau muss man ignorieren. Das ist der beste K.o. Oder war es Callaghan? Hemingway?

Fitzgerald?

Ich räuspere mich.

„Adriana, wahrscheinlich hat er den Lastwagenfahrer vorbeifahren sehen und hat angehalten.“ Ich versuche eine Frage an den Gendarmen zu formulieren.

„Vous avez une idée de pourqoi notre ami a …“

Er lässt mich nicht einmal ausreden. Er sagt zu mir, die Flanke des Lastwagens sei zerkratzt. Seufzend reicht er mir die Schlüssel des XKR. Das heißt, sie ist damit zerkratzt worden. Dann führt er mich zum Lastwagen, damit ich einen Blick darauf werfe. Zerkratzt ist untertrieben, sie ist mit Beschimpfungen verziert. Luciano muss stundenlang daran gearbeitet haben.

„Vous pouvez déplacer la voiture de votre ami? Les propriétaires du garage sont vraiment contrariés …“

Er zeigt auf das Wohnungsfenster. Das Paar aus der Lomellina steht noch immer da. Er hat noch immer den Hut auf. Jetzt klopft er noch dazu mit der Handkante auf die Handfläche der anderen Hand, bedeutet mir: Hau ab!

„*Allez-y*“, sage ich niedergeschlagen zu dem Gendarmen. Er hakt sich bei mir ein und führt mich in die Garage, erklärt mir, dass sich unser Freund Luciano in Nichts aufgelöst hat. Und dass leider sogar die berühmten Kreditkarten, mit deren Hilfe man ihn angeblich verlässlich finden hätte können, im Auto sind und somit nichts zu machen sei.

Persegàti weiter unten macht noch immer einen auf Jannacci, allerdings singt er jetzt einen anderen Schlager:

„*Ridere, delle follie del mondo … vivere, finché c'è gioventùùù …*“

„*Et votre ami? Qu'est-ce qu'il lui est arrivé?*“

„*Trop de Pernod, hier soir …*“

Der Polizist sieht mich an, wie mich Lino Ventura ansehen würde: skeptisch, amüsiert.

„*Pernod?*“

Er weiß, dass ich ihn veräpple. Aber er nimmt es hin. Mit dem Zeigefinger beschreibe ich einen Kreis neben der Schläfe.

„*Les gens régressent un peu, quand ils vieillissent.*“

Das hat er gestern gesagt. Oder verwechsle ich das Zitat?

„*Oui*“, flüstert er. „*Désolé …*“

Und als wir in der Garage sind und er den weißen XKR meines Freundes streichelt, so wie man eine schöne Frau streichelt, sagt er:

„*Ne vous préoccupez pas, nous continuons à chercher votre ami.*“

Aber ja doch.

Auf dem hellen Leder des Beifahrersitzes liegt ein grüner Helm. Das ist wohl der Magnethelm. Plötzlich erinnere ich mich, dass ich ihn vor einer Ewigkeit in der Auslage der Cagnòla-Apotheke gesehen habe, auf der Piazza in Vigevano. Grasgrün, mit Lüftungsöffnungen, wie ein Helm für Hobbyradfahrer. Der Gendarm nimmt ihn in die Hand.

„Qu'est-ce que c'est? Un accessoire exclusif Jaguar?"

Ich lächle, eine Jaguar-Sonderausstattung, kein schlechter Witz. Dann werde ich wieder ernst, denn unter dem Helm liegen eine Ausgabe von *Psmith macht alles* und eine Geldbörse. Er reicht mir beides. Wodehouse in einer fünfzig Jahre alten Elmo-Ausgabe. Das Cover ist zerknittert, die Seiten sind brüchig. Als ich darin blättere, stelle ich fest, dass die Ränder mit Notizen vollgeschrieben sind, in einer winzig kleinen, unleserlichen Schrift. Alle Seiten, von der ersten bis zur letzten. Schwarz vor Tinte. Und mitten im Buch liegen zehn nagelneue Fünfhundert-Euro-Scheine.

In der Börse die Kreditkarten. Die Bankomatkarten. Die Esselunga-Karte, die Fitnessstudio-Membercard. Benzinrechnungen, Supermarktrechnungen. Lucianos Personalausweis, der Führerschein. Parkscheine: aus Luzern, Bern, Zürich. Auch eine A-4-Seite mit dem Foto einer nackten Schwarzen.

„Madame Ségolène Nègresse Royale ...", sage ich.

„Oui, mais nous avons déjà vérifié."

Sie sei seit mehr als einem Monat in Montpellier. In einem Frauenhaus. Ich sehe ihn verdutzt an. Die Kreditkarten sind da, die Bankomatkarten sind da. Auch die Papiere sind da. Auch das eben abgehobene Bargeld. Aber wo ist Luciano? Oben in den Hügeln, hinter der A8, in Richtung Voralpenwälder, zum Ziegenbock regrediert? Oder in einem Container im Rumpf eines Schiffes, das gerade nach Korsika, Spanien, Sansibar oder Pernambuco ausläuft?

Der Gendarm seufzt, dann wiederholt er den Satz von vorhin.

„Ne vous préoccupez pas, nous continuons à chercher votre ami."

Sobald die Situation sich wieder beruhigt hat, fügt er pflichtbewusst hinzu. Sobald der Notstand wegen der Attentate aufgehoben ist. Dann können sie sich wieder mehr ihm widmen.

Natürlich, denke ich. Auch ich, wie früher.

Und während wir dann langsam in Richtung Atlantique hinunterfahren – ich am Steuer, Adriana und Persegàti auf dem Beifahrersitz zusammengepfercht –, blättert die Frau unseres verschwundenen Freundes die Seiten der Wodehouseausgabe durch, die ein Besessener mit Notizen vollgekritzelt hat. Sie seufzt:

„Bern. Luzern. Zürich. Keine Rede von Isernia, Perugia, Cesena …"

Dicke Tränen rollen ihr über die Wangen.

Attilio? Er sitzt direkt neben mir. Im Minutentakt klopft er mit dem Zeigefinger auf meinen Handrücken.

„Sie heult …", sagt er leise. Und zeigt diskret auf unsere Freundin.

„Weiber …", sagt er ebenfalls im Minutentakt. Und auch er macht mit dem Zeigefinger eine kreisförmige Bewegung an der Schläfe. Die besonders komisch wirkt, denn er hat sich Buttafavas grünen Helm tief in die Stirn gezogen.

Samstag Vormittag

So soll es also zu Ende gehen, hier und auf diese Weise? Um zwölf Uhr, in Nizza? Und die Kinder holen ihre alten vertrottelten Eltern ab und bringen sie nach Hause?

Los, fahren wir, Papa, los, fahren wir, Mama, los, was habt ihr hier eigentlich gesucht? Schnell, schnell weg von hier, ab nach Vigevano. Wieso Mittagessen? Aber nein, es gibt doch Autobahnraststätten und belegte Brötchen. Schnell, bringen wir uns in Sicherheit, ins Herz der Provinz, ins Zentrum der labyrinthischen Reisfelder, ins Reich der Wintergärten auf dem Dorfplatz. Caffè Commercio, Bar Haiti. Piccadilly-Moden, die Luisa-Spagnoli-Boutique. Ein Abonnement im Theater, donnerstags Abend, mit Gastspielen von Branciaroli, Albertazzi, Barbareschi. Rotary Club, Kochakademie. Confraternità dell'Oca e della Rana. Nur weg von hier, denn hier explodieren Bomben. Hier ist die Welt gefährlich. Weg von hier, fahren wir nach Hause.

Denn ihr, Väter und Mütter, habt den Verstand verloren und wisst nicht einmal mehr, wo vorne und hinten ist. Und wir müssen uns wegen euch Sorgen machen.

Ich schwöre, genau das hat Persegàtis Sohn Mario gesagt. Sorgen machen. Wortwörtlich. Obwohl ihr so alt seid, müssen wir uns wegen euch Sorgen machen. Als ob wir nicht selbst genug Probleme hätten.

Als ob wir nicht selbst genug Probleme hätten?

Persegàti junior, zweiundvierzig Jahre alt. Erhält von seinem Vater ein Gehalt von dreitausend Euro pro Monat, dafür, dass er im Büro sitzt und per Telefon und E-Mail die Bestellungen der Stammkunden entgegennimmt. Ein Kompromiss, damit er nicht noch mehr Schaden anrichtet, denn vor zehn Jahren hatte er darauf bestanden, die Firma zu übernehmen, und sie in der

Rekordzeit von achtzehn Monaten tief in die roten Zahlen geführt.

Und die Probleme von Pierluigi und Carlo Buttafava?

Pierluigi ist im Autohaus angestellt. Wie auch seine Frau und sein Schwager. Keine Ahnung wozu, aber sie sind angestellt und bekommen ein Gehalt. Buttafava junior hat gleich einmal den Kundenstock von Jaguar Vigevano um zwanzig Prozent verkleinert. Er hat das Autohaus zu einem exklusiven Club gemacht. Ja, als ob es ein Freundschaftsdienst wäre, jemandem einen neuen XJ zu verkaufen, kein Geschäft. Als ob sich nur Sandler einen gebrauchten S-Type kauften. Pirlulu, nennt ihn sein Vater. Und den anderen? Carlo Verblichen.

Er wollte nichts von Autos wissen, deshalb hat Luciano ihm ein schönes Bestattungsinstitut gekauft. Eine Arbeit, die zu seinem überschäumenden Temperament passt, sagt unser alter Freund immer. Carlo, der ältere Sohn Buttafavas, neigt dazu, wegzutreten und ins Leere zu starren. Er neigt dazu, erst nach zehn Uhr morgens aufzustehen. Er neigt dazu, einem ins Gesicht zu gähnen, wenn man ihm beim Abendessen gegenüber sitzt.

Und da sind sie, die Vierzigjährigen mit ihren Problemen, und laden ihre Eltern ins Auto. Da fahren sie. Attilio Persegàti winkt mir durch das Fenster von Marios schwarzem Audi zu. Armer Attilio. Sein Schildkrötenköpfchen wippt auf und ab, die Brille sitzt schief und zerknirscht auf der Nase und passt gar nicht zu dem Grinsen, das einfach nicht aus seinem Gesicht weichen will. Seine Schwiegertochter schnallt ihn an. Die Enkelinnen schneiden mir Grimassen. Der Sohn gibt Gas und fährt davon.

Adriana im weißen XKR mit fest verschlossenem Verdeck starrt vor sich hin. Pirlulu sitzt am Steuer. Er macht mir eine unhöfliche Geste, während der Motor aufheult und er wegfährt. Carlo Verblichen, der in zehn Schritten Entfernung auf dem Gehsteig steht, tut, als hätte er die Höflichkeitsgeste seines jüngeren Bruders gar nicht bemerkt. Mein Sohn hingegen schlägt mir niedergeschlagen auf die Schulter. Er sagt, möchtest du zu Mama aufs Zimmer gehen?

Nein, ich will nicht. Ich sage, machen wir einen kleinen Spaziergang. Ich sage, nehmen wir einen Aperitif.

Wir haben die „Kinder“ der Buttafava und der Persegàti vor dem Atlantique getroffen, als wir gerade von der Avenue Reine Victoria herunterkamen. Das war vor ungefähr zwanzig Minuten, einer halben Stunde. Und schon sind sie wieder weg. Ein Blitzkrieg.

Als sie uns im weißen XKR meines Freundes kommen sahen, stellten sie sich mit ausgebreiteten Armen mitten auf die Straße. Mario und seine Frau, Carlo, Pierluigi. Persegàtis Enkelinnen hüpften wie böse, besessene Kaninchen auf und ab, mit verzerrten Gesichtern ob der Genugtuung, uns bei irgendeiner Tat ertappt zu haben. Ich hielt an, und betrachtete durch die Windschutzscheibe entgeistert die groteske Versammlung.

„Mein Sohn, meine Enkelinnen!“, schrie Attilio und zeigte auf die wild gestikulierenden Mädchen, noch immer mit dem grünen Helm auf dem Kopf, glücklich, als wären sie gekommen, um mit uns ein Fest zu feiern. Sie rissen die Autotür auf. Zerrten Adriana mit Gewalt hinaus, als glaubten sie, sie würde Widerstand leisten. Als wären wir Flüchtlinge, die man endlich aufgespürt und wieder geschnappt hatte. Auch Attilio zerrten sie hinaus. Die Mädchen rissen ihm den grünen Helm vom Kopf. Kaum hatte er einen Fuß auf den Boden gesetzt, schrie seine Schwiegertochter ihn an, im Dialekt.

Ich stieg aus, mit zittrigen Beinen, schmerzendem Rücken. Ich hielt mich am Verdeck fest.

„Was machen Sie da? Sie runinieren es ja!“

So Pierluigi. Ich sah ihn an, wie man einen Idioten ansieht. Einmal abgesehen davon, dass er ein Idiot ist. Sorgfältig und hysterisch überprüfte er, ob das Verdeck Schäden davongetragen hatte, dann schrie er mich wieder an.

„Habt ihr es nicht im Fernsehen gesehen? Die Attentate? Die Bomben?“

Er schrie mich an und stellte sich dabei wütend auf die Zehenspitzen.

„Frankreich fliegt in die Luft und ihr spielt euch hier blöd auf?“

Spielt euch blöd auf. Mir verschlug es die Sprache.

Pierluigi Buttafava, ein Anblick für Götter. Genauso klein wie sein Vater, spindeldürr, wild strampelnd. Wie Don Lurio. Allerdings mit gewelltem, hinter die Ohren gekämmtem Haar und blauem Nadelstreifanzug mit Bleistifthose. Und einem ärmellosen Daunengilet über der Jacke. Schwarzen Kunststoffschuhen und schwarzer Brille. Ray-Ban. Fliegerbrille.

Mir verschlug es die Sprache, denn immerhin ist er der Sohn eines der wenigen Menschen auf der Welt, die ich als Freund bezeichnen würde, immerhin habe ich ihn Hunderte Male beim Abendessen bei seinen Eltern getroffen, selbst als er schon verheiratet war, denn zum Abendessen kam er immer nach Hause.

Seit fünf Jahren war er Mitglied beim Rotary Club, doch sein Vater zwang ihn, mich und seine alten Freunde nach wie vor mit Sie anzusprechen. Ein Penner, ein Vatersöhnchen par excellence. Und so einer, eine absolute Null, wagte es, mich, der ich mit Industriekapitänen, Staatspräsidenten und Nobelpreisträgern zu Abend gegessen hatte, als blöd zu bezeichnen?

Ich rang nach Luft. Konnte kaum klar denken. Die Beleidigung hatte mich derart geschwächt, dass ich nicht einmal zu einer Ohrfeige mit dem Handrücken fähig gewesen wäre.

In diesem Augenblick kam mein Sohn. Mir war nicht einmal aufgefallen, dass auch er zu dem fröhlichen Empfangskomitee gehörte. Wahrscheinlich hatte er im Foyer des Atlantique gewartet und die Szene aus der Ferne beobachtet. Er kam, als Pierluigi mich gerade herausfordernd anschaute, nachdem er mich beschimpft hatte. Unfrisiert. Mit zerknitterter Windjacke, und einem Hemd, das zur Hälfte aus der Cordhose heraushing.

„Kann ich Ihnen helfen? Der Herr ist mein Vater.“

Das sagte er zum jungen Buttafava. Entschieden und höflich, wie ein wahrer Gentleman. Die Jungs kennen sich nicht. Alex hat immer in Mailand gelebt, im Universitätsmilieu, er hat keine Ahnung von Vigevano und den Unternehmersöhnen. Er kennt Luciano, Adriana, Attilio. Er kannte Grazia. Er hat sie ein paarmal beim Abendessen bei uns gesehen, nicht mehr. Er hat nie meine Einladungen zu den Rotary-Essen angenommen. Sollte ich ihm das vorwerfen?

„Willkommen. Bist du auch gekommen, um den Trottel der Familie abzuholen?"

So der liebe Pierluigi. Er lachte dabei auch noch. Als ob zwischen ihm und meinem Sohn augenblicklich ein insgeheimes Einverständnis bestünde. Ich? Ich wurde knallrot, meine Beine begannen zu zittern. Mein Sohn nahm die Brille ab.

„Überlegen Sie sich, was Sie sagen, oder ich gebe Ihnen einen Tritt in den Arsch." Mit extremer Höflichkeit, wohlgemerkt. Allerdings sah man, es juckte ihn, es tatsächlich zu tun.

Dem anderen gefror das Lächeln im Gesicht. Im Übrigen ist Alex größer als ich und hat in letzter Zeit noch zugenommen. Ich nehme an, er wiegt mehr als hundertzehn Kilo. Buttafava sah im Vergleich zu ihm aus wie ein Kind. Ein verwöhntes, viel zu elegant gekleidetes Kind auf dem Weg zur Erstkommunion. Er entschuldigte sich. Auch die Stimme der Null aus Vigevano zitterte.

Alex nahm mir die Jaguar-Schlüssel aus der Hand, überreichte sie Pierluigi. Ohne ein weiteres Wort zu verlieren, legte er mir einen Arm um die Schultern und führte mich weg. Er umarmte mich nicht, er stützte mich. Wahrscheinlich hatte er bemerkt, dass ich zitterte.

„Wie geht es mit deiner Krankheit?"

„Ach, pfeif auf die Krankheit, Alex. Die ist doch jetzt unwichtig."

Das sagten wir, während er mich über den Gehsteig vor dem Atlantique führte. Persegàtis Enkelinnen spielten mit Lucianos grünem Helm. Sie stritten sich darum. Wenn ihn eine ergatterte, setzte sie ihn sich auf und schnitt der Schwester Grimassen. Den Eltern. Den Passanten. Attilio spielte ebenfalls. Mit der Hoteltür. Er ging hin, aufgrund der Fotozellen öffneten sich die Flügel, er machte einen Schritt zurück, sie schlossen sich. Er lachte selig.

„Was hat er denn?“, fragte Alex mich leise. Ich zuckte mit den Achseln.

„Zuviel Pernod gestern Abend.“

Adriana? Ein Wortschwall über Luciano, die Garage, den Lastwagen, die Gendarmerie, und dabei schluchzte sie und umarmte ihren Sohn, den anderen, Carlo. Der betrachtete zerstreut den Horizont und gab ihr leichte Schläge auf den Rücken. Präzise und methodisch, ohne einen Schlag auszulassen. Wie ein Anfänger, der gerade lernte, auf einer Bongo den Rhythmus zu halten.

Genug. Es reichte. Ich bat Alex, mit mir ein Stück wegzugehen. Wenn auch nur zehn, zwanzig Schritte. Ich musste zu Atem kommen, ich musste wieder ein wenig zu Atem kommen.

Der Hotelbursche trug bereits Adrianas und Lucianos Koffer aus dem Hotel und lud sie in den Kofferraum des XKR. Mario Persegàti war inzwischen ins Hotel gegangen und kam mit den Koffern seines Vaters wieder heraus, lud sie in den Kofferraum des Audi. Während wir den Jaguar aus der Garage des wackeren Ehepaars aus Gropello Cairoli abgeholt hatten, hatten sie wahrscheinlich schon bezahlt und die Zimmer geräumt.

„Und du? Hast du dir schon die Rechnung geben lassen?“, schnauzte ich Alex an, außer Atem. „Hast du die Koffer gepackt? Hast du Mama in den Zug gesetzt?“

Keine Ahnung, warum mich plötzlich so eine Wut überkam. Ich schäumte vor Wut. Alex sah mich entsetzt an. Dann fuhren Mario Persegàtis Audi und Luciano Buttafavas Jaguar mit ihrer Fracht an Vätern, Müttern, Frauen und Kindern davon. Zwölf Uhr, die Kinder transportieren ihre alten, vertrottelten Eltern ab. Attilio winkt mir pathetisch durchs Fenster zu. Die Mädchen schneiden Grimassen. So. Sie fahren um die Kurve. Sie sind weg.

Soll es so zu Ende gehen?

Carlo Buttafava blickt traurig ins Leere, man hat ihn auf dem Gehsteig vor dem Atlantique vergessen, mit seinem Lodenmantel, der Rotariernadel im Knopfloch, den Lederhandschuhen, neuen, glänzenden Schuhen. Ein Neureicher aus der Provinz, verloren auf französischem Boden.

Soll es so zu Ende gehen?

„Und jetzt, Papa? Wo trinken wir einen Aperitif?"

„Auf der Promenade, los. Dort. In der Brasserie du Soleil."

Noch bevor wir einen Schritt machen, hören wir Carlo Buttafava blöken. Er ruft uns, sein behandschuhter Zeigefinger zeigt nach oben, als würde er um das Wort bitten.

„Entschuldigung, hören Sie mir bitte zu."

Und mit unkoordinierten Bewegungen wankt er auf uns zu.

„Was wissen Sie über meinen Vater?"

Das flüstert er. Ich habe die Söhne Lucianos immer geduzt, aber jetzt kann ich nicht anders, ich gehe zum Sie über.

„Was soll ich über ihn wissen? Adriana hat Ihnen doch schon alles erzählt. Entschuldigung, ich meine Ihre Mutter. Im Übrigen wissen Sie wohl mehr als ich, oder? Adriana ist ja mit der Gendarmerie in Kontakt."

Carlo lacht mit schiefem Mund.

„Ja, aber ich weiß auch, dass Sie gute Freunde waren. Und mit Freunden bespricht man Dinge, die man mit Verwandten nie ..."

Was weiß der da von Freundschaft? Aber vor allem, wo hat er eigentlich das lange Pferdegesicht her? Das frage ich mich, als ob ich ihn zum ersten Mal sähe, wie erschlagen von einer plötzlichen Offenbarung. Woher hat er die fleischigen, dunkelblauen Lippen, die Hakennase? Die Größe, die hagere Gestalt, die hängenden Schultern?

Es ist eine Agnition, eine Wiedererkennung. Was hat Adriana vor fünfundvierzig Jahren getrieben? Oder besser gesagt, mit wem hat sie es getrieben?

„Ihr wart?"

Das fragt Alex. Carlo hat tatsächlich gesagt, Sie *waren* Freunde.

„Was wissen Sie vielmehr über Ihren Vater, das wir nicht wissen?"

Das sage ich. Carlo Verblichen gibt ein Seufzen von sich, das so tief ist wie ein Grab.

„Er ist wahrscheinlich tot, nicht wahr? Dabei kenne ich mich aus."

Da schau her. Die Vorliebe für Scherze. Zumindest die hat er von Luciano geerbt. Jetzt blicken wir ihn beide erstaunt an. Ich und Alex.

„Die Krankheit. Hat er Ihnen nichts davon erzählt?"

Ich stoße hervor:

„Und von welcher Krankheit bitte hätte er mir erzählen sollen?"

Carlo Buttafava zieht wieder eine teuflische Grimasse.

„Bluff. Das war nur Bluff."

Ich und Alex sehen einander an, unsere Blicke sind eine Oase der Vernunft inmitten einer Welt von Idioten.

„Ich versichere Ihnen, dabei kenne ich mich wirklich aus. Irgendetwas hatte er. Was sonst hätte er in der Schweiz gemacht? Er machte eine Therapie, oder? Oder er besuchte Sterbekliniken. Die Schweizer Städte sind ja voll davon." Und er macht eine Geste mit den Fingerspitzen, legt sie aneinander und öffnet sie wieder, zwei-, dreimal. Blufft er wieder?

„Sie nehmen uns die Arbeit weg. Die Scheiß-Nichteuropäer."

Er lacht, wie Vincent Price lachen würde.

Ich und Alex: Stechender Blick.

„Die Schweizer. Die Nicht-Europäer. Sie nehmen dem Bestattungsinstitut die Arbeit weg. Das war ein Scherz."

Und wie ein Großteil meiner Autoren, der Verfasser von Schlafmitteln, geschrieben hätte, „zerbricht in diesem Augenblick etwas in mir".

„Hören Sie zu", sage ich. „Carlo, hören Sie zu: Ich sage Ihnen was."

Er seufzt und schaut in die Ferne, keine Ahnung wohin.

„Ich sage Ihnen, dass mir von nun an Ihr Vater völlig egal ist. Sie, die arme Adriana, Ihr Bruder Pierluigi und vor allem Luciano. Ihr alle seid mir herzlich egal. *Rien ne va plus!*"

„Papa …“

So mein Sohn, in flehendem Tonfall, leise. Ich mache eine beiläufige Geste, als würde ich ein Insekt verscheuchen.

„Wir sind alt. Wir sind steinalt. Wenn nicht gar Greise, wir haben uns selbst überlebt. Wir sind tot, wir stecken in Körpern, die sich aufgrund eines Wunders noch von selbst bewegen. Sie haben recht. Wahrscheinlich ist Ihr Vater tot. Aber es ist mir egal. So ist das Leben, oder nicht? Irgendwann ist es aus. Und für jemanden in meinem Alter ist das genauso schockierend wie ein bewölkter Himmel nach einer Woche Sonnenschein.“

„Haben Sie ihm die gegeben?“

Carlo Buttafava schwenkt das Bündel Geldscheine, das wir im Auto, in der Wodehouse-Ausgabe gefunden haben.

„Auf seinem Konto wurde kein Geld abgehoben, in der Kassa des Autohauses fehlt nichts …“

„Auch das ist mir völlig egal! Lassen Sie mich ausreden, Sie Kretin!“

„Papa …“, seufzt Alex.

„Ich bitte Sie, Herr Doktor, ich …“, jammert der Sohn meines Freundes.

„Und vergessen Sie auch den Herrn Doktor, verdammt noch mal! Wollen Sie was wissen? Ich würde es überhaupt nicht bedauern, wenn Ihr Vater tot wäre. Haben Sie das endlich begriffen? Wir sind alt, hinfällig. Wir sind müde, wir haben es satt. Manche Freundschaften bleiben, aber das meiste verschwindet. Es verblasst. Wie ein Foto mit der Zeit verblasst. Gefällt Ihnen das Bild? Mindestens drei Dutzend meiner Autoren hat es wahrscheinlich verwendet …“

„Ich nehme jedenfalls ein Zimmer im Negresco. Ich bleibe hier. Ich verfolge den Fall, ich halte Vigevano auf dem Laufenden.“

Alex muss lachen.

„Entschuldigen Sie …“, sagt er zerknirscht.

„Genau, halten Sie Vigevano auf dem Laufenden, sehr gut“, sage ich und versuche mich von meinem Sohn nicht anstecken zu lassen.

„Ich bleibe in Kontakt mit der Gendarmerie, ich lasse nicht locker."

Das ist ein guter Witz. Ich sehe Carlo vor mir, wie er mit seinem traurigen Pferdegesicht und dem betrübten Blick Lino Ventura und seinen Kollegen Feuer unter dem Hintern macht. Ich presse die Lippen aufeinander. Ich wiehere durch die Nase. Keine Ahnung warum, aber mein Sohn reicht Carlo Verblichen plötzlich die Hand und verabschiedet sich.

„Vielen Dank noch, halten Sie die Nation auf dem Laufenden, wir müssen leider gehen."

Er zieht mich weg, lässt mir nicht einmal Zeit, mich zu verabschieden. Wir biegen in die Straße zum Hotel ein, er lässt meinen Arm los. Ach ja. Franca. Sie steht auf der Schwelle, mit der bis zum Kinn zugeknöpften Fay-Jacke, obwohl es zwanzig Grad hat. Ihr Bart ist bis hierher zu sehen.

„Nimm …", flüstert mein Sohn.

„Was?", frage ich. Ich begreife nicht, bis ich spüre, dass er mir etwas zusteckt.

„Du hattest ja gesagt, ich solle nur kommen, wenn ich dir einen Brocken mitbringe, oder nicht?" Er flüstert noch immer.

„Hallo, Mama, wie geht's?", schreit er fröhlich in Richtung meiner Frau.

Dann, ganz schnell, zu mir:

„Und versteck ihn, ja? Bevor sie sich wieder zu einer ihrer überspannten Gesten hinreißen lässt."

Epilog (ein Morgen Ende April)

Es ist noch nicht einmal neun, die Sonne steht noch tief. Das Riesenrad hat gerade geöffnet, man könnte meinen, ausgerechnet für uns. Wir sind die einzigen, die eine Fahrkarte kaufen. In der Gondel setzen wir uns ans jeweils andere Ende der Bank, als wollten wir sogar in dieser winzigen Gondel Abstand halten, als würden wir die kostbare Privatsphäre des anderen zutiefst respektieren. Oder als wäre uns die Situation zutiefst peinlich. Der Betreiber schließt das Tor, das Riesenrad fährt mit einem Ruck an.

Solange wir unten sind, befinden wir uns im Schatten der Wohnhäuser am Rande der Nizzaer Altstadt. Aber wir schweben majestätisch in die Höhe, bis die Sonne Leo von hinten bescheint. Im Licht wirkt der Hals meines alten Freundes noch dünner, der Kopf noch kleiner, die Handgelenke noch zarter.

Sein ehemals gestählter Körper ist zerbrechlich geworden, verschwindet fast in der Windjacke. Einer Windjacke, die schon ein paar Jährchen auf dem Buckel hat. Die wie aus einem anderen Jahrhundert wirkt, ihm viel zu groß ist, und die er trotz des sommerlichen Wetters bis zum Hals geschlossen hat.

Ich habe Herzklopfen. Endlich sehen wir uns wieder. Mein lieber alter Freund Leo sitzt vor mir. Er schaut aufs Meer hinaus. Ich sollte glücklich sein, oder nicht?

Vor ungefähr fünf Minuten haben wir uns unten getroffen. Eine winzige Zeitspanne, verglichen mit zehn Jahren.

„Treffen um 8.30 Uhr beim Riesenrad, Avenue de Verdun. Leo Meyer."

Das stand auf dem Zettel. Lakonisch, nach so langer Zeit, nicht wahr? Ich hatte ihn gestern Abend im Foyer des Atlantique gefunden, als ich vom Abendessen in der Coquille zurückkam. Einen Zettel mit dem Briefkopf der Clinique de la Côte.

Ach, hockte er also noch immer im Bau. Also keine Halluzination. So ein Arschloch.

Wurden meine Augen nass? Aber was. Mein Herz setzte jedoch ein paar Schläge lang aus, und der Rest meines alten Hirns ist gewissermaßen verdampft.

Heute Morgen war ich um zwanzig Minuten zu früh da. Er kam zu spät, stieg auf einen Stock gestützt aus dem Taxi aus. Er schwankte. Ich ging ihm entgegen, wir drückten einander verlegen die Hand, ich hatte Angst, er könne das Gleichgewicht verlieren. Mir fiel nichts ein, was ich zu ihm sagen hätte sollen, und ihm auch nicht. Wissen Sie was? Ich versuchte, ihm den bewussten Blick zuzuwerfen. Ja, den vom Parkplatz auf der Tangente. Als wir Gesicht an Gesicht auf dem Asphalt lagen und die drei Verbrecher ihren obszönen Strahl auf uns richteten. *Unseren* Blick.

Leo kicherte ein wenig. Als ob er sagte: Du bist so vorhersehbar. Er sagte allerdings:

„Du siehst mitgenommen aus. Um Jahre gealtert."

Was für eine Bemerkung. Einen Augenblick lang dachte ich: Ist er vielleicht in den letzten zehn Jahren zu einem verbitterten, bösartigen, alternden Homosexuellen geworden, dem es Spaß macht, die Falten seiner Freunde zu zählen?

„Ach, und du vielleicht nicht?", stieß ich hervor, bereit zum Streit. „Du siehst aus wie eine Landkarte."

Ich hatte mich getäuscht. Leo senkte den Kopf.

„Ich bin nicht gut beieinander, Cesare. Ich bin überhaupt nicht gut beieinander."

Dann zeigte er mit dem Stock auf das Riesenrad, zog eine Grimasse, sagte:

„Hast du Lust, eine Runde zu fahren?"

Ein etwas kühler Start, gewiss. Und jetzt, während sich das Riesenrad schwindelerregend zu drehen beginnt, während die Stadt und das Meer vor uns liegen wie ein offenes Buch, sagt er:

„Cesare, erinnere dich daran, dass du mir einen Gefallen schuldest."

Vor zwei Wochen ist Alex mit Franca in seinem kleinen Auto abgefahren, ich bin hier geblieben. Es hat keine langen Diskussionen gegeben. Zuerst ist natürlich ein Hauch von Klosterschwesternbart auf Francas Oberlippe erschienen und sie hat mir einen Basiliskenblick zugeworfen, und mein Sohn fragte sich stirnrunzelnd, ob ein kranker alter Mann allein in einer fremden Stadt bleiben durfte. Was wollte ich überhaupt suchen? Das Gespenst eines Freundes?

Schlechte Literatur, nichts als schlechte Literatur. Im Kopf meines Sohnes nämlich. Hätte er jemals ein anständiges Buch gelesen und nicht nur Werke über theoretische Physik, die Urania-Reihe und die Comics von Alan Ford, wären ihm „fremde Stadt" und „Gespenst eines Freundes" nicht über die Lippen gekommen. Meiner Frau hingegen war offenbar die Gnade eines Wunders zuteil geworden, sie war wie ausgewechselt. Vielleicht weil Luciano traumatischerweise verschwunden war. Weil Adriana den Kopf verloren hatte. Weil ich mich in der Öffentlichkeit angepisst hatte. Weil die Stützpfeiler ihres trostlosen, stumpfsinnigen Bäuerinnendaseins allmählich einknickten. An diesem Samstag kurz nach Mittag in der Brasserie du Soleil hat sie jedenfalls gleich klein beigegeben.

„Ich bleibe hier, ich möchte versuchen, Leo zu finden. Ihr könnt abreisen, wann immer ihr wollt."

Das sagte ich, während wie üblich ein *salade niçoise* vor mir stand. Sie seufzte, goss sich ein Glas Wasser mit Kohlensäure ein, trank es. Der Schatten des Bartes verschwand und sie begann sich mit unserem Sohn über den besten Zeitpunkt der Abreise zu unterhalten. Noch am Nachmittag oder erst am Morgen darauf? Aber es war ganz eindeutig, sie sprach nur von ihnen beiden.

Was heißt hier Gespenst eines Freundes, würde ich jetzt am liebsten zu Alex sagen. Leo sitzt mir gegenüber. Er zündet sich eine Zigarette an. Sein Blick schweift in die Ferne, und ich folge ihm. Der Himmel ist heiter, die Luft klar. Von hier oben sieht man einen langen Küstenstreifen. Ganz hinten im Westen erkennt man ganz deutlich die Landebahn des Flughafens Nizza. Ein Flugzeug löst sich gerade vom Boden, ein anderes zieht eine Schleife und setzt zum Landen an. An den Privatstränden in der Stadt, in den über Kies aufgeschütteten Sand stecken die Leute die Sonnenschirme. Morgen ist der 1. Mai, das Wetter ist herrlich. Die Saison kann beginnen.

Das Riesenrad bleibt mit einem Ruck stehen, unsere Gondel schaukelt leicht. Wir sind am höchsten Punkt, mitten im Sonnenlicht. Eine warme Windbö, die nach Harz und Salz duftet, zerrt an unseren Kleidern. Das Gitter unten quietscht. Der Betreiber öffnet einen Sicherheitsbügel. Fahrgäste steigen ein. Leo, das Gespenst, kramt derweil in der Tasche seiner Windjacke. Er zieht einen zweifach gefalteten Zellophanumschlag hervor.

„Übrigens", sagt er.

Er öffnet den Umschlag, darin ist ein Stapel Blätter. Grinsend zeigt er sie mir. Sieh mal an. Das alte, verdammte Manuskript. *The Novel of a Lady,* Frederic Prokosch.

„Vor sechs Monaten hat es die Guimard auf fünfzehntausend Euro geschätzt. Sie hätte es mir auch abgekauft. Aber es ging ihr schon schlecht. Sie war schon drauf und dran, bei Doinel, diesem Arsch, einzuziehen."

Ich sehe ihn verständnislos an.

„Die Guimard. Nathalie. Librairie Mortier. Cesare, wach auf. Unsere Freundin."

„Die Guimard, von der in der Zeitung die Rede war? Die mit dem entstellenden Tumor?"

Er sieht mich an, als ob ich verrückt wäre. Gibt keine Antwort. Rollt das Manuskript trichterförmig zusammen. In Grasse, vor einer Ewigkeit, hat er es wie eine Reliquie behandelt. Jetzt macht es ihm nichts aus, dass er die Blätter zerknittert, während er sich mühsam hochzieht, sich mit einer Hand am Rahmen der Gondel festhält.

„Nimm …“

Er steht breitbeinig da, hält sich nur mühsam aufrecht. Er reicht mir den Papiertrichter, in dem unsere ganze Geschichte und mein Unglück enthalten sind. Dann beginnt sich das Riesenrad plötzlich wieder zu drehen.

Leo schwankt, verliert das Gleichgewicht, macht einen unsicheren Schritt nach vorne und noch einen zur Seite, prallt mit dem Schenkel an das Türgitter der Gondel. Ich springe auf, reiche ihm die Hand. Er macht eine Bewegung, als schwämme er in der Luft, das Manuskript fällt ihm aus der Hand, er erwischt meine Hand nicht. Aber er plumpst rücklings auf die Bank, ist in Sicherheit. Die Gondel schaukelt wie wild hin und her. Die Blätter verteilen sich auf dem Boden, zwischen unseren Füßen. Eine erneute Windbö wirbelt sie auf. Zwei, drei, fünf Seiten fliegen davon.

Ich halte inne, mit wild klopfendem Herzen, halb sitzend und halb stehend, mit leeren Beinen. Ich fuchtle mit den Händen in der Luft, um die Blätter zu fangen, die in den Himmel fliegen.

„Lass es. Sollen sie doch auch zum Teufel gehen.“

Mein Freund stellt einen Fuß auf den Boden, auf die Blätter, die noch nicht davongeflogen sind. Dann kickt er sie weg. Wir in der Gondel sinken zu Boden, sie sinken auch. Ein Konfettiregen, obwohl es nicht Fasching ist, außerhalb von Zeit und Raum. Ich sehe Leo an, er erwidert den Blick, während der Schatten uns wieder verschluckt.

„Es hätte ein Geschenk sein sollen. Damit du weich wirst und mir einen kleinen Gefallen erweist. Jetzt gibt es kein Geschenk mehr.“

Er lacht aufgesetzt. Zeigt mit theatralischer Geste auf die davonfliegenden Blätter. Auf sich selbst. Auf mich.

„Aber es liegt dir auch nichts daran, oder?“

Ich habe Gewohnheiten angenommen. Wie dumm wir doch sind, oder? Wir befinden uns an einem anderen Ort, der vielleicht sogar schön und abwechslungsreich ist, in einer außergewöhnlichen Situation, und anstatt das Neue zu genießen, suchen wir die Routine. Schuld daran ist ausschließlich die Leere. Die Leere der Luft, des Himmels. Der Tage. Aber vor allem die Leere, die wir anstelle des Herzens spüren.

Ja, auch das ist schlechte Literatur, aber ich habe in nur zwei Wochen wirklich Gewohnheiten angenommen. Ich stehe um acht auf, hole mir an der Theke im Foyer des Atlantique den „Corriere“, die „Stampa“ und „Nice Matin“. Die Concierge besorgt sie mir. Mit breitem Lächeln sagt sie zu mir: *„Bonjour monsieur Corsicò-Piccolinì.“* In den zwei Wochen habe ich auch die Gewohnheit angenommen, sie zu grüßen und anzulächeln. Dann Kaffee und Croissant in der Brasserie du Soleil. Dann fahre ich im Autobus ins Cimiez-Viertel hinauf. Ich gehe die Avenue Reine Victoria hinunter, stecke die Nase in die Gärten der Villen hinter den Hecken, grüße Hänsel und Gretel, wenn ich sie in ihrem Garten sehe. Hänsel nimmt immer seine dunkle Brille ab und sieht mich mit seinen bösen, gelben Katzenaugen an, ohne meinen Gruß zu erwidern. Dann gelange ich zur Nr. 79.

Ich mache eine Runde um die Clinique de la Côte, laufe in der Parallelstraße zwischen Garten und Pool selig über Nadeln und Pinienzapfen, betrachte ungläubig die beiden nebeneinander stehenden Liegestühle, wo Attilio und ich die Mysterien von Eleusis gefeiert haben. Ich stelle mich hinter einen Baum und bleibe zwanzig Minuten, eine halbe Stunde lang stehen. Das Fenster, wo ich ihn Freitag nachts in einem hell erleuchteten Viereck zu sehen glaubte, ist nicht mehr aufgegangen.

Wenn dann meine Beine allmählich schwer werden, gehe ich seufzend in die Stadt hinunter. Ich esse in der Brasserie du Soleil zu Mittag. Gehe ins Hotelzimmer zurück, widme mich Bilderrätseln und Anagrammen, löse die Rätsel der sprechenden Krähe, beantworte die Fragen an Susi. Wenn ich mich allein und einsam fühle, rufe ich Franca an. Alex. Attilio. Ich lasse mir erzählen, ob es im Fall Buttafava eventuell was Neues gibt. Ich widerstehe der Versuchung, mich wie früher als Gentleman zu benehmen und

Adriana anzurufen. Noch mehr widerstehe ich der Versuchung, Carlo Verblichen in der Bar des Negresco zu treffen. Ich denke an das Verschwinden Lucianos und seufze noch einmal. Dann sehe ich, wie Staub in der Luft aufwirbelt und sich in Wind auflöst, und beruhige mich.

Etwas später, so um fünf, mache ich einen Spaziergang in die Altstadt, über die Promenade oder zum Hafen. Um sieben rufe ich Scanavino an. Wirklich jeden Tag. Ich beschreibe ihm das Zittern, ob mein Blick flackert oder ein schwarzes Loch in meinem Blickfeld auftaucht oder nicht, ob die Löcher in meinem Gedächtnis größer werden oder nicht. Wieviel Haschisch ich zu therapeutischen Zwecken rauche. Ich lasse mich trösten. Ich lasse ihm fünfzig Euro auf sein Konto überweisen. Pro Telefonat. Erminio Scanavino ist es so recht, und mir noch mehr.

Dann gehe ich zum Abendessen in die Coquille, trinke regelmäßig zuviel, gehe regelmäßig zu Bett.

Gestern Abend dann Leos Zettel. Ich würde gerne sagen, dass mein erster Gedanke war: „Verdammt, jetzt muss ich auf das Frühstück in der Brasserie verzichten.“ Aber selbst in meinem Alter, kurz vor dem Hinscheiden, macht es mir keinen Spaß, mich selbst zu belügen.

Im Riesenrad, schräg gegenüber in einer anderen Gondel, sitzen ein Vater in einer blauen Windjacke und zwei Kinder mit rotem Mantel. Leo schweigt. Zufrieden schaut er in die Tiefe. Die Blätter haben sich auf den Beeten im Park und der Straße verteilt. Eines flattert noch in der Luft, landet auf der Windschutzscheibe eines Autos, der Scheibenwischer geht an und zerknüllt es. Ein anderes ist auf einem Balkon gelandet. Wiederum andere zwischen den Blüten der Magnolien am Rande der Gärten. Die Kinder oben im roten Mantel strecken den Arm aus und zeigen darauf. Ist ihnen nicht heiß? Sie im roten Mantel, der Vater in der Windjacke. Mir reicht ein leichtes Jäckchen. Jetzt fahren sie hinunter und wir fahren hinauf. Schwitzt Leo, der bis oben zugeknöpft ist, nicht mehr als alle anderen? Ein Wrack. Ausgetrocknet. Ich sehe ihn an, studiere die tiefen Falten, studiere die Poren seiner Haut, die so groß wie Krater sind. Er schwitzt nicht, keine Spur eines Schweißtropfens. Er schaut mich nicht an, sondern noch immer in die Tiefe. Und redet unverständliches Zeug.

„Der Ehemann hat den Verstand verloren. Er lebt mit seiner Schwester in der Villa. Du weißt doch, in der neben der Klinik. Du erinnerst dich doch, oder? Er läuft immer mit einer dunklen Brille und langen Haaren herum. Wäscht sich nicht. Hin und wieder geht er hinunter in die Buchhandlung, sperrt sie aber nicht mehr auf. Er klammert sich an den Rollladen und rüttelt ein paar Minuten daran, als ob er ihn wegreißen möchte. Dann geht er in die Bar gegenüber."

Er schnaubt.

„Einmal ist er sogar den Rollladen hinaufgeklettert."

Ich höre ihm nicht zu, aber er fordert auch keine Aufmerksamkeit von mir. Er spricht und spricht. Das Reden bereitet ihm offensichtlich Mühe, genauso wie das Atmen, aber er redet trotzdem weiter.

„Wenn man ihn anspricht, geht er einem an die Gurgel. Ich bin hingegangen und habe ihn begrüßt, aber er hat mich beschimpft. Er und seine Schwester, diese Idiotin. Die mit dem Hörrohr. Das war 2000. So eine Hexe. Ich bin hingegangen, durch den Park der Klinik."

Er schnaubt wieder. Er schaut mich nicht einmal an, während er sagt:

„Du kannst einem aber auch ganz schön auf die Nerven gehen. Jeden Tag, was? Immer auf Spähposten. Doinel beobachtet dich hinter den Fensterläden, ich verkrieche mich im Haus, bis du abhaust. Jeden Tag, jeden Tag seit zwei Wochen. Gibst du nie auf?"

Jetzt sitzen wir wieder im Sonnenlicht. Wärme und Wut steigen gemeinsam in mir hoch, wie der Strahl eines trägen Geysirs.

„Leo, du Arschloch, wo hast du eigentlich die ganzen Jahre über gesteckt?"

Er schaut mich entgeistert an. Er soll bitte aufhören! Er soll mir keine Komödie vorspielen!

„Vor zehn Jahren waren wir in Grasse. Vor zehn Jahren haben wir uns das letzte Mal gesehen. Wie viele Anrufe hast du nicht angenommen?"

Er lacht, als ob ich mich über ihn lustig machte. Ich knurre.

„Du hättest auf meine Briefe antworten können."

Ich spreche lauter.

„Ich habe dir wahrscheinlich *fünfzig* geschrieben. Ich habe dir wahrscheinlich *hundert* geschrieben."

Plötzlich dreht Leo sich wutentbrannt um.

„Cesare, du bist …"

Er wollte etwas sagen. Dann blickt er mich an, keine Ahnung, was er sieht. Aber sein Tonfall verändert sich.

„Bist du … verrückt? Ich habe zwar nicht Unmengen geschrieben wie du, aber vier oder fünf …"

Obwohl er im Gegenlicht sitzt, kann ich seine Augen am Grund der dunklen Höhlen gut sehen. Entweder ist er verrückt oder ein ausgezeichneter Schauspieler.

„Im Verlag sagten sie zu mir, sie hätten dich entlassen. Ich habe unter deiner alten Nummer angerufen, aber Rosmini hat geantwortet. Ich kenne ihn, er ist sehr tüchtig. Stell dir vor, davor war er bei uns bei Mondadori. Wirklich tüchtig, da habt ihr einen guten Fang gemacht … Er sagte mir, du kämst noch jeden Mittwoch. Auch den letzten Brief habe ich in den Verlag geschickt. Cesare, den letzten habe ich dir im Dezember geschickt. Du musst ihn bekommen haben. Darin stand, dass mir die Guimard von der Klinik erzählt hat. Der Klinik hier in Nizza. Der Klinik Doinels, dieses Trottels."

Ich schüttle den Kopf. Lauter Lügen. Er redet weiter.

„Doinel. Dieses … Arschloch …"

Dann hört er auf. Er seufzt tief. Beim Ausatmen presst er die Lippen zusammen, sodass die Luft durch einen dünnen Spalt entweicht. Er umklammert seinen Stock.

„Meinst du nicht auch, er sieht genauso aus wie Daniel Auteuil? *Ein Herz im Winter*. Erinnerst du dich? Wo haben wir ihn gesehen, im Anteo, im Colosseo? Oder im Centrale?"

Allmählich dämmert mir was. Fast wird mir schwarz vor den Augen. Ich ersticke. Als ob sich ein glühend heißer Metallreifen um meinen Magen schlösse. Leo spricht abgehackt weiter, seine Worte sind wie der Kopf einer Schlange, die ihre Beute attackiert.

„Cesare, ich habe dich zu Hause angerufen ... Um zu erfahren, ob mein Brief angekommen ist ... Ich wartete auf eine Antwort, meiner Meinung nach zu Recht ... Erinnerst du dich? Es schneite. Ich rief dich von Mailand aus an, deine Frau war nicht da, und der Schnee fiel in großen Flocken ... Du warst in Vigevano, du sagtest: Hier hat es einen halben Meter geschneit, auf dem Gehsteig kann man gar nicht gehen ... Der Schnee. Als ob du nur von Schnee reden hättest können. ... Ich habe dir alles erzählt. Von der Krankheit. Der Klinik ..."

Er lacht.

„Ah, mon ami! Nice, Côte d'Azur!"

Ich ringe nach Luft und segne das Riesenrad, das uns wieder nach unten in den Schatten bringt.

„Hör auf", röchle ich. Aber nur, um den Schein zu wahren, ein allerletzter Versuch, um diesen Reifen zu sprengen, der mich erdrückt und zerquetscht.

„Aber ja doch. Du hast mir selbst von der Sklerose erzählt. Und von der unorthodoxen Behandlungsweise deines Arztes."

Er lacht aufs Neue.

„Und dann wieder vom Schnee. *Vigevano sous la neige*. Der ungeheuren Verschwendung an schneeweißer *neige ...*"

Die Gondel berührt den Boden, fährt wieder an, steigt in die Höhe.

„Du warst mein bester Freund. Der einzige."

Das stoße ich voller Wut hervor.

„Du warst mein einziger Freund. Der einzige Mensch, den ich je geliebt habe außer meinem Sohn ..."

Ich schlucke die Wut, die Galle, hinunter.

„… und meiner Frau."

„Na und …?"

Leo sieht mich belustigt an. Wie kann er nur?

„Na und? Du hast mich aus deinem Leben rausgeschmissen. Du hast mich allein gelassen. Grundlos, einfach so, trotz unserer Freundschaft. Wegen einer Lappalie. Du hast mich abserviert, weil ich deine Übersetzung nicht veröffentlicht habe."

Ich mache eine verärgerte Geste, in Richtung der über ganz Nizza verstreuten Blätter.

„Wegen der schlechten Übersetzung eines Schundromans eines vergessenen Autors."

Leo grinst nicht mehr. Leo sieht mich an. Sein Ausdruck ist voller Mitleid.

„Ach, weil du meine Übersetzung nicht veröffentlicht hast. Ach, der Schundroman eines vergessenen Autors. Du erinnerst dich wirklich an gar nichts, was, Cesare?"

„Hör auf, was redest du da? Woran sollte ich mich erinnern?"

Er zuckt mit den Schultern. Sieht mir direkt in die Augen. Vielleicht bin ich nur ein sentimentaler alter Mann, krank und mit matschigem Hirn, aber sein Ausdruck ist nicht mehr mitleidig, sondern wehmütig. Als würde er sich an eine verflossene Liebe erinnern.

„An nichts. Du solltest dich wirklich an nichts mehr erinnern. Das wäre das Beste. An nichts mehr. Hast du vergessen? Gut, danken wir dafür, dass dir diese Gnade zuteil geworden ist."

„Welche Gnade …", stottere ich, während wir uns plötzlich wieder im hellen Sonnenlicht befinden, und der Reifen zu einem glühend heißen Ring um den Hals wird, einem brennenden Ring, der die Gedanken vertreibt. Wir fahren hinauf. Ich presse die Finger an die Schläfen und schließe die Augen.

Als ich sie wieder öffne, sind wir fast am höchsten Punkt angelangt. Leo steht. Im Licht der Sonne sind seine spärlichen weißen, vom Wind zerzausten Haare rot glühende Fäden. Mein alter Freund hält sich mit beiden Händen am Rand der Gondel fest. Er dreht mir den Rücken zu. Mit einem Fuß steht er auf dem Türchen.

„Leo …“, sage ich, mit erstickter Stimme.

„Eins möchte ich betonen“, sagt er, ohne mich anzusehen, „ich möchte mich nicht umbringen. Ich möchte betonen, dass ich mich nur *wegwerfen* möchte. Dieser Ausdruck trifft die Sache am besten.“

Er dreht sich um, aber nur mit den Schultern, dem Kopf. Er lacht bitter.

„Ich bin eine Ware, die abgelaufen und verdorben ist. In sechs Monaten oder einem Jahr beginne ich endgültig zu faulen. Selbstzerstörung. Verwesung. Hättest du den Mut, auf die Verwesung zu warten? Ich werfe mich lieber gleich weg. Cool, nicht? Ich erspare mir Zeit und Schmerzen. Und der Welt Geld und Leid.“

Er dreht sich wieder um und betrachtet die Dächer von Nizza, während wir den höchsten Punkt erreichen.

„Leo …“, sage ich, als ob ich schreien wollte und keinen Ton herausbrächte.

„Aber Doinel weigert sich“, antwortet er, in die Leere hinein. „Solange man die Symptome behandeln kann, solange das Leiden nicht überhand nimmt, ‚kann ich nichts tun, sind mir die Hände gebunden‘. So ein Trottel.“

Er dreht sich wieder um. Sieht mich spöttisch an.

„Würdest du mir einen kleinen Schubs geben? Ich habe dir ja ein Geschenk mitgebracht.“

Mit einer theatralischen Geste zeigt er auf die Welt unterhalb des Riesenrads.

„Um diesen Gefallen würde ich dich gern bitten, für den Fall, dass du aufgrund deines Alters nicht selbst draufkommst … Wahrscheinlich ist es auch zu viel verlangt, dass du dich erinnerst, warum du ihn mir schuldest.“

Dann wird er ganz kurz wieder ernst.

„Du weißt, dass ich ohne dich niemals etwas geworden wäre. Auch jetzt brauche ich dich dafür. Ein Schubs. Alle Italiener lassen sich ja andauernd schubsen."

Und schon lacht er wieder.

„Hier sind wir aber in Frankreich", sage ich. Leo lacht noch mehr.

Wir fahren wieder hinunter. Die Gondel steht auf vierzehn Uhr. Leo stellt den Fuß auf das Türchen, beugt sich hinaus. Lässt den Rand der Gondel los, breitet die Arme aus. Als ob er davonfliegen wollte. Jetzt wäre es ganz einfach. Ich bräuchte ihm nur einen Stoß zu geben. Von meinem Platz aus müsste ich nicht einmal aufstehen. Ich bräuchte nur den Fuß auszustrecken. Ich bräuchte ihm nur einen Fußtritt zu geben, einfach einen festen Tritt in den Arsch. Meine Muskeln verhärten sich. Was kümmert mich der Zweifel? Das ausradierte Gedächtnis? Jetzt schnüren mir Verachtung, Groll, Hass den Hals zu. Ist das alles, was er bei unserem Wiedersehen zu bieten hat? Ein elendes Manuskript und die Bitte um eine brutale Euthanasie?

Dann bleibt mir fast das Herz stehen.

Ich müsste nämlich ebenfalls nur aufstehen. Ha, was für eine Idee! Im Übrigen scheiß drauf. Ich bräuchte mich nur neben ihn zu stellen. Ich bräuchte ihm nur den Arm um die Schultern zu legen und los, runter, wir beide zusammen. Was für ein Abgang. Besser als in allen Romanen, die ich je veröffentlicht habe. Leo, das Arschloch, hat doch recht, oder nicht? Wir würden uns bloß wegwerfen, ich und er, und der Welt dabei helfen, uns zu entsorgen.

Wir stehen auf fünfzehn Uhr, bereit zum Absprung. Meine Muskeln verhärten sich, und er lacht noch immer. Er lacht einfach so. Auf verlogene, aufgesetzte Weise. Wie der Böse in einem Horrorfilm. Die Kinder im roten Mantel auf der anderen Seite des Riesenrads zeigen auf ihn. Sie schreien. Die armen Kinder. Ich kann sie bis hierher hören. Der Vater zieht sie an sich, drückt ihr Gesicht an die Brust. Mein Herz setzt einen Schlag lang aus und ich lege die Hand auf meine Brust.

Und wissen Sie, was darunter ist? Nein, nicht unterhalb der Gondel. Ich meine hier, unter dem Jackenstoff. In der Innentasche. Während unser Raumschiff nach unten fährt, im Schatten untergeht und der Idiot lacht, mittlerweile genau wie Vincent Price in der Rolle von Dr. Phibes, befühle ich in der Innentasche meiner Jacke den Rest des guten Suppenwürfels, den mir mein Sohn Alex gebracht hat.

Ach, mein Sohn Alex. Er und seine winzig kleinen Dosen. Aber er hat immer geliefert. Pünktlich. Er und seine Pizzen im Restaurant ums Eck. Ohne die Cambiaghi, obwohl sie so auf Pizza steht. Mit Büffelkäse und Salami aus der Toskana belegt, aus ganz dünnem, knusprigem, gezogenem Teig, wie sie ihn nur in Mailand machen, in Lambrate, bei den Tre Piramidi. Ich muss einmal mit Attilio hingehen. Mit Persegàti. Mit Alzheimer-Enzo, der gestern am Telefon zu mir sagte:

„Horch Cesare, deine Frau hat mir Unterhosen gekauft … sie sind großartig. Keine Unterhosen, sondern Handschuhe. Perfekt. Weich. Warm. Aus Baumwolle, aber sie fühlen sich an wie aus Kaschmir.“

Danach sprach ich mit Franca. Genau dieselben Unterhosen, die sich anfühlten wie aus Kaschmir, hatte ihm auch Grazia gekauft. Aber auch Franca gegenüber hatte Attilio einen Lobgesang angestimmt und etwas von Kaschmir dahergefaselt. Wir bogen uns vor Lachen. Wir sagten: Sobald ich zurück bin, gehen wir alle mit Attilio in das neue Restaurant, das in der Nähe von Remondò, vor Mortara eröffnet worden ist. Und wir fahren gemeinsam nach Mailand ins Kino, denn in Vigevano läuft schon seit Monaten kein anständiger Film. Oder ja, wir fahren mit Attilio an den See, in sein Haus in Angera, es ist ja fast schon Sommer, es ist nicht mehr so feucht. Und dann gibt es ja auch noch das Restaurant in Laveno, oder? Mit dem Blick auf den Golf, in der Nebensaison findet man dort leicht einen Platz.

Wir sind wieder am Boden. Das Riesenrad bleibt stehen. Der Betreiber kommt, um uns zu öffnen. Perplex betrachtet der kleine

Mann Leo, der schwankend in der Gondel steht, wie jemand, der gerade einen Kopfsprung machen möchte.

Und wohin, bitte? Auf die Bretter des Bodens unterhalb des Riesenrads?

„Machen wir noch eine Runde, Cesare. Fahren wir hinauf. Wirf mich weg."

Der Betreiber öffnet das Gitter. *Wirf mich weg.* Zum Glück versteht er nicht Italienisch, sonst würde er wohl herzlich lachen. Ich schiebe Leo zur Seite, er plumpst auf den Sitz, ich steige aus der Gondel.

„Wenn du dich wegwerfen willst, dort sind die Mistkübel", sage ich und zeige auf das Eck, wo die Treppe aus der Altstadt mündet.

Ich gehe.

Ich drehe mich nicht um.

Ich hebe den Arm, winke zum Abschied. Wie spät ist es, neun? In der Brasserie du Soleil bekomme ich wahrscheinlich noch ein paar Croissants.

Danksagungen

Ich bedanke mich bei Manola Dettori und Teo Lorini für die kritische Durchsicht des Textes. Bei Cristian Bubola für Informationen bezüglich Züricher Sterbehilfekliniken, bei Valeria Frasca für ihr Urteil, ob ein gewisser Absatz in den Roman aufgenommen werden sollte oder nicht, bei Robert M. Greenfield und Jack Bady dafür, dass sie mir freundlicherweise weitere Informationen zu Frederic Prokosch bereitgestellt haben, bei Monsieur und Madame Verhaeghe de Naeyer, den aktuellen Besitzern von „Ma Trouvaille", dass sie mir gestattet haben, die Villa von „Fritz" zu besichtigen.

Und einen speziellen Dank an meine Tochter Francesca, die darauf bestanden hat, dass ich die Originalausgabe des Romans Romanzo per signora *nenne.*

Inhaltsverzeichnis

Computer Bild

Prinz & Fickler

Excel 2010
leicht gemacht

ullstein

7 Diagramme – Daten grafisch veranschaulichen 96

8 Zusammenarbeit – Gemeinsam Tabellen bearbeiten 108

Anhang 124

Zu diesem Buch

Leistung und vereinfachte Bedienung: Das sind die PC-Trends der Zukunft. Diese zeigen sich konsequent auch in der Entwicklung von Excel 2010. So erweist sich das neue Dateimenü mit einer eigenen Bildschirmseite als sehr aufgeräumt und dient nicht nur zum Speichern und Öffnen von Dateien, sondern bietet auch zugleich die Möglichkeit, Inhalte direkt als E-Mail zu versenden, im Internet zu veröffentlichen und zum Zugriff für andere Anwender freizugeben. „Windows Live SkyDrive" und die „Office Web Apps" vereinfachen die Zusammenarbeit im Internet, über das sich Excel-Tabellen im Browser nun direkt öffnen und sogar bearbeiten lassen.

Das Menüband – früher Multifunktionsleiste genannt – und die Symbolleiste für den Schnellzugriff verdeutlichen, dass Microsoft bei Office 2010 besonderen Wert auf effiziente Bedienung legt. Per Mausklick kann der Anwender das Menüband nun selbst konfigurieren, Befehle ergänzen und sogar eigene Registerkarten mit Funktionen anlegen, die er häufig braucht. Neu sind auch die sogenannten Sparklines: Sie stellen übersichtlich und rasch Zahlenreihen als Minidiagramme in einer Zelle dar. Dies macht Datentrends in Tabellen ohne grafischen Aufwand auf einen Blick sichtbar. Zudem lassen sich mit der bedingten Formatierung Daten automatisch gestalten und Ergebnisse hervorheben, wobei Datenbalken nun auch negative Werte korrekt wiedergeben.

Dass Office 2010 neben der 32-Bit-Version jetzt zum ersten Mal auch in einer 64-Bit-Variante auf den Markt kommt, nutzt allerdings nur denjenigen, die ausgesprochen viel Speicherkapazität bei der Arbeit benötigen, beispielsweise für Berechnungen in sehr großen Tabellen, die die 2-Gigabyte-Grenze überschreiten. Wer diese Anforderungen nicht stellt, ist mit dem 32-Bit-Office, das sich kompatibel zu den verschiedenen Office-Erweiterungen und Add-Ins verhält, besser beraten.

Mit dem besten Rat können Sie wie immer in diesem COMPUTER BILD-Taschenbuch rechnen. Es führt Sie mit den gewohnten, leicht verständlichen Schritt-für-Schritt-Anleitungen in Excel 2010 ein, vermittelt Ihnen die Grundlagen und zeigt, wie Sie das Programm effektiv einsetzen. Denn unterm Strich zählt das Ergebnis.

1 Erste Schritte mit Excel 2010

Mit der Version 2007 hatte Microsoft seinen Office-Programmen eine gänzlich neue Navigationsstruktur spendiert. So wurden die sonst bei Windows-Programmen üblichen Menü- und Symbolleisten durch die sogenannte Multifunktionsleiste ersetzt. Dieses neue Konzept wurde bei der aktuellen Office-Version 2010 ausgebaut und verfeinert. Wenn Sie bereits mit Excel 2007 oder einem anderen Programm des Office-2007-Pakets gearbeitet haben, wird Ihnen der Umstieg daher sehr leicht gelingen. Sollte Ihnen diese Erfahrung fehlen, müssen Sie sich möglicherweise etwas umgewöhnen.

Bei den Abbildungen in diesem Buch wird vorausgesetzt, dass Sie die neueste Version der Microsoft-Betriebsprogramme, also Windows 7, installiert haben. Sie können Excel 2010 aber auch problemlos mit den Vorgängerversionen Windows Vista oder Windows XP nutzen. Lediglich manche Abbildungen auf Ihrem Bildschirm sehen dann geringfügig anders aus als in diesem Buch.

Im ersten Kapitel dieses Buches erfahren Sie,

- welche Möglichkeiten Sie haben, Excel zu starten,
- wo Sie Befehle und Funktionen finden,
- wie Sie Ihre Arbeit sichern,
- wie Sie Befehle erteilen können, ohne die Menüs aufrufen zu müssen,
- und wie Sie eigene Register im Menüband anlegen.

Kapitel-Wegweiser

Excel starten

Excel ist Bestandteil aller Microsoft-Office-Pakete. Darüber hinaus ist es natürlich auch als Einzelprodukt erhältlich. Je nachdem, ob Sie Excel separat oder im Rahmen des Office-Pakets gekauft haben, kann sich der im Folgenden geschilderte Programmstart in Details unterscheiden. In dieser Anleitung wird von der gängigsten Variante ausgegangen, nämlich dass Sie Excel 2010 als Bestandteil eines Office-Pakets erstanden haben. Vorausgesetzt wird ferner bei allen Abbildungen, dass Sie die neueste Version der Microsoft-Betriebsprogramme – also Windows 7 – installiert haben.

1 Klicken Sie zunächst links unten auf Ihrem Bildschirm auf das Startsymbol

,

anschließend im geöffneten Startmenü auf

Alle Programme

Dateitypen für Office 2010 festlegen

Excel 2010, aber auch Word 2010 und PowerPoint 2010 unterstützen zahlreiche verschiedene Dateiformate, in denen Sie Ihre Dokumente sichern können. Dabei werden nicht nur der Text, Tabellen und Bilder, sondern auch die Gestaltung Ihrer Dokumente gespeichert. Beim ersten Start von Office 2010 bietet sich die Wahl zwischen zwei Formaten, von denen Sie eines als Standardformat für Ihre Arbeit mit Office 2010 festlegen.

Um in Ihren Dokumenten alle Funktionen ausschöpfen zu können, die Ihnen Excel 2010 bietet, setzen Sie mit einem Mausklick einen Punkt in das oberste Feld. Anschließend bestätigen Sie Ihre Wahl mit einem Klick auf

OK.

Hiermit haben Sie für Excel das Xlsx-Dateiformat für die Speicherung Ihrer Dokumente voreingestellt, das mit Office 2007 von Microsoft für Tabellen eingeführt wurde und somit auch von Excel 2007 unterstützt wird. Dieses Dateiformat wird in Zukunft automatisch benutzt, sofern Sie beim Speichern kein anderes Dateiformat angeben. Allerdings haben Sie die Möglichkeit, einem Dokument beim Speichern noch immer ein anderes Dateiformat zuzuweisen, beispielsweise wenn Sie Ihr Dokument an jemanden weitergeben möchten, der eine ältere Version von Excel oder andere Anwendungen benutzt.

und in der Programmliste, die Sie nun sehen, auf

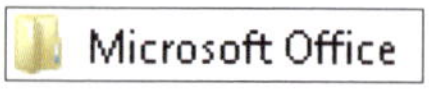

.

2 In der Liste der Office-Programme, die daraufhin aufklappt, folgt ein Mausklick auf ●.

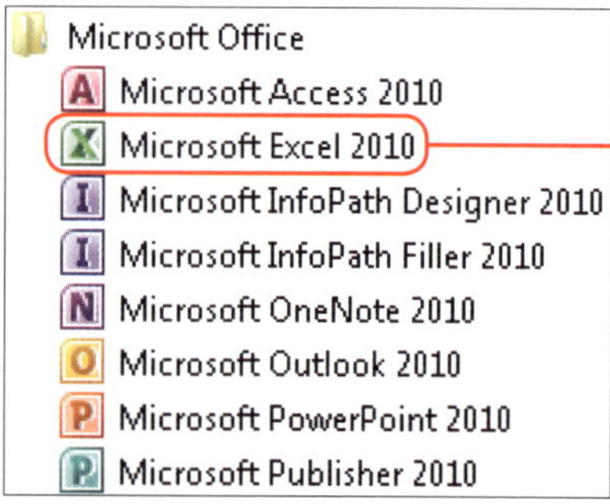

Schon startet Excel mit einer leeren **Arbeitsmappe** im Arbeitsbereich:

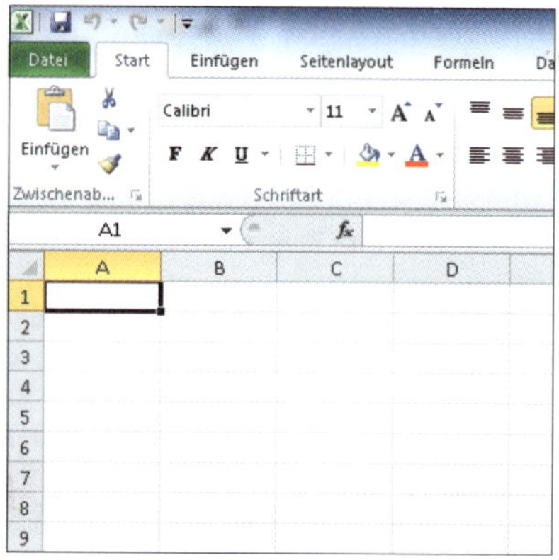

Wie das Programmfenster im Einzelnen aufgebaut ist, erfahren Sie im folgenden Abschnitt.

! Excel starten, ohne die Finger von der Tastatur zu nehmen

Windows 7 gibt Ihnen die Möglichkeit, Excel zu starten, ohne zur Maus greifen zu müssen: Wenn Sie die [Windows]-Taste drücken, öffnet sich das Startmenü. Die **Einfügemarke** befindet sich bereits im Suchfeld: ●.

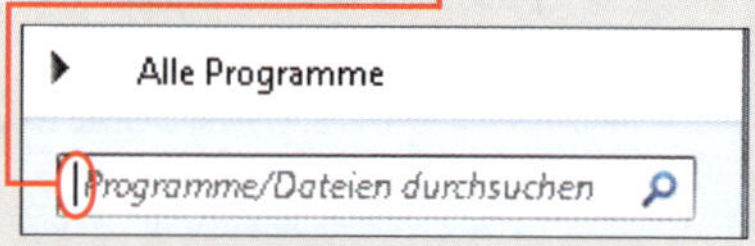

Tippen Sie nun einfach den Programmnamen, also ●,

ein. Daraufhin werden oben im Startmenü Programme aufgelistet, die „Excel" im Programmnamen enthalten. Befindet sich der gewünschte Eintrag ●

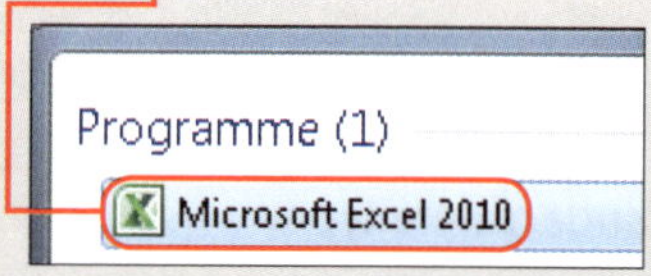

ganz oben, was normalerweise der Fall ist, drücken Sie einfach die [↵]-Taste. Anschließend wird Excel mit einer leeren Arbeitsmappe gestartet.

Sollte der Eintrag „Microsoft Excel 2010" *nicht* ganz oben stehen, bewegen Sie die Markierung einfach mithilfe der [↓]-Taste nach unten und drücken dann erst die [↵]-Taste.

Das Programmfenster kennenlernen

Wie eingangs erwähnt, wurde die Navigationsstruktur der Office-Programme mit der Version 2007 grundlegend geändert. Statt der gewohnten Menü- und Symbolleisten hielt die sogenannte Multifunktionsleiste Einzug im Programmfenster. Dieses neue Konzept ist bei den Office-2010-Programmen geringfügig überarbeitet worden. Und damit ging auch eine Namensänderung einher: Statt Multifunktionsleiste wird nun die Bezeichnung „Menüband“ für den Navigationsbereich verwendet. Damit Sie den Ausführungen in diesem Buch problemlos folgen können, sollten Sie sich zunächst mit den wichtigsten Elementen des Excel-Programmfensters vertraut machen.

1 Die Leiste am oberen Rand des Programmfensters wird Titelleiste genannt. Denn dort sehen Sie den Namen der aktuell geöffneten Arbeitsmappe. Falls Sie der Mappe noch keinen Namen gegeben haben, erscheint dort die allgemeine Bezeichnung ●.

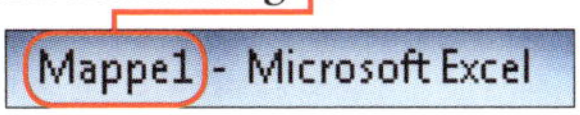

2 Am linken Rand der Titelleiste befinden sich einige Symbole. Damit können Sie besonders häufig benötigte Befehle direkt und ohne Umweg per Mausklick erteilen.

Diesen Teil der Titelleiste bezeichnet man daher auch als „Symbolleiste für den Schnellzugriff“. Wie Sie selbst festlegen, welche Befehlssymbole dort erscheinen, erfahren Sie in einem separaten Abschnitt dieses Kapitels.

3 In der äußersten Ecke rechts finden Sie wie gewohnt die Symbole, mit denen Sie das Programmfenster minimieren ●, in der Größe verändern ●

oder schließen ● können.

4 Der wichtigste Steuerungsbereich, der sich zwischen Titelleiste und Arbeitsfläche befindet, ist das sogenannte **Menüband** (in der Office-Version 2007 noch als Multifunktionsleiste bezeichnet): ●.

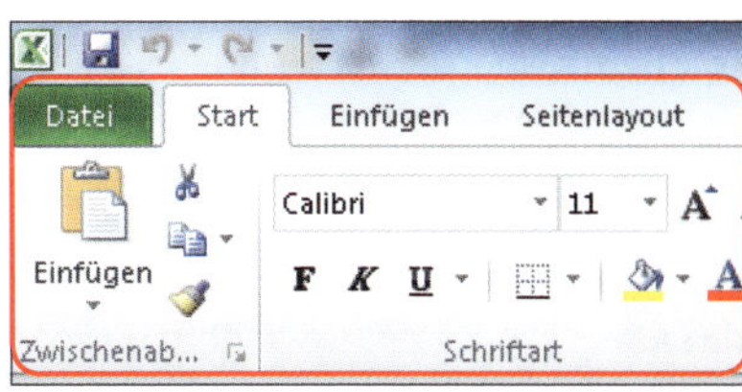

Darüber erreichen Sie alle Befehle und Funktionen. Das Menüband stellt eine Mischung der in früheren Programmversionen strikt getrennten Menü- und Symbolleiste dar. Wie Sie im Einzelnen über diesen Bereich Befehle aufrufen, erfahren Sie im nächsten Abschnitt. Zunächst genügt es zu wissen, dass das Menüband in Registerform aufgebaut ist. Je nachdem welcher Registerreiter

angeklickt wird, ist eine andere Befehlszusammenstellung zu sehen.

Register flott durchsuchen

Es gibt garantiert Befehle, bei denen Sie nicht ganz sicher sind, in welchem Register sie sich befinden. Um die einzelnen Register in den Vordergrund zu holen, brauchen Sie aber zum Glück nicht nacheinander auf die verschiedenen Registerreiter zu klicken. Diese Mühe können Sie sich sparen, wenn Ihre Maus über ein Rad verfügt. Dann brauchen Sie nämlich nur den Mauszeiger über das Menüband zu führen und können dann durch Drehen an diesem Rad durch die Register „blättern“.

5 Zwischen Menüband und eigentlichem Arbeitsbereich finden Sie zum einen das **Namenfeld** ● und zum anderen die **Bearbeitungsleiste** ●.

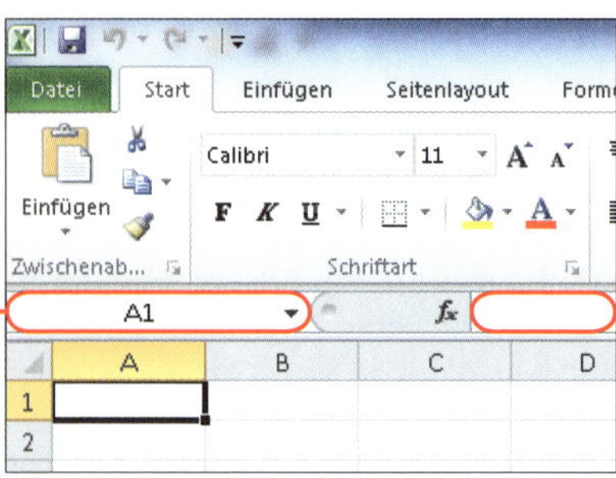

Was es mit diesen beiden Elementen auf sich hat, erfahren Sie im Kapitel 2.

6 Am unteren ● und rechten ● Rand der Arbeitsfläche sehen Sie, wie bei Windows-Programmen üblich, die **Bildlaufleisten**.

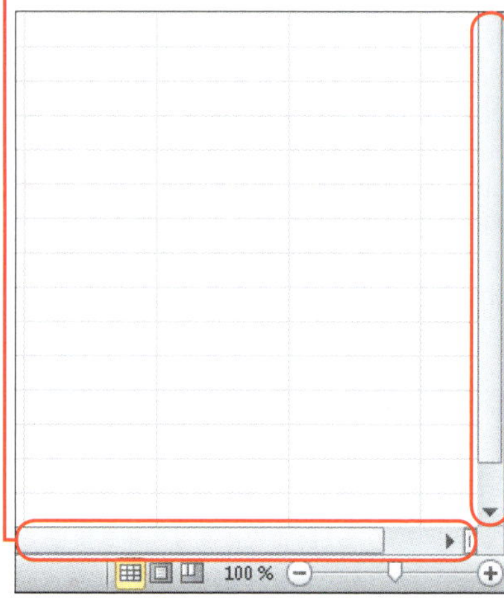

7 Der Arbeitsbereich einer Arbeitsmappe ist in Zeilen und Spalten unterteilt. Die Zeile mit den Spaltenbezeichnungen bezeichnet man als **Spaltenkopf** ●, die Spalte mit den Zeilenbezeichnungen entsprechend als **Zeilenkopf** ●.

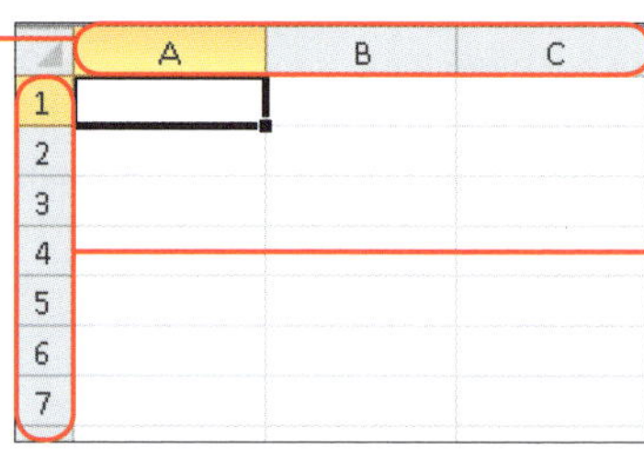

Bearbeitungsleiste vergrößern

Wie Sie im Kapitel 2 noch sehen werden, bekommen Sie in der Bearbeitungsleiste den Inhalt einer ausgewählten Zelle angezeigt. Dabei kann es sich um eine Zahl, aber auch um umfangreiche Formeln handeln. Sollte Letzteres der Fall sein, kann es sinnvoll sein, ganz rechts auf das Symbol

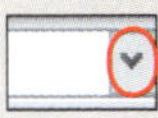

zu klicken. Die Bearbeitungsleiste wird dann nämlich vergrößert:

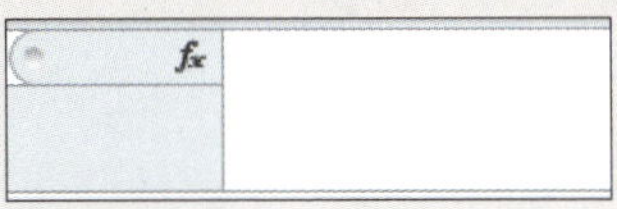

Mit einem erneuten Klick auf das Pfeilsymbol, das jetzt nach oben weist,

reduzieren Sie die Anzeige wieder.

8 Links unten im Programmfenster sehen Sie drei Registerreiter. Damit können Sie sich die einzelnen Blätter einer Arbeitsmappe ansehen. Darunter befindet sich die Statusleiste.

9 Zunächst sehen Sie in der Statusleiste nur Symbole, mit denen Sie zwischen verschiedenen Ansichtsformen wechseln können,

sowie einen Regler, mit dessen Hilfe Sie den Arbeitsbereich größer oder kleiner darstellen können.

Im Kapitel 3 werden Sie feststellen, dass das längst nicht alles ist, was die Statusleiste zu bieten hat. So haben Sie beispielsweise auch die Möglichkeit, sich dort ganz fix verschiedene Rechenergebnisse anzeigen zu lassen.

Der Aufbau des Menübands

Der Navigationsbereich am oberen Rand des Excel-2010-Programmfensters wird neuerdings als Menüband bezeichnet. In der 2007er-Version nannte man diesen zentralen Verwaltungsbereich noch Multifunktionsleiste. Über das Menüband (abgeleitet von engl. „ribbon“ = Band) finden Sie alle Befehle und Einstellmöglichkeiten.

1 Mit Ausnahme der Schnellzugriffsleiste gibt es keine klassischen Menü- und Symbolleisten mehr wie in früheren Versionen. An deren Stelle ist mit der

2010er-Version das sogenannte Menüband getreten: ●.

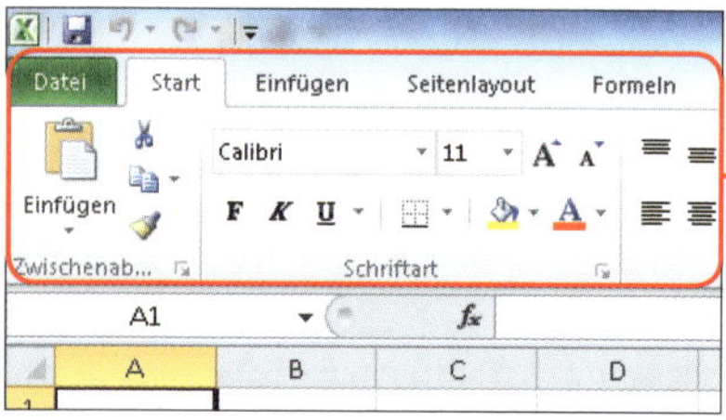

Darin sind Befehle in Registerform zusammengefasst. Je nachdem, welchen der Registerreiter Sie anklicken, beispielsweise

,

bekommen Sie eine andere Befehlszusammenstellung zu sehen.

2 Die Befehle auf einem Register sind in thematische Gruppen unterteilt, beispielsweise in ● oder ●.

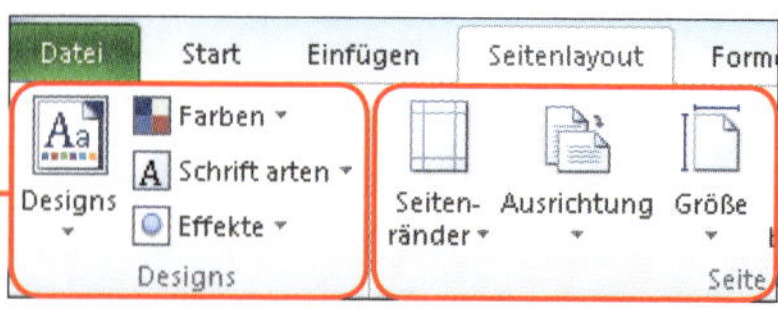

3 In manchen dieser Befehlsgruppen befindet sich ein kleiner schräg nach rechts unten weisender Pfeil. Nach einem Mausklick darauf, etwa ●,

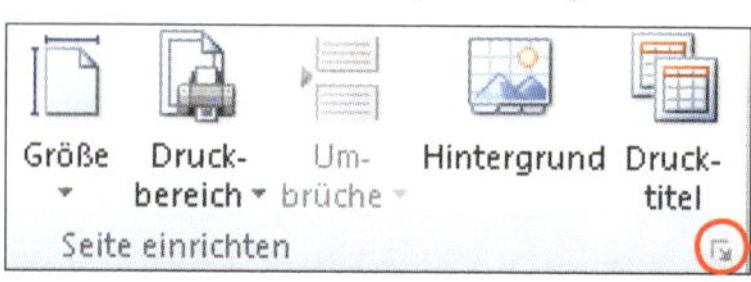

erhalten Sie Zugriff auf weitere Befehle und Einstellmöglichkeiten.

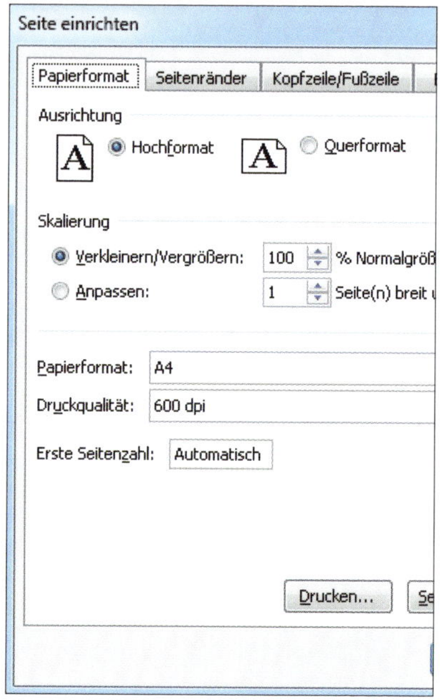

4 Ebenso verhält es sich, wenn sich neben oder unter einem Befehl oder einer Befehlsgruppe ein senkrecht nach unten weisender Pfeil befindet. Auch damit wird Ihnen die Zugriffsmöglichkeit auf weitere Befehle signalisiert. So öffnet beispielsweise ein Klick auf

eine Auswahl, in der Sie die Druckausrichtung einer Tabelle bestimmen können.

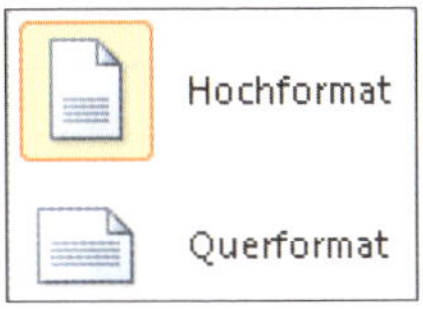

5 Um das Menüband übersichtlich zu halten, sind nicht immer sämtliche Registerreiter zu sehen. Stattdessen tauchen einige nur dann auf, wenn Sie sie tatsächlich brauchen. Haben Sie beispielsweise ein **Diagramm** in Ihre Arbeitsmappe eingefügt (siehe Kapitel 7) und ist dieses Diagramm markiert, erscheinen im Menüband zusätzliche Registerreiter ●,

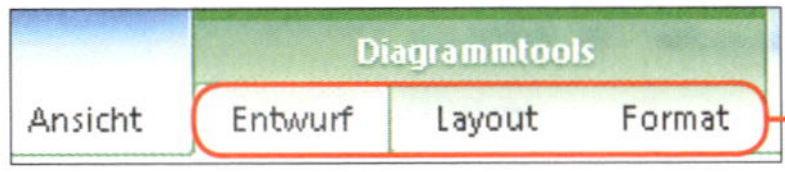

die Ihnen die Gestaltung ermöglichen. Sobald Sie die Markierung lösen, indem Sie auf eine Stelle außerhalb des Diagramms klicken, verschwinden diese Zusatzreiter wieder.

Arbeitsmappen speichern und öffnen

Natürlich können Sie Ihre Arbeitsergebnisse auf Ihrem Rechner speichern und so jederzeit wieder darauf zugreifen.

1 Beim Programmstart legt Excel automatisch eine leere Arbeitsmappe an. Um sich mit dem Speichern von Arbeitsmappen vertraut zu machen, tippen Sie in eine beliebige Zelle einen Zahlenwert ein, zum Beispiel ●,

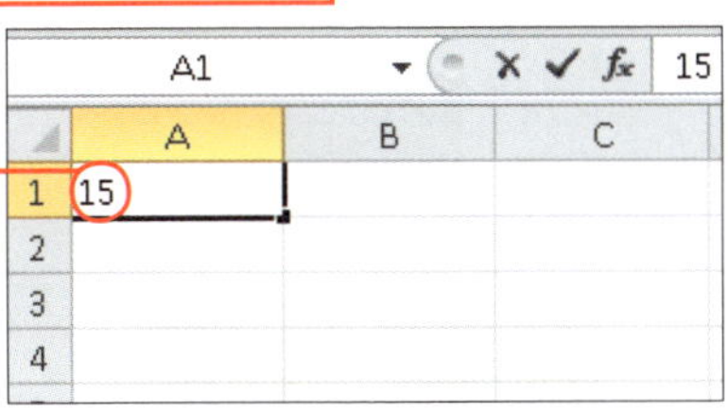

und drücken zur Bestätigung die Taste [↵].

2 Um die Arbeitsmappe nun zu speichern, klicken Sie im Menüband auf den Registerreiter ●

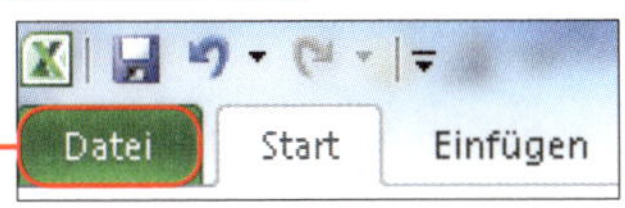

sowie anschließend auf den Befehl ●.

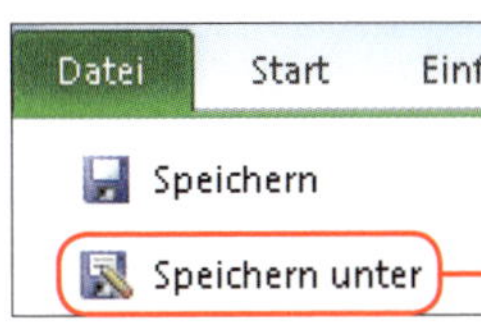

3 Wo Sie Ihre Arbeitsmappe speichern, können Sie selbstverständlich selbst entscheiden. In der Praxis ist es jedoch sinnvoll, als Speicherort den Dokumente-**Ordner** zu verwenden, der Ihnen auch standardmäßig vorgeschlagen wird: ●.

Tippen Sie einen Namen für die Arbeitsmappe ein, im Beispiel ●, lassen Sie die Einstellung ●

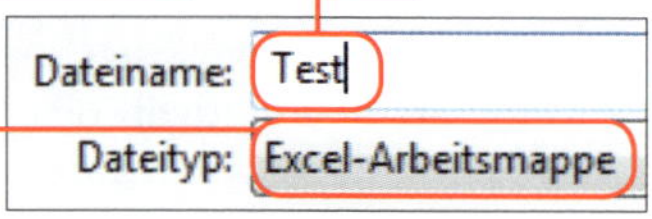

unverändert, und klicken Sie gleich auf die Schaltfläche

.

4 Ihre Arbeitsmappe ist nach wie vor auf der Arbeitsfläche zu sehen. In der Titelleiste steht jetzt aber der soeben vergebene Name ●.

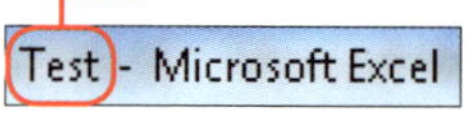

Wenn Sie nun weitere Eingaben vornehmen und Ihre Arbeit sichern möchten, brauchen Sie nicht mehr den Weg über das Menü zu gehen. Stattdessen genügt in der Symbolleiste für den Schnellzugriff ein Mausklick auf das Diskettensymbol ●.

5 Wenn Sie nicht mehr weiterarbeiten möchten, gibt es zwei Möglichkeiten: Entweder Sie klicken auf ● – dann wird nur die Arbeitsmappe geschlossen, Excel selbst wird jedoch nicht beendet. Oder Sie klicken stattdessen auf ●

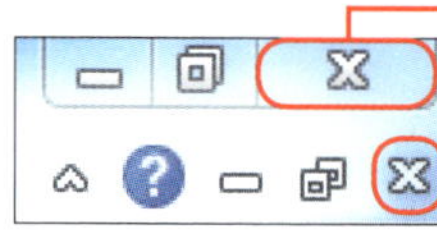

– in dem Fall wird Excel beendet, und damit werden auch alle geöffneten Arbeitsmappen geschlossen.

6 In jedem Fall gilt: Sollte eine Arbeitsmappe zum Zeitpunkt des Schließens noch nicht komplett gespeichert sein, erscheint ein Dialogfenster. Um Änderungen zu speichern, brauchen Sie nur auf ● zu klicken. Wollen Sie das nicht, genügt ein Mausklick auf ●.

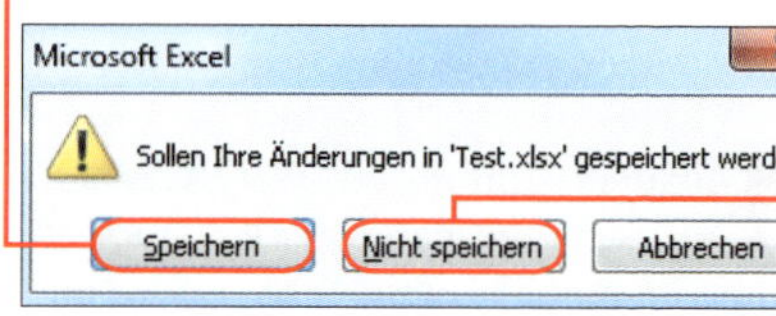

7 Damit Sie eine gespeicherte Arbeitsmappe ansehen oder daran weiterarbeiten können, klicken Sie einfach auf

und anschließend auf ●.

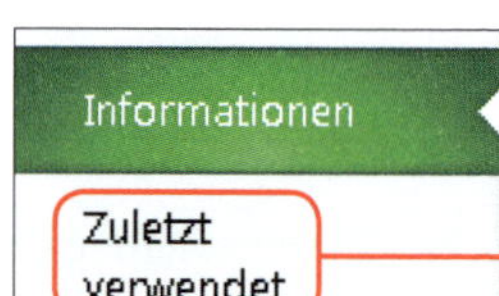

Die zuletzt bearbeiteten Arbeitsmappen werden daraufhin aufgelistet. Befindet sich die gesuchte darunter, brauchen Sie nur auf den Eintrag zu klicken.

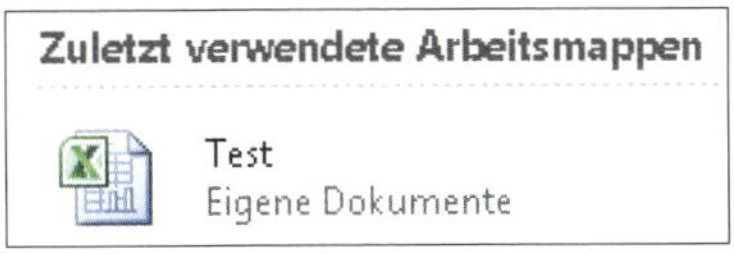

8 Sollte dies nicht der Fall sein, klicken Sie auf

begeben sich dann zum Speicherordner, beispielsweise, **markieren** die Arbeitsmappe per Mausklick

und klicken anschließend auf

Öffnen.

Schon wird die Arbeitsmappe geladen, also im Programmfenster von Excel angezeigt.

9 Jedes Mal, wenn Sie Excel starten, wird automatisch eine neue leere Arbeitsmappe angelegt, und Sie können gleich lostippen. Wenn Sie eine weitere Arbeitsmappe anlegen möchten, egal ob Sie die erste schon geschlossen haben oder nicht, gehen Sie so vor: Klicken Sie auf

Datei

und danach auf

Neu.

10 Behalten Sie dann die Markierung auf dem Symbol,

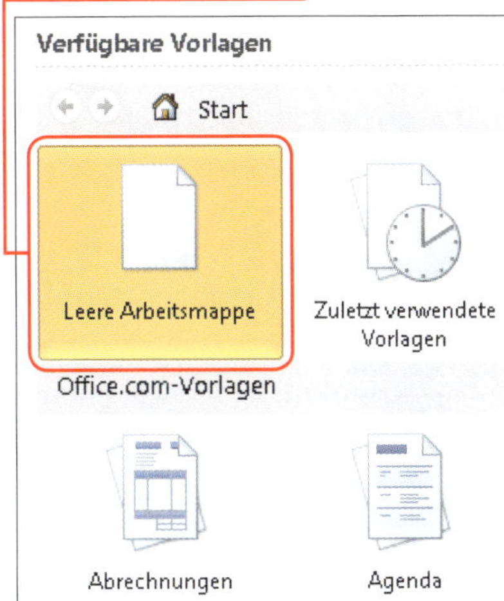

und klicken Sie rechts unter dem Vorschaubild auf das Symbol ●.

Daraufhin erscheint eine neue leere Arbeitsmappe auf Ihrer Arbeitsfläche. Was es mit den Vorlagen auf sich hat, die Ihnen in diesem Fenster ebenfalls angeboten werden, erfahren Sie im Kapitel x.

11 Alternativ zur Klickfolge in den Schritten 9 und 10 können Sie übrigens auch die **Tastenkombination** [Strg] und [N] drücken. Auch dadurch legen Sie eine neue leere Arbeitsmappe an.

Symbolleiste für den Schnellzugriff anpassen

Links oben im Programmfenster befindet sich die „Symbolleiste für den Schnellzugriff“. Welche Befehle dort zu sehen sind, können Sie selbst festlegen. So binden Sie beispielsweise ein Symbol ein, über das Sie Arbeitsmappen künftig schneller öffnen können:

1 Klicken Sie zunächst am rechten Rand der genannten Symbolleiste auf ●.

2 Die Befehle, vor denen sich Haken befinden, sind derzeit in der Symbolleiste eingebunden: ●.

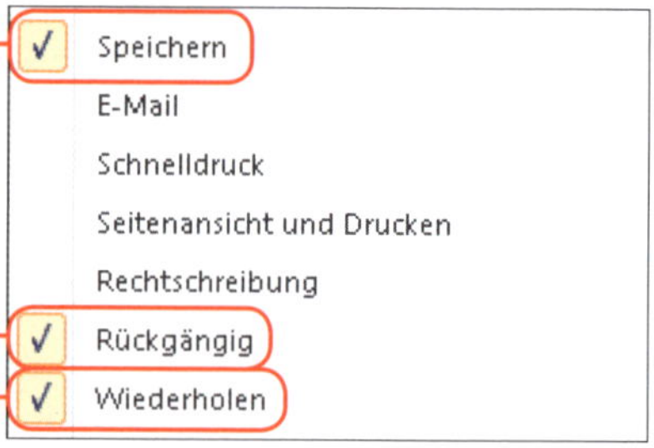

Um jetzt zusätzlich den Befehl zum schnelleren Öffnen hinzuzufügen, klicken Sie auf ●.

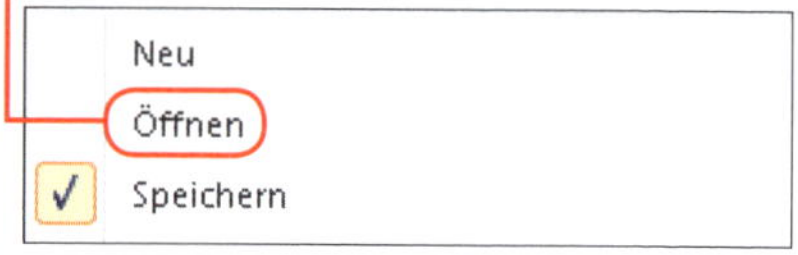

3 Wie Sie sehen, wird das neue Symbol sofort eingefügt: ●.

Wenn Sie künftig darauf klicken, erhalten Sie direkten Zugriff auf Ihre Ordner und Dateien.

Sie brauchen also nicht mehr den Weg über das Datei-Menü zu nehmen, wie es Ihnen im vorigen Abschnitt in Schritt 7 gezeigt wurde.

Das Menüband anpassen

Sie können nicht nur bestimmen, welche Befehle in der Symbolleiste für den Schnellzugriff erscheinen sollen. Darüber hinaus besteht sogar die Möglichkeit, ein eigenes Register im Menüband anzulegen und ganz nach Wunsch mit Befehlen und Befehlsgruppen zu bestücken.

1 Klicken Sie dazu als Erstes auf den Registerreiter

Datei

sowie anschließend auf

Optionen.

2 Im Optionen-Fenster, das daraufhin geöffnet wird, folgt ein Mausklick auf den Eintrag

Menüband anpassen.

3 Im linken Bereich ● sind die Excel-Befehle aufgelistet. Rechts davon sehen Sie die bislang vorhandenen Register ●.

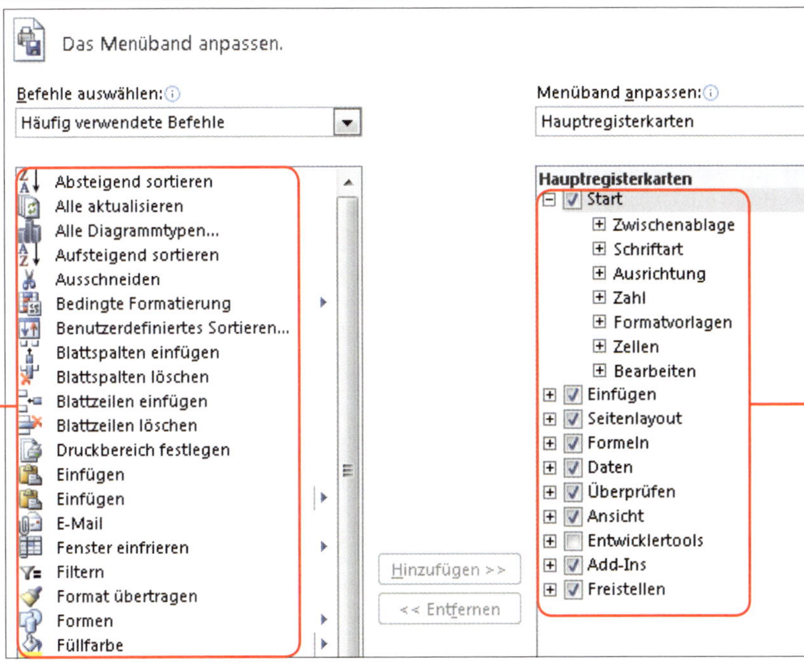

Durch Klicks auf die Pluszeichen vor den einzelnen Registern können Sie sich die Befehlsgruppen anzeigen lassen. Um ein eigenes Register anzulegen, klicken Sie unterhalb des rechten Bereichs auf die Schaltfläche

Neue Registerkarte.

4 Die neue Registerkarte ist auch gleich mit einer neuen Befehlsgruppe versehen: ●.

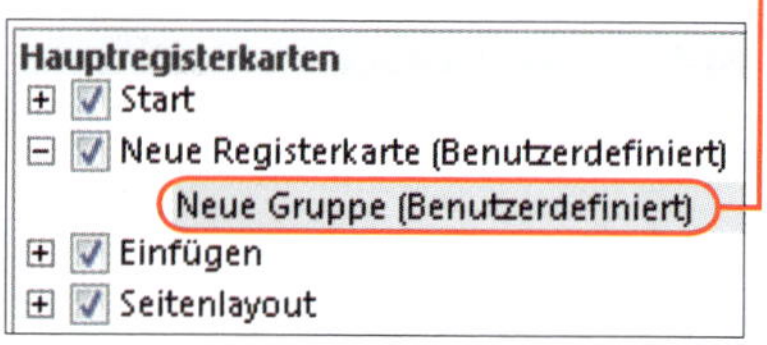

Markieren Sie diese Gruppe wie in der Abbildung, und wählen Sie nun die Befehle aus, die darin zusammengefasst werden sollen. Klicken Sie also beispielsweise im linken Fensterbereich auf ●

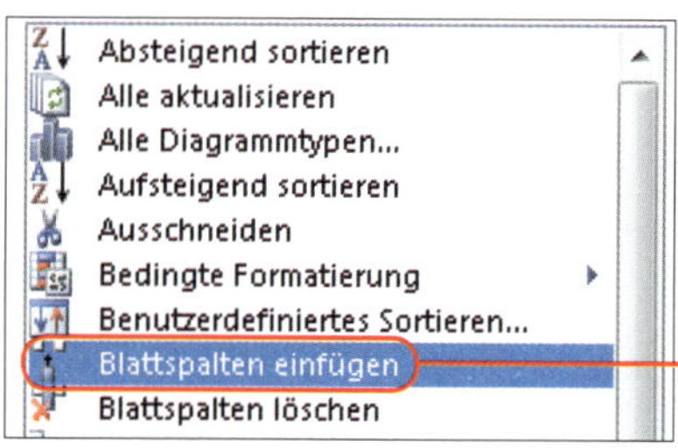

und anschließend auf die Schaltfläche

Hinzufügen >>.

5 Der Befehl zum Einfügen einer Blattspalte erscheint daraufhin rechts in der neuen Befehlsgruppe: ●.

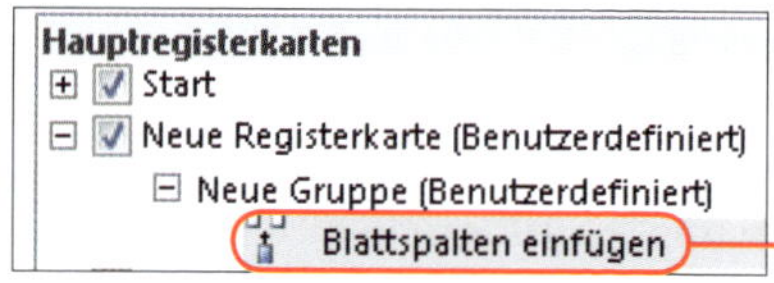

Auf diese Weise können Sie ganz nach Wunsch noch weitere Befehle hinzufügen, im Beispiel ●.

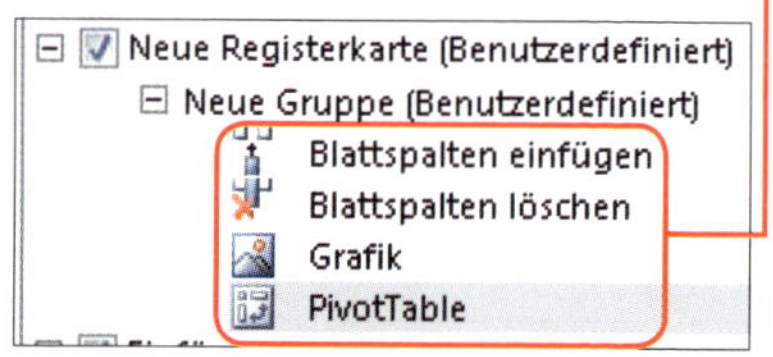

6 Wenn Sie dem neuen Register einen anderen Namen geben möchten, gehen Sie so vor: Markieren Sie mit einem Mausklick den Eintrag ●,

und klicken Sie dann auf die Schaltfläche

Umbenennen....

Überschreiben den Platzhaltertext ●

beispielsweise mit ●, und klicken Sie zur Bestätigung auf ●.

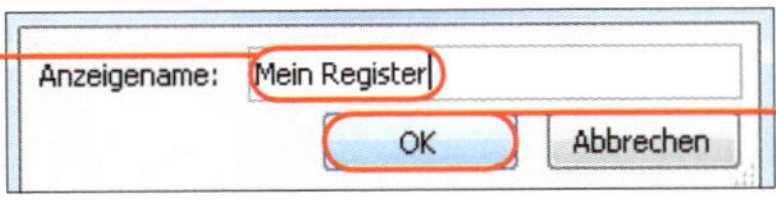

7 Sie können die Position Ihres Registers auf dem Menüband selbst festlegen. Um es in der Auflistung nach oben - später auf dem Menüband nach links - zu rücken, markieren Sie es und klicken dann auf ●. Per Klick auf ●

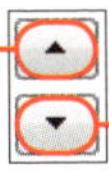

wiederum verschieben Sie es nach unten beziehungsweise nach rechts. Im Beispielfall wurde das neue Register hinter dem Einfügen-Register positioniert: ●.

Zur Bestätigung reicht ein Mausklick auf

.

8 Im Menüband ist jetzt Ihr persönliches Register zu sehen. Sowie Sie auf den Registerreiter ●

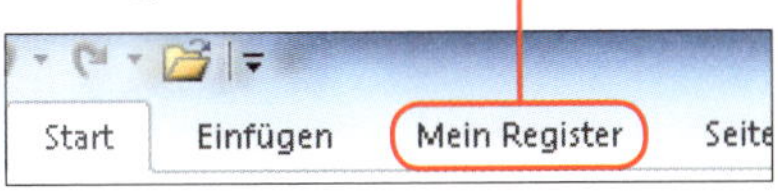

klicken, holen Sie es in den Bildschirmvordergrund und können dann auf Ihre individuelle Befehlszusammenstellung zugreifen, im Beispiel ●.

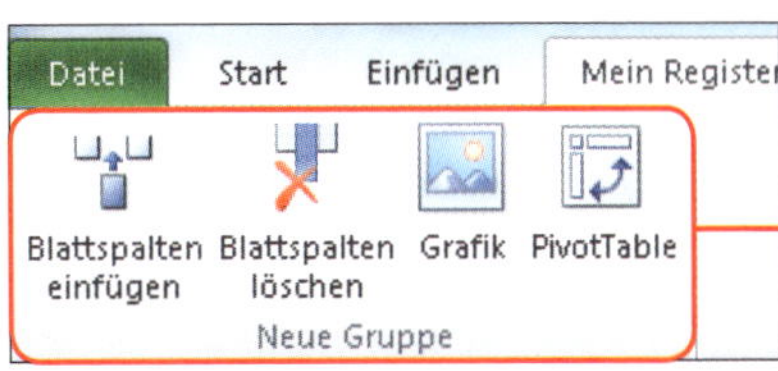

Das Menüband ausblenden

Wenn Sie Berechnungen durchführen oder Daten erfassen, müssen Sie normalerweise nicht ständig Befehle auswählen. Sie können daher den Arbeitsbereich vergrößern, indem Sie das Menüband ausblenden. Klicken Sie dazu mit der *rechten* Maustaste auf eine beliebige Stelle des Menübands und im daraufhin erscheinenden Kontextmenü einfach auf ●.

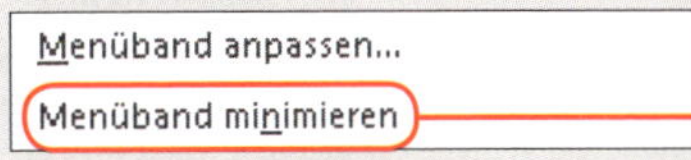

Daraufhin verschwindet das Menüband, und nur noch die Registerreiter sind zu sehen. Darüber können Sie die Befehle nach wie vor erreichen.

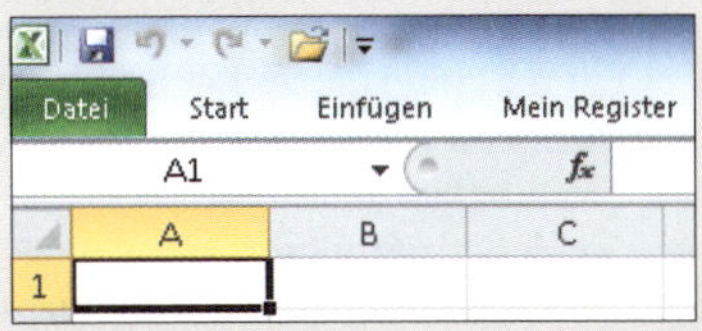

Nach einem erneuten Rechtsklick auf einen Registerreiter öffnet sich das Kontextmenü ein weiteres Mal, sodass Sie das Menüband per Mausklick wieder dauerhaft einblenden können.

2 Daten in Tabellen erfassen

Auch wenn Sie keinen Rechner benutzen, verwalten Sie doch tagtäglich eine Unmenge von Daten. So schreiben Sie sicherlich wichtige Telefonnummern auf, haben irgendwo Ihre Kundennummern notiert oder führen etwa ein Haushaltsbuch, in dem Sie Ihre Einnahmen und Ausgaben gegenüberstellen. Wie Sie sehen, verbergen sich hinter dem trockenen und auf den ersten Blick diffusen Ausdruck „Daten" sowohl Begriffe, zum Beispiel die Namen in einem Adressbuch, als auch Zahlen. Bei den Zahlen kann es sich um Werte handeln, mit denen Sie rechnen können – also etwa um Ihre monatlichen Ausgaben, die Sie aufsummieren wollen –, oder um Daten, bei denen Berechnungen sinnlos wären, beispielsweise bei Telefon- oder Kundennummern.

Mit Excel können Sie alle diese unterschiedlichen Daten bequem erfassen und speichern. Darum geht es in diesem Kapitel. Wie Sie mit diesen Daten dann arbeiten, also zum Beispiel Berechnungen anstellen oder Werte sortieren können, wird Ihnen in den nachfolgenden Kapiteln gezeigt.

Im zweiten Kapitel dieses Buches erfahren Sie,

- wie die Elemente eines Arbeitsblattes bezeichnet werden,
- wie Sie Tabellen ausfüllen,
- wie Sie Zellen aktivieren, ohne die Finger von der Tastatur zu nehmen,
- wie Sie Excel durch Markierungen mitteilen, auf welche Zellen sich der nächste Befehl bezieht,
- und worin der Unterschied zwischen Löschen von Zellen und Zellinhalten besteht.

Kapitel-Wegweiser

Den Aufbau von Arbeitsblättern kennenlernen

Ein **Arbeitsblatt** beziehungsweise eine Tabelle ist nichts anderes als ein in Zeilen und Spalten unterteilter Arbeitsbereich. Also eine Art virtuelles Blatt kariertes Papier. Mit den Bezeichnungen für die verschiedenen Elemente einer Tabelle sollten Sie sich gut vertraut machen. Sie werden Ihnen bei Ihrer Arbeit mit Excel und somit auch im ganzen Buch immer wieder begegnen.

1 Ein Excel-Arbeitsblatt ist in Zeilen und Spalten unterteilt. Die Zeilen sind von oben nach unten durchnummeriert. Die Spalte, in der diese Ziffern stehen, bezeichnet man als **Zeilenkopf** ●.

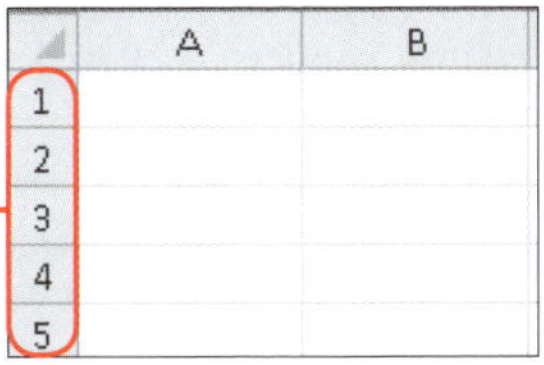

2 Die Spalten sind mit Buchstaben gekennzeichnet. Die Zeile, in der diese Buchstaben stehen, nennt man **Spaltenkopf** ●.

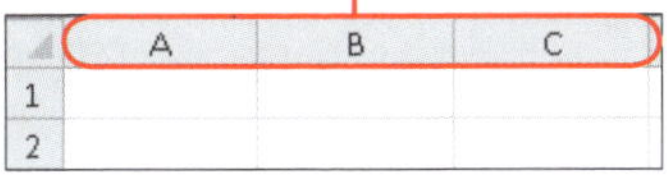

Die Anzahl der Buchstaben ist natürlich beschränkt. Daher wird die Spalte nach „Z" mit zwei Buchstaben bezeichnet. Jedem Buchstaben des Alphabets wird einfach ein „A" vorangestellt. Nach der Spalte „Z" ● folgt also die Spalte „AA" ●,

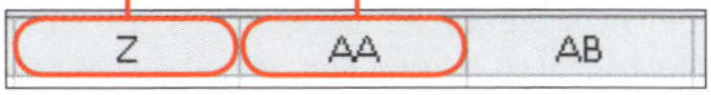

dann kommt „AB" und so weiter. Beim nächsten Durchlauf wird dann ein „B" vorangestellt und so weiter. In der Praxis werden Sie kaum jemals so riesige Tabellen anlegen: Aber dennoch der Vollständigkeit halber der Hinweis, dass dann nach „ZZ" einfach ein dritter Buchstabe zur Kennzeichnung verwendet wird. Es folgt also die Spalte „AAA".

3 Die Kästchen, die durch die Zeilen- und Spaltenlinien gebildet werden, bezeichnet man als **Zellen**. Jede dieser Zellen hat durch Zeilennummer und Spaltenbuchstabe eine eindeutige Zelladresse. Dieses Prinzip ist Ihnen vom Spiel „Schiffe versenken" sicher noch aus der Schule vertraut. Klicken Sie in eine Zelle, erscheint eine dicke Umrandung. In der Beispielabbildung ist dies also die Zelle mit der Zelladresse „B3" ●, die Sie auch im Namenfeld ●

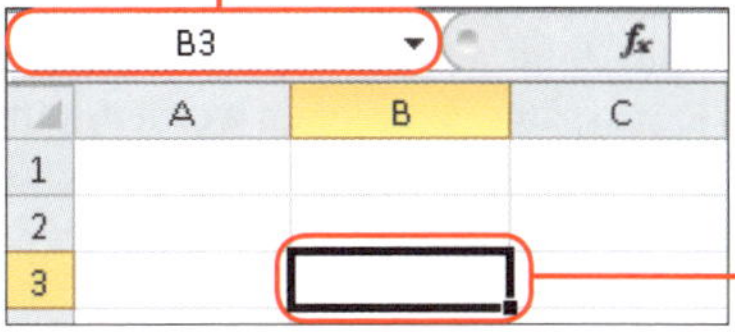

angezeigt bekommen. Die Umrandung signalisiert, dass Sie in dieser Zelle Eingaben vornehmen können. Sie wird daher aktive Zelle genannt.

Arbeitsmappen, Arbeitsblätter und Tabellen unterscheiden

Eine neue leere Excel-Arbeitsmappe besteht standardmäßig aus drei leeren Arbeitsblättern. Ein Arbeitsblatt ist automatisch im Vordergrund. Diese Information soll zunächst genügen. Im Kapitel 6 erfahren Sie, wie Sie mit mehreren Blättern arbeiten. Als Tabelle wird in diesem Buch im engeren Sinne nur der ausgefüllte Teil eines Arbeitsblattes bezeichnet, in der Beispielabbildung also der Bereich ●. Lassen Sie sich nicht verwirren, wenn diese Unterscheidung im Allgemeinen nicht so streng gesehen wird. „Tabelle“ wird häufig auch als Begriff für ein ganzes Arbeitsblatt verwendet.

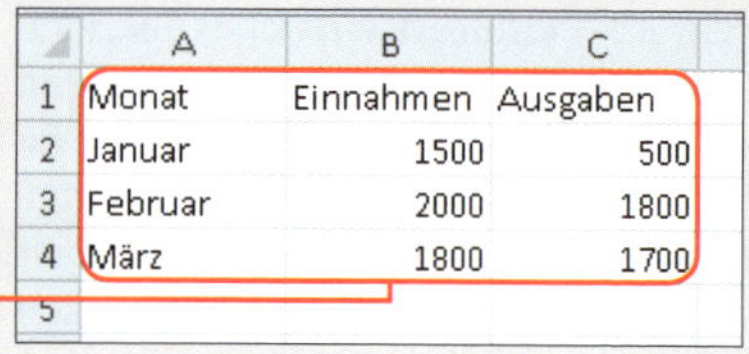

Daten eingeben

Die Datenerfassung in Excel ist im Prinzip völlig problemlos. So wie Sie etwa beim Erstellen einer Telefonliste auf einem Blatt Papier einfach in eine Spalte die Namen und in die nächste Spalte die dazugehörigen Telefonnummern eintragen würden, gehen Sie auch beim Ausfüllen einer Excel-Tabelle vor. Und so legen Sie beispielsweise eine kleine Umsatztabelle an:

1 Klicken Sie zunächst mit der Maus in die Zelle A2, um sie zu aktivieren. Wie Sie später noch sehen werden, kann man auch davon sprechen, dass Sie die Zelle durch den Klick „markieren“.

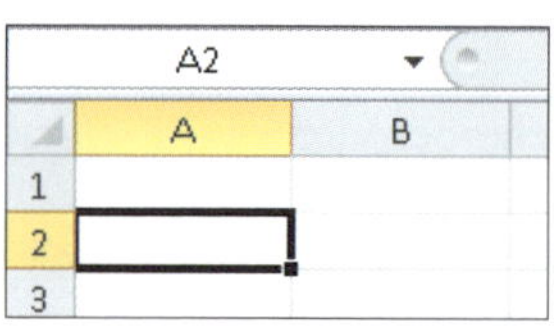

2 Tippen Sie nun den Namen „Maier“ ein. Ihre Eingabe erscheint nicht nur in der Zelle ●, sondern auch in der Bearbeitungsleiste ●.

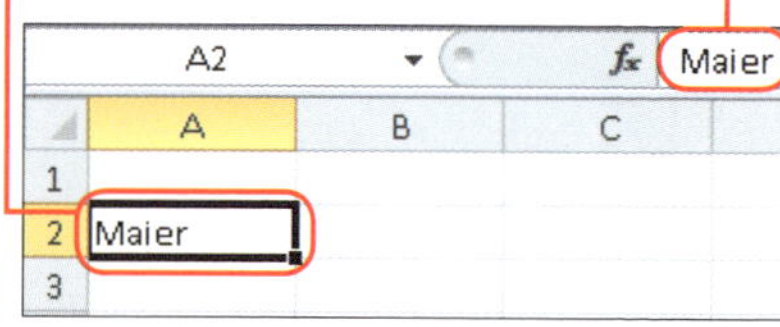

3 Um jetzt den nächsten Namen in der Zelle A3 einzutippen, brauchen Sie die Finger nicht von der Tastatur zu nehmen. Drücken Sie nämlich die Taste [↵], wird die darunterliegende Zelle aktiviert ●,

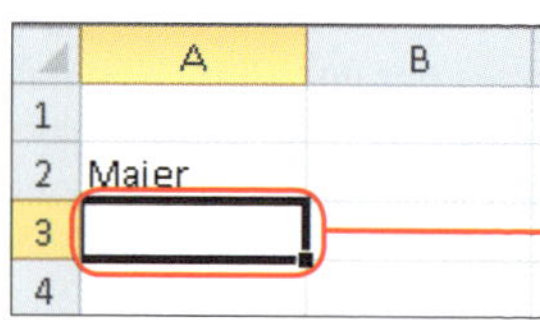

und Sie können gleich lostippen, ohne zur Maus greifen zu müssen.

4 Wenn Sie auf diese Weise auch die anderen Kundennamen erfasst haben, klicken Sie in die Zelle B1.

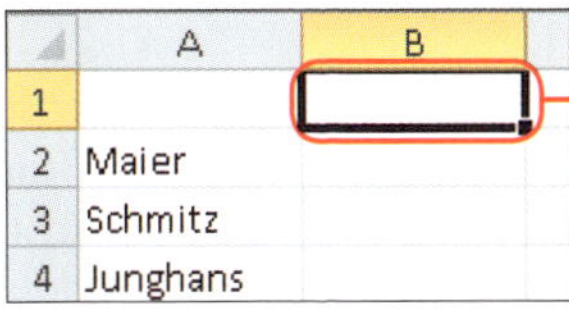

5 Tippen Sie dann den Monatsnamen „Januar“

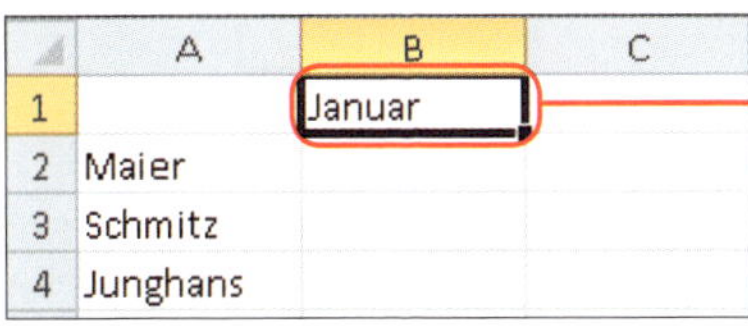

ein. Zur Bestätigung drücken Sie dieses Mal jedoch nicht die Eingabetaste, sondern die Tabulatortaste ⇄. Dadurch wird nämlich nicht die darunterliegende Zelle B2, sondern die Zelle rechts daneben, also C1 aktiviert,

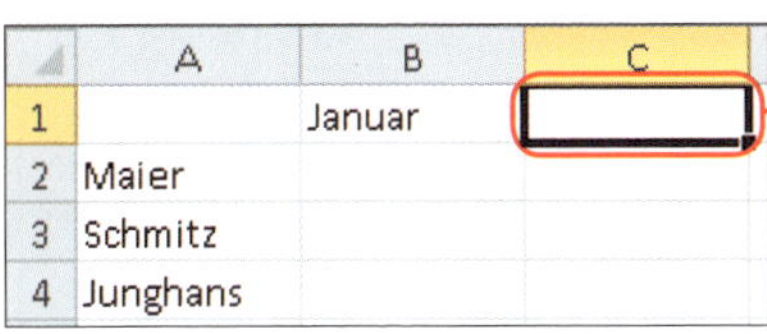

und Sie können den nächsten Monatsnamen eintragen.

6 Zahlen können Sie genauso in Zellen eintragen wie Wörter. Im Nu können Sie also Ihre Umsatztabelle ausfüllen.

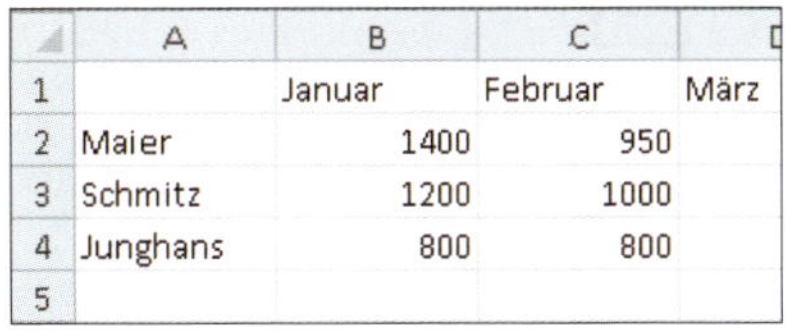

Standardmäßig wird Text in Zellen linksbündig ausgerichtet, Zahlen dagegen rechtsbündig. Im Kapitel 5, das sich mit der optischen Gestaltung von Tabellen beschäftigt, erfahren Sie unter anderem, wie Sie diese Ausrichtung ändern können.

7 Wie Sie gesehen haben, können Sie Eingaben bestätigen, indem Sie die Taste ↵ oder ⇄ drücken. Sie müssen diese Tasten aber nicht zwangsläufig drücken. Es genügt schon, eine andere Zelle zu aktivieren. Das können Sie auch mithilfe der Richtungstasten ↑, ↓, → und ← tun, oder Sie klicken einfach eine andere Zelle an.

8 Falls Sie den Inhalt einer Zelle ändern wollen, um beispielsweise die falsche Schreibweise des Kunden „Maier“ durch den richtigen „Mayer“ zu ersetzen, stehen Ihnen verschiedene Vorgehensweisen zur Verfügung. Einmal können Sie den Inhalt einfach überschreiben. Klicken Sie dazu in die Zelle,

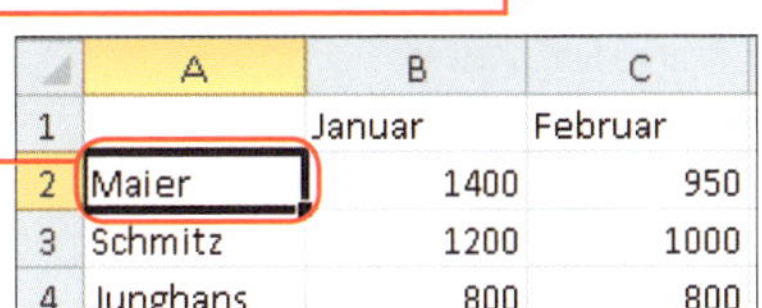

tippen Sie den richtigen Namen komplett ein, hier ●,

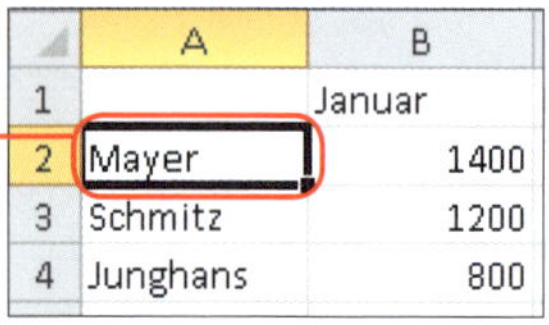

und „verlassen" Sie dann die Zelle mit einer der im letzten Schritt 7 beschriebenen Methoden. Die Zelle enthält jetzt die korrekte Schreibweise: ●.

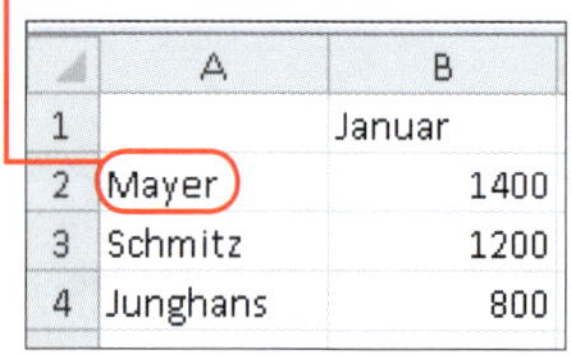

9 Alternativ können Sie den Zellinhalt auch *korrigieren*, anstatt ihn zu überschreiben. Klicken Sie dazu doppelt, also zweimal kurz hintereinander, in die Zelle. Dann erscheint dort die Einfügemarke ●.

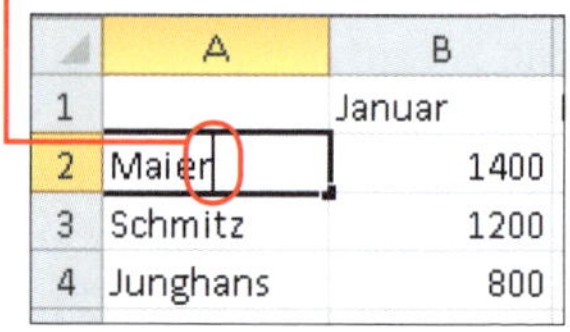

Diese können Sie jetzt ganz normal innerhalb der Zelle mithilfe der Richtungstasten bewegen, um Ihre Korrektur auszuführen.

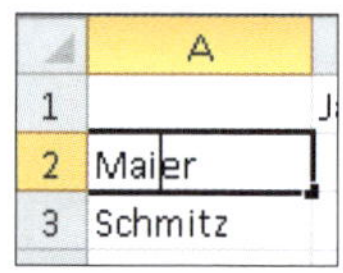

Das ist nicht ganz so banal, wie es sich im ersten Moment anhören mag. Denn: Hätten Sie die Zelle nur einmal angeklickt, würde das Betätigen der Richtungstasten zum Verlassen der Zelle führen, wie im Schritt 7 geschildert.

Befehle rückgängig machen

Aktionen, die Sie mit Excel durchführen, können Sie zurücknehmen. Das ist beispielsweise dann recht hilfreich, wenn Sie versehentlich einen Zellinhalt überschrieben haben. Damit dies wieder rückgängig gemacht wird, klicken Sie einfach in der Symbolleiste für den Schnellzugriff auf ●.

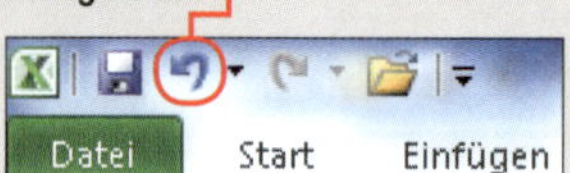

Wenn Sie nicht zur Maus greifen wollen, können Sie stattdessen auch die Tastenkombination Strg und Z betätigen. Und sollten Sie es sich erneut anders überlegen, können Sie per Klick auf ●

sogar das Zurücknehmen wieder rückgängig machen, die letzte Aktion also wieder ausführen.

10 Und es gibt noch eine zweite Möglichkeit, einen Zellinhalt zu korrigieren. Klicken Sie zunächst in die betreffende Zelle, etwa ●, und dann in die Bearbeitungsleiste ●.

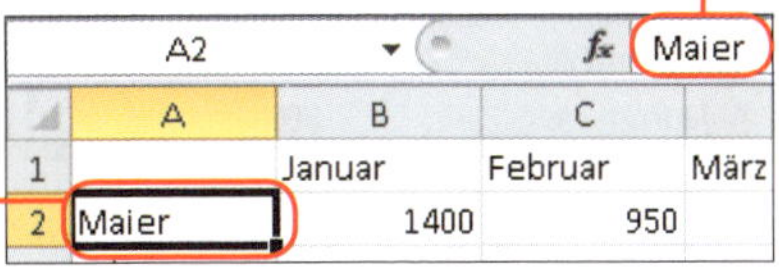

Daraufhin erscheint dort der Cursor ●,

und Sie können die Korrektur ausführen. Im Beispielfall mag Ihnen das Korrigieren eines Zellinhalts nicht sonderlich sinnvoll erscheinen. Den Namen „Mayer" haben sie wahrscheinlich schneller überschrieben, als mühsam die Einfügemarke zu positionieren, um lediglich einen Buchstaben zu ersetzen. Anders sieht das Ganze aber aus, wenn Sie in einer Zelle eine umfangreiche Rechenanweisung (siehe Kapitel 3) ändern wollen. Dann erspart Ihnen das Korrigieren auf die hier beschriebene Weise häufig umfangreiche Tipparbeit.

In großen Tabellen navigieren

In kleinen übersichtlichen Tabellen können Sie blitzschnell per Mausklick jede beliebige Zelle aktivieren. Arbeiten Sie aber mit großen umfangreichen Tabellen, können die folgenden **Tastenkombinationen** sehr hilfreich sein:

1 Ganz gleich, welche Zelle gerade aktiv ist: Um die Zelle ganz links oben auf einem Arbeitsblatt, also die Zelle A1 zu aktivieren, drücken Sie einfach gleichzeitig [Strg] und [Pos1].

2 Wenn Sie ausgehend beispielsweise von der Zelle C3 ●

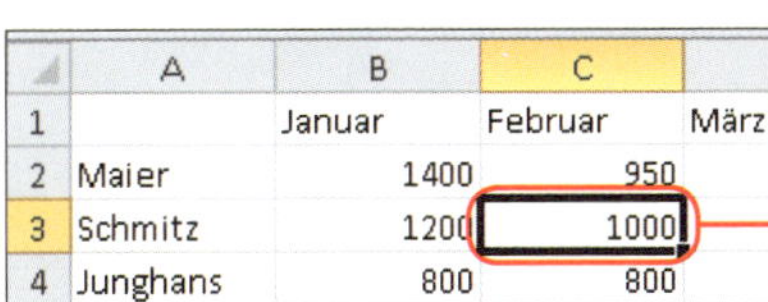

die Tasten [Strg] und [Ende] betätigen, springen Sie ans rechte untere Ende Ihrer Tabelle, hier also D4 ●.

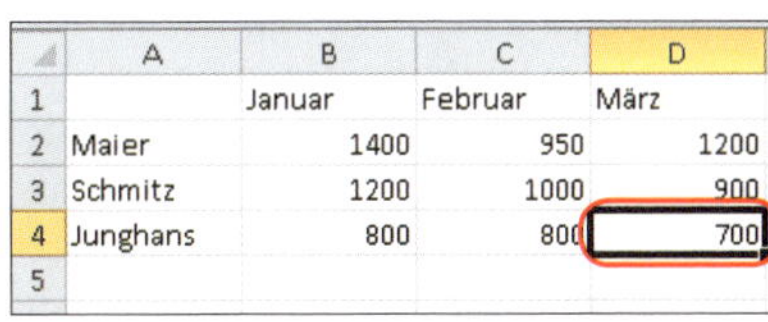

3 Ebenfalls immer noch beispielhaft ausgehend von der Zelle C3 ●, bringt Sie die Tastenkombination [Strg] und [←] zur Zelle A3 ●,

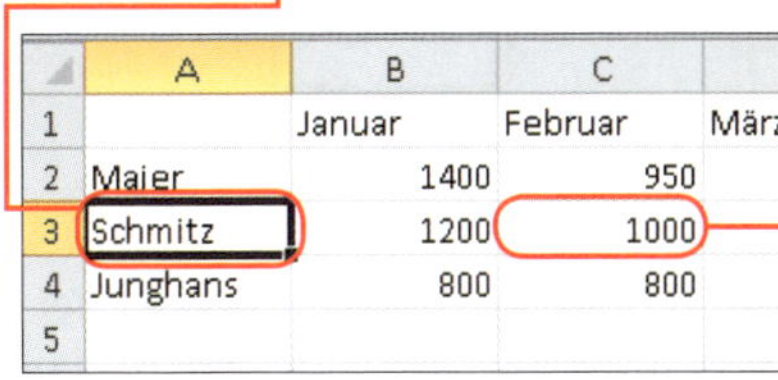

die Kombination Strg + ↑ zur Zelle C1,

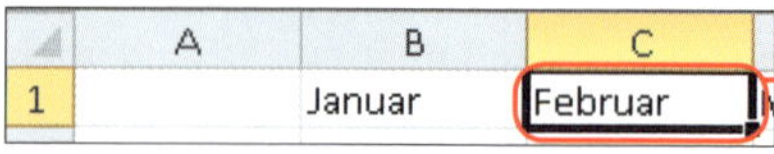

die Kombination Strg + → zur Zelle D3

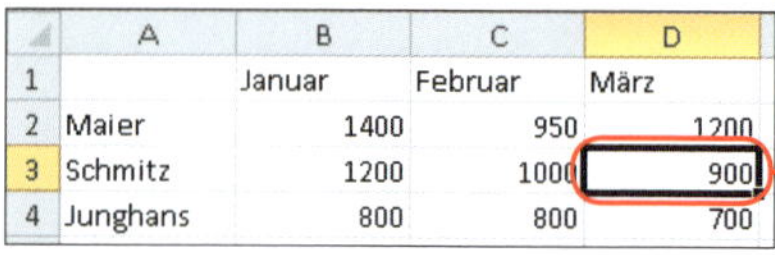

sowie analog die Kombination Strg + ↓ zur Zelle C4.

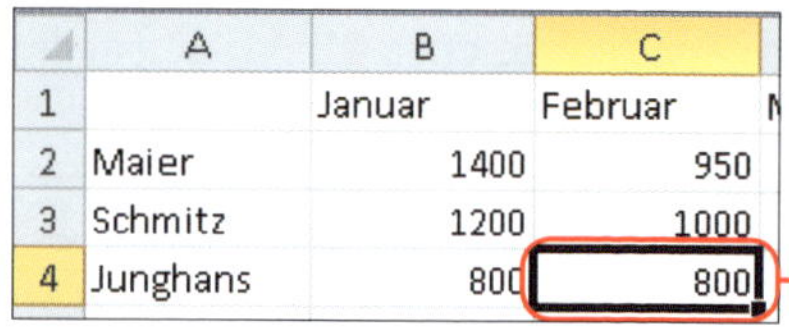

Solche Tastenkürzel beschleunigen die Navigation also erheblich.

Zellen und Zellbereiche markieren

Damit Excel weiß, auf welche Zellen oder Zellbereiche sich ein Befehl beziehen soll, müssen Sie zuvor eine **Markierung** setzen. Um die Techniken zu veranschaulichen, die Ihnen dabei zur Verfügung stehen, wird Ihnen im Folgenden beispielhaft gezeigt, wie Sie Zellen mit einer Füllfarbe versehen.

1 Den einfachsten Fall einer Markierung haben Sie bereits kennengelernt, nämlich die Markierung einer einzelnen Zelle. Klicken Sie beispielsweise in die Zelle B3. Schon ist sie markiert:

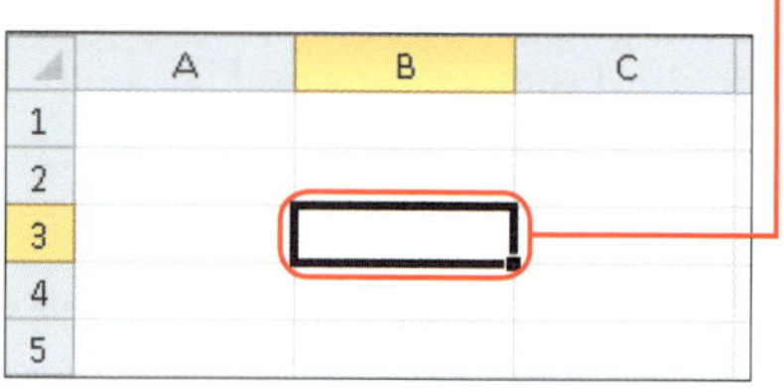

2 Excel weiß jetzt, dass sich die folgende Aktion auf diese Zelle B3 beziehen soll. Im Beispiel wollen Sie der Zelle eine Füllfarbe zuweisen. Klicken Sie dazu gegebenenfalls auf den Registerreiter,

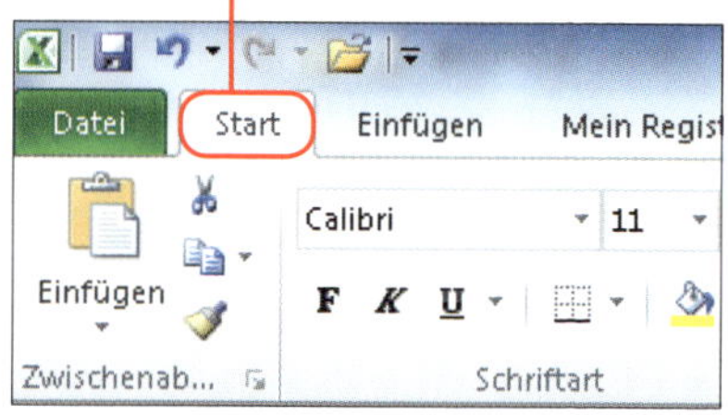

um das Start-Register in den Vordergrund zu holen.

3 Anschließend klicken Sie neben dem Farbeimersymbol auf den nach unten weisenden Pfeil.

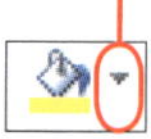

Sie öffnen dadurch eine Farbpalette. Sobald Sie darin auf eine Farbe klicken,

zum Beispiel auf die Farbe Knallrot,

wird die Zelle entsprechend eingefärbt.

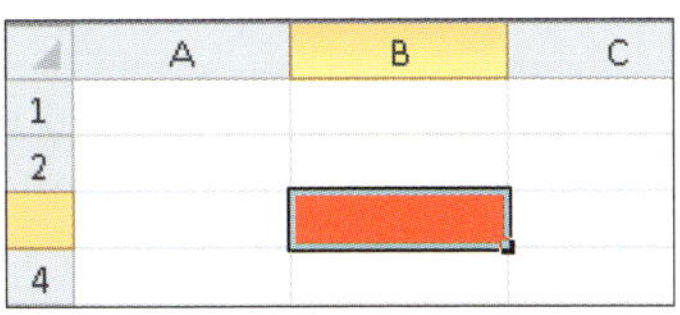

4 Wollen Sie eine komplette Zeile eines Arbeitsblattes markieren, klicken Sie einfach im Zeilenkopf auf das entsprechende Kästchen. Per Mausklick beispielsweise auf

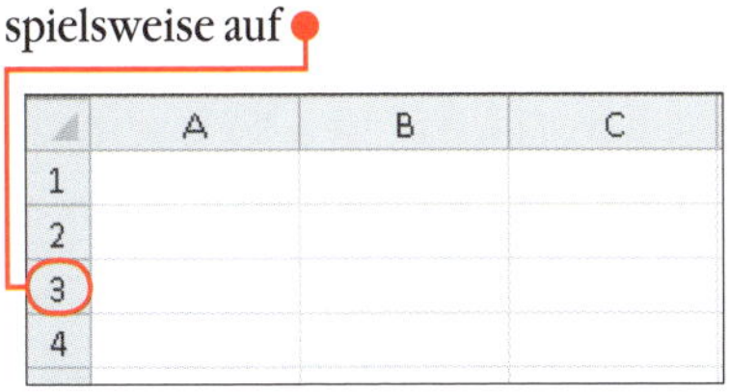

wird also die Zeile 3 markiert.

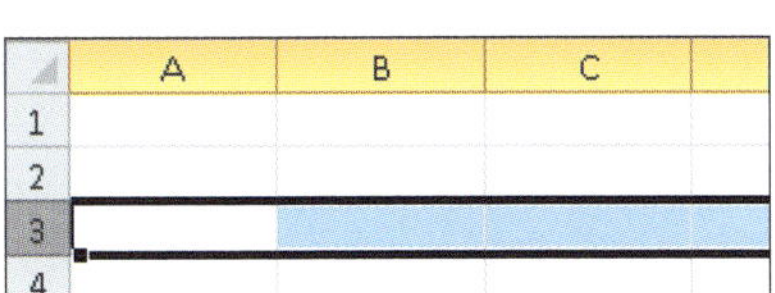

5 Analog dazu können Sie mit einem Klick im Spaltenkopf etwa auf das Kästchen

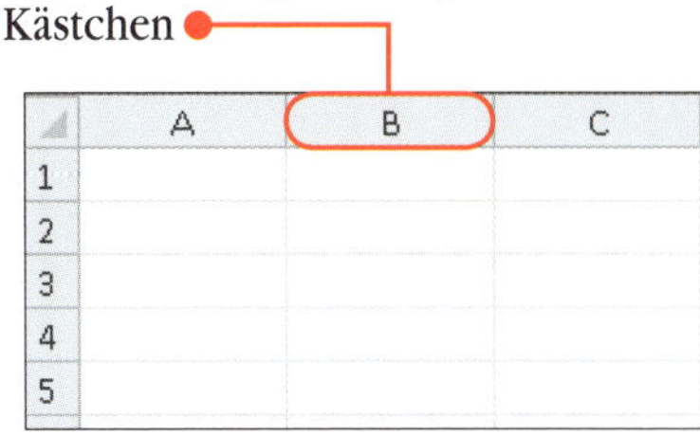

die komplette Spalte B des Arbeitsblattes markieren.

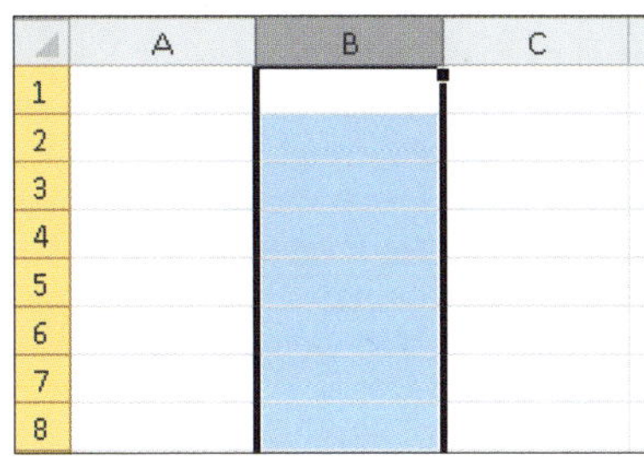

6 Falls Sie mehrere direkt untereinander liegende Zeilen markieren möchten, beispielsweise die Zeilen 2, 3 und 4, klicken Sie zunächst im Zeilenkopf auf,

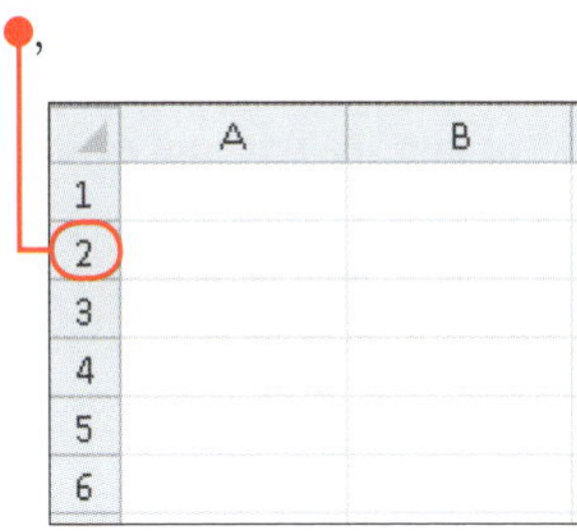

halten dann die Maustaste gedrückt und führen den Mauszeiger mit weiterhin gedrückter Maustaste bis zum Kästchen ●. Lassen Sie dann die Maustaste los, sind die drei betreffenden Zeilen wunschgemäß markiert: ●.

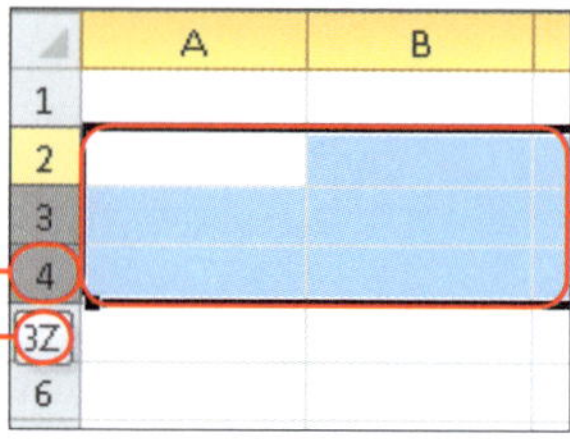

Während Sie den Mauszeiger bei gedrückt gehaltener Maustaste im Zeilenkopf nach unten führen, bekommen Sie übrigens stets angezeigt, wie viele Zeilen aktuell beim Loslassen der Taste markiert würden, im obigen Beispiel ●. Vor allem beim Arbeiten mit größeren, umfangreicheren Tabellen kann das recht nützlich sein.

Analog zur beschriebenen Vorgehensweise können Sie auch mehrere nebeneinander liegende Spalten bequem markieren.

7 Wenn Sie das gesamte Arbeitsblatt auf einen Schlag markieren wollen, brauchen Sie nur in das Eck-Kästchen zu klicken, wo sich Spalten- und Zeilenkopf treffen: ●.

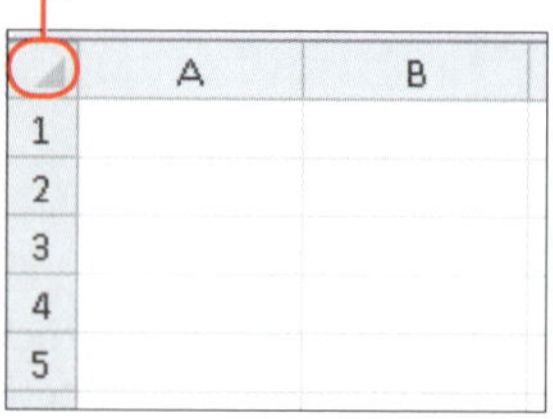

Das Ergebnis im Beispielfall:

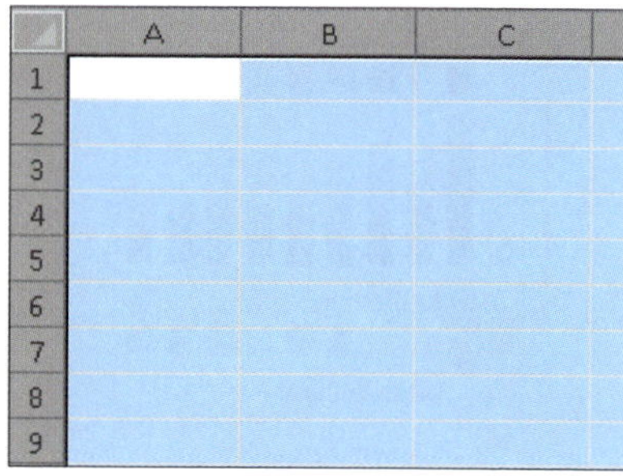

8 Sie können aber auch beliebige, nicht zusammenhängende Zellen und Zellbereiche markieren. Um beispielsweise die Zeilen 2, 4 und 6 Ihres Arbeitsblattes zu markieren, klicken Sie zunächst im Zeilenkopf auf ●,

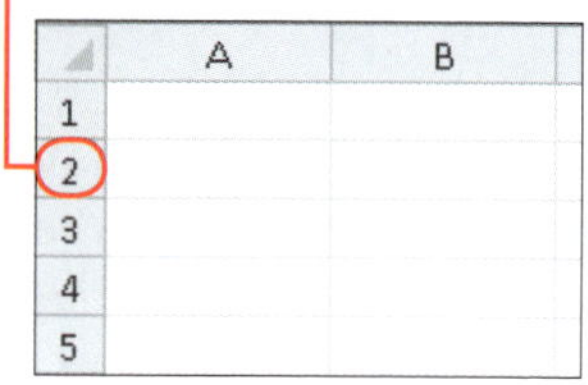

drücken dann die Taste Strg und halten sie gedrückt, während Sie auf ● und anschließend auf ●

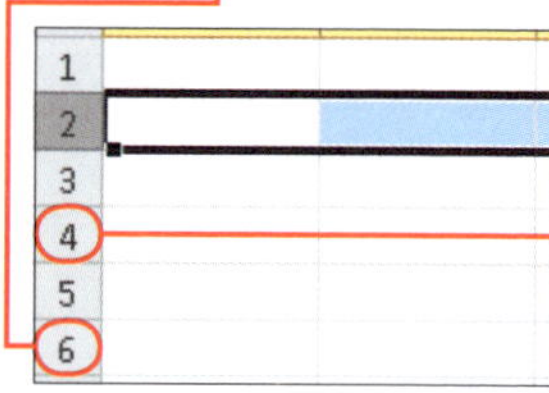

klicken. Lassen Sie dann die Taste los, sind die Zeilen wunschgemäß markiert.

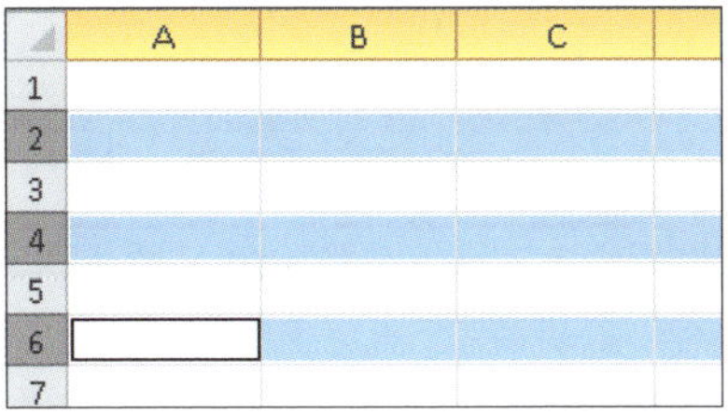

9 Einen zusammenhängenden Zellbereich innerhalb eines Arbeitsblattes können Sie ebenfalls ganz fix markieren. Im Beispiel sollen die Zellen mit den Umsatzzahlen eingefärbt werden, also der Zellbereich von B2 bis D4: ●.

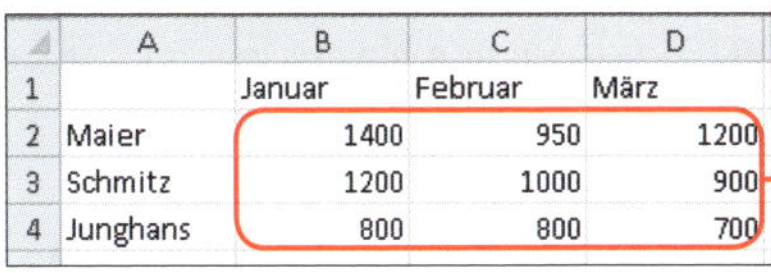

Um die dazu nötige Markierung zu setzen, klicken Sie in die Zelle ganz links oben innerhalb des Bereichs, der gefärbt werden soll, im Beispielfall also in die Zelle B2 ●.

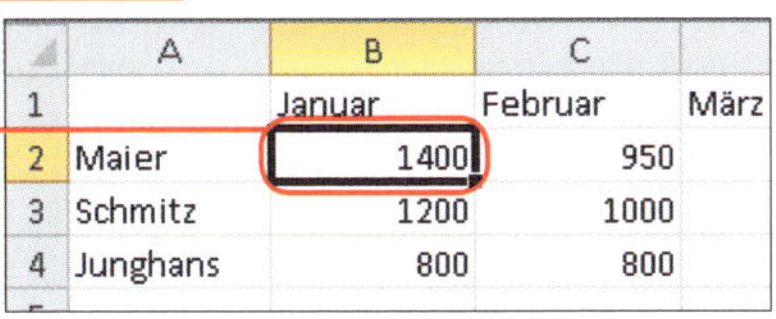

Größeren Zellbereich markieren

Wenn Sie einen sehr umfangreichen Zellbereich markieren wollen, kann es sinnvoll sein, eine alternative Technik anzuwenden. Klicken Sie in die Zelle ganz links oben innerhalb des Bereichs, der markiert werden soll, im Beispiel also die Zelle B2. Drücken Sie dann die Taste ⇧, halten Sie sie gedrückt, und klicken Sie dann in die Zelle ganz rechts unten im Bereich, der markiert werden soll, im Beispiel also in die Zelle D4. Das Ergebnis ist das Gleiche. Wie gewünscht sind die Zellen mit den Umsatzzahlen markiert.

Halten Sie dann die Maustaste gedrückt, und führen Sie den Mauszeiger mit weiterhin gedrückter Maustaste bis zur Zelle D4 am rechten unteren Ende: ●. Jetzt können Sie die Maustaste loslassen. Wie Sie sehen, ist der Zellbereich nun entsprechend markiert.

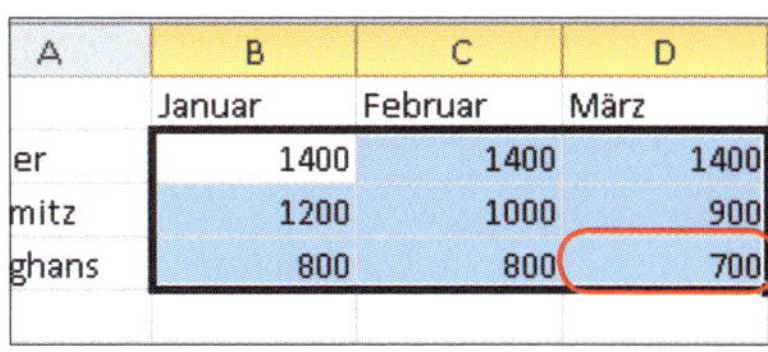

Eingaben oder Zellen löschen

Es stehen Ihnen zwei Möglichkeiten zur Verfügung, Daten einer Tabelle zu löschen. Entweder Sie entfernen nur die Inhalte von Zellen, oder Sie entfernen die Zellen komplett, was häufig eleganter aussieht.

Eingaben oder Zellen löschen

1 Als Beispiel dient wieder die kleine Umsatztabelle, aus der Sie den Kunden Schmitz

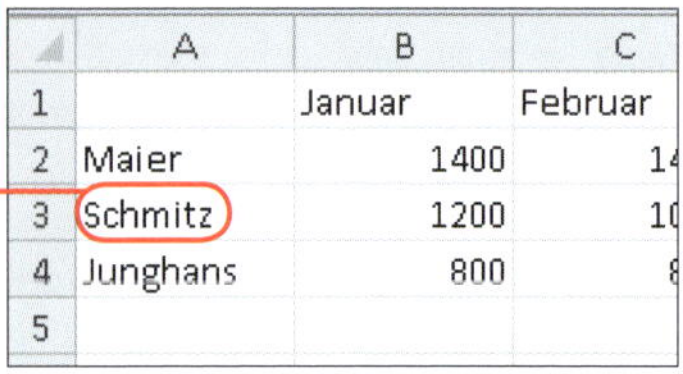

	A	B	C
1		Januar	Februar
2	Maier	1400	14
3	Schmitz	1200	10
4	Junghans	800	8
5			

entfernen wollen. Markieren Sie den Kundennamen und die dazugehörigen Umsatzzahlen, wie im vorigen Abschnitt in Schritt 4 gezeigt.

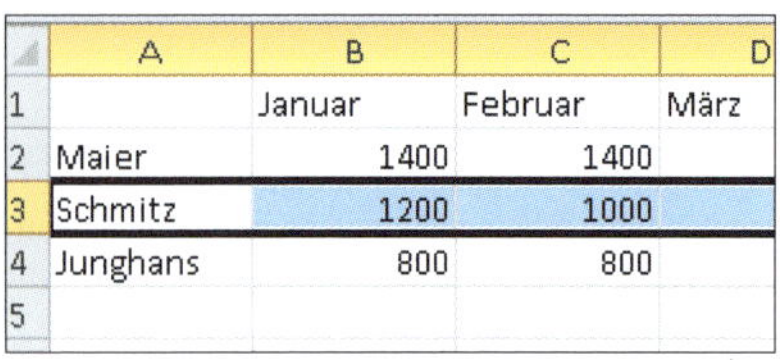

	A	B	C	D
1		Januar	Februar	März
2	Maier	1400	1400	
3	Schmitz	1200	1000	
4	Junghans	800	800	
5				

2 Wenn Sie nun die Taste Entf drücken, werden die Daten aus diesen Zellen entfernt. Die Zellen selbst bleiben aber erhalten. In diesem Fall entsteht dadurch eine hässliche Lücke in Ihrer Tabelle: .

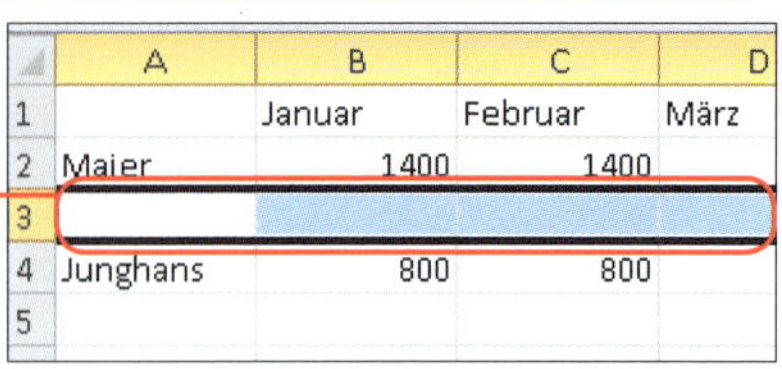

	A	B	C	D
1		Januar	Februar	März
2	Maier	1400	1400	
3				
4	Junghans	800	800	
5				

3 In Beispielfall bietet sich daher die zweite Lösch-Möglichkeit an, bei der Sie die Zellen komplett entfernen können. Auch dabei setzen Sie zunächst die eingangs beschriebene Markierung.

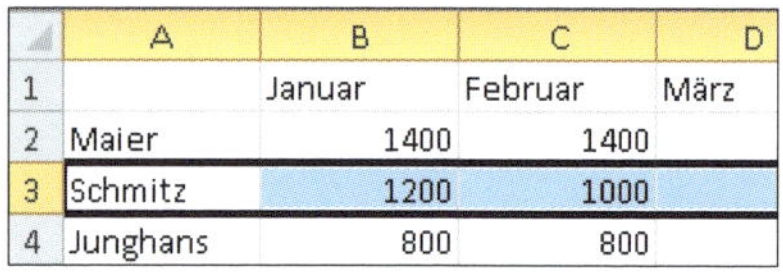

	A	B	C	D
1		Januar	Februar	März
2	Maier	1400	1400	
3	Schmitz	1200	1000	
4	Junghans	800	800	

Dann holen Sie gegebenenfalls mit einem Klick auf den Registerreiter

im Menüband das Start-Register in den Vordergrund.

4 Sobald Sie den Mauszeiger jetzt über den Eintrag

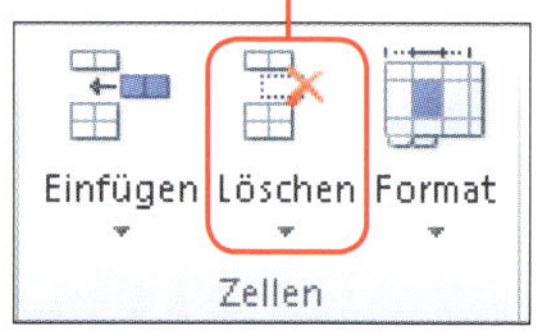

führen, erscheint das Symbol geteilt. Klicken Sie einfach auf den oberen Teil . Wenn Sie hingegen auf den unteren Bereich

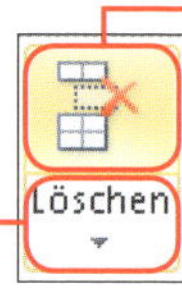

klicken und dann auf den Befehl ,

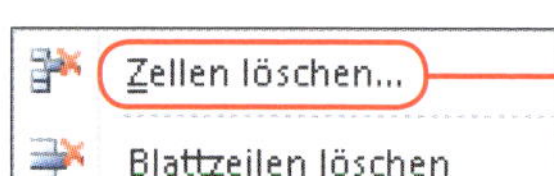

erscheint eine Abfrage, in der Sie entscheiden können, wie sich die benachbarten Zellen bei der Löschung verhalten. Ohne Änderung hat der Klick auf

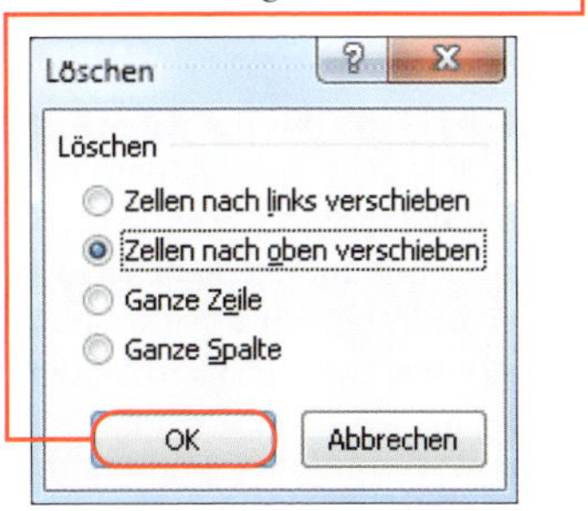

die gleiche Wirkung wie der zuvor beschriebene Klick auf die obere Hälfte des Löschen-Symbols.

5 Egal, welche Variante Sie wählen: In beiden Fällen verschwinden nicht nur die Inhalte der Zellen, sondern die kompletten Zellen, ohne dass eine Lücke in Ihrer Tabelle entsteht. Die Daten in der benachbarten Zeile rutschen einfach in die gelöschten Zellen, also bei der Standardvorgabe um eine Zeile nach oben.

	A	B	C	
1		Januar	Februar	März
2	Maier	1400	1400	
3	Junghans	800	800	
4				
5				

Das sieht natürlich besser aus, als wenn die leere Zwischenzeile stehen bliebe.

3 Rechnen und analysieren mit Excel

Im vorigen Kapitel haben Sie erfahren, dass Sie mit Excel sowohl Textdaten (also beispielsweise Adressen), als auch Zahlenwerte (zum Beispiel Umsatzzahlen) erfassen können. Das ist natürlich längst nicht alles. Seine besondere Stärke zeigt Excel bei der Weiterverarbeitung der erfassten Daten. So können Sie umfangreiche Berechnungen anstellen. Dabei ist es auch kein Problem, wenn sich nachträglich Werte ändern oder zusätzliche Werte erfasst werden. Die Rechenergebnisse sind stets aktuell und korrekt.

Neben reinen Rechenfunktionen stellt Ihnen Excel zudem Analysefunktionen aus allen denkbaren Gebieten zur Verfügung. Ganz gleich, ob Sie sich mit Finanzmathematik oder Trigonometrie beschäftigen: Mit Excel werden Sie fündig.

Im dritten Kapitel dieses Buches erfahren Sie,

- wie Sie Formeln und Funktionen verwenden,
- wie Sie Werte in Tabellen blitzschnell zeilen- und spaltenweise addieren,
- wie Sie Ihre Tabellen stets an aktuelle Verhältnisse anpassen
- und wie Sie sich ohne die Eingabe von Formeln Summen beliebiger Zellen anzeigen lassen können.

Kapitel-Wegweiser

Rechenanweisungen erteilen

Um Ihnen zu zeigen, wie das Rechnen mit Excel funktioniert, dient wieder eine kleine Umsatztabelle als Beispiel.

1 Sie können Excel als reine Rechenmaschine - wie einen Taschenrechner - nutzen. Wenn Sie etwa die Januar-Umsätze summieren möchten, klicken Sie zunächst in die **Zelle** B5 ●.

	A	B	C	
1		Januar	Februar	März
2	Maier	1400	1400	
3	Schmitz	1200	1000	
4	Junghans	800	800	
5				
6				

Denn dort soll gleich das Rechenergebnis erscheinen.

2 Tippen Sie zunächst ein Gleichheitszeichen (=) ein. Damit teilen Sie Excel mit, dass Sie eine Berechnung durchführen wollen. Tippen Sie dann den ersten Wert ein, also „1400“, danach ein Pluszeichen (+), dann „1200“ und wieder das Pluszeichen (+) usw. Also ganz so, wie Sie es vom Tisch- oder Taschenrechner her kennen. In der Zelle muss dann also der folgende Ausdruck stehen: ●.

	A	B	C
1		Januar	Februar
2	Maier	1400	1400
3	Schmitz	1200	1000
4	Junghans	800	800
5		=1400+1200+800	

Sobald Sie zur Bestätigung etwa die Taste ↵ gedrückt haben, erscheint in der Zelle das Ergebnis der Berechnung: ●.

	A	B	C	
1		Januar	Februar	März
2	Maier	1400	1400	
3	Schmitz	1200	1000	
4	Junghans	800	800	
5		3400		

! Die vier Grundrechenarten

Die vier Grundrechenarten werden bei einer Formeleingabe mit folgenden Tasten ausgeführt:

Addition:	+
Subtraktion:	–
Multiplikation:	*
Division:	/

3 Die Rechenmethode, die Ihnen in den Schritten 1 und 2 gezeigt wurde, bezeichnet man als Rechnen mit Konstanten, also mit fixen Werten. Im Beispielfall ist das Rechnen mit Zellbezügen allerdings wesentlich sinnvoller. Und das funktioniert so: Tippen Sie in die Zelle B5 der Beispieltabelle die Anweisung ●.

	A	B	
1		Januar	Febr
2	Maier	1400	
3	Schmitz	1200	
4	Junghans	800	
5		=B2+B3+B4	

Funktionsbezeichnungen einsetzen

Während der Eingabe der Formel im Schritt 3 klappt eine Auswahl auf.

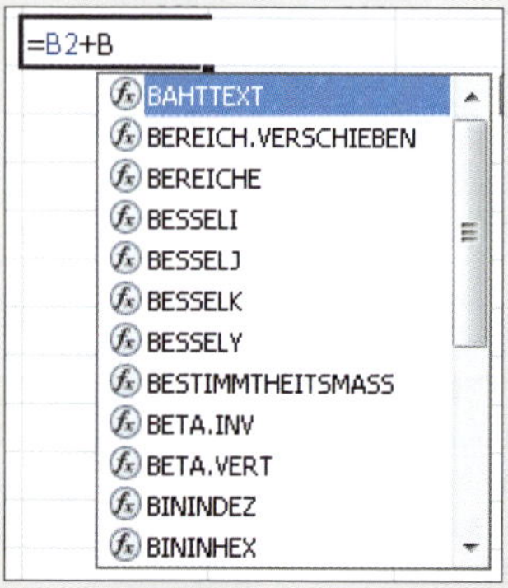

Darin werden verschiedene Funktionen angezeigt, die mit dem jeweils eingetippten Buchstaben beginnen. Diese Funktionen können Sie einfach per Doppelklick in Ihre Formel übernehmen. Mehr zu Funktionen erfahren Sie im Schritt 5 sowie im Abschnitt „Auf weitere Funktionen zugreifen" ab Seite 46. Solange Sie mit Funktionen noch nicht vertraut sind, ignorieren Sie diese Liste einfach.

Mit dem Gleichheitszeichen teilen Sie Excel mit, dass Sie eine Berechnung durchführen wollen. Statt der konkreten Zahlenwerte addieren Sie jetzt aber die einzelnen Zellinhalte. Statt „1400" tippen Sie also einfach die Zelladresse „B2" ein. Entsprechend verfahren Sie mit den beiden anderen Zellen und bestätigen dann Ihre Eingabe wie gewohnt. Das Rechenergebnis ist natürlich identisch mit demjenigen im Schritt 2. Eine solche Rechenanweisung an Excel bezeichnet man übrigens als **Formel**.

4 Der Vorteil, den das Rechnen mit Zellbezügen bietet, liegt auf der Hand: Wenn Sie einen Wert ändern, im Beispiel ●,

	A	B	C
1		Januar	Februar
2	Maier	1400	1400
3	Schmitz	1300	1000
4	Junghans	800	800
5		3400	

und dann wie üblich bestätigen, wird das Ergebnis sofort angepasst: ●.

	A	B	C
1		Januar	Februar
2	Maier	1400	1400
3	Schmitz	1300	1000
4	Junghans	800	800
5		3500	

5 Das Summieren von Zahlenkolonnen ist vermutlich die häufigste Rechenoperation, die Sie beim Arbeiten mit Tabellen benötigen. Mit der bisher beschriebenen Additionstechnik wäre es aber etwas mühsam, beispielsweise den Gesamtumsatz in einer Umsatztabelle zu ermitteln. Excel stellt Ihnen daher eine vorgefertigte Rechenoperation zur Verfügung, die Ihnen viel Tipparbeit bei der Formelerstellung abnimmt. Eine solche Rechenhilfe nennt man **Funktion**. Und so wenden Sie die Summenfunktion an:

Klicken Sie zunächst in die Zelle, in der das Rechenergebnis erscheinen soll, hier ●.

	A	B	C
1		Januar	Februar
2	Maier	1400	1400
3	Schmitz	1300	1000
4	Junghans	800	800
5			
6			
7	Quartalsumsatz		
8			

6 Anschließend tippen Sie in die markierte Zelle den Ausdruck „=summe (b2:d4)“ ●

2	Maier	1400	1400
3	Schmitz	1300	1000
4	Junghans	800	800
5			
6			
7	Quartalsumsatz		
8	=summe(b2:d4)		

ein und bestätigen die Eingabe wie gewohnt. Schon erscheint das Ergebnis: ●.

2	Maier	1400	1400
3	Schmitz	1300	1000
4	Junghans	800	800
5			
6			
7	Quartalsumsatz		
8	9700		

Und das ist die Erklärung für die eben verwendete Formel: Mit dem Gleichheitszeichen teilen Sie Excel mit, dass Sie eine Berechnung durchführen wollen. Mit dem Eintippen der Funktionsbezeichnung „summe“ weisen Sie Excel an, die Werte der Zellen, die in der folgenden Klammer aufgeführt werden, zu addieren. Innerhalb der Klammer tragen Sie dann die entsprechenden Zelladressen ein. Im vorliegenden Fall brauchen Sie aber nicht etwa jede einzelne Zelladresse separat anzugeben. Da ein zusammenhängender Zellbereich summiert werden soll, können Sie sich diese Tipparbeit erheblich vereinfachen. Sie brauchen nur „b2:d4“ einzutippen (siehe dazu den folgenden Kasten).

! Zellbereich bezeichnet

Einen zusammenhängenden Zellbereich können Sie ganz einfach bezeichnen: Tragen Sie die Zelladresse ganz links oben ein, gefolgt von einem Doppelpunkt sowie der Zelladresse ganz rechts unten. Schreiben Sie also beispielsweise „b2:d4“, bezieht sich das auf den Bereich ●

B	C	D
Januar	Februar	März
1400	1400	1400
1300	1000	900
800	800	700

eines Arbeitsblattes. In der Formel aus Schritt 6 brauchen Sie also nicht „(b2;b3; b4;c2;c3;c4;d2;d3;d4)“ zu schreiben. Es genügt „(b2:d4)“.

7 Wenn Sie die Summenfunktion in einer Formel nutzen, müssen Sie immer angeben, welche Zellen addiert werden sollen. Diesen Bereich können Sie auch mithilfe der Maus bestimmen, also ohne die Zelladressen eintippen zu müssen. Wollen Sie beispielsweise die Januar- und Februar-Umsätze addieren, klicken Sie in die Zelle, in der das Ergebnis erscheinen soll, und tippen den Ausdruck „=summe(“ ● ein.

	A	B	C	
1		Januar	Februar	März
2	Maier	1400	1400	
3	Schmitz	1300	1000	
4	Junghans	800	800	
5				
6		=summe(		
7		SUMME(**Zahl1**; [Zahl2]; ...)		

8 Danach klicken Sie in die Zelle links oben, ab der die Zahlen summiert werden sollen, im Beispiel also die Zelle B2 ●, halten die Maustaste gedrückt und führen den Zeiger mit weiterhin gedrückter Maustaste über die Zelle rechts unten, im Beispiel also die Zelle C4 ●.

1		Januar	Februar	März
2	Maier	1400	1400	
3	Schmitz	1300	1000	
4	Junghans	800	800	
5				
6		=summe(B2:C4		
7		SUMME(**Zahl1**; [Zahl2]; ...)		

Lassen Sie dann die Maustaste los, erscheint in der Formel automatisch die korrekte Zellbereichs-Bezeichnung, hier ●. Alternativ können Sie auch in die Zelle B2 klicken und dann bei gedrückt gehaltener ⇧-Taste in die Zelle C4. Auch auf diese Weise können Sie den Bereich festlegen, der summiert werden soll. Sobald Sie die Formeleingabe bestätigt haben, erscheint das Rechenergebnis: ●.

	A	B	C	
1		Januar	Februar	März
2	Maier	1400	1400	
3	Schmitz	1300	1000	
4	Junghans	800	800	
5				
6		6700		

9 Nicht nur im Zusammenhang mit Funktionen können Sie die Maus verwenden, um Zelladressen in Formeln einzufügen. Wollen Sie etwa in der Zelle B4 der Beispieltabelle den Überschuss berechnen, tippen Sie zunächst ein Gleichheitszeichen ●

	A	B
1	Einnahmen	450
2	Ausgaben	300
3		
4	Überschuss:	=

ein. Wenn Sie dann in die Zelle klicken, in der die Einnahmen aufgeführt sind ●, wird sofort die Zelladresse B1 in die Formel übernommen: ●.

	A	B
1	Einnahmen	450
2	Ausgaben	300
3		
4	Überschuss:	=B1
5		

10 Tippen Sie als Nächstes ein Minuszeichen ●

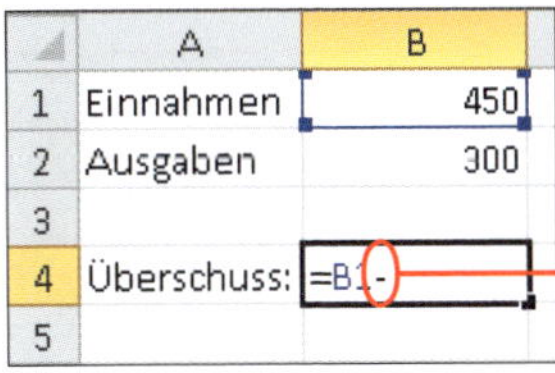

ein, und klicken Sie danach in die Zelle mit den Ausgaben, etwa ●. Auch diese Zelladresse wird von Excel automatisch in die Formel übernommen: ●.

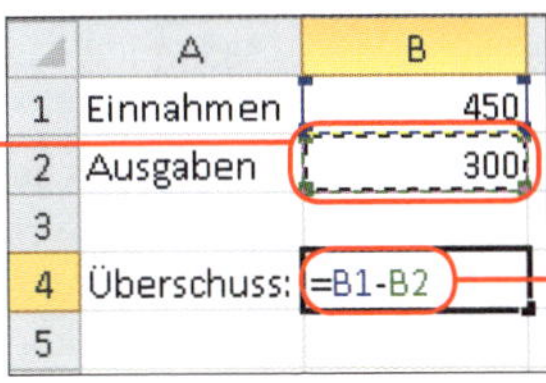

Jetzt brauchen Sie die Eingabe nur noch zu bestätigen, damit die Berechnung durchgeführt wird: ●.

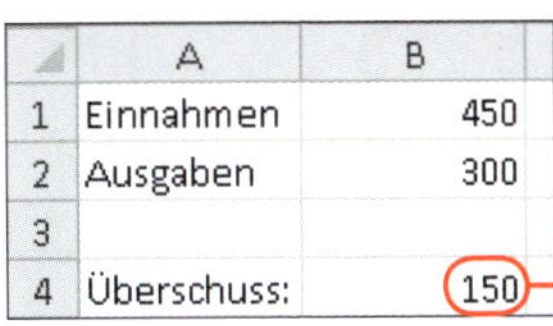

In großen unübersichtlichen Tabellen ist diese Form der Adresseingabe in eine Formel sehr hilfreich.

Optische Hilfe bei der Formeleingabe

Bei der Formeleingabe kann sich schnell mal ein Fehler einschleichen, etwa wenn Sie nicht richtig hingesehen und eine falsche Zelladresse eingetippt haben. Excel bietet Ihnen daher eine optische Hilfestellung. Die Zelladressen in einer Formel – egal, ob es sich um einzelne Zellen oder auch um Zellbereiche handelt – werden nämlich verschiedenfarbig dargestellt. Und in der Tabelle werden die dazugehörigen Zellen überdies in derselben Farbe umrandet. Im Beispiel der Überschussberechnung sehen Sie daher sofort, dass Sie alles richtig gemacht haben. Von dem blauen Wert ● wird der grüne Wert ● abgezogen.

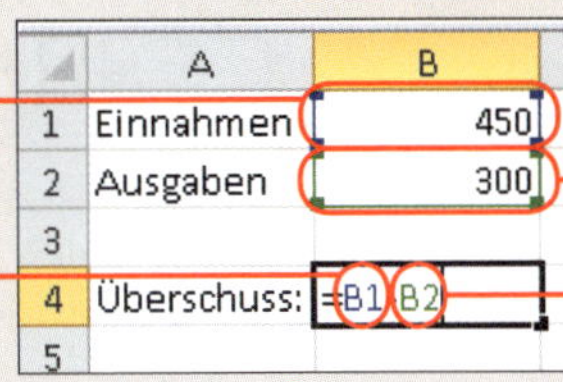

Formeln einfach übernehmen

In vielen Fällen können Sie eine Formel problemlos in eine Nachbarzelle übernehmen - ganz ohne Tipparbeit. Selbst veränderte Zellbezüge brauchen Sie nicht manuell anzupassen. Im folgenden Beispiel berechnen Sie für verschiedene Nettopreise die dazugehörigen Bruttopreise. Dabei lernen Sie nicht nur die erwähnte praktische Ausfüllhilfe kennen, sondern sehen auch, dass Sie gleichzeitig mit Zellbezügen und Konstanten rechnen können.

1 In der Beispieltabelle sind in der Spalte A Nettopreise aufgeführt. In der Spalte B sollen die Bruttowerte erscheinen. Der aktuell gültige Mehrwertsteuersatz beträgt 19 Prozent. Um den jeweiligen Bruttowert zu berechnen, müssen Sie also die Werte der Spalte A mit 1,19 multiplizieren.

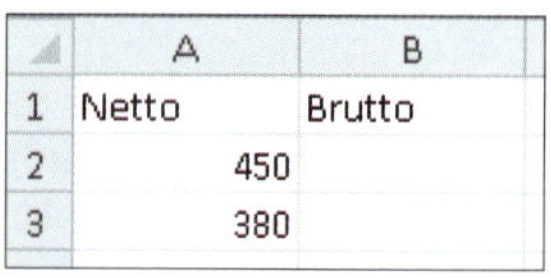

Tippen Sie also in die Zelle B2 den Ausdruck „=A2*1,19“ ●

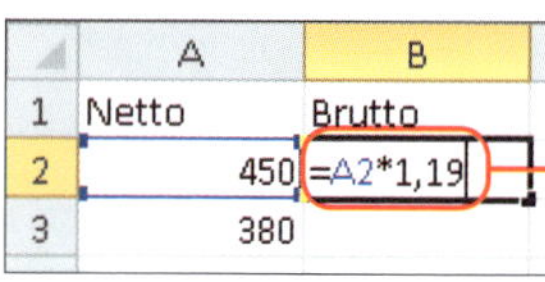

ein. Bei A2 handelt es sich um einen „Zellbezug“, bei dem Wert 1,19 um eine „Konstante“.

2 Wenn Sie Ihre Eingabe bestätigt haben, bekommen Sie umgehend das korrekte Ergebnis angezeigt: ●.

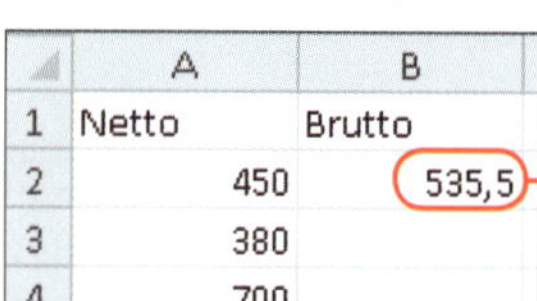

3 Um diese Formel jetzt in die darunter liegenden Zellen B3 und B4 zu übernehmen, klicken Sie als Erstes in die Zelle B2 ●

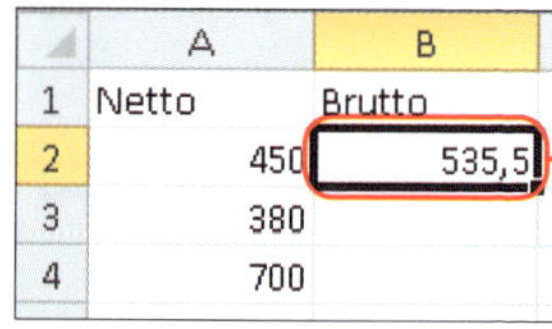

und führen dann den Mauszeiger über die rechte untere Ecke der Zelle, bis er seine Form verändert: ●.

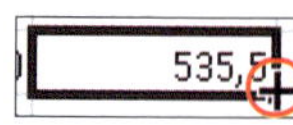

Führen Sie dann einen Mausklick aus, und **ziehen** Sie den Zeiger mit weiterhin gedrückter Maustaste bis über die Zelle B4, sodass die betreffenden Zellen mit einem grauen Rahmen versehen werden: ●.

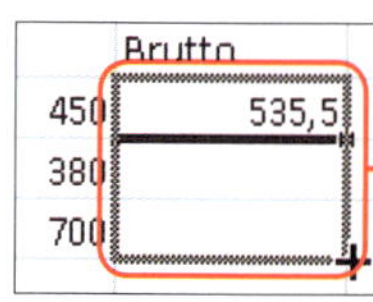

4 Wenn Sie dann die Maustaste loslassen, sehen Sie, dass Excel auch in den Zellen B3 und B4 die korrekte Berechnung durchgeführt hat: ●.

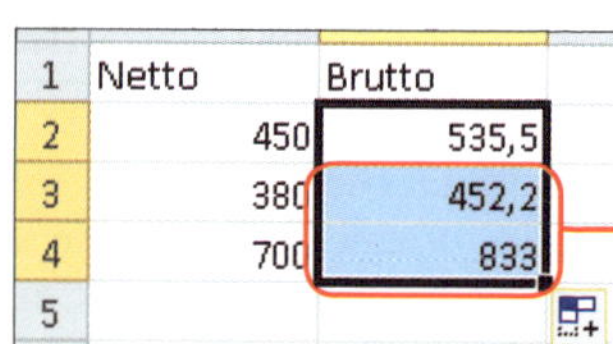

5 Dass Excel die Formel nicht einfach eins zu eins kopiert hat, erkennen Sie nach einem Klick beispielsweise in die Zelle B3 ●.

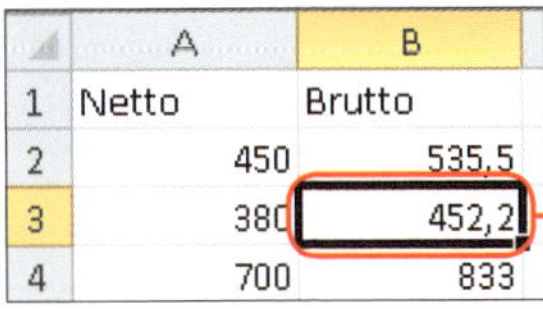

In der Bearbeitungsleiste steht jetzt nicht etwa „=*A2**1,19", sondern ●.

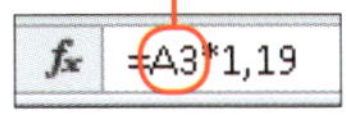

Excel hat also sogar den Zellbezug sinnvoll angepasst. Im folgenden Abschnitt sehen Sie, dass Sie Ihren Mehrwertsteuer-Rechner auch ganz leicht an veränderte Steuersätze anpassen können.

Zellen benennen

Excel bietet Ihnen die Möglichkeit, Zellen zu benennen. In großen Tabellen kann das die Orientierung erheblich erleichtern oder auch dabei helfen, Anpassungen vorzunehmen.

1 Als Beispiel dient wieder die kleine Tabelle aus dem vorigen Abschnitt, mit deren Hilfe Sie Bruttowerte berechnen. Schreiben Sie nun in eine beliebige Zelle, beispielsweise C2, den aktuellen Steuersatz ●,

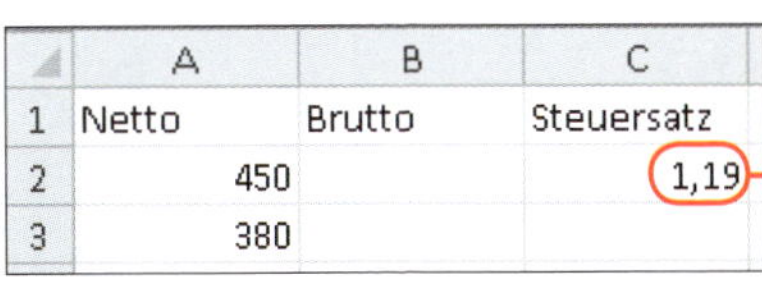

und klicken Sie anschließend in diese Zelle, um sie zu aktivieren: ●.

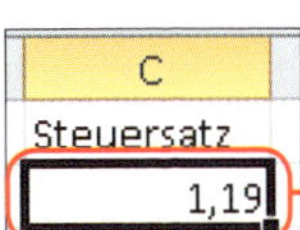

2 Als Nächstes klicken Sie im **Menüband** auf den Registerreiter

und in dem Formeln-Register, das dadurch in den Bildschirmvordergrund rückt, auf den Befehl ●.

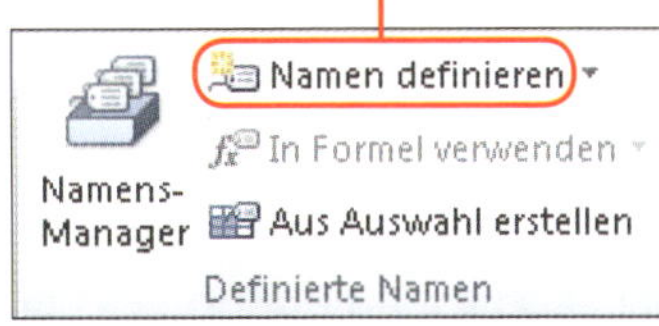

3 Im Dialogfenster, das sich daraufhin öffnet, können Sie der Zelle C2 einen Namen zuweisen. Tippen Sie einfach eine aussagekräftige Bezeichnung ins Feld ●.

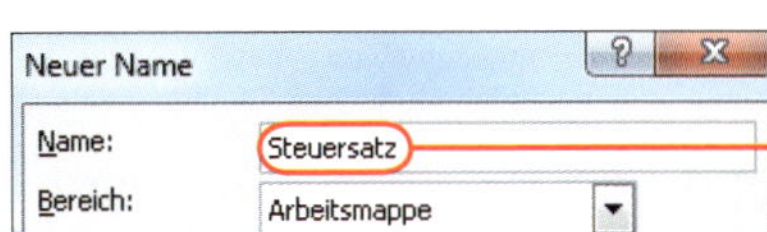

Die restlichen Angaben können Sie beibehalten und gleich zur Bestätigung auf ● klicken.

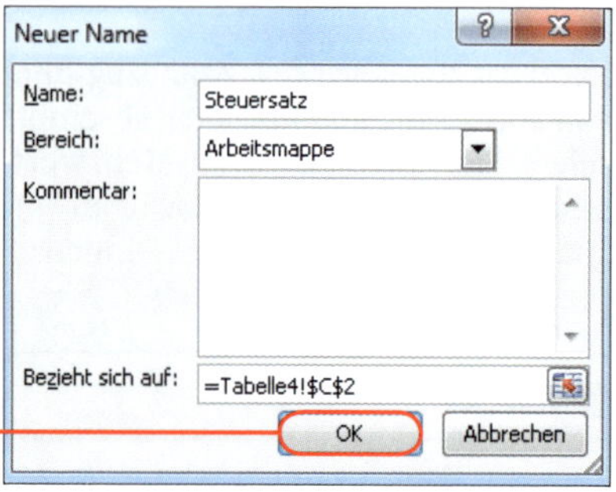

4 In jeder Formel Ihrer **Arbeitsmappe** können Sie sich jetzt auf diesen Zellnamen beziehen. Dann wird automatisch der Zellinhalt der Zelle C2 eingefügt. Klicken Sie also beispielsweise in die Zelle B2 ●,

	A	B	C
1	Netto	Brutto	Steuersatz
2	450		1,19
3	380		

in der Sie einen Bruttowert berechnen wollen, und tippen Sie den ersten Teil der Formel ein: „=A2*" ●.

	A	B	C
1	Netto	Brutto	Steuersatz
2	450	=A2*	1,19
3	380		
4	700		

5 Danach klicken Sie im geöffneten Formeln-Register des Menübands auf den zweiten Eintrag ●

und in der aufklappenden Auswahl auf den Befehl ●.

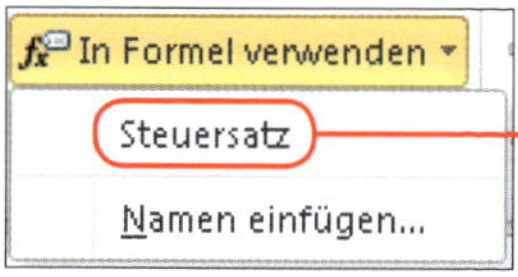

Die komplette Formel lautet nun: ●.

	A	B	C
1	Netto	Brutto	Steuersatz
2	450	=A2*Steuersatz	
3	380		
4	700		

6 Unmittelbar nach der Bestätigung Ihrer Eingabe erscheint das korrekte Rechenergebnis: ●.

	A	B	C
1	Netto	Brutto	Steuersatz
2	450	535,5	1,19
3	380		
4	700		

Mithilfe der im vorigen Abschnitt beschriebenen Ausfüllhilfe können Sie die Formel auch für die darunter liegenden Zellen B3 und B4 übernehmen. Excel nimmt alle Anpassungen korrekt vor, sodass in allen drei Zellen die korrekten

Rechenergebnisse angezeigt werden:

	A	B	C
1	Netto	Brutto	Steuersatz
2	450	535,5	1,19
3	380	452,2	
4	700	833	

7 Bekanntermaßen werden die Steuersätze seitens der Regierung hin und wieder verändert. Die einzige gute Nachricht in diesem Zusammenhang ist, dass die Anpassung Ihrer Excel-Tabellen kein Problem darstellt. Falls der Mehrwertsteuer-Satz beispielsweise auf 21 Prozent erhöht werden sollte, brauchen Sie nur den geänderten Wert, also 1,21

	A	B	C
1	Netto	Brutto	Steuersatz
2	450	535,5	1,21
3	380	452,2	

in die Zelle C2 einzutippen und zu bestätigen. Schon sind alle Berechnungen den neuen Verhältnissen angepasst:

	A	B	C
1	Netto	Brutto	Steuersatz
2	450	544,5	1,21
3	380	459,8	
4	700	847	

Zahlenkolonnen in Tabellen blitzschnell addieren

Auf Seite 35 in diesem Kapitel haben Sie erfahren, wie Sie mithilfe der Summenfunktion blitzschnell Zellbereiche addieren können. In vielen Fällen geht das Ganze noch flotter. Möglich macht das die Funktion Autosumme, bei deren Verwendung Sie sich sogar häufig die Angabe eines Zellbereichs ersparen können.

1 In der als Beispiel dienenden Umsatztabelle (siehe Seite 33) sollen in der Zeile 5 die Monatsumsätze summiert werden:

	A	B	C	D
1		Januar	Februar	März
2	Maier	1400	1400	1400
3	Schmitz	1300	1000	900
4	Junghans	800	800	700
5				

Zudem sollen die Gesamtumsätze der einzelnen Kunden in der Spalte E angezeigt werden:

B	C	D	E
Januar	Februar	März	
1400	1400	1400	
1300	1000	900	
800	800	700	

Damit dies passiert, klicken Sie als Erstes in die Zelle B5,

	A	B	C	
1		Januar	Februar	März
2	Maier	1400	1400	
3	Schmitz	1300	1000	
4	Junghans	800	800	
5				

in der die erste Berechnung durchgeführt werden soll.

2 Anschließend klicken Sie im Start-Register des Menübands in der Bearbeiten-Gruppe auf ●.

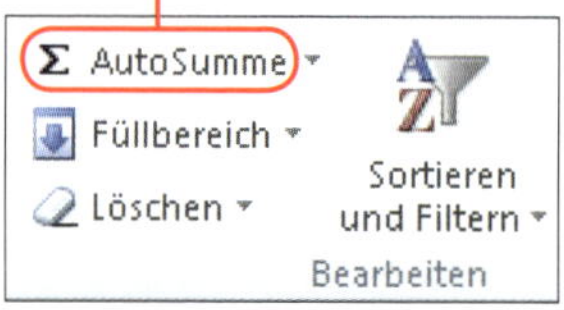

Diesen Befehl finden Sie übrigens auch im Formeln-Register. Dort klicken Sie einfach auf ●.

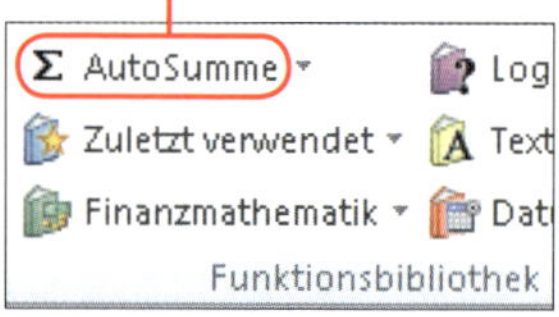

3 Egal, welche Variante Sie wählen: Sofort erscheint die gewünschte Formel in der Zelle - ohne dass Sie irgendetwas eintippen müssen. Im Beispielfall sieht das wie folgt aus:

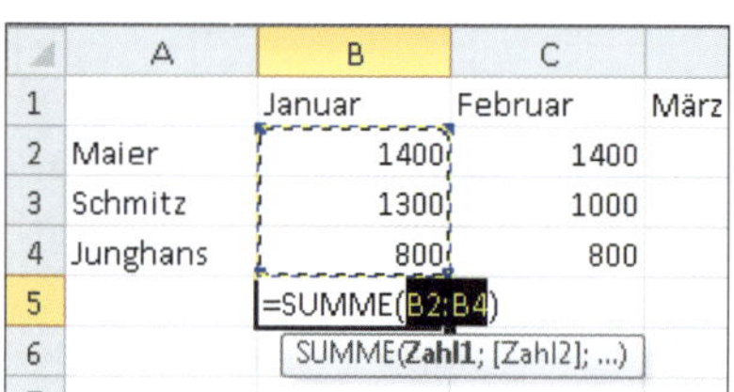

Nun brauchen Sie den Vorschlag nur noch durch Drücken der ↵-Taste zu bestätigen. Schon wird das korrekte Ergebnis angezeigt, hier also: ●.

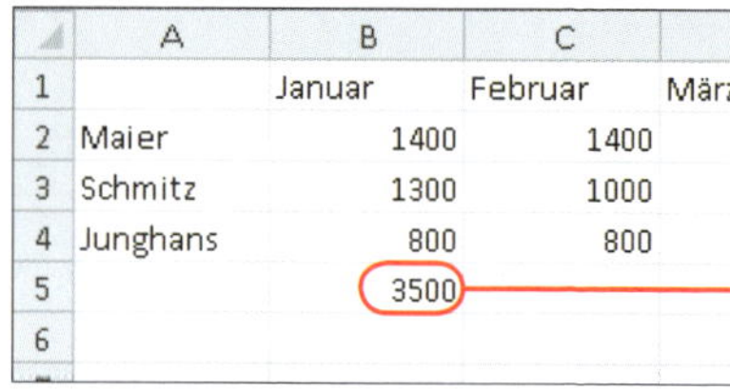

4 Die Autosummen-Funktion lässt sich auch verwenden für die Addition von Werten, die in Reihen stehen. Klicken Sie also etwa in die Zelle ●

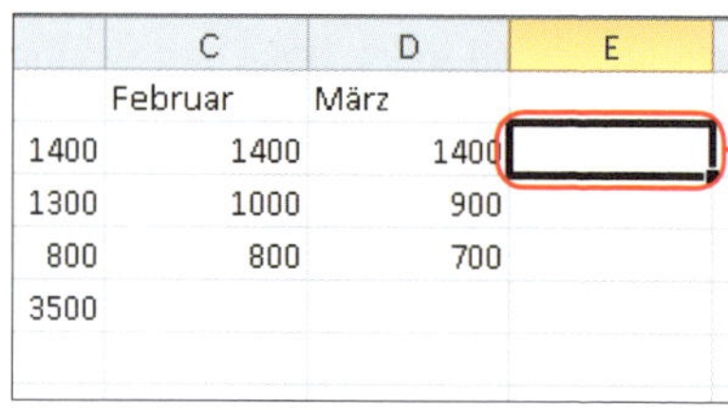

sowie anschließend auf

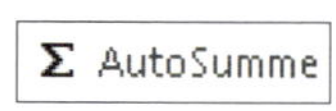

,

und bestätigen Sie den Formelvorschlag ● wie gewohnt.

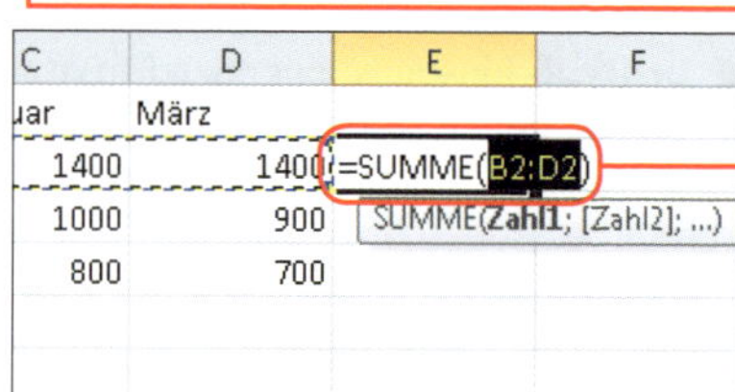

5 Danach können Sie die Formel mit der Ausfüllhilfe (siehe den Abschnitt

„Formeln einfach übernehmen“ auf Seite 38) auch auf die anderen Spalten ●

B	C	D	E
Januar	Februar	März	
1400	1400	1400	
1300	1000	900	
800	800	700	
3500	3200	3000	

und Zeilen ●

B	C	D	E
	Februar	März	
1400	1400	1400	4200
1300	1000	900	3200
800	800	700	2300
3500	3200	3000	

anwenden. Wie Sie an der unten abgebildeten Beispieltabelle sehen, wurden alle Berechnungen wunschgemäß durchgeführt.

B	C	D	E
nuar	Februar	März	
1400	1400	1400	4200
1300	1000	900	3200
800	800	700	2300
3500	3200	3000	

6 Schneller geht's nicht? – Aber sicher. Schließlich ist es eine Standardaufgabe von Excel, Werte in Tabellen zeilen- und spaltenweise zu addieren. Alternativ zur Vorgehensweise der Schritte 2 bis 5 können Sie auch so vorgehen: Setzen Sie

Formeln anzeigen lassen

In den Zellen einer Tabelle werden standardmäßig die Ergebnisse von Berechnungen anzeigt. Auf den ersten Blick können Sie daher nicht unterscheiden, welche Zellen Zahlenwerte und welche Formeln enthalten. Klicken Sie aber im Formeln-Register des Menübands auf ●,

werden die Formeln und nicht mehr die Ergebnisse angezeigt: ●.

	D	E
	März	
	1400	=SUMME(B2:D2)
	900	=SUMME(B3:D3)
	700	=SUMME(B4:D4)
(C2:C4)	=SUMME(D2:D4)	=SUMME(B5:D5)

Beim Bearbeiten einer Tabellenstruktur kann das sehr hilfreich sein. Mit einem erneuten Klick auf ●

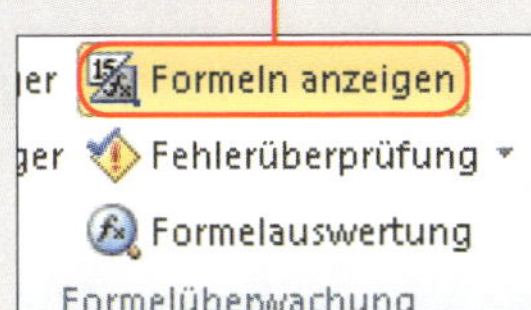

kehren Sie wieder zur Standardanzeige zurück.

eine Markierung, in der die ganze Tabelle sowie die Zeile ● und die Spalte ●

	A	B	C	D	E
1		Januar	Februar	März	
2	Maier	1400	1400	1400	
3	Schmitz	1300	1000	900	
4	Junghans	800	800	700	
5					
6					

enthalten sind, in denen die Summen stehen sollen. Jetzt brauchen Sie nur noch auf den Eintrag

Σ AutoSumme

zu klicken. Schon setzt Excel alle Formeln korrekt ein und führt auch gleich alle Berechnungen aus. Selbst die Gesamtsumme in der Zelle E5 ist korrekt berechnet: ●.

B	C	D	E
ar	Februar	März	
1400	1400	1400	4200
1300	1000	900	3200
800	800	700	2300
3500	3200	3000	9700

Werte in Tabellen analysieren

Excel stellt Ihnen etliche Funktionen zur Verfügung, mit deren Hilfe Sie Werte in Tabellen analysieren können.

1 So ist es bei einer Umsatztabelle natürlich interessant zu wissen, wie hoch der Durchschnittsumsatz ist. Ebenso interessant ist es, ständig im Blick zu haben, wie der höchste oder auch der schwächste Umsatz ist. Im Beispielfall liegen für den März noch keine Zahlen vor: ●.

	A	B	C	D
1		Januar	Februar	März
2	Maier	1400	950	
3	Schmitz	1300	1000	
4	Junghans	800	800	
5	Müller	1200	780	
6	Lehmann	700	900	
7	Karl	450	1000	
8	Schreiner	1900	1750	
9	Siebert	1300	800	
10	Prinz	1150	1200	

Das macht aber nichts. Sie können alle Formeln so eingeben, dass diese Werte künftig auch automatisch berücksichtigt werden.

2 Aktivieren Sie in der Tabelle die Zelle, in der der Durchschnittsumsatz, also der Mittelwert, erscheinen soll, im Beispiel ●.

9	Siebert	1300	800
10	Prinz	1150	1200
11			
12	Mittelwert		
13	größter		
14	kleinster		

Klicken Sie dann neben dem Autosummensymbol auf den nach unten weisenden Pfeil ●

Σ AutoSumme ▾

und in der Auswahl, die daraufhin erscheint, auf den Eintrag ●.

3 Aber Achtung: Den vorgeschlagenen Zellbereich, den Sie an der farbigen Umrandung erkennen, können Sie in diesem Fall *nicht* übernehmen. Der Grund: Dann würde nur der Durchschnittsumsatz des Monats Januar ausgewiesen.

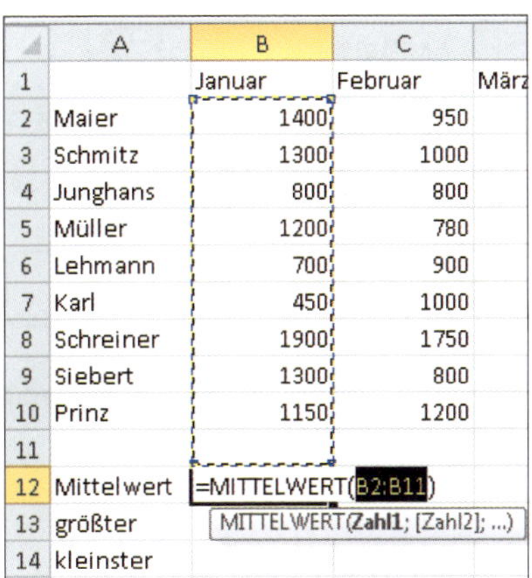

	A	B	C	
1		Januar	Februar	März
2	Maier	1400	950	
3	Schmitz	1300	1000	
4	Junghans	800	800	
5	Müller	1200	780	
6	Lehmann	700	900	
7	Karl	450	1000	
8	Schreiner	1900	1750	
9	Siebert	1300	800	
10	Prinz	1150	1200	
11				
12	Mittelwert	=MITTELWERT(B2:B11)		
13	größter	MITTELWERT(Zahl1; [Zahl2]; ...)		
14	kleinster			

4 **Markieren** Sie deshalb den korrekten Zellbereich, indem Sie zunächst in die Zelle B2 ● klicken, die Maustaste gedrückt halten und dann mit weiterhin gedrückter Maustaste eine Ziehbewegung bis zur Zelle D10 ●

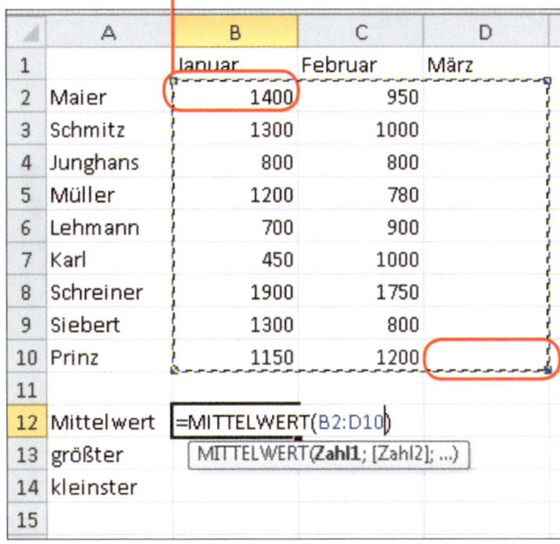

	A	B	C	D
1		Januar	Februar	März
2	Maier	1400	950	
3	Schmitz	1300	1000	
4	Junghans	800	800	
5	Müller	1200	780	
6	Lehmann	700	900	
7	Karl	450	1000	
8	Schreiner	1900	1750	
9	Siebert	1300	800	
10	Prinz	1150	1200	
11				
12	Mittelwert	=MITTELWERT(B2:D10)		
13	größter	MITTELWERT(Zahl1; [Zahl2]; ...)		
14	kleinster			
15				

ausführen. Die Formel ist jetzt korrekt eingetragen, und Sie können Ihre Eingabe bestätigen. Schon erscheint das Rechenergebnis: ●.

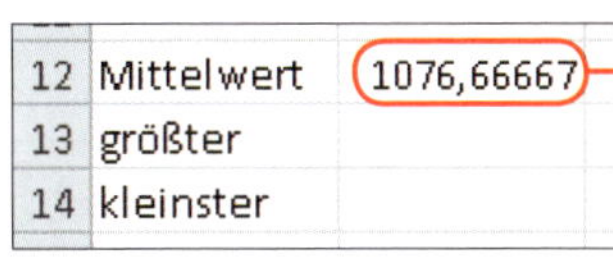

12	Mittelwert	1076,66667
13	größter	
14	kleinster	

5 Analog dazu bestimmen Sie den größten Wert. Klicken Sie zuerst in die Zelle ●,

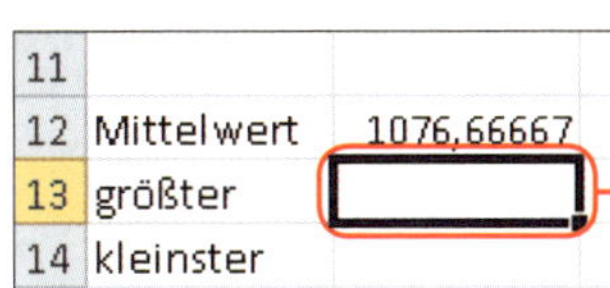

11		
12	Mittelwert	1076,66667
13	größter	
14	kleinster	

dann auf den Pfeil ● und schließlich auf ●.

Danach bestimmen Sie den Zellbereich, wie im vorigen Schritt 5 gezeigt, und bestätigen Ihre Eingabe.

6 Den kleinsten Wert zu bestimmen, ist nun kein Problem mehr. Einfach in die zutreffende Zelle klicken, dann auf ●

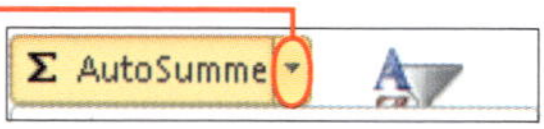

und ●,

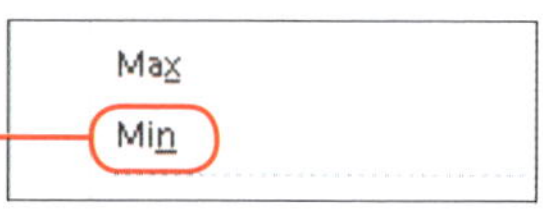

danach den Zellbereich bestimmen und zu guter Letzt alles bestätigen - fertig! Alle Auswertungen sind jetzt erfolgt: ●.

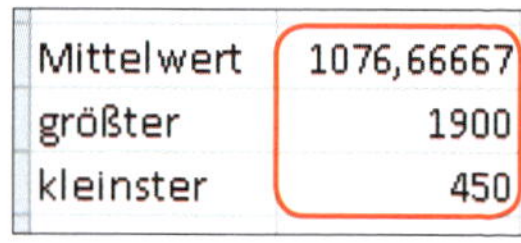

7 Tippen Sie später die März-Werte ein, werden auch diese sofort mit in die Analyse einbezogen. Geben Sie beispielsweise den Betrag ●

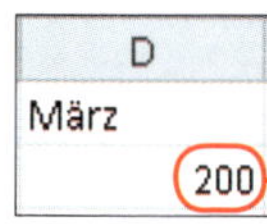

ein, wird sofort eine neuer kleinster Wert eingeblendet: ●. Der Mittelwert wird ebenfalls umgehend angepasst: ●.

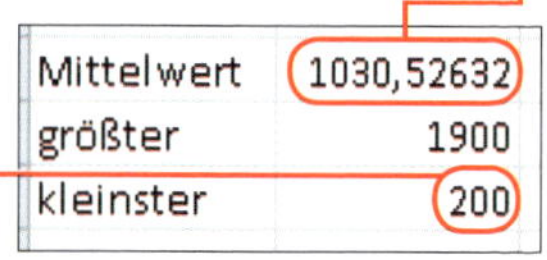

Auf weitere Funktionen zugreifen

Wie bereits in der Einleitung zu diesem Kapitel 3 erwähnt, stellt Ihnen Excel eine Fülle von Funktionen zur Verfügung, mit deren Hilfe Sie Ihre Daten analysieren oder Berechnungen durchführen können. Besonders häufig benötigte Funktionen wie „Summe“ oder „Mittelwert“ haben Sie schon kennengelernt. Und so greifen Sie auf den gesamten Fundus zu:

1 Klicken Sie zunächst im Menüband auf den Registerreiter

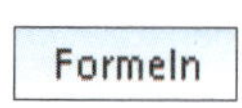

.

Daraufhin sehen Sie links im Formeln-Register eine Befehlsgruppe mit diversen Symbolen, über die Sie ganz einfach auf die einzelnen Kategorien von Funktionen zugreifen können.

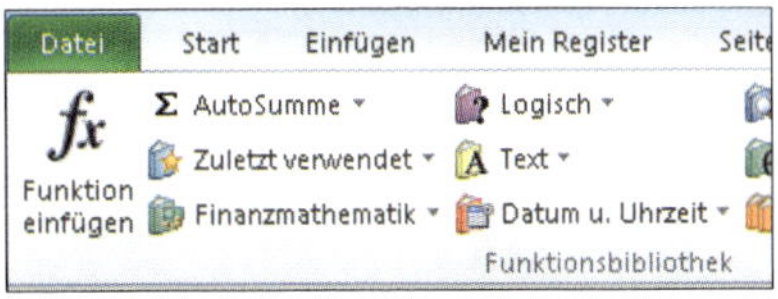

2 Wenn Sie die passende Kategorie gefunden haben, klicken Sie auf das Symbol, beispielsweise

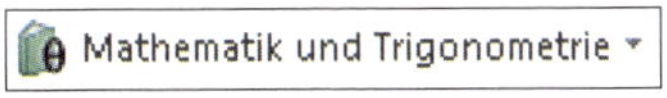

,

und dann auf die gewünschte Funktion. Bei der Auswahl der Funktionen können Sie sich einen Erläuterungstext anzeigen lassen. Sie brauchen den Mauszeiger dazu nur einige Sekunden über einen Eintrag zu halten, hier ●.

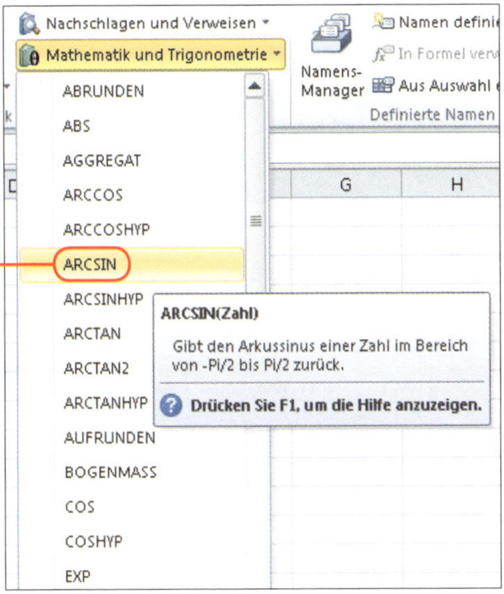

3 Mitunter sind Sie sich nicht sicher, zu welcher Kategorie die von Ihnen benötigte Funktion gehört. Kein Problem: Sie müssen sich nicht von vornherein für eine Funktions-Kategorie entscheiden. Nach einem Mausklick auf das Symbol

bekommen Sie Zugriff auf alle Excel-Funktionen. Allerdings müssen Sie darauf achten, dass im entsprechenden Auswahlfeld auch „Alle“ ● angegeben ist. Im Feld oberhalb davon ●

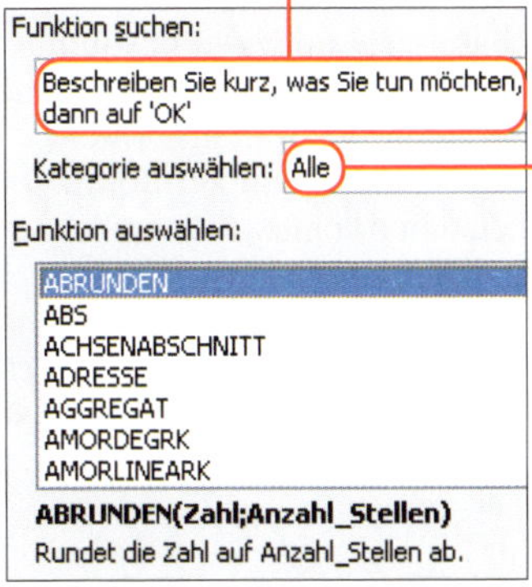

können Sie auch nach Funktionen suchen. Die markierte Funktion fügen Sie dann mit einem Klick auf

in die aktuelle Zelle ein.

4 Auf eine Funktion, die Sie erst kürzlich verwendet haben, können Sie besonders schnell über das Menüband zugreifen. Klicken Sie einfach im Menüband auf

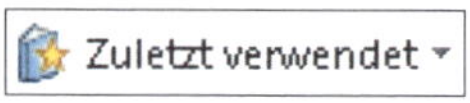

und danach auf die benötigte Funktion, beispielsweise ●.

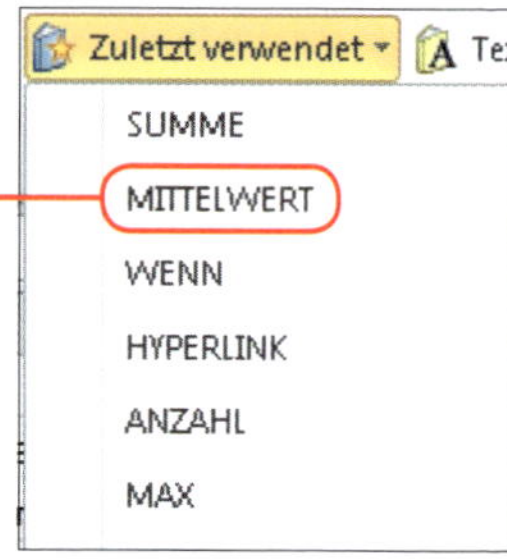

Rechenergebnisse in der Statusleiste anzeigen

Häufig kommt es vor, dass Sie nur über Teilbereiche einer Tabelle Auskunft benötigen. Im Fall der folgenden Beispieltabelle soll es etwa darum gehen, wie viel Umsatz Sie mit zwei bestimmten Kunden erzielen. Für solche Fälle brauchen Sie keine separaten Formeln einzugeben. Entsprechende Informationsmöglichkeiten können Sie nämlich in die Statusleiste einbinden.

1 Klicken Sie zunächst mit der *rechten* Maustaste in die Statusleiste ●.

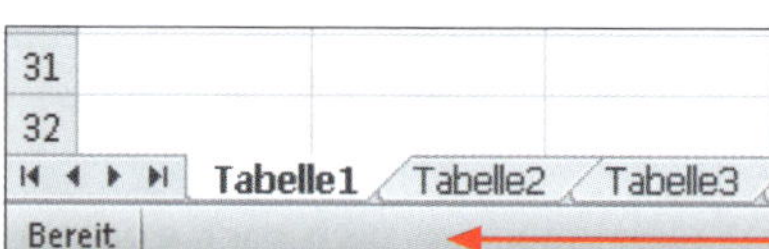

Daraufhin sehen Sie, welche Informationen in der Statusleiste angezeigt werden können. Die mit einem Haken versehenen Einträge sind eingebunden. Ist daher vor dem Ausdruck „Summe“ ein Haken zu sehen wie in der Abbildung ●,

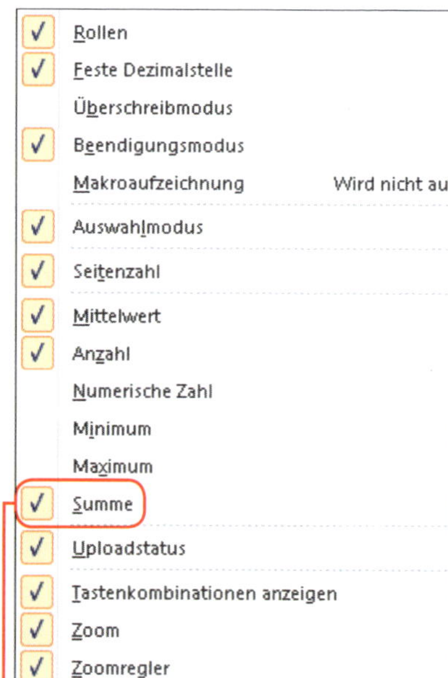

können Sie irgendwo in Ihr Arbeitsblatt klicken, um die Auswahl wieder zu schließen.

Sollte der Eintrag ● nicht markiert sein oder Ihnen ein anderer unmarkierter Eintrag fehlen, so setzen Sie mit einem Mausklick einfach einen Haken.

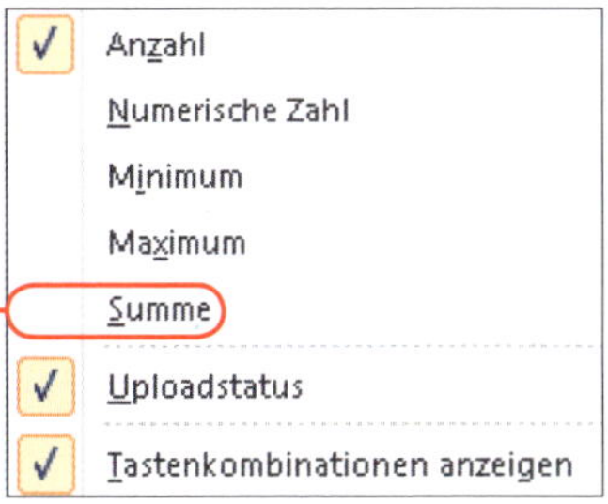

Ebenso leicht können Sie selbstverständlich auch Häkchen vor Einträgen entfernen.

2 Wenn die Summenfunktion in der Statusleiste integriert ist, können Sie sich - ohne irgendwelche Formeln eingeben zu müssen - blitzschnell Summen von Werten anzeigen lassen. Wollen Sie beispielsweise wissen, wie viel Umsatz Sie im Januar mit den Kunden Junghans und Müller erzielt haben, brauchen Sie nichts weiter zu tun, als die beiden Werte zu markieren, hier ●.

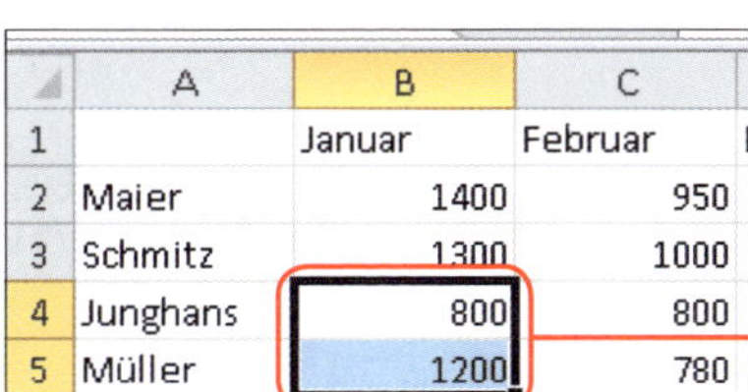

Die Summe taucht daraufhin sofort in der Statusleiste auf: ●.

3 Das Ganze funktioniert natürlich auch mit nicht benachbarten Werten. Um etwa in Erfahrung zu bringen, wie hoch der gemeinsame Umsatz der Kunden Junghans und Siebert ist, klicken Sie in die Zelle ●, halten dann die Strg-Taste gedrückt und klicken anschließend in die Zelle ●.

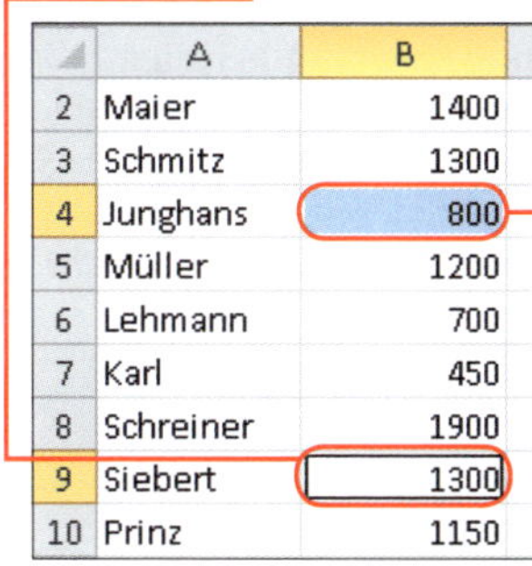

Beide Zellen sind dadurch markiert, und die korrekte Summe erscheint umgehend in der Statusleiste: ●.

4 Die Anzeige von Daten steuern

Je größer die Tabellen sind, mit denen Sie arbeiten, desto schwieriger wird es, den Überblick zu bewahren. So wie man sprichwörtlich vor lauter Bäumen den Wald nicht mehr sieht, kann es passieren, dass Sie in der Fülle erfasster Daten wichtige Informationen gar nicht oder zumindest nicht auf den ersten Blick erkennen. Neben einer mächtigen Suchfunktion bietet Ihnen Excel zu diesem Zweck noch weitere Hilfsmittel. Damit können Sie Daten ganz gezielt - je nachdem, welche Informationen Sie benötigen - anzeigen lassen, Wichtiges hervorheben oder auch für den Augenblick Unwichtiges ausblenden.

Im vierten Kapitel dieses Buches erfahren Sie,

- wie Sie Tabellen nach Werten, Formeln oder unausgefüllten Zellen durchsuchen,
- wie Sie beim Arbeiten mit großen Tabellen Unwichtiges ausblenden und Wichtiges im Blick behalten,
- wie Sie Daten nach verschiedenen Kriterien sortieren,
- wie Sie nur noch die Daten, die Sie im Augenblick interessieren, anzeigen lassen und alle anderen ausblenden
- und wie Sie in einer Überschuss-Rechnung ein drohendes Minus auf den ersten Blick erkennen.

Kapitel-Wegweiser

Tabellen durchsuchen

Mit der Suchfunktion, die Ihnen Excel zur Verfügung stellt, finden Sie in null Komma nichts beliebige Einträge in Ihren Tabellen. Dabei kann es sich sowohl um Eingaben handeln, als auch um Formeln oder sogar um Zellen, die noch nicht ausgefüllt sind.

1 Als Beispiel dient wieder eine kleine Umsatztabelle.

	A	B	C	D
1		Januar	Februar	Summe
2	Maier	1400	950	2350
3	Schmitz	1300	1000	2300
4	Junghans	800		800
5	Müller	1200	780	1980
6	Lehmann	700	900	1600
7	Karl	450	1000	1450
8	Schreiner	1900	1750	3650
9	Siebert	1300	800	2100
10	Prinz	1150	1200	2350
11	Summe	10200	8380	18580

Wenn Sie darin einen bestimmten Kunden suchen, brauchen Sie nicht Zeile für Zeile abzuklappern. Holen Sie stattdessen das Start-Register ●

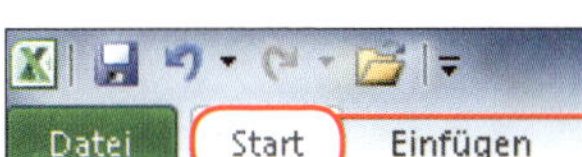

in den Vordergrund, und klicken Sie dann auf ●

sowie auf den Eintrag ●.

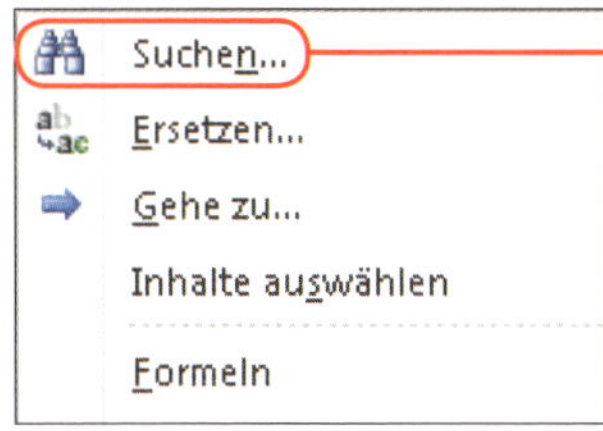

Alternativ können Sie auch die **Tastenkombination** [Strg] und [F] drücken.

2 Im Dialogfenster, das daraufhin angezeigt wird, tippen Sie den Namen des Kunden ein, im Beispiel ●,

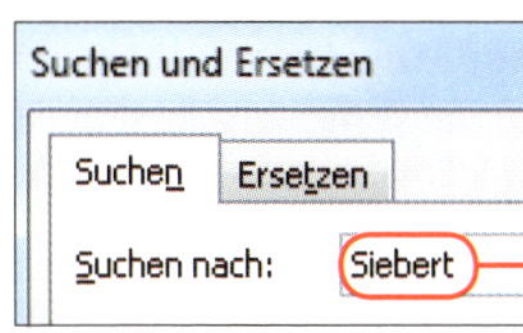

und klicken anschließend auf die Schaltfläche

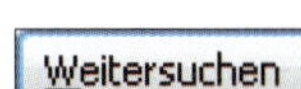

.

Schon wird die **Zelle** aktiviert.

6	Lehmann	700
7	Karl	450
8	Schreiner	1900
9	Siebert	1300
10	Prinz	1150
11	Summe	10200

3 Solange Sie nicht auf die Schaltfläche

klicken, bleibt das Suchfenster geöffnet. Sie können daher gegebenenfalls gleich auf

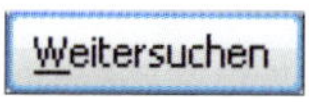

klicken, um zu prüfen, ob der Name noch ein weiteres Mal vorkommt.

4 Wenn Sie im Suchfenster auf die Schaltfläche

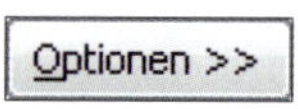

klicken, werden Ihnen zusätzliche Möglichkeiten angeboten, wie sich Ihre Suchanfrage verfeinern lässt. So können Sie beispielsweise per Klick in das Kästchen ●

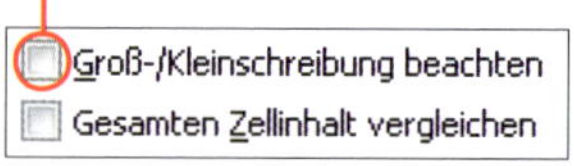

festlegen, dass bei der Suche zwischen Groß- und Kleinschreibung unterschieden wird.

5 Standardmäßig wird nur das aktuelle **Arbeitsblatt** durchsucht. Damit die komplette **Arbeitsmappe** durchsucht wird, klicken Sie, bevor Sie Ihre Suche starten, auf den nach unten weisenden Pfeil ●

und in der dann aufklappenden Auswahlliste auf den Eintrag ●.

6 Mit einem Mausklick auf die Schaltfläche

bekommen Sie sämtliche Treffer angezeigt.

Blatt	Name	Zelle	Wert
Tabelle1		\$A\$9	Siebert
Tabelle2		\$A\$9	Siebert

Ein einfacher Mausklick genügt dann, damit Sie die betreffende Stelle ansteuern können.

7 Die Suchfunktion kann Ihnen auch bei Gestaltungsarbeiten wertvolle Dienste leisten. Falls Sie beispielsweise Zellen, die **Formeln** enthalten, einfärben möchten, gehen Sie wie folgt vor: Klicken Sie als Erstes wieder im Menüband des Start-Registers auf

,

anschließend in der Auswahlliste aber auf

.

8 Die Zellen, die Formeln enthalten, sind daraufhin **markiert** ●,

	A	B	C	D
1		Januar	Februar	Summe
2	Maier	1400	950	2350
3	Schmitz	1300	1000	2300
4	Junghans	800		800
5	Müller	1200	780	1980
6	Lehmann	700	900	1600
7	Karl	450	1000	1450
8	Schreiner	1900	1750	3650
9	Siebert	1300	800	2100
10	Prinz	1150	1200	2350
11	Summe	10200	8380	18580
12				

und Sie brauchen nur noch im Start-Register des Menübands auf ●

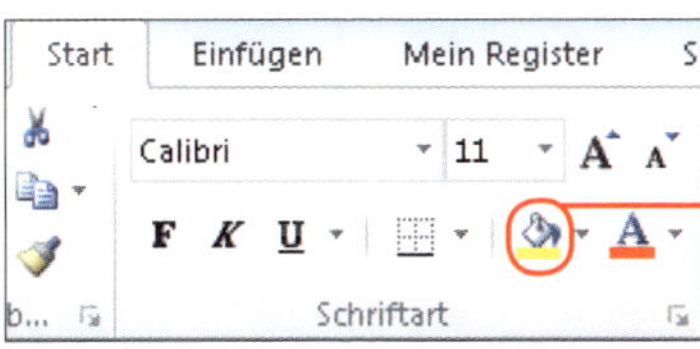

zu klicken, um die Zellen einzufärben.

	A	B	C	D
1		Januar	Februar	Summe
2	Maier	1400	950	2350
3	Schmitz	1300	1000	2300
4	Junghans	800		800
5	Müller	1200	780	1980
6	Lehmann	700	900	1600
7	Karl	450	1000	1450
8	Schreiner	1900	1750	3650
9	Siebert	1300	800	2100
10	Prinz	1150	1200	2350
11	Summe	10200	8380	18580

9 In umfangreichen Tabellen kann auch die Suche nach noch nicht ausgefüllten Zellen mühsam sein. Nicht jedoch, wenn Sie die Suchfunktion nutzen.

Klicken Sie wieder auf

und dann auf den Befehl

Inhalte auswählen.

10 Im Dialogfenster, das nun sichtbar wird, können Sie Zellinhalte nach vielen Kriterien durchsuchen. Im Beispielfall setzen Sie per Mausklick einen Haken in den Auswahlkreis ● und klicken dann zur Bestätigung auf ●.

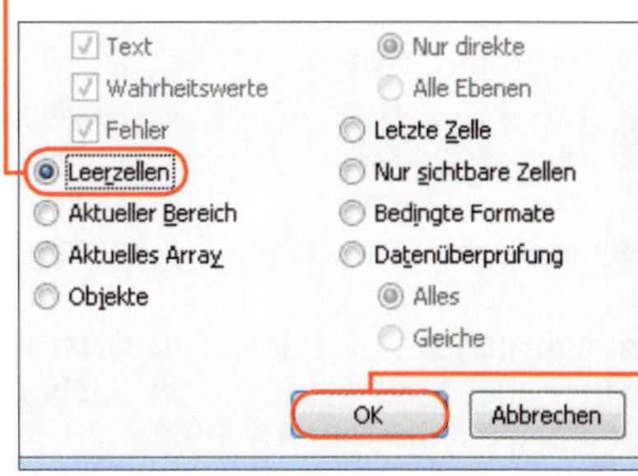

Unmittelbar danach werden leere Zellen markiert. Die erste leere wird auch gleich aktiviert: ●.

	A	B	C
1		Januar	Februar
2	Maier	1400	950
3	Schmitz	1300	1000
4	Junghans	800	

Sie können Ihre Tabelle bei Bedarf also gleich ergänzen.

Informationen ausblenden

Aus Gründen der Übersichtlichkeit kann es sinnvoll sein, zeitweilig Informationen, die in einer Tabelle erfasst sind, auszublenden.

1 In der Beispieltabelle sind zu den jeweiligen Kunden, die in der Spalte A aufgeführt sind, in der Spalte B die Firmensitze sowie in der Spalte C die Umsatzzahlen erfasst.

	A	B	C
1	Kunde	Ort	Umsatz
2	Maier	Köln	1200
3	Schmitz	Düsseldorf	900
4	Junghans	Leipzig	1800
5	Müller	Hamburg	1200
6	Lehmann	Köln	700
7	Karl	Köln	1400
8	Schreiner	Düsseldorf	900

Im Augenblick legen Sie auf die Ortsangaben allerdings keinen Wert. Lieber möchten Sie die Umsätze direkt neben den Kundennamen sehen. Um die Spalte B auszublenden, klicken Sie mit der *rechten* Maustaste im **Spaltenkopf** auf

B

und im Kontextmenü, das sich daraufhin öffnet, auf den Eintrag ●.

Zellen formatieren...
Spaltenbreite...
Ausblenden

2 Die Spalte B, in der die Ortsangaben stehen, verschwindet daraufhin. Stattdessen ist nur ein dicker Strich zu sehen. Im Spaltenkopf sehen Sie, dass die Spalte C nun direkt an die Spalte A grenzt: ●.

	A	C
1	Kunde	Umsatz
2	Maier	1200
3	Schmitz	900
4	Junghans	1800
5	Müller	1200
6	Lehmann	700
7	Karl	1400
8	Schreiner	900
9	Siebert	1100
10	Prinz	600

3 Um nun die Ortsspalte wieder einzublenden, markieren Sie die beiden Spalten links und rechts neben der ausgeblendeten Spalte, im Beispiel also die Spalten A und C.

	A	C	D
1	Kunde	Umsatz	
2	Maier	1200	
3	Schmitz	900	
4	Junghans	1800	
5	Müller	1200	
6	Lehmann	700	
7	Karl	1400	
8	Schreiner	900	
9	Siebert	1100	
10	Prinz	600	
11			

Klicken Sie dann mit der *rechten* Maustaste irgendwo in die Markierung und im Kontextmenü, das anschließend aufklappt, auf den Befehl

Einblenden.

Schon ist wieder alles beim Alten, und die Spalte ist wieder zu sehen. Analog zur der in den Schritten 1 bis 3 beschriebenen Vorgehensweise können Sie natürlich auch mehrere Spalten oder Zeilen ausblenden.

Zeilen- und Spaltenbeschriftungen immer im Blick

Enthält eine Tabelle sehr viele Zeilen und Spalten, tritt irgendwann das Problem auf, dass Sie die jeweiligen Bezeichnungen der Zeilen und Spalten nicht mehr sehen können, je weiter rechts oder unten die Zellen liegen, in die Sie Werte eingeben wollen. Excel hält aber eine Lösung für dieses Problem bereit.

1 In der Beispieltabelle wird es von Monat zu Monat schwieriger, die Umsätze der einzelnen Kunden zu erfassen. Denn zwischen den Namen ● und dem aktuellen Monat, etwa ●,

	A	B	C	D
1	Kunde	Januar	Februar	März
2	Maier	1400	950	
3	Schmitz	1300	1000	
4	Junghans	800	700	
5	Müller	1200	780	
6	Lehmann	700	900	
7	Karl	450	1000	
8	Schreiner	1900	1750	
9	Siebert	1300	800	
10	Prinz	1150	1200	
11				

liegen immer mehr Spalten. Analog dazu verlieren Sie irgendwann auch die Monatsbezeichnungen aus dem Blick, je mehr Kunden Sie erfassen. Es bietet sich also an, die Zeilen- (Zeile 1) und Spaltenbezeichnungen (Spalte A) „einzufrieren". Klicken Sie dazu in die Zelle ●.

	A	B	C
1	Kunde	Januar	Februar
2	Maier	1400	950
3	Schmitz	1300	1000
4	Junghans	800	700
5	Müller	1200	780

2 Anschließend klicken Sie im **Menüband** auf den Registerreiter

Ansicht

und im dazugehörigen Register, das daraufhin in den Bildschirmvordergrund rückt, in der Befehlsgruppe ● auf das Symbol ●

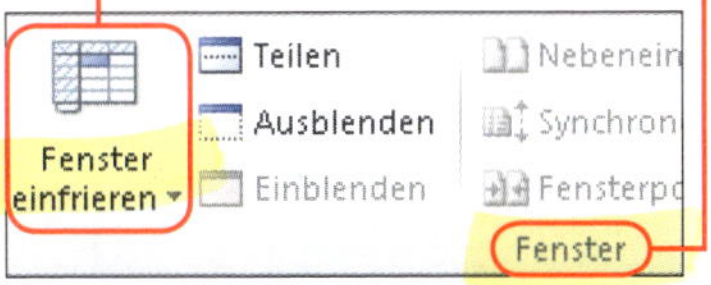

Um mögliche Verwirrung zu vermeiden,

falls Sie schon mit älteren Excel-Versionen gearbeitet haben: Dieser Befehl stand Ihnen bereits früher zur Verfügung, die Bezeichnung lautete aber „Fenster fixieren“.

3 Im vorliegenden Beispielfall wollen Sie sowohl die Zeilen- als auch die Spaltenbezeichnungen Ihrer Tabelle stets im Blick behalten. Klicken Sie daher in der nachfolgenden Auswahl auf ●.

In der Tabelle erscheinen nun zwei Linien: ●.

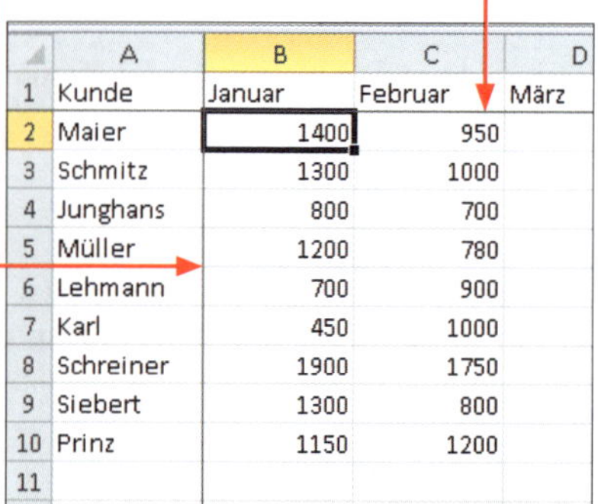

	A	B	C	D
1	Kunde	Januar	Februar	März
2	Maier	1400	950	
3	Schmitz	1300	1000	
4	Junghans	800	700	
5	Müller	1200	780	
6	Lehmann	700	900	
7	Karl	450	1000	
8	Schreiner	1900	1750	
9	Siebert	1300	800	
10	Prinz	1150	1200	
11				

4 Ganz gleich, wie weit Sie künftig die Bildschirmanzeige mithilfe der horizontalen **Bildlaufleiste** nach rechts bewegen: Die Spalte mit den Kundenbezeich-

Teilbereich der Tabelle vergrößern

Achtung! Im Ansichts-Register gibt es den Befehl „Fenster einfrieren“ noch ein zweites Mal ●, und zwar in der Befehlsgruppe ●. Allerdings hat der gleichnamige Befehl hier eine ganz andere Funktion.

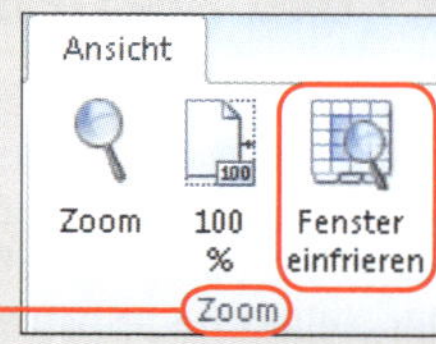

Wenn Sie auf das dortige Symbol klicken, wird der aktuelle Ausschnitt der Tabelle vergrößert dargestellt.

Um wieder zur normalen Darstellungsgröße zurückzukehren, reicht ein Klick auf ●.

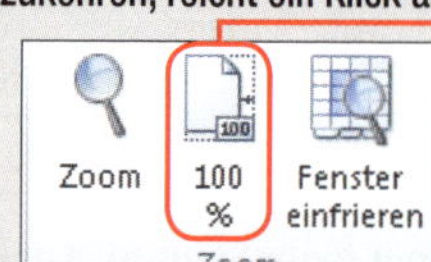

nungen wird immer sichtbar bleiben: ●.

	A	D	E
1	Kunde	März	April
2	Maier		
3	Schmitz		
4	Junghans		
5	Müller		

Auf diese Weise lassen sich beispielsweise auch die März-Werte ganz bequem eintragen. Entsprechend können Sie die Bildschirmanzeige auch nach unten bewegen und dabei die Monatsbezeichnungen leicht im Blick behalten.

	A	B	C	
1	Kunde	Januar	Februar	März
8	Schreiner	1900	1750	
9	Siebert	1300	800	
10	Prinz	1150	1200	
11	Johanns			

5 Um die Fixierung beziehungsweise das „Einfrieren" des Fensters wieder aufzuheben, brauchen Sie im Ansichts-Register des Menübands nur auf ●

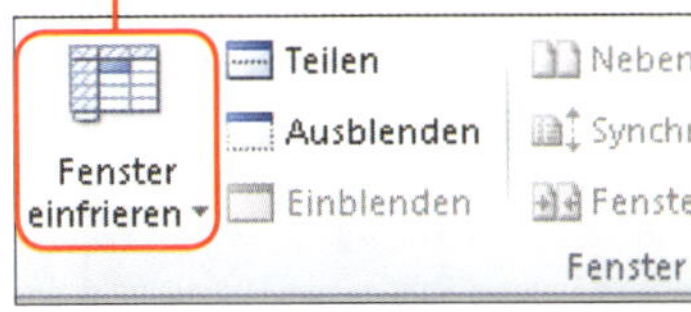

und danach auf den Eintrag ●

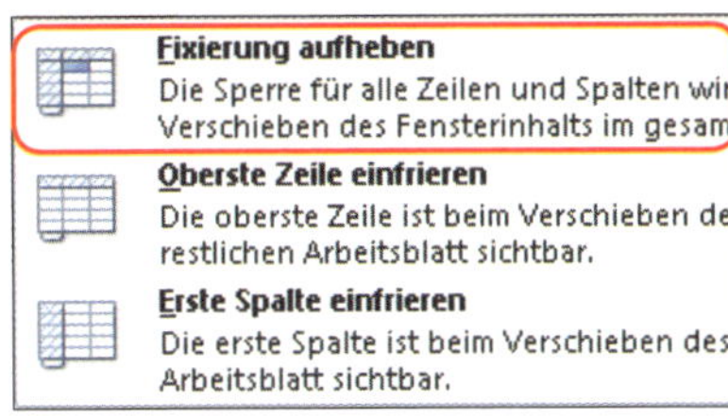

zu klicken.

Tabellen sortieren

Sie haben sicher auch schon die leidvolle Erfahrung gemacht, wie schwierig und zeitaufwendig es ist, irgendwelche Listen beispielsweise nach Namen zu sortieren. Mit Excel erledigen Sie solche Aufgaben in Sekunden. Zudem haben Sie die Möglichkeit, Ihre Daten nicht nur nach einem, sondern gleich nach mehreren Kriterien sortieren zu lassen.

1 Angenommen, Sie möchten Ihre Kunden in der Beispieltabelle nach Orten alphabetisch sortiert bekommen. Die Kunden innerhalb eines Ortes sollen zudem nach Umsatz sortiert werden, und zwar absteigend, das heißt der Kunde mit dem höchsten Umsatz soll ganz oben stehen.

	A	B	C	D
1	Kunde	Ort	Umsatz	
2	Maier	Köln	1200	
3	Schmitz	Düsseldorf	900	
4	Junghans	Leipzig	1800	
5	Müller	Hamburg	1200	
6	Lehmann	Köln	700	

Markieren Sie dazu als Erstes die Tabelle.

Achten Sie darauf, dass auch die Spaltenbezeichnungen mit in die Markierung einbezogen sind.

	A	B	C	D
1	Kunde	Ort	Umsatz	
2	Maier	Köln	1200	
3	Schmitz	Düsseldorf	900	
4	Junghans	Leipzig	1800	
5	Müller	Hamburg	1200	
6	Lehmann	Köln	700	
7	Karl	Köln	1400	
8	Schreiner	Düsseldorf	900	
9	Siebert	Mainz	1100	
10	Prinz	Hamburg	600	

2 Danach klicken Sie im Menüband auf den Registerreiter

und im Register, das nun in den Vordergrund rückt, auf das Symbol ●.

3 Im nachfolgenden Fenster können Sie die Sortierkriterien festlegen. Achten Sie zunächst darauf, dass sich im Kästchen ●

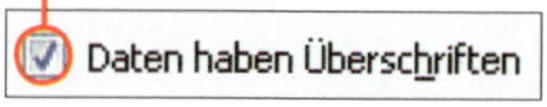

ein Haken befindet wie in der Abbildung. Wäre dies nämlich nicht der Fall, würden unsinnigerweise die Spaltenüberschriften mit in die Sortierung einbezogen.

4 Als Nächstes bestimmen Sie, dass Ihre Tabelle nach Orten sortiert wird. Klicken Sie also auf den nach unten weisenden Pfeil ●

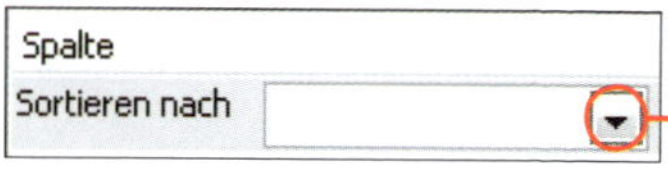

und in der aufklappenden Listc auf den Eintrag ●.

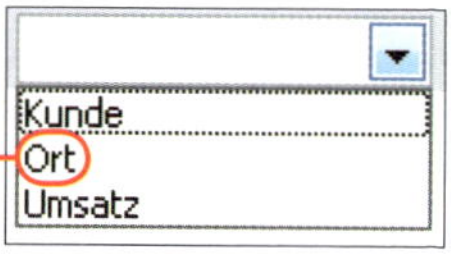

Die Felder

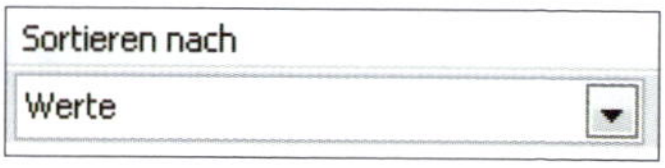

sowie

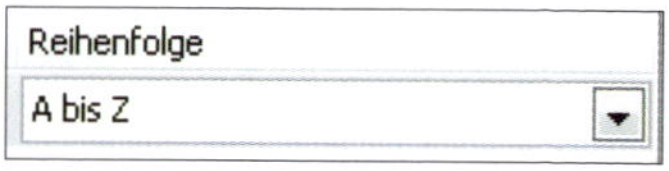

können Sie unverändert lassen.

5 Um das zweite Sortierkriterium festzulegen, klicken Sie auf die Schaltfläche

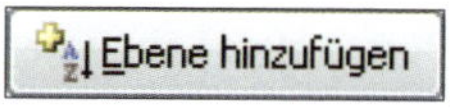

,

dann wieder auf den Pfeil ●,

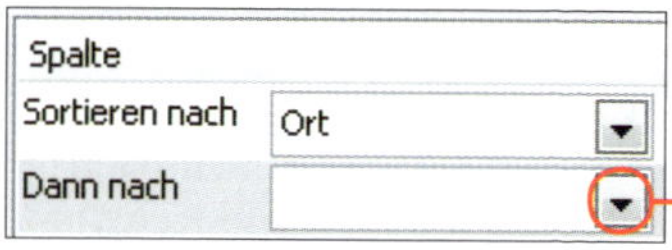

anschließend jedoch auf ●.

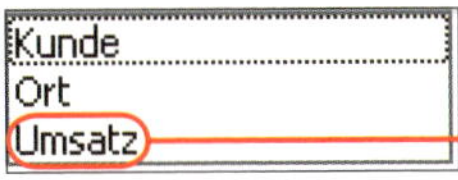

Das Auswahlfeld

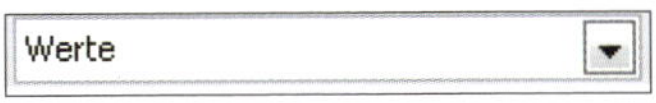

können Sie wieder beibehalten.

6 Da die Kunden eines Ortes im Beispielfall jedoch absteigend (!) nach Umsätzen angezeigt werden sollen, klicken Sie nun auf den Pfeil ●

und danach in der geöffneten Liste auf den Eintrag ●.

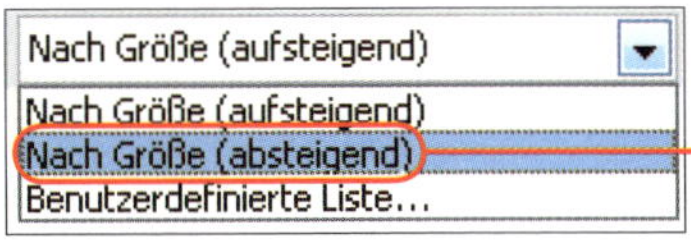

7 Jetzt haben Sie beide Sortierkriterien festgelegt, und das Fenster müsste so aussehen wie in der Abbildung:

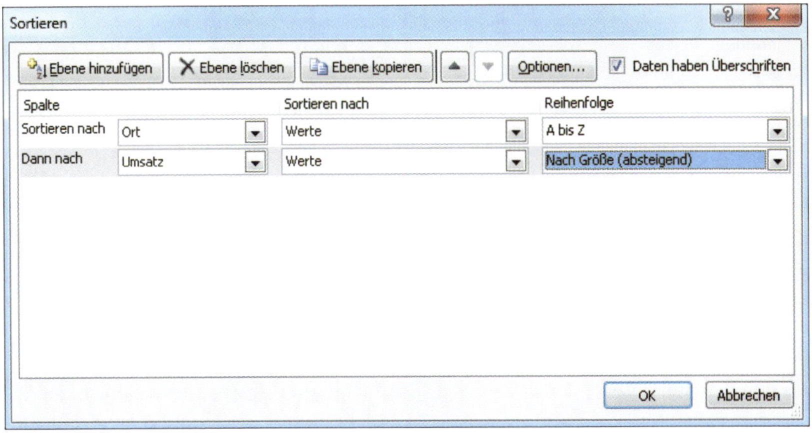

Zum Schluss brauchen Sie nur noch auf die Schaltfläche

zu klicken, damit die Sortierung dann so durchgeführt wird, wie Sie es zuvor bestimmt haben.

	A	B	C	D
1	Kunde	Ort	Umsatz	
2	Schmitz	Düsseldorf	900	
3	Schreiner	Düsseldorf	900	
4	Müller	Hamburg	1200	
5	Prinz	Hamburg	600	
6	Karl	Köln	1400	
7	Maier	Köln	1200	

Daten gezielt filtern

Die Sortierfunktion erleichtert Ihnen die Arbeit mit Tabellen schon ganz erheblich. In vielen Fällen ist es aber wünschenswert, nur noch Daten anzeigen zu lassen, die bestimmte Kriterien erfüllen. Möglich macht dies die Filterfunktion.

1 Als Beispiel dient wieder die Tabelle, in der Kunden mit ihren Firmensitzen und Umsatzzahlen erfasst sind. Markieren Sie zunächst die Tabelle, wie in Schritt 7 auf Seite 28 gezeigt.

	A	B	C
1	Kunde	Ort	Umsatz
2	Maier	Köln	1200
3	Schmitz	Düsseldorf	900
4	Junghans	Leipzig	1800
5	Müller	Hamburg	1200
6	Lehmann	Köln	700
7	Karl	Köln	1400
8	Schreiner	Düsseldorf	900
9	Siebert	Mainz	1100
10	Prinz	Hamburg	600

2 Klicken Sie dann im Menüband auf den Registerreiter

Daten

und anschließend auf das Symbol ●.

Das Symbol erscheint daraufhin „niedergedrückt“ wie ein Schalter ●,

und rechts neben den verschiedenen Spaltenbezeichnungen tauchen Auswahlpfeile auf: ●.

	A	B	C
1	Kunde	Ort	Umsatz
2	Maier	Köln	1200
3	Schmitz	Düsseldorf	900
4	Junghans	Leipzig	1800
5	Müller	Hamburg	1200
6	Lehmann	Köln	700
7	Karl	Köln	1400
8	Schreiner	Düsseldorf	900
9	Siebert	Mainz	1100
10	Prinz	Hamburg	600

3 Angenommen, Sie wollen in der Tabelle nur die Kunden angezeigt bekommen, die in Köln oder in Düsseldorf ihren Firmensitz haben. Klicken Sie dazu als Erstes neben dem Eintrag „Ort“ auf den Pfeil ●.

Ort

Im Fenster, das daraufhin erscheint, werden alle Orte aufgelistet, die in Ihrer Tabelle vorkommen, im Beispiel: .

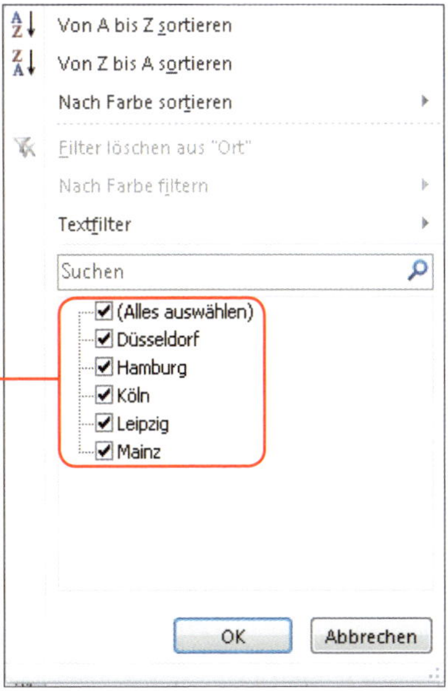

4 Per Mausklick entfernen Sie nun die Haken aus den Kästchen vor allen Orten – mit Ausnahme von Düsseldorf und Köln .

Wenn Sie Ihre Einstellung anschließend mit einem Mausklick auf

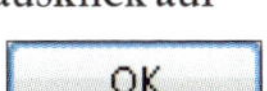

bestätigt haben, sehen Sie nur noch die Kunden aus den zuvor von Ihnen ausgewählten Orten.

	A	B	C
1	Kunde	Ort	Umsatz
2	Maier	Köln	1200
3	Schmitz	Düsseldorf	900
6	Lehmann	Köln	700
7	Karl	Köln	1400
8	Schreiner	Düsseldorf	900
11			

5 Als Nächstes sollen zusätzlich nur noch die Kunden angezeigt werden, deren Umsätze über 800 Euro liegen. Klicken Sie daher auf .

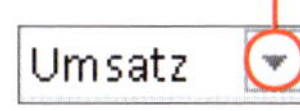

Die Auflistung der in der Tabelle vorkommenden Werte nützt Ihnen bei dieser Filterung wenig. Sie könnten zwar alle Werte unter 800 manuell entfernen, indem Sie im Beispielfall in das Kästchen klicken.

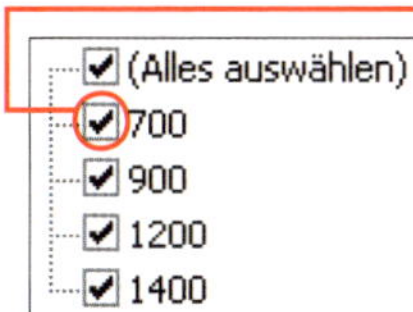

Aber in größeren Tabellen mit sehr vielen Werten wäre das recht mühsam. Klicken Sie daher stattdessen auf den jetzt sichtbaren Eintrag

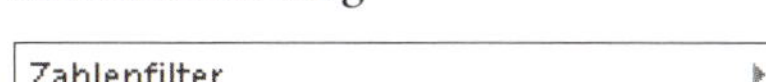

und dann in der folgenden Liste auf ●.

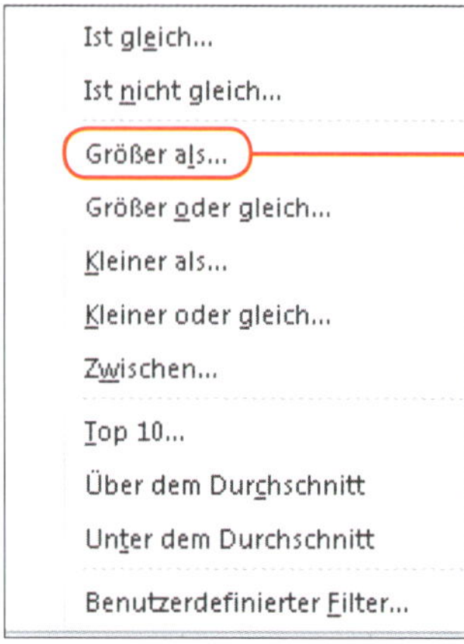

6 Im Dialogfenster, das daraufhin erscheint, behalten Sie die Einstellung im Feld ● bei, tippen daneben den Wert ●

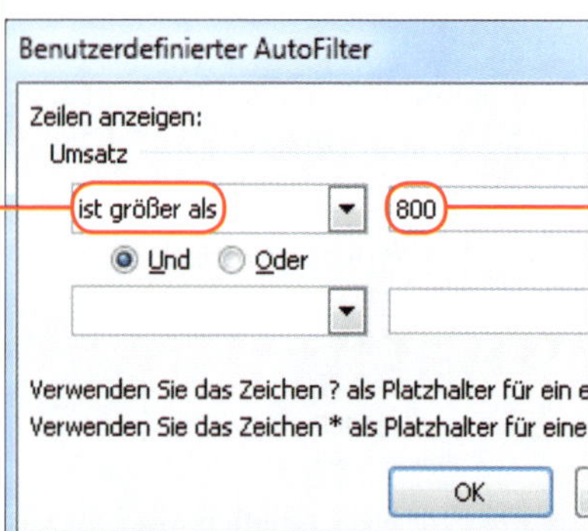

ein und klicken schließlich zur Bestätigung auf OK. Beide Filter sind nun eingerichtet. Es werden wunschgemäß nur noch Kunden aus Düsseldorf und Köln angezeigt, die zudem einen Umsatz von mehr als 800 erzielen.

	A	B	C
1	Kunde	Ort	Umsatz
2	Maier	Köln	1200
3	Schmitz	Düsseldorf	900
7	Karl	Köln	1400
8	Schreiner	Düsseldorf	900
11			

7 Etwas unübersichtlich ist nur noch, dass die Kölner und die Düsseldorfer Kunden gemischt sind. Aber auch hier können Sie Abhilfe schaffen, indem Sie die Tabelle sortieren. Klicken Sie dazu wieder auf ●

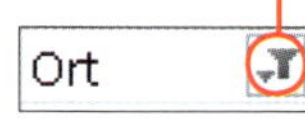

und im aufklappenden Menü auf

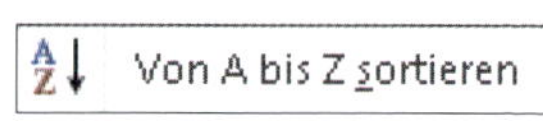

.

Fertig. Die angezeigten Werte der Tabelle sind jetzt auch noch nach den Ortsnamen sortiert.

	A	B	C
1	Kunde	Ort	Umsatz
2	Schmitz	Düsseldorf	900
3	Schreiner	Düsseldorf	900
7	Maier	Köln	1200
8	Karl	Köln	1400
11			

8 Die Filter können Sie einzeln oder auch auf einen Schlag entfernen. Falls Sie beispielsweise nur auf die Filterung nach Ortsnamen verzichten wollen, aber nach wie vor lediglich die Kunden sehen möchten, deren Umsatz über 800 liegt, klicken Sie auf

und anschließend auf

.

Daraufhin werden auch die Kunden anderer Städte angezeigt, vorausgesetzt, sie erfüllen die Umsatzvorgabe des noch aktiven Filters.

	A	B	C
1	Kunde	Ort	Umsatz
2	Schmitz	Düsseldorf	900
3	Schreiner	Düsseldorf	900
4	Junghans	Leipzig	1800
5	Müller	Hamburg	1200
7	Maier	Köln	1200
8	Karl	Köln	1400
9	Siebert	Mainz	1100
11			

9 Wenn Sie hingegen im Menüband auf das niedergedrückte Symbol

klicken, werden alle Filter auf einen Schlag entfernt, und die Tabelle erscheint wieder mit sämtlichen erfassten Daten.

	A	B	C
1	Kunde	Ort	Umsatz
2	Schmitz	Düsseldorf	900
3	Schreiner	Düsseldorf	900
4	Junghans	Leipzig	1800
5	Müller	Hamburg	1200
6	Lehmann	Köln	700
7	Maier	Köln	1200
8	Karl	Köln	1400
9	Siebert	Mainz	1100
10	Prinz	Hamburg	600
11			

Kritische Werte auf den ersten Blick erkennen

Im nächsten Kapitel erfahren Sie, wie Sie Ihre Tabellen formatieren, also optisch gestalten können. Als Vorgriff darauf wird Ihnen in diesem Abschnitt gezeigt, wie Sie eine **Formatierung** an eine Bedingung knüpfen können. Damit ist es beispielsweise möglich festzulegen, dass Sie im Rahmen einer Liquiditätsplanung auf den ersten Blick erkennen, wenn ein Minus droht. Oder Sie lassen sich anzeigen, in welchen Monaten die Ausgaben überdurchschnittlich hoch sind.

1 Als Beispiel dient eine Tabelle, in der Einnahmen und Ausgaben für ein Jahr aufgeführt sind. Die Werte der Spalte D (Rohertrag) werden dabei automatisch als Differenz der Einnahmen (Spalte B) und Ausgaben (Spalte C) berechnet.

Anzeige — Kritische Werte auf den ersten Blick erkennen

	A	B	C	D
1	Monat	Einnahmen	Ausgaben	Rohertrag
2	Januar	600	300	300
3	Februar	450	400	50
4	März	500	250	250
5	April	450	300	150
6	Mai	250	150	100
7	Juni	280	300	-20
8	Juli	150	100	50
9	August	300	200	100
10	September	300	250	50
11	Oktober	350	200	150
12	November	500	300	200
13	Dezember	700	300	400

2 Um auf den ersten Blick erkennen zu können, in welchen Monaten der Rohertrag negativ ist, sollen die entsprechenden Zellen automatisch rot dargestellt werden. Markieren Sie dazu als Erstes die Zellen ●,

	A	B	C	D
1	Monat	Einnahmen	Ausgaben	Rohertrag
2	Januar	600	300	300
3	Februar	450	400	50
4	März	500	250	250
5	April	450	300	150
6	Mai	250	150	100
7	Juni	280	300	-20
8	Juli	150	100	50
9	August	300	200	100
10	September	300	250	50
11	Oktober	350	200	150
12	November	500	300	200
13	Dezember	700	300	400

und klicken Sie dann im Start-Register des Menübands auf den Eintrag ●.

3 Im Fenster, das daraufhin erscheint, führen Sie den Mauszeiger über ●

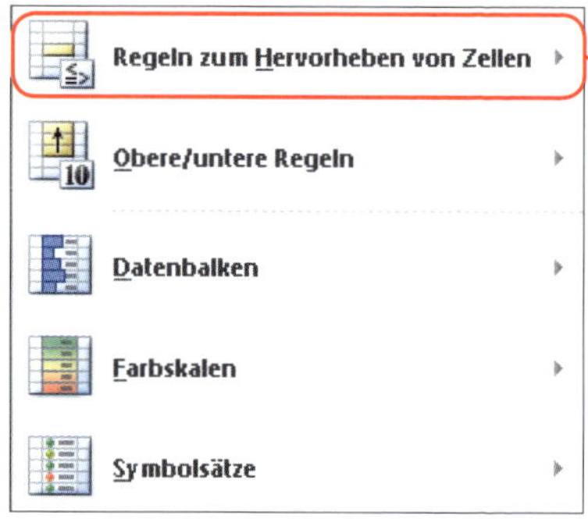

und klicken in der seitlich ausklappenden Auswahl auf ●.

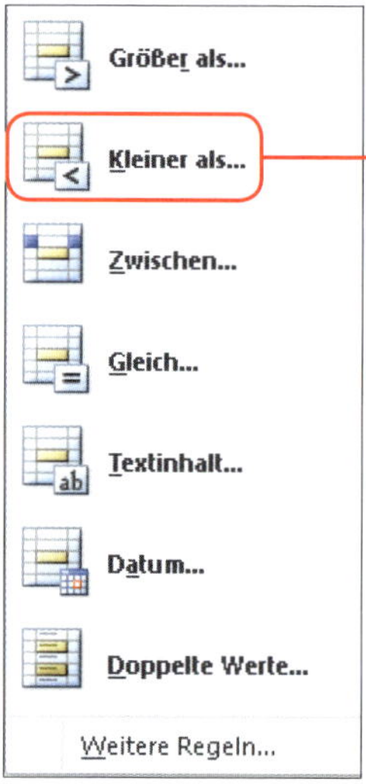

4 Damit legen Sie fest, dass die noch zu definierende Formatierung gelten soll, sobald die Werte in der Spalte D einen Grenzwert unterschreiten. Im Beispielfall sollen negative Werte hervorgehoben werden, also solche, die kleiner sind als null. Tippen Sie daher im nachfolgenden Dialogfenster den Wert

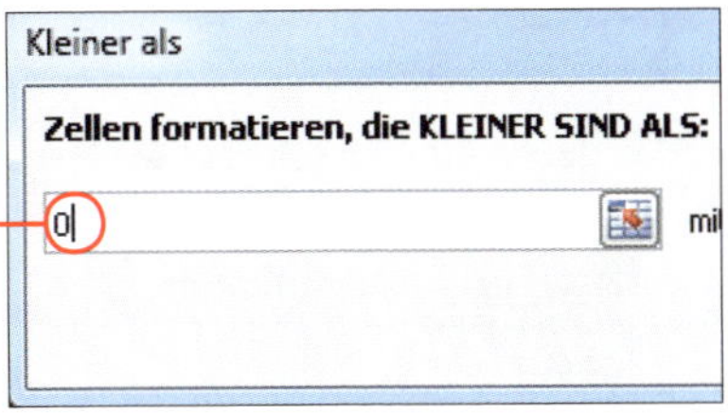

ein. Jetzt ist die Bedingung definiert.

5 Im Auswahlfeld rechts daneben können Sie noch bestimmen, wie die betreffenden Zellen dargestellt werden sollen. Die vorgeschlagene Lösung

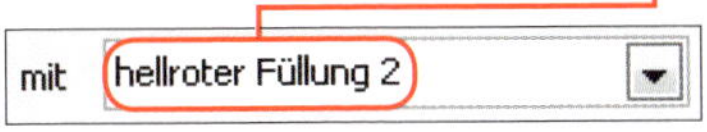

passt sehr gut. Sie können daher gleich zur Bestätigung auf

klicken. Sofort sehen Sie in Ihrer Tabelle, wenn ein Wert der Spalte D negativ, also kleiner als null ist: .

	A	B	C	D
1	Monat	Einnahmen	Ausgaben	Rohertrag
2	Januar	600	300	300
3	Februar	450	400	50
4	März	500	250	250
5	April	450	300	150
6	Mai	250	150	100
7	Juni	280	300	-20
8	Juli	150	100	50
9	August	300	200	100

6 Eine Liquiditätsplanung kann sich natürlich ändern. Wenn beispielsweise im Monat Februar die Ausgaben höher ausfallen als die Einnahmen und Sie den Wert entsprechend eingetragen haben, wird Excel Sie durch die rote Färbung auf den resultierenden negativen Saldo hinweisen: .

	A	B	C	D
1	Monat	Einnahmen	Ausgaben	Rohertrag
2	Januar	600	300	300
3	Februar	450	500	-50
4	März	500	250	250
5	April	450	300	150
6	Mai	250	150	100
7	Juni	280	300	-20
8	Juli	150	100	50
9	August	300	200	100
10	September	300	250	50
11	Oktober	350	200	150
12	November	500	300	200
13	Dezember	700	300	400

7 Als Nächstes möchten Sie auf den ersten Blick erkennen, in welchen Monaten die Ausgaben über dem Durchschnitt (also dem Mittelwert) liegen. Markieren Sie daher zuerst die Zellen, in denen die Ausgaben erfasst werden ,

	A	B	C	D
1	Monat	Einnahmen	Ausgaben	Rohertrag
2	Januar	600	300	300
3	Februar	450	500	-50
4	März	500	250	250
5	April	450	300	150
6	Mai	250	150	100
7	Juni	280	300	-20
8	Juli	150	100	50
9	August	300	200	100
10	September	300	250	50
11	Oktober	350	200	150
12	November	500	300	200
13	Dezember	700	300	400
14				

und klicken Sie danach im Start-Register des Menübands auf

.

8 Führen Sie dann den Mauszeiger über den Eintrag ●,

und klicken Sie anschließend auf ●.

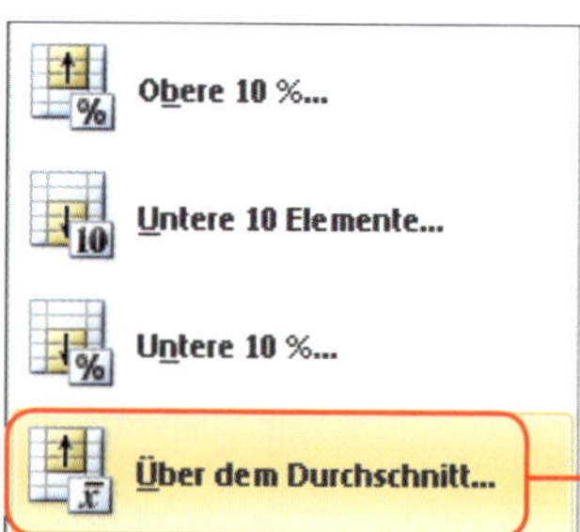

9 Die Zellen mit überdurchschnittlich hohen Ausgaben sollen im Beispiel gelb hervorgehoben werden. Klicken Sie daher im nachfolgenden Dialogfenster auf den Pfeil ●

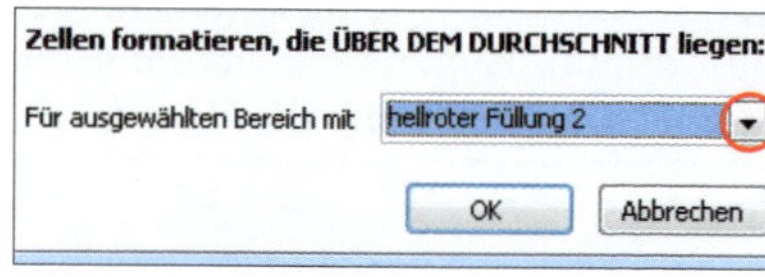

und in der geöffneten Liste auf ●,

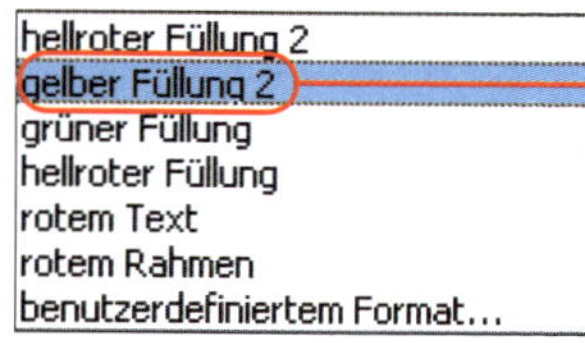

und bestätigen Sie Ihre Entscheidung mit einem Mausklick auf ●.

10 Schon können Sie in der Spalte C, in der die jeweiligen Ausgaben erfasst sind, auf den ersten Blick erkennen, in welchen Monaten überdurchschnittlich hohe Kosten anfallen.

	A	B	C	D
1	Monat	Einnahmen	Ausgaben	Rohertrag
2	Januar	600	300	300
3	Februar	450	500	-50
4	März	500	250	250
5	April	450	300	150
6	Mai	250	150	100
7	Juni	280	300	-20
8	Juli	150	100	50
9	August	300	200	100
10	September	300	250	50
11	Oktober	350	200	150
12	November	500	300	200
13	Dezember	700	300	400
14				

Formatierungsregeln verwalten

Wie Sie im vorigen Abschnitt gesehen haben, können Sie gleichzeitig mehrere bedingte Formatierungsregeln in einer Tabelle verwenden. Es ist allerdings nicht immer auf den ersten Blick erkennbar, ob und wenn ja, welche Regeln Sie eingerichtet haben. Wenn beispielsweise keine negativen Werte in der Rohertrags-Spalte vorkommen, sehen Sie natürlich auch keine roten Zellen. Die eigentlich vorhandene Regel bliebe Ihnen dann verborgen. Sie können sich jedoch ganz leicht einen Überblick über die vorhandenen Regeln verschaffen. In dem entsprechenden Verwaltungsfenster lassen sich Regeln zudem bearbeiten oder auch löschen. Im folgenden Beispiel wird Ihnen gezeigt, wie Sie die Regel, mit deren Hilfe sich überdurchschnittliche Ausgaben hervorheben lassen, löschen.

1 Um das erwähnte Verwaltungsfenster zu öffnen, klicken Sie im Start-Register auf

und anschließend auf den Befehl

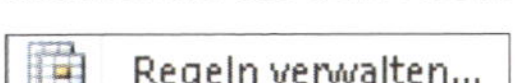

.

2 Im dazugehörigen Verwaltungsfenster, das daraufhin angezeigt wird, folgt ein Mausklick auf den nach unten weisenden Pfeil ●

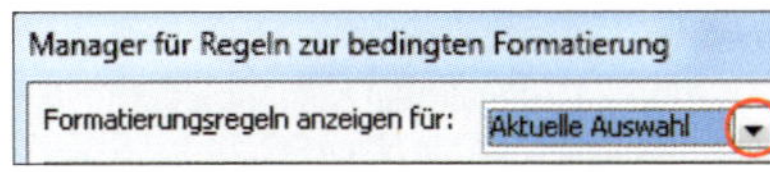

und danach in der geöffneten Liste auf den Eintrag ●.

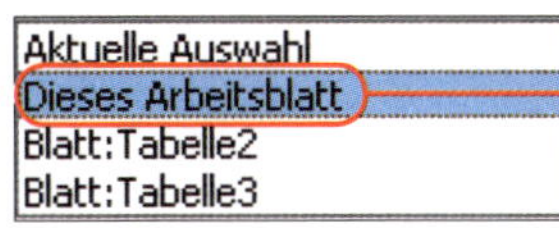

3 Anschließend werden alle Regeln, die in Ihrem aktuell gewählten Arbeitsblatt gelten, aufgeführt. Markieren Sie in der Übersicht die Regel, die gelöscht werden soll, im Beispiel also ●,

und klicken Sie danach rechts oben auf die Schaltfläche ●.

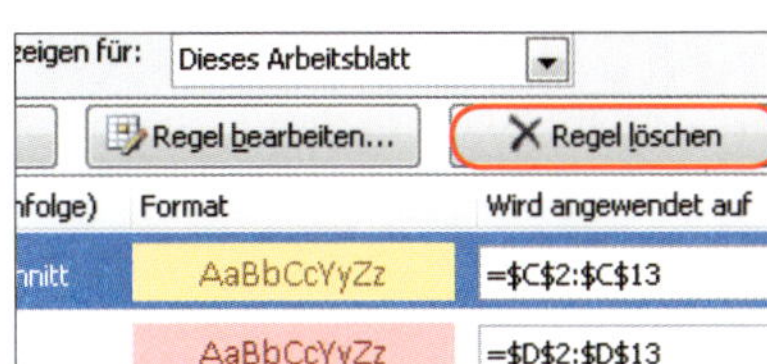

Dann brauchen Sie nur noch zur Bestätigung auf OK zu klicken. Sie haben die Regel gelöscht, und die Zellen mit überdurchschnittlichen Ausgaben werden nicht mehr hervorgehoben.

Alle Regeln auf einmal löschen

Wenn Sie alle Regeln auf einmal löschen möchten, brauchen Sie die obige Schritt-für-Schritt-Anleitung nicht für jede Regel separat auszuführen. Klicken Sie stattdessen einfach auf

, dann auf den Eintrag

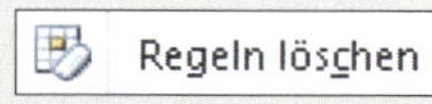

und schließlich auf den prinzipiellen Befehl ●.

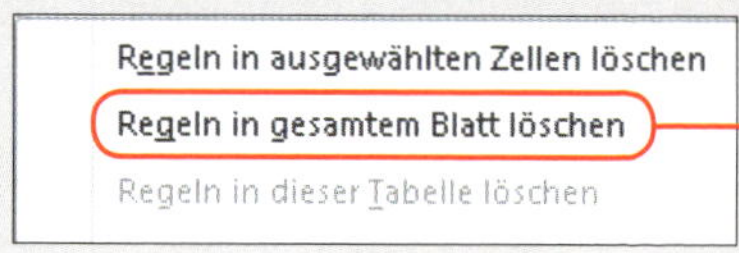

5 Tabellen ansprechend gestalten

Excel bietet Ihnen unzählige Möglichkeiten, Tabellen optisch zu gestalten beziehungsweise zu **formatieren**. Dieses Angebot zu nutzen, ist nicht nur eine Frage der Ästhetik. Mit sinnvoll formatierten Zeilen- und Spaltenbezeichnungen etwa erkennt der Betrachter auf den ersten Blick, welche Daten die Tabelle enthält. Und mit praktischen Ausfüllhilfen können Sie sich dabei sogar viel Tipparbeit ersparen.

Ein weiterer Pluspunkt von Excel: Falls Sie sich schwer damit tun sollten, in sich stimmige, harmonisch aussehende Tabellen zu entwerfen, können Sie auch auf vorgefertigte Designs zurückgreifen.

Im fünften Kapitel dieses Buches erfahren Sie,

- wie Sie häufig benötigte Zeilen- und Spaltenbezeichnungen (zum Beispiel Jahreszahlen oder Monatsbezeichnungen) blitzschnell eintragen,
- wie Sie nachträglich Zeilen und Spalten einfügen,
- wie Sie mehrere **Zellen** zu einer verbinden, um etwa eine längere Überschrift mittig über der Tabelle zu platzieren,
- wie Sie Zellen je nach Inhalt sinnvoll formatieren,
- welche Arten von Vorlagen es gibt
- und wie Sie sich mithilfe dieser Vorlagen eine Menge Gestaltungsarbeit ersparen.

Kapitel-Wegweiser

Ausfüllhilfen nutzen

Wenn Sie eine Tabelle anlegen, besteht die erste Aufgabe darin, ein „Gerüst“ aufzubauen, also Spalten- und Zeilenbezeichnungen zu vergeben. Häufig handelt es sich dabei um Wochentage, Monate oder Jahreszahlen. Excel stellt Ihnen viele automatische Ausfüllhilfen zur Verfügung, mit denen Sie solche Angaben in Windeseile eintragen können. Hier einige Beispiele:

1 Angenommen, Sie wollen in die Zellen A1 bis A6 einer Tabelle die Bezeichnungen der ersten sechs Monate eintragen. Dazu brauchen Sie nicht jeden einzelnen Monatsnamen einzutippen. Schreiben Sie einfach in die Zelle A1 den Namen „Januar“, und aktivieren Sie die Zelle mit einem Mausklick: ●.

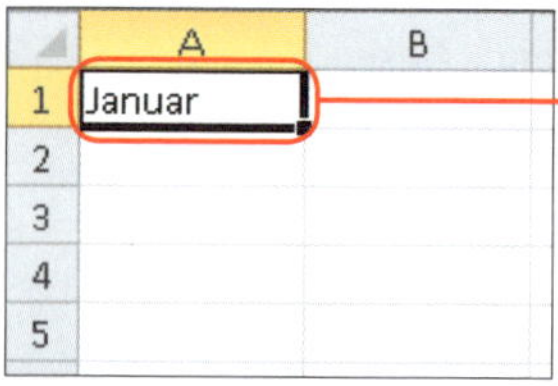

Führen Sie dann den Mauszeiger über die rechte untere Ecke der Zelle, bis er die Form eines Pluszeichens annimmt: ●.

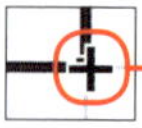

2 Klicken Sie jetzt auf diese Ecke, halten Sie die Maustaste gedrückt, und führen Sie mit weiterhin gedrückter Maustaste eine **Zieh**bewegung nach unten aus. Während dieser Ziehbewegung erscheint ein Hilfstext, der Ihnen jeweils den aktuell erreichten Monat anzeigt. Sehen Sie den sechsten Monat, also den Juni ●,

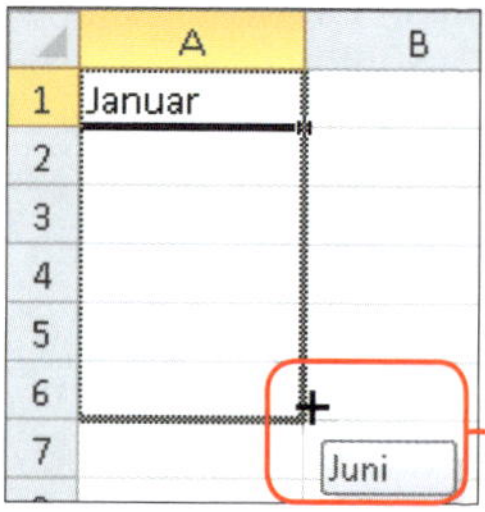

lassen Sie die Maustaste einfach los. Automatisch fügt Excel daraufhin die Monatsnamen Februar bis Juni in die Zellen ein.

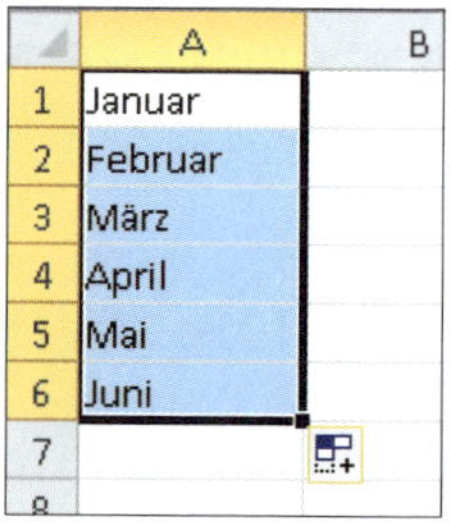

3 Das ist zweifellos praktisch. Nun kann es aber auch mal vorkommen, dass Sie die Zellen gar nicht mit den nachfolgenden Monatsnamen auffüllen möchten. Stattdessen sollen alle Zellen den Namen Januar enthalten. Führen Sie in dem Fall den Mauszeiger über das kleine Symbol, das nach dem automatischen Auffüllen rechts neben der letzten Zelle sichtbar wurde, bis ein nach unten weisender Pfeil auftaucht, und klicken Sie darauf: ●.

4 Im Optionen-Menü, das sich daraufhin öffnet, genügt dann ein Mausklick auf den Eintrag ●.

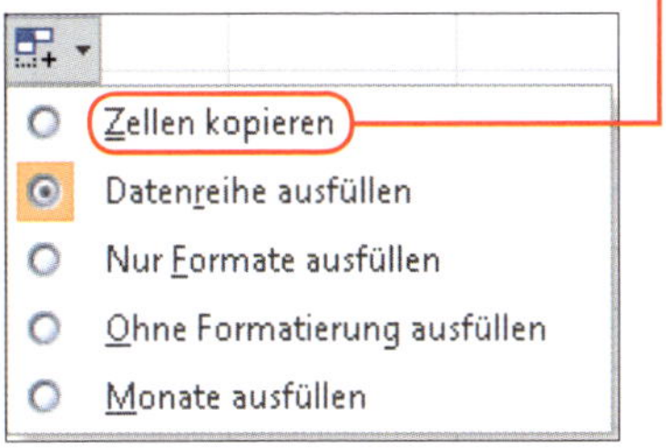

Umgehend sehen Sie, dass die Zellen jetzt wie gewünscht alle den Namen Januar enthalten.

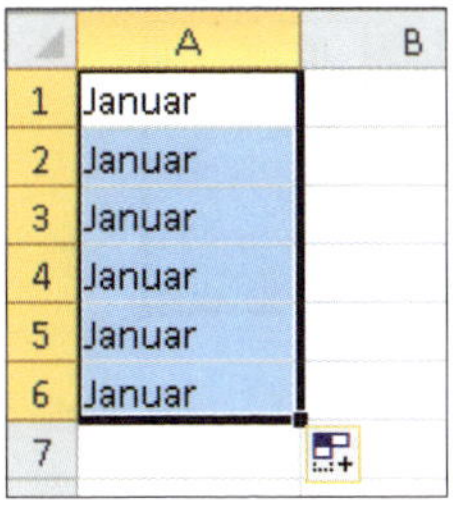

Excel hat also den Inhalt der Zelle A1 kopiert - und nicht, wie zuvor beschrieben, eine Datenreihe ausgefüllt. Dabei gibt es einen Trick. Wenn Sie von vornherein wissen, dass Sie keine Datenreihe ausfüllen möchten, sondern nur den Inhalt der obersten Zelle kopieren wollen, halten Sie einfach während des Ziehvorgangs die Strg-Taste gedrückt. Dann können Sie sich die Schritte 3 und 4 dieser Anleitung sparen.

5 Außer Monatsnamen können Sie mit der Ausfüllhilfe auch fortlaufende Datumseinträge

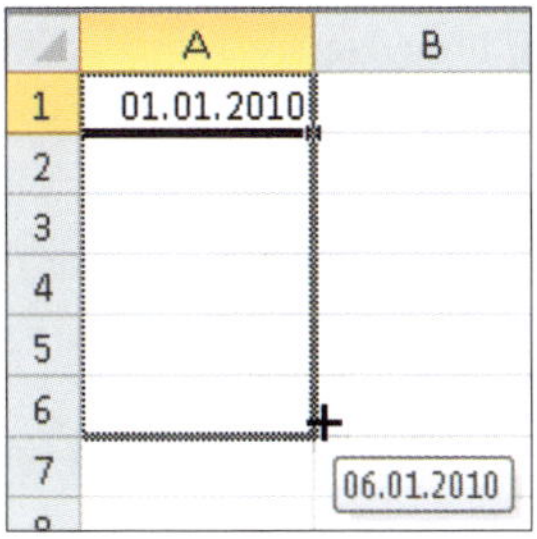

oder Tagesbezeichnungen erstellen.

Dabei spielt es keine Rolle, ob in der obersten Zelle auch immer der „erste" Wert einer Reihe steht. Bei den Tagesbezeichnungen etwa funktioniert das automatische Ausfüllen auch dann, wenn es oben erst mit ● beginnt.

6 Zudem ist es möglich, eine Datenreihe bei Bedarf später weiterzuführen. Haben Sie beispielsweise die Wochentage von Dienstag bis Freitag eingetragen und wollen jetzt noch die Folgetage ergänzen, klicken Sie einfach in die unterste Zelle, führen dann wie gehabt den Mauszeiger über die rechte untere Ecke ●

und wiederholen Schritt 2 dieser Anleitung. Schon wird die Reihe fortgesetzt.

7 Je nachdem, welche Art von Datenreihen Sie ausfüllen, stehen Ihnen nach Anklicken des Optionen-Symbols unterschiedliche Möglichkeiten zur Verfügung. Geht es zum Beispiel um Tagesbezeichnungen, können Sie nach je einem Mausklick auf ●

und den Befehl ●

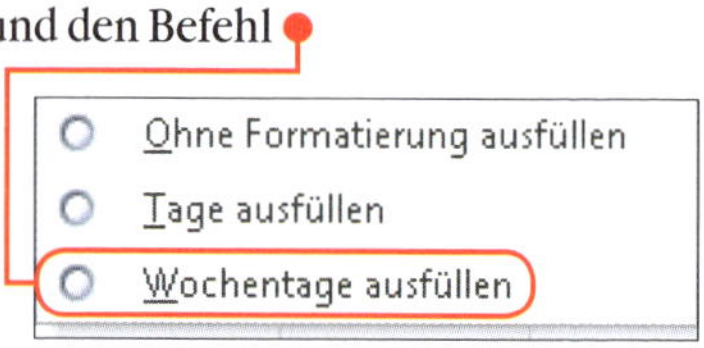

festlegen, dass nur Wochentage eingetragen werden, Samstage und Sonntage also nicht.

8 Ein anderes Beispiel: Ausgehend vom 1.1.2010 werden normalerweise die direkten Folgedaten ergänzt, also der 2.1.2010 und so weiter.

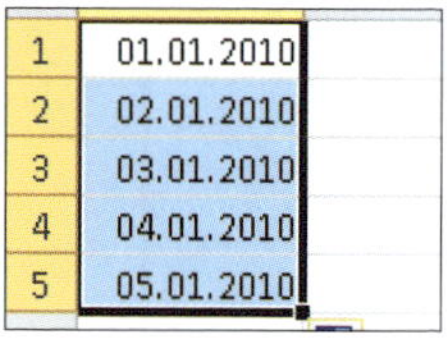

Es gibt aber weitere Möglichkeiten. Wenn Sie etwa auf den Pfeil ●

und anschließend auf den Befehl ●

klicken, wird jeweils der Erste eines Monats eingetragen.

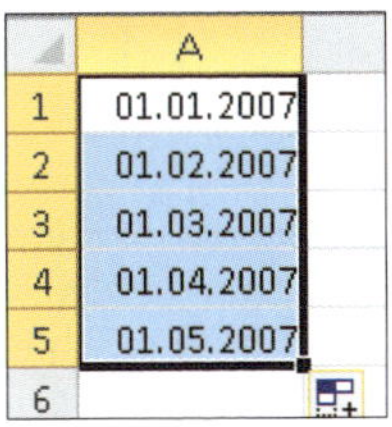

9 Demgegenüber führt ein Klick auf

dazu, dass jeweils der 1.1. eines Jahres erscheint.

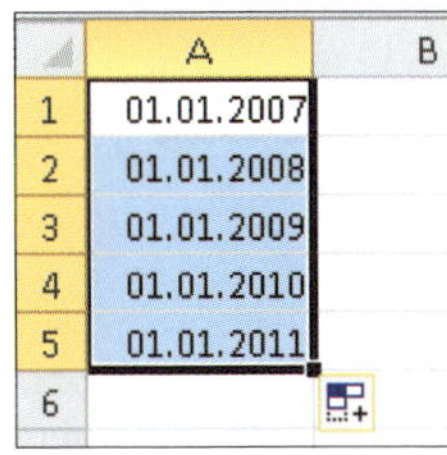

Zahlenreihen anlegen

Ausfüllhilfen lassen sich aber auch in einem anderen Zusammenhang nutzen. So können Sie dafür sorgen, dass Excel auch Zahlenreihen blitzschnell ergänzt.

1 Im ersten Beispiel wollen Sie in der Spalte A, beginnend mit der Zelle A2, fortlaufende Kundennummern eintragen. Tippen Sie den ersten Wert (also die Eins) in die Zelle A2, und klicken Sie dann in die Zelle, um sie zu aktivieren: ●.

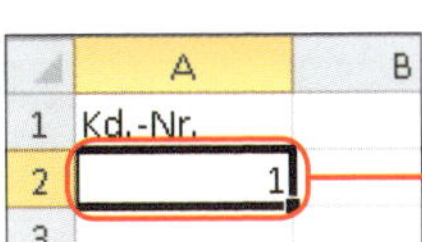

2 Wenn Sie danach, wie im vorigen Abschnitt gezeigt, die Ziehbewegung ausführen und anschließend die Maustaste losgelassen haben, erscheint in allen Folgezellen ebenfalls die Eins: ●.

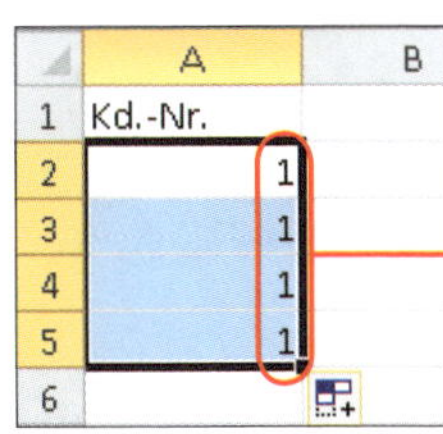

3 Klicken Sie jetzt auf den Pfeil ● und anschließend neben der entsprechenden Option in den Kreis ●.

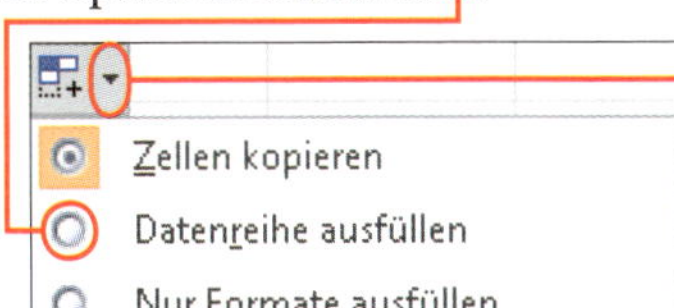

Schon haben Sie wunschgemäß eine fortlaufende Zahlenreihe erzeugt: ●.

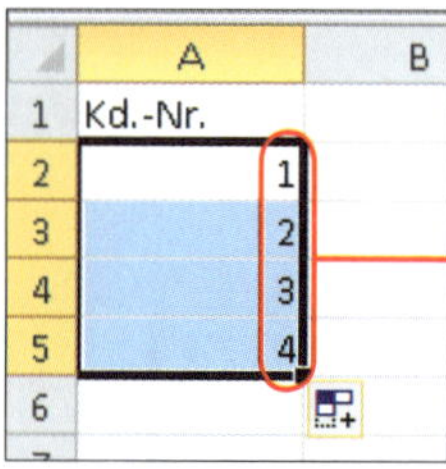

4 Ein anderes Beispiel: Sie möchten eine Reihe erzeugen, bei der der nächste Wert jeweils zwei höher liegt als der vorige, also 1, 3, 5 und so weiter. Auch das ist problemlos möglich. Tippen Sie die beiden ersten Werte ein, **markieren** Sie *beide* Zellen ●,

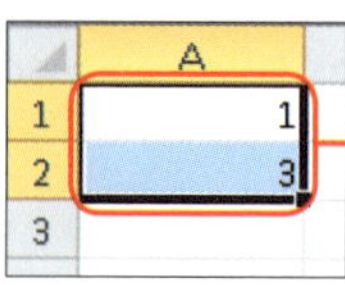

und führen Sie wieder die Ziehbewegung aus. Das war es auch schon: Die gewünschte Reihe ist fertiggestellt: ●.

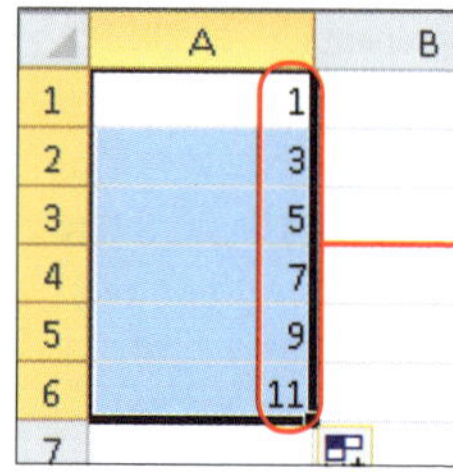

5 Damit die beiden markierten Zellen übrigens kopiert werden, klicken Sie zunächst wieder auf ●, anschließend aber neben der ersten Option in den Kreis ●.

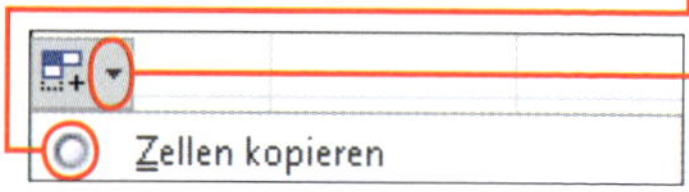

In den Folgezellen stehen dann abwechselnd die jeweiligen Werte, im Beispiel also die Eins und die Drei: ●.

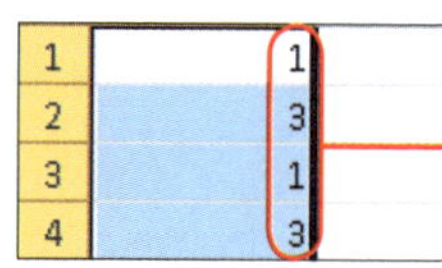

Ein Tabellengerüst gestalten

Erst eine gut gestaltete Tabelle ist überzeugend und erzielt die gewünschte Wirkung. Auch bei dieser wichtigen Aufgabe lässt Excel Sie nicht im Stich.

1 In der Beispieltabelle sollen die Spaltenbezeichnungen ● fett hervorgehoben werden.

	A	B	C	D
1	Monat	Einnahmen	Ausgaben	Rohertrag
2	Januar	600	300	300
3	Februar	450	400	50
4	März	500	250	250
5	April	450	300	150
6	Mai	250	150	100
7	Juni	280	100	180
8	Juli	150	100	50
9	August	300	200	100

Zudem möchten Sie die Tabelle mit einer Überschrift versehen. Markieren Sie zunächst die Spaltenbezeichnungen, wie in der Abbildung zu sehen: ●.

	A	B	C	D
1	Monat	Einnahmen	Ausgaben	Rohertrag
2	Januar	600	300	300
3	Februar	450	400	50
4	März	500	250	250
5	April	450	300	150
6	Mai	250	150	100
7	Juni	280	100	180
8	Juli	150	100	50
9	August	300	200	100
10	September	300	250	50
11	Oktober	350	200	150
12	November	500	300	200
13	Dezember	700	300	400
14				

2 Klicken Sie dann im Start-Register des **Menübands** auf das Symbol ●.

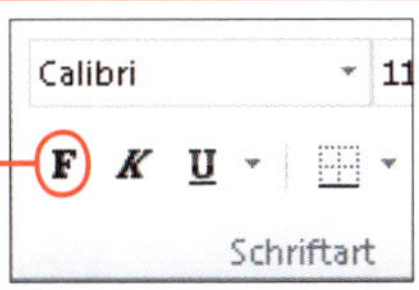

Die Spaltenbezeichnungen sind jetzt fett hervorgehoben: ●.

	A	B	C	D
1	**Monat**	**Einnahmen**	**Ausgaben**	**Rohertrag**
2	Januar	600	300	300
3	Februar	450	400	50
4	März	500	250	250
5	April	450	300	150
6	Mai	250	150	100
7	Juni	280	100	180
8	Juli	150	100	50
9	August	300	200	100
10	September	300	250	50
11	Oktober	350	200	150
12	November	500	300	200
13	Dezember	700	300	400

Auf weitere Formatierungsmöglichkeiten zugreifen

Wenn Sie im Schrift-Formatierungsbereich des Start-Registers auf den kleinen schräg nach rechts unten weisenden Pfeil ●

klicken, werden Ihnen auch Gestaltungsmöglichkeiten angeboten, die Sie vermutlich eher selten nutzen. So können Sie etwa im Bereich ●

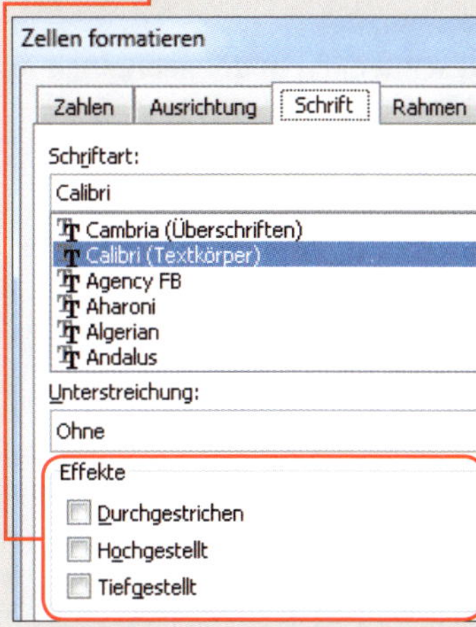

Effekte wie „durchgestrichene Schrift“ auswählen.

3 Um die Tabelle mit einer Überschrift zu versehen, benötigen Sie ganz oben auf Ihrem **Arbeitsblatt** eine leere Zeile.

Klicken Sie daher in eine beliebige Zelle in der obersten Reihe, beispielsweise ●,

	A	B	C	D
1	**Monat**	**Einnahmen**	**Ausgaben**	**Rohertrag**
2	Januar	600	300	300
3	Februar	450	400	50
4	März	500	250	250
5	April	450	300	150
6	Mai	250	150	100

danach im Start-Register des Menübands auf ●

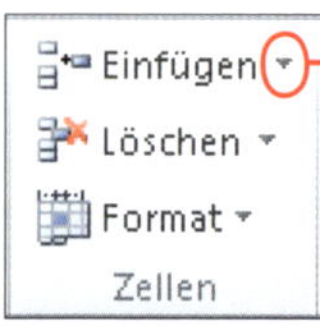

und schließlich in der geöffneten Auswahl auf den Befehl ●.

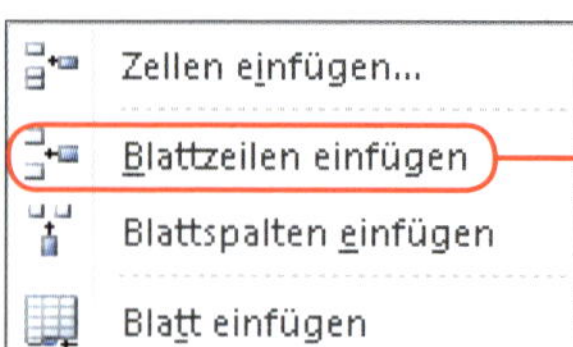

4 Alle Zeilen der Tabelle rücken daraufhin eins nach unten, die Spaltenbezeichnungen befinden sich also nicht mehr in der ersten, sondern in der zweiten Zeile. In die neue Zelle A1 können Sie jetzt die Überschrift eintippen, im Beispiel ●.

	A	B	C	
1	Überschuss-Rechnung			
2	**Monat**	**Einnahmen**	**Ausgaben**	**Ro**
3	Januar	600	300	

5 Zur besseren Übersicht soll die Überschrift etwas größer werden als die anderen Texte in der Tabelle. Klicken Sie daher in die Zelle A1, um eine Markierung zu setzen, und danach neben der bisherigen Schriftgröße auf den nach unten weisenden Pfeil ●,

sodass eine Liste aufklappt. Per Mausklick beispielsweise auf ●

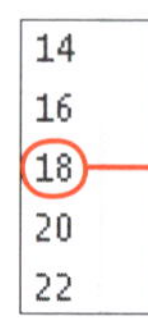

weisen Sie die neue Größe dann zu.

	A	B	C	D
1	Überschuss-Rechnung			
2	**Monat**	**Einnahmen**	**Ausgaben**	**Rohertrag**
3	Januar	600	300	300
4	Februar	450	400	50
5	März	500	250	250
6	April	450	300	150
7	Mai	250	150	100
8	Juni	280	100	180
9	Juli	150	100	50

6 Die Überschrift, die Sie bisher angelegt haben, befindet sich nur in der Zelle A1, auch wenn sie aufgrund ihrer Länge darüber hinausragt (siehe dazu den folgenden Abschnitt). Damit die Überschrift mittig über der Tabelle erscheint, genügt es also *nicht*, einfach die Zelle zu markieren und dann im Start-Register des Menübands auf ●

zu klicken. Denn dann würde die Überschrift nur in der Zelle A1 mittig ausgerichtet. Im konkreten Fall wäre die Wirkung also gleich null.

Um die Überschrift über der Tabelle zu zentrieren, gehen Sie stattdessen so vor: Markieren Sie die Zellen A1 bis D1 ●,

	A	B	C	D
1	Überschuss-Rechnung			
2	**Monat**	**Einnahmen**	**Ausgaben**	**Rohertrag**
3	Januar	600	300	300
4	Februar	450	400	50
5	März	500	250	250
6	April	450	300	150
7	Mai	250	150	100

und klicken Sie anschließend auf das Symbol ●.

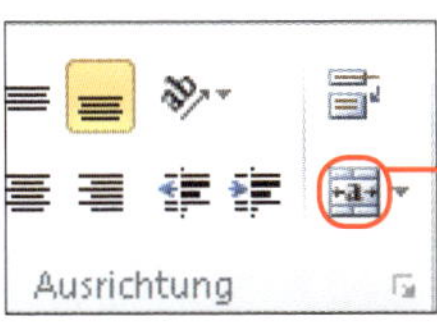

7 Die vier markierten Zellen werden dann nämlich zu einer einzigen verbunden. Gleichzeitig wird der Inhalt, also Ihre Überschrift, mittig in dieser einen Zelle – und damit über Ihrer Tabelle – ausgerichtet: ●.

	A	B	C	D
1	Überschuss-Rechnung			
2	**Monat**	**Einnahmen**	**Ausgaben**	**Rohertrag**
3	Januar	600	300	300
4	Februar	450	400	50
5	März	500	250	250
6	April	450	300	150
7	Mai	250	150	100
8	Juni	280	100	180
9	Juli	150	100	50
10	August	300	200	100
11	September	300	250	50

Falls Sie diese Verbindung der Zellen einmal aufheben wollen, müssen Sie nur die Zelle markieren und dann erneut auf das Symbol ● klicken.

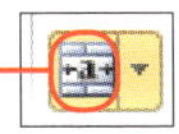

8 Als letzten Gestaltungsschritt versehen Sie die Zellen der Tabelle nun mit Rahmenlinien. Setzen Sie zu diesem Zweck eine Markierung, wie in der Abbildung zu sehen.

	A	B	C	D
1	Überschuss-Rechnung			
2	**Monat**	**Einnahmen**	**Ausgaben**	**Rohertrag**
3	Januar	600	300	300
4	Februar	450	400	50
5	März	500	250	250
6	April	450	300	150
7	Mai	250	150	100
8	Juni	280	100	180
9	Juli	150	100	50
10	August	300	200	100
11	September	300	250	50
12	Oktober	350	200	150
13	November	500	300	200
14	Dezember	700	300	400

Klicken Sie danach im Start-Register des Menübands in der Befehlsgruppe „Schriftart“ auf den nach unten weisenden Pfeil ●

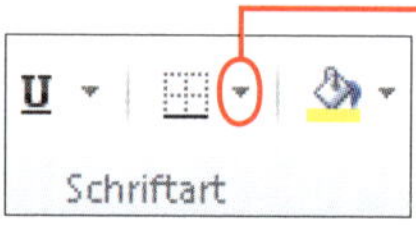

und anschließend in der aufklappenden Liste auf den Eintrag ●.

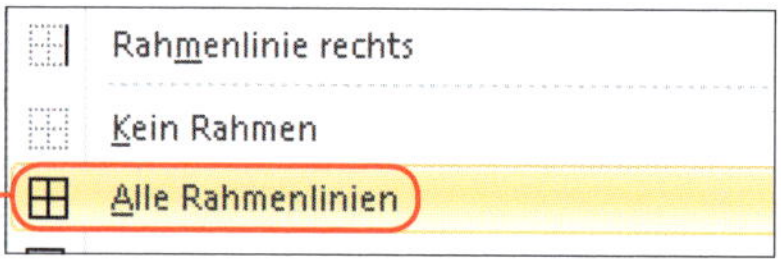

Schon sind die Zellen wunschgemäß mit Rahmenlinien versehen.

	A	B	C	D
1	Überschuss-Rechnung			
2	**Monat**	**Einnahmen**	**Ausgaben**	**Rohertrag**
3	Januar	600	300	300
4	Februar	450	400	50
5	März	500	250	250
6	April	450	300	150
7	Mai	250	150	100
8	Juni	280	100	180
9	Juli	150	100	50
10	August	300	200	100
11	September	300	250	50
12	Oktober	350	200	150
13	November	500	300	200
14	Dezember	700	300	400
15				

Spaltenbreite und Zeilenhöhe verändern

Wie Sie im vorigen Abschnitt gesehen haben, passt Excel die Zeilenhöhe automatisch an, sobald Sie die Schrift einer Zelle vergrößern. Sie können die Höhe aber auch manuell verändern. Dasselbe gilt für die Breite der Spalten.

1 In der Praxis kommt es häufig vor, dass Zellinhalte mehr Platz benötigen, als aufgrund der Standardbreite der Spalten zur Verfügung steht. In der Beispieltabelle etwa ist dies beim Namen in der Zelle A4 ●

	A	B	C	D
1	Name	Straße	Ort	
2	Maier	Hauptstr. 1	Köln	
3	Siebert	Rosenweg 2	Hamburg	
4	Müller-Lüde	Karlsplatz 5	Düsseldorf	
5	Heinemann	Delle 25	Castrop-Rauxel	
6				

sowie beim Ort in der Zelle C5 ● der Fall. Bei der Ortsangabe ist dies nicht weiter tragisch. Da nämlich die Spalte D keine Angaben enthält, ragt der Eintrag einfach über die Zellgrenze hinaus. Der Name dagegen wird nicht komplett angezeigt.

2 Dass der Doppelname in der Anzeige „abgeschnitten“ ist, bedeutet jedoch nicht, dass er nicht vorhanden wäre: Bei einem Klick in diese Zelle ●

	A	B
1	Name	Straße
2	Maier	Hauptstr. 1
3	Siebert	Rosenweg 2
4	Müller-Lüde	Karlsplatz 5
5	Heinemann	Delle 25

sehen Sie in der **Bearbeitungsleiste**, dass

der Name durchaus vollständig eingetragen wurde.

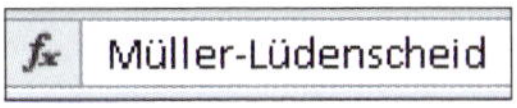

Um nun die Namensspalte zu verbreitern, führen Sie den Mauszeiger im **Spaltenkopf** über die Begrenzungslinie zwischen A und B ●,

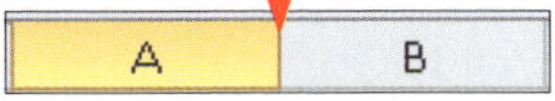

bis der Mauszeiger seine Form verändert.

3 Klicken Sie dann, halten Sie die Maustaste gedrückt, und führen Sie mit weiterhin gedrückter Maustaste eine Ziehbewegung nach rechts aus. An der Hilfslinie können Sie die neue Breite der Spalte abschätzen: ●.

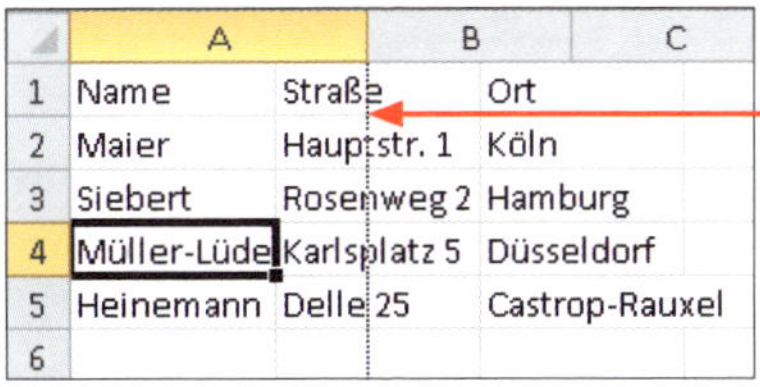

Sobald Sie die Maustaste loslassen, ist die Spaltenbreite verändert: ●.

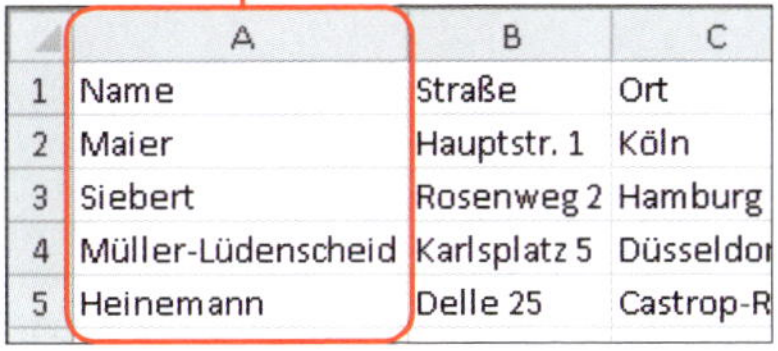

4 Dieses manuelle Anpassen der Spaltenbreite ist oft gar nicht so einfach, und mitunter benötigen Sie mehrere Versuche, bis Sie die richtige Breite erwischt haben. Sie können die Spaltenbreite aber auch automatisch an den Zellinhalt anpassen, der den meisten Platz beansprucht. Klicken Sie dazu doppelt, also zweimal kurz hintereinander auf die rechte Begrenzungslinie im Spaltenkopf C ●.

Im Beispiel wird dadurch die Ortsspalte C automatisch am Inhalt der Zelle C5 ● ausgerichtet.

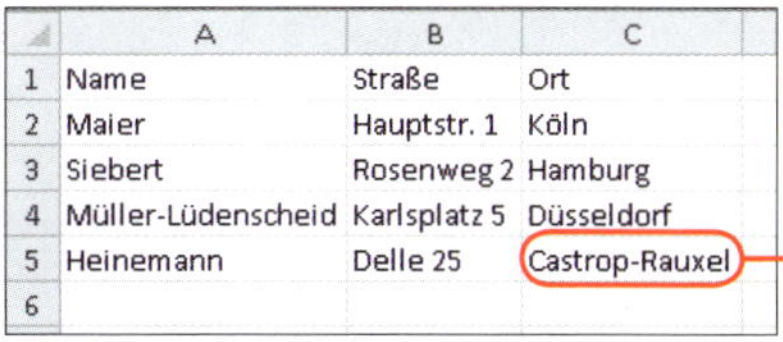

Automatisch alle Spalten anpassen

Alle Spalten Ihrer Tabelle lassen sich auch in einem Rutsch automatisch an die jeweils breitesten Inhalte anpassen. Markieren Sie dazu die Tabelle, und klicken Sie dann doppelt im Spaltenkopf auf die äußerste rechte Begrenzungslinie. In der Beispieltabelle also auf die Begrenzungslinie zwischen den Spaltenbezeichnungen C und D.

Spaltenbreite und Zellenhöhe verändern

5 Sie können aber auch eine gleichmäßige Spaltenbreite für Ihr gesamtes Arbeitsblatt festlegen. Markieren Sie dazu als Erstes Ihr Arbeitsblatt per Klick auf ●.

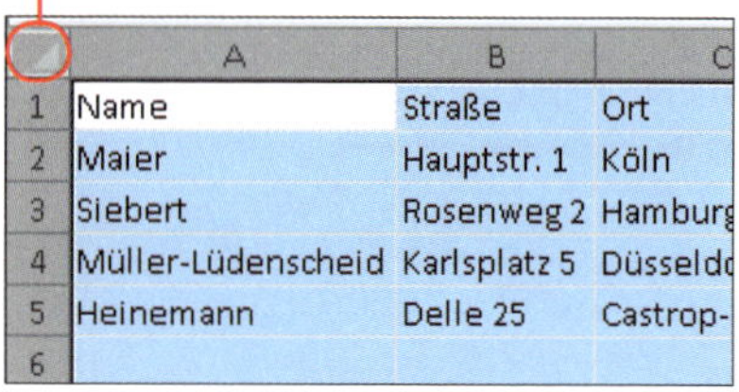

	A	B	C
1	Name	Straße	Ort
2	Maier	Hauptstr. 1	Köln
3	Siebert	Rosenweg 2	Hambur
4	Müller-Lüdenscheid	Karlsplatz 5	Düsseld
5	Heinemann	Delle 25	Castrop-
6			

Klicken Sie anschließend im Start-Register des Menübands auf ●

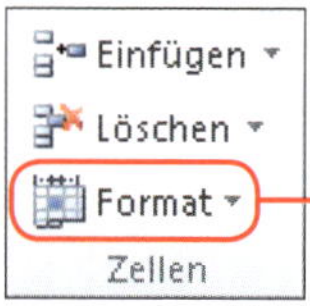

und in der nachfolgenden Auswahl auf den Eintrag ●.

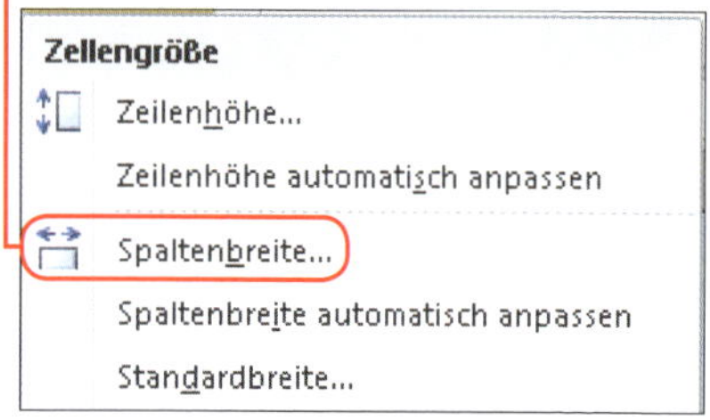

6 Im Dialogfenster, das sich daraufhin öffnet, tippen Sie die gewünschte Breite ein, beispielsweise ●, und klicken danach zur Bestätigung auf die Schaltfläche ●.

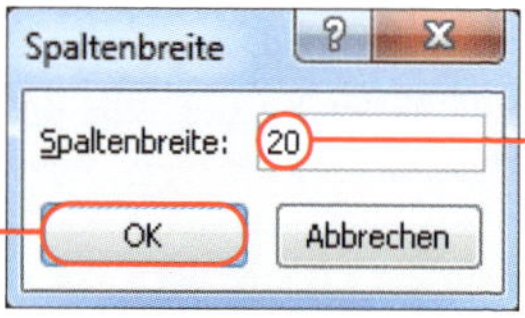

Schon haben alle Spalten dieselbe Breite:

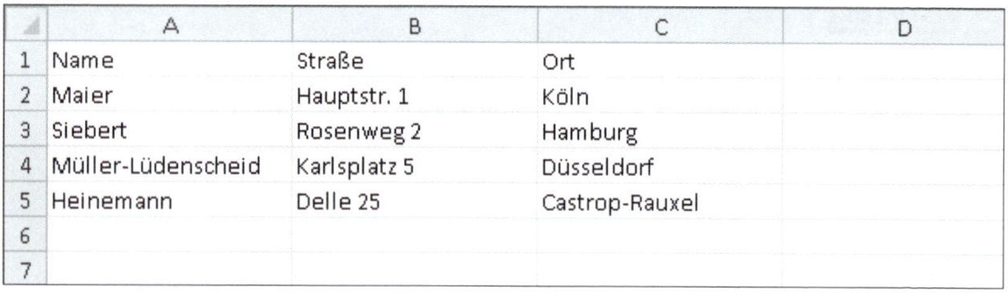

	A	B	C	D
1	Name	Straße	Ort	
2	Maier	Hauptstr. 1	Köln	
3	Siebert	Rosenweg 2	Hamburg	
4	Müller-Lüdenscheid	Karlsplatz 5	Düsseldorf	
5	Heinemann	Delle 25	Castrop-Rauxel	
6				
7				

7 Die Zeilenhöhe lässt sich genauso verändern wie die Spaltenbreite, also entweder mithilfe der Ziehtechnik oder indem Sie manuell einen Wert vorgeben. Oft ist das aber gar nicht nötig: Falls Sie etwa die Schrift einer Zeile vergrößern, geschieht die Anpassung nämlich automatisch (siehe Seite 76), und wenn Sie einen Zeilenumbruch durchführen, wie im Kasten rechts oben beschrieben, müssen Sie ebenfalls nicht mühsam per Hand tätig werden.

Zellinhalte in mehreren Zeilen anzeigen lassen

Nicht immer ist es empfehlenswert, Spalten so zu verbreitern, dass die kompletten Zellinhalte zu sehen sind. Wenn etwa nur ein einziger Wert deutlich mehr Platz benötigt als die anderen, wäre dies unsinnig. Es gibt jedoch einen Ausweg aus diesem Dilemma: Sie können Zellinhalte nämlich bei gegebener Breite in mehreren Zeilen anzeigen lassen. Markieren Sie in der Beispieltabelle die Spalten A und C ●,

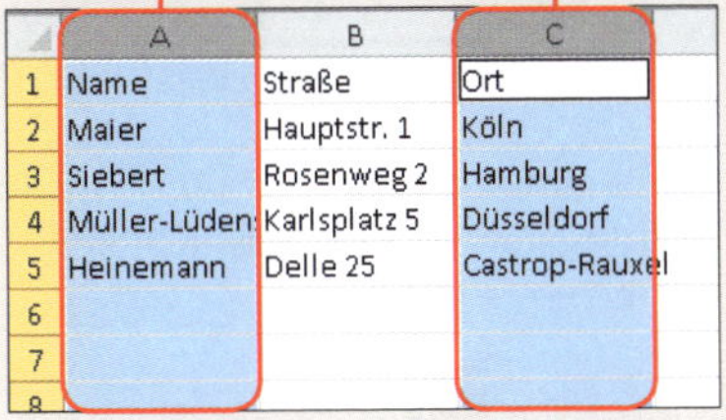

und klicken Sie dann auf das Symbol ●.

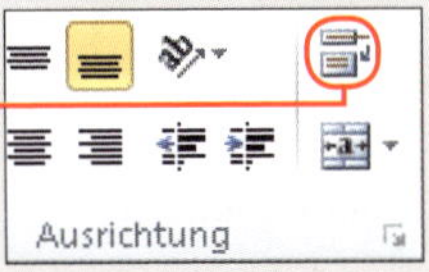

Anschließend werden der Name „Müller-Lüdenscheid" ● und der Ort „Castrop-Rauxel" ●,

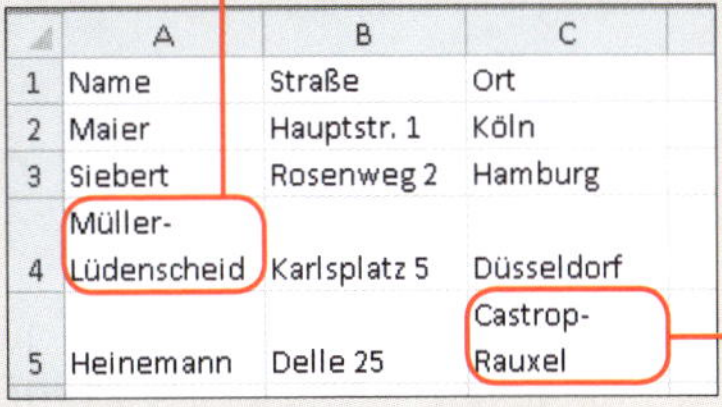

die normalerweise nicht komplett in die jeweiligen Zellen passen würden, in zwei Zeilen angezeigt. Die Zeilenhöhe wird dabei in beiden Fällen automatisch angepasst.

Zellinhalte ausrichten

In einem Textverarbeitungsprogramm wie etwa Word können Sie Text links- und rechtsbündig, mittig oder auch im Blocksatz ausrichten. In Tabellenzellen gibt es noch weitere Ausrichtungsmöglichkeiten.

1 Standardmäßig werden Texte linksbündig, Zahlen dagegen rechtsbündig ausgerichtet. Von dieser Vorgabe können Sie selbstverständlich abweichen. Klicken Sie beispielsweise in die Zelle A1, um sie zu markieren ●,

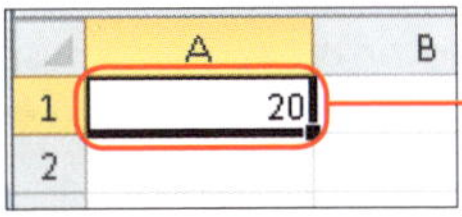

und danach im Start-Register des Menübands auf ●,

wird der Zellinhalt zentriert

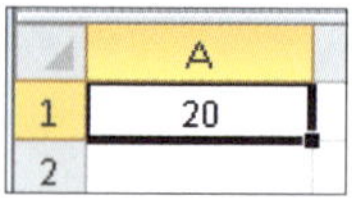

oder nach einem Klick auf

linksbündig ausgerichtet.

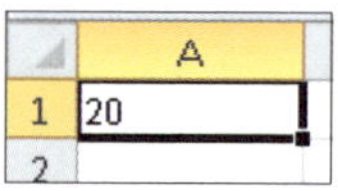

2 Sollte sich die Zeilenhöhe - wie in der Abbildung - nicht an der Schriftgröße orientieren,

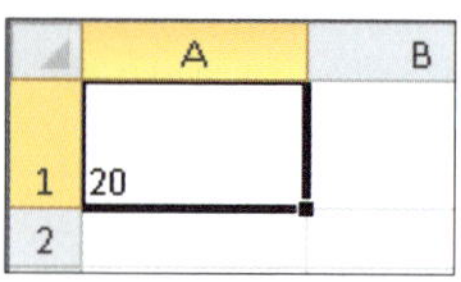

ergibt sich zudem die Möglichkeit, Zellinhalte nicht nur horizontal, sondern auch vertikal auszurichten. Im Menüband erkennen Sie an den gedrückten Symbolen die im Beispiel aktuelle horizontale sowie die vertikale Ausrichtung, also linksbündig ● und unten ●.

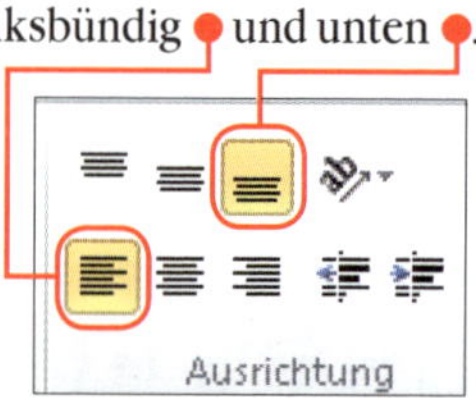

Wenn Sie hier nun stattdessen auf das Symbol ● sowie auf ●

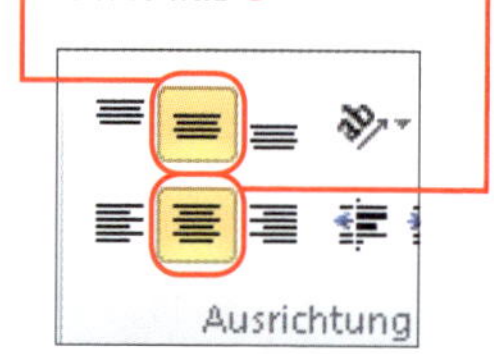

klicken, wird der Zellinhalt genau in der Mitte der Zelle angezeigt.

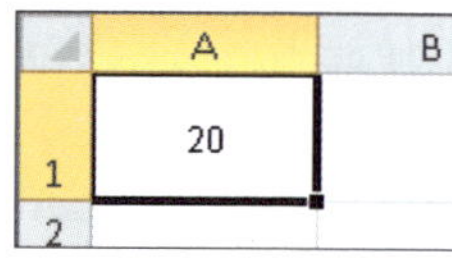

3 Es gibt noch einige weitere Ausrichtungsmöglichkeiten. Klicken Sie auf ●,

öffnet sich eine entsprechende Auswahl. Ein Mausklick beispielsweise auf ●

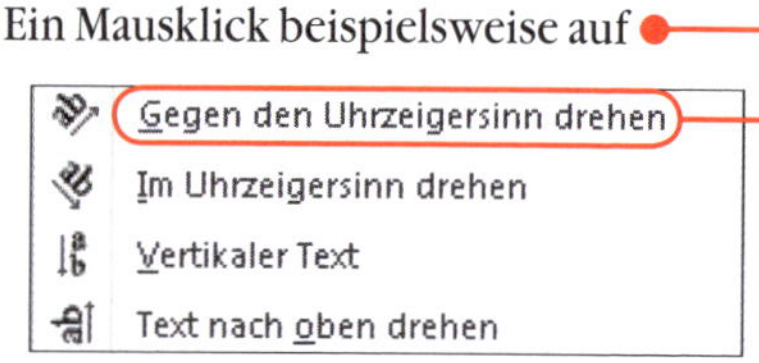

dreht den Zellinhalt um 45 Grad gegen den Uhrzeigersinn.

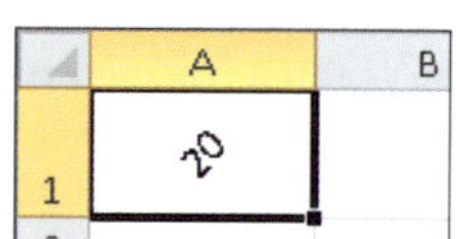

Geldbeträge und Datumsangaben darstellen

In Tabellen kommen Geldbeträge und Datumsangaben sehr häufig vor. Mit Excel können Sie solche Angaben auch optisch klar und unmissverständlich darstellen.

1 Markieren Sie zunächst die Zelle(n), in der ein Geldbetrag aufgeführt ist, hier ●.

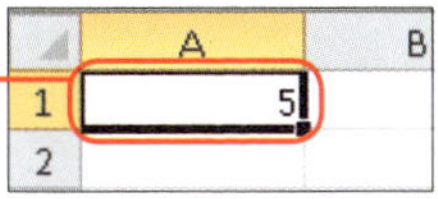

Wenn Sie dann im Start-Register des Menübands auf das Symbol ●

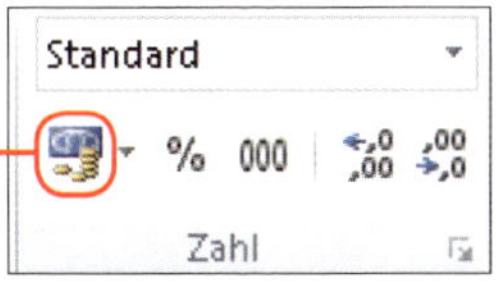

klicken, erscheint hinter der Zahl umgehend ein Eurozeichen: ●.

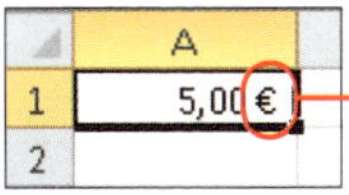

2 Standardmäßig werden bei Währungsformaten zwei Nachkommastellen angezeigt. Sie können sich jedoch per Klick auf ●

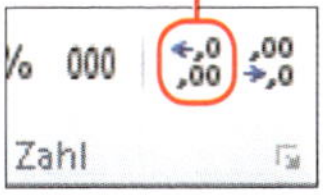

auch Zehntelcent (also drei Nachkommastellen) anzeigen lassen. Analog dazu lässt sich mit einem Mausklick auf ● die Anzeige der Nachkommastellen um eine Stelle reduzieren.

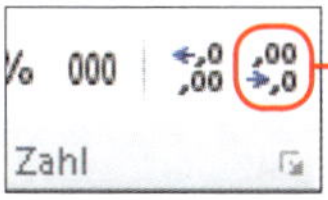

3 Datumseingaben weisen einige Besonderheiten auf. Wenn Sie ein Datum in Ihre Tabelle eintippen, und zwar auf diese Weise ●,

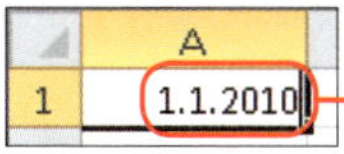

und Ihre Eingabe bestätigt haben, wird das Datum in etwas abgewandelter Form dargestellt: ●.

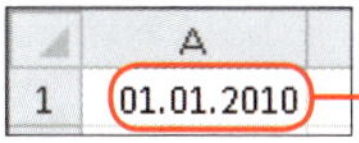

4 Es gibt aber noch andere Darstellungsmöglichkeiten für Datumseingaben. Ein Beispiel: Markieren Sie die Zelle, und klicken Sie dann im Menüband neben der Formatangabe „Datum" auf den Pfeil ●

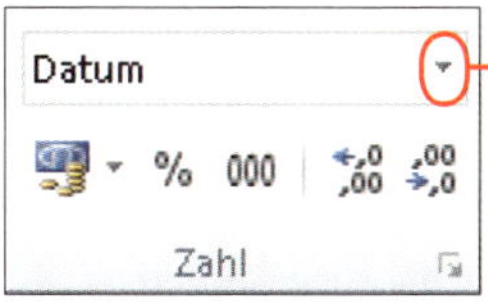

und anschließend in der aufklappenden Auswahl auf ●.

Daraufhin wird das Datum mit ausgeschriebenem Monat und sogar mit vorangestelltem Wochentag dargestellt.

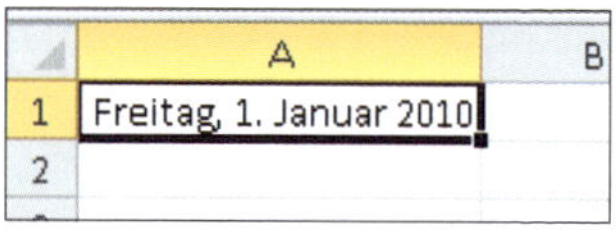

Auf alle Zellformate zugreifen

Wenn Sie im Start-Register des Menübands auf den schräg nach rechts unten weisenden Pfeil ●

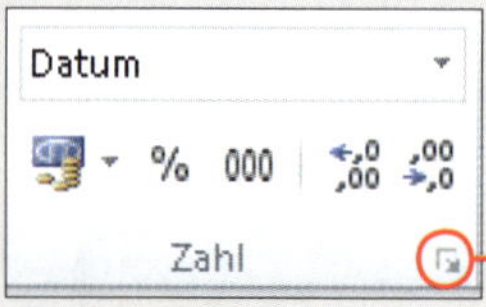

klicken, öffnet sich ein Fenster, in dem Sie Zugriff auf sämtliche Formatierungsmöglichkeiten erhalten.

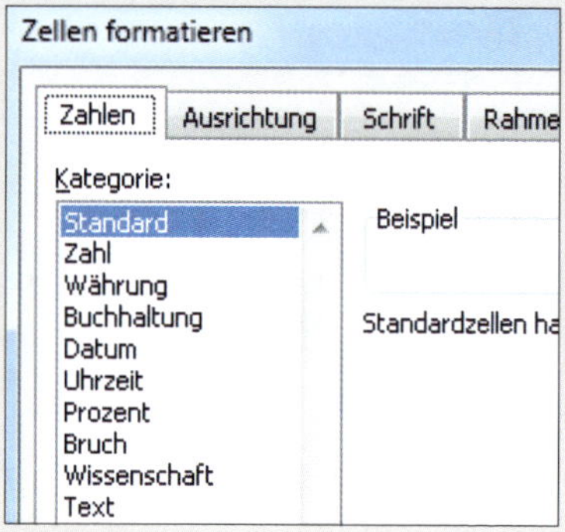

Gestaltungsvorlagen nutzen

Tabellen optisch ansprechend zu gestalten, kann mit sehr viel Mühe und Zeitaufwand verbunden sein. Wollen Sie sich diese Arbeit erleichtern und Zeit sparen, können Sie auch diverse Vorlagen verwenden. Mit wenigen Mausklicks ist dann alles erledigt.

1 Markieren Sie zunächst die Tabelle, die Sie gestalten möchten,

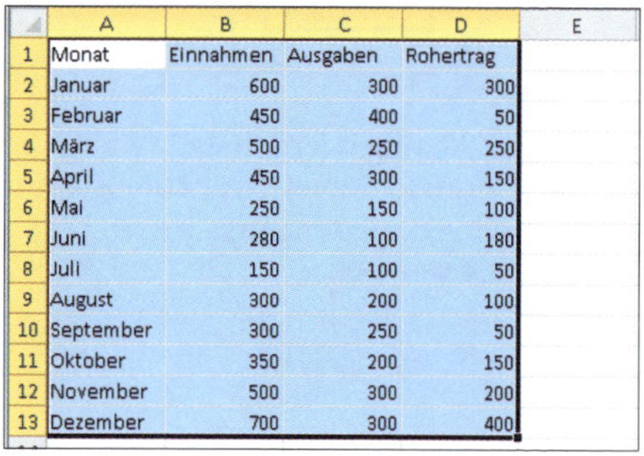

	A	B	C	D	E
1	Monat	Einnahmen	Ausgaben	Rohertrag	
2	Januar	600	300	300	
3	Februar	450	400	50	
4	März	500	250	250	
5	April	450	300	150	
6	Mai	250	150	100	
7	Juni	280	100	180	
8	Juli	150	100	50	
9	August	300	200	100	
10	September	300	250	50	
11	Oktober	350	200	150	
12	November	500	300	200	
13	Dezember	700	300	400	

und klicken Sie dann im Start-Register des Menübands auf ,

damit die Vorlagenauswahl geöffnet wird.

2 Die Vorschaubildchen der Vorlagen sind leider nicht übermäßig aussagekräftig. Sie werden daher ums Experimentieren nicht herumkommen. Klicken Sie auf ein Vorschaubildchen, das Ihrem Geschmack am ehesten entspricht, beispielsweise .

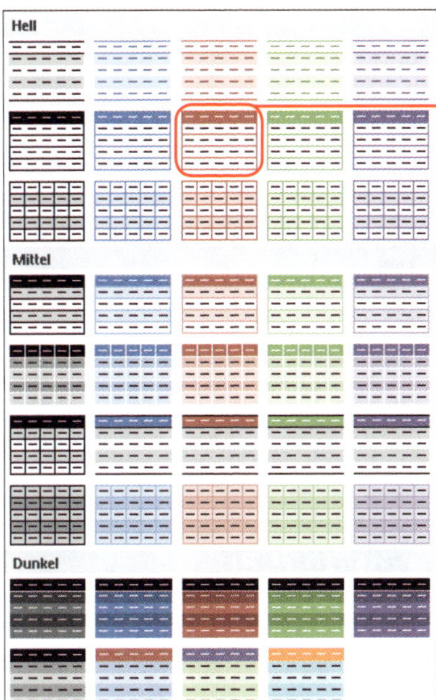

3 Da Sie die Tabelle anfangs markiert haben, stimmt der automatisch angezeigte Datenbereich: . Sie brauchen die Vorgabe im folgenden Dialogfenster also nicht zu verändern. Auch den Auswahlhaken

können Sie stehen lassen, weil die Beispieltabelle in der ersten Zeile Überschriften enthält. Klicken Sie zur Bestätigung also einfach auf OK. Ihre Tabelle wird daraufhin entsprechend der Vorlage gestaltet.

	A	B	C	D
1	Monat	Einnahmen	Ausgaben	Rohertrag
2	Januar	600	300	300
3	Februar	450	400	50
4	März	500	250	250
5	April	450	300	150
6	Mai	250	150	100
7	Juni	280	100	180
8	Juli	150	100	50
9	August	300	200	100
10	September	300	250	50
11	Oktober	350	200	150
12	November	500	300	200
13	Dezember	700	300	400
14				

4 Im Beispielfall können Sie das nicht nur an den roten Spaltenbezeichnungen in der ersten Zeile erkennen. Auch eine Filtermöglichkeit (siehe Kapitel 4) ist bereits eingebaut. Falls Sie also nur bestimmte Monatsergebnisse anzeigen lassen möchten, klicken Sie auf den Pfeil ●

und entfernen per Klicks in die entsprechenden Kästchen ● die Monate, die gerade nicht von Interesse sind.

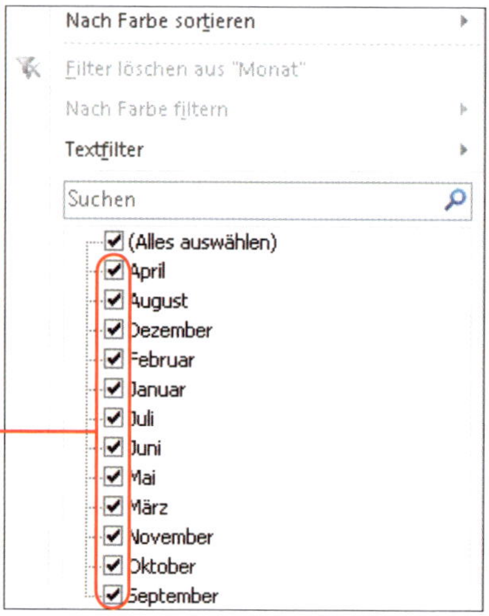

5 Sie können die Gestaltung auf Basis der Vorlage aber noch verfeinern. Markieren Sie Ihre Tabelle, und klicken Sie dann auf den jetzt sichtbaren zusätzlichen Registerreiter ●.

Wenn Sie auf diesem Register mit einem Mausklick einen Haken in das Kästchen ●

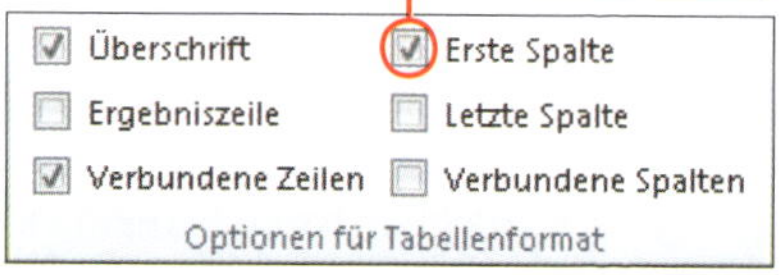

setzen, wird die erste Spalte der Tabelle hervorgehoben. Im Beispielfall ist das erwünscht, da sich darin die Monatsbezeichnungen befinden. Diese heben sich nun deutlich von den Werten in den Spalten daneben ab: ●.

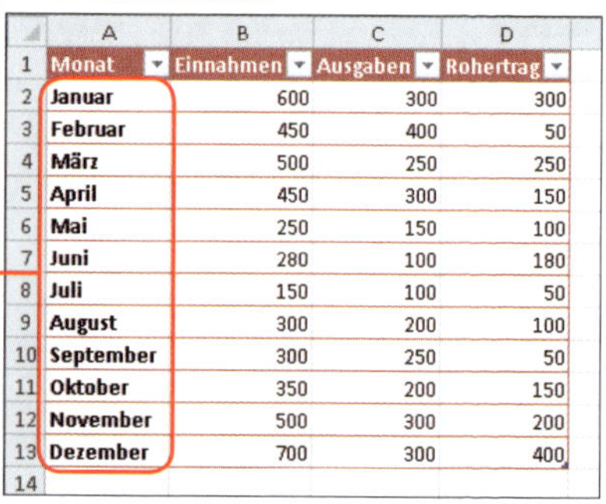

	A	B	C	D
1	Monat	Einnahmen	Ausgaben	Rohertrag
2	Januar	600	300	300
3	Februar	450	400	50
4	März	500	250	250
5	April	450	300	150
6	Mai	250	150	100
7	Juni	280	100	180
8	Juli	150	100	50
9	August	300	200	100
10	September	300	250	50
11	Oktober	350	200	150
12	November	500	300	200
13	Dezember	700	300	400
14				

Fertige Tabellen verwenden

Im vorigen Abschnitt haben Sie erfahren, wie Sie Ihre Tabellen mithilfe von Vorlagen ganz fix gestalten können. Es geht aber noch besser. Sie können sogar auf Vorlagen zugreifen, die auch inhaltlich schon aufbereitet sind.

1 Klicken Sie als Erstes im Menüband auf den Registerreiter

und anschließend auf den Eintrag

.

Daraufhin können Sie im oberen Bereich auf Vorlagen zugreifen, die sich auf Ihrem Rechner befinden: . Bei bestehender Internetverbindung stehen Ihnen im Bereich darunter auch **online** viele weitere Vorlagen zur Verfügung: .

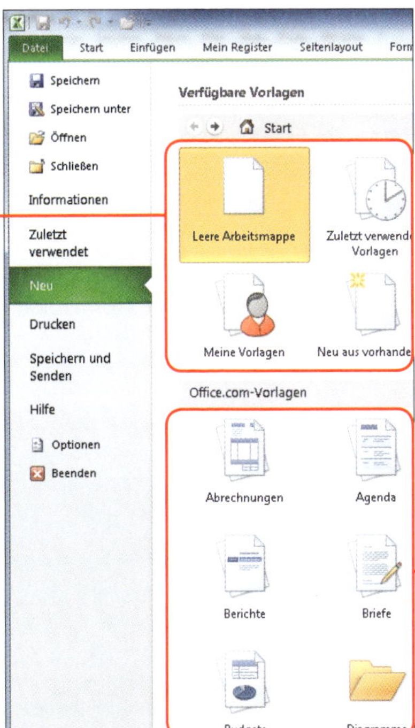

2 Sobald Sie eine Vorlage anklicken, beispielsweise ,

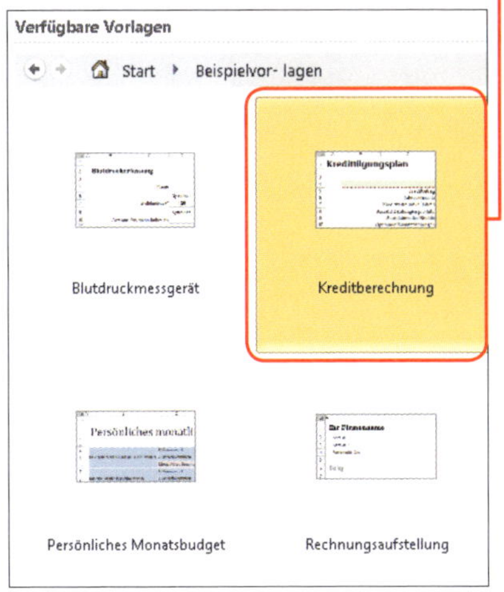

bekommen Sie am rechten Rand eine Vorschau angezeigt, hier also .

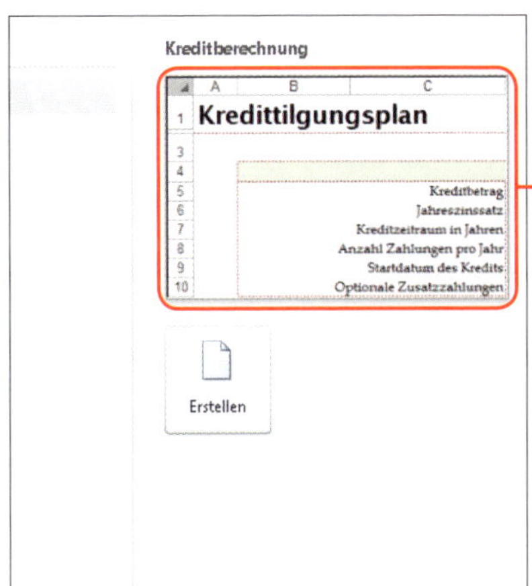

Um sie zu verwenden, brauchen Sie unter dem Vorschaubild nur auf

beziehungsweise bei einer Online-Vorlage auf

zu klicken.

3 Schon sehen Sie die fertig gestaltete Tabelle im Programmfenster. Diese können Sie nun wie gewohnt bearbeiten und wunschgemäß anpassen und abspeichern.

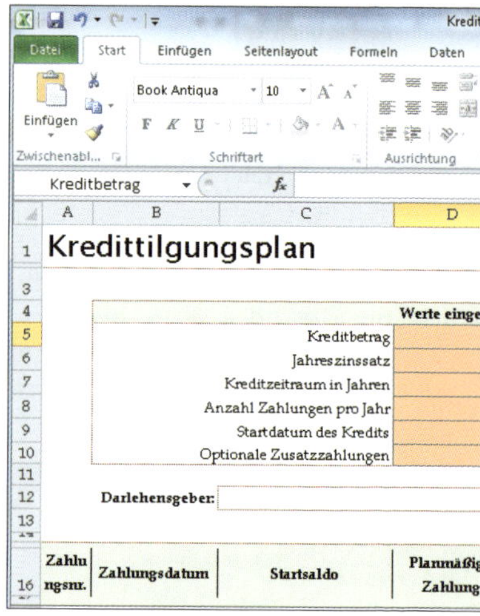

6 Mit Arbeitsmappen die Übersicht erhöhen

Eine Excel-**Datei** bezeichnet man als **Arbeitsmappe**. Denn wie in einer Aktenmappe sind darin mehrere Arbeitsblätter enthalten. Das hat für Sie den Vorteil, dass Sie Daten, die inhaltlich zusammengehören, nicht in separaten Dateien speichern müssen, sondern alle gemeinsam in einer Arbeitsmappe ablegen können. Auf diese Weise ist es möglich, wesentlich rascher auf benötigte Informationen zuzugreifen.

Eine neue Arbeitsmappe wird automatisch mit drei **Arbeitsblättern** angelegt. Es besteht jedoch die Möglichkeit, beliebig viele weitere Blätter anzulegen. Besonders angenehm ist dabei, dass Sie sogar über die Blattgrenzen hinweg Berechnungen anstellen können.

Im sechsten Kapitel dieses Buches erfahren Sie,

- wie Sie Daten auf verschiedenen Arbeitsblättern erfassen und anzeigen lassen,
- wie Sie die Blätter einer Mappe organisieren,
- wie Sie sich durch Beschriften und Färben der Registerreiter die Orientierung innerhalb einer Mappe erleichtern
- und wie Sie Rechenanweisungen erteilen, die sich auf Werte beziehen, die in verschiedenen Blättern erfasst sind.

Kapitel-Wegweiser

Arbeitsblätter anlegen und löschen

Eine Arbeitsmappe besteht standardmäßig aus drei leeren Arbeitsblättern. Sie können jedoch bei Bedarf problemlos weitere Blätter hinzufügen oder auch wieder löschen.

1 Um das Prinzip des Arbeitens mit Arbeitsblättern zu verdeutlichen, genügt ein ganz einfaches Beispiel. Angenommen, Sie wollen die Umsatzzahlen Ihrer Kunden für die Jahre 2007 bis 2010 in einer Arbeitsmappe zusammenfassen. Aus Gründen der Übersichtlichkeit soll jedes Jahr auf einem separaten Arbeitsblatt gespeichert werden. Legen Sie zunächst eine neue leere Arbeitsmappe an. Geben Sie dann die Werte des ersten Jahres, also 2007, ein.

	A	B
1	Jahr: 2007	
2	Kunde	Umsatz
3	Müller	200
4	Maier	250
5	Schmidt	150
6	Gesamt	600
7		

2 Klicken Sie anschließend links unten im Programmfenster auf den Registerreiter ●.

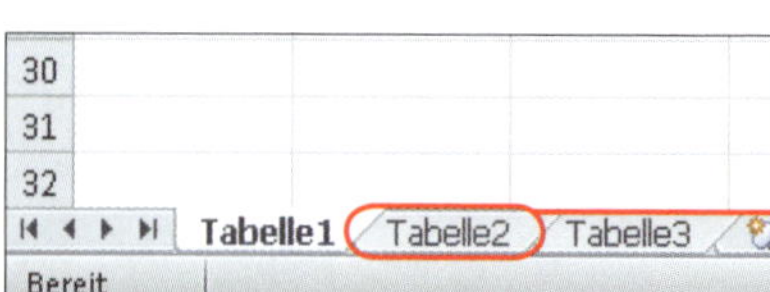

Daraufhin rückt das dazugehörige Arbeitsblatt in den Bildschirmvordergrund: ●.

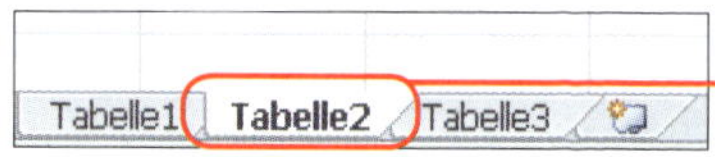

Dieses zweite Arbeitsblatt ist anfangs natürlich noch leer. Tippen Sie hier nun die Werte des Jahres 2008 ein.

	A	B
1	Jahr: 2008	
2	Kunde	Umsatz
3	Müller	400
4	Maier	300
5	Schmidt	150
6	Gesamt	850
7		

3 Analog dazu holen Sie dann per Mausklick auf den Registerreiter ●

das dritte Tabellenblatt in den Vordergrund und tippen die Werte des Jahres 2009 ein.

	A	B
1	Jahr: 2009	
2	Kunde	Umsatz
3	Müller	200
4	Maier	250
5	Schmidt	150
6	Gesamt	600

4 Alle drei Arbeitsblätter, die sich von vornherein in der Arbeitsmappe befanden, sind jetzt also belegt. Um auch noch die Werte des Jahres 2010 zu erfassen, brauchen Sie daher ein zusätzliches Arbeitsblatt. Damit ein weiteres leeres Arbeitsblatt angelegt wird, klicken Sie rechts vom dritten Registerreiter auf das Symbol ●.

Schon erscheint ein weiterer Registerreiter ●

inklusive zusätzlichem Arbeitsblatt, das Sie genauso verwenden können wie die ursprünglich vorhandenen drei.

5 Wenn Sie ein Blatt löschen möchten, etwa weil Sie die alten Daten aus dem Jahr 2007 nicht mehr benötigen, klicken Sie mit der *rechten* Maustaste auf den entsprechenden Registerreiter

und im Kontextmenü, das daraufhin geöffnet wird, auf

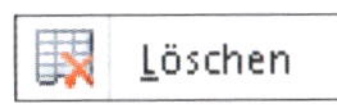

.

Danach brauchen Sie nur noch die Sicherheitsabfrage per Klick auf ● zu bestätigen.

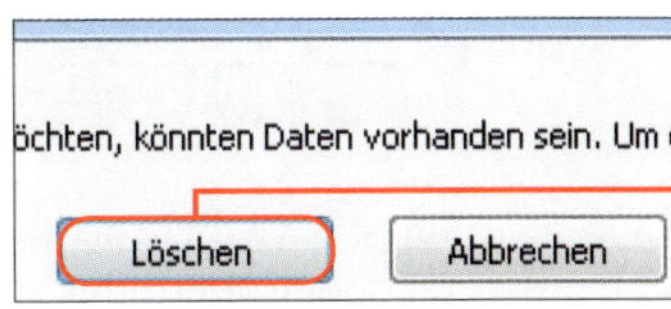

Arbeitsblätter verschieben und kopieren

Die Arbeitsblätter einer Arbeitsmappe sind durchnummeriert und aufsteigend von links nach rechts angeordnet. Sie können diese Reihenfolge aber jederzeit ändern. Auch das Kopieren von Arbeitsblättern ist kein Problem.

1 Stellen Sie sich vor, Sie wollen im Beispiel des vorigen Abschnitts auf dem zusätzlich angelegten Arbeitsblatt (siehe Schritt 4) nicht die Daten des Jahres 2010, sondern die des Jahres 2006 erfassen. In dem Fall wäre es natürlich sinnvoll, dieses Blatt ganz links, also vor Tabelle 1 zu positionieren. Um es dorthin zu verschieben, klicken Sie mit der *rechten* Maustaste auf den Registerreiter des vierten Arbeitsblattes ●

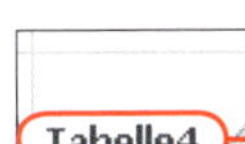

und dann im Kontextmenü auf den Befehl

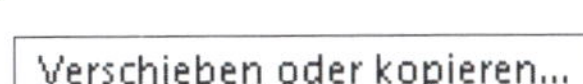

.

2 Im nachfolgenden Dialogfenster können Sie die **Markierung** beibehalten, da es sich in diesem Fall um die korrekte Zielposition handelt. Sie brauchen zur Bestätigung also nur noch auf

zu klicken. Schon ist das Arbeitsblatt entsprechend verschoben, befindet sich jetzt also ganz links: .

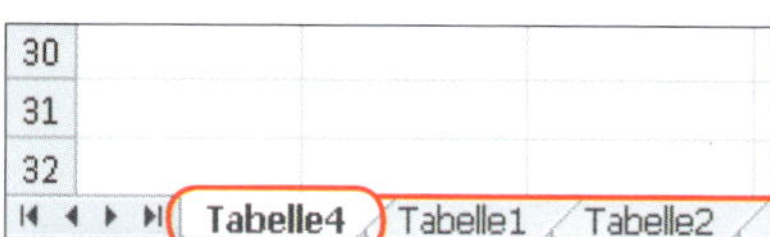

3 Alternativ zu dieser Vorgehensweise können Sie auch die bereits mehrfach vorgestellte Ziehtechnik anwenden, um ein Arbeitsblatt anders zu positionieren. Mit gedrückt gehaltener Maustaste **ziehen** Sie den Registerreiter dann einfach an die gewünschte Position.

4 Das Kopieren eines Arbeitsblattes kann beispielsweise dann sinnvoll sein, wenn Sie ein Tabellengerüst erstellt und **formatiert** haben und es auch an anderer Stelle verwenden möchten. Die Methode beim Kopieren ist fast identisch mit dem Verfahren beim Verschieben. Führen Sie einfach die Schritte 1 und 2 dieses Abschnitts aus, klicken Sie aber im Dialogfenster des Schrittes 2 in das Kästchen ,

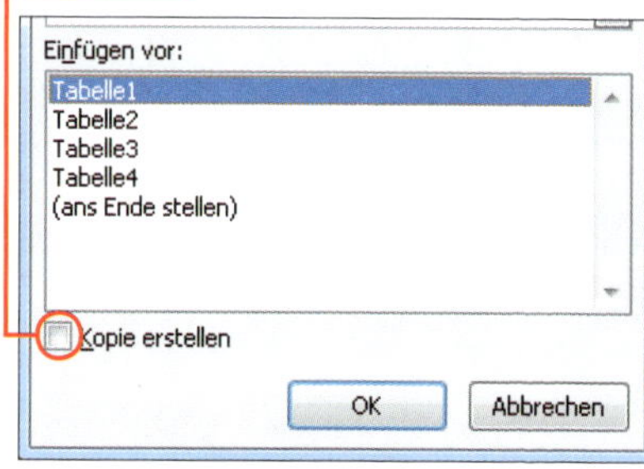

um einen Haken zu setzen,

,

bevor Sie mit einem Klick auf OK Ihre Anweisung bestätigen. Das Arbeitsblatt befindet sich daraufhin zwar nach wie vor an seiner ursprünglichen Stelle ,

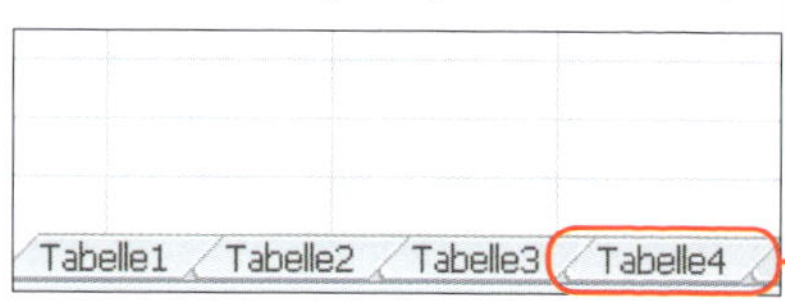

zusätzlich aber auch an der anderen Position: .

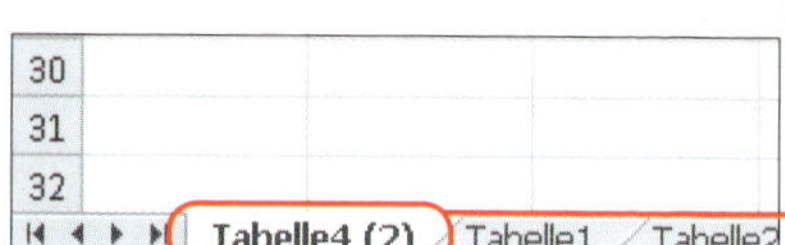

Verschieben und Kopieren in eine andere Arbeitsmappe

Falls ein Arbeitsblatt nicht in die aktuelle Mappe, sondern in eine andere, ebenfalls geöffnete (!) Mappe verschoben (oder kopiert) werden soll, klicken Sie im Dialogfenster des Schrittes 2 der nebenstehenden Anleitung auf den Pfeil ●

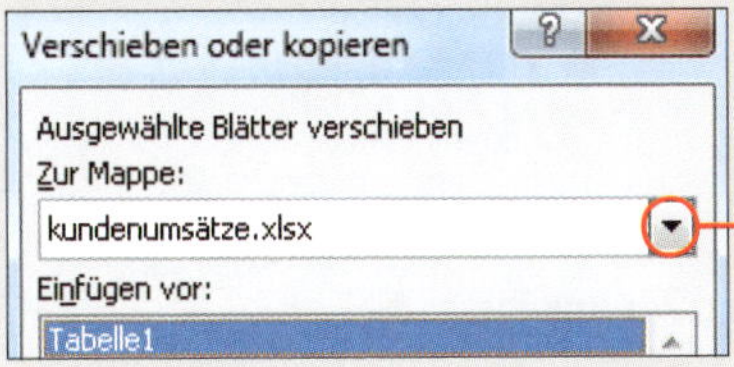

und danach auf die betreffende Mappe, im Beispiel also auf ●,

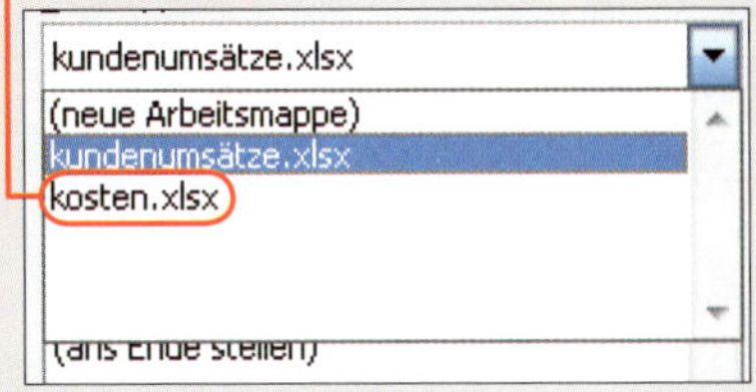

bevor Sie Ihre Entscheidung wieder mit einem Mausklick auf OK bestätigen.

Registerreiter beschriften

Die Registerreiter der einzelnen Arbeitsblätter sind zunächst einfach nur durchnummeriert. Sie brauchen sich aber nicht etwa zu merken, welche Daten auf welchem Blatt zu finden sind. Versehen Sie die Registerreiter einfach mit aussagekräftigen Bezeichnungen.

1 Klicken Sie dazu mit der *rechten* Maustaste auf den Registerreiter, den Sie beschriften möchten, und im Kontextmenü, das daraufhin erscheint, auf den Eintrag

.

2 Die bisherige Standardbeschriftung wird dadurch markiert ●,

und Sie können direkt lostippen.

Um die Eingabe zu bestätigen, klicken Sie einfach in eine beliebige **Zelle** Ihres Arbeitsblattes. Wenn Sie alle Registerreiter beschriftet haben ●,

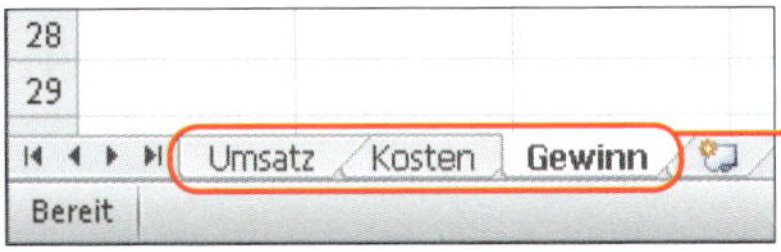

können Sie sich natürlich viel leichter in der Arbeitsmappe orientieren.

3 Als zusätzliches optisches Hilfsmittel bietet Ihnen Excel auch die Möglichkeit, die Registerreiter einzufärben. Um beispielsweise den Umsatz-Registerreiter grün zu färben, klicken Sie mit der *rechten* Maustaste auf ●,

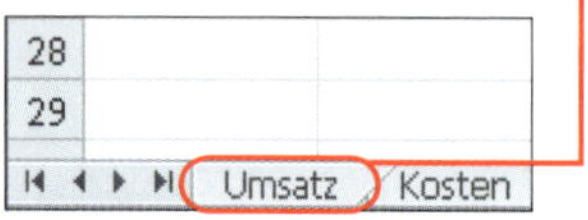

führen dann im Kontextmenü den Mauszeiger über den Eintrag

und klicken in der sich öffnenden Farbpalette auf das satte Grün ●.

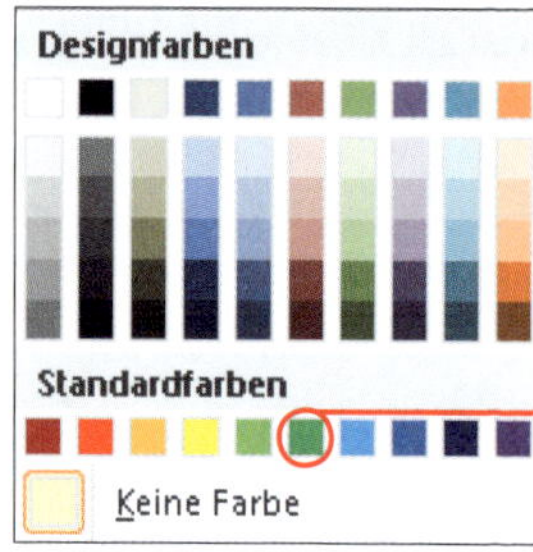

Schon ist der Registerreiter wunschgemäß eingefärbt: ●.

Analog dazu ließe sich nun beispielsweise der Kosten-Registerreiter rot färben.

Berechnungen in einer Mappe durchführen

Excel ermöglicht es Ihnen, Berechnungen nicht nur innerhalb eines Arbeitsblattes durchzuführen, sondern auch über mehrere Blätter hinweg. Die Vorgehensweise lässt sich an einem einfachen Beispiel verdeutlichen:

1 Auf einem Blatt erfassen Sie Ihren Umsatz, auf einem zweiten Ihre Kosten. Auf einem Auswertungsblatt schließlich berechnen Sie den Gewinn, der sich aus der Differenz zwischen beiden ergibt. Ihre Arbeitsmappe ist also, wie Sie auch an den Registerreitern sehen, in drei Arbeitsblätter unterteilt.

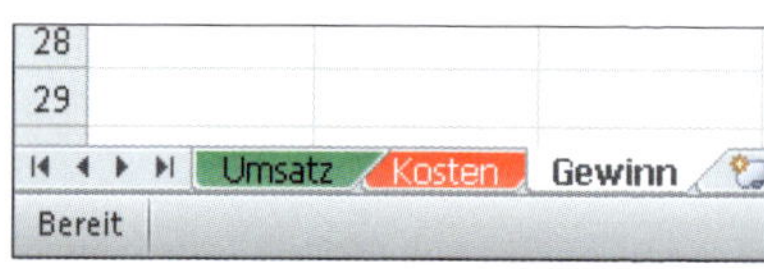

Im ersten Arbeitsblatt

ist der Umsatz erfasst, etwa ●,

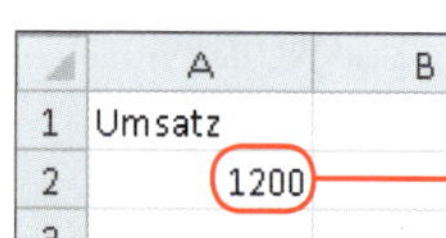

im zweiten Arbeitsblatt

stehen die Kosten, im Beispiel ●,

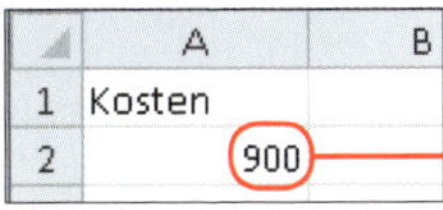

und im dritten Arbeitsblatt mit dem Titel

soll der Gewinn berechnet werden.

2 Damit dies geschieht, klicken Sie auf dem Arbeitsblatt „Gewinn" in die Zelle ●

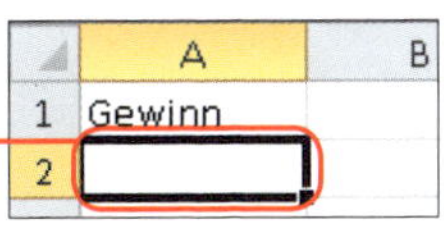

und tippen dort ein Gleichheitszeichen ein: ●.

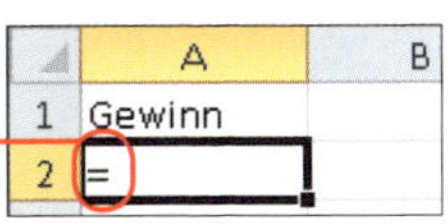

3 Danach klicken Sie auf den Registerreiter

und dort in die Zelle ●,

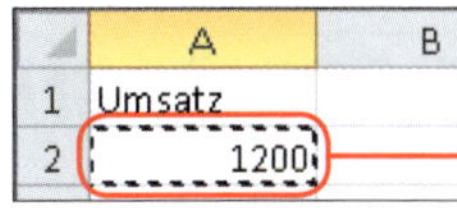

tippen dann ein Minuszeichen ein und klicken anschließend auf den Registerreiter

sowie in die Zelle ●.

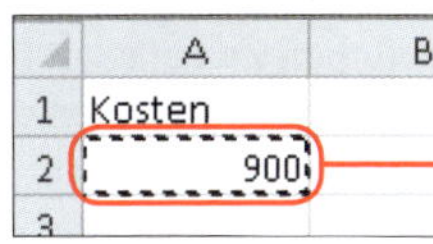

4 Das war es schon. Sobald Sie zur Bestätigung die ↵-Taste drücken, wird automatisch das Gewinn-Arbeitsblatt mit dem korrekten Ergebnis angezeigt: ●.

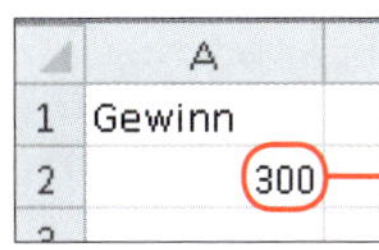

Wenn Sie in diese Ergebniszelle klicken, sehen Sie in der **Bearbeitungsleiste** auch die dazugehörige Formel: ●.

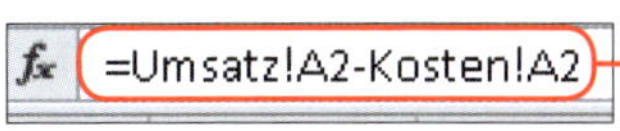

7 Daten grafisch veranschaulichen

Umfangreiche Zahlenwerke zu interpretieren, ist oft gar nicht so einfach. So erfordert es schon einiges an Erfahrung und Konzentration, um beispielsweise aus Umsatztabellen sicher und schnell Entwicklungstendenzen ableiten zu können. Erleichtert wird eine solche Interpretation durch **Diagramme**. Auf den ersten Blick ist dann oft erkennbar, ob eine Entwicklung positiv oder negativ verläuft: Ist beispielsweise eine Gewinnkurve zunehmend oder abnehmend? Oder droht gar bald ein Verlust, wenn sich die Entwicklung fortsetzt? Excel bietet Ihnen eine Fülle von Diagrammtypen für alle erdenklichen Zwecke. Stellen Sie Ihre Daten in Säulen-, Linien- oder Tortenform dar, wie Sie es vermutlich von den Sitzverteilungen der einzelnen Parteien von Wahlabenden her kennen.

In vielen Fällen sind aber gar keine aufwendigen Diagramme nötig, um Daten zu visualisieren. Manchmal genügt es schon, in den Zellen selbst grafische Effekte zu verwenden oder aber Entwicklungen mithilfe sogenannter Sparklines zu verdeutlichen.

Im siebten Kapitel dieses Buches erfahren Sie,

- wie Sie die Daten Ihrer Tabelle in einem Diagramm zur Geltung bringen,
- wie sich die Darstellung auf einzelne Bereiche der Tabelle beschränken lässt,
- wie Sie ein vorgefertigtes Diagrammdesign auswählen,
- wie Sie den Titel für ein Diagramm einfügen,
- wie sich Werte innerhalb von Zahlen optisch abbilden lassen
- und wie Sie mithilfe von Miniaturgrafiken Sachverhalte auf einen Blick erfassen können.

Kapitel-Wegweiser

Ein Diagramm anlegen

Als Beispiel dient in diesem Kapitel eine Tabelle, mit der Sie die Einnahmen- und die Ausgabensituation sowie die sich daraus entwickelnde Gewinnentwicklung veranschaulichen.

	A	B	C	D
1	Monat	Einnahmen	Ausgaben	Ergebnis
2	Januar	3000	1000	2000
3	Februar	4000	2000	2000
4	März	4500	3000	1500
5	April	4800	4500	300
6				

1 **Markieren** Sie zunächst die Tabelle, deren Daten Sie in einem Diagramm veranschaulichen möchten.

	A	B	C	D
1	Monat	Einnahmen	Ausgaben	Ergebnis
2	Januar	3000	1000	2000
3	Februar	4000	2000	2000
4	März	4500	3000	1500
5	April	4800	4500	300
6				

Wenn Sie dann im **Menüband** auf den Registerreiter

Einfügen

klicken, werden Ihnen oben im Programmfenster die verschiedensten Diagrammarten angeboten.

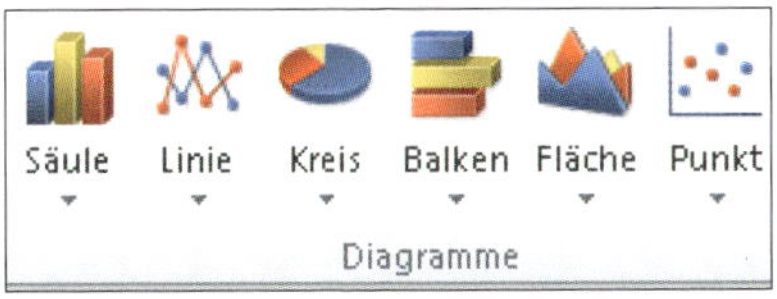

2 Da Sie sich im Beispielfall für ein Säulendiagramm entscheiden, klicken Sie in dieser Funktionsgruppe „Diagramme“ nun auf das Symbol

.

Daraufhin werden zahlreiche Diagrammtypen sichtbar. Klicken Sie jetzt beispielsweise auf ●,

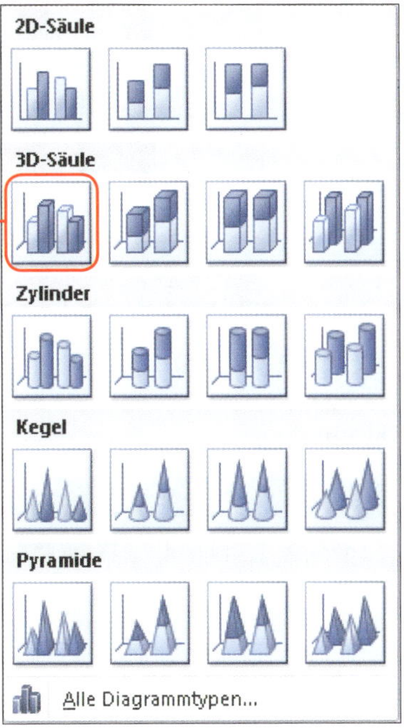

wird das entsprechende Diagramm, basierend auf den Daten Ihrer zuvor markierten Tabelle, umgehend in Ihr Arbeitsblatt eingefügt:

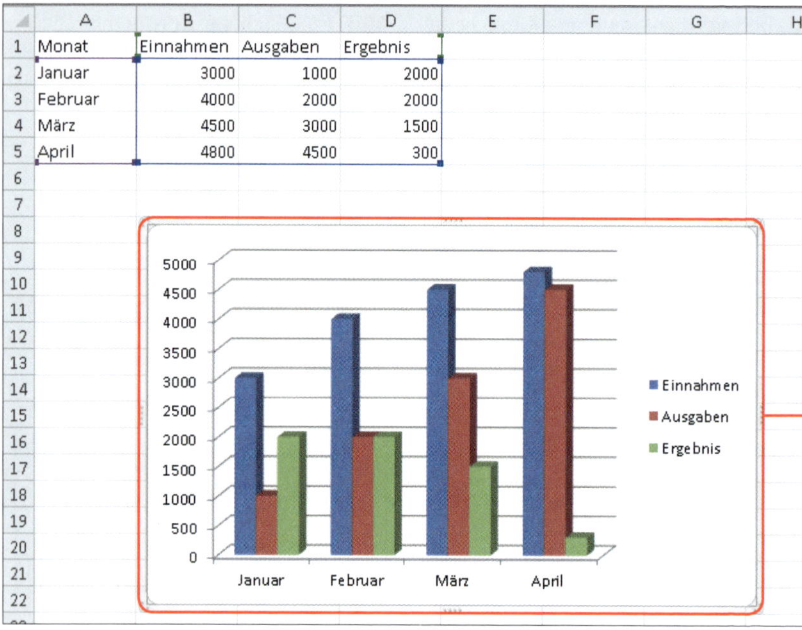

3 Wenn ein Diagramm markiert ist, was direkt nach dem Einfügen der Fall ist, erscheint im Menüband ein zusätzlicher Navigationsbereich, ebenfalls in Registerform.

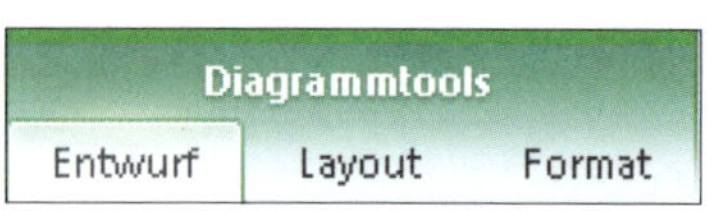

Ansonsten genügt es, in den freien Diagrammbereich zu klicken, damit ein Diagramm markiert wird und der obige Navigationsbereich auftaucht.

4 Sollte Ihnen das eingefügte Diagramm den Blick auf Ihre Tabelle versperren, können Sie es auch ganz leicht verschieben. Führen Sie dazu den Mauszeiger über das Diagramm, bis er seine Form verändert:

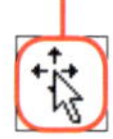

Dann klicken Sie, halten die Maustaste gedrückt und verschieben das Diagramm mit weiterhin gedrückter Maustaste. Wenn Sie eine geeignete Position gefunden haben, lassen Sie die Maustaste los.

Daten und Darstellungsform wählen

Das Diagramm, das Sie im vorigen Abschnitt erstellt haben, zeigt sämtliche Daten Ihrer Tabelle. Sie können sich aber problemlos auf einzelne Bereiche beschränken. Zudem haben Sie die Möglichkeit, die Zuordnung zur horizontalen und vertikalen Achse zu vertauschen.

1 Ausgehend von der Tabelle des vorigen Abschnitts, sind auf der x-Achse die Namen der Zeilen aufgeführt, also die einzelnen Monate: ●.

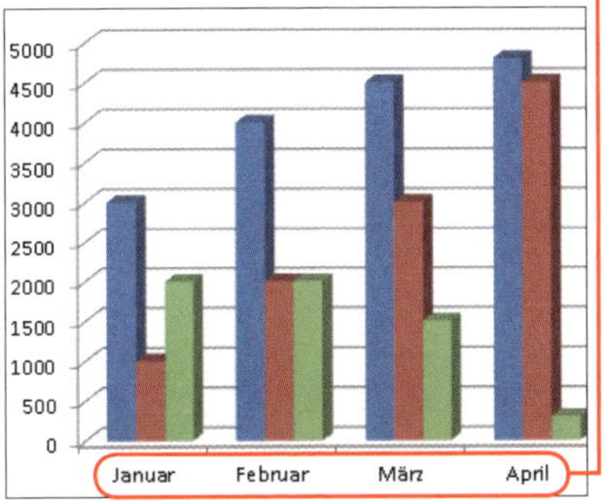

Die Säulen entsprechen den einzelnen Spalten Ihrer Tabelle. Die blauen Säulen repräsentieren also jeweils die Einnahmen, die roten die Ausgaben und die grünen das jeweils daraus resultierende Monatsergebnis.

2 Sie können sich die Daten aber auch anders gruppiert anzeigen lassen, indem Sie nämlich die Zeilen und die Spalten vertauschen. Markieren Sie gegebenenfalls Ihr Diagramm. Achten Sie darauf, dass sich das Entwurfs-Register im Vordergrund befindet: ●.

Wenn Sie dann auf das Symbol ●

klicken, tauchen drei Säulengruppen im Diagramm auf. Die linke ● zeigt die Entwicklung der Einnahmen von Januar bis April, die mittlere ●

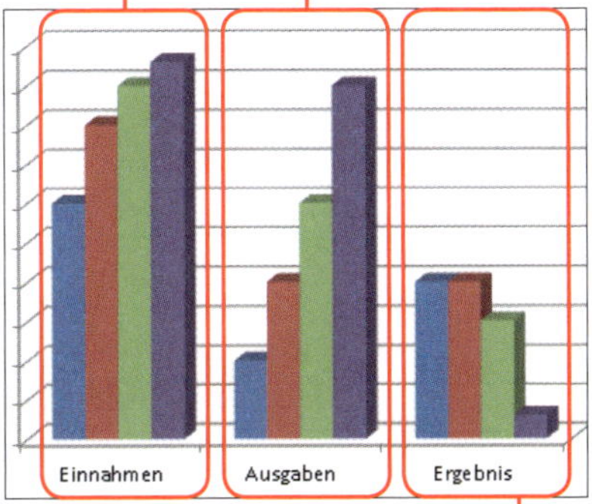

die der Ausgaben und die rechte ● die der Ergebnisse. In dieser Darstellungsweise können Sie sehr schön erkennen, dass sich zwar Ihre Einnahmen sehr positiv entwickeln, der Gewinn aber aufgrund der immens steigenden Kosten ständig abnimmt.

3 Im Diagramm werden sowohl Einnahmen als auch Ausgaben und Ergebnisse abgebildet, also die Werte aller Spalten. Dies können Sie auch in Ihrer Tabelle an der sichtbaren blauen Umrandung erkennen.

	A	B	C	D
1	Monat	Einnahmen	Ausgaben	Ergebnis
2	Januar	3000	1000	2000
3	Februar	4000	2000	2000
4	März	4500	3000	1500
5	April	4800	4500	300
6				

Vielleicht möchten Sie aber nur die Ergebnisentwicklung im Diagramm betrachten? In dem Fall führen Sie den Mauszeiger über die linke untere Ecke der Umrandung, bis der Mauszeiger seine Form verändert: ●.

Monat	Einnahmen
Januar	3000
Februar	4000
März	4500
April	4800

4 Den Rest kennen Sie schon: Sie müssen jetzt nur noch klicken, die Maustaste gedrückt halten und die Grenze der Umrandung mit weiterhin gedrückter Maustaste nach rechts verschieben, bis nur noch die dritte Spalte blau umrandet ist: ●.

	A	B	C	D
1	Monat	Einnahmen	Ausgaben	Ergebnis
2	Januar	3000	1000	2000
3	Februar	4000	2000	2000
4	März	4500	3000	1500
5	April	4800	4500	300
6				

Sobald Sie die Maustaste loslassen, werden dann nur noch die Werte dieser Spalte im Diagramm gezeigt.

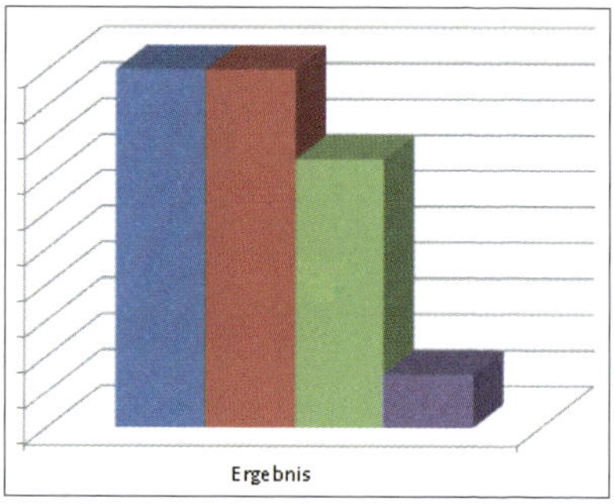

Eine Diagrammvorlage auswählen

Sie können praktisch alle Elemente Ihres Diagramms individuell gestalten. So erfahren Sie später in diesem Kapitel auf Seite 103, wie Sie beispielsweise eine Überschrift in ein Diagramm einfügen. In vielen Fällen ist das aber gar nicht nötig. Denn Sie können auch unter zahlreichen Formatvorlagen mit den unterschiedlichsten Designs wählen.

1 Markieren Sie zunächst das Diagramm, damit der zusätzliche Navigationsbereich im Menüband sichtbar wird. Klicken Sie dort auf ●,

um das Entwurfs-Register in den Vordergrund zu holen. Das aktuell gewählte Design erkennen Sie an der Umrandung, im Beispiel ●.

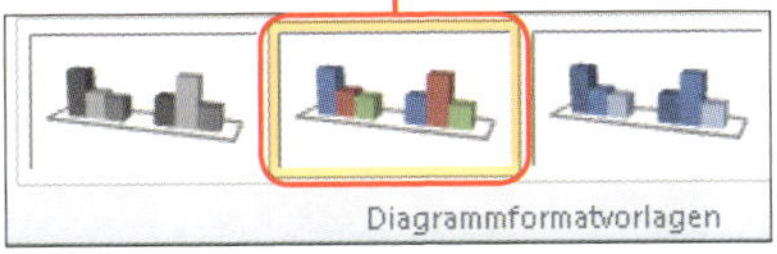

2 Um Zugriff auf eine Fülle weiterer Vorlagen zu bekommen, klicken Sie jetzt rechts unten in diesem Bereich auf den Pfeil ●.

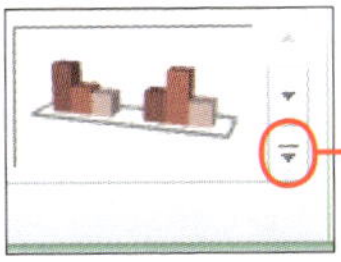

An den Vorschaubildchen, die daraufhin eingeblendet werden, können Sie das Grundmuster der jeweiligen Gestaltung bereits gut erkennen. Klicken Sie nun einfach eine Vorlage an, die Ihnen gefällt, etwa eine mit dunklem Hintergrund ●.

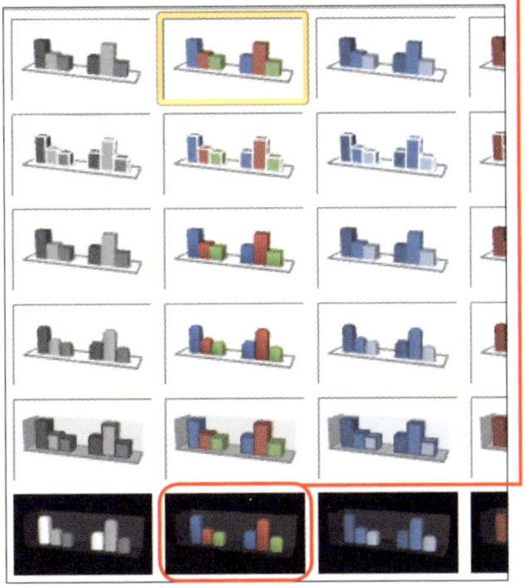

Schon wird das Aussehen Ihres Diagramms entsprechend geändert.

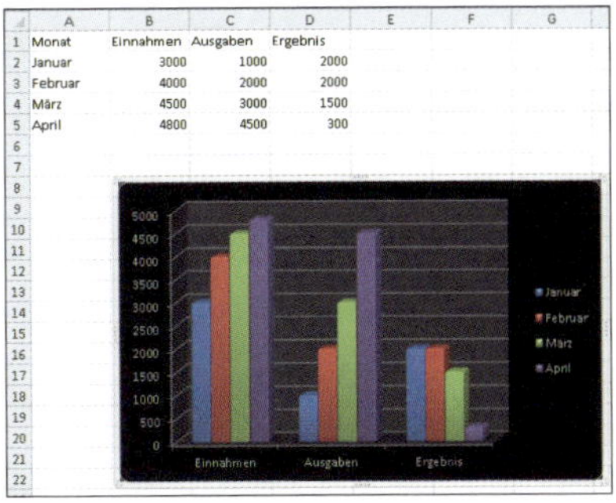

Diagramm in einem Arbeitsblatt speichern

Standardmäßig wird Ihr Diagramm auf dem **Arbeitsblatt** platziert, das die zugrunde liegende Tabelle enthält. Wenn Sie das Arbeitsblatt nicht überfrachten wollen, ist es besser, das Diagramm in einem separaten Arbeitsblatt abzulegen.

1 Klicken Sie dazu als Erstes im Entwurfs-Register ganz rechts auf das Symbol ●.

Daraufhin öffnet sich das gleichnamige Dialogfenster. Setzen Sie hier mit einem Mausklick einen Punkt in den Auswahlkreis ●. Rechts daneben können Sie auch gleich noch eintippen, was auf dem Registerreiter des Diagramm-Arbeitsblattes stehen soll, im Beispiel ●.

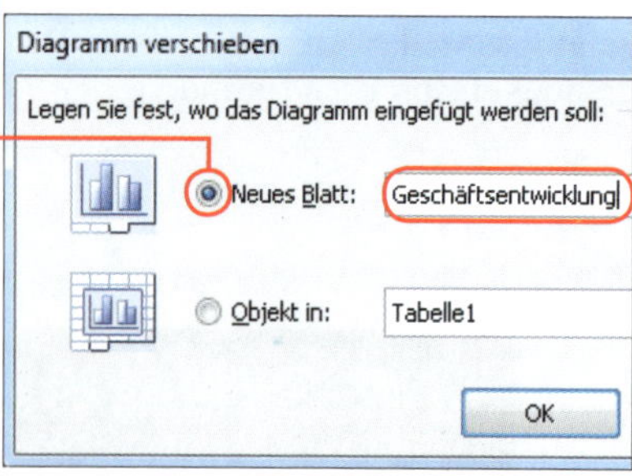

2 Sobald Sie nun in diesem Fenster auf die Schaltfläche

klicken, wird das neue Arbeitsblatt mit Ihrem Diagramm angelegt.

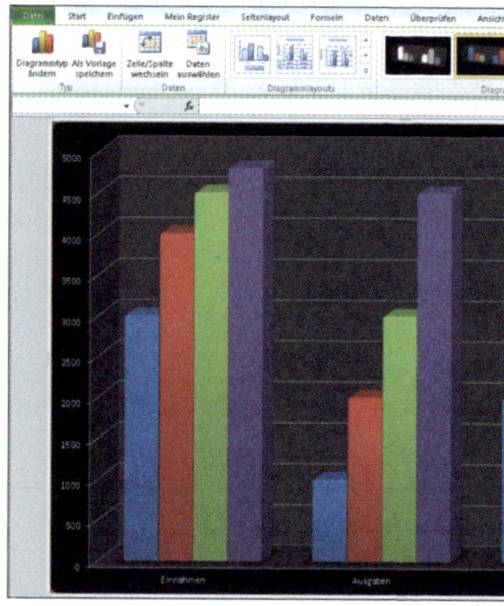

3 Dieses Diagramm-Arbeitsblatt können Sie genauso behandeln wie ein Tabellen-Arbeitsblatt. Falls Sie also zu Ihrer Tabelle wechseln wollen, klicken Sie links unten im Excel-Programmfenster auf ●. Und um danach das Diagramm wieder anzusehen, entsprechend auf ●.

Einen Diagrammtitel einfügen

Die Fülle an Gestaltungsmöglichkeiten, die Excel bietet, ist nahezu unerschöpflich. Im Folgenden wird Ihnen gezeigt, wie Sie einen Diagrammtitel einfügen.

1 Markieren Sie zunächst das Diagramm, um im Menüband auf die zusätzlichen Bearbeitungsregister zugreifen zu können. Ist dies geschehen, klicken Sie auf den Registerreiter ●,

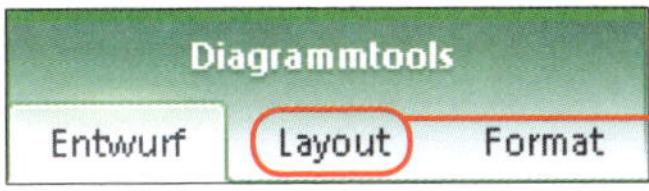

danach auf das Symbol ●

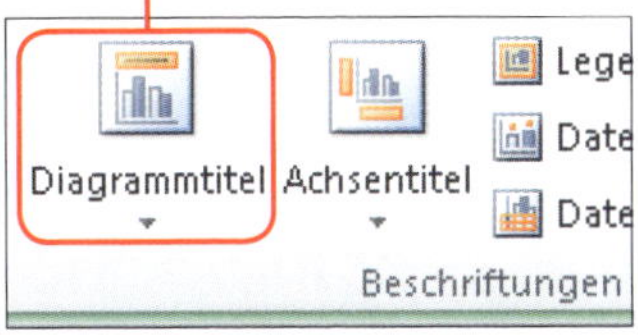

und in der Auswahl, die daraufhin aufklappt, beispielsweise auf den Eintrag ●.

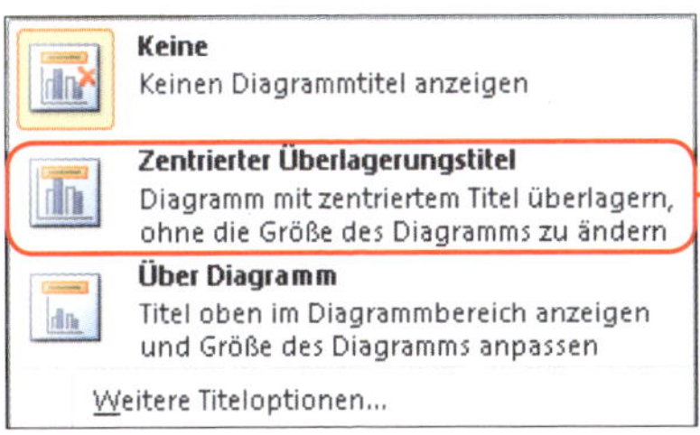

2 Im Diagramm erscheint jetzt ein Feld mit einem Platzhaltertext. An der Umrandung können Sie erkennen, dass dieses Gestaltungselement bereits markiert ist: ●.

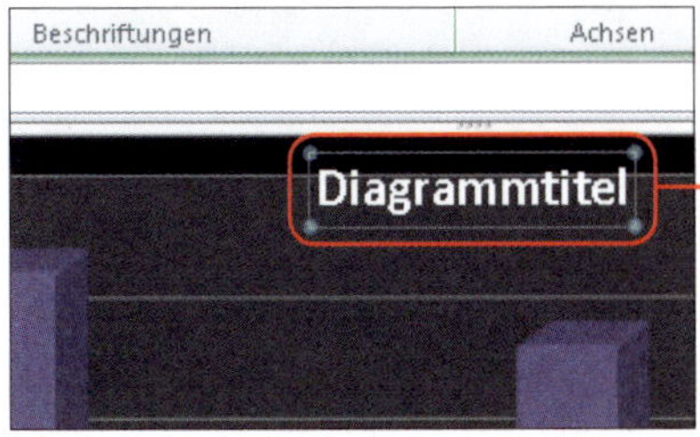

Sie können daher gleich Ihren gewünschten Titel in der **Bearbeitungsleiste** eintippen, im Beispiel ●.

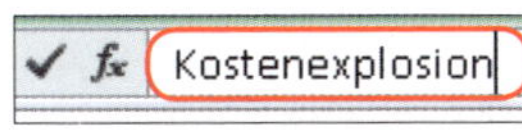

3 Wenn Sie zur Bestätigung die ↵-Taste gedrückt haben, wird der Platzhaltertext umgehend durch diesen Titel ersetzt.

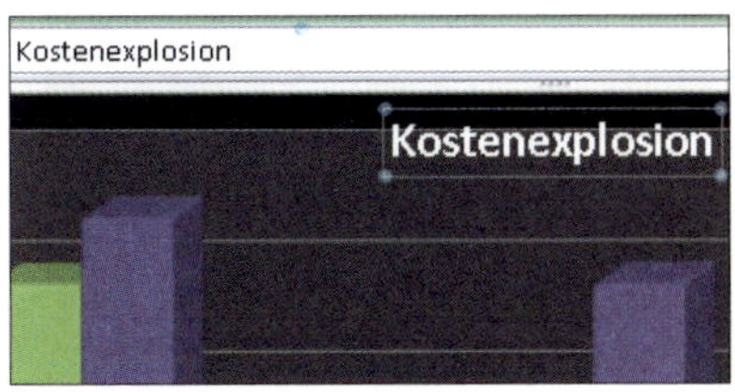

Zahlenreihen optisch veranschaulichen

Mit Excel lassen sich die Werte einer Tabelle auch mit unterlegten farbigen Balken verdeutlichen. Auf diese Weise wird es noch leichter, die Entwicklung von Zahlenkolonnen auf Anhieb zu erkennen. In der Beispieltabelle soll die Entwicklung des Rohertrags (Spalte D) optisch unterstrichen werden.

	A	B	C	D
1	Monat	Einnahmen	Ausgaben	Rohertrag
2	Januar	500	300	200
3	Februar	450	200	250
4	März	500	250	250
5	April	450	300	150
6	Mai	250	150	100
7	Juni	280	140	140
8	Juli	100	150	-50
9	August	300	200	100
10	September	300	350	-50
11	Oktober	250	300	-50
12	November	200	300	-100
13	Dezember	250	400	-150
14				

1 Markieren Sie zunächst die Werte der Spalte D, im Beispielfall also die Roherträge der einzelnen Monate.

	A	B	C	D
1	Monat	Einnahmen	Ausgaben	Rohertrag
2	Januar	500	300	200
3	Februar	450	200	250
4	März	500	250	250
5	April	450	300	150
6	Mai	250	150	100
7	Juni	280	140	140
8	Juli	100	150	-50
9	August	300	200	100
10	September	300	350	-50
11	Oktober	250	300	-50
12	November	200	300	-100
13	Dezember	250	400	-150

2 Als Nächstes klicken Sie im Start-Register des Menübands auf ●

und anschließend auf den Eintrag ●.

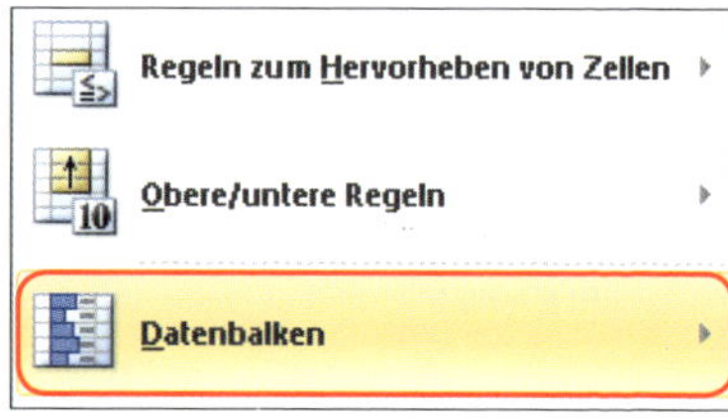

3 In der Auswahl, die daraufhin ausklappt, können Sie nun Ihre Wahl treffen. Klicken Sie hier beispielsweise auf das Symbol ●.

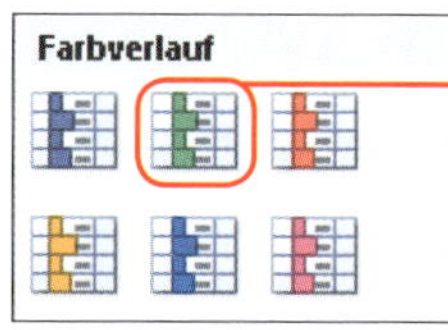

Daraufhin werden die Werte der einzelnen Einträge in der Tabelle auch durch Balken unterstrichen. Im Beispiel sehen Sie jetzt sofort, dass sich die Gewinnsituation in der zweiten Jahreshälfte dramatisch verschlechtert hat, mit einer Ausnahme sogar Verluste auftreten.

	A	B	C	D
1	Monat	Einnahmen	Ausgaben	Rohertrag
2	Januar	500	300	200
3	Februar	450	200	250
4	März	500	250	250
5	April	450	300	150
6	Mai	250	150	100
7	Juni	280	140	140
8	Juli	100	150	-50
9	August	300	200	100
10	September	300	350	-50
11	Oktober	250	300	-50
12	November	200	300	-100
13	Dezember	250	400	-150

Mit Miniaturgrafiken Tendenzen illustrieren

Excel 2010 wartet auch beim Thema Illustrierung mit einer Neuerung auf - den sogenannten Sparklines. Dabei handelt es sich um ganz einfache Miniaturgrafiken ohne Achsenbeschriftungen, Überschriften und erklärendes oder schmückendes Beiwerk. Sie ermöglichen es dem Betrachter, auf den ersten Blick eine Entwicklung abzuschätzen. Im folgenden Beispielfall soll die Absatzentwicklung der einzelnen Produkte (Spalte A) im Lauf der ersten fünf Monate eines Jahres mithilfe dieser Sparklines veranschaulicht werden. Die Miniaturgrafiken sollen in der Spalte G erscheinen.

B	C	D	E	F	G
Jan	Feb	Mrz	Apr	Mai	
240	290	320	330	320	
200	190	210	170	160	
180	250	320	350	410	

1 Markieren Sie als Erstes die Daten, die durch Sparklines abgebildet werden sollen, im Beispiel also den Zellbereich B2:F4 ●.

A	B	C	D	E	F
	Jan	Feb	Mrz	Apr	Mai
Produkt A	240	290	320	330	320
Produkt B	200	190	210	170	160
Produkt C	180	250	320	350	410

2 Klicken Sie danach im Menüband auf den Registerreiter

und anschließend in der Funktionsgruppe „Sparklines" auf das Symbol ●.

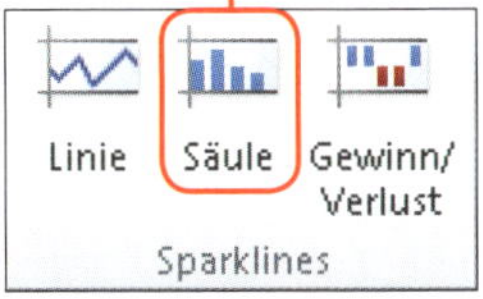

3 Im Dialogfenster, das nun erscheint, bestimmen Sie den Datenbereich, der abgebildet werden soll. Da Sie im Schritt 1 dieser Anleitung bereits eine Markierung gesetzt haben, ist der richtige Datenbereich schon eingetragen: ●. Zudem müssen Sie festlegen, wo die Sparklines beziehungsweise Miniaturgrafiken erscheinen sollen. Dies können Sie auf zwei Arten erledigen: Entweder Sie tippen die entsprechenden Zelladressen ins Feld ●

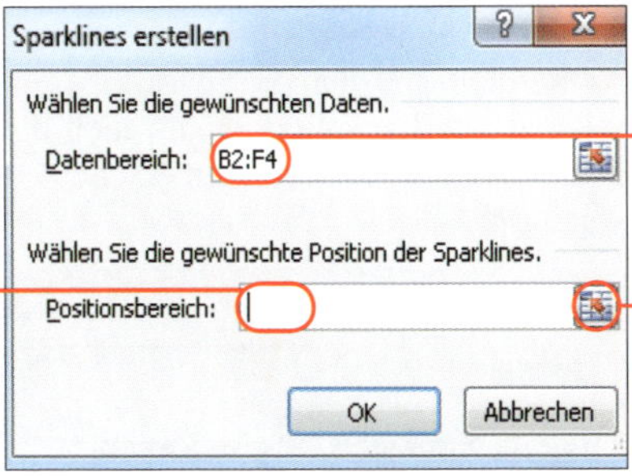

ein und fahren dann mit dem Schritt 5 fort. Oder - was bequemer ist - Sie klicken auf das Symbol rechts neben dem Eingabefeld: ●.

Das Fenster wird daraufhin schmaler.

4 Markieren Sie jetzt mit der Maus den Zellbereich G2 bis G4. Dieser wird daraufhin mit einer gestrichelten Linie umrandet: ●.

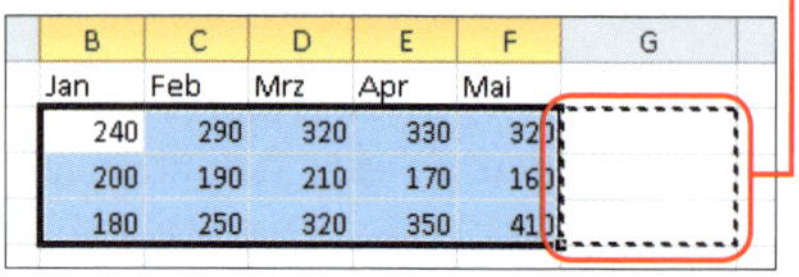

Sobald Sie zur Bestätigung die ↵-Taste drücken, wird die dazugehörige Adressbezeichnung im Feld ● angezeigt, und Sie brauchen nur noch auf ● zu klicken.

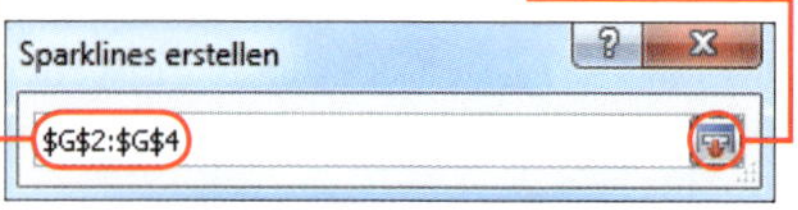

5 Excel kennt jetzt sowohl den Datenbereich, aus dem die Sparklines entwickelt werden sollen, ●, als auch die Position, an der die Grafiken erscheinen sollen, ●.

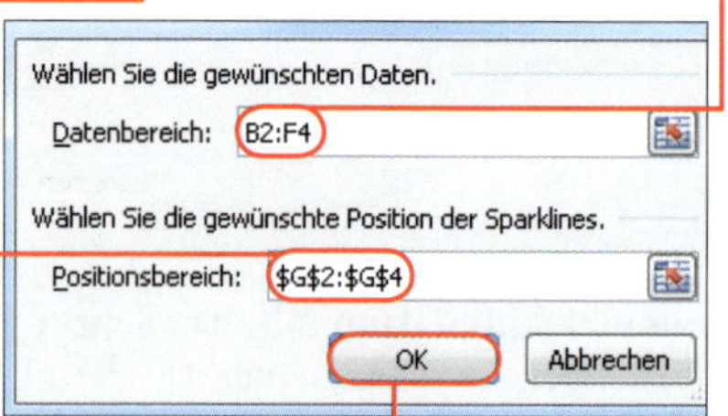

Sie können daher auf ● klicken. Anhand der kleinen Säulendiagramme in der Spalte G kann der Betrachter nun auf den ersten Blick die Absatzentwicklung der einzelnen Produkte erkennen.

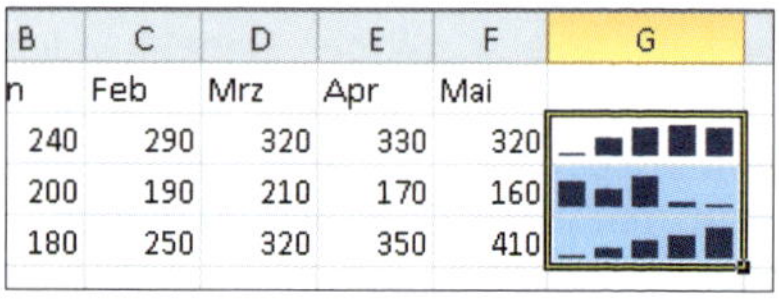

6 Wenn Sie statt der Säulen- lieber Liniendiagramme verwenden, können Sie dies problemlos ändern. Markieren Sie die Sparklines. Da diese automatisch in einer Gruppe zusammengefasst sind, genügt es, in eine der Zellen zu klicken. Im Menüband taucht nach der Markierung ein zusätzliches Register auf: ●:

Klicken Sie auf diesem Register einfach auf das Symbol ●,

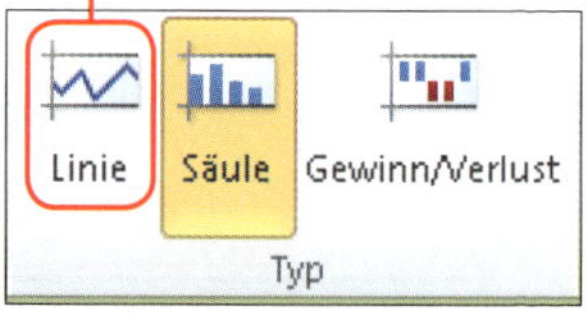

wird die Änderung sofort durchgeführt.

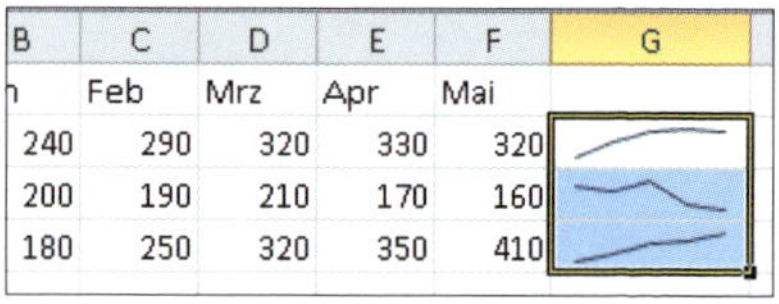

7 Die Aussagekraft der Sparklines lässt sich sogar noch mehr erhöhen. Setzen Sie beispielsweise per Mausklick einen Haken in das Kästchen ●.

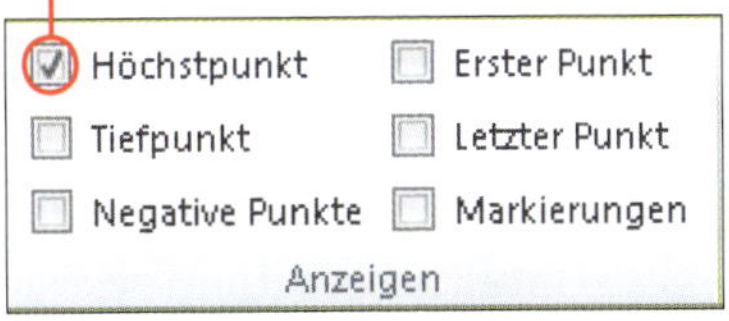

Dann werden jeweils die höchsten Absatzzahlen in den Diagrammen mit Punkten hervorgehoben.

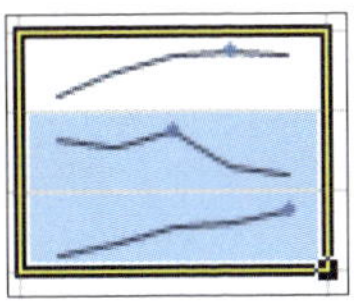

8 Um diese Punkte nun noch leichter erkennbar zu machen, klicken Sie im Menüband zuerst auf

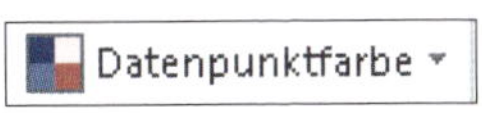

,

danach auf den Eintrag ●

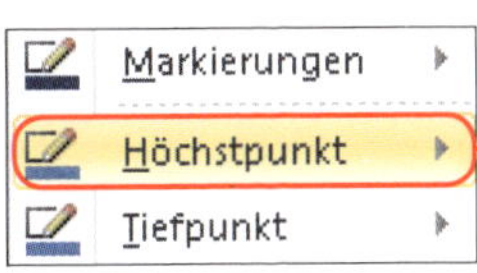

und schließlich beispielsweise auf ●.

9 Die Punkte mit den Höchstwerten erscheinen daraufhin rot.

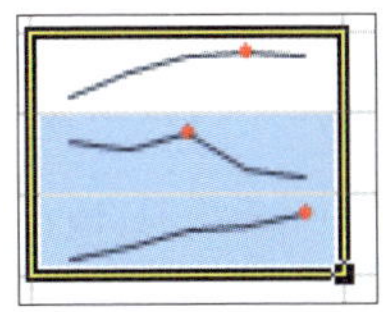

Damit die Markierung der Sparklines gelöst wird, brauchen Sie nur in eine beliebige andere Zelle zu klicken. Und so sehen die Minigrafiken dann aus:

	C	D	E	F	G
	Feb	Mrz	Apr	Mai	
0	290	320	330	320	
0	190	210	170	160	
0	250	320	350	410	

8 Gemeinsam Tabellen bearbeiten

Vor allem wenn Sie Excel beruflich nutzen, wird es häufig vorkommen, dass mehrere Personen mit ein und derselben Tabelle arbeiten. Das birgt natürlich Risiken. So kann es beispielsweise sein, dass jemand, der in der Tabelle nur mal eben etwas nachschauen will, versehentlich Daten verändert und die **Arbeitsmappe** dann speichert. Excel bietet Ihnen jedoch eine Vielzahl von Möglichkeiten, wie sich solche Datenverluste und andere Probleme, die sich aus der Zusammenarbeit ergeben können, vermeiden lassen.

Auch für die Weitergabe einer Excel-Arbeitsmappe haben Sie verschiedene Optionen. Einmal können Sie sie - wie jede andere **Datei** auch - auf einem mobilen Datenträger wie zum Beispiel einem USB-Stift speichern und diesen dann aushändigen. Eleganter geht es jedoch übers Internet. Entweder Sie verschicken die Datei per E-Mail, oder Sie speichern sie gleich im Internet.

Im achten Kapitel dieses Buches erfahren Sie,

- was Sie sicherstellen, dass andere mit Ihrer Arbeitsmappe überhaupt etwas anfangen können,
- was Sie unter Datenschutz-Aspekten vor der Weitergabe beachten müssen,
- wie Sie den Zugriff auf Arbeitsblätter oder ganze Mappen mit einem Passwort schützen,
- welche Varianten es beim E-Mail-Versand von Arbeitsmappen gibt,
- wie Sie an kostenlosen Speicherplatz im Internet kommen
- und wie Sie Arbeitsmappen dort ablegen und darauf zugreifen.

Kapitel-Wegweiser

Mit früheren Excel-Versionen zusammenarbeiten

Excel ist ein weit verbreitetes Tabellenkalkulationsprogramm, das vor allem in vielen Firmen zum Einsatz kommt. Sie können jedoch nicht immer davon ausgehen, dass auch auf jedem Rechner die neueste Version installiert ist. Wenn Sie daher eine Excel-Arbeitsmappe an jemand anders weitergeben möchten, müssen Sie bedenken, dass sich das Dateiformat seit der Version 2007 gegenüber früheren Versionen verändert hat. Um sicherzustellen, dass jemand, der mit einer noch früheren Version (wie etwa 2003) arbeitet, Ihre Tabellen auch problemlos ansehen kann, speichern Sie die Arbeitsmappe besser im „alten" Dateiformat. Das geht ganz einfach:

1 Öffnen Sie als Erstes die betreffende Arbeitsmappe, und klicken Sie danach im **Menüband** auf

sowie anschließend auf den Befehl

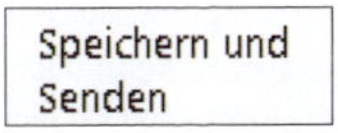

.

2 Wenn Sie in der nachfolgenden Befehlszusammenstellung auf den Eintrag

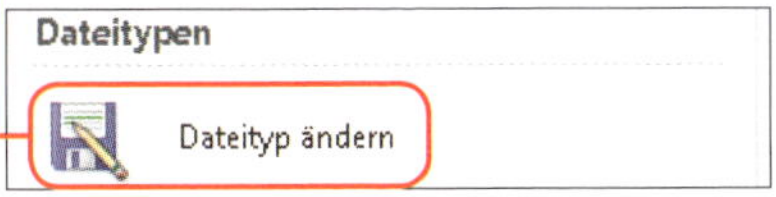

klicken, bekommen Sie alle erdenklichen Dateiformate angeboten:

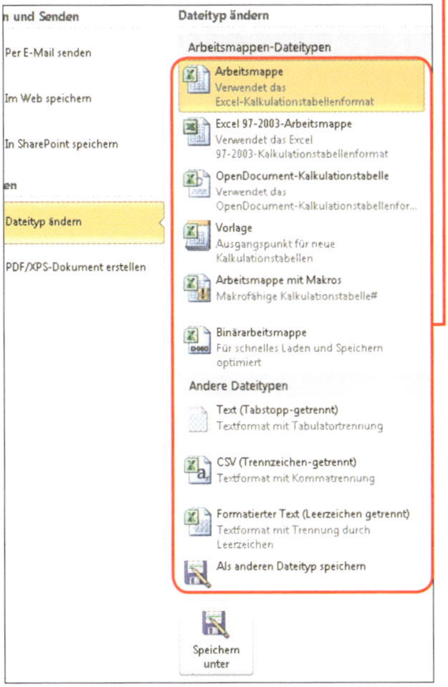

Wie Sie nun sehen, können Sie Ihre Arbeitsmappen zum Beispiel auch im OpenDocument-Format, das von OpenOffice-Nutzern verwendet wird, oder als CSV-Datei speichern. Dabei handelt es sich um ein sehr grundlegendes Format, das von praktisch allen Kalkulations- und Datenbankprogrammen weiterverarbeitet werden kann.

3 Wählen Sie nun aus der angezeigten Liste der Dateiformate mit einem

Mausklick den Eintrag

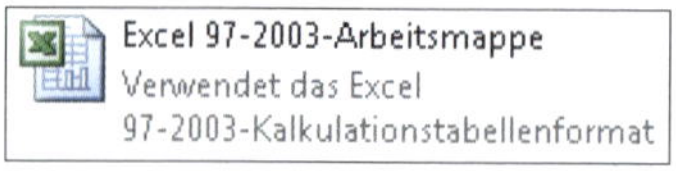

aus, und klicken Sie anschließend unten auf das Symbol

.

4 Danach geht der Speichervorgang ganz normal weiter. Es öffnet sich also ein **Explorer**-Fenster, in dem Sie den Speicherort festlegen können. Als Dateityp erscheint jetzt aber ●.

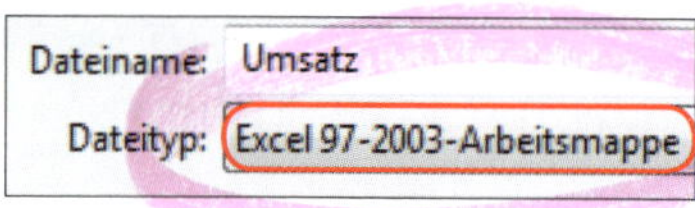

Die Arbeitsmappe, die Sie auf diese Weise speichern, kann nun ohne Probleme auch von jemandem angeschaut und bearbeitet werden, auf dessen PC noch nicht die neueste Excel-Version installiert ist.

5 Als Besitzer der Excel-Version 2010 haben Sie übrigens keine Probleme, Arbeitsmappen, die noch im „alten" Format vorliegen, zu öffnen. In der Titelleiste erscheint dann lediglich der Hinweis ●.

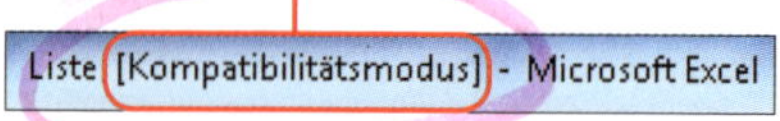

Auch in diesem sogenannten Kompatibilitätsmodus können die Tabellen problemlos bearbeitet und dann auch im 2010er-Format speichert werden.

Arbeitsmappe als PDF-Datei speichern

Um eine Tabelle als PDF-Dokument zu speichern, klicken Sie im Schritt 2 der nebenstehenden Anleitung auf ●

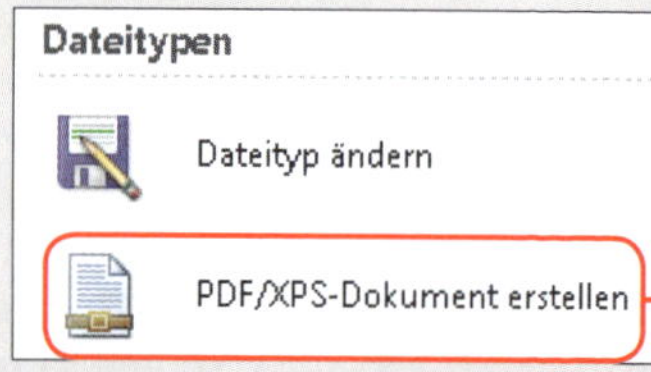

und danach auf den Befehl ●.

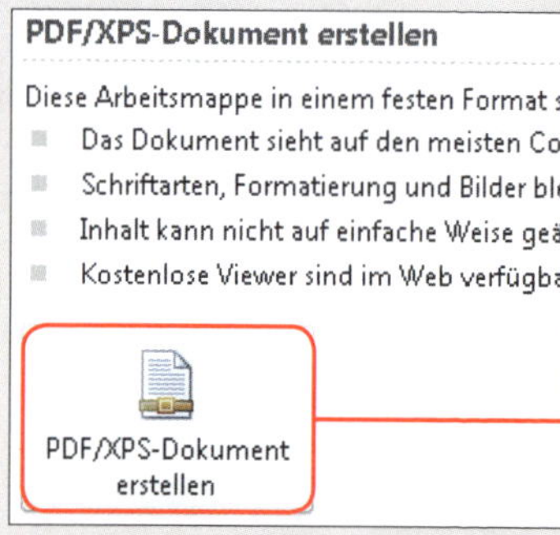

Das ist dann sinnvoll, wenn Sie sichergehen wollen, dass Ihre Tabelle auf praktisch jedem Rechner – sogar unabhängig vom Betriebssystem – angesehen werden kann (kostenlose Leseprogramme gibt es für jedes gängige Betriebssystem unter **www.adobe.de**). Eine Bearbeitung der Tabellen ist dann allerdings nicht oder nur mit Einschränkungen möglich.

Vorsicht bei fremden Dateien

Auch in Office-Dateien kann schädlicher Programmcode versteckt sein. Wie generell gilt daher auch für Excel-Arbeitsmappen: Öffnen Sie eine Datei nur, wenn der Urheber beziehungsweise Absender vollkommen vertrauenswürdig ist! Um Sie vor Schaden durch ein unbedachtes Öffnen einer Arbeitsmappe zu bewahren, warnt Excel Sie, sobald Sie versuchen eine Datei, die Sie nicht selbst an Ihrem Rechner verfasst haben, zu öffnen.

1 Im Beispielfall haben Sie eine Excel-Arbeitsmappe aus dem Internet auf Ihren Rechner überspielt. Diese Datei lässt sich zunächst problemlos öffnen und ansehen. Der Grund: Excel hat sie in einem geschützten Modus geöffnet, was Sie an der Informationsleiste unterhalb des Menübands erkennen können:

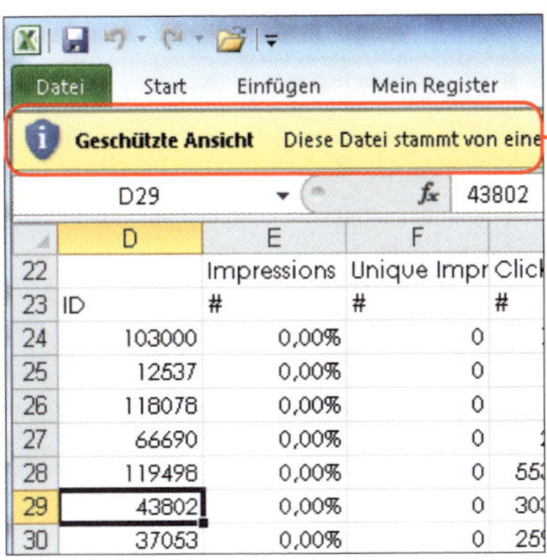

Der Zugriff auf die Datei ist aus Sicherheitsgründen eingeschränkt. So ist es beispielsweise nicht möglich, Änderungen ohne Weiteres zu speichern. Versuchen Sie es, erscheint eine Warnmeldung. Dann müssen Sie per Klick auf

die Speichermöglichkeit erst explizit erlauben.

2 Sollten Sie sich jedoch ganz sicher sein, dass die Datei aus einer vertrauenswürdigen Quelle stammt, können Sie ganz rechts in der Informationsleiste auf

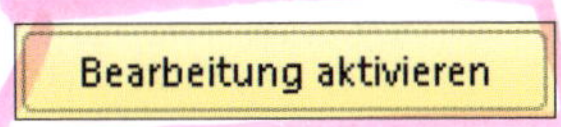

klicken. Dadurch verlassen Sie die geschützte Ansicht, die Leiste verschwindet,

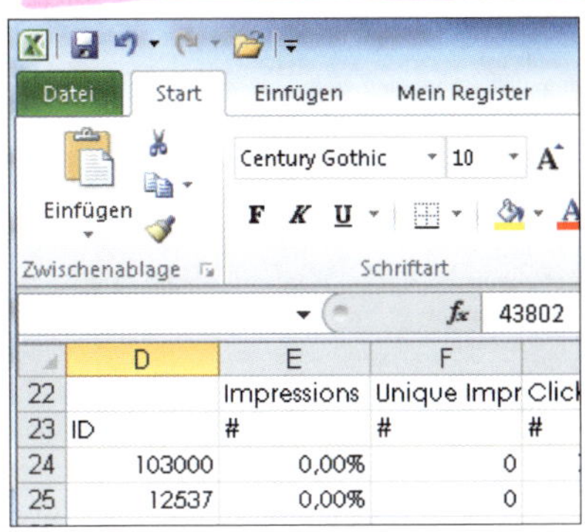

und Sie können ganz normal mit der Datei arbeiten.

Eingaben unterbinden

Im Büroalltag kommt es häufig vor, dass Daten, die Sie in einer Tabelle verwalten, auch von Kollegen gebraucht werden. Dabei besteht natürlich die Gefahr, dass jemand versehentlich einen Wert überschreibt oder löscht und die Datei dann speichert. Die Folge davon ist, dass die Tabelle unbrauchbar wird. Es ist daher sinnvoll, wichtige Daten zu schützen, indem Sie Eingaben in einem **Arbeitsblatt** generell verhindern. Damit können Sie verhindern, dass jemand anderes versehentlich Daten verändert.

1 Im Beispielfall geht es darum, die Gewinn- und Verlustrechnung, die schon mehrfach in diesem Buch als Beispiel gedient hat, zu schützen. Holen Sie das entsprechende Arbeitsblatt in den Vordergrund.

	A	B	C	D
1	Monat	Einnahmen	Ausgaben	Rohertrag
2	Januar	500	300	200
3	Februar	450	200	250
4	März	500	250	250
5	April	450	300	150
6	Mai	250	150	100
7	Juni	280	140	140
8	Juli	100	150	-50
9	August	300	200	100
10	September	300	350	-50
11	Oktober	250	300	-50
12	November	200	300	-100
13	Dezember	250	400	-150
14				

Klicken Sie dann im Menüband auf den Registerreiter

Überprüfen

und anschließend auf den Befehl ●.

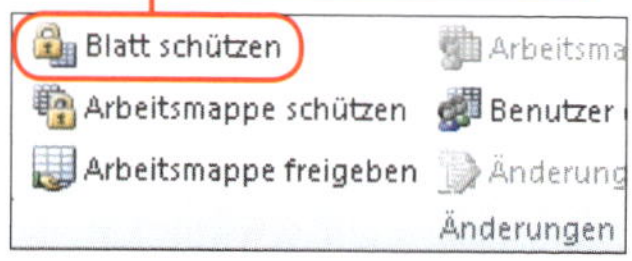

2 Achten Sie im nächsten Dialogfenster darauf, dass sich im Kästchen ● ein Haken befindet wie in der Abbildung. Tippen Sie dann ins Feld darunter ein Passwort ein, mit dem der Blattschutz bei Bedarf wieder aufgehoben werden kann: ●.

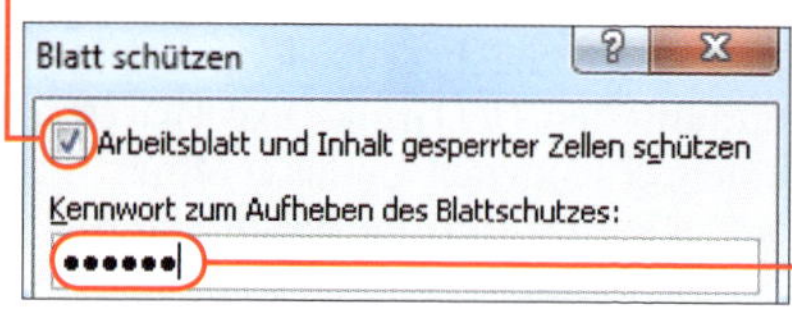

3 Im Bereich darunter können Sie festlegen, welche Aktionen trotz des Schutzes ausgeführt werden dürfen. Um einen Komplettschutz einzurichten, entfernen Sie einfach alle Häkchen per Mausklick ●.

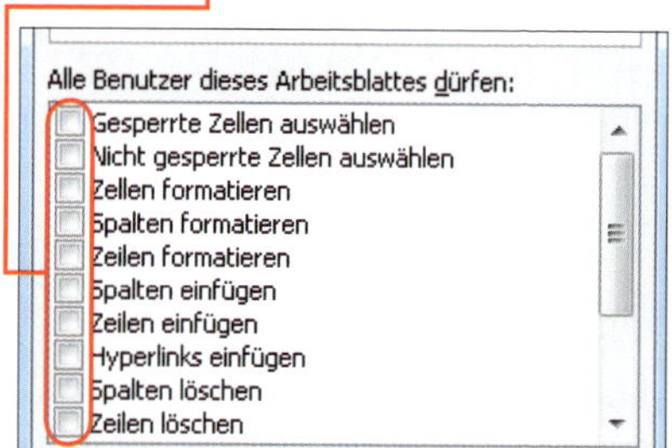

Danach klicken Sie zur Bestätigung auf.

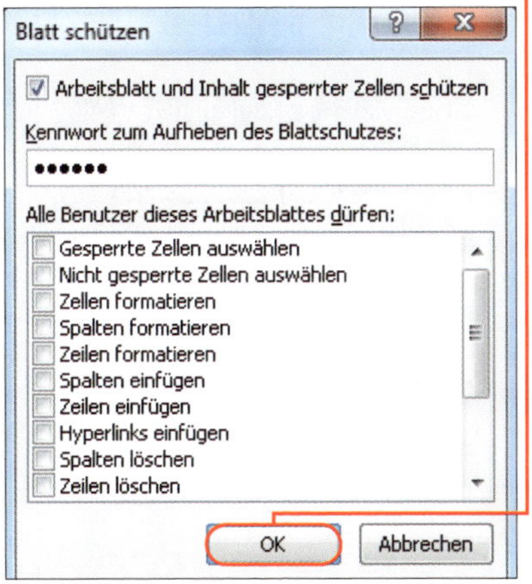

4 Aus Sicherheitsgründen müssen Sie das in Schritt 2 gewählte Kennwort im nachfolgenden Dialogfenster erneut eintippen. Denken Sie daran, dass Excel zwischen Groß- und Kleinschreibung unterscheidet. Achten Sie also darauf, das Kennwort genauso einzutippen wie in Schritt 2. Anschließend klicken Sie auf.

Im Arbeitsblatt, das Sie auf diese Weise geschützt haben, ist es künftig nicht mal mehr möglich, in eine **Zelle** zu klicken. Also kann auch niemand eine Eingabe vornehmen. Die allermeisten Befehle im Menüband funktionieren ebenfalls nicht.

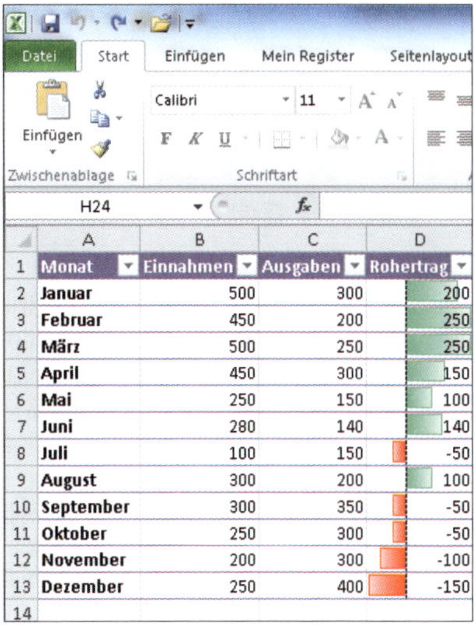

5 Aber selbstverständlich lässt sich der Blattschutz auch wieder aufheben. Klicken Sie dazu im Menüband zuerst auf

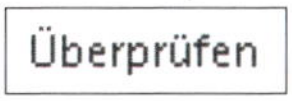

und danach auf den Eintrag.

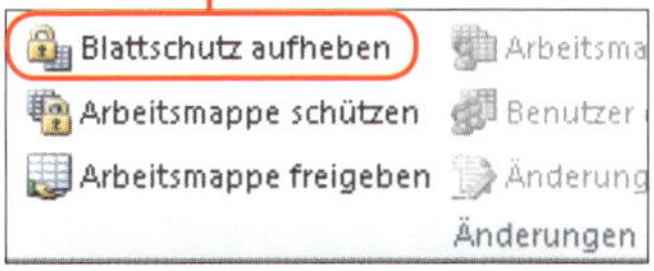

Tippen Sie dann das Kennwort ein, und

klicken Sie schließlich auf .

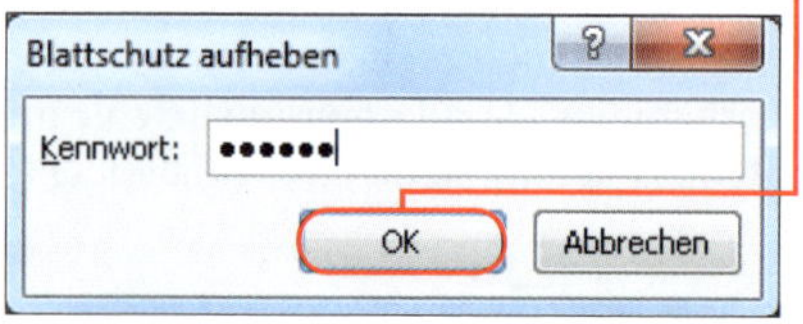

Testweise können Sie jetzt wieder in die Tabelle klicken und natürlich auch Änderungen vornehmen.

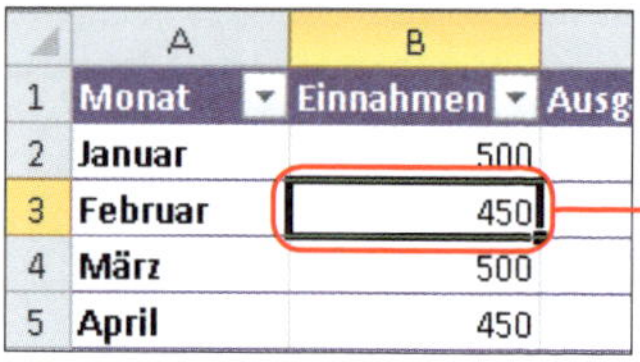

Zugriff auf komplette Arbeitsmappe verhindern

Mit Excel können Sie nicht nur verhindern, dass einzelne Arbeitsblätter bearbeitet werden. Ebenso ist es möglich, Unbefugten den Zugriff auf eine Arbeitsmappe insgesamt zu verweigern.

1 Öffnen Sie die Arbeitsmappe, die Sie mit einem Passwortschutz versehen wollen. Klicken Sie dann im Menüband auf ,

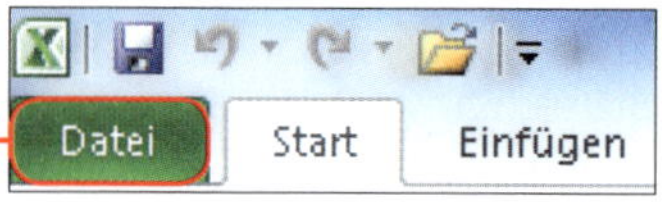

und behalten Sie die **Markierung** bei.

2 Wählen Sie nun den Befehl ,

und klicken Sie in der Auswahl, die sich daraufhin öffnet, auf den Eintrag .

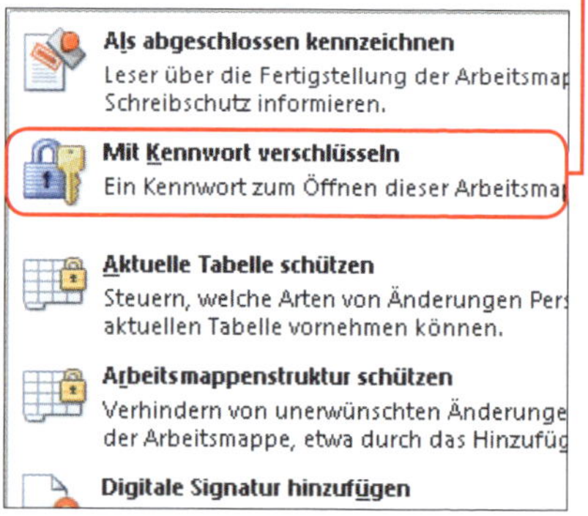

3 Tippen Sie im Dialogfenster, das jetzt angezeigt wird, ein Kennwort ein, und klicken Sie wie gewohnt zur Bestätigung auf ●.

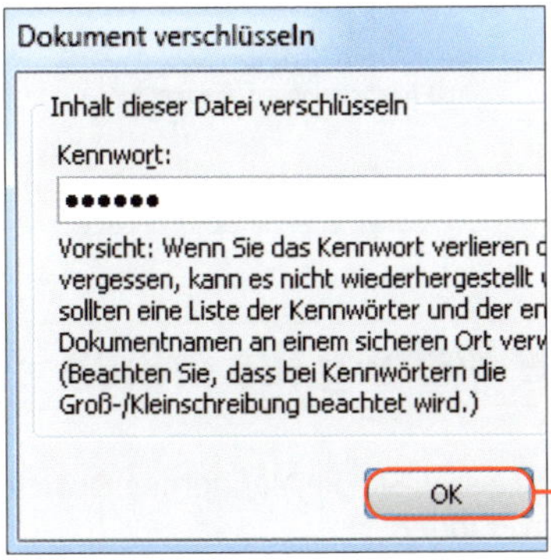

Zur Sicherheit müssen Sie das Kennwort wiederholen,

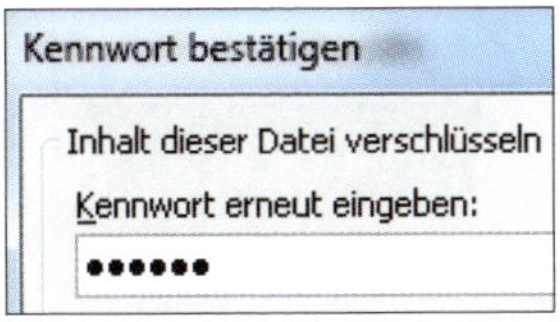

und erneut per Klick auf

bestätigen. Neben dem Symbol von Schritt 2 steht nun ein Hinweis, dass der Zugriff auf diese Datei mit einem Kennwort geschützt ist.

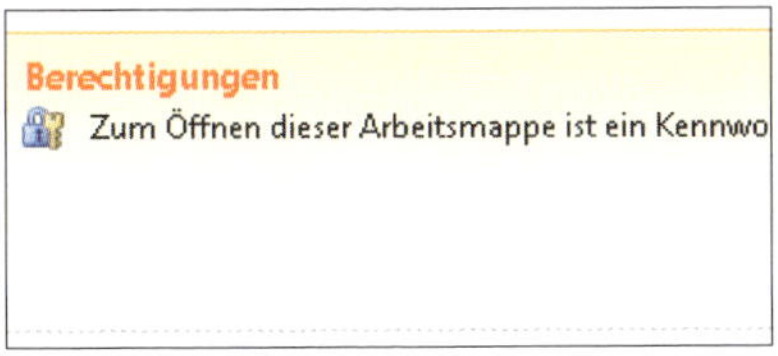

4 Danach können Sie die Arbeitsmappe ganz normal speichern und schließen. Wenn Sie oder jemand anders künftig versucht, die Arbeitsmappe zu öffnen, erscheint ein Dialogfenster. Erst wenn Sie darin das richtige Kennwort eintippen und zur Bestätigung auf die Schaltfläche ●

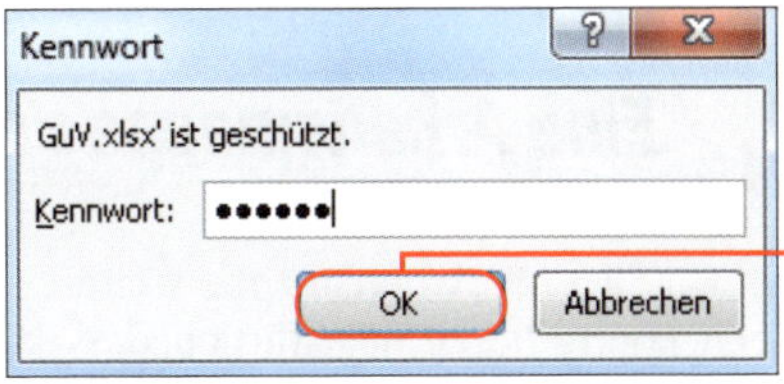

klicken, wird die Arbeitsmappe auch tatsächlich angezeigt.

5 Selbstverständlich können Sie den Zugriff auf eine Arbeitsmappe auch wieder freigeben, indem Sie den Passwortschutz entfernen. Wiederholen Sie dazu Schritt 1 dieser Anleitung, und klicken Sie dann auf ● sowie ●.

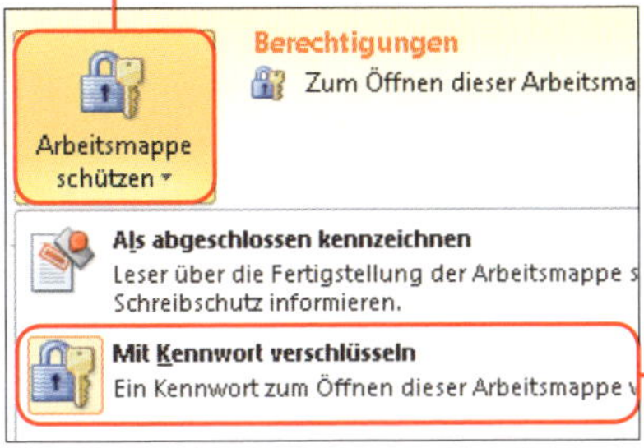

Im nachfolgenden Fenster müssen Sie nur die dicken schwarzen Punkte, mit denen das Kennwort aus Sicherheitsgründen verschlüsselt angezeigt wurde, entfernen wie in der Abbildung: .

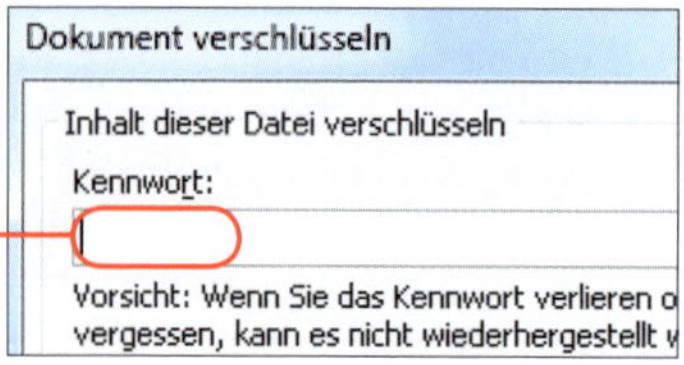

Das erledigen Sie ganz normal mit der Entf-Taste. Danach genügt zur Bestätigung ein Mausklick auf die Schaltfläche .

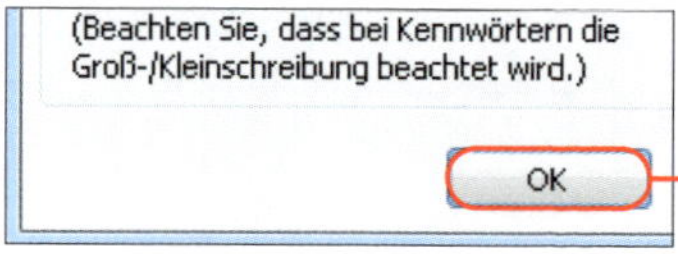

Eine Arbeitsmappe vor der Weitergabe prüfen

Bevor Sie eine Arbeitsmappe weitergeben, kontrollieren Sie natürlich, dass darin keine sensiblen Daten enthalten sind, die der Empfänger nicht sehen sollte. Diese Prüfung ist normalerweise kein Problem - doch Vorsicht! Viel schneller, als Sie glauben, kann es passieren, dass Sie beispielsweise ausgeblendete Spalten (mit Informationen, die nicht für Fremde gedacht sind) übersehen. Oder Excel speichert standardmäßig Informationen, die Rückschlüsse auf den Autor und den Entstehungszeitpunkt erlauben. Auch das kann mitunter unerwünscht sein. Sie sollten sich daher angewöhnen, vor der Weitergabe eine Prüfung auf darin gespeicherte sensible Informationen durchzuführen und diese dann gegebenenfalls zu entfernen.

1 Eine solche Prüfung geht sehr flott vonstatten. Klicken Sie zunächst auf den Registerreiter ,

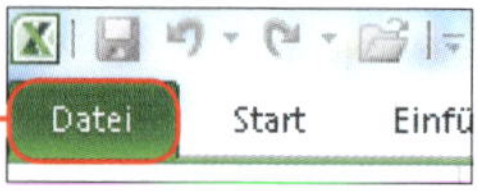

und lassen Sie die Markierung wieder unverändert.

2 Klicken Sie nun auf das Symbol

,

und wählen Sie anschließend in der geöffneten Liste den Befehl .

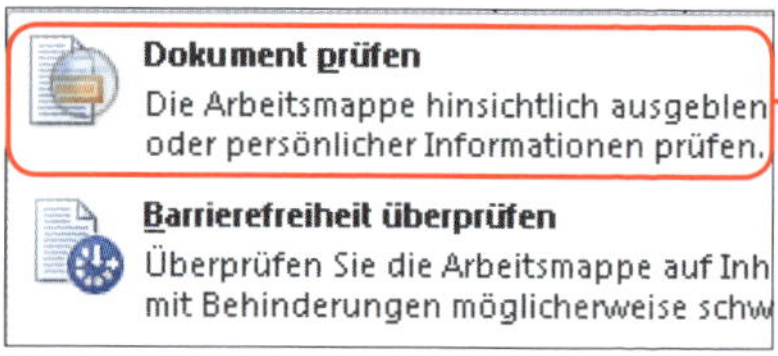

3 Es spricht nichts dagegen, im nachfolgenden Fenster alle Auswahlhaken in den Kästchen

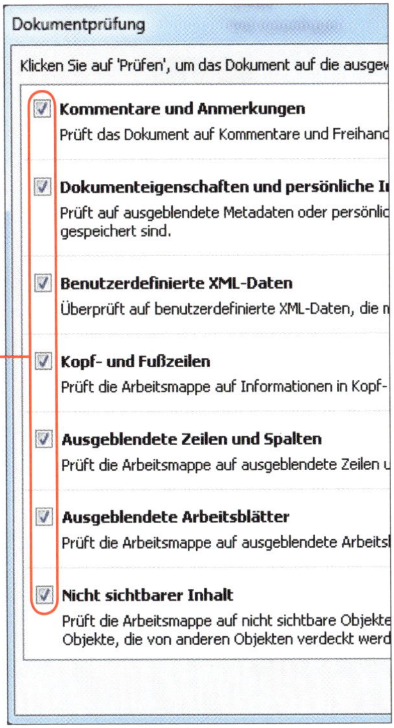

beizubehalten und gleich auf

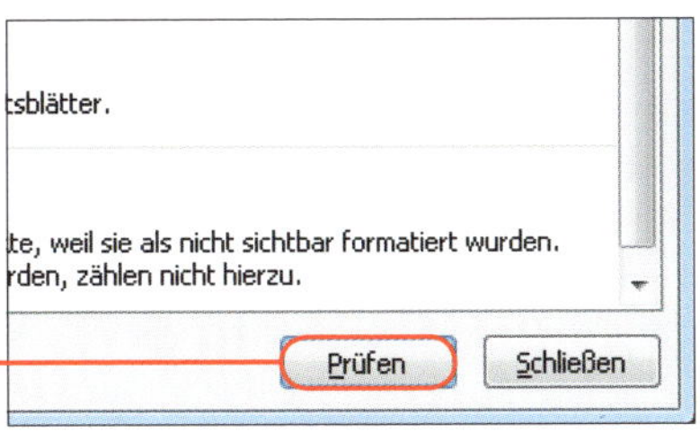

zu klicken. Wird Excel fündig, bekommen Sie dies durch Ausrufezeichen signalisiert: .

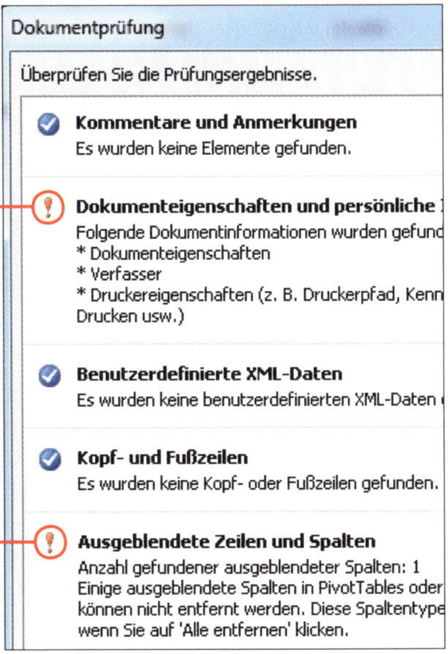

4 Wenn Sie nicht möchten, dass solche Informationen zusammen mit der Arbeitsmappe weitergegeben werden, können Sie das Fenster schließen und die entsprechenden Korrekturen manuell durchführen. Falls Sie aber sowieso wissen, dass alle Infos entfernt werden können, brauchen Sie nur auf die Schaltfläche

neben der betreffenden Fundstelle zu klicken. Dann ist die Weitergabe der Arbeitsmappe risikolos.

Arbeitsmappen im Internet speichern

Microsoft spendiert Ihnen 25 Gigabyte kostenlosen Speicherplatz im Internet. Der Vorteil: Auf Arbeitsmappen, die Sie dort ablegen, können Sie von jedem beliebigen Rechner aus zugreifen. Er muss lediglich über einen Internetzugang verfügen. Um eine Datei im Internet zu speichern, benötigen Sie keinerlei Zusatzprogramme. Es funktioniert fast so einfach wie das Speichern auf Ihrem Rechner selbst.

1 Klicken Sie zunächst im Menüband auf

,

dann auf den Befehl

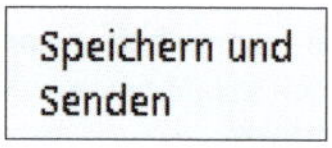

und schließlich in der daraufhin geöffne-

Eine Arbeitsmappe bequem per E-Mail verschicken

Direkt aus dem Excel-Programmfenster heraus können Sie eine Arbeitsmappe per E-Mail versenden. Klicken Sie dazu als Erstes in der Auswahlliste zu „Speichern und Senden“ auf den Eintrag ●:

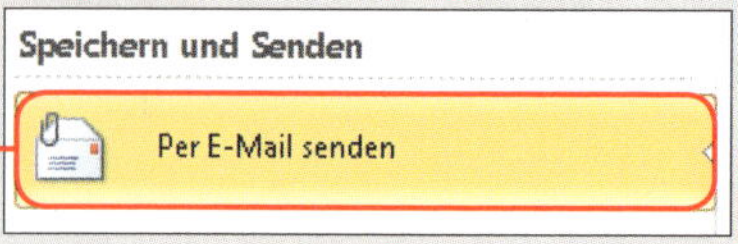

- Klicken Sie nun auf ●, wird Ihr Standard-E-Mail-Programm gestartet und die aktuell geöffnete Arbeitsmappe gleich als Dateianhang in eine neue E-Mail eingefügt.

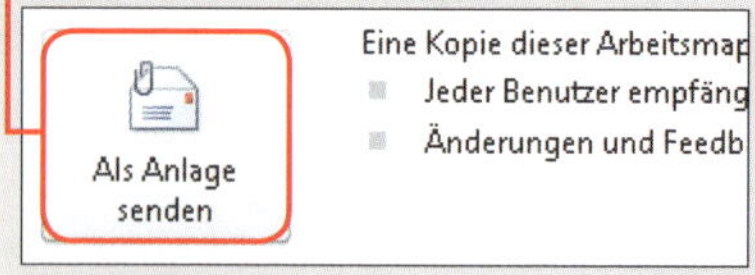

- Klicken Sie stattdessen auf ●, wird die Arbeitsmappe erst in ein PDF-Dokument umgewandelt und dann ebenfalls als Dateianhang in eine neue E-Mail-Nachricht eingefügt.

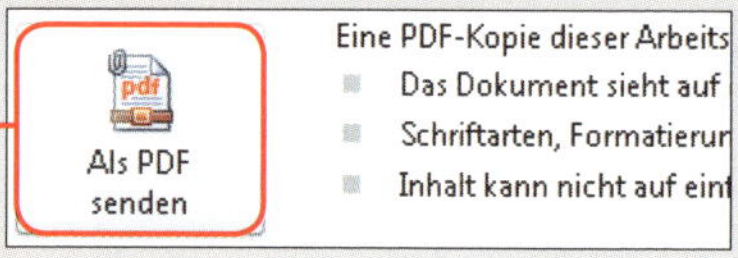

- Wenn Sie die Arbeitsmappe hingegen in SkyDrive gespeichert haben, können Sie auch auf das Symbol ●

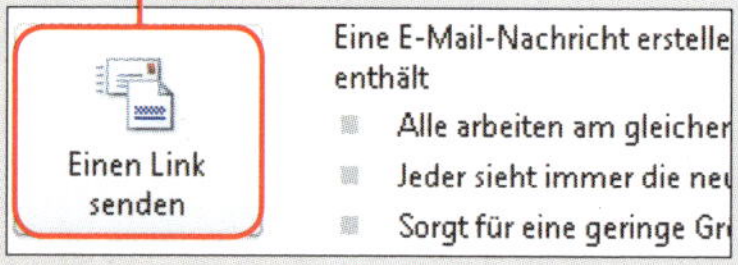

klicken. In dem Fall wird nicht die Datei selbst eingefügt, sondern ein Link, der zum Internet-Speicherort der Datei führt. Das hat den Vorteil, dass die Nachricht viel kleiner ist und Sie nicht den Posteingang des Empfängers verstopfen.

ten Liste auf den Befehl ●.

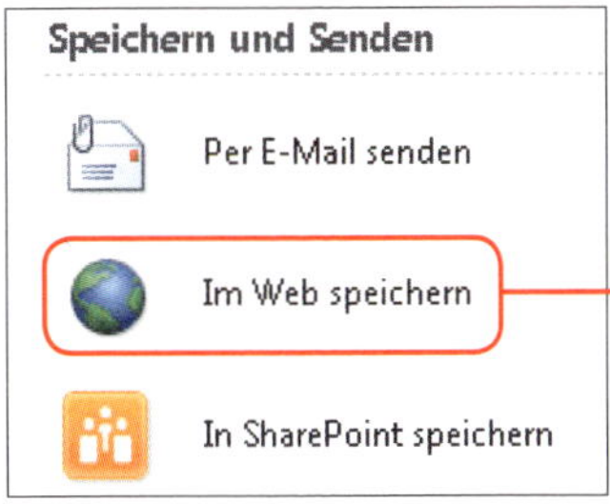

2 Es versteht sich von selbst, dass Ihre Arbeitsmappen im Internet nicht für jedermann frei zugänglich sein sollen. Sie werden daher in einem geschützten Bereich abgelegt. Wie Sie das dafür nötige Benutzerkonto anlegen, erfahren Sie im Kasten rechts. Diese Schritt-für-Schritt-Anleitung geht davon aus, dass Sie dieses sogenannte Live-Konto bereits haben. Klicken Sie in dem Fall auf die Schaltfläche ●.

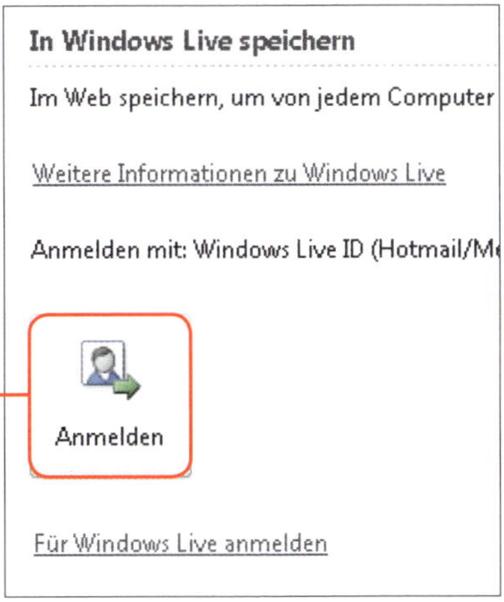

Ein Windows Live-Konto anlegen

Falls Sie noch kein Windows Live-Konto haben, klicken Sie im Schritt 2 der nebenstehenden Anleitung auf

.

Dann werden Sie mit der Anmeldeseite verbunden. Um sich zu registrieren, brauchen Sie nur das Formular

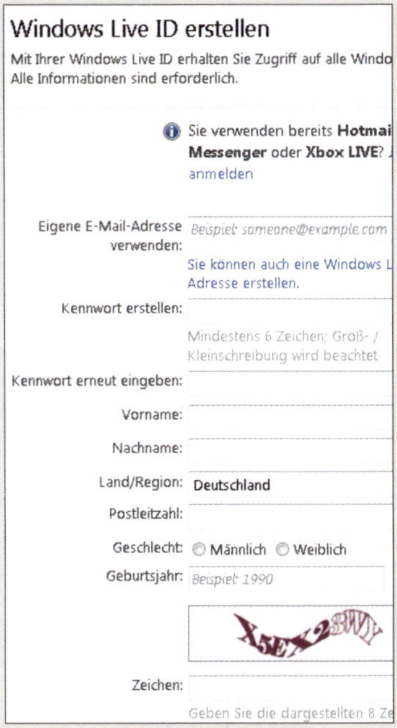

auszufüllen und den weiteren Anweisungen zu folgen. Keine Angst, das ist in wenigen Minuten erledigt und kostet Sie keinen Cent.

3 Für die Anmeldung tippen Sie nun die E-Mail-Adresse und das Kennwort ein ●, die zu Ihrem Windows Live-Konto gehören. Klicken Sie anschließend zur Bestätigung auf die Schaltfläche ●.

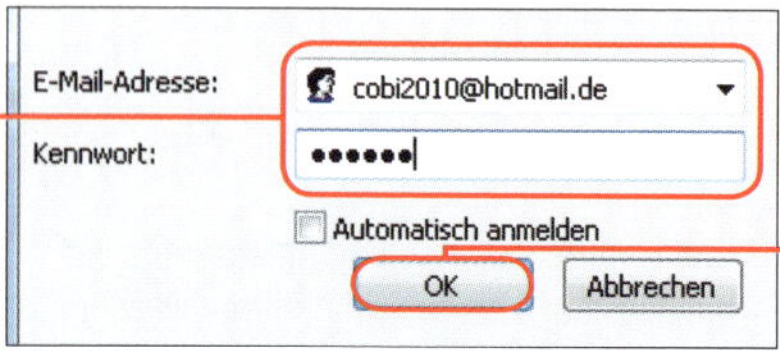

4 Daraufhin sehen Sie die Ordnerstruktur Ihres Windows Live-Kontos. Klicken Sie dort als Erstes auf ●

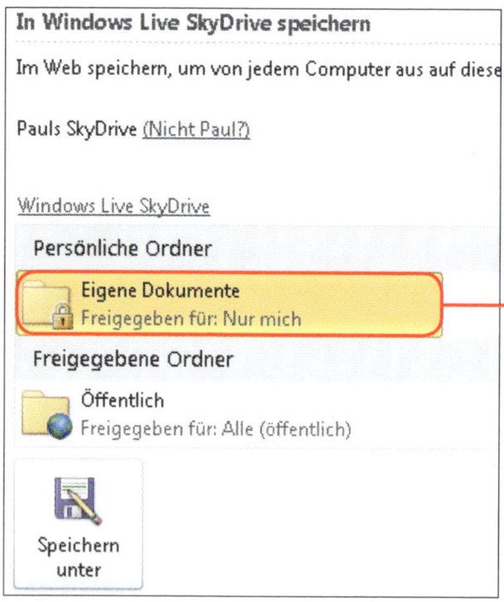

und dann auf den Befehl ●.

5 Nun öffnet sich – ganz wie beim Speichern auf Ihrem Rechner – ein Explorer-Fenster. Die seltsam aussehende Speicheradresse, hier ●,

brauchen Sie nicht weiter zu beachten. Vergeben Sie einfach einen Dateinamen, im Beispiel ●,

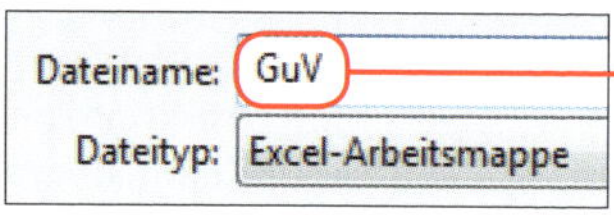

und klicken Sie danach auf

.

Das war es auch schon. Die Arbeitsmappe ist jetzt im Internet in Ihrem Windows Live-Konto gespeichert. Wie Sie von jedem beliebigen Rechner aus darauf zugreifen können, erfahren Sie im folgenden Abschnitt.

Auf Arbeitsmappen im Internet zugreifen

Von jedem beliebigen Rechner (mit Internetzugang) aus können Sie künftig mit den „Web Apps" auf die eben gespeicherte Arbeitsmappe zugreifen. Um deren darin gespeicherten Daten zu lesen und in bestimmtem Umfang sogar bearbeiten zu können, muss auf diesem Rechner noch nicht einmal Excel installiert sein.

1 Rufen Sie die Internetadresse **www.live.de** auf. Tippen Sie dann Ihre Benutzerdaten in die dafür vorgesehenen Felder ● ein, und klicken Sie auf ●.

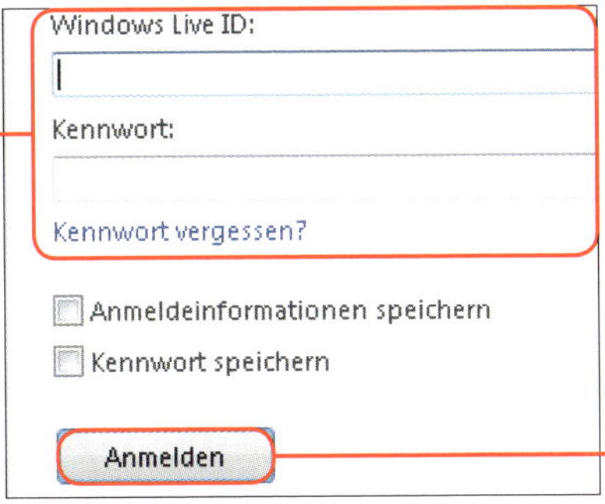

2 Damit Sie nun an Ihre virtuelle Festplatte kommen, führen Sie den Mauszeiger in der Navigationsleiste am oberen Rand über ●

und klicken dann auf ●.

Flexibel bei der Navigation

Microsoft bastelt fleißig an seinem Windows Live-Dienst. Mitunter kommt es daher auch zu Änderungen bei der Navigation. Lassen Sie sich also nicht verwirren, wenn der Zugriff auf SkyDrive, Ihre virtuelle Festplatte, in Zukunft vielleicht anders erfolgt, als an dieser Stelle beschrieben.

3 Öffnen Sie dann den **Ordner**, in dem die Arbeitsmappe gespeichert ist ●,

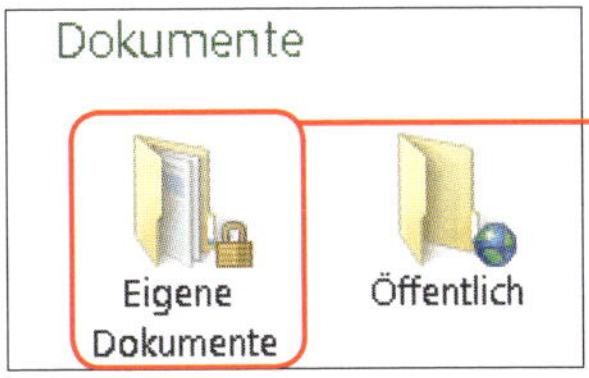

und klicken Sie danach auf die gewünschte Arbeitsmappe, im Beispiel ●.

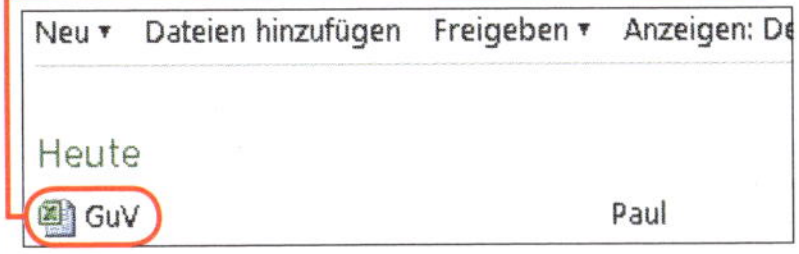

4 Oberhalb Ihrer Tabelle, die Sie daraufhin angezeigt bekommen, befindet sich eine Befehlsleiste: ●.

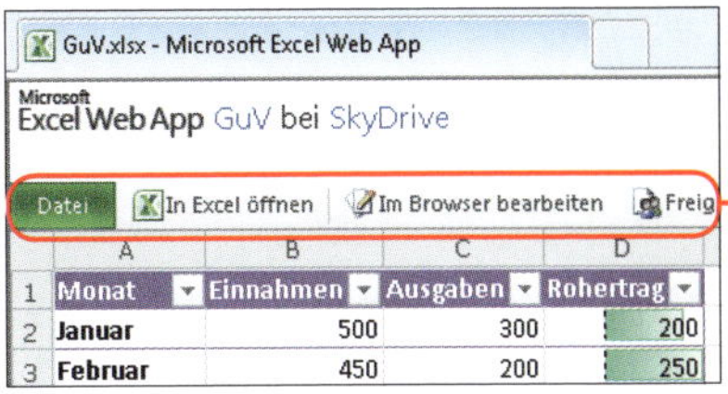

Klicken Sie dort auf den Befehl

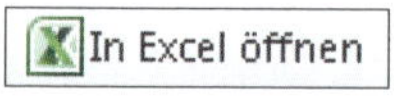

,

wird die Arbeitsmappe in Excel geöffnet - vorausgesetzt, Excel ist auf dem betreffenden Rechner installiert.

5 Sollte auf dem Rechner hingegen kein Excel installiert sein, klicken Sie stattdessen auf

.

Dann können Sie zumindest einige grundlegende Bearbeitungen vornehmen. Die entsprechenden Befehle sehen Sie oberhalb der Tabelle. Dabei handelt es sich um eine Art abgespecktes Menüband: ●.

Übrigens: Wundern Sie sich nicht, dass Sie kein Speichern-Symbol finden. Änderungen an der Tabelle, die Sie **online** vornehmen, werden automatisch sofort gespeichert.

6 Wenn Sie jemandem Zugriff auf die Datei geben möchten, müssen Sie dazu natürlich nicht Ihre Benutzerdaten preisgeben. Sollte der Betreffende ein kostenloses Windows Live-Konto haben, brauchen Sie ihn nur als Freund einzutragen und dann eine Freigabe für die betreffende Datei zu erteilen. Dazu klicken Sie im Navigationsbereich oberhalb der Datei (siehe Schritt 4) auf

.

Dann bestimmen Sie im Bereich „Wer kann

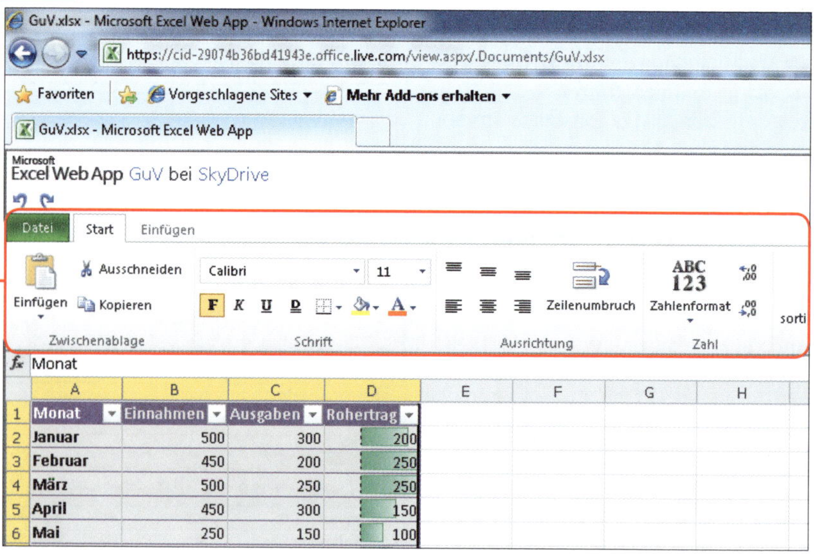

darauf zugreifen“ mithilfe des Schiebereglers ●,

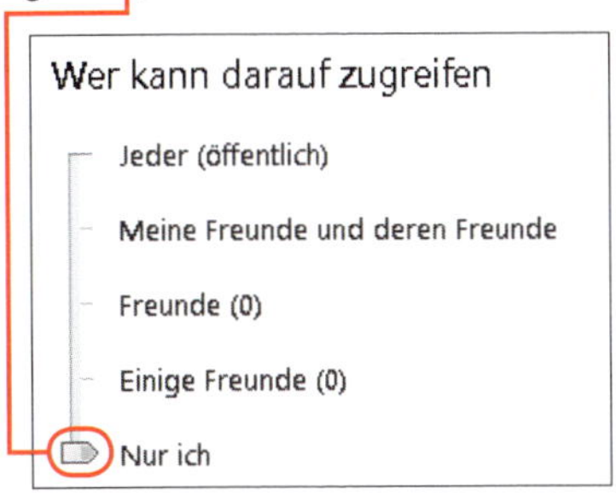

den Sie mit der Maus ziehen können, wem Sie auf diese Datei den Zugriff gewähren, und klicken abschließend auf

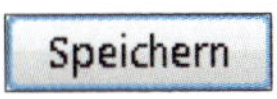

.

7 Falls Sie sich ein anderes Dokument ansehen möchten, können Sie die Arbeitsmappe schließen, indem Sie auf ● klicken. Wollen Sie Windows Live verlassen, klicken Sie auf ●.

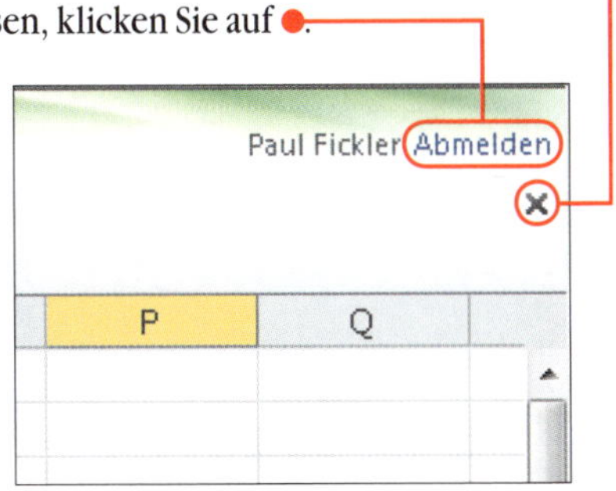

Wichtig: Speziell dann, wenn Sie Ihre Online-Dateien mit einem fremden Rechner ansehen, sollten Sie aus Sicherheitsgründen grundsätzlich immer diese Abmeldung durchführen – und nicht etwa nur das Browser-Fenster schließen!

Was ist eigentlich ...?

Arbeitsblatt

Ihre Tabellen erstellen Sie auf Arbeitsblättern. Eine → Arbeitsmappe kann aus mehreren solcher Arbeitsblätter bestehen. Durch Anklicken der Registerreiter

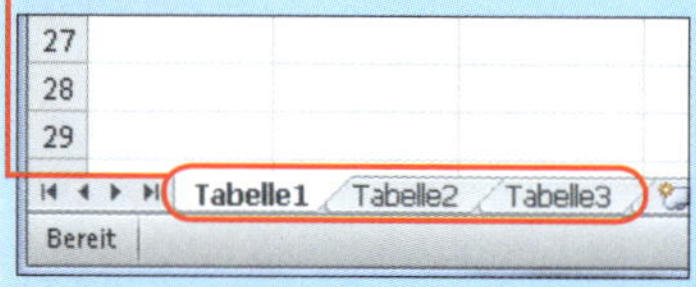

am unteren Rand des Arbeitsbereichs können Sie zwischen den einzelnen Blättern wechseln.

Arbeitsmappe

Eine Excel-Datei wird auch als Arbeitsmappe bezeichnet. Sie kann mehrere → Arbeitsblätter umfassen.

Bearbeitungsleiste

Die Bearbeitungsleiste zeigt den Inhalt der aktiven → Zelle an. Dort können Sie beispielsweise sehen, wenn eine Zelle eine → Formel enthält, etwa ●, während in der Zelle selbst das Rechenergebnis erscheint, hier ●.

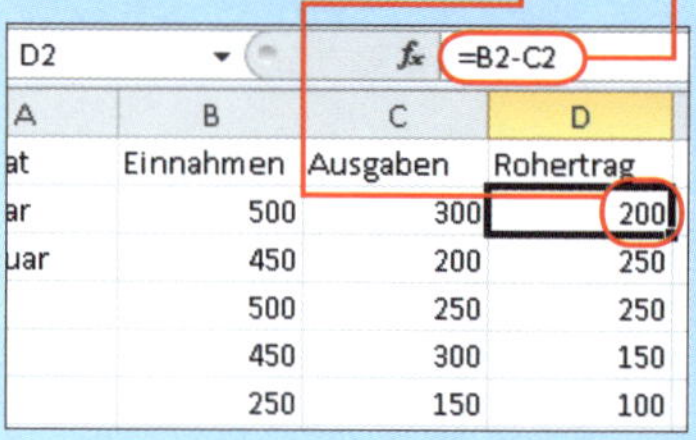

Was ist eigentlich ...?

Bezug

Statt mit konkreten Zahlenwerten rechnen Sie in → Formeln meist mit Zellbezügen. Dabei verwenden Sie die Zelladresse, also die Positionsangabe einer → Zelle, die sich aus Spaltenbuchstabe und Zeilenzahl ergibt.

Bildlaufleiste

Bildlaufleisten erscheinen bei Windows-Programmen meist am unteren und rechten Rand des Programmfensters.

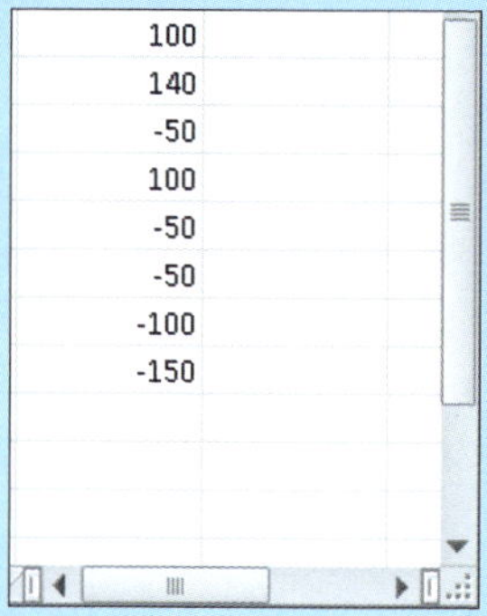

Sie ermöglichen es Ihnen, Inhalte anzusehen, die aufgrund ihrer Größe nicht komplett auf dem Bildschirm angezeigt werden können.

Datei

Alle Daten, mit denen Ihr Rechner arbeitet, sind in sogenannten Dateien erfasst, so auch Ihre Excel-Tabellen. Eine Excel-Datei wird auch als Arbeitsmappe bezeichnet.

Was ist eigentlich ...?

Diagramm
Diagramme sind Schaubilder, mit deren Hilfe Sie Sachverhalte optisch veranschaulichen können.

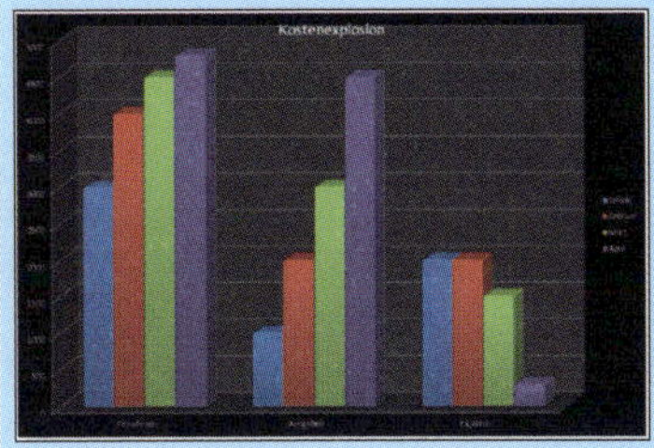

Doppelklick
Ein Doppelklick bedeutet nichts anderes, als dass Sie zweimal ganz kurz hintereinander die linke Maustaste drücken.

Einfügemarke
Die Einfügemarke ist meist als senkrechter blinkender Strich zu erkennen. Sie gibt an, an welcher Stelle Ihre nächste Eingabe erfolgt. Sie können die Einfügemarke mithilfe von Tasten, beispielsweise ↑, ↓, →, ←, oder am einfachsten per Mausklick positionieren. Die Einfügemarke wird auch Cursor genannt.

Explorer
Als Explorer-Fenster bezeichnet man ein Arbeitsfenster, über das Sie auf die → Ordner- und Dateistruktur Ihres Rechners zugreifen können.

Was ist eigentlich ...?

Formatierung
Die Gestaltung von Tabellen, Zeichen oder Zellinhalten wird Formatierung genannt.

Formel
Rechenanweisungen, die Sie Excel erteilen, werden als Formeln bezeichnet. Die Eingabe einer Formel wird durch das Gleichheitszeichen „=“ eingeleitet.

Funktion
Eine Funktion ist eine vorgefertigte Rechenanweisung an Excel. Bei Verwendung einer Funktion müssen Sie nur den Wertebereich angeben, auf den sich die Anweisung beziehen soll.

Internetanzeigeprogramm
Um sich Internetseiten ansehen zu können, benötigen Sie ein Internetanzeigeprogramm. Das bekannteste ist der Internet Explorer, der zusammen mit Windows-Betriebsprogrammen ausgeliefert wird. Eine andere gängige Bezeichnung für ein Internetanzeigeprogramm ist Browser.

Markierung
Mit einer Markierung legen Sie fest, worauf die nächste Aktion, die Sie durchführen wollen, angewendet werden soll. So können Sie beispielsweise einen Zellbereich markieren und dann eine → Formatierungstechnik anwenden.

Was ist eigentlich ...?

Menüband

Über das Menüband am oberen Rand des Excel-Programmfensters

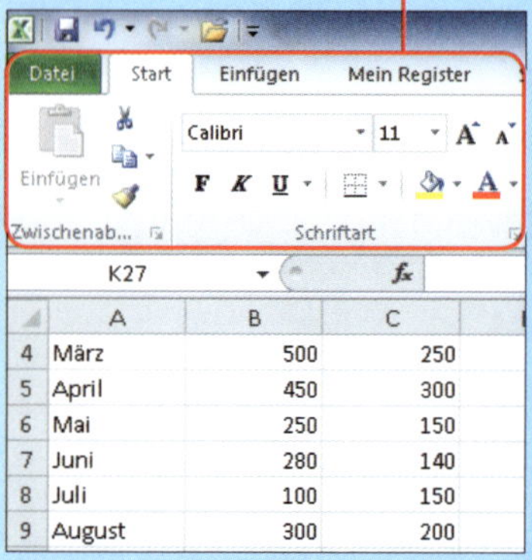

erreichen Sie alle Befehle und Einstellungen. Das Menüband ist in Form eines Registers aufgebaut. Durch Klicks auf die jeweiligen Registerreiter können Sie zwischen den Registern wechseln.

Namenfeld

Im Namenfeld wird Ihnen die Adresse der gerade aktiven → Zelle angezeigt.

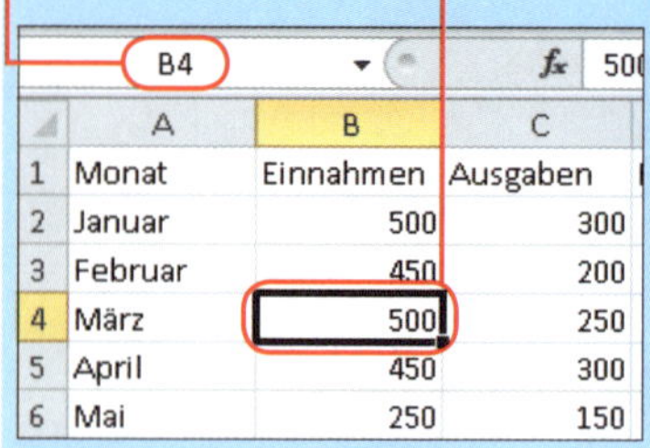

Was ist eigentlich ...?

Online

Sind Sie mit dem Internet verbunden, sind Sie online. Ist dies nicht der Fall, sind Sie offline.

Ordner

Auf Ihrem Rechner befinden sich Zigtausende → Dateien. Damit Sie sich in diesem Wust zurechtfinden, werden Dateien in Ordnern zusammengefasst. Am besten gewöhnen Sie sich an, Ihre → Arbeitsmappen in Ihrem Dokumente-Ordner zu speichern, der unter Windows 7 automatisch auf Ihrem Rechner eingerichtet ist.

Spaltenkopf

→ Arbeitsblätter sind in Zeilen und Spalten aufgeteilt. Die Spaltenbezeichnungen finden Sie im Spaltenkopf: .

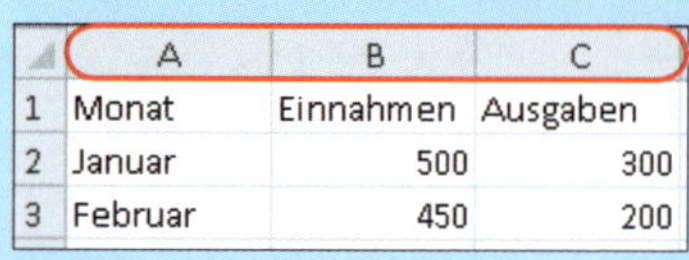

Tastenkombination

Viele Befehle in Excel können Sie nicht nur per Maus, sondern auch durch gleichzeitiges Drücken von zwei und mehr Tasten erteilen. Die Verwendung von Tastenkombinationen hat den Vorteil, dass Sie die Finger auf der Tastatur lassen können und nicht extra zur Maus greifen müssen. Mit etwas Übung können Sie daher viel flotter arbeiten.

Was ist eigentlich ...?

Rechtsklick
Rechtsklick bedeutet ein kurzes Drücken der rechten Maustaste.

Zeilenkopf
→ Arbeitsblätter sind in Zeilen und Spalten aufgeteilt. Die Zeilenbezeichnungen finden Sie im Zeilenkopf: ●.

	A	B	C
1	Monat	Einnahmen	Ausgaben
2	Januar	500	300
3	Februar	450	200
4	März	500	250
5	April	450	300
6	Mai	250	150

Was ist eigentlich ...?

Zelle
Die Kästchen, aus denen sich eine Tabelle zusammensetzt, bezeichnet man als Zellen. Aus der Kombination von Zeilennummer und Spaltenbuchstabe ergibt sich die sogenannte Zelladresse.

Ziehen
Beim Ziehen handelt es sich um eine spezielle Maustechnik. Dabei halten Sie die Maustaste gedrückt, während Sie den Zeiger bewegen.

Zwischenablage
Bei der Zwischenablage handelt es sich um einen temporären Speicher.

Stichwortverzeichnis

Originalausgabe im Ullstein Taschenbuch

E-Mail: buecher@computerbild.de
Umschlaggestaltung: HildenDesign, München / Buch und Werbung, Berlin
Titelabbildung: © Ken Davies / Masterfile
Satz und Repro: LVD GmbH, Berlin
Druck und Weiterverarbeitung: CPI - Ebner & Spiegel, Ulm
Printed in Germany
ISBN 978-3-548-41299-3